方维规,上海人。教育部长江学者特聘教授。北京师范大学文学院特聘教授,文艺学研究中心研究员。1986年留学德国,获哲学博士学位和德国教授学位,在多所德国大学从事教学和研究工作,2006年回国。主要从事中西比较诗学、比较文学、概念史、文学社会学、海外汉学研究。撰有德文专著五部,中文专著三部,编著四种,译作四部(中译德,德译中),论文百余篇。

思想与方法

地方性与普世性之间的世界文学

Ideas and Methods
World Literature Between the Local
and the Universal

方维规 主编

北京大学出版社
PEKING UNIVERSITY PRESS

图书在版编目(CIP)数据

思想与方法:地方性与普世性之间的世界文学 / 方维规主编. —北京:北京大学出版社,2016.12
ISBN 978-7-301-28057-7

Ⅰ.①思… Ⅱ.①方… Ⅲ.①世界文学—文学研究 Ⅳ.①I106

中国版本图书馆CIP数据核字(2017)第024671号

书　　名	思想与方法——地方性与普世性之间的世界文学
	SIXIANG YU FANGFA——DIFANGXING YU PUSHIXING ZHIJIAN DE SHIJIE WENXUE
著作责任者	方维规　主编
责任编辑	李　哲
标准书号	ISBN 978-7-301-28057-7
出版发行	北京大学出版社
地　　址	北京市海淀区成府路205号　100871
网　　址	http://www.pup.cn　　新浪微博:@北京大学出版社
电子信箱	zpup@pup.pku.edu.cn
电　　话	邮购部 62752015　发行部 62750672　编辑部 62759634
印刷者	北京中科印刷有限公司
经销者	新华书店
	787毫米×1092毫米　16开本　19.75印张　彩插6　450千字
	2016年12月第1版　2016年12月第1次印刷
定　　价	88.00元

未经许可,不得以任何方式复制或抄袭本书之部分或全部内容。
版权所有,侵权必究
举报电话:010-62752024　电子信箱:fd@pup.pku.edu.cn
图书如有印装质量问题,请与出版部联系,电话:010-62756370

主持人方维规:"何谓世界文学?地方性与普世性之间的张力"

达姆罗什:"世界文学与国族建构"

张隆溪:"世界文学:意义、挑战、未来"

陆建德评析达姆罗什讲演:"地方性和普遍性的互动"

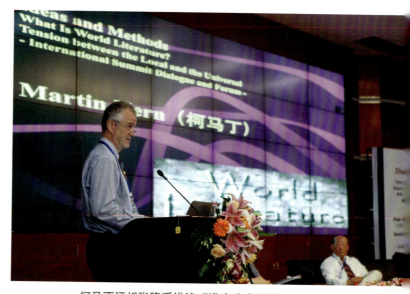

柯马丁评析张隆溪讲演:"谁来决定'杰作联合国'?"

对话

北京师范大学图书馆报告厅

座无虚席

聚精会神

交流

切磋

回应

回应

质疑

"我的问题是……"

"我更感兴趣的是……"

"……做一些小小的引申"

"世界文学:民族文学之间的谈判结果?"

弗朗科（Bernard Franco，法国巴黎索邦大学比较文学讲座教授，法国文学与比较文学研究所所长）

提哈诺夫（Galin Tihanov，英国伦敦大学比较文学讲座教授，语言文化学院副院长）

达姆罗什（David Damrosch，美国哈佛大学比较文学系讲座教授，世界文学研究所所长）

弗兰克（William Franke，美国范德比尔特大学哲学与宗教学、比较文学教授）

柯马丁（Martin Kern，美国普林斯顿大学亚洲学讲座教授，东亚研究系主任，《通报》主编）

高利克（Marián Gálik，斯洛伐克科学院资深研究员，比较文学家）

尤赛夫（Magdi Youssef，埃及开罗大学比较文学与文化研究荣休教授，著名文化批评家）

张隆溪（香港城市大学比较文学与翻译学讲座教授，国际比较文学协会会长）

弗莱泽（Matthias Freise，德国哥廷根大学斯拉夫语系讲座教授，比较文学教授）

拉特（Philippe Ratte，法国巴黎高师历史学教授，联合国教科文组织项目资深执行官）

施密茨-艾曼斯（Monika Schmitz-Emans，德国波鸿大学比较文学讲座教授）

芬沃思（Peter Fenves，美国西北大学德语系、比较文学系和犹太研究系教授）

李奭学（台湾"中研院"中国文哲研究所研究员，辅仁大学跨文化研究所讲座教授）

蔡宗齐（美国伊利诺伊大学中国文学、比较文学教授，香港岭南大学中国文学讲座教授）

卜松山（Karl-Heinz Pohl，德国特里尔大学汉学系荣休教授）

刘洪涛（北京师范大学文学院比较文学与世界文学研究所教授、所长）

顾彬（Wolfgang Kubin，德国波恩大学汉学系荣休教授，北京外国语大学特聘教授）

宋相琦（韩国高丽大学西班牙语言文学系教授，比较文学与比较文化系讲座教授）

杨慧林（中国人民大学比较文学与宗教学教授，中国人民大学学术委员会副主任）

陆建德（中国社会科学院文学研究所研究员、所长，《文学评论》主编）

王宁（清华大学外国语言文学系特聘教授，上海交通大学人文艺术研究院致远讲席教授，长江学者）

曹顺庆（中国比较文学学会会长，四川大学杰出教授，长江学者，国务院学科评议组成员）

过常宝（北京师范大学文学院教授、院长，北京师范大学中国传统文化研究中心主任）

方维规（北京师范大学文学院教授，文艺学研究中心研究员，长江学者）

叙言：何谓世界文学？

方维规

早在19世纪上半叶,歌德就宣称世界文学时代已经在即,期望人们促进这个时代的到来。这在当时不过是对文学未来的憧憬。然而,兴起于19世纪的比较文学,摆脱不了欧洲中心主义。20世纪以降,比较文学的发展备受争议,尤其经过批评理论的形塑之后,越来越脱离文学本身,从而陷入学科危机。当前重提世界文学,当为应对危机局面的尝试。这种学术范式转换,固然是文学研究自身发展的一种趋势,也意味着以人文研究来回应当代世界日益加剧的种族、阶级和文化冲突。在急剧膨胀的全球化语境中,民族文化与全球伦理,区域经验与世界意识,国家理由与国际正义,这一系列矛盾因素无疑构成地方性与普世性之间的张力。如何通过把握这一至关重要的张力关系,重新打开理解"世界文学"的思想方式,乃是当今学术研究的核心议题之一。

北京师范大学文学院于2015年10月16—17日举办第三届"思想与方法"国际高端对话暨学术论坛,会议主题为"何谓世界文学？地方性与普世性之间的张力"。议程分对话和论坛两个部分,邀请对话人达姆罗什(David Damrosch)、张隆溪在内的二十位中外著名学者,共同研讨了如何理解和界定"世界文学"理论议题和方法实践。本书是这次会议的文集。

一、"世界文学"难题,或众说纷纭的"世界文学"

1990年代以来,围绕"世界文学"观念展开了一场深入的理论探讨；①并且，"世界文学"概念成为新近关于"全球文学"（Global Literature）国际论争的焦点。打上歌德烙印的"世界文学"（Weltliteratur）概念，曾被持久而广泛地接受。最迟自1960年代起，这个概念逐渐遭到批评，原因是其思考文学时的（常被误认为源自歌德的）精英意识，以及世界文学设想虽然超越了民族框架，却只能基于这个框架才可想象。"一般来说，所谓普世性，只要不仅是抽象，只能存在于地方性之中。"②如今，不少人喜于"世界的文学"（Literatures of the World）之说；这个概念虽然还勾连着世界文学的"经典性"，却是一种全然不同的想象或纲领。

莫非这就是我们时代纷乱的"整个世界"（Tout-Monde），如来自加勒比的法国诗人和文化评论家格里桑（Édouard Glissant，1928—2011）所说的那样，"一个没有可靠车轴和明确目标的世界"（"Un monde sans axe et sans visée"③）？或许也是在这个语境中，才会有人说当今"世界文学包括什么"尚无定论，就连"世界文学实际是什么"也莫衷一是，④或用意大利裔斯坦福大学教授莫雷蒂（Franco Moretti）的话说，世界文学"并非一个客体，而是一个难题"⑤。

21世纪开初，莫雷蒂和达姆罗什这两位美国学者开始全面探讨世界

---

① 参见达姆罗什：《什么是世界文学?》，普林斯顿：Princeton University Press，2003年（David Damrosch，*What Is World Literature?*，Princeton：Princeton University Press，2003）；卡萨诺瓦：《文学的世界共和国》，德贝沃伊斯译，剑桥、马萨诸塞、伦敦：Harvard University Press，2004年（Pascale Casanova，*The World Republic of Letters*，trans. by M. B. DeBevoise，Cambridge，Mass. and London：Harvard University Press，2004；法语初版：Pascale Casanova，*La République mondiale des lettres*，Paris：Le Seuil，1999）；阿普特：《翻译区：新比较文学》，普林斯顿：Princeton University Press，2006年（Emily Apter，*The Translation Zone*：*A New Comparative Literature*，Princeton：Princeton University Press，2006）；汤姆森：《世界文学地图：国际化的经典和跨国文学》，纽约：Contiuum，2008年（Mads Rosendahl Thomsen，*Mapping World Literature*：*International Canonization and Transnational Literatures*，New York：Contiuum，2008）。

② 弗莱泽：《世界文学的四个角度——读者，作者，文本，系统》（Matthias Freise，"Four perspectives on world literature：reader，producer，text，and system"），本书第183页。

③ 格里桑：《论整个世界——与拉尔夫·路德维希的对谈》（Édouard Glissant，"Àpropos de Tout-Monde. Ein Gespräch mit Ralph Ludwig"，17.08.1994），转引自路德维希、罗泽贝格主编《整个世界——文化间性，杂合化，语言混合："新""旧"空间之间的交往模式和社会理论模式》，伯尔尼：Peter Lang，2010年，第10页。（*Tout-Monde*：*Interkulturalität*，*Hybridisierung*，*Kreolisierung*：*Kommunikations- und gesellschaftstheoretische Modelle zwischen "alten" und "neuen" Räumen*，hrsg. von Ralph Ludwig & Dorothee Röseberg，Bern：Peter Lang，2010）——路德维希和罗泽贝格很好地解析了"整个世界"的要点（第9、10页）；格里桑观察当今世界的主导观念，是用正面理解的乱世模式来取代负面的全球化趋势。乱世中差异力量之间的关系不再是等级关系；并且，新的关系不是僵化的，而是处在不断变化之中。"整个世界"之说的经验基点是巴比伦式的交往和语言的多样性。抽象地扩展至社会模式，"整个世界"意味着拒绝狭隘和偏见，拒绝文化的等级观念以及僵化的社会秩序。

④ 参见柯马丁：《世界文学的终结与开端》（Martin Kern，"Ends and Beginnings of World Literature"），本书第103页。

⑤ 莫雷蒂：《远距离阅读》，伦敦：Verso，2013年，第46页。（Franco Moretti，*Distant Reading*，London：Verso，2013）

文学概念。① 莫雷蒂的论文《世界文学猜想》(2000)的出发点是,比较文学领域的世界文学始终有其局限性,时至今日才成为包罗世界的体系。他早在《近代欧洲文学的分布概要》(1994)一文中就已设问:"就在这个概念诞生之初,歌德的文化梦必然会迅即令人发问:世界文学,人道主义文学?或是帝国主义文学?"② 显然,莫雷蒂的论述充满后殖民理论色彩。他又在《世界文学猜想》中接续这一思想,将世界文学与国际资本主义相提并论:

> 我想借用经济史的世界体系学派之基本假设,即国际资本主义是同一而不平等的体系,有着中心和边缘(以及亚边缘),被捆绑在一个日益不平等的关系之中。同一,而不平等:同一文学,即歌德和马克思眼中的单数的世界文学(Weltliteratur),或更应说是一个(相互关联的诸多文学组成的)世界文学体系,但却有悖于歌德和马克思所希望的体系,因为它太不平等。③

在认识论层面,他基本上显示出二元对立的思维模式:中心和边缘,源文化(出发文化)和目标文化。知识和文化的传输总是单向的,作品和作家总被归入两类文化中的一种,不同板块相向而立。在他看来,这种以西欧为中心的"世界文学",不符合歌德和马克思意义上的"世界文学"之世界主义标准。可是,莫雷蒂所理解的并不是歌德的世界文学,在某种程度上也不符合马克思、恩格斯的思想。关于这两个问题,我在后面还将详述。

莫雷蒂的一个著名观点是,世界文学并非全球化的产物,它一直都存在,18世纪则是世界文学的分水岭。他在《进化论,世界体系,世界文学》(2006)一文中,从进化论的视角阐释世界文学概念:

> "世界文学"术语已有近二百年的历史,但我们依然不知道何为世界文学……或许,我们一直瘫痪于一个术语下的两种不同的世界文学:一种产生于18世纪之前,另一种晚于前者。"第一种"世界文学由不同的"地方"文化交织而成,其特征是显著的内在多样性;歧异常会产生新的形式;(有些)进化理论能够很好地解释这个问题。[……]"第二种"世界文学(我倾向于称之为世界文学体系)被国际

---

① 参见莫雷蒂:《世界文学猜想》,载《新左派评论》2000年第1期,第54—68页(Franco Moretti, "Conjectures on World Literature," in: *New Left Review* 1〔2000〕,另载莫雷蒂:《远距离阅读》);达姆罗什:《什么是世界文学?》(2003)。

② 莫雷蒂:《近代欧洲文学的分布概要》,《远距离阅读》,伦敦:Verso,2013年,第39页。(Franco Moretti, "Modern European Literature: A Geographical Sketch," in: F. Moretti, *Distant Reading*, London: Verso, 2013)

③ 莫雷蒂:《世界文学猜想》,《远距离阅读》,伦敦:Verso,2013年,第46页。(Franco Moretti, "Conjectures on World Literature," in: F. Moretti, *Distant Reading*, London: Verso, 2013)

文学市场合为一体；它展现出一种日益扩张、有时数量惊人的同一性；它变化的主要机制是趋同；(有些)世界体系分析模式能够很好地解释这个问题。①

受布罗代尔(Fernand Braudel,1902—1985)的"长时段"(longue durée)理论和沃勒斯坦(Immanuel M. Wallerstein)的世界体系理论(world-systems theory)的启发,莫雷蒂提出了"世界文学系统"(world literary system),主张借助进化论和系统理论来研究世界文学。

与莫雷蒂较为抽象的理论形式相比,达姆罗什对(世界)文学的流通过程以及翻译和接受的意义等问题的思考,不但更为具体,而且拓展了问题的视域。他在《什么是世界文学?》(2003)中论述了相关问题。这本已被译成多种语言的论著,已在很大程度上影响了人们对世界文学的认知。书中的三个部分,"流通""翻译"和"生产",试图让人见出一部文学作品成为世界文学的过程。

科彭(Erwin Koppen,1929—1990)曾经指出:"如同文学研究者运用的大部分概念和范畴,世界文学也没有一个可靠的定义或内容精准的界说。"②的确,要给世界文学下一个精准的定义,似乎很难;常见的界定是世界文学不是什么。达姆罗什做了尝试,给出了他的定义,并产生很大影响：

> 世界文学是民族文学间的椭圆形折射。(elliptical refraction)。
> 世界文学是从翻译中获益的文学。
> 世界文学不是一套经典文本,而是一种阅读模式：一种客观对待与我们自身时空不同的世界的形式。③

我们可以视之为三个成分松散组合的定义,亦可视之为从三个不同视角给出的三个定义。不论哪种情况,流通是根本所在："我用世界文学来总括所有在其原文化之外流通的文学作品。它们或是凭借翻译,或是凭借原本语言(很长时间里,维吉尔[Virgil,前70年—前19年]以拉丁文形式被欧洲人阅读)而进入流通。"④换言之："我们不是在来源文化的中心与作品相遇,而是在来自不同文化和时代的作品所构成的力场中与

---

① 莫雷蒂：《进化论,世界体系,世界文学》,载林德伯格-瓦达编《跨文化文学史研究》,柏林：de Gruyter,2006年,第120页。(Franco Moretti, "Evolution, World-Systems, *Weltliteratur*," in: *Studying Transcultural Literary History*, ed. by Gunilla Lindberg-Wada, Berlin: de Gruyter, 2006)

② 科彭：《世界文学》,载《德国文学史辞典》,柏林：de Gruyter,1984年,第815页。(Erwin Koppen, "Weltliteratur", in: *Reallexikon der deutschen Literaturgeschichte*, hrsg. von Klaus Kanzog und Achim Masser, Berlin: de Gruyter, 1984)

③ 达姆罗什：《什么是世界文学?》(2003),第281页。

④ 同上书,第4页。

作品相遇。"①围绕这些与定义相关的问题,达姆罗什还有诸多表述,这里不再赘述。

达姆罗什在具体研究中已经走得很远,悉心探索世界上那些向来被人忽略的文学,但在米勒(Gesine Müller)看来,达姆罗什终究摆脱不了"他者"和"自我"范畴。②这当然是坚定的"世界的文学"鼓吹者的立场。米勒的批判意图是明确的:尽管一些美国学者为了顺应全球化趋势,努力重新打开歌德的世界文学概念,或曰继续运用这个概念,却使之屈从于应时的全球化。这就会出现一种不可避免的状况,就连达姆罗什那看上去不落窠臼的模式,最终还是拘牵于中心和边缘之两极。这对"世界的文学"设想来说是成问题的,这一设想中居无定所的文学之特色,正在于消弭国族与世界的两极状态,立足于第三空间,而这不是达姆罗什所要的。达氏书中最引人入胜之处,是其尤为注重翻译和接受的意义,可是没能克服"西方"("our values"③亦即"我们的价值")与"其余"(被"我们"接受的各种文化)的两极状态。④

从达姆罗什对世界文学的各种定义以及他的实际研究来看,米勒的评判有失公允。达姆罗什说:"我们如果认为,世界文学应该包含的是那些在其发源地之外影响广泛的作品,那我们便已经给这一概念划定了明确界限。大多数文学作品都未能在其本土之外觅得知音,即使是在如今这样一个大开放时代,世界文学的标准也是很有偏向性的。"⑤他看到了文学传播的实际状况,而且不回避事实。迄今的实际状况是,西方国家的大多数读者对其他地方的文学所知无几;尤其是那些用弱势民族语言写成的作品,至少是没被译成英语或其他重要欧洲语言的作品,它们在世界上的传播并成为世界文学是极为困难的。我们需要努力改变这种状况,达姆罗什这么做了。高利克(Marián Gálik)的判断是客观的,他认为达姆罗什值得称道之处在于,他反对早先欧裔美国比较文学学者的向心追求,主张离心研究,呼吁美国同行至少应当拓展视野,旨在——他援用了巴斯奈特(Susan Bassnett)的观点——"接纳全世界的比较文学研

---

① 达姆罗什:《什么是世界文学?》(2003),第300页。
② 参见米勒:《导论:"世界文学"—"世界的文学"之争》,载米勒编《出版社,权力,世界文学:国际文学运转和翻译政治之间的拉美-德国文化传输》,柏林:Tranvía-Walter Frey,2014年,第7页。(Gesine Müller, "Einleitung: Die Debatte *Weltliteratur – Literaturen der Welt*", in: *Verlag Macht Weltliteratur: Lateinamerikanisch-deutsche Kulturtransfers zwischen internationalem Literaturbetrieb und Übersetzungspolitik*, hrsg. von Gesine Müller, Berlin: Tranvía-Walter Frey, 2014)
③ 达姆罗什:《什么是世界文学?》(2003),第70页。
④ 参见米勒:《导论:"世界文学"—"世界的文学"之争》,第7—8页。
⑤ 达姆罗什:《世界文学的框架》(David Damrosch, "Frames for World Literature"),本书第63页。

究实践"。① 的确,达姆罗什常从他熟知的西方文学传统亦即"我们的价值"出发,但他同时也在不断开发世界文学中的"其余"。他在我们这次会议上阐释世界文学与国族建构问题时所举的三个例子便可见一斑,② 很能见出他的取向,这是难能可贵的。我们不能把"其余"这一欧洲中心主义的遗产与关注"其余"混为一谈。

十多年来的世界文学论争中,用法语写作的意大利人卡萨诺瓦的《文学的世界共和国》(Pascale Casanova, *La République mondiale des lettres*, 1999;英译:*The World Republic of Letters*, 2004),着实掀起不少波澜。此书影响巨大又颇受争议,从而成为当代所有世界文学思考的话题之一,也是这场论争的重要参考书目之一。她说巴黎乃世界文学之首都,并认为有其历史依据:"强调巴黎是文学的首都,并非法国中心主义,而是审慎的史学研究的结果。在过去的几百年里,文学资源十分罕见地集中在巴黎,并导致其文学的世界中心这一设定逐渐得到认可。"③ 本来,确实如她所说,书中的不少观点有其历史依据,但在全球化的今天,尤其是这一观点无法掩盖的法国中心主义延及欧洲中心主义,这本——如第二版前言坦承——非常"法国"的书频繁受到指摘,本在情理之中。同样很有名的是普兰德加斯特(Christopher Prendergast)的同名文章,见之于他主编的《世界文学论争》(2004)一书。他几乎动用了所有权威之说,批驳卡萨诺瓦的论点。④

强调歌德"世界文学"概念中的人文主义理想,这是很常见的。然而,这种理想主义视角晚近遭到质疑,卡萨诺瓦的说法便与这种理想主义视角相对立。她认为:歌德倡导世界文学之时,正值德意志民族带着新秀姿态闯入国际文学领地之际,为了与法国文学抗衡,歌德很懂得在德意志疆土之外占领文学市场。⑤ 科赫(Manfred Koch)⑥ 和沃尔夫(Norbert Ch. Wolf)⑦ 完全不认同卡萨诺瓦的看法:一方面,她把世界文

---

① 见高利克:《论 2000 年以来的世界文学概念》(Marián Gálik, "Some Remarks on the Concept of World Literature after 2000"),本书第 138 页。
② 参见达姆罗什:《世界文学与国族建构》("World Literature and Nation-building"),本书第 1—12 页。
③ 卡萨诺瓦:《文学的世界共和国》(英文版,2004),第 46—47 页。
④ 参见普兰德加斯特:《文学的世界共和国》,载普兰德加斯特编《世界文学论争》,伦敦、纽约:Verso,2004 年,第 1—25 页。(Christopher Prendergast, "The World Republic of Letters," in: *Debating World Literature*, ed. by Ch. Prendergast, London and New York: Verso, 2004)
⑤ 参见卡萨诺瓦:《文学的世界共和国》,巴黎:Le Seuil,1999 年,第 64 页。(Pascale Casanova, *La République mondiale des lettres*, Paris: Le Seuil, 1999)
⑥ 科赫:《魏玛的世界居民:论歌德"世界文学"概念的发生》,图宾根:Niemeyer,2002 年。(Manfred Koch, *Weimaraner Weltbewohner. Zur Genese von Goethes Begriff "Weltliteratur"*, Tübingen: Niemeyer, 2002)
⑦ 沃尔夫:《从民族文学到世界文学:歌德之路》,载尤特编《文学场与国族》,弗莱堡:Frankreich-Zentrum,2007 年,第 91—100 页。(Norbert Christian Wolf, "De la littérature nationale à la littérature mondiale: la trajectoire de Goethe", in: *Champ littéraire et nation*, hrsg. von Joseph Jurt, Freiburg: Frankreich-Zentrum, 2007)

学看做文化资本相互倾轧和排挤之所;另一方面,她错误判断了提出世界文学概念的时期:1827年的德意志文学早已不是羽毛未丰,那是天才辈出的时代,歌德也已是那个时代欧洲无出其右的文豪。① 至少在其晚年,他已在整个欧洲拥有膜拜群体。经由斯达尔夫人(Mme de Staël,1766—1817)的评述,他早已在法国、英国、斯堪的纳维亚、波兰和俄罗斯名声大振。

新近在美国颇为活跃的倡导"新"世界文学的学者,多少受到解构主义、后殖民、后现代理论的影响。比克罗夫特(Alexander Beecroft)的论文《没有连字符的世界文学:文学体系的类型学》②,旨在回应莫雷蒂和卡萨诺瓦的观点。他认为,莫雷蒂过于依赖自己所擅长的小说研究,而小说只是文学的一部分;卡萨诺瓦的《文学的世界共和国》则存在历时和空间上的局限。比克罗夫特强调"文学是全世界的语言艺术品"③,并提出六种文学生产模式。④ 阿普特(Emily Apter)的新著《反对世界文学——论不可译性的政治之维》(2013),从标题便可得知其挑衅性。她以解构精神,试图提出自己的世界文学理论。⑤ 她的一个基本观点是:"近来许多复兴世界文学的努力,都依赖于可译性之假设。其结果是,文学阐释未能充分考虑不可通约性亦即不可译性。"⑥人们应充分认识翻译的语言挑战,且不能忽视跨文化翻译中复杂的"政治地形"。作者在该著"导论"中解释了自己的意图:"《反对世界文学》查考各种假设,即翻译与不可译性是文学之世界形式的本质所在。"⑦她的解构主义批评带着一种末世预言,即(西方)世界文学的丧钟已经敲响,就像整个星球一样。⑧

从上述概览性的论述中可以见出新近的世界文学论争之色彩斑斓

---

① 参见尤特:《世界文学设想:国际文学场的第一个蓝图?》,载巴赫莱特纳编《"外国文学的蜜蜂":世界文学时代大不列颠、法国和德语区之间的文学传输(1770—1850)》,威斯巴登:Harrassowitz,2012年,第31—32页。(Joseph Jurt, "Das Konzept der Weltliteratur—ein erster Entwurf eines internationalen literarischen Feldes?" in: *Die Bienen fremder Literaturen*: *der literarische Transfer zwischen Großbritannien, Frankreich und dem deutschsprachigen Raum im Zeitalter der Weltliteratur* (1770—1850), hrsg. von Norbert Bachleitner, Wiesbaden: Harrassowitz, 2012)

② 比克罗夫特:《没有连字符的世界文学:文学体系的类型学》,载《新左派评论》第54期(2008年11月—12月),第87—100页。(Alexander Beecroft, "World Literature without a Hyphen. Towards a Typology of Literary Systems," in: *New Left Review* 54〔Nov.-Dec. 2008〕)

③ 同上,第100页。

④ 参见高利克《论2000年以来的世界文学概念》一文中的相关论述,本书第137页。——关于比克罗夫特的世界文学思想,另可参见其著《世界文学的生态:从古至今》,伦敦:Verso,2015年。(Alexander Beecroft, *An Ecology of World Literature*: *From Antiquity to the Present Day*, London: Verso, 2015)

⑤ 参见阿普特:《反对世界文学——论不可译性的政治之维》,伦敦:Verso,2013年,第6页。(Emily Apter, *Against World Literature*: *On the Politics of Untranslatability*, London: Verso, 2013)

⑥ 同上书,第3页。

⑦ 同上书,第16页。

⑧ 同上书,第320—342页。

的景象。① 欧美关于这个概念的论争,似乎还未终结。在结束这一节论述的时候,我想介绍斯堪的纳维亚的日耳曼语言文学家、冰岛大学翻译学教授克里斯特曼森(Gauti Kristmannsson)所发现的一种"奇怪"现象。他批评指出:翻阅新近关于世界文学的英语研究文献,我们不难发现一种现象,即德语文献很少被引用,歌德、赫尔德、马克思、恩格斯而外,奥尔巴赫也还常见,可是最新成果几乎都被忽略。② 这或许与语言能力有关,但又不全是语言问题,二者在对世界文学概念的认识上或许也有差异。若是翻阅相关德语研究文献,人们可以看到同样现象,只是方向相反:对英语研究成果的利用也是相当有限的。"德国学者或许觉得自己在这个(歌德)领域'门里出身'?"——这是克里斯特曼森的设问。但他就此提出假设:英语世界更多解构色彩的研究方向在德国学界被冷淡对待,在于后者更推重建构取向。③ 我的这篇导论的很大篇幅,则试图反复追寻歌德论说,旨在厘清相关问题,并在此基础上考察当今。

二、"世界文学"概念的"版权"及其历史背景

"世界文学"概念的高歌猛进,总要追溯至文豪歌德(Johann Wolfgang von Goethe,1749—1832),这也是学术研究中的惯例。一个术语如此紧密且一再与一个人牵连在一起,委实不多见。歌德曾长期被看做"世界文学"一词的创造者,不少人脱口而出"世界文学"概念为歌德首次提出。这一说法是有问题的。尽管新近的研究已经另有他说,但是常被忽略;而一些顾及新近研究成果的人,未必都能清晰地再现历史。另外,不少学者论述歌德"世界文学"概念时,不愿或不忍心看到其时代局限,他们主要强调这一"歌德概念"的全球视野。④ 是否能作如是观,是

---

① 关于新近围绕"世界文学"之颇为广泛而持久的争论,除了上文已经提及的著述外,亦可参见普兰德加斯特编:《世界文学论争》,伦敦:Verso,2004 年(*Debating World Literature*, ed. by Christopher Prendergast, London: Verso, 2004);德汉、达姆罗什、卡迪尔编:《劳特里奇世界文学研究指南》,米尔顿帕克、阿宾顿、奥克森:Routledge,2012 年(*The Routledge Companion to World Literature*, ed. by Theo D'haen, David Damrosch and Djelal Kadir, Milton Park, Abingdon, Oxon: Routledge, 2012);达姆罗什:《世界文学理论》,奇切斯特、西萨塞克斯:Wiley-Blackwell,2014 年(*World Literature in Theory*, ed. by David Damrosch, Chichester, West Sussex: Wiley-Blackwell, 2014)。

② 克里斯特曼森在此所说的现象,亦见之于中国学界。达姆罗什、刘洪涛、尹星编《世界文学理论读本》(北京大学出版社,2013 年版),原작几乎是英语文献的一统天下。

③ 参见克里斯特曼森:《世界文学的发现》,载克勒塔特、塔辛斯基编《作为发现者的译者:他们的生平和作品作为翻译学与文学史研究的对象》,柏林:Frank & Timme,2014 年,第 352—353 页。(Gauti Kristmannsson, "Die Entdeckung der Weltliteratur", in: *Übersetzer als Entdecker: Ihr Leben und Werk als Gegenstand translationswissenschaftlicher und literaturgeschichtlicher Forschung*, hrsg. von Andreas F. Kelletat und Aleksey Tashinskiy, Berlin: Frank & Timme, 2014)

④ 不少学者,比如本书中佛朗哥、达姆罗什、张隆溪等人的观点,不承认歌德谈论世界文学时的欧洲中心主义倾向,他们强调的是歌德的世界主义。

本节试图辨析的问题，当然还会涉及其他一些相关问题。

无疑，"世界文学"概念不能只从歌德说起，还得往前追溯。约在三十年前，魏茨（Hans-J. Weitz）发现维兰德（Christoph M. Wieland，1733—1813）早在歌德之前就已用过这个词，见之于他的贺拉斯（Horace，公元前65—8年）书简翻译修订手稿（1790）。对此，歌德当然无从知晓。维兰德用这个词指称贺拉斯时代的修身养成，即罗马的"都城品位"，也就是"世界见识和世界文学之着色"（"feine Tinktur von Weltkenntniß u. Weltlitteratur"）。维兰德在修订稿中用"世界文学"替换了原先译稿中的法语"politesse"（"礼俗"），此处"文学"乃见多识广的"世界人士"（homme du monde）之雅兴。① 此处"世界"也与歌德的用法完全不同，指的是"大千世界"的教养文化。无论如何，已经没有理由仍然把"世界文学"一词看做歌德之创，也不能略加限定地把它看做歌德所造新词，如一些学者依然所做的那样。持这一观点的人一般认为，这个概念于1827年在歌德那里获得了世界主义语义。从已经发现的材料来看，这个观点也是靠不住的。

"世界文学"这个有口皆碑的所谓"歌德概念"，不只是在维兰德1790年手稿之前，更是在歌德起用这一概念之前五十四年就已出现！施勒策尔（August L. Schlözer，1735—1809）早在1773年就提出这个概念，将之引入欧洲思想。② 当时任教于哥廷根大学的施勒策尔是那个时代最著名的德意志史学家之一，其影响不只局限于德意志疆土。他也是最早关注北欧的德意志学者之一，著有《北方通史》（*Allgemeine nordische Geschichte*，1771）。他于1773年发表另一论著《冰岛文学与历史》③，书中写道：

> 对于整个世界文学（Weltlitteratur）来说，中世纪的冰岛文学同样重要，可是其大部分内容除了北方以外还鲜为人知，不像那个昏暗时代的盎格鲁-撒克逊文学、爱尔兰文学、俄罗斯文学、拜占庭文

---

① 见魏茨：《"世界文学"首先见于维兰德》，载《阿卡迪亚》第22卷（1987），第206—208页。（Hans J. Weitz, "'Weltliteratur' zuerst bei Wieland", in: *Arcadia* 22〔1987〕）

② 参见沙莫尼：《"世界文学"：首先由奥古斯特•路德维希•施勒策尔于1773年提出》，载《阿卡迪亚》第43卷第2辑（2008），第288—298页（Wolfgang Schamoni, "'Weltliteratur' — zuerst 1773 bei August Ludwig Schlözer", in: *Arcadia* 43, Nr. 2〔2008〕）。沙莫尼在文中指出，斯堪的纳维亚学者克里斯特曼森已于2007年在其论文《德意志文学中的北欧转向》（Gauti Kristmannsson, "The Nordic Turn in German Literature", in: *Edinburgh German Yearbook*, vol. 1, 63—72）中指出施勒策尔起用"世界文学"概念。其实，施勒策尔使用"世界文学"一词的关键语录，已见之于伦皮基（1886—1943）发表于1920年的专著《19世纪以前的德意志文学研究史》，第418页。（Sigmund von Lempicki, *Geschichte der deutschen Literaturwissenschaft bis zum Ende des 18. Jahrhunderts*, Göttingen: Vandenhoeck & Ruprecht,〔1920〕1968）

③ 施勒策尔：《冰岛文学与历史》，哥廷根、哥达：Dieterich，1773年。（August Ludwig von Schlözer, *Isländische Litteratur und Geschichte*, Göttingen, Gotha: Dieterich, 1773）

学、希伯来文学、阿拉伯文学和中国文学那样。①

没有证据显示歌德读过或没有读过施勒策尔的著作。事实是,这个概念及与之相关的普世主义,已在1773年出现,早于歌德半个世纪。"世界文学"概念并非一个文学家或文论家的首创,而是出自一个历史学家之手,带着历史学家的目光。将冰岛文学这一"小"文学与七种"大"文学相提并论,折射出启蒙运动的巨大动力,以及旨在推进"世界文学"的现代观念。②

毋庸置疑,歌德对"世界文学"概念的确立和流传做出了重大贡献,而说这个概念最初并不源自歌德,还有更深层的思想根源。这里不只涉及这一词语本身,还是孕育和生发世界文学思想的思潮。其中一个重要贡献来自赫尔德(Johann G. Herder,1744—1803)。在施勒策尔发表其《冰岛文学与历史》同一年,赫尔德与歌德、弗里西(Paolo Frisi,1728—1784)、莫泽尔(Justus Möser,1720—1794)一起主编出版《论德意志艺术》(*Von deutscher Art und Kunst*),其中不仅载有狂飙突进运动的宣言,亦鼓吹民族文学或人民文学。

"民族文学"("National-Litteratur")概念首先见于德语,第一次或许见于瑞士神学家迈斯特尔(Leonhard Meister,1741—1811)的书名《论德语的历史和民族文学》(1777)③。在这之前,赫尔德已在其残稿《论新近德意志文学》(1767)中论及"民族文学"("Litteratur einer Nation"④)。那个时期出现了不少"德意志"刊物或文集,以凸显德意志文化认同。⑤赫尔德坚信具有"根本意义的生活形态中,一个民族的精神、语言的精神和文学的精神是高度吻合的"⑥。另外,他透过莪相(Ossian)的诗,宣称庶民中亦有文学宝藏;彼时歌德当有同样见解。赫尔德界定民族文学时,歌德也还徜徉于民族文学。历时一年半的意大利之旅(1786/88),才改变了歌德的文化视阈,他也随之告别了文化民族主义,逐渐获得"世界"视野。

卡萨诺瓦在其《文学的世界共和国》中指出,民族文学思想主要由赫

---

① 施勒策尔:《冰岛文学与历史》,转引自沙莫尼:《"世界文学":首先由奥古斯特·路德维希·施勒策尔于1773年提出》,第289页。——着重号系笔者所加。

② 参见克里斯特曼森:《世界文学的发现》,第359—360页;提哈诺夫:《世界文学的定位》(Galin Tihanov, "The Location of World Literature"),本书第58页。

③ Leonhard Meister, *Beyträge zur Geschichte der teutschen Sprache und National-Litteratur*, London: typographische Gesellschaft, 1777.

④ 赫尔德:《论新近德意志文学》(1767),第148页。(Johann G. Herder, "Ueber die neuere Deutsche Litteratur. Erste Sammlung von Fragmenten. Eine Beilage zu den Briefen, die neueste Litteratur betreffend (1767)", in: *Sämtliche Werke I*, hrsg. von Bernhard Suphan, Berlin 1877)

⑤ 参见科赫:《魏玛的世界居民:论歌德"世界文学"概念的发生》,第89页。

⑥ 同上书,第116页。

尔德倡导并产生重大影响,从德语区传遍欧洲并走向世界,此乃所谓"赫尔德效应"("Herder-effect")。①"民族文学"与"世界文学"这两个概念相辅相成:前者是后者之最重要的组成部分,而没有后者,前者只能是地方的;没有比照对象,民族文学也就失去了与世界上重要作品的媲美可能性。赫尔德也是世界文学的精神先驱之一,他的著述明显体现出民族文学与世界文学的关系。②饶有趣味的是,"世界文学"概念的发祥地,还处在国族形成(nation-building)过程中。③

歌德《诗与真》中1811/12年的一段话,是世界文学讨论中的一段名言,讲述他1770年在斯特拉斯堡与赫尔德的相遇。

> 他[赫尔德]在其先行者洛斯(Robert Lowth,1710—1787)之后对希伯来诗艺之极有见地的探讨,他激励我们在阿尔萨斯收集世代相传的民歌。这些诗歌形式的最古老的文献能够证明,诗艺全然是世界天资和人民天分,绝非个别高雅之士的私人禀赋。④

这段语录中的"世界",常被歌德研究者看做其世界文学思想的序曲,这当然不无道理。可是,若无赫尔德,这个概念在歌德那里或许不会获得如此重要的意义。赫尔德在这个概念形成之前,就已怀有同样的思绪。另外,我们在其早期著述中常能见到"世界命运"(Weltschicksal)"世界历史"(Weltgeschichte)"世界事件"(Weltbegebenheiten)"世界变化"(Weltveränderung)"世界公民"(Weltbürger)等概念。⑤

"世界文学"概念不只拘囿于自己的实际意义,它还连接着更宽阔的历史和体系语境,同其他一些近代以来与"世界"二字组合而成的重要概念密切相关。世界—概念旨在涵盖某种存在之整体,例如康德(Immanuel Kant,1724—1804)的"Weltanschauung"(世界观),谢林(Friedrich W. J. Schelling,1775—1854)的"Weltseele"(世界灵魂),均属整体论的理想主义。⑥1770年至1830年有一股强劲的"世界"热,一些同属普遍主义的概念脱颖而出,其中有许多今天依然很重要的观念,以

---

① 参见卡萨诺瓦:《文学的世界共和国》(英文版,2004),第75—81页。
② 参见克勒塔特:《赫尔德与世界文学:论18世纪翻译史》法兰克福:Peter Lang,1984年。(Andreas F. Kelletat, *Herder und die Weltliteratur. Zur Geschichte des Übersetzens im 18. Jahrhundert*, Frankfurt: Peter Lang, 1984)
③ 参见尤特:《世界文学设想:国际文学场的第一个蓝图?》,第23页。
④ 歌德:《诗与真》,《歌德作品全集及书信和谈话(法兰克福版)》(40卷),阿佩尔、比鲁斯等编,法兰克福:Deutscher Klassiker Verlag,1986—1999年,第14卷,第445页。(Johann Wolfgang Goethe, *Dichtung und Wahrheit*, in: *Sämtliche Werke. Briefe, Tagebücher und Gespräche*, 40 Bde., hrsg. von Friedmar Apel, Hendrik Birus et al., Frankfurt: Deutscher Klassiker Verlag,1986—1999)
⑤ 参见克里斯特曼森:《世界文学的发现》,第355页。
⑥ 参见佛朗哥:《比较文学与世界文学:从歌德到全球化》(Bernard Franco, "Comparative Literature and World Literature: From Goethe to Globalization"),本书第43—44页。

及一些今天还被看重的价值观与全球思维方式。也是自 1770 年代起，歌德时常说及世界，"世界诗歌"（Weltpoesie）"世界文化"（Weltkultur）以及"世界历史""世界灵魂""世界公民""世界事件"等词语组合，常见于他的言说。就"世界文学"而言，歌德很早就认识到文学场的某些特有规律，使得交流过程成为特殊的文学景观，可是这要到很久以后亦即 1820 年代末期才被他明确描述。而在 19 世纪早期的法国，席勒（Friedrich Schiller，1759—1805）的《奥尔良的姑娘》（Die Jungfrau von Orléans，1801）的法文本译者德谢（Jean J. Derché，1757—1846），最先提出了欧洲文化网络意义上的"文学世界主义"。①

最后，我们还须提及施特里希（Fritz Strich，1882—1963）在歌德研究的标志性著作《歌德与世界文学》（1946）中所强调的视角：个人经历对歌德世界文学思想的发展起了很大的催化作用：

> 歌德感到特别惊奇，自己那些隐居状态中创作的作品，完全是为了释放自己，为了自己更好的养成而写的，最后居然能在世界上产生如此巨大的反响，接连不断地传到他这个年迈文学家的耳里。这一世界反响有益于他的身心，让他感到幸福，从而成为他呼唤和促进世界文学的最重要的动机，要让所在都有他这种福祉。②

三、莫衷一是，或歌德对"世界文学"的不同理解

"世界文学"是晚年歌德最成功的用词之一，不仅很快在德意志土地上站稳脚跟，也在外域获得很大反响。歌德诸多文论著述，足以见出他对世界上相去甚远的文学之百科全书式的通览：从近东和远东文学，到欧洲古代经典、中世纪和当代民族文学，他的涉猎程度令人惊叹。此外，歌德的大量译作不仅译自欧洲常见语言（希腊语，拉丁语，法语，西班牙语和英语），还经由各种途径涉及《旧约》和《可兰经》，阿拉伯古典诗歌，古代冰岛神话诗集《埃达》，还有摩尔、塞尔维亚和其他许多民歌。最后还有他在《东西诗集》（West-östlicher Divan，1819）和《中德四季晨昏杂咏》（Chinesisch-Deutsche Jahres- und Tageszeiten，1829）中对波斯和中国诗歌的颇具创造性的接受。弗里德尔（Egon Friedell）在其专著《近代文化史》中刻画了歌德个性的一个基本前提，使他自己得以成为世界文学理念的楷模：

> 没有什么能真正损害歌德，这是他的天性：汲取优良的和劣等

---

① 参见提哈诺夫（Galin Tihanov）在本次高端对话自由发言阶段的发言，本书第 36 页。
② 施特里希：《歌德与世界文学》（1946），伯尔尼：Francke，1957 年，第 31 页。（Fritz Strich, *Goethe und die Weltliteratur*, Bern: Francke,〔1946〕1957）

的、高尚的和低贱的、陌生的和熟识的养分,他却依然是他;如同人的肌体,摄取和消化完全不同的食物,总在培育同样的细胞,歌德如此造就的还是歌德,没有什么能长久地阻碍他的生长。①

无人能像尼采(Friedrich Nietzsche,1844—1900)那样凸显歌德如何超越其生活时代的民族界线:"从任何角度来看,歌德都超脱于德意志人,迄今依然如此:他永远不属于他们",尼采在其《人性、太人性》(1876/80)中如是说:

> 如贝多芬(Ludwig van Beethoven,1770—1827)超越德意志人作曲,叔本华(Arthur Schopenhauer,1788—1860)超越德意志人潜心哲学,歌德则超越德意志人创作《塔索》和《伊菲格尼》。只有极少数精英能跟得上他,古典、生活和游历锤炼之人,超然于德意志本性的人;歌德自己只愿如此。②

再回到"世界文学"概念。兰平(Dieter Lamping)在其论著《世界文学之思:歌德的设想及其腾达生涯》中指出:

> [歌德]在不同场合用过这一表述,却都只是简短提及而已。细看他的零散说辞,很快就能见出,他对"世界文学"有着不同的理解,即便他清晰地偏向某种理解。③

歌德究竟偏向哪种理解,似乎并不容易完全弄清。查阅相关研究文献,同样很难理清思路,就像兰平所强调的那样,可是他并不悲观:

> 这种多义性有点令人困惑,尤其是文学研究者采用这一表述时所理解的完全不同的含义,总是援持歌德。然而,歌德关于世界文学的诸多说法,完全可以理出一个合理的头绪。④

兰平之说能够成立。自1827年初起,歌德开始并多次在书评、文章、信件和交谈中明确谈论"世界文学"。⑤他在晚年极为关注欧洲报业的

---

① 弗里德尔:《近代文化史》,慕尼黑:dtv,1976年,第2卷,第883页。(Egon Friedell: *Kulturgeschichte der Neuzeit*, München: dtv, 1976)
② 尼采:《人性、太人性》,《尼采全集(校勘本)》第2卷,慕尼黑:dtv,1980年,第448—449页。(Friedrich Nietzsche, *Menschliches, Allzumenschliches*, in: *Sämtliche Werke. Kritische Studienausgabe*, hrsg. von Giorgio Colli und Mazzino Montinari, München: dtv, 1980, II)
③ 兰平:《世界文学之思:歌德的设想及其腾达生涯》,斯图加特:Alfred Kröner,2010年,第11页。(Dieter Lamping, *Die Idee der Weltliteratur. Ein Konzept Goethes und seine Karriere*, Stuttgart: Alfred Kröner, 2010)
④ 同上书,第11页。
⑤ 歌德在二十处说过"世界文学",见施特里希的系统梳理:《歌德与世界文学》,第369—372页;另见兰德林:《世界文学的历史语义:概念起源与学者运用》,载博谢蒂编《跨国族文化空间》,巴黎:Nouveau Monde Editions,2010年,第96—99页。(Xavier Landrin, "La semantique historique de la Weltliteratur: Genèse conceptuelle et usages savants", in: *L'Espace culturel transnational*, ed. Anna Boschetti, Paris: Nouveau Monde Editions, 2010)

兴起,尤其是法国的文学刊物,其中又特别赏识1826年创刊的浪漫派刊物《全球报》(*Le Globe*),并时常摘录和翻译该报文章。① 歌德对自己的剧作《托尔夸托·塔索》(*Torquato Tasso*)被译成法语甚是欣喜。他在1827年1月15日的简短日记中,第一次写下"世界文学"字样:"让舒哈特[Johann Ch. Schuchardt, 1799—1870]记下法国文学和世界文学。"② 他又在1月26日给哥达(Johann F. Cotta, 1764—1832)的信中说:"我们现在必须特别关注外国文学,人家已经开始关注我们。"③ 次日,他在给作家和翻译家施特赖克福斯(Adolph F. Streckfuß, 1779—1844)的信中表达了他的信念:"我相信,世界文学正在形成,所有民族都对此感兴趣,因而都迈出了可喜的步子。"④(顺便说一句:许多"世界文学"论者,尤其是中国学者,喜欢说歌德是在阅读中国文学时才第一次说出"世界文学",⑤ 这是讹误!)

也是在1827年初,歌德在《艺术与古代》⑥杂志第6卷第1册转载了《塔索》译者迪瓦勒(Alexandre Durval, 1767—1842)的两篇书评,一篇简介出自《商报》(*Journal du Commerce*),另一篇出自《全球报》,迪瓦勒盛赞歌德为楷模。歌德最后在评论这两篇书评时写下如下结语,第一次公开说及"世界文学":

> 我转载法国报刊上的讯息,目的绝不在于记起我和我的工作;我在指向一个更高的目的,我就稍微谈一下这个目的。人们到处都可听到和读到,人类在阔步前进,还有世界关系以及人际关系更为广阔的前景。不管这在总体上会有何特性,[……]我仍想从我这方面提醒我的朋友们注意,我坚信一种普遍的世界文学正在形成,我们德意志人可在其中扮演光荣的角色。⑦

---

① 歌德与《全球报》关系密切,这是他观察世界的窗口之一。从他保存的《全球报》可以确定,他无疑读过其中295篇文章;并且,202篇文章中留有他的勾画记号。——见哈姆:《歌德与法国杂志〈全球报〉:世界文学时代的一本读物》,魏玛:Böhlau,1998,第15页(Heinz Hamm, *Goethe und die französische Zeitschrift "Le Globe". Eine Lektüre im Zeitalter der Weltliteratur*, Weimar: Böhlau, 1998)

② 见《歌德文集(魏玛版)》,慕尼黑:dtv,1987年,第11卷,第8页。(Goethe: *Werke*〔Weimarer Ausgabe〕, München: dtv, 1987)

③ 歌德:《致哥达》("Goethe an Cotta",1827年1月26日),《歌德文集(魏玛版)》,第42卷,第27页。

④ 歌德:《致施特赖克福斯》("Goethe an Streckfuß",1827年1月27日),《歌德文集(魏玛版)》,第42卷,第28页。

⑤ 关于此说,见王宁:《丧钟为谁而鸣——比较文学的民族性与世界性》,载《探索与争鸣》2016年第7期,第39页:"今天的中国读者们也许已经忘记了歌德读过的《好逑传》《老生儿》《花笺记》《玉娇梨》这样一些在中国文学史上并不占重要地位的作品,但正是这些作品启发了年逾古稀的歌德,使他得出了具有普遍意义的'世界文学'概念。"

⑥ 1816年创刊的《艺术与古代》(*Ueber Kunst und Alterthum*)是歌德去世前十六年中广交文友、相互交流的重要刊物。三分之二的文字出自歌德之手,这是他的杂志。另外,他认为翻译和评论外国文学是其刊物的任务,该刊不仅报道外国文学动态,也持续介绍德意志作品在外国的接受状况。

⑦ 见《歌德作品全集及书信和谈话(法兰克福版)》,第12卷,第356页。

最后,歌德于 1827 年 1 月 31 日在与爱克曼(Johann Eckermann, 1792—1854)的谈话中表达了后来闻名遐迩的观点:

> 我喜欢纵览域外民族,也劝每个人都这么做。民族文学现在已经算不了什么,轮到世界文学时代了;现在每个人都应出力,促成其尽快来临。①

法国《全球报》于当年 11 月 1 日援引歌德之说,但将歌德的"世界文学"概念替换成"西方文学或欧洲文学"("littérature occidentale ou européenne"),这在很大程度上符合歌德"世界文学"的原意。换言之,他当初想象的世界文学是欧洲文学,如他主编的杂志《艺术与古代》第 6 卷第 3 册(1829)的题旨明确显示的那样:"欧洲文学,即世界文学"("Europäische, d. h. Welt-Litteratur"②)。

毫无疑问,歌德是一个极为开放的人,但他有着明确的等级观念。"中国、印度、埃及之古代,终究只是稀奇古怪之物",他如此写道:"自己了解并让世界了解它们,总是一件好事;但它们不会给我们的品德和审美教育带来多少助益。"③他建议自己的秘书里默尔(Friedrich W. Riemer, 1774—1845)说:"您还是留在希腊地区吧,没什么比那里更好;那个民族懂得如何从千百朵玫瑰中提炼出一小瓶精油。"④显然,歌德无法超越他所生活的时代,他既没读过道家经典,也不知道全球文化促进的早期形式,就如印度经济学家阿马蒂亚·森(Amartya Sen)批判西方文化帝国主义时经常提及的那样。阿马蒂亚·森最喜欢举的例子是今天藏于大英博物馆的佛教《金刚经》(《金刚般若波罗蜜经》)。该书由鸠摩罗什从梵文译入汉语,用中国印刷术制作;这一全世界最古老的完整印刷书籍,几乎在《古腾堡圣经》之前六百年就奠定了图书时代。

德意志文学家对古希腊的钟爱是众所周知的,这在温克尔曼(Johann J. Winckelmann, 1717—1768)之后仿佛成了德意志人之文学认同的组成部分。这种认同感颇为强烈,甚至可被看做"民族"而非"跨民族"之感受。⑤歌德在同爱克曼的谈话中如此解释自己的思想:

---

① 《歌德作品全集及书信和谈话(法兰克福版)》,第 12 卷,第 952 页。
② 见《歌德作品全集及书信和谈话(法兰克福版)》,第 22 卷,第 724—725 页。——关于歌德起初论及"世界文学"概念的情况,参见比鲁斯:《歌德的世界文学思想——历史还原》,载施梅林编《今日世界文学:方案和前景》,维尔茨堡:Königshausen & Neumann, 1995 年,第 11—12 页(Hendrik Birus, "Goethes Idee der Weltliteratur. Eine historische Vergegenwärtigung", in: *Weltliteratur heute. Konzepte und Perspektiven*, hrsg. von Manfred Schmeling, Würzburg: Königshausen & Neumann, 1995);本书中佛朗哥《比较文学与世界文学:从歌德到全球化》一文中也有相关论述。
③ 《歌德作品全集及书信和谈话(法兰克福版)》,第 13 卷,第 175 页。
④ 歌德:《致里默尔》("Goethe an Riemer", 1816 年 5 月 25 日),《歌德作品全集及书信和谈话(法兰克福版)》,第 7 卷,第 594 页。
⑤ 参见克里斯特曼森:《世界文学的发现》,第 362 页。

> [……]但在赏识外国事物时,我们不能固守有些奇特之物并视之为典范。我们不必认为来自中国或塞尔维亚的东西就是这样的,也不必这样看卡尔德隆或尼伯龙根;而在需求典范之时,我们始终必须返回古希腊,那里的作品总是表现完美之人。其他一切事物,我们仅须历史地看待;如可能的话,从中汲取好东西。①

偏偏是歌德这位"世界文学"旗手,固执于欧洲古典精神,似乎让人难以理解,但我们无须惊诧,那是时代的局限。就连那个时代最重要的梵语专家威廉·洪堡(Wilhelm von Humboldt,1767—1835),也对歌德关于印度诗歌的负面评价表示赞同:

> 我无法从中获得趣味,依然坚持我的观点,希腊、罗马之物所拥有的高度和深度、素朴和多彩、分寸和适度,谁都休想企及,我们永远没有走出此道的必要。②

威廉·洪堡在其印度研究达到巅峰之时,还在书信中坦言:

> 我希望能有机会好好说一下,希腊语和希腊古代依然是人类精神所能成就的最精粹境界。人们可以称誉梵语,但它不及希腊语;很简单,就语言而言。这会是我永久的信念。③

我们不应忘记,歌德是在七十八岁高龄,也就是去世前五年,倡导"世界文学"思想;他更多的只是顺带提及,且不乏矛盾之处,并非后来的比较文学所要让人知道的系统设想,且把"世界文学"看做这个专业的基本概念。④歌德所用的这个概念,绝非指称整个世界的文学。并且,他的世界文学理念,所指既非数量亦非品质,既不包括当时所知的所有文学,也不涉及各种民族文学的经典作品,基本上只顾及德意志、法兰西、大不列颠和意大利文学,间或稍带其他一些欧洲国家的民间文学,偶尔也会谈论几句欧洲以外事物。⑤艾田蒲(René Étiemble,1909—2002)也曾指出,仍有学者论及见之于歌德观点的"德意志中心主义"。⑥博南凯普

---

① 《歌德作品全集及书信和谈话(法兰克福版)》,第 12 卷,第 225 页。
② 威廉·洪堡:《致歌德》(1821 年 5 月 15 日),载盖格尔编《歌德与威廉·洪堡和亚历山大·洪堡通信集》,柏林:Bondy,1909 年,第 247—248 页。("Wilhelm von Humboldt an Goethe", in: Goethe, *Briefwechsel mit Wilhelm und Alexander von Humboldt*, hrsg. von Ludwig Geiger, Berlin: Bondy, 1909)
③ 威廉·洪堡:《致韦尔克》(1826 年初),载海姆编《威廉·洪堡致韦尔克》,柏林:Gärtner,1859 年,第 134 页。("Wilhelm von Humboldt an Friedrich Gottlieb Welcker", in: Wilhelm von Humboldt, *Briefe an F. G. Welcker*, hrsg. von Rudolf Haym, Berlin: Gärtner, 1859)
④ 关于"世界文学"在比较文学研究中的运用,参见兰德林:《世界文学的历史语义:概念起源与学者运用》,第 79—95 页。
⑤ 参见尤特:《世界文学设想:国际文学场的第一个蓝图?》,第 43—44 页。
⑥ 参见艾田蒲:《论真正的总体文学》,巴黎:Gallimard,1974 年,第 15 页。(René Étiemble, *Essais de littérature (vraiment) générale*, Paris: Gallimard, 1974)

(Anne Bohnenkamp)甚至说,今人所运用的这个因歌德而发迹的术语,多半"与歌德对这个概念的想象几乎没有共同之处"①。

四、交流、翻译和普遍人性

前文说及歌德对"世界文学"有着不同的理解,且很难判断他究竟偏向哪种理解。至关紧要的是,歌德没有关于世界文学的理论,因而对这个概念的真正把握也就无从说起。这个词的神秘效应,首先缘于一个事实:它拒绝所有固定界说,就连歌德自己也回避言简意赅的界定。他在不同语境中谈及世界文学,从中可以见出两个视角。一个是乐观的视角,即大家都应参与世界文学,那是空前的、交流的、自由的、参与的文学;歌德思考的出发点是适度的进步理念,相互联系让人走出地方局限。1828年,他又说起"世界文学"这个"充满希望的词汇:当前这个高速时代和不断简便的交流,可以让人祈望世界文学不久就能实现"②。另一个是否定的视角,也就是他在给自己的老年挚友策尔特(Carl F. Zelter, 1758—1832)的信中说到"日益逼近的世界文学"("anmarschierende Weltliteratur"③)时,认为文学的产量越来越大,不会再有高品质的文学,文学受到了威胁。肯定概念自1827年起;否定概念最迟自1831年起,也就是他去世前一年。

歌德认为,人们不能只看到正在形成的世界文学的积极意义:"若随着交通越来越快而不可避免的世界文学逐渐形成,那我们对这样一种世界文学不能期待过多,只能看它能做到什么和做到什么。"④后来,他似乎对世界文学与世界的真正关联也产生了疑问:"合众生口味者,将会流布四方,如我们今天所见,它们在各个地域登场。但严肃的人和真正能干的人很少能在这方面成功。"也就是说,民众趣味会损害世界文学,发展过快而导致品质下滑;对此,歌德所开的药方是:"严肃者因而必须组建一座安静的、几乎委屈的教堂;对抗汹涌的潮流,那会是徒劳的;但要坚毅地标举自己的立场,直到潮流退去。"⑤

马克思、恩格斯1848年的《共产党宣言》,同样论及世界文学的发展,指出不同民族的精神产品已成为世界公共财富,狭隘的民族局限越

---

① 博南凯普,见《歌德作品全集及书信和谈话(法兰克福版)》,第22卷,第938页。
② 《歌德作品全集及书信和谈话(法兰克福版)》,第22卷,第427页。
③ 歌德:《致策尔特》("Goethe an Zelter",1829年3月4日),《歌德作品全集及书信和谈话(法兰克福版)》,第11卷,第99页。
④ 《歌德作品全集及书信和谈话(法兰克福版)》,第12卷,第866页。
⑤ 同上书,第866—867页。

来越难以维系,文学也已逐渐成为世界文学。① 马克思、恩格斯的这一论说,几乎见之于所有讨论"歌德和世界文学"的文本,或至少被提及。克里斯特曼森不无道理地指出:令人不解的是,马恩的批判目光,也就是整篇《共产党宣言》的批判性,在论述"世界文学"问题时几乎总被漠视。马恩把世界文学看做资产阶级统治的结果,甚或是其极点。而许多学者援引马恩观点,只是为了提供又一证据,说明歌德有理。② 最典型的例子,或许是达姆罗什的《什么是世界文学?》,该书引用马恩语录作为题词:"各民族的精神产品成了公共的财产。民族的片面性和局限性日益成为不可能,于是由许多种民族的和地方的文学形成了一种世界文学。"他似乎采用了实证视角,以证明确实存在世界文学,至少是预言已经成真。"在马克思和恩格斯看来,对歌德也一样,世界文学是现代文学之精髓。"③这一说法固然没错,但却很含混:在达姆罗什那里,马恩观点带有价值判断,而在马恩论述这个问题时,应当只在于客观陈述。④ 照此说法,所有以《共产党宣言》为据,以为马恩也倡导甚至拓展了世界文学概念,证据是不充分的。

毫无疑问,与歌德时代不同,我们今天对于世界文学完全是别样的理解。歌德之后,许多人都做过阐释和界定这个概念的尝试。奥尔巴赫(Erich Auerbach,1892—1957)就曾哀叹世界上文学多样性的丧失,从而诘问歌德的世界文学理念究竟还在多大程度上适合我们这个时代。交流的根源在于差别,已经占有则无需交流。不同文学之间的调适,使交流失去了丰腴的土壤。因此,人们必须更多挖掘不同文学的差异性和多样性。⑤

比鲁斯(Hendrik Birus)在其《歌德的世界文学思想:一个历史回顾》一文中指出,"歌德的'世界文学'概念既不可从数量视角('涵盖所有文学')也不可从品质视角('其中最出色的作品')来理解。"从歌德1826至

---

① 马克思、恩格斯:《共产党宣言》,《马克思恩格斯选集》,北京:人民出版社,1966年,第1卷,第242—243页:"资产阶级,由于开拓了世界市场,使一切国家的生产和消费都成为世界性的了。使反动派大为惋惜的是,资产阶级挖掉了工业脚下的民族基础。古老的民族工业被消灭了,并且每天都还在被消灭。它们被新的工业排挤掉了,新的工业的建立已经成为一切文明民族的生命攸关的问题;这些工业所加工的,已经不是本地的原料,而是来自极其遥远的地区的原料;它们的产品不仅供本国消费,而且同时供世界各地消费。旧的、靠本国产品来满足的需要,被新的、要靠极其遥远的国家和地带的产品来满足的需要所代替了。过去那种地方的和民族的自给自足和闭关自守状态,被各民族的各方面的互相往来和各方面的互相依赖所代替了。物质的生产是如此,精神的生产也是如此。各民族的精神产品成了公共的财产。民族的片面性和局限性日益成为不可能,于是由许多种民族的和地方的文学形成了一种世界的文学[Weltliteratur:世界文学]。"

② 参见克里斯特曼森:《世界文学的发现》,第356—357页。

③ 达姆罗什:《什么是世界文学?》(2003),第4页。

④ 参见克里斯特曼森:《世界文学的发现》,第357页。

⑤ 参见奥尔巴赫:《世界文学的语文学》,载穆里格、施泰格编《世界文学:弗里茨·施特里希七十寿辰纪念文集》,伯尔尼:Francke,1952年,第39—50页。(Erich Auerbach, "Philologie der Weltliteratur", in: *Weltliteratur: Festgabe für Fritz Strich zum 70. Geburtstag*, hrsg. von Walter Muschg und Emil Staiger, Bern: Francke, 1952)

1829 年间(也就是他乐观地倡导"世界文学"的时期)关于文学发展的思考可以见出,文学的国际相互影响在其世界文学设想中具有中心意义。① 换言之:歌德的"世界文学"概念,首先意味着国际交流和相互接受。他曾谈及文学交流这一"或多或少的自由的精神贸易"②。泽艾因夫(Hans-Joachim Sehrimpf)认为,歌德使用交通、贸易、商品交换概念,绝不只是借喻。在歌德看来,经济"全球化"也要求文学的普遍化,他看到了世界贸易与世界文学的关系,并在积极意义上视之为各族人民相互走近的一个因素。③ 当然,歌德没有马克思、恩格斯分析世界经济发展时的批判目光,也没有马恩论及这个问题时的全球视野。但他看到商品交换与思想亦即文学交换的类似之处是完全可能的。

歌德高龄时倡导的"世界文学"思想,并不意味着文学升华为普遍的全球文学,而是各种民族文学之间的相互尊重和交流。④他曾在论及《爱丁堡评论》(*Edinburgh Review*)时说:"这些刊物逐渐赢得了广大读者,将会最有效地为我们所期待的普遍的世界文学做出贡献。"他同时强调说:"不能说各民族应当想法一致,他们只需相互知道,相互理解,还要——设若他们不愿相互热爱——至少学会相互容忍。"⑤博尔希迈尔(Dieter Borchmeyer)在其论文《世界贸易,世界虔诚,世界文学:歌德晚年的未来主义》中,将这种"民族间的宽容"新解为乌托邦。⑥ 他写道:

> 显然,世界文学对歌德来说尚属未然,它不仅指学人对于外语文学传统的了解——这已有几百年的历史——,既不是各族文学的总和,也不是其经典杰作。就这点而言,歌德的世界文学概念常被误解。

---

① 比鲁斯:《歌德的世界文学思想——历史还原》,第 11 页。——关于歌德世界文学概念的"交往"维度,参见韦伯:《关于"世界文学"现实用法的注释》,载克洛茨、施罗德、韦伯编《时代巨变中的文学:18 世纪和 19 世纪初欧洲文学的功用》,柏林、魏玛:Aufbau,1977 年,第 533—542 页,尤见第 536—539 页。(Peter Weber, "Anmerkungen zum aktuellen Gebrauch von 'Weltliteratur'", in: *Literatur im Epochenumbruch. Funktionen europäischer Literaturen im 18. und beginnenden 19. Jahrhundert*, hrsg. von Günther Klotz, Winfried Schröder und Peter Weber, Berlin, Weimar: Aufbau, 1977)
② 《歌德作品全集及书信和谈话(法兰克福版)》,第 22 卷,第 957 页。
③ 参见泽艾因夫:《歌德的世界文学概念》,斯图加特:1968 年,第 45—47 页。(Hans-Joachim Schrimpf, *Goethes Begriff der Weltliteratur*, Stuttgart: Metzler, 1968)
④ 参见维德曼:《德国经典与民族认同:对特殊道路问题的修正》,载福斯坎普编《经典比较:欧洲经典的规范性和历史性》,斯图加特:Metzler,1993 年,第 562 页。(Conrad Wiedemann, "Deutsche Klassik und nationale Identität. Eine Revision der Sonderwegs-Frage", in: *Klassik im Vergleich. Normativität und Historizität europäischer Klassiken*, hrsg. von Wilhelm Vosskamp, Stuttgart: Metzler, 1993)
⑤ 《歌德作品全集及书信和谈话(法兰克福版)》,第 22 卷,第 491 页。
⑥ 博尔希迈尔:《世界贸易,世界虔诚,世界文学:歌德晚年的未来主义》,第 3 页(Dieter Borchmeyer, "Welthandel-Weltfrömmigkeit-Weltliteratur. Goethes Alters-Futurismus")。该文为 2004 年 1 月 19 日开启慕尼黑大学"歌德时代网站"的主题演讲。见 Goethezeitportal. URL: http://www.goethezeitportal.de/db/wiss/goethe/borchmeyer_weltliteratur.pdf,网页访问日期:2016 年 8 月 31 日。

他的"世界文学界说"不是现状描写,而是"希望"之预告,是对一种开始展露、还有待形成的共同的跨民族的文学的幻想——用今天的话说,是一种源自文学生产者之间的互动,促进世界范围的社会共同作用的理想。①

关于世界文学的讨论,总会涉及翻译问题。②葡萄牙作家、诺贝尔文学奖获得者萨拉马戈(José Saramago,1922—2010)说过一句精辟之语:"作家用其语言创造国族文学,世界文学则由译者造就。"③他的世界声誉便得归功于四十五位译者。达姆罗什《什么是世界文学?》(2003)中的一个中心立论是,"世界文学"在于翻译;他甚至认为,"世界文学的决定性特征是:它由翻译领域的热门作品组成。"④由此,不只处于一种语言和文化,不是世界文学可有可无的条件,而是必要前提。当然,翻译概念与世界文学概念一样难以界定。从世界文学的角度来看,翻译将地方性的东西送往异地,它不只是文本传输,还包括其他许多东西,例如文化和语言的特殊性,以及弗兰克(William Franke)所强调的释放作品、新生意义:"翻译不可避免会碾平一些只可能存在于某种给定语言和文化中的特定的细微差别,但翻译也将作品解放出来,使之产生新的联系,并由此生发出之前未知的崭新意义。用卡尔维诺(Italo Calvino,1923—1985)《为何读经典》(*Why Read the Classics*)中的说法,这就是为什么经典从来说不完它要说的话。"⑤

1827年至1831年歌德关于世界文学正在形成的说法,涉及的重要途径之一便是翻译。⑥歌德尤为推崇翻译文学,视翻译为民族之间精神交流的重要手段。他在一封致卡莱尔(Thomas Carlyle,1795—1881)的信中强调了翻译的必要性:"每个译者都要努力成为常见精神贸易的中介,把促进交往看做自己的业务。即使有人说翻译不能完全达意,它是而且一直会是普遍世界事业中最重要、最令人尊敬的业务。"⑦他不仅强调翻译让译入文化受益,翻译还以其视角给译出文化带来补益。陌生视角使自己熟悉的文本焕然一新:"一种文学若非通过他者参与而重新焕发,

---

① 博尔希迈尔:《世界贸易,世界虔诚,世界文学:歌德晚年的未来主义》,第3页。
② 克里斯特曼森在其《世界文学的发现》(第350页)中批评新近的诸多著作,未能很好地利用几十年来翻译学中的大量研究成果,似乎只需提及本雅明或斯坦纳(George Steiner)就够了。
③ 转引自龙克尔:《说到做到》,载《时代周刊》1997年10月(第43期),第14页。(Wolfgang Runkel, "Im Wort stehen", in:*Die Zeit*, Nr. 43, 10/97)
④ 达姆罗什:《世界文学的框架》,第64页。
⑤ 弗兰克:《世界文学和与他者相遇:一种方法还是一种威胁?》(William Franke, "World Literature and the Encounter with the Other: A Means or a Menace?"),本书第99页;柯马丁在谈论《谁来决定"杰作联合国"?》("Who Choses the Delegates to the United Nations of Great Books?")时,也说及这一点,本书第31—32页。
⑥ 本段论述亦可参见尤特:《世界文学设想:国际文学场的第一个蓝图?》,第37页。
⑦ 歌德:《致卡莱尔》("Goethe an Carlyle",1827年7月20日),《歌德文集(魏玛版)》,第42卷,第270页。

终将会自我厌烦。"①一个典型事例是其名著《浮士德》,歌德没有再读德语原文的任何兴趣,可是当他看到法国作家内瓦尔(Gérard de Nerval, 1808—1855)的法译本时,他又看到了这部作品的精粹之处。歌德还在另一处强调《浮士德》英译本的裨益:"在英国,索恩(George Soane, 1790—1860)令人赞叹地理解了我的《浮士德》,懂得如何将其特性与他自己的语言特性以及他们民族的需求很好地融合在一起。"②另外,他在阅读了席勒(Friedrich von Schiller, 1759—1805)的《华伦斯坦》(*Wallenstein*)英译本的一段文字以后,讲述了类似的感受:"莎士比亚的语言一下子扑面而来,两个伟大、卓越的诗魂何其相似!如此生动地出现在我的眼前。席勒又抖擞起精神,另一个同样的人,如此清新,又一次充满活力地攫住了我,令我心潮激荡。"③歌德在1828年元旦致卡莱尔的信中,问他翻译的《托尔夸托·塔索》英译本会有什么效果,依然带着翻译能出新的意味:"正是从原文到译文的各种关系,最能清晰地显示从民族到民族的关系,人们必须充分认清这种促进事关重大之世界文学的翻译事业。"④

世界文学进程中有两个关注点:认识外人与自我在外人那里的体现。这双重视角见之于自我文化认同与文化他异性之间的紧密关联。⑤认可其他民族的特殊性,这在异国交往中有着极为关键的意义。然而,歌德运用的世界文学概念是一个辩证概念。对他来说,世界文学是表现普遍人性、促进相互理解的文学。施特里希在二战以后发表的《歌德与世界文学》(1946)中,首先强调"世界文学"概念的人文理想视阈。换言之,世界文学观念在他看来只奠基于人文主义。歌德的世界文学设想,不能简单从文学史的角度来理解,而应重视其伦理—社会功用。世界文学之最透辟的根基,"是认识普遍、永久的人性这一民族间的纽带"⑥。"普遍人性才是世界文学的清澈源泉,普遍的人性艺术和科学[……]"⑦对歌德来说,文化交流中的被交换之物的长处,见之于两个方面:地方性亦即特殊性让它引人入胜,同时不只局限于地方性,还能见出一些带有

---

① 《歌德作品全集及书信和谈话(法兰克福版)》,第22卷,第428页。
② 同上书,第949页。
③ 同上书,第490页。——这或许可以用来说明弗兰克的观点:"为了让伟大的作品成为世界文学,我们需要松手放开自己的文化。只有当我们从他者那里重新接受自己的文学,对于我们来说,它才会成为世界文学。重回我们身边,其根本意义已经发生彻底改变。"(弗兰克:《世界文学和与他者相遇:一种方法还是一种威胁?》,本书第99页。)
④ 《歌德作品全集及书信和谈话(法兰克福版)》,第22卷,第935页。
⑤ 参见布比亚:《歌德的他异性理论与世界文学思想——论新近的文化论争》,载图姆编《作为文化遗产的当代》,慕尼黑:Iudicium,1985年,第272页。(Fawzi Boubia, "Goethes Theorie der Alterität und die Idee der Weltliteratur. Ein Beitrag zur neueren Kulturdebatte", in: *Gegenwart als kulturelles Erbe*, hrsg. von Bernd Thum, München: Iudicium, 1985)
⑥ 施特里希:《歌德与世界文学》,第11页。
⑦ 同上书,第51页。

普遍性的东西。歌德在1827年1月底与爱克曼说及中国文学时强调了这一益处:中国人的"思想、行为和感受几乎和我们一样,这使我们很快就觉得他们是同类,[……]"①按照歌德的看法,不能只关注特殊之物、异国风味,它们有时会让人惊讶。要在特殊之中发现普遍。若是关注特殊,则要"透过民族性和个性,逐渐窥见和呈现普遍性"②。为了强调普遍与特殊之间的辩证关系,他又举例说,文学乃"世人共有,惟其显示民族性,才更引发兴趣"③。歌德的世界文学理念具有启示性。他强调文学交流的裨益,它可以让人在特殊性中看到普遍性,普遍性中看到特殊性。

五、"世界文学"vs."全球文学":何为经典?

当今对歌德之世界文学论说的讨论颇为活跃。原因很简单:"世界文学"是当代围绕"全球文学"的国际论争的焦点之一,各种讨论多半从歌德的世界文学概念说起,或追溯至歌德并探寻这个概念在他以后的发展。可是,"没有一种世界文学定义获得普遍认同,[……]"④一方面,歌德的世界文学思考被当做理论,从而被过分拔高。另一方面,人们开始诘问,这个"歌德概念"究竟指什么? 人们能用它做什么? 歌德曾把正在形成的世界文学看做历史快速发展的结果,而他所说的"这个高速时代和不断简便的交流"和由此而来的"自由的精神贸易",在国际化和全球化的今天,达到了他无法想象和前所未有的程度,并在很大程度上影响了当今的世界文学观念,这也是"全球文学"观念的时代基础。在一个全球化的世界,语言和国族的界线对于思想已经在很大程度上失去意义;政治、社会、经济和文化上的国族界线,仿佛只是为了被跨越而存在着。

在不少人指出歌德式世界文学概念的欧洲中心主义蕴含之后或同时,人们又试图重新起用这个概念,为了在今天的意义上赓续世界主义传统,抵御全球化的连带弊端。当今世界许多地方所推崇的"世界文化"概念,不仅为了描述一个因全球化而改变的世界,亦体现出批判性介入。而介入的一个依据亦即中心观点,来自歌德所强调的世界文学成于差异而非同一。⑤柯马丁(Martin Kern)在《世界文学的终结与开端》一文中,较为深入地探讨了这个问题。他在"地方性和全球性的对立"语境中,提出如下问题:"在不断交流、相互影响和文化、语言四处弥漫的同质化压

---

① 《歌德作品全集及书信和谈话(法兰克福版)》,第12卷,第223页。
② 《歌德作品全集及书信和谈话(法兰克福版)》,第22卷,第433页。
③ 同上书,第964页。
④ 达姆罗什:《世界文学的框架》,第63页。
⑤ 参见布比亚:《歌德的他异性理论与世界文学思想——论新近的文化论争》,第279—296页。

力之下,地方的独特性如何幸存?"①非常明确,他的理论依据已见于该文题词,即奥尔巴赫所言"世界文学思想在实现之时即被毁灭"②。柯马丁诟病与歌德理念背道而驰的最新发展:"对歌德而言,世界文学作为文化实践保证了各种当代文学文化相互启发和影响,然而它在今天却面临变为全球文学的威胁。全球文学并不关心文学文化来自何处,而是屈从于全球化市场的压力。"③因此,他认为"世界文学和全球文学的二分,已变得十分紧迫;如果世界文学成于他异性、不可通约性和非同一性,那么全球文学确实是其对立面:它在单一的、市场导向的霸权下强求一律,抹除差异,出于某种同一性而非他者性将他者据为己有"④。当然,对于"全球文学"还有其他许多论说。

目前(西方)学界有一个共识,即世界文学概念不能理解为所有文学的整体,亦非世界上最佳作品之经典。世界文学是普遍的、超时代的、跨地域的文学;若要跻身于世界文学,必须是超越国族界线而在其他许多国族那里被人阅读的作品。施特里希在七十年前提出的观点,"只有超越国族边界的文学作品"⑤才能成为世界文学,今天依然有效;或如达姆罗什广为人知的说法,将世界文学描写为"在原文化之外流通的文学作品"⑥。可见,世界文学在很大程度上成为一个视角问题:文学不再归于国族这一亚属体系,而首先要从国际文学场出发,以此划分不同文本和写作方法的属性和归属。若以当代多语种、多文化的斯拉夫文学为例,我们可以看到,亚属体系不仅超越了国族语境,甚至理所当然的不从国族出发,一开始就是杂糅的。⑦ 高利克论述杜里申(Dionýz Ďurišin, 1929—1997)的"文学间性板块"(interliterary centrism)理论时所涉及的地中海区域文学,可以很好地用来说明这种现象。⑧ 跨语言、超国界现象亦见诸缘于政治关系的集团利益而生发的区域文学。狄泽林克(Hugo Dyserinck)在论述东欧剧变之前杜里申倡导的"社会主义文学的综合"时

---

① 柯马丁:《世界文学的终结与开端》,第 105 页。
② 奥尔巴赫:《世界文学的语文学》(1952),第 39 页。
③ 柯马丁:《世界文学的终结与开端》,第 107 页。
④ 同上,第 108 页。
⑤ 施特里希:《歌德与世界文学》,第 14 页。
⑥ 达姆罗什:《什么是世界文学?》(2003),第 4 页。
⑦ 围绕这个主题,德国吉森大学(Universität Gießen)于 2014 年 11 月 13—14 日举办了一个学术研讨会:"作为世界文学的当代斯拉夫文学:杂合局面"。关于斯拉夫文学的最新发展,参见劳尔编《今日斯拉夫文学》,威斯巴登:Harrassowitz,2000 年。(*Die slavischen Literaturen heute*, hrsg. von Reinhard Lauer, Wiesbaden: Harrassowitz, 2000)
⑧ 参见高利克:《论 2000 年以来的世界文学概念》,第 129 页,注释 3。另参见波斯比斯尔、泽兰卡编:《文学中欧的文学间性板块》,布尔诺:Masarykova universita,1999 年(*Centrisme interlittéraire des littératures de l'Europe centrale*, ed. by Ivo Pospíšil and Miloš Zelenka, Brno: Masarykova universita, 1999);杜里申、尼希编:《地中海:文学互动网络》,罗马:Bulzoni Editore,2000 年。(*Il Mediterraneo. Una rete interetteria*, ed. by Dionýz Ďurišin and A. Gnisci, Roma: Bulzoni Editore, 2000)

早就指出:"我们能够在那里看到一种超国界的、由单一文学组成的多国整体模式,从东欧的立场出发,[……]"①

当代"世界文学"概念,首先不再强调国族归属。这对文学研究来说,也就意味着重点转移,告别按照语言划分的国族文学的比较研究。研究重心在于揭示诸多文学及其场域之间的关联和界线。弗莱泽(Matthias Freise)对我们这次北京会议的理解是:

> 其核心问题是普适性与地方性的关系。这一论题提示我们,可以用关系取代本质主义视角来观察作为现象的世界文学。我认为,世界文学必须作为一种网状关系,而非一组客观对象,比如一组文学文本来理解。这些关系的中心问题之一,就是普世性与地方性之间的张力。我们把客观对象和诸关系按照不同系统鉴别分类,世界文学的不同理解首先就从这种差异中产生。理解作为关系的世界文学,提醒我们关注其过程性。世界文学并不存在,而是在发生。②

我们再回到全球文学,其诉求是从全球视角出发,打破文学生产中的中心与边缘的界线,也就是一开始就应在跨国族的架构中思考文化生产的发生和形成。语言多样性和更换国家(居住地)对写作产生深刻影响;并且,由此产生的文学分布于世界上的不同语言、文化和地域。就文学生产而言,国族文学的界线尤其在西方国家不断被消解,新的文学形式不时出现,很难再用惯常的范畴来归纳。在欧美国家,我们几乎到处可以看到杂合文学,也就是不只属于一个国家的文学,比如德国的德/土文学,见之于土耳其裔移民女作家欧茨达玛(Emine Sevgi Özdamar)和蔡莫格鲁(Feridun Zaimoglu)那样的作家;出生于罗马尼亚的德国女作家、诺贝尔文学奖获得者米勒(Herta Müller),介于罗马尼亚和德国之间,她以写作德裔罗马尼亚人在苏俄统摄东欧时的遭遇著称。

政治和社会的变化常会给人带来时空上的重新定位,这在当代常与全球化和跨国发展紧密相连,即所谓走向世界。当代斯拉夫文学的转向,随着社会主义制度的崩溃和随之而来的社会转型而发生,许多文学文本不再拘囿于国族的单一文化和单一语言的文学传统。黑蒙(Aleksandar Hemon)的写作语言是英语和波斯尼亚语;金亚娜(Yana Djin)和卡波维奇(Katia Kapovich)的写作语言是英语和俄语;青格尔(Gala-Dana Zinger)的写作语言是俄语和希伯来语;居住在苏黎世和因斯布鲁克两地的克罗地亚女作家拉吉西奇(Dragica Rajčić)在其作品中

---

① 狄泽林克:《比较文学导论》,方维规译,北京师范大学出版社,2009年,第68页。(Hugo Dyserinck, *Komparatistik. Eine Einführung*〔1977〕, Bonn: Bouvier, 1981)

② 弗莱泽:《世界文学的四个角度——读者,作者,文本,系统》,第174页。

发展了外籍劳工德语;尤里耶夫(Oleg Jur'ev)和马蒂诺瓦(Ol'ga Martynova)的写作语言是俄语和德语;马尔科维奇(Barbi Marković)将奥地利作家伯恩哈德(Thomas Bernhard,1931—1989)的小说《步行》(Gehen)译入贝尔格莱德的21世纪塞尔维亚语。这些现象既会在文本内部也会在其所在的文学和文化场域造成"混乱",但也释放出创新之潜能。① 当今世界的许多作家,不会感到自己只属于某个单一文化,他们有着全球认同。这是一个非常典型、到处可见的现象,它与旅行和国际性相关。这些作家作品的明显特色是语言转换和多语言,以及对于世界各种文化的多元视角,从而带来社会及学术聚焦的移位,突破了以往语言、文学、历史(文化)的三维组合。② 将作家团聚在一起的,不是他们的来源地、语言和肤色;团聚或分离作家的,是他们对世界的态度。

论述世界文学,不可能不谈"经典"或曰"正典"。那些在全世界得到广泛传播、在世界人民眼中具有重要意义的有声望的作品,可被看做世界文学,这基本上依然是一个共识。歌德使用的"世界文学",是指超越民族的世界主义精神所创作的文学。对歌德来说,不是每一部在世界传播的作品就必然属于世界文学。能够获此殊荣的关键是文本的艺术价值及其对世界上众多文学的影响。(夹注:在歌德那里,"超越民族的世界主义精神"中的"世界主义",如前所述不完全是今人理解的世界主义,他的"世界"偏重"欧洲"。)

德国文学理论家从来就有神化歌德及其"世界文学"意义的倾向,这有其深层根由。人们时常谈论如何克服国族文学思维,旨在抛弃"往后看的'老式德意志爱国主义'艺术"③。这当然完全可以与歌德和爱克曼谈话时的那段关于民族文学和世界文学的语录联系起来看。格森斯(Peter Goßens)在其论著《世界文学:19世纪跨国族文学感受的各种模式》(2011)中的思考,基本上也注重这一思想层面。联系歌德与爱克曼的谈话,他写道:

> 一件艺术作品的当代成就[……]不仅取决于创作者的技艺以及他对国族艺术的意义。靠技巧和文学作品的愉悦价值所赢得的声望是短暂的,这对世界文学思想没有多少意义。这里更为关键的问题是,作家及其作品是否成功地破除了国族文化的界线并斥诸文

---

① 参见上揭"作为世界文学的当代斯拉夫文学:杂合局面"会议文集;另参见劳尔编:《今日斯拉夫文学》。
② 参见达姆罗什:《什么是世界文学?》(2003);埃特:《生(存)活的知识:语文学的任务》,柏林:Kadmos,2004年(Ottmar Ette, ÜberLebenswissen. Die Aufgabe der Philologie, Berlin: Kadmos, 2004);汤姆森:《世界文学地图:国际的经典化与跨国族文学》(2008)。
③ 兰平:《世界文学之思:歌德的设想及其腾达生涯》,第66页。

学艺术实践。①

这里或许可以见出本雅明(Walter Benjamin,1892—1940)关于作品通过翻译而"长存"(Fortleben)的说法,或达姆罗什关于世界文学作品的"流传"(circulation)之说。然而,格森斯继续写道:"作家唯有看到其跨国族角色,才能在作品生成之时就把握住使作品成为世界文学组成部分的机会。"②与这一思路相仿的是柯马丁的说法,即世界文学不仅是达姆罗什所说的阅读模式亦即接受,"也是一种创作模式,世界文学可以被书写。"③另外,他还对"世界文学"做出如此解读:"惟其被现时作家吸纳、为他们提供灵感,才能成为世界文学的组成部分。"④

另一方面我们又必须看到,什么作品可被列入世界文学行列,要在这方面获得普遍认可的范畴和看法是相当困难的。不同国族或人民因为文化差异而对文学的意义所见不同。在西方世界,"经典"一词从来就给人一种不言而喻的固定想象:它首先是指古代作家和艺术家的历史作品,这些作品及其作者被视为审美楷模,在"经典"(classicus)意义上被归入"上乘"。后来文学时代遵循苏格拉底(Socrates,公元前469—前399年)和亚里士多德(Aristotle,公元前384—前322年)审美准则、效仿他们并创作出重要作品的作家,亦被称为经典作家。当然,世界文学还须经得住不同时代的考验并被看做重要作品。总的说来,这个概念说的是世界文化遗产,"世界记忆"。⑤换言之:"最佳文学作品的准确定义是,它们超越了自身的时代,从而适用于任何时代。"⑥

德国著名文学批评家勒夫勒(Sigrid Löffler)的《新世界文学及其伟大叙事者》(2013)⑦一书,呈现的完全是传统"经典"的对立模式,赋予世界文学新的含义。作为1960年代的非殖民化以及过去三十年全球化的结果,一种全新的、非西方的文学破土而出。作家的不同文化认同已是常态而非例外,勒夫勒的著作正是抓住这种现象,介绍她所理解的新的世界文学最重要的代表作家,将其作品归入当代各种政治文化冲突地带。在她看来,今天的世界文学不是西方、欧美的文学,而是源自那些太长时间受到忽略、创造力和创造性都在爆发的地方。世界文学是全球文

---

① 格森斯:《世界文学:19世纪跨国族文学感受的各种模式》,斯图加特:Metzler,2011年,第24页。(Peter Goßens, *Weltliteratur. Modelle transnationaler Literaturwahrnehmung im 19. Jahrhundert*, Stuttgart: Metzler, 2011)
② 格森斯:《世界文学:19世纪跨国族文学感受的各种模式》,第24页。
③ 柯马丁:《世界文学的终结与开端》,第111页。
④ 同上,第105页。
⑤ 参见佛朗哥:《比较文学与世界文学:从歌德到全球化》,第48页。
⑥ 柯马丁:《谁来决定"杰作联合国"?》,第31页。
⑦ 勒夫勒:《新世界文学及其伟大叙事者》,慕尼黑:C. H. Beck,2013年。(Sigrid Löffler, *Die neue Weltliteratur und ihre großen Erzähler*, München: C. H. Beck, 2013)

学,是当代真实可信、叙述真实故事、发出鲜活之声的文学,是游走于不同语言和文化之间的人、往昔殖民地后裔和冲突地区的难民所写的后国族文学、移民文学。"游牧"作家是不同世界之间的译者。新的世界文学取自文化混合、冲突和生存题材,如跨国迁徙、自我丧失、异地生活和缺乏认可。应该说,勒夫勒对世界文学、杂合等概念的运用并不十分明晰;该书标题宏大,但其结构安排亦即选择标准和重点关注英语文学;她的"世界文学"局限于殖民帝国瓦解后的遗产,认同危机成为创作灵感的源泉。这些都不是没有问题的,现实世界实在大得多。尽管如此,勒夫勒的主导思想却是明确的,而且具有进步意义。其实,她的"新世界文学"就是不少人新近倡导的"世界的文学"。

一般而言,"世界文学"和"世界的文学"这两个概念多半是在明确的不同语境中被运用:若说"世界文学"依然意味着作品之无可非议的重要性,那么,"世界的文学"则更多的指向世界上那些不怎么有名、却能展示新方向的文学;它们不同凡响、颇有魅力,却还未在读者意识中占有重要位置。也就是说,"世界的文学"未必就是审美和经典意义的上乘之作,或得到广泛接受的作品。谈论世界的文学,人们面对的是浩繁的书卷,无数作品和文化传统,难以把握的界线,以及挑选时的开放态度。①

六、"中国文学走出去":为何?"中国学派":何在?

关于"何谓世界文学?"北京会议,高利克在其论文中写道:"中国文学的关切是什么?这可能是这次会议的最重要议题之一。"②他只说对了一半。作为本次会议的召集人,我从未有过这方面的考虑;见之于会议邀请函的会议宗旨,亦无这一内容。然而,作为著名汉学家,加之高利克与中国学者交往颇多,对中国文学发展及批评界现状了如指掌,他的设问便在情理之中。另外,半数以上的与会者是中国文学专家和海外汉学家;在此场合,何况会议地点在北京,高利克之问也是很自然的。不仅如此,他还讲述了他所了解的状况:"中国经济的发展和对外开放的深入,也带来文学领域的变化。中国开始逐步寻找加入现代国家的方式,也在说服欧美同行们,中国文学,无论是古代还是现代作品,至少那些最杰出的作品是可以被纳入世界文学宝库的。"③

显然,高利克极为同情"中国诉求";本书中刘洪涛的论文,原题是《中国文学成为世界文学的切盼与途径》。高利克下面这段话,完全可以

---

① 参见米勒:《导论:"世界文学"—"世界的文学"之争》,第10—11页。
② 高利克:《论2000年以来的世界文学概念》,第139页。
③ 同上,第140页。

出自当今不少中国学者之口:"自1919年起,中国已发生翻天覆地的变化。中国学者已经积聚了足够的力量,向世界最发达国家——美国的人文研究领域发起挑战。"①如果我说这里可能会让人闻到或多或少政治对抗的硝烟,或许不算夸张。无疑,此处有着对于西方霸权的不满,如同与会者王宁最近的文章《丧钟为谁而鸣——比较文学的民族性与世界性》所论述的那样("丧钟"之喻已见之于阿普特)。他结合斯皮瓦克(Gayatri Ch. Spivak)出版于2003年的专题研究文集《一门学科的死亡》(*Death of a Discipline*),亦即传统比较文学学科的死亡,得出如下结语:"要回答'丧钟为谁而鸣'这个问题并不难:它就为传统的'欧洲中心主义'式的比较文学研究而鸣,同时也为一种新的比较文学学科——世界文学的诞生而欢呼。"②在当代中国,王宁的如下观点具有代表性:

> 在今天的全球化时代,中国经济的飞速发展使得中国成为一个政治大国和文化大国,并且直接推进了中国文化和文学走向世界的进程,因此我们可以说,现在该让以西方学者占主导地位的国际比较文学界倾听中国学者的声音了。就这一点而言,中国学派的形成实际上已经到了"水到渠成"的地步。③

这是不少持相同观点者的论著之出发点和基础。王宁还说:"近年来,西方主要的比较文学和世界文学研究者频繁来中国讲学并和中国同行交流,他们试图从中国学者的研究中获得新的灵感以便完善他们对世界文学理论的建构。"④我以为这一判断不一定准确。

刘洪涛论文的基调,大致同王宁的思路相仿。该文简要回顾了一百年来中国对世界文学的理解,认为"'成为世界文学'始终是其不变的追求",人们能见到"如此强烈的'走向世界文学'的冲动"。他赞誉当今"'中国文化走出去'的国家战略"。⑤下面的观点同样很有代表性:

> 无论"中国文学海外传播",还是"中国文化走出去",这样的命题在二十年前,甚至十年前都是不可想象的,这标志着百年来中国文学与世界文学关系,在经历了一个"我拿"到"我有"的发展后,开始向"我给"转变;这也说明中国文学已经自信强大到拥有了足以影响他国的实力,并且试图"输出"这种影响,使世界文学具有更多的"中国性"。⑥

---

① 高利克:《论2000年以来的世界文学概念》,第141页。
② 王宁:《丧钟为谁而鸣——比较文学的民族性与世界性》,载《探索与争鸣》2016年第7期,第38页。
③ 同上,第37页。
④ 同上,第40页。
⑤ 刘洪涛:《如何成为世界文学?——中国文学走向世界的焦虑及因应之道》,第259页。
⑥ 同上,第259—260页。

酒香不怕巷子深。为何要"走出去"？王宁的解释是：

> 在西方中心主义占主导地位的情况下，一味被动地等待别人来"发现"我们的研究成果和价值也是不现实的，[……]西方的主流学者并没有那么紧迫地需要了解。[……]过去当我们试图树起中国学派的大旗时，以西方为中心的国际比较文学界几乎对中国的比较文学的复兴不屑一顾，即使偶尔提及中国的比较文学，也只是将其当作一个点缀物。①

我想，上面几段引文已经足以说明问题，援引更多中国学界的类似观点，也只能见到更多"羡憎情结"（法：ressentiment，英：resentment）②——不知我的这一感觉是否恰当。

普遍性与地方性之间的关系，本来就是歌德世界文学思想中的一个命题。了解和认识陌生民族的别样的生活形态和思维方式，在歌德那里并不意味着消除各民族之间的差别；正相反，他很重视特殊性。如前所述，二者之间的关系是辩证的。但如果一味强调特殊性，必然弱化甚至排斥普遍性。让"世界文学具有更多的'中国性'"，这至少在表述上会引起误解。被人理解为"攻城略地"的话，外人是不会接受的。文学的传播有其规律，回顾一百多年来中国对外国文学的接受，甚至对所有那些"主义"和"思想"的接受，基本上是"拿来"。"接受"往往是主动行为，全世界都是如此。我们必须看到，从"中国文学海外传播"迄今的发展状况来看，投入和收益实在不成比例。原因何在？我想援引陆建德在本次会议上评析达姆罗什演讲的一段文字：

> [达姆罗什]下面这段话给了我很大的启发，他说道："很多作品传播到国外后，不见得会获得新意义和新高度。这或许是由于翻译必然导致其语言严重受伤，或许是其内容过于地方化，难以在国外引起共鸣。这样的作品，可能在其本土传统中被视若珍宝并影响深远，但永远不能成为世界文学的有效部分。它们也会流传到国外，但只会为研究其原生文化和语言的专家所阅读。"我认为，中国学者和文学教授，甚至中国诗人，都需要留心体会这几句话的意思。单单抱怨我们本应该有更多的汉语作品被译入西方和全世界是不够的。我们总认为如此一来，人们就会立刻成为中国文学传统的倾慕者。但问题的重点或许不在于此。我们不得不发问：究竟什么作品才能被称做"世界文学"？当它们被翻译成另一种语言，究竟

---

① 王宁：《丧钟为谁而鸣——比较文学的民族性与世界性》，载《探索与争鸣》2016年第7期，第37页。
② 关于"羡憎情结"及其与中国近现代历史的关系，参见方维规：《民族主义原则损伤之后：中国一百五十年羡憎情结》，载《社会科学》2006年第5期，第18—31页。

需要什么样的前提条件,才能被对象国和对象文化所接纳?这至关重要。①

看来还得回到"何谓世界文学?"这个问题。且不论中国不少学者论述歌德"世界文学"概念时比比皆是的资料性错误和以讹传讹的现象,我们确实需要补课,弄懂什么叫世界文学,至少说出一个不太有悖"原理"的世界文学。我不得不说,中国学界的有些说法,与世界潮流格格不入,与新的"世界文学"理念格格不入,也与当今的"全球文学"或"世界的文学"格格不入。当前的有些观点,其本质与欧洲中心主义一脉相承,只是调转了方向,很难见出它与真正的世界文学还有什么关系,只能看到"轮流坐庄"的欲望,为的是"世界文学版图的重新绘制"②。如高利克那样(或是他受到中国论说的影响?),不少人都会提到经济的飞速发展——这种把经济发展程度与文学成就相勾连的论证逻辑,世界上确实少见。顾彬(Wolfgang Kubin)在其《世界文学之于中国》一文中指出:"按歌德的理解,文学应该属于全世界。但从中国最出色的代表人物的意愿看来,文学却始终是国族的,应呈现出中国元素。"③他又说:

> 现下,中国正斥巨资翻译出版自以为健全的作品,希望这些作品能在海外受到欢迎,其中包括1942年之后革命文学的招牌作品;即使在本国,除了文学研究者,也不会有任何人阅读这些作品。这一行为背后的政治纲领叫做"走出去"。这个新"术语"的大概意思是,不再依赖"西方"汉学,自己为海外读者做出决定,让什么样的作品代表中国文学。但成功却始终没有到来,[……]④

我想再问一次:何谓世界文学?弗兰克在这次会议上的发言是很有见地的:"世界文学可以侵蚀并打破国族文学传统、挑战其自顾自的标准。"⑤换言之:"作为拥有来生的文学,世界文学被从它的原文化中连根拔起,纯粹地摆脱了任何特定语境,在流光中沿着自己的轨道无限延伸。"⑥显然,他的这番话是有所指的。若是还不明了的话,我就再征引他的另一段文字:

> 世界文学意味着翻译超越了地方界限而在全球范围延伸以建立一种文学经典的序列,向无论什么国家、种族或地区出身的任何人提供文学教养之最鲜美的果实和花朵。通过比较文学学者的这

---

① 陆建德:《地方性和普遍性的互动——浅释达姆罗什教授的演讲》,本书第23页。
② 王宁:《丧钟为谁而鸣——比较文学的民族性与世界性》,载《探索与争鸣》2016年第7期,第38页。
③ 顾彬:《世界文学之于中国》(Wolfgang Kubin, "Weltliteratur aus / in China"),本书第265页。
④ 同上,第266页。
⑤ 弗兰克:《世界文学和与他者相遇:一种方法还是一种威胁?》,第94页。
⑥ 同上,第99页。

一讨论,我们认识到,世界文学要阻止文学经典被民族主义目的所盗用,或被特定、排他的文化政治之意识形态目标所盗用。它们拥有更广阔、更持久的意义,是所有人的财产。①

可惜,如顾彬所说的那样:"和日本文学(特别是日本现当代文学)相反,中国文学在我们国家并没有一个固定而庞大的读者群,在其他欧美国家也是如此。中国文学只见之于学术领域,而且还是例外现象。"②我想在此加上自己在其他地方说过的一段话:"以中国文学为例:仅被译成英语或其他西方语言,只能说明其走向世界,未必就成为世界文学。换句话说,只要中国文学作品主要还是海外汉学家或中国爱好者的读物,就很难证明其世界文学地位。"③

作为著名汉学家,顾彬和柯马丁都论及"由谁决定经典"的问题。中国古代文学专家柯马丁的评析文章《谁来决定"杰作联合国"?》极为精彩。他表示理解中国文学成为世界文学的切盼,也认同"把本民族文学传统中的佳作[……]引入世界文学"。但他强调指出:"在我的研究领域,我们通常按照自己的需要吸收古代经典,并且总是这么做。这一方法在不断进化的中国传统中延续了两千年,尤其在 20 世纪早期影响最大,[……]"按照达姆罗什《什么是世界文学?》一书中的说法,审视世界文学的方式之一,就是审视经典著作。在"思考如何将本民族的佳作推向世界"时,"我想到一个模式,这就像我们把优秀代表派往'杰作联合国'。当然,文学不是民主,可这或许是件好事。下面我们要问:怎样组织'杰作联合国'呢?"接着又是一连串的问题:"谁来决定什么是经典,什么是名著?谁掌握选择权?何时出版的作品能够入选?我们怎样评价那些本时代明显还不是经典的作品?它们必然是文学的一部分。"④他自己的回答是:

> 达姆罗什教授早已论证过,世界文学通过翻译获得生命。这是一个有趣的观念,它颠倒了筛选过程,对方或外方决定他们需要什么,而不是我们自己来决定什么是自我文化中的经典,并把它们引入世界。换句话说,我们不得不接受自己和自我文化(孔子所谓"斯文",即我们的这个文化)被某些我们不太喜欢或认可的代表作,呈现在"杰作联合国"中。俄罗斯人决定美国人为他们输送哪些作家,印度人决定中国人为他们输送哪些作家……当然,这看起来很难接受,但你仔细想想的话,世界文学就是这么回事。译者决定怎样翻

---

① 弗兰克:《世界文学和与他者相遇:一种方法还是一种威胁?》,第 99 页。
② 顾彬:《世界文学之于中国》,第 267 页。
③ 方维规:《文学的潮汐》,载《中国文学批评》2016 年第 3 期,第 105 页。
④ 柯马丁:《谁来决定"杰作联合国"?》,第 28、29、30 页。

译,可他们使用目标国家的语言,而不是原著语言,对吗?他们必须弄清楚,我们的作品如何在他们的语言中达意。一部名著怎样在世界中存活和流传,取决于翻译而非原文。我们无法掌控本国的经典如何走向世界,发生怎样的作用,以及获得哪些意义。①

在这种情况下,世界文学的经典很可能动摇作为其来源的国族经典。换句话说,属于世界文学的国族经典,无法以其国族意义生存下去。世界文学必须和国族经典对话,并扰乱和破坏其国族意义。②

以国族为目的的民族文学没有通行证,它迷失在文本的民族主义中。③

不知柯马丁是否会用民族主义来形容"中国学派的形成实际上已经到了'水到渠成'的地步"之说。"中国学派"之说已有几十年之久,但凭我的目力所及,还没见到域外哪个学者谈论中国学派,我偶尔听到的只是窃窃私语,或看到沉默不语,而私语者和沉默者其实对中国是很友好的。一方面,就整个西方而言,欧洲—西方中心主义源远流长,现在名声不佳,但其"余韵"不可能戛然而止,对西土之外所知无几或不屑一顾,这种现象不可能没有。另一方面恕我直言,我怎么都看不出,哪些是真正"中国的","中国学派"的大旗上应该写上什么字样?老生常谈的"中国的独特立场""中国视角"究竟是什么?有一点是可以肯定的:在比较文学危机未消的当代,中国的比较文学队伍壮大,其人数或许可以盖过欧美两大洲的比较文学学者数量。我能看到的中国比较文学的最大特色也是——就和中国人口一样——声势浩大。可惜,学派与队伍的大小毫无关系;它不是中国的乒乓球艺术:在普及的基础上提高。业内都知道布拉格学派的那几个人,那才是学派!论者自然会举例说明"中国学派"如何如何,但是放眼世界便可发现,这"如何"比比皆是,而且早就走在中国人之前,人家没有自诩学派,因为那不是学派,或曰很多人的"学派"。我还是坚持自己多年前的说法:

毫无疑问,当下中国或许是世界上比较文学研究最红火的地区之一,我们可以称之为兴旺发达。然而,笔者据有限的阅读所看到的有关"中国学派"的文字,似乎还没有足够的说服力。中国的研究足以拿出丰硕的"中国版本",但是这同"学派"没有必然联系。大凡谈论一个学派,是以方法论之,或者论其理论和方法上的主要倾向。

---

① 柯马丁:《谁来决定"杰作联合国"?》,第 30 页。
② 同上,第 32 页。
③ 同上。

假如以为我们得以借鉴其他学派的特点,采取折衷精神便堪称一派(世界上折衷者大有人在),或者以为我们可以进行中西比较或跨文化研究就可以自立一派,理由是不充分的。不但早有艾田蒲之辈在先,还有许多折衷方法和跨学科方法在先。关键问题是,诸多导论中所归纳的"中国学派"的研究方法,是不是我们特有的方法;似乎不是。另外还有以中国学派来"分庭抗礼"之说,实在是没有必要。法国学派和美国学派是比较文学发展史上曾经有过的现象,我们在很大程度上也可以把两派之争看做科学史上的(即便时间跨度很大的)重要事件。在当今西方,没人会说自己属于法国学派或美国学派,各人有各人的研究方向或重点。在这样一个时代,仿佛没有谈论中国学派的必要。换言之,如果一定要根据研究内容的侧重点而分派的话,世界上或许有数不清的学派。而以国家而论的话,中国及其邻国至少可以分为中、日、韩、印、俄五派。可是,学派不是自封的。①

值得庆幸的是,"学派不是自封的"说法,此后见之于一些人的文章,但未必放在我所说的语境,他们说的是"虽然"。

七、本书论文揭要

本书收录了几乎所有与会者的论文,亦包括芬沃思(Peter Fenves)、佛朗哥(Bernard Franco)、顾彬(Wolfgang Kubin)、施密茨-艾曼斯(Monika Schmitz-Emans)、尤赛夫(Magdi Youssef)的论文,他们都受邀参加会议,因各种原因而没能与会。文集的构架安排以对话、论坛的议程为序。

在第一部分中,对话人达姆罗什和张隆溪分别以《世界文学与国族建构》和《世界文学:意义、挑战、将来》为题做了演讲。达姆罗什指出:"世界文学"通过卓越艺术家之手,以翻译、改写、化用等多种方式,参与了国族文学乃至国族的建构。他以越南作家阮攸、中国新文化运动巨擘胡适与鲁迅、加勒比作家沃尔科特的创作过程和具体作品为例,阐述了国族文学的奠基者们对"世界文学"的复杂态度、利用方式,及其引发的影响与评价。张隆溪则通过丰富事例,阐述了自己对"世界文学"的思考:"世界文学"应当超越巴别塔的语言诅咒,超越"欧洲中心主义"思想,寻求真正有效的交流方式,把各民族、种族"最好的东西"介绍给世界公民。而实现这一愿景所面临的典型挑战,是不同语言文化之间的巨大差

---

① 方维规"译序",狄泽林克:《比较文学导论》,第13页。

异,是阿普特等人所说的语言文化的"不可通约性"与"不可译性"。而张隆溪主张乐观看待"世界文学"发展前景,看到翻译的可能性、交流的重要性。

陆建德和柯马丁对二者的演讲做了评析。陆建德《地方性和普遍性的互动》指出,二位对话者的演讲都提及现存"世界文学"研究中的权力关系,我们应当深入分析其原因。他结合达姆罗什"文学的框架"之说,主张采用不同翻译视角、不同框架看待某种文学及其与"世界文学"的关系,这也有利于看清某种国族文学的发展历程。柯马丁的评析文章《谁来决定"杰作联合国"?》,着重阐述了自己对"世界文学"中"经典"的思考;因上文已经论及此文,此处不再赘述。该部分末尾的《巴别塔、经典化及其他》,是与会者在对话环节中自由发言的现场录音整理稿,其中不乏精辟言辞。

第二部分是本书的主干,根据大致相近的论文范畴亦即论述方向编排,分成四个单元;当然,不同单元中的有些论文的论题是交叉叠合的。

佛朗哥《比较文学与世界文学:从歌德到全球化》一文,从起源说起,具有"入题"性质。比较文学与世界文学相伴而生,都以超越民族架构为理想,但二者在产生背景、研究对象及研究方法方面,存在诸多差异。19世纪初期,比较方法大量运用于神学、哲学、艺术和科学等领域,比较文学也随之诞生,研究其他民族文学的原始文本和语言,以增强文学的客观性和科学性。通过翻译而流传各地的世界文学属于全人类,有着很强的跨学科性,并与语文学、大移民和全球化研究等密切相关。该文对"草创之初"的史料勾稽颇有价值。

提哈诺夫撰写《世界文学的定位》,认为就存在论而言,如何定位"世界文学"是一个亟需解决的问题。他提出了定位的四个主要参照点:时间、空间、语言和自反性。该文既以理论性见长,又注重考据;既有世界眼光,又涉及中欧和东欧的理论。在详述了"世界文学"的历史发展(时间)和文学交流互动过程(空间)之后,作者分析了"世界文学"在语言问题上的定位,并认为从语言维度来考察"世界文学",对于阐释现代文学理论留下的"耗散的遗产"有着重要意义。最后,作者提出了"自反性"概念,体现出对世界主义文化和"世界文学"之现代观念的怀疑态度:对世界文学的反思,总是出自一个特定的、从而也有局限的文化和意识形态视角。

如题所示,达姆罗什的《世界文学的框架》讨论的也是极为重要的宏观问题。随着"世界文学"概念的扩展和欧洲中心主义的狭隘认识方式被逐渐突破,从"经典"到"杰作"再到"世界之窗","世界文学"向更广阔的世界张开了怀抱。除此之外,作者还论述了"世界文学和翻译""世界、地区、国家"和"读者"等问题。在他看来,学界越来越倾向于将世界文学理解为全球性现象,这无疑是巨大的进步。但他同时提醒人们,不能忽视世界文学与国族传统之间密不可分的联系:读者都是从自己的国族背景出发去感受世界文学的;世界文学以翻译作品的形态,深刻参与了国族文学的建构。并且,世界文学不只存在于国界以外,它也一直深埋在国族文学之中;只有在国族语境中全面审视广阔的世界,才有可能实现真正全球化的世界文学研究。

哲学和比较文学教授弗兰克参与我们对世界文学问题的讨论,实为这次会议的一大幸事。他的《世界文学和与他者相遇:一种方法还是一种威胁?》一文,不仅具有哲学思辨性,还带着纲领性意味。用它自己的话说,他的"目的是为世界文学给出哲学阐释"。在他眼里,讨论"世界文学"观念,不得不思考"如何面对他者"的问题。他者性不但寓于他者之中,也在我们自身之中。他强调指出,只有尊重语言、文化之间的不可通约性,承认否定之物(the apophatic),我们才能在一个更高的本体论层面上追求真正的普遍性,并冲破语言和文化的阻隔,更好地理解彼此。文学是人类精神的自由表达,它不受严格概念思维的限定,拒绝非此即彼的判断,因而天生具有普遍倾向。类似于本雅明的"纯语言","世界文学"通过翻译将文学作品从原初的文化语境中解放出来,使之在新的文化语境中产生新的联系和意义,从而使文学始终保持无限和开放,并引导我们真正学会尊重他者和自身,努力捍卫人类的神性和超越维度。

柯马丁著《世界文学的终结与开端》,前文已经有所论及。他在理论层面阐释了全球化浪潮下追求同一、抹平差异的全球文学,这与歌德倡导的世界文学观念背道而驰。另外,他强调指出世界文学不止是一个接受范畴,更是一个生产范畴乃至本体论范畴。真正的世界文学作品能够逸出原初文化的限制而创造出一种"文化内的他异性",并拒绝被整合进任何特定的文化视野。例如歌德晚年诗歌、北岛早期作品和王维的《鹿柴》,正因为中断和打乱了自身所处的传统,从而进入传统、成为世界文学的组成部分。与此相应,我们在翻译和接受世界文学时,也应尊重他异性,尽力清晰地反映原作的特质。惟其如此,方能避免世界文学被全球文学所终结,使之迎来一个崭新开端。

八十多岁高龄、依然频繁出现在国际学术活动中的斯洛伐克著名学者高利克,以其《论2000年以来的世界文学概念》参加了我们的讨论,这是难能可贵的。他的敏锐、"好战"但很友好,委实让人钦佩。该文涉及这个领域的不少名家观点,而他的一个重要目的,似乎在于阐扬斯洛伐克著名比较文学家杜里申的思想,并以杜里申出版于1992年的《何谓世界文学?》(Čo je svetová literatúra?)为例,说明其如何得风气之先。文章对"文学间性"和以"公分母"(common denominator)定义世界文学的阐释,具有较大启示意义。当然,他也表达了自己的怀疑立场:"问题在于世界文学能持续多久,其意义又是什么?"[1]

同样八十多岁高龄的埃及比较文学与文化研究教授尤赛夫(Magdi Youssef),埃及《金字塔报》称他为"德高望重的文化批评家"。他因对文化隔离、文化领域不平等交流的关注及分析而在阿拉伯世界远近闻名。他的批判锋芒在《世界文学去殖民化》一文中可见一斑。他认为,以萨义德(Edward W. Said,1935—2003)批判"东方主义"为代表的后殖民理论,沿用了欧洲中心主义的思维框架,忽视对文化现象背后政治经济学过程的查考。作为对"欧洲—西方中心主义"意识形态的批判与反拨,尤赛夫考察了纯学科化的研究思路,提出以社会历史、政治经济学的方法论介入世界文学研究。不能牢牢把握世界市场的法则与机制,我们就无法理解世界文学。该方法论视野重视世界各地普通民众的日常生活、命运遭际及其被边缘化的文学与文化,鼓励其在开放、有益的文化相遇中正视自我与他者的客观差异,对自身文化传统加以创新,由此呼唤更多元、健康的世界文学与文化的生成。

张隆溪在本次会议的对话部分,尤为强调身处不同传统的学者,当把他们熟知的自我传统中的经典作品介绍给世界。而在《世界文学,经典,文学批评》一文中,他试图凸显文学批评的重要性。他认为,歌德呼唤的世界文学,如今正蓬勃发展,它为世界各地的文学研究注入活力。世界文学概念纠正了文学研究重理论、轻文本的弊病,回归文学阅读本身,促进国家间的跨文化理解。面对大量来自世界各国的文学文本,达姆罗什以"流传"作为世界文学的遴选机制,而张隆溪认为文学批评更加重要。世界文学兴起的意义,在于重回文学的鉴赏和批评,回到经典作品的重新探讨和深入理解。文学研究的基础是阐释文本,文学性是文学批评最首要的考察对象,也是经典化的必经之路。

与提哈诺夫论文相仿,弗莱泽也从四个方面考察世界文学,但是角度不同。他在《世界文学的四个角度:读者,作者,文本,系统》中首先指出,世界文学并非静态的、孤立的文学现象,而是多维网状关系。他从"普世性与地方性的张力"入手,将世界文学置入如题所示的四种关系维度中考察。通过分析达姆罗什对帕维奇(Milorad Pavić,1929—2009)的《哈扎尔辞典》(1984)的评论可知,无论生产者或读者,都要专注作品的语义性而非功能性,从寓意的、元小说的高度理解作品,可以抵御作品中

---

[1] 高利克:《论2000年以来的世界文学概念》,第141页。

难以避免的地方性视角的局限。他认为,类似《哈扎尔辞典》的作品,将外部冲突寓意化、象征化,内化于语义场中,这将是世界文学真正的意义所在。

他者性和翻译似乎是讨论世界文学时的必有论题。拉特(Philippe Ratte)的《一个翻译的世界》又是一例。他的论述前提是:要想了解什么是"世界文学",首先要回答"文学"是什么以及"世界"是什么。在他看来,文学揭示人类感知以外的"世界",这个"世界"由"别样性"(elseness)和"更多东西"(more)构成,抵制全球化、数字化时代人类统一、单调、孤立的境况。人在本质上就是"别样性"的一个分子,这与弗兰克的哲学思考相似。拉特认为,"世界文学"并非与"国族文学"相对立的类别,任何一篇作品都可是"世界文学",它是注入"别样性"内容的空洞,其空间越充足,价值越高。写作、阅读和译介,其实都在翻译;因此,这是一个"翻译的世界"。

在人们不厌其烦地对何谓世界文学进行理论探讨时,施密茨-艾曼斯以实例《绘本小说中的世界文学与作为世界文学的绘本小说》参与讨论:20世纪下半叶以来,作为文学作品改编与图像话本形式的新类型——绘本小说被视为世界文学的重要代表之一,在文学文本与艺术形式两方面受到关注。在详实梳理和分析绘本小说的历史和类型、改编策略、绘画风格等现象之后,作者得出结论:绘本小说从其文学传统与文本的丰富资源中获得滋养,使自身因独特艺术性而与传统作品媲美的同时,经戏仿、解构之途,挑战着知识仲裁的典范性话语,弥合了大众文化与高雅文化的鸿沟。

芬沃思所著《文化联结的一些尝试:20世纪早期德裔犹太思想适逢〈道德经〉》,嵌入20世纪初期诸种文化传统和西方现代工业文明相遇对峙的关键议题:过渡转型(transition)。该文追溯了德裔犹太学者借镜中国道家学说的信仰重建之路。具体说来,芬维斯重点择取卡夫卡(Franz Kafka,1883—1924)、布伯(Martin Buber,1878—1965)、本雅明(Walter Benjamin,1892—1940)三位德裔犹太学者,从他们各自独特的生命历程和阐释方式出发,最终会同于道家,孜孜"学习"以至于"无"的犹太精神形象。由此,"弥赛亚"和"道"得以联结起来。此文透过颇为独到的视角,展示出普遍性与特殊性的辩证关系,同时也是世界文学的重要议题:真正的文化比较和联结,不是通过贬抑他者文化来建立,而正像道行于无一样,摒弃意图才会生成活泼泼的存在。

本书最后一组文章,均与中国相关。李奭学的《八方风雨会"文学"》一文,属于概念史研究,深入、精炼地勾稽了汉语"文学"概念之三百余年漫长而牵缠的语义演化过程。作者认为,明末耶稣会及相关的中国士人圈,是重新定义"文学"这一汉语古词的本源所在。后有传教士艾约瑟(Joseph Edkins,1823—1905)赓续前说,以"悲剧""喜剧"和"修辞学"等文类扩充了文学知识系统,至是在史诗之外又为中国建立起一套"文学"系统与概念。梁启超沿用新义,随耶稣会与新教传教士而有"小说为'文学'之最上乘"者之说,对五四新文学思潮影响甚大。1906年,王国维于梁启超载道式的文学观外,又给出了近似"纯文学"的概念:"文学者,游戏的事业也。"

李奭学文章和蔡宗齐所撰《欧美汉诗研究中的象形表意神话和想象误读》,涉及比较文学中的传播和影响研究,其中既有收益也有误读。蔡宗齐主要批评欧美将汉字的"象形表意神话"错误并极端地运用于汉诗研究,认为汉字的象形结构从根本上决定了汉诗艺术特征的学术观点。所谓"象形表意神话"(Ideological Myth)起源于16世纪的欧洲,体现了当时西方学者对中国语言及文化的片面认识;后来在20世纪初,因费诺罗萨(Ernest Fenollosa,1853—1908)-庞德(Ezra Pound,1885—1972)论文《作为诗媒的汉字》之发表,该"神话"与汉诗研究发生密切关系,引发巨大反响,使一大批学者开始从语言学角度细致研究汉诗。其中,华裔法国学者程抱一的观点颇具代表性。蔡宗齐以程氏观点为主要批评对象,仔细梳理和论证,以证明"象形表意神话"不符合汉字和汉诗发展的事实。

蔡宗齐所揭示的"象形表意"误读,又见之于卜松山(Karl-Heinz Pohl)著《作为世界文学一部分的中国文学》。作者认为中西方在"何谓文学"这一点上的分歧古已有之,故在讨论相关问题之前,先要了解中国人对于文学概念的理解及其演变史。首先,汉字最初是象形文字,且依然有着象形文字的某些元素,这造就了中国文学某些独一无二的修辞手法和文学形式;其次,由于儒家思想的影响,文学与政治之间的关系十分密切。近代中国受西方思潮熏染颇深,文学观念为之大变;同时,政局变幻也促使政府加大对文学的控制力度。因此,追随西方的文学标准,或在去政治化的前提下追溯审美传统,是现代中国文学的两大特征。然而,世界文学(主要是西方文学)语境中的中国文学,与其本来面貌大相径庭。由于知之甚少,以及受自身文学概念所限,遗漏了许多重要的作者和作品。

前文论及的刘洪涛论文《如何成为世界文学?——中国文学走向世界的焦虑及因应之道》,回顾了中国文学百年来不断追求与世界联结的愿望。从20世纪初郑振铎提出的"文学统一观",到20世纪80年代的"走向世界文学",再到21世纪伊始的"20世纪中国文学的世界性因素",乃至最近热衷的"中国文学海外传播",无不显示出这种渴望。他认为这种渴望所包含的中国文学与世界文学关系的论述,经历了从理想到现实,从世界主义到本土主义,从吸纳到输出的转变。关于"因应之道",他认为中国文学成为世界文学的最重要途径是翻译,另外还有四种重要途径:区域(东亚)世界文学,汉语世界文学,华裔世界文学,中国文化影响下的世界文学。应该说,刘洪涛所列四种途径的前三种中的"世界",似乎与世界文学观念中的"世界"关系不大。原因何在?刘洪涛(也是不少中国学者)所看到的原因是:"它是在中国的国际影响力日益上升,民族越来越自信的背景下产生的。"①

顾彬指出:"民族文学被世界文学接替,被共同义务接替。至关重要的是普遍人性。善、高贵、美,这些品质都将和一个不指涉任何具体国家的新的'祖国'相联系,写作和思想获得全球性意义。"②在这一指导思想下,他在《世界文学之于中国》一文中,区分了来自中国的世界文学和在中国的世界文学,论述重点则在前者。通过梳理18世纪以来中国文学在西方国家、尤其是德语国家的接受情况,该文凸显中国文学和世界文学之间的复杂张力:一方面,中国文学很早就被译入西方语言,最迟在歌德时期,就已成为世界文学的一部分;另一方面,中国文学却未能跻身"大文学"之列,在西方的影响局限于汉学家圈子,一直身处边缘。是什么成为中国文学走向世界的障碍?针对这一问题,顾彬列举了种种原因:中国文学对自身国族性的强调与世界文学跨国界要求的龃龉,中国社会公认的"经典"和西方翻译接受的"经典"之间的错位,中国的政治需求和西方图书市场之间供需关系的不合,西方汉学对中国文学传播的影响等。他的结论是:中国文学距离真正成为"世界文学"还有漫长的距离。

本书外语文章,均为我的学生所译;他们做了很大努力,很好地完成了任务。对于所有译文,我都做了校对工作,或多或少做了修改。尚有舛误或不妥之译,由我承担责任。另外,上文各篇论文揭要,都借鉴了文章译者所写的内容摘要;三篇中文文章的简述,则参照了论文作者本人所写的摘要。受惠于人,在此一并致谢。我要感谢的还有首都师范大学副教授符鹏在会议筹备阶段的许多建设性设想,以及我的学生所做的大量会务工作;最后还要对北大出版社张冰主任和本书责任编辑李哲表示我的谢意。

方维规
2016年盛夏

---

① 刘洪涛:《如何成为世界文学?——中国文学走向世界的焦虑及因应之道》,第259页。——着重号系笔者所加。

② 顾彬:《世界文学之于中国》,第264页。

目　录

1　**叙言：何谓世界文学？**
　　方维规

1　**世界文学与国族建构**
　　［美］大卫·达姆罗什（David Damrosch），郭文瑞译

13　**世界文学：意义、挑战、未来**
　　张隆溪，高文川译

23　**地方性和普遍性的互动**
　　——浅释达姆罗什教授的演讲
　　陆建德，杜云飞译

28　**谁来决定"杰作联合国"？**
　　——由张隆溪教授的演讲所想到的
　　［德/美］柯马丁（Martin Kern），韩潇怡译

33　**附录：巴别塔、经典化及其他**
　　——对话与评论纪余
　　郭文瑞译

40　**比较文学与世界文学：从歌德到全球化**
　　［法］伯纳德·佛朗哥（Bernard Franco），韩潇怡译

49　**世界文学的定位**
　　［英］加林·提哈诺夫（Galin Tihanov），席志武译

62　**世界文学的框架**
　　［美］大卫·达姆罗什（David Damrosch），熊忭译

78 世界文学和与他者相遇：一种方法还是一种威胁？
　　［美］威廉·弗兰克（William Franke），高文川译

103 世界文学的终结与开端
　　［德/美］柯马丁（Martin Kern），高文川译

127 论2000年以来的世界文学概念
　　［斯洛伐克］马利安·高利克（Marián Gálik），颜小凡译

145 世界文学去殖民化
　　［埃及］马戈蒂·尤赛夫（Magdi Youssef），柏奕旻译

159 世界文学，经典，文学批评
　　张隆溪，颜小凡译

174 世界文学的四个角度
　　——读者，作者，文本，系统
　　［德］马蒂亚斯·弗莱泽（Matthias Freise），张帆译

186 一个翻译的世界
　　［法］菲利普·拉特（Philippe Ratte），韩潇怡译

194 绘本小说中的世界文学与作为世界文学的绘本小说
　　［德］莫妮卡·施密茨-艾曼斯（Monika Schmitz-Emans），柏奕旻译

209 文化联结的一些尝试
　　——20世纪早期德裔犹太思想适逢《道德经》
　　［美］彼得·芬沃思（Peter Fenves），李莎译

219 八方风雨会"文学"
　　李奭学

232 欧美汉诗研究中的象形表意神话和想象误读
　　［美］蔡宗齐

243 作为世界文学一部分的中国文学
　　［德］卜松山（Karl-Heinz Pohl），张帆译

257 如何成为世界文学？
——中国文学走向世界的焦虑及因应之道
刘洪涛

264 世界文学之于中国
［德］沃尔夫冈·顾彬（Wolfgang Kubin），黄雨伦译

世界文学与国族建构

[美]大卫·达姆罗什(David Damrosch),郭文瑞译

我感到非常荣幸,能够参加这次极有意义的对话,非常感谢方维规教授的邀请!现在我就直接入题,讨论世界文学与国族建构的关系。"世界文学"与"国族文学"有时候看似格外遥远,我们当然承认"国族文学"存在于它与"世界文学"的互动中,但却认为它专指"世界文学"舞台之外的那些文本。还有人认为,世界文学与国族文学多种形式的互动,通常会稀释"国族性";试图构建或重建某种国族文学的人,会向外部世界寻找偶像或灵感,这就不够"国族化"。有时,只有那些真正有创造力的艺术家,才能借鉴外部世界的材料并将其化旧为新,以期根本性的改变。实际上,没有一种民族文学可以完全脱离世界文学成长起来,至少不可能完全脱离"民族"这个中介。诞生于中期青铜时代早期的苏美尔文学可能是个例外,毕竟在那之前没人会写字。可是,即使在苏美尔,他们的抄写员也通晓多种语言,这表明他们汲取了多种世界传统。世界上第一种文学出现在泥板上,纪念会用四种语言讲课的人。可见,即使是苏美尔文学,也不是只有苏美尔人和苏美尔语。类似的例子还有很多。我想通过三个事例来看"国族"到底是怎样通过"世界文学"建构起来的。

我们稍后会讲到中国新文化运动中的例子,但在此之前,我想先举越南文学中的例子。你们在大屏幕上看到的是阮攸(Nguyễn Du,1765—1820),越南现代文学的创始人,我认为他是个真正的世界级作家,但几乎不为人所知。他死于1820年,其杰出代表作是叙事诗《金云翘传》(Kim Vân Kiều truyện)。屏幕上展示的是这部作品19世纪初的版本,这张图就是女主人公金云翘的画像。图片中的版本采用越南本民族的"喃字"写成,喃字本是汉字的偏旁部首,后来,西方传教士用罗马字转写、整合,使之成为一种文字。我们还可以在屏幕上看到这部小说开头片段的英译文字。金云翘乃至整个作品写作都非常有趣,它改编自一部几百

年前的中国小说,阮攸用越南语重新创作。我们必须看到,整个改编带着文化认同:女主人公金云翘为了偿还家庭所欠的高额债务,被逼沦落风尘,成为一个妓女,在不同情人间流转,命运十分波折。她与初恋刚约定终生,就卷入政治斗争而被迫分别,一直到故事结尾才重逢。但金云翘此时已经成了尼姑,她放弃了未婚夫,让他娶了自己的妹妹,两人白头偕老。

这个故事有一点值得我们思考,即阮攸本人曾效命于前朝,而且在法国人帮助下才完成整部作品,法国人当时刚开始由印度支那入侵内陆。阮攸历尽忧乱之后开始为新朝效命,被指责为背叛旧朝、卖身求荣。因此,他对金云翘产生了身份认同:金云翘必须在非常激烈的政治变革中存活,她是一个艺术家,她会书法、会弹琴、会写诗,在乱世中为自己创造出一个新世界。

如果将阮攸视为华语文学世界的一个越南读者,事情就更有趣了。我们可以在作品里看到他对女性角色的身份认同,不止金云翘,还有另外一位女诗人冯小青。相传,冯小青生活于17世纪,本是一个豪门公子的小妾,豪门公子的正妻烧了她大部分诗稿,只有极少几篇得以幸存。在阮攸笔下,我们看到一首题为《读小青记》的诗,抒发了诗人阅读小青残篇时的感受:

> 西湖花苑尽成墟,
> 独吊窗前一纸书。
> 脂粉有神怜死后,
> 文章无命累焚余。
> 古今恨事天难问,
> 风韵奇冤我自居。
> 不知三百余年后,
> 天下何人泣素如。①

了不起的"世界文学",正是生发于这些诗句传导出的文化认同,这很值得思考。阮攸因为这部作品成为越南现代文学的奠基者。他用越南的传统形式改编了小说,用越南传统的"六八诗体"重新讲述这个故事。这部作品使他声名鹊起,并足以在越南现代文学史上占据一席之地。阮攸还是活跃在越南抗法运动、反抗美国殖民侵略运动中的英雄。越南的另外一位作家制兰园(Chế Lan Viên,1920—1989)——1957年成立的社会主义性质的越南作家协会的创建者之一——这样评价阮攸

---

① 出自阮攸《清轩前后集》,中译本转引自〔越〕阮玉琼簪硕士论文《从中国〈金云翘传〉到越南〈翘传〉》。英译本出自 *The Longman Anthology of World Literature*,ed. by David Damrosch et al.,New York:Pearson Longman,2nd ed.,2009,vol. E,pp. 252—282.

及其杰作《金云翘传》：

> 生于肮脏的黄昏尘土中，你孤零零的无伴可寻。
> 你的悲伤与人类命运相匹配。
> 翘言说了你的思想，结晶了你的生命。
> [显然，制兰园看出了阮攸对金云翘的身份认同感。]
> 君主起落，而诗歌永存。
> 你与文字作战，最终赢得了你的命运。
> 你在白藤江的时间之流中插下木桩，
> 我们的语言和月亮一起永远闪亮。①

在白藤江的时间之流中插下木桩，这是个瑰丽的意象。我想，应该是在14世纪，一个越南将军在白藤河里插下木桩，引诱中国入侵者的船队上当。20世纪50年代，制兰圆仍然记得这个意象，认为诗歌是插进白藤河奔流中的木桩。制兰圆显然知道阮攸的灵感来源，因而希望阮攸能够更加"民族主义"。而实际上阮攸不是个民族主义者，他是个华语知识人。中国文学传统在他眼里也是自己的传统，又属于更大的华语文学世界。制兰园在诗中批评了这一点，他认为《金云翘传》改编自中国文学是一种不足，给越南文学的奠基性工程蒙上耻辱，他说：

> 为何要借用外域场景？我们的国土上，流淌的并非钱塘江，而是其他很多大河。[我们越南就有很多河川，你根本不需要写钱塘江。]你为何要分裂自我？阮攸、素如、清轩[这些是阮攸的笔名]，翘的眼泪使三者融为一体。我们是否还需要一个世纪才能理解阮攸？就像他的诗歌为我讲述某人一样，我们是否还需要一个世纪才能理解阮攸？我们哀悼夜幕降临，也哀悼他的离去。我们热爱国王发布的战斗号令，可我们也不会忘记翘的路途中霜白的芦苇。②

制兰园的评价很有意思，它显示出反现代化的民族主义者之复杂的心态：既歌颂越南国族文学的奠基之作，又批判作者本可以更"国族主义"。其实，制兰园本人在用同样的方式做同样的事情。而阮攸则从根本上借用对他来说是世界文学的中国文学，建立起越南国族文学。

阮攸去世大约一百年后，世界文学也在中国经历了一个类似的过程，这正是我要讲的。大家可能对接下来我要讲的故事很熟悉，但对一些特定的细节还有些模糊。1915年夏天，京师大学堂学生中的一些小圈

---

① 制兰园：《我看阮攸》，载达姆罗什编《朗曼世界文学选》第二版，纽约：Longman，2009年，第5卷，第200页。(Chế Lan Viên, "Thoughts on Nguyen," in: *The Longman Anthology of World Literature*, ed. by David Damrosch, 2nd ed., 2009, vol. E, pp. 282—283)

② 同上。

子讨论过这样一些语言文学问题：我们应该支持普通人说的白话口语吗？应该为此而废弃掉文言文吗？我们应该继续使用繁体字吗？应该简化它们吗？还是应该像越南语一样拼音化？当代作家应该继续使用古典文体吗？还是应该适应社会要求，采用欧洲小说、故事那样的新文体？这些问题在当时可谓迫在眉睫。这些人离北京或其他文化中心很远，但他们的激烈讨论很快对新文化运动产生了巨大影响。不过，对这些现代主义者来说，传统诗歌的价值仍然存在于茶余酒后。他们才华横溢，能言善辩，目中无人而且擅长自嘲，探寻语言和友情的边界。他们的争论扩散开去，贯穿整个学年，最终在第二年达到高峰。当时属于官僚阶级的梅觐庄（即梅光迪），指责他的朋友胡洪骍（即胡适）只是在不断盗用托尔斯泰的观点。胡适之前就宣称过白话文学的潜力，他很快回复了一首白话长诗，试图扩大这场论争。他在这首诗中称二十多岁的梅光迪为"老梅"："人闲天又凉，老梅上战场。拍桌骂胡适，说话太荒唐。［……］老梅牢骚发了，老胡哈哈大笑。且请平心静气，这是什么论调！文字没有古今，却有死活可道。"胡，此时名字还叫胡洪骍，比他的笔名"胡适"更有名。"适"的意思是"最适合的"，此名来自"物竞天择，适者生存"。

这场论争很令我吃惊，因为它发生在康奈尔大学，而非四川、湖南等地。胡适当时在康奈尔大学读书，他起初就读于农学院，但很快厌倦了学习苹果种植学，这门学科对纽约州的苹果生长可能有用，但对胡适的目标——建立一个现代中国——没什么用。于是他转读文学专业，还在争论后写了他有名的宣言书，宣言书发表在《青年杂志》（*La Jeunesse*）即后来的《新青年》上。他接着又转去哥伦比亚大学，师从杜威（John Dewey, 1859—1952）学习哲学，还在《新青年》上刊登了他最有名的宣言：《文学改良刍议》，提出文学改革的一些原则。《青年杂志》的中法双语题名彰显了国际主义主张，这种主张得到胡适周围一大批知识人的强烈认同。他们都致力于构建一种新的国族文化和文学，要实现这种目的，必然要与世界文学大量互动。因此，鲁迅的弟弟周作人利用日语翻译了古希腊、日、英、德、法等多国文学作品。他主张"疑古"，这并不是要完全抛弃过去，而是要使用现代的文本分析批评方法，重估儒家典籍。他还和胡适一样，支持白话文学。

胡适的朋友林语堂曾经写过一个回忆录，胡适刚拿到哥伦比亚大学的博士学位回到北京时，发现自己已经成为一个国家名人。林语堂写道，胡适众望所归任教于北京大学，两人在清华大学相见，那场会面犹如触电。

现在我们可以把整个过程叙述如下：胡适来到美国，见识到欧美文化,回国后四处宣传西化的福音。他从康奈尔大学开设的课程中当然学到很多,学会了法语、德语和英语,立志研究比较文学;他在哥伦比亚大学哲学系师从杜威时也学到很多。但是,从胡适在康奈尔时与他的朋友们交游讨论的情况来看,他最首要、最主要的关注对象是中国人,具体关注点是中国自身的文化历史和现代需求,他在学习过程中逐渐建立起自己的思考。当他的朋友梅觐庄指责他过于热情地推广托尔斯泰式的人道主义时,他回复道:"吾闻之大笑不已。夫吾之论中国文学,全从中国一方面着想,初不管欧西批评家发何议论。"①

胡适所言有点夸张,但他的基本关怀却很清楚。在20世纪30、40年代前期,他成为构建现代中国与蒋介石国民政府的领袖,随后的学术生涯与撰稿活动都紧紧围绕这一公共身份。他曾经当过几年北京大学校长,多次试图调停国民党对北大学生抗议活动的镇压,但并不成功;他也曾通过议会选举成为中华民国驻美国大使。他不是一个共产党员,也从未加入国民党,他是个真正独立的知识者。他终其一生都坚持认为,政治行动必须建立在谨慎细致的思考之上,扎根于文化学习的深处。正如他在20世纪60年代写的那样,他不是否定革命,而是不支持未成熟的革命,那往往是浪费。他的态度是让别人和他一起教化民众。

我们可以通过《新青年》上的文章来理解世界文学的呈现方式。它并非西方世界文学理论家经常描述的那样一种过程:一种主导文化驱逐一国文学,然后占据它的位置。相反,在胡适或周作人等人笔下,我们看到世界文学是一把有双重利刃的剑,它既反对古老的中国封建王朝体制,又反对外国帝国主义,力求建立一个政治和经济上都独立自主的"现代中国"。

一幅由中国童子军协会刊登在《新青年》第二年某期的广告,可以帮我们更好地理解这点。"童子军"本来与英国的帝国计划密切相关,意在培养大英帝国在广大殖民地尤其是在印度的未来统治者,以确保帝国对印度的殖民统治。因此,童子军广告出现在《新青年》这样一份反帝、进步的杂志上,很让人惊讶。

但是随着广告继续扩散开去,人们逐渐看到它的价值。正像你们在大屏幕上看到的,童子军的活动重点不在于把男孩培养成士兵,也并不

---

① 原文如下:"吾以为文学在今日不当为少数文人之私产,而当以能普及最大多数之国人为一大能事。吾又以为文学不当与人事全无关系。凡世界有永久价值之文学,皆尝有大影响于世道人心者也。觐庄大攻此说,以为 Utilitarian(功利主义),又以为偷得 Tolstoi(托尔斯泰)之绪余;以为此等19世纪之旧说,久为今人所弃置。吾闻之大笑不已。夫吾之论中国文学,全从中国一方面着想,初不管欧西批评家发何议论。吾言而是也,其为 Utilitarian,其为 Tolstoian,又何损其为是。吾言而非也,但当攻其所以非之处,不必问其为 Utilitarian,抑为 Tolstoian。"出自《胡适留学日记·卷十三·二七:觐庄对余新文学主张之非难》,合肥:安徽教育出版社,2006年。——译注
英译本出自 Hu Shih, *An Autobiographical Account at Forty*, in: Li Tu-hing(Ed.), *Two Self-Portraits: Liang Chi-Ch'ao and Hu Shih*. New York: Outer Sky Press, 1992. pp. 32—188.

想引领青年参与国家统治,它没有任何政治目的。指挥官们教导童子军使用自己的双手双眼,去做一个正常健康的男孩应该做的任何事情:训练有素的童子军可以打结、用信号旗传递信息、救助伤员、绘制地图、演奏乐器、做饭、修补衣服,还能在必要时在野外健康生存。

上海的中国童子军在街道上列队前进,队伍的乐队演奏着欢快的音乐,其活泼健康的风貌,打动着所有目睹这一场景的人。中国童子军并非游荡在大街小巷虚度光阴,而是充分利用一切时间培养有用、健康的爱好,比如户外宿营、野炊、洗涤等等。这意味着什么?如果你在大街上列队前进而不是游荡在大街小巷,那就证明你没在吸食鸦片,没有成为英国人想让你成为的那种鸦片瘾君子。你也没有仆人替你做那些传统观念认为贵族阶层不应该做的事,比如做饭、补衣服、没有仆从等等。因此童子军们都被调动起来,既反对英国帝国主义,同时也反对陈旧礼俗制度。我们可以在这种语境中,更清楚地看到一些政治因素介入其中,比如马克思主义、法国大革命、中文里的法语英语词汇等等。

很有意思的是,普朗克特(Joseph Plunkett, 1887—1916)的名字也出现在这里,他是爱尔兰抗英运动中的英雄,在"复活节起义"之后被处决。行刑当天,他与少时恋人结婚,写了一首诗,整首诗非常具有革命气质,充满了对死亡的决绝与对美好未来的期望。在这本杂志里,你能看到中国童子军,你还能看见王尔德(Oscar Wilde, 1854—1900)的剧作《意中人》(后来译作《理想丈夫》)。我们并不认为王尔德和普朗克特一样属于马克思主义的革命阵营,但编者仍然选择了这部剧本,剧中讲述了经济诈骗的故事。正像剧中人物罗布特·奇尔顿爵士所说:"凡百事体,有了他适当的名称,更就容易明白了。讲到这件事,我们在外务部里已得了一切的消息"。①

这里有两点值得注意,一是人们喜欢王尔德能用"喜剧"做社会评论,这本不属于中国传统,林语堂此时刚把"幽默"引入中国散文。二是人们认为王尔德是一个社会主义者,选择了这部在他们看来最有"中国性"的剧本,你可以从"凡百事体,有了它适当的名称"中看出来,这正是一条古老的政事变革准则。

在鲁迅的《阿Q正传》中,作者引用孔子"名不正则言不顺"并在"序言"一章中写道:"我又不知道阿Q的名字是怎么写的,然而也再没有别的办法了,只好用了洋字,照英国流行的拼法写他为阿Quei,略作阿Q。这近于盲从《新青年》,我也很抱歉"。在这里我们看到,鲁迅战略性调用了世界文学资源,同时反对外国与中国古典两个敌人。这一点在鲁迅名

---

① 王尔德:《意中人》,薛琪瑛译,载《新青年》第1卷2、3、4、6号和第2卷第2号。

作《狂人日记》中表现更明显。鲁迅读了果戈理《狂人日记》日译本以后,大胆改编了它。在鲁迅的小说中,叙述者去拜访一对兄弟,他只见到了哥哥,而弟弟曾经得过疯病,痊愈后赴外地做候补官员。故事的叙述者,应该是鲁迅,讲述了一个病历式的故事,这显然改编自果戈理《狂人日记》。果戈理这部小说的核心问题是:如何从一个混乱、边缘的主题中塑造出一个现代俄国人形象。果戈理作品中的狂人认为他自己是西班牙国王,也可能是在中国,这可能会让鲁迅惊喜:

> 当只有我自己时,我决定要视理国政。我发现中国和西班牙原来同是一国,只是因为愚昧无知,人们才把它们认作两个不同的国家。列位要是不信,我奉劝列位把西班牙写在纸上,结果就会变成中国的。①

我没有任何证据证明鲁迅对这个细节很感兴趣,但我非常喜欢想象鲁迅说"我也可以写这个故事"时的场景。他会说,如果这个故事在中国也一样,那我就可以写出中国版本。这种想象很有意思。鲁迅具体的创作手法也值得玩味。在小说中,狂人非常害怕自己会被过去吃掉。正如果戈理的恐惧是俄国被排除在欧洲之外一样,鲁迅的恐惧是现代中国会被迂腐的过去所吞噬;沉重的经典遗产会吞噬掉过去,也吞噬掉现在。在小说中,狂人的大哥似乎不怕自己被吃掉,而且可能已经吃掉了他妹子的肉,这是由空间到时间的转变,是天才般的再创作。欧洲学者们很热心于讨论"歪歪斜斜的笔迹",即"我翻开历史一查,这历史没有年代,歪歪斜斜的每页上都写着伦理道德几个字"这种说法。四千年来吃人的历史他无法再想了,"四千年来时时吃人的地方,今天才明白,我也在其中混了多年;大哥正管着家务,妹子恰恰死了,他未必不和在饭菜里,暗暗给我们吃。我未必无意之中,不吃了我妹子的几片肉,现在也轮到我自己,[……]有了四千年吃人履历的我,当初虽然不知道,现在明白,难见真的人!"

现在我来说说自己对研究这篇小说的一点心得,我认为我们应该把这部小说的结尾与开头放在一起读,这种首尾照应的形式在鲁迅的作品中并不少见。问题是,为什么是这两兄弟?故事开端于两兄弟:"某君昆仲,今隐其名,皆余昔日在中学时良友;分隔多年,消息渐阙。日前偶闻其一大病;适归故乡,迂道往访,则仅晤一人,言病者其弟也。劳君远道来视,然已早愈,赴某地候补矣。因大笑,出示日记二册"。②

---

① 《果戈理小说选》,满涛译,北京:人民文学出版社,1996年11月,第476页。
② 英译本出自 Lu Xun, "Diary of a Madman," in: *The Red Story of Ah-Q and Other Tales of China: The Complete Fiction of Lu Xun*, trans. by Julia Lovell, London New York: Penguin, 2009, pp.15—31.

为什么整篇故事中都只提到两兄弟？为什么叙述者不知道和他说话的是哥哥还是弟弟？只是说话人自称大哥，对吗？这是现代主义中根本性的"歧义"亦即"模棱两可"（ambiguity），是鲁迅从同时代欧洲文学中借鉴而来的，又把它变得更为现代。我们不知道说话者是兄弟中哪一个。因此故事就有两种可能性：一是这个说话者就是被治愈的"狂人"本人；而另一种可能要照应到故事结尾，狂人认为他的兄弟要吃他，他被关在了屋子里。可能正是狂人自己杀害并吃了他兄弟，却说兄弟要吃他；也可能这个深夜停在荒斋的游客认为自己是在读一个故事，但他其实就是狂人下一个要吃掉的人。我们已经看过太多类似的恐怖片，对接下来的故事了然于胸。这非常值得玩味。我们只有意识到自己并不知道叙事者在与谁交谈，才能充分理解这个复杂诡异的开头。这体现了欧洲文学与中国文学的深层互动，现代主义的"含混"（ambiguity）扩散开去，广泛影响到政治局势与政治意图。

现在我们来讲最后一个例子。在阮攸的例子中，我们讲过越南这种中等大小国家的国族文学如何通过世界文学得以重建；我们也讲了中国这一大国如何通过借鉴世界文学的资源，重新掌握文化中心主导权。现在我要讲的第三个例子则非常不同，它发生在一个对我来说非常边缘的地区，一个小岛国：加勒比地区的圣卢西亚。德里克·沃尔科特（Derek Walcott），这位诺贝尔文学奖的获奖者，其独特之处在于来自加勒比地区的马提尼克岛。我们可以在屏幕上看到岛上卡斯特里城的一个港口，它一直是当地经济发展的支柱，过去是方便殖民侵略，现在则是利于发展旅游业与渔业。

沃尔科特对世界文学的学习与借鉴，使他成为一名世界级作家，也使小岛国圣卢西亚不再在地图上籍籍无名。我想给大家读一首沃尔科特作于1976年的诗歌，彼时他四十多岁并享有盛名，诗名为《火山》：

> 乔伊斯怕雷，可是他下葬时狮子
> 从苏黎世动物园吼叫。
> 是苏黎世还是的里雅斯特？
> 没关系。这些都是传说，正如
> 乔伊斯之死是传说，
> 或说康拉德已死、《胜利》
> 具有反讽意味的风行谣传一样。①

在这里，沃尔科特取笑了这样一种观点：当地的殖民侵略者在1976

---

① 《德瑞克·沃尔科特诗选》，傅浩译，石家庄：河北教育出版社，2004年，第156页。（英文版见 Derek Walcott, *Sea Grapes*, London: J. Cape, 1976, pp. 62—63）

年需要花几个月才敢确认从报纸上得到的消息,不知道乔伊斯是否已被埋葬。这令人困惑,但不重要,因为这只是传说。

> 在夜的地平线边缘上,
> 从此刻直到黎明
> 有两点来自数英里之外海上的
> 桅杆上的亮光。①

数英里之外的桅杆在闪烁,它们应该是近海石油钻井,在深夜依然工作。我们可以想象消沉的诗人站在那里看几英里外海上的桅杆。它们如此闪亮,彰显了当地丰富的自然资源,"它们就像《胜利》结尾处雪茄的闪光抑或火山的闪光"②。沃尔科特因此写了一部关于火山的小说,其中火山是开端意象而不再是结尾。③ 他继续说:

> 为了巨匠的慢慢
> 燃烧的信号,可以
> 放弃写作,而做
> 他们的理想读者,深思,
> 贪婪,把对杰作之爱
> 置于重复或超越
> 他们的企图之上,
> 当世界上最伟大的读者。④

只阅读来自欧洲的杰作,而从不试图自我创造,这对殖民地读者来说是个诱惑。

> 至少这需要敬畏之心,
> 我们的时代已失去这种态度;
> 那么多人见多识广,
> 那么多人未卜先知,
> 那么多人拒不进入胜利的
> 静寂,懒惰
> 燃烧在核心,
> 那么多人不过是
> 直立的烟灰,就像雪茄,
> 那么多人把打雷不当回事。

---

① 《德瑞克·沃尔科特诗选》,第 156、157 页。
② 同上书,第 157 页。
③ 即后文提到的沃尔科特的长诗《奥梅罗斯》(*Omeros*)。
④ 《德瑞克·沃尔科特诗选》,第 157 页。

> 闪电多么寻常，
> 巨船多么失落，
> 我们不再寻找！
> 往昔曾经有过巨人。
> 那时他们制造优良的雪茄。
> 我必须更仔细地阅读。①

这是首非常杰出的诗作，不仅因为沃尔科特婉转写出那种诱惑，还因为他提出要做"完美读者"。他在这首杰作中浓缩了通常所说的整个现代或西方传统，不仅有乔伊斯（James Joyce，1882—1941），还有读者已不再趋之若鹜的康拉德（Joseph Conrad，1857—1924），还包括杰出的英美小说。他举的例子都涉及自我流放：骚赛（Robert Southey，1774—1843）是意大利移民；康拉德出生于沙俄统治下的波兰，逃到了法国，后来加入英国国籍，始终坚持用英文写作；乔伊斯出生于爱尔兰都柏林。沃尔科特还宣称反对权威，反对那些出于政治考虑而彻底抛弃西方传统的做法。这些主张使这首诗歌更独特。他认为作家们需要西方传统，需要英格兰，需要学习传统来变得伟大。不过，他也反对本国文学继续被殖民，反对仅仅诉说、模仿，仅仅模仿前人所作所为并不能使今人的创作更有趣。

正如阮攸把散文体小说改成叙事诗一样，沃尔科特是一个杰出的散文作家，致力于创作散文诗。他对读者有很高要求，要求读者熟知两大传统，其一是世界文学中的西方传统，其二是沃尔科特自己的创作历程。我们只有这样才能理解他诗中的"标志"，"标志"指"好的雪茄"，你必须知道那首关于他父亲沃里克·沃尔科特（Warwick Walcott,? —1929）的诗歌。实际上，他经常在诗里提到自己的父亲，尤其提及父亲钟爱这种雪茄。

他的父亲三十一岁便去世，当时沃尔科特只是个孩子。他父亲终身梦想成为一名艺术家、诗人，却不幸英年早逝，夙愿未偿。沃尔科特取得了他父亲从未拥有的成就，很大一部分原因在于他在诗歌中复活了他的父母，代表作就是他所作的叙事长诗《奥梅罗斯》（Omeros），这首充满浪漫气质的长诗出版于1990年，直接为他赢得诺贝尔文学奖。这部长诗大胆借鉴《荷马史诗》《圣经》《神曲》中的经典形象，讲述了发生在圣卢西亚岛上的事，故事主线是说英语的赫克托耳与说法语的阿基琉斯因为争夺海伦而发生了争执。这是一个美妙的故事。沃尔科特和阮攸类似，改编创作了早期的史诗作品，这种想法直接来自前辈乔伊斯。我们可以看

---

① 《德瑞克·沃尔科特诗选》，第157、158页。

到有趣的一点,他恰好实现了其父沃里克向他展示出来的目标。沃里克给他留下丰厚的文学遗产,正如德里克后来在诗中所写,父亲告诉他:

> 我生长的地方,巷子尽头就是港口
> 我居住的街道,名字不是英菲尼迪
> 街角的理发店和店里的旗杆是镇上的无政府主义者
> 店主总是不断旋转音响的位置
> 墙上有几个生锈的镜子供我们回头观望
> 世界大事和理发袍一样,被大头针钉在墙上,
> 卷曲的头发看似无数逗号。①

这一意象后来多次出现在德里克的作品中,他说理发师像分号,而其头顶上星星形状的卷发则看起来像逗号。

> 我在镜中反复阅读背后清漆书架上的《世界经典名著作品集》,
> 理发师成为我的双身仆从。
> 我因为擅长引经据典而为人所知,
> 他则因为他的剪刀。
> 我将赠予你空无一字的纸张
> 与空空如也的房间。②

这个理发店、店中书架上的经典作品集,以及这个父亲在镜子后面阅读名著的意象,似乎都是镜中之像,并在之后不断重现,在十五年之后的诗作中苏醒。德里克在诗中提及,他的父亲叫沃里克,这是莎士比亚故乡的名字,他猜这就是他父亲名字的来源。而且,他的父亲恰好与莎士比亚出生在同一天,因此被寄予厚望成为另一个莎士比亚。这显然也是来自欧洲的文化遗产。当他父亲被问到更多旅游度假的事情时,他向德里克描述自己曾经看到的景象,艰辛的女工往英国轮船上成麻袋地扛送煤块。这些景象后来也出现在德里克的诗作里,成为其父的临终遗言:

> 不堪重负而几乎屈膝下跪,
> 你努力平衡蹒跚的脚步,
> 亦步亦趋及时走上乌黑的梯子,
> 赤裸的双脚交相迭出,
> 那是来自祖先的韵律,
> [……]

---

① 沃尔科特:《奥梅罗斯》(Derek Walcott, *Omeros*, New York: Farrar and Giroux, 1990)
② 同上书。

> 比地狱般的无烟煤堆更高。
> 在那里,他们看见了自己的故乡,
> 像蚂蚁,又像天使。
> 无名、粗糙、无足轻重。
> 他们在走,而你在写。
> 无需低头便能走在狭窄堤道上,
> 熟练踩着前人的脚印,
> 那些缓慢的、祖先般的节奏
> 一直回响在这里。
> 你的创作属于他们,
> 因为是这些多重的脚步声,
> 酝酿出你第一首歌谣。
> 快看啊,他们还在爬,无人知晓,
> 最终拿到几个铜板的微薄工钱。
> 而你的责任就是抓住一切机会,
> 给她们的脚步以声音,
> 孩童时,你从祖母的房间里观望她们,
> 被她们的力与美所打动,
> 就从那一刻起。①

这首诗给那些脚步赋予声音,传达出非常美丽的讯息。而且如你们所知,他采用但丁(Dante Alighieri, 1265—1361)的诗体形式,现在已经不再通行,这种诗体传入英国后变得稍为宽松。它连接了整个文学史,从建立在荷马史诗基础上的史诗传统,到但丁手中发生了一些转变,而后又经由乔伊斯、金斯堡(Allen Ginsberg, 1926—1997)等人得以传承;同时,他还连接了自己整个人生。而我要特意指出,这首诗借助世界文学给脚步赋予声音,这种声音使这个之前在世界文化地图上从未出现过的小岛国逐渐为人所知。

以上就是我要举的三个例子,例子中囊括了古代、近代(新文化运动时期)与当代,也包含了世界上最大、中等与最小的国家。我想这足以证明无论国家之大小与类型,世界文学都参与建构了国族。谢谢大家。

---

① 此译参考了张德明:《后殖民史诗与双重化叙事策略》,载《浙江大学学报》(人文社会科学版)2007年1期,第84页。

世界文学:意义、挑战、未来

张隆溪,高文川译

在开始演讲之前,我首先要感谢方维规教授邀请我来到这个重要场合,和我的朋友大卫·达姆罗什展开对话。我认为,世界文学正在各地兴起。我很高兴看到,许多人来到这里探讨世界文学。我演讲的主题是《世界文学:意义,挑战和未来》。我以布鲁盖尔(Pieter Bruegel,1525—1569)这幅关于巴别塔的名画作为开场。它是富有意味的。没有巴别塔,就没有世界文学。如果我们都说着相同的语言,也就不会有翻译和误解。当然,那只是一个想象。正如斯坦纳(George Steiner)所说,我们生活在巴别塔之后(after Bible)。我们说不同的语言,有不同的文化、历史和传统。因此,能够了解不同的语言和文学就变得十分重要和有趣。正如大卫刚才出色地阐明的那样,世界文学和国族文学之间形成了一种既紧张又辩证的有趣关系。没有世界文学,就没有国族文学,而世界文学也依赖于不同的民族文学传统。我一直很喜欢布鲁盖尔,他是我最喜欢的画家之一。我认为这幅画是对于人类语言境遇的一个绝妙象征。巴别塔在《圣经》中的故事是,人类想要修建一座很高的塔,使之成为通往天堂的阶梯。上帝说,不,我不能让人类做到这一点,我要变乱他们的语言;上帝因而诅咒人类修建巴别塔的行为。从那以后,人类开始说不同的语言,不能相互交流。如果你不能彼此理解,你还怎么修建巴别塔呢?这个故事非常有趣。在17世纪,许多欧洲思想家想找到人类始祖亚当的语言,使人类重返伊甸园,重返堕落之前的快乐时光。亚当的语言可以实现完美的交流,它产生于人类堕落之前,是上帝创造和使用的语言。有多种不同的语言可以作为亚当语言的候选者。显然,古希伯来语可以是一个,古希腊语可以是一个,古埃及语可以是一个。然而实际上,它们都不能成为亚当的语言,因为它们都是欧洲人知道的语言。而据《圣经》的记载,欧洲语言是被上帝诅咒过的,所以欧洲人懂的语言都不可能是上帝创世之初与亚当说话使用的语言。有一个名叫韦布（John Webb，1611—1672）的英国建筑师写过一本很有趣的书，书的标题说明了一切。在17世纪，一本书的标题可以非常长，这长长的句子点出了这本书的主要内容。书的标题是《论中华帝国之语言可能即为原初语言之历史论文》（An Historical Essay Endeavoring a Probability that the Language of the Empire of China Is the Primitive Language）。"primitive"不是现代意义上"原始"的意思，它类似于法语中的"primaire"，即"最初语言"的意思。韦布当然不懂中文，他是以传教士关于中国的报告为基础的。他提出，中文实际上是上帝所创造的原初语言。他的论证建立在两个非常重要、无法反驳的基础之上。首先，中文确实非常古老。按照《圣经》的说法，诺亚是上帝用洪水毁灭世界时，得上帝怜爱唯一可以带家人存活的人。洪水退去之后，诺亚方舟停泊在东方，所以东方人，包括中国人，都是诺亚或他长子闪姆的后代，也就保留了上帝创世之初创造的语言。其次，《圣经》从未提及中国人参与修建巴别塔。换句话说，中文并没有被诅咒。所以，我们的语言一定是亚当的语言，通过学习中文你就能重返天堂。我记得有一天，在牛津参加一个学术会议，我同一位牛津大学的著名教授谈话。我谈到了韦布和他对中文的看法。他说，哦，那是毫无价值的废物。但从我的文化视角看来，那是非常有趣的废物，非常非常有趣。当然，对此做语言学讨论毫无意义。但我认为，高耸的巴别塔是不同民族传统和文学的基础。某种程度上说，它象征交流的重要性。我们能否跨越不同的语言文化彼此交流？这是对于翻译的挑战，也是对于世界文学的挑战。

我认为，在这里——北京来讨论世界文学观念，是十分合适的。因为我们知道，世界文学，或者说Weltliteratur，是歌德（Johann Wolfgang von Goethe，1749—1832）在19世纪初提出的。如果讨论世界文学，我们不可避免要回到歌德的观念，这非常非常重要。在阅读一本中国小说时，歌德对其年轻助手爱克曼（Johann Eckerman，1792—1854）谈起世界文学。可惜我们不知道歌德读的是哪一本小说。有许多研究者认为有可能是《好逑传》。从中国人的角度来看，这确实不是一本多么伟大的小说。实际上，歌德非常清楚这一点。当爱克曼问他，他正在谈论的这本小说是否是中国最好的小说。歌德说，不，中国有成千上万这类作品，这本只是其中之一。他非常清楚地知道，这本大概不是中国最好的小说。可尽管如此，他还是被这本小说吸引住了。不同于他所熟悉的欧洲文学，这部小说带有一种非常陌生的感觉，但同时又是可阅读、可理解的。他能够对小说中的文化产生同感，能够理解人物的感受、情感。他还欣赏中国小说的道德性。他看到，同欧洲作品相比，中国人有更优秀的道德观。通过中国小说所获得的这种既熟悉又陌生的阅读经验,在他1827年1月31日同爱克曼的著名谈话中有着清晰表述,这被记录在《歌德谈话录》(Goethe's Conversation with Eckermann)中。尼采(Friedrich Nietzsche, 1844—1900)曾经说过,如果你想通过一本书来了解德国文学,那么你应该读爱克曼与歌德的谈话。所以,这是一本非常重要的书。歌德说:"诗是人类的共同财富。[……]民族文学现在已经算不了什么,轮到世界文学时代了;现在每个人都应出力,促成其尽快来临。"这是19世纪初,歌德作为一个世界主义思想家和伟大作家发出的宣告。在那时,德国并非一个统一的国家,而是四分五裂,能把日耳曼人联合起来的东西只是一种语言。所以必须说,歌德非常超前于他的时代。他是一个世界主义者,因为他不仅仅对欧洲文学感兴趣。当然,他将自己视为伟大的希腊罗马传统当之无愧的继承者。但是同时,他对世界文学非常感兴趣。正如我们所知,他基于对波斯诗人哈菲兹(Shamsoddin Mohammad Hāfez, 1320—1389)的喜爱而写了《东西诗集》(West-östlicher Divan)。他也喜爱印度著名戏剧《沙恭达罗》(Sakuntala)。所以,同对欧洲文学一样,他对非欧洲文学也非常感兴趣。在19世纪早期,他确实比他的同代人具有更宽广的视野。

但我必须说的是,比较文学作为一个学科创立于19世纪,它更多是建立在民族基础之上,而非歌德提出的世界文学观念之上。我们今天说comparative literature,这个英语术语是基于法语的 Littérature comparée 而不是德语的 Vergleichende Literaturwissenschaft,这是很重要的。法语文学是一个了不起的传统。从很久以前,法国作家就付出了大量努力,让法语和拉丁语竞争通用语的地位,这使法语变得非常重要。法语文学建立在很强的民族传统之上。虽然比较文学作为一个学科是超越民族传统的,但我认为,自19世纪以来的二百年里,它仅仅专注于欧洲文学——这的确是以欧洲为中心的世纪。我并不完全是在贬义上使用欧洲中心这个概念,指责比较文学忽视欧洲以外的世界其他部分。这种现象是有原因的,我随后会讨论这一点。我说"欧洲中心的世纪",是在一种描述性的、肯定的意义上,指比较文学界最优秀的学术研究都是关于欧洲文学的。我要提到三本重要的经典著作。奥尔巴赫(Erich Auerbach, 1892—1957)的《模仿论:西方文学中现实的再现》(德:*Mimesis: Dargestellte Wirklichkeit in der abendländischen Literatur*, 1946;英:*Mimesis: The Representation of Reality in Western Literature*)。这是一本重要的书,比较文学界应该人人都知道。中间是另一本非常重要的书:库齐乌斯(Ernst R. Curtius, 1886—1956)的《欧洲文学与拉丁中世纪》(德:*Europäische Literatur und lateinisches Mittelalter*,

1948;英：*European Literature and the Latin Middle Ages*）。这本书非常清晰地讨论了欧洲文学传统，尤其是从中世纪到现代的欧洲文学传统。第三本书是弗莱（Northrop Frye，1912—1991）的《批评的解剖》（*Anatomy of Criticism*，1957），它是西方批评史上的伟大著作，提出了原型批评和神话批评的普遍模式。但弗莱主要讨论的是西方文学。他在一些小地方提到了印度和中国，但主要讨论的确实不是非西方文学。所以，比较文学是非常"欧洲中心的"，或许"欧洲中心"并非一个恰当术语，我的意思是，它确实专注于欧洲文学。至少在早期，最好的学术研究确实专注于欧洲文学。造成这种情况的一个原因是，比较文学一开始就非常强调语言能力，你必须用原文来工作。在早期，有一个说法叫Dekaglottismus，就是学者要掌握十门语言。当然，它们全部是欧洲语言，如拉丁语、法语、德语等等。所以许多比较文学学者都是通晓多种语言的人（polyglot）。他们通晓许多语言，但是他们中的大多数或者说全部，通晓的是欧洲语言而不是非欧洲语言。在20世纪70年代，法国比较文学学者艾田蒲（René Etiemble，1909—2002）就抱怨过这一点。迄今为止，比较文学还是主要专注于欧洲文学。但现在，我们迎来了世界文学的时代，我的朋友大卫写的这本很有影响的书《什么是世界文学？》（*What Is World Literature*?）是一个开端。我相信，你们在座的很多人都知道这本书。它首先讨论了书面文学的开端——美索不达米亚人的《吉尔伽美什》（*Gilgamesh*），还讨论了埃及文学和许多其他内容。这确实是一个崭新的时代。我认为，是时候回到世界文学了，就像在大卫的书中歌德首次提到的那样，要以歌德作为世界文学的开端。在某种程度上，我们的时代是复兴歌德所说的Weltliteratur概念的最好时机——不仅仅是欧洲文学，还包括非欧洲传统在内的世界文学，这是非常重要的事情。

我想举出这本书中的三个片段，这对我们理解世界文学概念是非常重要的。这是从大卫的书中摘录的："我用世界文学来包容所有在其原文化之外流通的文学作品。它们或是凭借翻译，或是凭借原先的语言（很长时间里，维吉尔［Virgil，前70年—前19年］以拉丁文形式被欧洲人阅读）而进入流通。"这是很重要的。要成为一部世界文学作品，就要成为一部跨国界流通的作品，就要以通用语写成。维吉尔恰恰正是这样，他的《埃涅阿斯纪》（*Aeneid*）是用拉丁语写成的。从中世纪到近代早期的欧洲，在很长时间里，拉丁语都是欧洲有教养者的共同语言，也就是欧洲的通用语。今天，我们都说英语。比如当我们开国际会议、在国际刊物上发表论文的时候，大多使用英语。英语已经成为国际交往的通用语，不再是拉丁语，也不再是法语。法语曾经作为通用语而被广泛使用，一个例子是,托尔斯泰的小说《战争与和平》里,贵族之间的谈话都用法语。在那个时代,俄国的上流社会都说法语。但是今天,我必须说,英语是通用语,这对我们有非常大的影响,它体现为不同语言之间的权力关系。比如诺贝尔文学奖,很多人抱怨说,想要获得诺贝尔奖,你的作品必须被翻译成英语或主流的欧洲语言,的确如此。因为评判诺贝尔奖的是一群瑞典学者,他们只能阅读那些语言,他们中的大多数读的是欧洲语言。当然,并不是必须要翻译成瑞典语,瑞典语是如此小众的语种,翻译成瑞典语会带来很多限制。但是翻译成主流语言是很重要的。想一想那些更早的斯堪的纳维亚作家,比如斯特林堡(August Strindberg,1849—1912),本身是瑞典人,却通过法语译本而国际知名。易卜生(Henrik Ibsen,1828—1906)是挪威剧作家,他出名不是因为他的挪威语原作,而是通过德语译本。即便是在更早的时代,即便是对于那些更小众的欧洲传统——我们称其为小语种(minor languages),它们在获得诺贝尔奖之前,也必须被翻译成主流欧洲语言。所以,翻译是一件很重要的事情。

我要举出的第二段是:"世界文学不是一个无边无际,让人无从把握的经典系列,而是一种流通和阅读的模式,这个模式既适用于单独的作品,也适用于物质实体,可同样服务于经典名著与新发现作品的阅读。"我认为,大卫在这里对世界文学的定义非常重要。世界文学是一种阅读模式,一种流通模式,既适用于经典名著,也适用于新发现的作品。我的理解是,"新发现的作品"意味着,发现用非欧洲语言写成的重要作品,就像大卫今天早些时候展示的那些拉美的、中国的作品。我们认为,我们有悠久的历史,有伟大的文学经典系列。我们的历史可以追溯到比大多数欧洲文学早得多的时代,比歌德谈论世界文学的时代要早得多。当爱克曼向他问起这本中国小说时,歌德说,中国有成千上万这类作品,而且在我们的远祖还生活在森林的时代就有这类作品了。歌德非常清楚,中国的传统可以向前追溯到非常久远的年代。我们总是把汉代、唐代或宋代作为中国文学史上最重要的时期,这些历史时期比许多欧洲传统要早得多。想一想英国文学,当你读英国文学史,第一部作品是《贝奥武甫》(Beowulf),里面的故事全是关于斯堪的纳维亚的丹麦人,没有任何事情发生在英国。但是不管怎样,这是英国公元10世纪流传下来的第一部手稿,那时已经是宋代了,更不要说唐代文学、汉代文学和先秦文学等等。但是,中国文学本身并不是世界文学,并不是所有最重要的中国文学作品都已经在中国之外广为人知。这里有一种文化资本或权力的不平衡。我敢说,大多数中国大学生,不只是文学专业的,都会知道莎士比亚、陀思妥耶夫斯基等许许多多欧洲文化中的伟大名字。但是在美国或欧洲的学生那里,你不会看到同样的情况,除非他们是汉学专业的。他们不会知道陶渊明、苏东坡这些伟大的名字。这些人是谁?他们不知道。你可以看到,这里有一种严重的不平衡。我认为世界文学对于今天的我们是一个很好的机会,可以让我们把真正经典的文学作品介绍给世界,引导人们欣赏和理解这些我们认为依然重要的作品。这并非是民族主义,这与此无关。这是一个重要的运动,使得身处不同传统的学者能够把他们熟知的自己传统中的经典作品引介到更广阔的国际范围里去,让世界上更多的读者知道。

我要举的第三段是:"在下述的三种方式里,世界文学时常以一种或几种方式被看待:作为获得认可的经典,作为正在形成中的杰作,作为看世界的多重窗口。"这段话对于我们理解哪类文学作品会成为世界文学的组成部分非常重要。首先,"获得认可的经典",经典当然是指所有的经典,不仅仅是欧洲经典,还包括中国、印度、波斯、阿拉伯、非洲等所有不同的传统,它们都有自己的经典。但是除了主流的欧洲经典,我们对它们并不太了解,这就是我们的境遇。所以我认为,对于不同的民族文学传统来说,这是一个好机会,可以让它们在原文化之外更加广为人知。"作为正在成型中的杰作",事实上是同样的意思。"看世界的窗口",众所周知,学习语言、阅读文学或许是理解不同文化、不同传统的最好方式。这个世界不仅仅有经济、技术和武器,更重要的是有人类存在,理解不同民族心理、风俗、传统的最好方式,就是尽力去理解他们的文学与艺术。人性不仅仅对于上流社会的文化精英主义非常重要;更重要的是,它帮助我们理解不同的文化,从而在一个更好的世界生存下去。

但是,世界文学也面临许多挑战。其中,比较典型的一个是阿普特(Emily Apter)写的《反对世界文学——论不可译性的政治之维》(*Against World Literature. On the Politics of Untranslatability*, 2013)——这个书名非常直白。阿普特的一个基本观点是:"近来许多复兴世界文学的努力,都依赖于可译性之假设。其结果是,文学阐释未能充分考虑不可通约性亦即不可译性。"不可通约性和不可译性是这里两个非常重要的概念。不可通约性的概念来自于库恩(Thomas S. Kuhn, 1922—1996)的名著《科学革命的结构》(*The Structure of Scientific Revolution*),这是 20 世纪 70、80 年代最有影响的著作之一。库恩在那本书中提出,科学通过革命而进步,革命发生的时候,一切都会发生根本改变。科学家是在某种范式之下工作的,范式是一种一般框架,他们在这个框架之下开展科学探索和实验。当你有一个新的发现,或是一种新的范式开始流行,旧的范式就会被新的范式所取代,一套完全不同的概念和原则就会生效,这就是他所说的科学革命。同时他提出,居于不同世界、在不同科学范式之下工作的科学家,彼此之间不能相互理解。他的主要例证是持"地心说"的托勒密主义者和持"日心说"的哥白尼主义者。我们知道,所谓"哥白尼革命"是发现,太阳而非地球是众星环绕的中心。库恩提出,这两个范式如此不同,以至于哥白尼主义者和托勒密主义者无法相互对话、彼此理解,他们使用的概念具有完全不同的意义。这当然是夸大其词,当你争论的时候,人们当然是彼此理解的。托勒密主义者非常清楚,哥白尼主义者打算提出一个挑战旧有模型的新的宇宙模型,他们能准确地理解它,双方为此展开了一场争论。你可以想象一下,你和某一个人争论的时候,如果你完全不理解对方的观点,你们怎么争论?认为他们不能彼此理解,这是一种夸大其词。还有不可通约性的概念,它的意思是说,没有什么事情是共同的,人们不能彼此交流。不幸的是,这个概念在库恩最初意指的科学和科学史中并不那么具有影响,反而在社会科学和人文科学中大行其道。事实上,有许多对于库恩的批评。所以,在库恩去世后,出版了另外一本书名叫《结构之后的道路》(*The Road Since Structure*)。这是他的第一本书《科学革命的结构》之后的道路。在这本书中,库恩从自己早年的立场后退,他说,不可通约性实际上并不意味着他们不能彼此理解,而是指科学中某些不可翻译的概念。在某种意义上说,它们意味着完全不同的东西,所以这些术语无法被翻译,因而也就变得十分重要、富有影响。这里的两个术语,不可通约性和不可译性,沿袭了库恩的观点。而这个观点已经被很多人驳斥和批评。请牢记我为什么以布鲁盖尔画的巴别塔作为开场:翻译和交流的意义恰恰在于,找到一种彼此理解的方式。即便我们有不同的语言、传统和文学,世界文学仍努力跨越语言和文化的差异,实现一种对于不同文学和文化的理解。在某种程度上,阿普特的观点来自于一种与此不同的立场。

让我们来看阿普特的另一段话:"随着翻译被自在地假定为一件好事情——在这个假定之下,它是一种批评性实践,赋予交流跨越语言、文化、时代和学科的权利——不可翻译之物的权利被遮蔽。"在某种程度上,阿普特非常反对翻译研究。正如她说:"随着翻译被自在地假定为一件好事情"。我们认为翻译本身是一件好事情,但是她会说,恰恰当你这么说的时候,你已经忽视了不可译的观念,忽视了那些无法被准确翻译之物。让我们来看第三段:"词语的多义与维特根斯坦(Ludwig Wittgenstein, 1889—1951)的'无意义'(nonsense)一点也不沾边,《逻辑哲学论》(*Logisch-Philosophische Abhandlung*)介绍后者的时候,伴随着 das Unsagbare(不可言说之物)、das Unverständliche(不可理解之物)、das Unaussprechliche(不可表达之物)等词汇。"维特根斯坦的《逻辑哲学论》在英美分析哲学中是非常有影响的著作。我认为,他所说的"无意义"实际上就是翻译中的"不可言说之物"。所以,他在哲学和语言学上提出一种观念是,某些事物不可翻译,不可言说,不可表达。"不可言说之物"可以从两个方面加以理解。在语言学层面上,任何学外语的人都知道,有时你无法找到一个意义相等的词。欧洲语言里有很多词在汉语里没有,有时候汉语里的词也无法在欧洲语言里找到等值的表达。但是,有多种方式可以解决这一问题,其中之一就是音译:当你找不到合适词语的时候,就把那个词原样说出来。比如汉语里的"沙发",我们都知道我们坐的是一种名叫"沙发"的家具,你知道那是沙发。在中国的传统中,我们没有沙发,但是我们称其为"沙发",发音接近于"sofa"。再比如说,豆腐是一种中国产品,你无法在欧美找到。但现在,英语词典已将 Tofu 作为一个词条,所以每个人都知道 Tofu 是什么,人们能够在美国的超市里买到它。所以,不可言说之物不是神秘的、不可表达、不可言说的上帝本质或诸如此类的东西,而这恰恰是阿普特正在提及的东西。她提及维特根斯坦作为一个哲学上的例子,提及神秘主义作为一个宗教上的例子。神秘主义是非常有趣的,我以前在我的著作《道与逻各斯》(*The Dao and the Logos*)中讨论过神秘主义者。作为哲学家或诗人,当他们抱怨自己无法表达的时候,相比那些相信自己能够表达的人,他们反而会使用更多的言辞。20 世纪早期,德国学者福斯勒(Karl Vossler,1872—1949)用优美的语言这样来形容试图寻找上帝本质的神秘主义运动:因为你无法通过词语寻找到上帝的本质,所以,词语都围绕着上帝跳舞,试图以某种方式击中目标。这是对于神秘主义写作非常精彩的描述。

在中国,我们对此非常熟悉,老子《道德经》的第一句就是这样。老子生活在周朝,在周的国土上生活了很长时间。周朝衰落的时候,他离开了。当他来到边关的时候,边关的守卫者问他:"现在你就要离开我们了,为什么不把你的哲学写成一本书,否则我们就再也无法理解它了。"老子从一开始就以反语的方式说:"写下来是不可能的,因为无论道是什么,都无法用言语表达出来。"所以第一行是:"道可道,非常道。"能被说出来的道不是持久的道。"名可名,非常名",能被命名的名称不是持久的名称。所以,我们所说的"原初语言"从根本上是不可能的,尽管如此,他还是写下了五千字的《道德经》。当然,庄子还要更激进一些。《庄子》是中文中最优美的著作。我认为,在中国,一个没有读过《庄子》的人无法成为一个优秀的作家。如果你是汉语作家,你最好读一读《庄子》,否则你无法变得非常优秀。庄子还要更激进一些,他说"道不可名",道不能被命名,无论什么能被命名的东西都不是道;道不可见,无论什么能被看到的东西都不是道。他说辩论不如保持沉默,"辩不如默"。所以你和别人辩论的时候,最好一直闭着嘴,它是一个更好、更有效的方式。但是当然，庄子要使用各种隐喻、比喻、寓言、美丽的故事来讲述那些他认为不能被讲述的事物。所以，这是一个反讽，我将其称做"反讽模式"：无论是谁想逃离语言，都要用更多的语言来表达那些超越语言的思想。这是反讽，也是神秘主义写作的美丽之处。这不仅仅对于庄子适用，你可以想一想佛教神秘主义，想一想中世纪欧洲的埃克哈特大师（Meister Eckhart，1260—1328），他们都是同样的。无论什么被称做静默的或不可表达的事物，都是一个错误的概念，它试图通过一言不发而获取本质，这不过又是一种乌托邦式的欲望。不仅作为道家哲学家的庄子是这样，孔子也曾经如此，尽管他相信语言的功能。我不知道孔子说话的语境是什么。有一天他说："予欲无言。"他的学生惊慌地问："子如不言，则小子何述焉？"孔子指着天空说："天何言哉？四时行焉，百物生焉，天何言哉？"即便在儒家思想中，也有某种神秘主义，在某一瞬间渴望脱离语言、脱离整个哲学和宗教表述和理解的困难，而实现一种无须通过语言、纯粹而完整的交流。所以我发现，阿普特的观点并没有什么新的东西，从西方的神话、戏剧和中国的老子、庄子以来，这些东西几千年来屡见不鲜。要点仍然在于，我们生活在一个巴别塔之后的时代，我们确实有着不同的语言、文学、传统或历史。任何事物都是各不相同的。我们当然看起来也各不相同。但是问题在于，我们如何超越所有这些差异性而彼此交流？我们怎样克服上帝对于巴别塔的诅咒而找到一种交流的方式？我认为，这是一件非常迫切的事情。研究文学不仅仅是描述某种文学或审美的经验，它和世界有着现实的关联。看一看我们的世界，有着如此多的冲突，有着如此多的战争、流血冲突，这些都是缺少交流所致。我确信，如果你读更多的文学、读更多的诗，就像大卫刚才摘录的那些美丽的诗，你就不可能去杀害他人。所以我认为学习文学能对人产生人文主义的影响，至少对我而言，研究文学从不仅仅只是去欣赏语言之美——当然这非常重要——但我的意思是，审美经验是文学批评的核心，但是超越这之上，我认为交流是真正重要的，它和我们当今的世界真正具有关联。

我对于许许多多不同的传统非常感兴趣。我现在只展示它们中的一些。这里你们能看到两幅画。左边是哈菲兹（Shamsoddin Mohammad Hāfez，1320—1389）诗歌的手稿，他是一个波斯诗人，正如我所说，歌德对哈菲兹非常感兴趣。右边的是《沙恭达罗》，一部非常著名的印度戏剧。我相信还有很多其他作品，我甚至不知道它们的名字，因为没有人告诉过我。说不同语言的人应该把各自的文学作品介绍给我们，使得我们能够知道它们。比如，会波斯语的学者专门介绍波斯文学，会梵语和印地语的学者专门介绍印度文学。这一点对于人类非常重要。不仅仅是非西方的作品，欧洲的作品也是一样。那个留胡子的老人是海亚姆(Omar Khayyam,1048—1131),一位波斯诗人。他的诗经过菲茨杰拉德(Edward Fitzgerald,1809—1883)的著名翻译,当今被认为是重要的作品。左上角的是密茨凯维奇(Adam Mickiewicz,1798—1855),一位著名的波兰诗人。在右边海亚姆上面的是马蒂(José Martí,1853—1895),一位古巴诗人。这下面的是安德里奇(Ivo Andric,1892—1975),一位著名的塞尔维亚作家,他凭借优美的小说《德里纳河上的桥》(*The Bridge on the Drina*)而获得诺贝尔奖。中间这个有趣的胖子是好兵帅克(*The Good Soldier Schweik*)。这是一部非常非常有趣的作品。记得年轻时,我通过中译本读到这本书。因为他来自的国家,他在中国反而比在西方更有名。在20世纪50、60年代,我们从社会主义兄弟国家翻译了大量作品,所以我们知道他。我的观点是,不仅仅有主流的欧洲传统,比如,我们多少知道一些的英国文学、法国文学、意大利文学、德国文学、19世纪的俄罗斯文学——尽管不是全部了解,但我们知道那些主要作品的名字——还有那些很少被研究的、我们不怎么了解的小语种及其传统。不仅要介绍那些非欧洲传统的作品,还要介绍欧洲内部那些被称做小语种文学(minor literature)的少数传统,让它们有机会介绍自己最经典、最优秀的作品,使之成为世界文学的一部分。这里,你们看到的是中国诗歌的漂亮书法。我不必把它们全都读出来。正如我之前所说,在中国有悠久的历史和众多伟大的诗人、作品。你也许听说过唐诗。但是中国总共有多少诗歌?你知道多少诗歌和诗人?除了一小部分汉学家,大多数欧洲读者不知道这些诗人是谁,这些作品是什么。对于我们来说,这是把我们所拥有的伟大诗人和作家介绍给世界的好机会。这是非常非常重要的。这里好像少了两页。这里原先要展示的是范宽的《溪山行旅图》,一副宋代的了不起的画作。另一边是荷兰17世纪画家荷贝玛(Meindert Hobbema,1638—1709)的风景画。如果你看到这些画作,就会发现尽管它们风格迥异,却总有某种程度的相似之处。你能从中看到对于自然的人文观念。风景画从来不是一副相片,从来不是复制你眼中看到的东西。它总是人文的,总有一个主题,有一个看风景的视角。风景画能告诉我们许多东西,不仅关于美丽的树木、山峰等等,画中还深刻地包含某种人性的东西。你可以想到荷兰17世纪的静物画,它们总是包含某些信息,你在看一幅画的时候,也需要阅读这幅画,不仅要看轮廓和颜色,也要理解其中的观念和概念。这是我认为我们在世界文学的时代可以做的事情。我们作为研究文学的学者、批评家或学生,可以把我们认为最好的东西介绍出来,不仅介绍给我们的同胞,而且介绍给世界公民。我们都是世界公民。世界文学可以促成一个更好的世界,一个我们可以居住的、更加和平、更加和谐的世界。

地方性和普遍性的互动
——浅释达姆罗什教授的演讲

陆建德,杜云飞译

女士们先生们,上午好!能在国内外众多知名学者前发表拙见,我感到非常荣幸。在张隆溪教授演讲的结尾部分,他说到自己愿意成为一位世界公民。在18世纪的英语小说中,有一本叫做《世界公民》的小说,主人公是一位来自河南的中国哲学家李安济,这本书的作者是戈德史密斯(Oliver Goldsmith,1728—1774)。所以,在某种意义上,中国文化总是与关于世界文学以及世界公民的讨论相联系的。我是想做一个过渡,因为张隆溪在演讲中讨论了文化现状以及文学的不平衡发展。而我认为,作为中国学者,我们不能过分抱怨,我们必须要分析产生目前状况的原因。

达姆罗什(David Damrosch)提交的会议论文是《世界文学的框架》,其中有一部分十分有趣。昨晚我仓促地阅读了他的文章,下面这段话给了我很大的启发,他说道:"很多作品传播到国外后,不见得会获得新意义和新高度。这或许是由于翻译必然导致其语言严重受伤,或许是其内容过于地方化,难以在国外引起共鸣。这样的作品,可能在其本土传统中被视若珍宝并影响深远,但永远不能成为世界文学的有效部分。它们也会流传到国外,但只会为研究其原生文化和语言的专家所阅读。"

我认为,中国学者和文学教授,甚至中国诗人,都需要留心体会这几句话的意思。单单抱怨我们本应该有更多的汉语作品被译入西方和全世界是不够的。我们总认为如此一来,人们就会立刻成为中国文学传统的倾慕者。但问题的重点或许不在于此。我们不得不发问:究竟什么作品才能被称做"世界文学"?当它们被翻译成另一种语言,究竟需要什么样的前提条件,才能被对象国和对象文化所接纳?这至关重要。昨晚,我有幸重温了达姆罗什的著作《什么是世界文学?》。在这本书中,达姆罗什提供了许多对特定文本或特定作者富有启发的阅读。这些作者和作品在不同的翻译中旅行,甚至变形。达姆罗什探究这些译作中存在的差异,进而提出他的异议,认为当下翻译者的地位实际上被过分高估了。如果是这样的话,原作者或许也并非如我们想象的那样重要。达姆罗什援引了门楚(Rigoberta Menchú)的例子。①她是危地马拉的原住民,有许多痛苦的经历;她的遭遇被译成其他语言之后,译文与原文之间差距很大。我们不得不发问,翻译者向来扮演的角色究竟是什么?译文和原文之间的差异是什么?原文也许本就是不可追溯查考、不可恢复还原的。

我们必须使用不同的翻译视角去探寻原文的轮廓,在这种工作中,达姆罗什教授尤其提及他和中国学者在世界文学和比较文学研究中的合作;并且,他努力区分"离心"和"向心"这两个概念。我认为这两个概念非常重要。他说,只有我们已经准备好向他者开放我们的文化遗产,才能与那些邻近的文化和文学保持积极互动,这种本土的文化和文学传统才能存续。同时,我们也有必要采用其他视角、其他框架,从不同的位置看待文学。

在今天的对谈中,达姆罗什教授演讲中翔实的细节,阐述了地方性和普遍性、世界文学与国别文学建构之间的互动。他演讲的标题看上去有一点矛盾修辞,《世界文学和国族构建》,这两者之间有矛盾。不过我觉得这个标题非常吸引人,国族建构有时需要引入更宽泛的参照框架,而这种参照来自他处,来自一个不同于我们的文学传统。中国文学的发展,尤其是中国现代文学的发展,正是关于这一矛盾非常恰切的实例。我们可以发现,创造性的蓬勃能量已经开始出现,由于地方性和普遍性的互动,世界文学已完全改变中国传统文学的观念,并且赋予其一张崭新的面孔。如今,我们都生存在这种文化遗产之中,这是无法否认也无可非议的事实。

不过,当我们讨论一些具体的作家作品时,我们就会遇到一些很有趣的案例,尤其是越南小说家阮攸(Nguyên Du,1765—1820)的例子。恐怕绝大多数中国的世界文学与比较文学专业的学生,都不够熟悉我们邻国的文学传统,尤其是越南和韩国。达姆罗什援引的例子是一位生活在18世纪的越南作家。这一时间十分重要,因为他们当时必须做出文化和国族上的艰难选择。我昨天晚上阅读幻灯片时,发现阮攸实际上使用汉字创作。因此,我认为那时的越南、韩国、日本或许都或多或少可以被称做"卫星文化"。但我并非在中国中心主义的层面上这样表述,而只是试图尽可能客观的描述这一状况。我们不妨借用威廉斯(Raymond

---

① 1992年诺贝尔和平奖获得者门楚,一直致力于宣传危地马拉内战期间和之后当地原住民的困境,并为原住民争取权利。——译注

Williams，1921—1988)的"指涉之结构"概念来理解这一现象。阮攸的许多原创和改编，都包含许多中国传统文化的典故，比如西湖——我是浙江杭州人——他用了很多西湖的形象，此外他还用钱塘的形象，有时代指杭州这座城市，有时当然也会指那条非常著名的钱塘江。这也说明为什么20世纪50年代的越南批评家会指责阮攸的作品，世界上有那么多河流，你为什么偏偏使用钱塘的意象。20世纪中期文学批评中的民族意识越来越明显，批评家觉得他应该试着切断阮攸与中国传统文学之间的文化联系。

而中国现代文学的两位奠基人，胡适和鲁迅则都是世界文学的译者。如今有许多专门研究他们的学者。下面是达姆罗什翻译的那首中国白话诗的原文。这首诗写于1916年7月22日，题为《答梅觐庄》：

> 人闲天又凉，老梅上战场。拍桌骂胡适，说话太荒唐！说什么中国要有活文学！说什么须用白话作文章！老梅牢骚发了，老胡呵呵大笑。且请平心静气，这是什么论调！文字没有古今，却有死活可道。

这是一首白话诗。如果说中国真的自视为世界中心，自居为"中央之国"的话，我要指出的是，决定中国未来的事恰恰发生在"边缘"的地方——因为胡适那时是康奈尔大学的一名学生。他非常积极地投身于区域性社会活动，还是"世界学生会"的热情参与者。他甚至曾担任康大议事会的主席，参与过众多辩论。我必须指出，这有着特殊的历史语境。第一次世界大战于1914年爆发时，美国媒体都在谴责这场残酷的战争给人类造成不可挽回的巨大损失。如果我们回到历史语境，就会发现胡适由于受到美国背景的影响，他的世界主义态度非常符合美国的不干预政策。但是，胡适在1917年后逐渐转变他的态度，支持美国加入战争。中国同时也追随美国对德国宣战，这并非因为中国是美国的附属，而是中国更关注世界和平。在20世纪20年代，并非民族主义者的胡适，却尝试复兴中华民族的文化遗产——这一运动在中文里称做"整理国故"。

鲁迅却强烈反对这一运动。在谈及胡适致力于复兴中国传统文化遗产时，鲁迅认为这完全是保守、反动的。鲁迅是一个无政府主义者，1907年在日本东京加入过一个中国无政府主义者的小组，他们创办了一本影响很大的杂志。同年，在巴黎的一些中国知识人受国民党创建者的领导——这又是一个悖论，像吴稚晖、张静江、李石增、包括蔡元培在内的人，在20世纪前二十年都是无政府主义者，却又是国民党的早期创建者——他们创办了一本名为《新世纪》(*New Century*)的杂志。当时他们也许过于极端，甚至提出应该废除民族主义的语言。所以，当我们谈论国族建构与世界文学的传播之间充满活力且高效的互动时，我们同样需要谨慎地看待整一的世界文化观念可能带来的结果。在当时，他们声称所有的民族语言都是非常肮脏的历史残骸，需要开创新的语言。这就是缘何20世纪前二十年的人们，像鲁迅、蔡元培和胡适，都非常关注"世界语"。世界文学是与世界语一起来到中国的。我们似乎都应该使用这种崭新的语言，因为使用同一种没有历史包袱的语言，每个人就会成为完全平等的世界公民。当然，这种努力最终是无果的，世界语既剥离了历史，又没有承载深厚的文学传统，所以它不可能有长足的发展。

但是，世界语的观念当时却是中国公认的意识形态的一部分。在中国，存在着国际主义的思潮。所谓国际主义，旨在摆脱和超越十分有限的国族的边界，去实现国际主义并成为世界的一部分。但这类乌托邦式的梦想是无用的，世界语在中国的命运就很能说明问题。甚至在文化大革命后期，报纸上依旧会发表几篇学生以世界语撰写的文章，1980年代一个苏姓学生就因用世界语写了许多书而闻名。另外一位优秀的中国小说家巴金也是无政府主义者，20世纪初活动于巴黎的中国知识分子小组对他影响很大。他协助翻译克鲁泡特金（Piotr A. Kropotkin, 1842—1921）的作品，并且在"文化大革命"之后还一直保持着对世界语的热情。20世纪80年代初期，他还前往瑞典参加了一场世界上最重要的世界语年度会议。在我看来，一个大国卓尔不群的小说家去参加世界语大会是非常少见的。现在几乎没有中国人再谈论世界语，不过在讨论世界文学和世界语的命运时，这一话题仍然能够带给我们一些启示。

达姆罗什对《狂人日记》的阅读让我印象深刻。我认为他对鲁迅研究有独特的贡献。如今在中国，也许有数以千计的教授声称自己是鲁迅研究专家，但是达姆罗什的解读，尤其是对《狂人日记》结尾的解读——"一种现代主义和激进性的含混"——很有启发意义。我们通常会将鲁迅的《狂人日记》视为对所谓封建社会的批判，以及对个人解放的呼吁；或者像李欧梵教授所说，世界上有一间铁屋，我们需要打破这间铁屋，才能呼吸新鲜且自由的空气。达姆罗什的崭新解读非常吸引人。

谈及圣卢西亚诗人沃尔科特（Derek Walcott），我不确定他的母语是否为英语。我希望他能够使用另外一两种语言写作，但恐怕他是用母语——英语写作的。在这个小国里，存在一个具有挑战性的棘手问题，即不列颠帝国在19世纪晚期和20世纪前半段到底扮演了什么样的角色。在沃尔科特和印度裔英国作家奈保尔（Vidiadhar S. Naipaul）

之间存在一种有趣的平行联系。他们都是诺贝尔奖获得者,奈保尔也同样有一位在文学领域屡屡受挫的父亲,他在许多地方都谈及自己父亲试图成为作家的未尽志向。不过,恐怕他们的父亲也都是英国文学传统的钦慕者。这也许使事情更加复杂,但英语的文化遗产确实拥有自由的力量(a liberty force)。作为殖民地的印度是通过英语而联合的。民族独立的观念并非产生于本民族内部,这种观念本身或许就是舶来品,它随着英语文学及英语文学教学一同进来。所以,印度的民族主义者都是说英语的人。他们发现英语可以掩盖许多地区之间的隔阂,而这些隔阂会导致印度这一大国解体为许多小邦国。这就是不列颠帝国的遗产。

谁来决定"杰作联合国"？
——由张隆溪教授的演讲所想到的

[德/美] 柯马丁（Martin Kern），韩潇怡译

非常感谢方维规先生邀请我来这里。我不是比较文学方面的专家，我研究中国古代文化。我们在中国，所以这很适宜。去年，我和方先生在北京大学的一次会议上初次见面，北大也是我曾经在北京学习的地方。当时，我们探讨了翻译问题，后来我收到了您的会议邀请。所以，非常感谢！

方先生还请我做评析，能够评论张隆溪教授内容丰富的演讲，我深感荣幸。我来到这里既兴奋又紧张，我原来知道张教授大约会演讲四十分钟，但我们只得到一份两页纸的摘要。我事先做笔记时浏览了摘要，但他完全偏离了那份摘要。最后，他又回到摘要中我认为最有趣的地方，也是我的关注点。

我认同张隆溪教授最后所说的观点：我们应该把本民族文学传统中的佳作，即我们的名著和经典，引入世界文学。我们不能推介每部作品，名著和经典才有意义。达姆罗什教授在他的《什么是世界文学？》一书中，详细阐明了这一点：审视世界文学的方式之一，就是审视经典著作。从某种意义上说，这让我们想到杰作之"联合国"，我对此部分认同，但也有不同意之处，我们可以讨论。本着这种精神，我将提出一些观点。

如惯常所做，我很高兴张教授从歌德（Johann Wolfgang von Goethe，1749—1832）开始讲起。我在我的祖国德国学习过德国文学，而且特别喜欢歌德的作品。我们反思世界文学时，一开始总会谈到我们今天上午讨论的那篇歌德的文章。

我坚信，在我所研究的中国古代文化领域，仅用中国固有的术语去还原中国古代文本，我们不可能把工作做到最好。我们必须把它们置于比较的视野中；面对世界文学，这正是为了找到某些方法，以便身临其境

地想象它们所属的古代文明世界。

我要强调,在我的研究领域,我们通常按照自己的需要吸收古代经典,并且总是这么做。这一方法在不断进化的中国传统中延续了两千年,尤其在 20 世纪早期影响最大,上午讲到的胡适就是一个很好的例子。从某种程度上说,他是美式教育的成果。我们今天对中国古代经典的解读方式,其实是"五四"方式;这是一种民族主义的阅读方式,为一个正在复兴的中华民族寻找文化源头。18、19 世纪德国的情况与之类似,赫尔德(Johann Gottfried Herder,1744—1803)和格林兄弟(Jacob Grimm,1785—1863;Wilhelm Grimm,1786—1859)在德意志民歌和民间故事语言中探求自己的源头(不仅是德国文学,还有德语)。

那么,我想提我自己研究领域中的一个很关键的例子。近现代中国读者正是这样阅读《诗经》的,尤其是《国风》。我觉得应该把我们自己从这些近现代解读中释放出来,以便身临其境地重新发现作为世界文学之一部分的经典文本。我们不能仅根据最新的经典解读,说它就是这样的,我们就是这样运用的。英国小说家哈特利(Leslie P. Hartley,1895—1972)在其 1953 年的小说《送信人》中写道:"过去犹如异乡,人们在那里做的是不一样的事。"《诗经》正是如此,要想从彼时世界的角度来理解《诗经》,我们几乎要忘掉近现代学者所说的一切。先秦时,没有人会问这个文本从哪来,它的本意是什么,作者是谁。这些全是我们今天的问题。先秦时代的人,包括孔子,关注的是你能用《诗经》做什么,怎么用才合适,以及怎样创造一种新的文化沟通方式。我认为,这不仅是《诗经》在服务于帝国和其学者之前的作用,这也恰恰是世界文学的作用。当然,在某种程度上,作品来自哪里,作者是谁,以及作者想表达什么,都具有一定相关性。但是,达姆罗什教授在他书中有力地表明:一旦作品进入不同的文化环境,其意义必定会变化,原作者身份之影响也会减弱,或以不同的方式产生影响。

张教授在报告最后说道:我们确实需要把自己最好的文学引入世界文学。我完全赞成,世界文学显然不是文献的任意集合,何况我们还有形式多样的口头文学。请允许我提醒诸位,我认为相对于书面文学,《诗经》更应该是口头文学。

我们需要一些筛选方法,从而把自身传统中最佳的作品介绍给世界。这是一个相当好的话题。显然,如张教授所言,我们一旦谈到世界文学,必会谈到翻译;同时,我们也必须回到耶柔米,[①]发出和他一样的疑

---

① 耶柔米,或译哲罗姆(Jerome,347—420),《圣经》的拉丁文译者。公元 4 世纪,耶柔米根据希伯来文(旧约)和希腊文(新约)将《圣经》译为拉丁文,其译本被称为"武加大译本"或"拉丁通俗译本"(Vulgate)。公元 8 世纪后,该译本得到普遍认可,现代《圣经》的主要版本,皆源自耶柔米译本。——译注

问：我们应该翻译意义，还是翻译词语？而且，我们也想到施莱尔马赫（Friedrich Schleiermacher，1768—1834）所提到的根本问题：我们应该把文本呈现给读者，还是把读者带到文本面前？诚然，我们需要翻译，而且要认真对待它，难道仅因为巴别塔之后我们别无选择吗？① 世界文学要求翻译，但翻译不仅意味着从一种当代语言到另一种当代语言，翻译也意味着从过去到现在。我认为，我们用哪种语言阅读《诗经》都不重要，因为过去是异乡，我们都在翻译，包括我们今天用现代汉语来阅读和理解古汉语。翻译一直都面临上述问题，但我同意张教授的观点，正如孔子所说，我们应该"知其不可为而为之"。我希望这个来自《论语》的道理，能够唤醒中国人的思想。

现在，我们思考如何将本民族的佳作推向世界。读张教授的评论时，我想到一个模式，这就像我们把优秀代表派往"杰作联合国"。当然，文学不是民主，可这或许是件好事。下面我们要问：怎样组织"杰作联合国"呢？其中都有哪些国家，或者哪些语言？可以派多少代表？根据什么原则——国家规模，人口规模，还是不同国家间的地缘政治关系？哪些国家或团体有资格成为代表？我觉得这些问题在中国也会反响很大。

谁来决定什么是经典，什么是名著？谁掌握选择权？何时出版的作品能够入选？我们怎样评价那些本时代明显还不是经典的作品？它们必然是文学的一部分。所以，如果我们仅关注杰作，就会再次制造出自歌德起，世界文学一直在抗争的正典性（canonicity）和霸权问题，除非我们在自己的团体中反复追问：到底什么可以进入世界文学，什么不可以？

达姆罗什教授早已论证过，世界文学通过翻译获得生命。这是一个有趣的观念，它颠倒了筛选过程，对方或外方决定他们需要什么，而不是我们自己来决定什么是自我文化中的经典，并把它们引入世界。换句话说，我们不得不接受自己和自我文化（孔子所谓"斯文"，即我们的这个文化）被某些我们不太喜欢或认可的代表作，呈现在"杰作联合国"中。俄罗斯人决定美国人为他们输送哪些作家，印度人决定中国人为他们输送哪些作家……当然，这看起来很难接受，但你仔细想想的话，世界文学就是这么回事。译者决定怎样翻译，可他们使用目标国家的语言，而不是原著语言，对吗？他们必须弄清楚，我们的作品如何在他们的语言中达意。一部名著怎样在世界中存活和流传，取决于翻译而非原文。我们无法掌控本国的经典如何走向世界，发生怎样的作用，以及获得哪些意义。

看来真正的问题还是翻译。翻译的一个常见弊病是，它让文本变得

---

① 巴别塔，亦称通天塔，源自《圣经·旧约·创世记》第11章。人类联合起来兴建通往天堂的高塔。为了阻止人类的计划，上帝让人类说不同的语言，相互之间不能沟通，计划因此失败，人类自此分散各地。此故事试图解释人类不同语言和种族的缘由。——译注

扁平。翻译总在某种肤浅的层面上进行，这可能会简化一个伟大的文本。从某种程度上说，任何经典都不可能被完全翻译，正如我们期望的那样，它在原语境中的涵义太过丰富了。

下面我们来谈谈"经典化"（canonization），即关于何为经典的共识。为了吸引所有人，为了成为典型，经典作品不得不变得扁平。在漫长的文化传统中，它必须接受不属于它的东西，即后代读者的文化语境和需求，不管那是历史还是意识形态造成的。于是，我们看到经典是多么频繁地与国族目的、国族建构联系在一起。仅凭这个缘由，经典就没有护照，至少是没有签证。

这里，我的观点归结为传统的悖论：我们常常把一些作品当做它们所属时代，或某种类型、某种观念的经典和典型；但事实上，它们在自己的背景中并不是典型的，而是与众不同的。最佳文学作品的准确定义是，它们超越了自身的时代，从而适用于任何时代。它们总是打破令人愉悦的现状，超越周围的人正在做的事情。如果你想知道杜甫的伟大之处，去读他的同代人写的东西，你就明白杜甫为何伟大了，因为他和别人不同。他不是典型，如果你认为杜甫是盛唐时期的代表，那么你错了，他完全不是，当时的诗歌选集中没有一首杜诗。那么，他的诗作为何成为经典？因为它们不仅未被本时代的文化所同化，还把当时的文化带到一个新高度。或者，我们再想想陶潜，今天上午好多人谈到他。陶潜成为经典花了多长时间？大约七百年！真够漫长的。再想想歌德，他生前已经在德国和德语世界功成名就，完全可以靠卖自己的书来谋生，这在当时非常罕见，但歌德做到了。然而，当他步入晚年，写了他作品中最令人着迷的东西，即歌德的晚年诗歌，他完全不被自己的时代所接纳。直到一百五十年后，研究歌德的德国学者才克服了其晚年诗作给德国文学带来的颠覆。20世纪50年代，有些学者举起双手问道：歌德是否失去了语法感？是否被衰老击倒了？当然不是，如果你阅读他最好的作品，我相信会有不少人表示赞同。

这就是世界文学的潜能，世界文学的经典。这些文本在自己的时代都是颠覆性的，决不完全是自身文化的产物，因此，它们具备在别处或别时引起共鸣的可能性，或许比它们在自身文化中的影响还大。我们必须给这些伟大的作品充足的生存空间，移除掉文化强加给它们的关于经典和典型的要求，给它们自由。我们必须考虑到它们在自身文化中的差异性、独特性、孤独性、非典型性以及非同一性，必须考虑到文学在自身语境中巨大的他异性（alterity），或至少是巨大的多义性（今天上午提到的词），它们一直在抵制经典化和翻译过程中的扁平现象。

我想，这就是意大利作家卡尔维诺（Italo Calvino，1923—1985）那句

"经典文本永远不会停止表达它不得不说的东西"的涵义。当我读到《为何读经典》这篇精彩的文章,这句话令我眼中含泪。卡尔维诺在结尾处说得很好,他能告诉我们阅读经典的唯一理由是:读经典比不读好,这句话其实比字面上的含义深刻得多。我们最好的作品在本质上超越了民族和国家;最初它们也只是民族国家的,但它们具有颠覆性,于是超越了自己的时代和文化。

然而,这类文学作品要想成为经典,怎能不经过同化、本土化和扁平化?它们怎样才能保持本色,不顺从于充斥在周围的国族话语和国家建构?换句话说,如果我们把一部伟大的作品作为代表送到"世界文学联合国",我们是否首先要削弱它?不仅通过翻译,而首先通过经典化,改造作品以服务于自己的国族意图。

那么,我们怎样看待那些还未成为经典的本时代作品呢?世界文学只是文集的博物馆吗?其中只有逝者吗?逝去多久才可以?它们要经历怎样的死亡,才能作为世界文学被复活?再想想陶潜和杜甫,他们沉寂了多久,才得以在自己的文化中重生?

假设我们同意上述所有看起来难以接受的论述,那么,当我们把名著引入世界,我们还必须考虑文本本身。我们要允许它们被读者彻底重新解读或者改写。美国人愿意把他们的名著让中国读者重新解读吗?反过来呢?答案是肯定的,但不是无关痛痒的。如果这个过程毫无痛苦,就是无效的,世界文学必然有所损伤。当文本被翻译到本国语境时,必会产生不适;当一个文本被带到广阔的文学世界,它也必受损伤。如果文本在进出过程中没有张力、没有分歧,那么,我认为有些东西还未奏效,未被改造成世界文学。评选世界文学的大会不是安逸而默契的,相反,无论在国内还是世界,我们都不得不发觉和承受经典那颠覆性的、令人不安的潜在能量。在这种情况下,世界文学的经典很可能动摇作为其来源的国族经典。换句话说,属于世界文学的国族经典,无法以其国族意义生存下去。世界文学必须和国族经典对话,并扰乱和破坏其国族意义。在这个过程中,世界文学与成为国族经典之前的那个文本联系起来。一方面,你要发现本国、本民族最佳的经典名著;另外,还要抛开一些成见,如自我文化需要从中得到什么,以及把一部经典奉为世界文学的依据是什么。以国族为目的的民族文学没有通行证,它迷失在文本的民族主义中。

这就是我在我们的讨论中发现的问题,或许我们还可以谈论更多。谢谢!

附录:巴别塔、经典化及其他
——对话与评论纪余

郭文瑞译

(本文是达姆罗什、张隆溪对话及陆建德、柯马丁评析后,与会者自由发言的现场录音整理稿)

达姆罗什(David Damrosch):
我非常感谢各位。各位的评论、即使只是对我某一点的评论,都非常精彩而有趣,而我会回应其中提及的一些问题。张隆溪教授借用巴别塔的故事讨论了"不可译性"问题。不过,我在《圣经》中读到巴别塔的故事时,我认为它是一个讲述少数人的语言抵抗巴比伦文化霸权的文本。"巴别"这个名称本身有一个虚假的词源,一些学者声称"巴别(巴比伦)"之名来源于希伯来语词汇"balal",意为"使(他们的语言)变乱、使难以理解"。但现在任何一个居住在这个地方的人都知道,"Bab-el"意为上帝之门——"Bab"至今在阿拉伯语中仍然表示大门或房门,而"el"意为上帝,那"Babel"的意思也就很明显了。实际上这个名称指的是巴比伦城守护神马杜克(Marduk)的庙宇或金字形神塔。《圣经》的作者假称"巴别(Babel)"意为"变乱",将其解释为"巴别"之名来源于书写辅音字母时的错误(希伯来语中没有元音字母),即把 BLL 错误地书写为 BBL。《圣经》中给出的这一虚假词源,恰好说明为何我们相互之间不可翻译:我们都逐渐拥有了自己的希伯来语,不必继续使用我们的领主巴比伦人所使用的阿卡德语及楔形文字。对一种通用语言的梦想与渴望,实际上反而表达出对巴比伦通用语言的抵抗,反映出当时没有一种语言能够抵抗巴比伦的霸权。

我们可以看到,经典可用来抵抗或削弱民族目的,亦可削弱帝国目的。肯尼亚作家恩古吉(Ngugi wa Thiong'o)最近出版的精彩回忆录

《在译者的房间》(*In the House of the Interpreter*),可堪例证。他在书中描述了自己在殖民地肯尼亚的成长经历,当时他和他的同学们因为排演莎士比亚的历史剧而血脉膨胀、愈发激进。恩古吉写道:"我们得知一个王朝可以被推翻。"显然,他们从莎士比亚那里得到的讯息,恰好与大英帝国试图推行的教育背道而驰。

因此我坚信一部作品的伟大之处在于,它描绘了它深植于其中的文化,同时也可能改变这种文化,莫扎特(Wolfgang A. Mozart,1756—1791)就是一个很典型的例子。他为致敬良师益友海顿(Franz J. Haydn,1732—1809)所作的弦乐四重奏,开头部分充满了"不协和音",这使海顿感到非常困惑,但他说:"如果莫扎特这样写了,那他肯定有他的理由。"我们现在可能会认为莫扎特的音乐非常动听而易懂,但我们实际上不知不觉地接受了海顿都无法理解的激进创新。

我们确实需要理解和欣赏不同文化在其民族文学中体现出的价值,但我们不应当只做档案管理员,我们还需要引进那些时至今日对我们有所言说的作品。我们不仅需要主流经典作品,还需要"反经典"的作品。这不只适用于现当代文学,也适用于早期经典。比如我们现在正在研究的中世纪神秘主义者、马格德堡的修女梅希蒂尔德(Mechthild von Magdeburg,约1207—约1282),她是个引人入胜的作家,出现在但丁(Dante Alighieri,1265—1321)的《神曲》中。这并不等于她的水平高于但丁,但她的确因其非凡诗艺,以及她与周旁许多男性的复杂关系而显得更为有趣。类似的例子都使我们意识到,不同的作品有不同的目的,我们应当客观看待,并给出相应的解读。

我认为评议人都对我的演讲做了卓越而丰富的解读,尤其是他们强调要理智地重读经典,要重估孕育经典的文化传统之价值,同时还要重估经典所要反对的文化传统价值。

张隆溪:

因为时间有限,我只想回应一个问题:在我关于世界文学的两页论文摘要中,我好像忘记提到一点,就是文学批评,而不是对杰出文学作品的翻译。我必须再次拿陶潜举例。他直到五百年后的宋代,才因为苏轼的解读而位列中国最伟大的诗人群体,但他没被同时代的人提到过。《文心雕龙》根本没有提到他的名字,《诗品》只将他列入中品而非上品。这些同时代的评论表明,他并不被同时代人欣赏。他去世时,他的同时代人颜延之写了悼文《陶征士诔》,但是主要推赏了他的道德品行"不为五斗米折腰",丝毫未提及他的创作。这很可能意味着他的写作风格对于大多数同时代人来说都太陌生了,直到五百年以后才被推崇为伟大诗人,这是一场漫长的等待。因此,我认为重要的不只是翻译陶潜的诗,而是要更全面、更精确地还原出他在那个时代所面对的挑战与差异,以及他的作品是如何挑战当时寻常生活的,他是如何位列伟大诗人的,还有他的诗歌是如何与后来中国文学的观念密切相连的。像陶潜诗歌这一类的作品,当然需要大量翻译,但是我们还必须向那些不了解历史背景知识的人解释,帮助他们理解为什么这是伟大的作品,为什么我们必须读它们。我当然同意柯马丁先生的观点,我们时间太少,不够阅读所有文本,我们只能读那些最杰出的,我们还必须向那些不了解这些作品的读者解释,为什么这些作品才是杰出的。我认为这是世界文学研究中很必要也很重要的工作,这就是我想说的,这已经足够表达我的观点。多谢!

弗莱泽(Matthias Freise):

我非常享受大卫·达姆罗什教授所做的展示,但我认为这个题目有些误导观众,因为这首先取决于我们是怎么理解"国族文学"的;当然,按照学院派的观点,如果你与一种文化建立了身份认同,你当然可以将其理解为一种国族建构。我更感兴趣的则是您所举的三个事例,这三个例子在我看来都可被视为一种我们如何将一种文学与其他文学联系起来的象征叙事。这样来看,第一个越南文学的例子,国族文学是通过身份认同建立起来的,诗人对他所敬仰的中国杰出诗人产生了身份认同,我认为我们可以称之为"自我压抑式"的身份认同模式,通过这种方式建立起自我身份认同。而您在第二个例子中所举的鲁迅和果戈理的狂人题材创作,则完全是另外一种与其他文学建立联系的方式,我们可以说是一种文化边缘者意识到自己的边缘位置,反而是一种发挥创造力的方式,因此我认为鲁迅的"狂人"释放了一直被压抑的邪恶传统,这就是他疯狂的原因,这是第二种类型。而第三个例子中的德里克·沃尔科特,我并不认为他通过文学作品建立了圣卢西亚整个国家的身份认同,相反,我认为这成为他自己文学表达的绝佳机会,我称之为自由发挥模式,它与其他文学建立起历史性的联系。但是在您的讲述中,有一种模式被忽略了,那就是张隆溪教授所举例证中暗示到的一种模式,即托尔斯泰《战争与和平》中的例子:法语作为另一种语言、另一种文化,被视为一种否定,它不是"我们所是",因为那些说法语的俄国人都是在炫耀自己的高贵,而那些本身就说法语的法国人,则是托尔斯泰集中批评的那些对启蒙运动的逻辑视而不见的人,这是一种将其他文学视为否定的关系,是一种强迫性的模式。因此,我认为也许我们可以将一种文学同其他文学的关系做一个类型学的分析,可能这也适用于您所举的三个事例。

多谢!

提哈诺夫(Galin Tihanov):

很感谢二位内容丰富的演讲以及令我受益匪浅的讨论,我只想对世界文学与民族文化之间盘根错节的复杂关系做一些小小的引申。19世纪早期,当德谢(Jean J. Derché,1757—1846)翻译席勒(Friedrich Schiller,1759—1805)的《奥尔良的姑娘》(*Die Jungfrau von Orléans*,1801)时,最先在法国巴黎提出了"文学世界主义"的观点,他认为"世界主义"是通过文学现实主义建立起的世界文化之网,欧洲各国之间的文化交流障碍因此而被排除在外。一部关于世界文学的杰作此时也诞生在德国,认为这种观念的深层动机是兴趣——对他自己的作品是如何被外国人尤其是法国人所理解或误解的兴趣。因此我们说,世界文学观念其实起源于这样一种观点,即民族国家及民族文化因为根基不同而互相排斥、很难被理解,而后才生发出世界文学这一民族文化对立面的观念。而我更关心的是日益兴起的关于"正典性"的讨论,我们还应该提出一些更尖锐的问题。作品并不知道自己在传播过程中逐渐成为本民族文学的个例,足以进入我们今天所说的世界文学范畴,那我们是否必须思考文本内容的自动机制? 想到不同文化之间的巨大差异性? 中国文学生活中的一个基本矛盾,存在于文学经典与政府权力之间,而在欧洲并不存在这种基本矛盾,这不等于欧洲文学的经典化过程不被政治力量所影响,只是很远。我很担心这个问题的另一个原因是:我们在评价其他文学时,如果只用我们自己的立场与观点从根本上诘问他者,那我们也必须接受他人对我们的文学采取同样的态度。而后我们就理所当然的必须面对终极质疑。已经有很多文章试图让我们相信 20 世纪初的世界文学杰作,这方面的论述不计其数,而实际状况是,毋庸置疑的作品还非常有限。这就是我所思考的问题,我觉得我对陆建德先生的评论很感兴趣,他探讨了世界文学与世界语言之间存在的相互纠缠的复杂关系。

蔡宗齐:

我的问题非常简单,我对世界文学并不敢班门弄斧,但是我仍然非常兴奋,因为今天各位的展示或评论,引发了我对一个非常宏阔的问题的思考,我不知道这是否是思考世界文学时的一种新的悖谬,但我仍然在思考,思考是否可以将世界文学视为民族文学之间有意识谈判磋商的结果:某一民族文学与其他处于主导地位或处于弱势的文学之间的谈判。这种谈判是因为国家地位吗? 当然,我们还可以用另一种方式思考过去:生活在本民族历史文化视域中的本土人,是如何看待自己的经典文本的？而我们又该如何翻译才能使世界读者充分理解这些文本？而且，对世界文学作品的阅读，还应想到读者各自的成长背景，这显然会造成不同的评价，更何况所有评价都会随着时间的变化而变化。因此，这种妥协就直接变成了不同传统之间的谈判。我非常喜欢柯马丁的寓言，即世界文学就像是不同文化传统所组成的联合国，不同民族文学之间的谈判磋商会重建起文学作品中"经典性"的定义与边界。我认为这种思考方式会帮助我们有效地解决这个难以攻克的议题中的许多分析与矛盾。谢谢大家！

卜松山(Karl-Heinz Pohl)：

我很想回忆一下自己在大卫·达姆罗什先生的演讲中所听到的关于"自相残杀"的内容，虽然实际上讲的是"经典化"，但达姆罗什在讲述哥哥吃了弟弟的故事时，提到了"自相残杀"，而这种外界刺激显然不可避免成为"经典化"的部分。自相残杀本来包括很多面相。事实上，一些吃人的人吃掉了他所尊敬的人的每一片肉，而这种吃干抹净，实际上是试图掠夺掉敌人的全部力量，同时也是一种致敬的方式。我的问题是，在达姆罗什提出类似于"吃人"这些意象时，他的内心深处是否有着这样一种想法：自相残杀蕴含着对对方的尊敬，是对对方可以与自己匹敌的赞赏，而这恰恰是世界文学的残酷舞台上不同观点相互较量而互相致意的方式。

弗兰克(William Franke)：

非常感谢在座各位赐予的丰富多彩而引人深思的演讲及讨论，我只想对大卫·达姆罗什的一部分内容做一个评价，即他所提到的20世纪早期中国通过引进、借用世界文学的一些概念而构建起国族文学的内容。我想指出，您的演讲中有一些非常有用、非常引人思考的内容，这些内容很值得赞赏，但其中也存在一些歧义。柯马丁教授在评论胡适在北美的活动时，已经对这一点做了阐发。您的观点的独特之处在于，您指出很多现代的中国知识者在西方接受了教育，因而倾向于用西方的知识框架来解释本国过去的历史。我其实相当困惑于他们自己评价历史的方式。在胡适、鲁迅、周作人等人的创作中都可以看到，西方的知识概念对他们来说非常有吸引力，他们也愿意相信杰出文学的标准是通行于全世界的，但他们最终仍然是诉诸本土传统进行创作的。当时，欧美文化传统已经借助军事、经济和文化实力在世界上占据统治地位，20世纪初的中国知识者因而面临一个窘境，林语堂称之为中国文化研究的危机，他们激进地否定了自身的文化传统，但同时还试图在自我文化传统基础上建立起自己的国族文化认同。二者之间的这种冲突,都围绕着建立现代中国,正如林语堂指出的那样,这种张力是试图从文化角度建立现代中国,也是讨论一切随之而来的问题的基础,而鲁迅仅仅是这种尝试中最后但也是最高的一点。因此,中国的知识者最终接受了马克思主义这一意识形态体系。这是我们一直思考的问题,而思考的结果是马克思主义是如此的具有批判性,它批判西方立场尤其是西方的帝国主义,而孙中山的普世性主张最终被证明为欧洲主义,这就是我想指出的。

陆建德:

我认为要思考的问题是,我们必须从胡适、鲁迅再往前追溯一代,比如林纾(1852—1924),又名林琴南,他的翻译作品对于中国近现代有着不可估量的意义。他并不懂英语,但他通过别人的叙述,翻译了上百部外国小说。林琴南是个老式保守的中国知识者,但他对其他文化持相当开放的态度,这就是我十分推崇达姆罗什教授的演讲主题的原因,他讨论了世界文学与国族建构之间积极的联系。如果我们读了林纾更多的译作以及他的简介,我们就能看到中国古代有"天"或"天下"的概念,但并没有"民族国家"这个概念,这也可以证明世界文学汲取了多种不同的资源,这个概念经历了很长的过程才成就其自身。

达姆罗什(David Damrosch):

我在演讲中举了阮攸的作品做例子,但我认为我们不应该如此简单地理解"文化";而且我认为,我们不应该仅仅谈论马克思主义,因为同时兴起的还有很多其他思想,他们都出自于欧洲传统,但立场、观点迥异。我可能认为,马克思主义可以成为一种通用的主张,它试图解构其他那些主张,而实际上我只知道沃尔科特的父亲比其他任何理发师都阅读了更多世界文学杰作。

张隆溪:

我还想指出,任何文学文化史都非常复杂,而且充满了各种矛盾与分歧,再拿鲁迅做一个例子。他当然是传统文化最激烈的批评者之一,而胡适却不同。的确,胡适是在美国接受了教育并有很多欧化观点,但是我们必须考虑胡适的对立面,梅光迪、吴宓这些人也都是哈佛大学的毕业生,他们也是在美国接受教育的,并不只是胡适代表了美国文化、西方立场。那些保守的、主张捍卫中国传统的人,也是西方教育出来的。我想说这情况很复杂,即使他们观点对立而互相攻讦,但他们的关注点却是一样的,都是要建构起国家。关于国族建构,印度的一个学者认为,在欧洲与亚洲不同语境下的"国家"是不同的：在欧洲，他们的国家在侵略其他地区，因此其他地区拿"民族主义"来回应和抵抗欧式民族主义主张。这个观点很有意思，而"国族建构"这个概念也因此有了本土传统与西方结合的含义。即使鲁迅写出了第一部《中国小说史略》，他也并不是说我们只能读中国小说或者只能读西方小说，他没有那样做。胡适则是《红楼梦》现代研究的建立者，他的研究影响广泛并建立起现代"红学"。我认为我们应该在思考世界文学与国族建构的关系时，必须将这些真实复杂的历史状况考虑在内，否则我们的思考就太简单而浅显了。

柯马丁(Martin Kern)：
接着您刚才所讲的，当鲁迅在写作《中国小说史略》时，他必须重新建构起中国整个古典小说史的轮廓，而后才能编纂中国小说史，我称之为"我也是"时代。不只是只有中国小说是这样的，您知道的胡适和冯友兰对中国哲学也做了类似的事情，那是一个必须要说"我们也有这个"的时代。我认为我们现在已经超越了那个时代，我们也不再需要用鲁迅想象历史的那种方式来描述中国小说史。而值得深思的是，一方面我们并不反对所有类似的工作，我们仍然必须深挖或还原历史背景，以便重新发现真实的传统是如何抵抗被压抑的，即使这种压抑出于我们现在所知的各种原因与各种背景，而后再将其从压力中还原出来。

比较文学与世界文学:从歌德到全球化

[法]伯纳德·佛朗哥(Bernard Franco),韩潇怡译

浪漫主义时期,比较文学历史学家,尤其是法国批评界的人,已经觉察到同时诞生的比较文学学科与歌德拥护的"世界文学"理想。实际上,二者与文学的关系背后存在一个共同的文学理想,即超越民族架构的愿望。1827年,歌德(Johann Wolfgang von Goethe,1749—1832)在与爱克曼(Johann Eckerman,1792—1854)的著名谈话中阐述了这个理想,他说民族文学的历史结束了,世界文学的时代已经来临。

我们先来查考比较文学和世界文学的诞生,或许会更简便。

一、比较文学的诞生

浪漫主义批评以质疑"美"的普遍性为基础,采用审美相对主义态度和必要的历史学方法,将文学与文明形态关联起来。在"戏剧文学讲稿"(*Course on Dramatic Literature*)中,施莱格尔(August W. Schlegel,1767—1845)提醒人们,古希腊悲剧与宗教功用相关,是神明之庆典;如果不了解精神的历史,就无法理解戏剧的历史。1814年,诺迪埃(Charles Nodier,1780—1844)在《帝国杂志》(*Journal de l'Empire*)上发表文章评论施莱格尔的著作,他回顾古典教义,以反驳施莱格尔:"美是独一无二的,始终如一的,不可改变的。"

新兴学科比较文学,当时被理解为一种对待文学的新方法,依托于浪漫主义批评与文学的新型关系,探寻一个学科之诞生或许有些随意。与18世纪欧洲的重要评论家拉阿尔普(Jean-François de La Harpe,1739—1803)和马蒙泰尔(Jean-François Marmontel,1723—1799)对比较方法的轻视相反,斯达尔夫人(Madame de Staël,1766—1817)在《德意志论》(*De l'Allemagne*,1813)一书中,康斯坦丁(Benjamin Constantin,

1767—1830)在翻译席勒的历史剧《华伦斯坦》(*Wallenstein*，1809)时，大量运用了比较方法。

19世纪最初几年，比较之运用大量涌现，例如特雷桑神父(Abbé Tressan，1749—1809)1802年的《神话学与历史之比较》(*Mythologie comparée avec l'histoire*)，德热郎多(Joseph M. Degérando，1772—1842)1804年的《哲学体系比较史》(*Histoire comparée des systèmes de philosophie*)，维莱(Charles de Villers，1765—1815)1806年的《色情比较学》(*Erotique comparée*)，还有索伯里(Jean F. Sobry，1743—1820)1810年的《绘画与文学比较教程》(*Cours de peinture et de littérature comparée*)。但是，真正建立该学科的是两门课程：诺埃尔(François Noël，1756—1841)和拉普拉斯(Guislain de La Place，1757—1823)的《比较文学教程》(*Cours de littérature comparée*)(初版于1804年，1816年再版)，以及维尔曼(Abel-François Villemain，1790—1870)1827/28年发表的《18世纪法国文学揭要》(*Tableau de la littérature française du XVIII siècle*)，它被称为探寻法国文学之英国根源的"一项比较文学的研究"。身在魏玛的歌德在日记和信件中表示，这两门课程显示出一种国际理解即将来临。① 他在1928年5月16日致于格(Carl Jügel，1783—1869)的信中写道，他对维尔曼发表于《全球报》(*Le Globe*，一份后来以速记版发行的报纸)第26期的课程很感兴趣，并索要了一份报纸。读罢，他在1830年10月3日致波瓦塞雷(Sulpiz Boisserée，1783—1854)的信中表示赞许。②

人们仍旧习惯把1830年当做比较文学诞生之年，这不仅与福里埃尔(Claude Ch. Fauriel，1772—1844)当选索邦大学"外国文学"教授相关，且与几个月前昂拜尔(Jean-Jacques Ampère，1800—1864，物理学家André-Marie Ampère之子)于3月12日在马赛讲坛(L'Athénée de Marseille)的就职演讲有关。1868年，圣伯夫(Charles A. Sainte-Beuve，1804—1869)在为《两个世界评论》(*Revue des Deux-Mondes*)杂志撰写的

---

① 参见巴尔登斯贝格：《比较文学：名称与实质》，载《比较文学评论》第一卷(第1辑)，1921年1—3月号，第8、15页(Fernand Baldensperger, "Comparative Literature. The Word and the Thing," in: *Revue de Littérature Comparée*, vol. I, no. 1, Jan.-March 1921)；另参见比鲁斯《世界文学和比较文学的同步出现》，载内瑟索尔编《多元文化时代的比较文学》，收录于《国际比较文学学会第16届年会论文集》第1卷：《多元文化时代的过渡与越轨》，2000年8月13—19日，比勒陀利亚：Unisa Press，2005年，第31页。(Hendrik Birus, "The Co-emergence of *Weltliteratur* and *littérature comparée*", in: *Comparative Literature in an Age of Multiculturalism*, vol. I des *Actes du XVIe Congrès de l'AILC: Transitions and Transgressions in an Age of Multiculturalism*, ed. by Reingard Netherstole, 13—19 Aug. 2000, Pretoria, Unisa Press, 2005)

② 参见比鲁斯，同上。

论文中认为,昂拜尔发表演讲之日即比较文学学科建立之时。①

昂拜尔在演讲中清晰地描述了"各民族文学艺术的比较历史",一种"文学艺术的哲学"呼之欲出。两年后,他在索邦大学说道:"先生们,我们要创造它,没有比较研究,文学的历史是不完整的。"他的断言强调了科学方法的必要性。第二年,昂拜尔在《文学与旅行》(*Littératures et voyages*)一书的前言中写道,他的作品属于比较文学的历史。②其后的1834年,他在法兰西学院宣称,我决定在诸位面前展示的,是法国文学与其他文学的比较历史。③

众所周知,学术在转向研究知识间关系的大背景下,比较方法成为达到科学客观性的必要拓展手段,比较文学概念随着一系列比较学科的出现而产生。我们知道,"比较文学"之命名模仿居维埃(Georges de Cuvier, 1769—1832)创立的"比较解剖学",他运用比较方法来增强整个研究过程的科学性。韦勒克(René Wellek, 1903—1995)在其长篇论文《比较文学的名称和本质》中,发现一篇可追溯至1765年的更古老的文献——《凶猛动物的比较解剖学》(*Anatomy of Brute Animals*),④但只有居维埃想到建立一门新的学科。他认为"比较"是为宇宙万物和各种现象排序和分类的最好方法。⑤

我们不妨把注意力放在比较解剖学的假设上,比较居维埃1816和1829年两个版本的《从分布结构看动物王国》(*Le Règne animal distribué d'après son organisation*)。第一个版本中,居维埃认为比较解剖学的历史应当描述"动物之组织及其在不同物种内变化的规律"。第二个版本中,居维埃更深入地展示了比较的价值,认为它是最富成效的过程,即"连续观察不同自然处境中的同一个体,或者比较不同的个体,直到辨识出它们结构和现象之间的恒常联系"。这一过程及方法可以

---

① 参见巴柔:《总体文学与比较文学》,巴黎:Armand Colin,1994年,第7页。(Daniel-Henri Pageaux, *La Littérature générale et comparée*, Paris, Armand Colin, 1994)

② 参见巴尔登斯贝格:《比较文学:名称与实质》,第8—9页。

③ 参见谢弗雷尔:《比较文学》第六版,巴黎:Presses universitaires de France,2009年,第98页。(Yves Chevrel, *La Littérature comparée*, Paris: Presses universitaires de France, 6ᵉ éd., 2009)

④ 参见韦勒克:《比较文学的名称和本质》,《辨析:批评的深层概念》,纽黑文:Yale University Press,1970年。(René Wellek, "The Name and Nature of Comparative Literature," in: R. Wellek, *Discrimination: Further Concepts of Criticism*, New Haven: Yale University Press, 1970)

⑤ 参见鲍尔:《没有比较的比较研究》,载瓦尔德斯、雅维奇、奥尔德里奇编《作为话语的比较文学史:纪念安娜·布莱金》,伯尔尼:Peter Lang,1992年,第41、43页。(Roger Bauer, "Comparatistes sans Comparatisme," in: *Comparative Literary History as Discourse. In Honour of Anna Balakian*, ed. by Mario J. Valdes, Daniel Javitch, Alfred Owen Aldridge, Bern: Peter Lang, 1992)

"揭示支配这些关系和总体上由科学决定的特定规律"①。就这样,比较奠定了科学方法的基础,各种比较科学,尤其是比较解剖学,开始影响文学分析。②

归纳是比较的目的,也成为比较文学的基础。其他比较科学也有同样的目标:布兰维尔(Henri Marie de Blainville,1777—1850)设想了比较生理学(1833),科斯特(Victor Coste,1807—1873)设想了比较胚胎学(1837)。③事实上,昂拜尔本人在马赛的雅典娜讲坛的演讲中,就将他想创立的学科与自然科学联系起来:"就像在植物学和动物学中,我们必须在分类的各项目中建立一系列自然家族,而不能武断地区分。"④

二、"世界文学"概念之阐释

另一方面,比较文学与歌德宣称的"世界文学"(Weltliteratur)相伴而生。事实上,不是歌德创造了这个概念,波斯奈特(Hutcheson M. Posnett,1855—1927)在发表于1886年的第一本关于比较文学的书中写道,⑤世界文学概念源自赫尔德(Johann G. Herder,1744—1803)《民歌中各族人民的声音》(Stimmen der Völker in Liedern,1807),但是歌德详细描述了这个概念,并产生影响。歌德这么做,无疑与比较文学的发明有关,歌德能够倾听和回应时代的声音,他在那个后来经常被人提及的1827年1月31日与爱克曼的谈话说:"民族文学现在已经算不了什么,轮到世界文学时代了;现在每个人都应出力,促成其尽快来临。"歌德所言之世界文学,确实与比较文学有着很大差别。世界文学涉及各种文学在不同民族间的传播,但它不研究传播过程本身,而是关注所有文学作品中堪称人类遗产的杰作。通过翻译,伟大的作品属于全人类,并成为超越民族的文化遗产。比较文学在与其他比较科学的相遇中产生,世界文学也同样与同属普遍主义理想的其他概念同时产生:康德

---

① 居维埃:《从分布结构看动物王国:作为基础的动物自然历史与比较解剖学导论》,巴黎,1916年版"前言",第一卷,第5页;1829/30年版"序言",第一卷,第6页(Georges Cuvier, *Le Règne animal distribué d'après son organisation pour servir de base à l'histoire naturelle des animaux et d'introduction à l'anatomie comparée*, Paris, éd. de 1916: "Préface", t. I; ed. 1829—1830, vol. I, "Introduction");鲍尔:《没有比较的比较研究》,第44页。
② 参见鲍尔:《比较文学的起源和嬗变》,载鲍尔、弗克马、格罗特编《国际比较文学学会第12届年会论文集[1988](五卷本)》,慕尼黑:Iudicium,1990年,第1卷,第21—27页。(Roger Bauer, "Origines et métamorphoses de la littérature comparée", in: *Proceeding of the XIIth Congress of ICLA* [1988], ed. by Roger Bauer, Douwe Fokkema et Michael de Graat, München: Iudicium, 1990, 5 vols., vol. I)
③ 参见巴尔登斯贝格:《比较文学:名称与实质》,第14页。
④ 昂拜尔:《文学与旅行:德国和斯堪的纳维亚》,巴黎:Paulin,1833年,第29页。(Jean-Jacques Ampère, *Littérature et voyages: Allemagne et Scandinavie*, Paris: Paulin, 1833)
⑤ 波斯奈特:《比较文学》,伦敦:Kegan Paul, Trench & Co.,1886年。(Hutcheson Maucaulay Posnett, *Comparative Literature*, London: Kegan Paul, Trench & Co., 1886)

(Immanuel Kant，1724—1804)的"Weltanschauung"(世界观)，赫尔德的"Weltgeschichte"(世界历史)，谢林(Friedrich W. J. Schelling，1775—1854)的"Weltseele"(世界灵魂)，都表达了一种整体论的理想主义。①

我们注意到，1827年左右，世界文学的"观念"和"学科"相伴而生。②该学科及其研究对象同时出现，显然不是历史的巧合，它们的联系应主要从歌德和昂拜尔的关系中分析。创立于1826年的《全球报》在两人之间扮演了重要角色，并使世界文学的涵义走向成熟。该报很重视歌德的观点：歌德有感于他本人的法语版剧作《托尔夸托·塔索》(*Torquato Tasso*)而说"我确信一种世界文学正在出现"。1827年11月1日的《全球报》援引歌德之说，把"世界"文学理解为"欧洲"或"西方"的文学。歌德读罢，在他的《艺术与古代》杂志中再次使用这个概念，他期盼日益简便的交流方式能使"世界文学"尽早发生。③

三、从欧洲到世界

在比较文学学者的理论中，"世界文学"概念部分源自将比较文学的范围拓宽到欧洲之外的愿望。然而，歌德的评论者很快发现他对世界文学理想的矛盾态度，他的思想一定程度上从欧洲文学同一、联合的观念发展而来。1915年，拜尔(Else Beil)在其博士论文中引用了一段歌德和诗人亚历克西斯(Willibald Alexis，1798—1871)在1829年8月12日的谈话(比德尔曼(Friedrich K. Biedermann〔1812—1901〕采集)："在我们的谈话中，他再次提到一种普遍的世界或欧洲文学，对他晚年钟爱的这个问题依旧充满幻想。"克勒姆佩雷尔(Victor Klemperer，1881—1960)得出关于世界文学和欧洲文学的如下结论：

> 欧洲文学还是世界文学——这是问题所在。歌德是第一个觉察、命名，并向我们展示世界文学这个词及其观念的人，他让人意识到：欧洲文学将会发展壮大。④

考夫曼(Eva Kaufmann)指出，1827年的世界文学包含欧洲维度，代表"同时代文学的国际交流"，这个概念如今被再次使用，表示"世界的全

---

① 参见比鲁斯：《世界文学和比较文学的同步出现》，第26页。
② 同上，第29页。
③ 相关评论参见比鲁斯，同上，第30页。
④ 拜尔：《论世界文学概念的发展》，博士论文，莱比锡大学，1915年，第79—80页(Else Beil, *Zur Entwicklung des Begriffs Weltliteratur*, Diss., Universität Leipzig, 1915)；克勒姆佩雷尔：《世界文学和欧洲文学——论文集》(1929)，史托斯译，巴黎：Circé, 2011年，第13页。(Victor Klemperer, *Littérature universelle et littérature européenne* [*essai*] (1929), trad. Julie Stroz, Paris, Circé, 2011)

部,即'世界'这个词的全部含义"①。无论歌德的欧洲理想是什么,认为他的观点有欧洲局限的假设都显得非常无力。尽管如此,在世界文学当代批评的争论中,阿普特(Emily Apter)依然从语义角度界定了它的概念和内涵:"世界文学是百科全书式的,伟大的比较文学学者传统,以及学术普世合一主义(ecumenism)";根据卡萨诺瓦(Pascale Casanova)"格林威治文学子午线"概念,"文学的世界共和国,与法国中心主义的共和理想以及普遍优越性"相关;"国际主义"(Cosmopolism)属于康德视野中被每个人的文化照亮的永恒和平景象;斯皮瓦克(Gayatri Ch. Spivak)以"星球化"(planetarity)概念结束《一门学科之死》(*Death of a Discipline*)的智性推演,"它将治疗来自资本主义狂妄自大的全球化";莫雷蒂(Franco Moretti)受布罗代尔(Fernand Braudel,1902—1985)和沃勒斯坦(Immanuel M. Wallerstein)的启发,提出"世界文学系统",它取决于文化流通网络、文学网络和文学类型的地域交换;"文学世界"意即"拒绝对文学领域进行后殖民式的分区"。阿普特还发现,出版于2012年的《劳特利奇世界文学指南》(*Routledge Companion to World Literature*)包含很强的跨学科特性,以呈现世界文学与语文学、翻译、大移民(diasporas)、全球化研究等领域的关系。②

在歌德描绘的理想之后,世界文学走了很长的路。其经历的深刻变革,应当置于人文科学变革的大背景中,以及后殖民时代的方法论和应用领域中去理解。卡萨诺瓦初版于1999年的《文学的世界共和国》(*La République mondiale des lettres*)是一个转折点,也是这场论争的参考书目之一。该书以"国际文学空间"的创想开始,自16世纪起,文学从权威而庄严的法国蔓延开,"成为一个普遍的话题";法国标准于18世纪末遭到挑战,"赫尔德革命"引发伦敦等其他文学中心的创立,19世纪以后,美国的竞争机制又参与进来;最后,第三阶段是去殖民化,"使得每个国家都能获得文学存在的合法性"。这样的文学空间催生了"文学认定领域中""拥有某种特定神圣权威"的"文学的世界共和国",而此共和国抵抗尽人皆知的全球化世界,它根据自己监管的标准和经典,建立文学的概念和认可机制;同时,它又是一个市场,卡萨诺瓦引用了贝尔曼(Antoine Berman,1942—1991)的观点,后者注意到世界文学与世界市场的同步

---

① 考夫曼:《师范教育中的20世纪世界文学》,载鲍尔、弗克马编《比较文学教学中的空间与边界》,收录于《国际比较文学学会第12届年会论文集(五卷本)》,慕尼黑:Iudicium,1990年,第5卷,第214页。(Eva Kaufmann, "Weltliteratur des 20. Jahrhunderts in der Lehrerausbildung", in: *Space and Boundaries in the Teaching of Comparative Literature / Espace et frontières dans l'enseignement de la littérature générale et comparée*, vol. 5 of *Proceedings of the XIIth Congress of the International Comparative Literature Association* in five volumes, ed. by Roger Bauer and Douwe Fokkema (dir.), München: Iudicium, 1990)

② 阿普特:《反对世界文学》,第3、41页。

出现。①

　　认为文学是一种服从于国际标准的国际现象,这个给人启发的见解有着明显的缺陷,该书在世界的接受情况使卡萨诺瓦意识到这一点。她在第二版前言中承认,该书非常"法国",因其把文学置于"全球化思考"的核心。事实上,这是一种正确看待文学整体概念的方法,特别是发现"围绕着世界文学这个概念本身,以及它的术语、方法和阐述过程中的各种话题,都有超越国族的涵义"。②这就是为何此书成为当代所有世界文学思考的一个讨论话题,但它的法国中心基础,以及比较文学学者同样糟糕的欧洲基础观点,似乎把"文学的世界共和国"引向欧洲独裁,这是它明显的局限。

　　阿普特以不同方式大量使用形容词,唤起它们的"欧洲思维方式"(更确切地说是法国中心主义观点)。上述分析的原则使她反对颂扬"国家种族差别"和"市场化身份"③的某些世界文学之趋势,这与卡萨诺瓦的观点相违。我们同样可以把 1974 年艾田蒲(René Etiemble,1909—2002)的反对意见,与其他欧洲中心主义的世界文学概念对立起来:"一个忽视阿拉伯和印度修辞艺术、取消中国和日本作品的文学理论是怎样的呢?"④他回顾说,欧洲出现之前的几个世纪,甚至在希腊—拉丁字母繁荣之前,中国文学已经不可避免成为一个中心,但几乎已被今天关于世界文学的研究淡忘了。

　　歌德本人阐述世界文学概念时,也不乏矛盾态度。达姆罗什(David Damrosch)提示我们,歌德在 1827 年 1 月 29 日与爱克曼的对话中,谈到波斯诗人哈菲兹(Shamsoddin Mohammad Hāfez,1320—1389)与贺拉斯(Horace,公元前 65—8 年),并回顾了一本中国小说与他的《赫尔曼与窦绿苔》(Hermann und Dorothea)以及理查逊(Samuel Richardson,1689—1761)小说的相似之处,对比了他本人纯洁的小说与贝朗热(Pierre-Jean de Béranger,1780—1857)放荡的歌谣。另外,歌德认为希腊诗歌是全世界的文学,而德国中世纪的诗歌和一年前他所赞扬的塞尔维亚诗歌,都是残暴的表达。⑤同样,克勒姆佩雷尔也注意到,歌德在 1822 年一篇名为《个性诗歌》的文章中,讲述了民间诗歌想要"获得全球认可"

---

　　① 卡萨诺瓦:《文学的世界共和国》第二版,巴黎:Le Seuil,2008 年,第 29—33 页(Pascale Casanova, *La République mondiale des lettres*, Paris: Le Seuil, 2nd ed., 2008)。她引用贝尔曼《在异域的考验:德国浪漫主义时期的文化与翻译》,巴黎:Gallimard,1984 年,第 92 页。(Antoine Berman, *L'Epreuve de l'étranger. Culture et traduction dans l'Allemagne romantique*, Paris: Gallimard, 1984)

　　② 同上书,2008 版前言,第 15—16 页。

　　③ 阿普特:《反对世界文学》,第 1—2 页。

　　④ 艾田蒲:《论真正的总体文学》,巴黎:Gallimard,1974 年,第 12 页。(René Étiemble, *Essais de littérature (vraiment) générale*, Paris: Gallimard, 1974)

　　⑤ 参见达姆罗什:《什么是世界文学?》,第 10—13 页。

极为困难;他想说的是,"福斯赋予其'乡音'的《露易丝》"没被看做真正的诗作。① 克勒姆佩雷尔还指出,拜尔发现歌德的意大利之旅"使他信服古代文明典范的支配性地位"②。事实上,歌德的立场先于1827年他对世界文学概念的阐述,特别是发生于此前四十年的意大利之旅。尽管如此,由于诸多含混不清,我们必须小心谨慎地评论世界文学理想,克勒姆佩雷尔证明了所谓全球视野的相对性:一方面,"根据赫尔德的历史演进周期,任何来自印度的文学都比欧洲的创作更接近本质和源头";他还提到浪漫派作家施图肯(Eduard Stucken,1865—1936),他"逃离当代欧洲,成为一个真正的浪漫主义者,并享受遥远国度奇异的热带自然风光";但是,这种异国情调也有可疑之处,施图肯受墨西哥源头的启发,阐述了一种理论——人类空间建立在五个圈层上,一个人将从个体空间走向神圣的无限;而把世界整体作为五个圈层的设想,则源自古典欧洲和德国浪漫派的艺术和知识。③

比鲁斯(Hendrik Birus)还发现,歌德的世界文学理想形成于"后拿破仑主义的欧洲"④,如哈姆林(Cyrus Hamlin,1936—2011)所示,歌德用它来代替民族主义的产物——浪漫派历史主义。⑤ 歌德阐释世界文学观念时,正在写作《西东合集》(*West-östlicher Divan*),这是一本多层次对话的诗歌合集,包括歌德和他的情人、作为诗人的歌德和他的榜样波斯诗人哈菲兹,他创造了自己的"非标准";此外,对话还发生于过去和现在、伊斯兰教和天主教、东方和西方之间。歌德将这一模式表现为"银杏叶",他为这种一分为二的叶子写了一首著名的诗歌,拒绝世界文学的任何中心。在歌德以一首催眠曲《晚安》结束诗歌合集,并与读者道别之前,他写了最后一首长诗,关于"以弗所的七个酣眠者",这个传说见于

---

① 德意志诗人福斯(Johann H. Voß,1751—1826)是荷马史诗以及许多古希腊、古罗马经典作品的重要德译者。他的诗作之最著名、最受喜爱者,是《露易丝——田园诗歌三部曲》(*Luise. Ein ländliches Gedicht in drei Idyllen*,1795)。歌德对《露易丝》推崇备至,时常吟诵其中诗句;受《露易丝》之启迪,歌德创作了他的名作《赫尔曼与窦绿苔》。——译注

② 克勒姆佩雷尔:《世界文学和欧洲文学——论文集》,第9—11页。他(该书第47页)提及拜尔的《论世界文学概念的发展》。

③ 同上书,第110、117页。

④ 比鲁斯:《通往世界文学和比较文学:歌德的〈西东合集〉》,载瓦伦汀、坎多尼辑《第十一届国际德国专家大会论文集(2005年巴黎)》第一卷:《致辞,大会报告,讲台讨论,一般报告》,伯尔尼:Peter Lang,2007年,第67页。(Hendrik Birus," Auf dem Wege zur *Weltliteratur* und *Littérature comparée*. Goethes *West-östlicher Divan*", in: *Akten des XI. Internationalen Germanistenkongresses Paris 2005. Band 1: Ansprachen-Plenarvorträge-Podiumsdiskussionen-Berichte*, hrsg. von Jean-Marie Valentin und Jean-François Candoni, Bern: Peter Lang, 2007)

⑤ 哈姆林:《文学历史与传统:歌德的"世界文学"对比较文学的重要性》,载库什纳、斯特鲁克辑《当今比较文学:理论与实践》,第88页。(Cyrus Hamlin, "Literary History and Tradition: the Importance of Goethe's Weltliteratur for Comparative Literature", in: *La littérature comparée aujourd'hui: théorie et pratique/Comparative Literature Today: Theory and Practice*, eds. Eva Kushner, Roman Struc, et Milan V. Dimic (dir.), Stuttgart: Bieber, 1979)

《古兰经》第十八苏拉(章)。其实,他们并非七个人,而是六个朝廷宠信外加一个牧羊人,还有一条尾随的狗,他们在洞穴里酣眠了百余年,这可视为柏拉图洞穴之喻的颠倒。后来,他们走出洞穴,恢复颠倒的辈分,讲述他们曾经拒绝被剥夺自由,从而在后世重生的诗歌理想。在这个意义上,无论在某一历史时期,还是在一种主宰文化中,世界文学都拒绝任何标准。

本文结论如下:比较文学和世界文学的历史联系,在于超越国族框架理解文学的共同愿望。然而,这些联系掩盖了两种文学观之间的差别。世界文学认为,文学是一种世界遗产,不仅属于它诞生的民族和时代,更属于全世界和子孙后代,翻译是其载体。与此相反,比较文学涉及传播途径,关注历史语境和语文学方法中的语言。

这些差异影响了世界的学术传统。在一所美国高校读"世界文学",意味着学习译介作品,针对"本科课程";而比较文学研究原始版本,属于"硕士课程"。在中欧国家,民族文学系研究原始语言写成的作品和该语言本身,世界文学系研究的文学作品都是译本。不过,二者共同的观念延续了下来:文学是一份全人类的世界遗产。

世界文学的定位

[英]加林·提哈诺夫(Galin Tihanov),席志武译

自从达姆罗什(David Damrosch)那本开创性的著作《什么是世界文学?》①出版之后,在过去大约十年左右的时间里,人们开始认识到,有必要以概念上的严谨性来对目前"世界文学"中普遍流行的盎格鲁-撒克逊话语的各个方面进行定位。在我看来,当务之急的问题是:从存在论来说,"世界文学"身在何处?有些人确信,它存在于一个可以证实的文本网络之中,这是一个尤其在全球化进程的助力下异常庞杂却很确凿的关系网,揭示(有时也在遮掩)经典型构、文化宣传、意识形态灌输、图书贸易等组成的信而有征的事实。另一方面,有些人把"世界文学"理解为分析文学的最重要的棱镜,一种"阅读模式"。(以上两种观念有时会相辅而行,这很容易造成概念上的混淆。)第三种意见,常与前两种同时存在,那就是将"世界文学"作为一种知识话语来实践,它有着明显的意识形态潜台词,即常见的自由主义和世界主义观念。如何真正理解"世界文学"呢?把它看做一种可以证实的文本现实,还是作为一种棱镜——有人甚至会倾向于添加一个修饰语——"比较的"棱镜,换言之,一种"阅读模式"?这并不是一个形而上的问题。它对我们处理"如何在一篇论文中讲述世界文学史"之类的问题来说,有着非常现实的意义。除了这个根本性辨析之外,我想提出另一个更为具体的网格(grid),这会对定位世界文学的努力起到推进作用。网格,从本质上来说是纪事性的(chronotopic),并且由多个向量(vector)组成。我们至少需要认识四个主要参照点:时间、空间、语言,以及可被称为自反性(self-reflexivity)的东西,例如文学自身如何反映并创构出"世界文学"形象。下面我将对这四点做不同程度的论述。

---

① 达姆罗什:《什么是世界文学?》,普林斯顿:普林斯顿大学出版社,2003年。(David Damrosch, *What Is World Literature?*, Princeton: Princeton University Press, 2003)

一、时间

从时间轴上考察"世界文学"的定位时,我们必然要追问的是,"世界文学"(作为可证实的文本现实;作为棱镜;作为一种知识话语)是否应该被认为是:(a)作为全球化和跨国主义的产物;或者(b),它是一直存在的(可是,若是后者的话,我们该如何书写其历史并阐释问题;对此,可关注康拉德和莫雷蒂的相关论述);再或者是第三种选项(c),作为一种前现代现象,它随着民族国家和民族文化的到来而逐渐萎缩(波斯奈特、巴比契、在一定程度上也包括塞尔布的论述)。观点(b)和(c)都相当重要,它们构成全球化和跨国主义之流行观点的替代性选择。(这同样适用于政治哲学与社会科学语境中形成的世界主义同源话语,倾向于不加批判地把世界文学看做世界立场的促进者。)可见,这两种观点对世界文学中占据主导地位的盎格鲁-撒克逊话语提出了异议,强调世界文学对于全球化与跨国发展的独立性。下面,我对这两个"异议方案"做更详细的阐述。

第一种方案认为,世界文学并不是全球化的产物,而是一直都存在的。持这一观点的主要代表是莫雷蒂(Franco Moretti),他的著作可谓众人皆知,无需在此详细介绍。需要提醒读者的是,莫雷蒂认为18世纪是世界文学的一个分水岭:在那个时期,一个国际化的图书市场开始加快文本旅行与创新范式的传播。18世纪之前与之后两个阶段的差异是不可逾越的,以致莫雷蒂要借助两套不同的方法论工具对之进行探究:第一种,他希望借用进化生物学(依托于写成于1940年代初期的一个关键文本)来理解;第二种,他借鉴沃勒斯坦(Immanuel M. Wallerstein)的世界体系理论来反思。①然而,在莫雷蒂之前有一个不为他所知的俄罗斯人,名叫康拉德(Nikolai Konrad,1891—1970),他是汉学家,也是日本学家,持有"长时段"(longue durée)②文化观点,这一观点在他对中国文学的研究中得到了充分而有效的利用。他对世界文学的阐释基于同样的前提,即世界文学不是现代晚期/后现代的产物,而是已经存在几百年的现象。康拉德试图通过对范式性的审美形态如何在全球旅行并相互融合的考察,呈现世界文学的演进。举例来说,"文艺复兴"是通过接续传

---

① 莫雷蒂对于18世纪之后的世界文学有时有着不同寻常的叙述,不过这里并不适宜对他的一些盲点展开讨论。

② "长时段"(法语:longue durée)是法国年鉴派著名史家布罗代尔(Fernand Braudel)的核心概念。布罗代尔认为,对于人类社会发展起长期决定性作用的是长时段历史,即结构。结构涵盖自然环境、地域条件、文化传统等长期不变或变化极慢的内容;这种深层次的结构因素,规定和制约了社会表层各种历史文化现象的发展变化。——译注。

统来复兴社会文化,而康拉德认为它并非发源于意大利,而是在公元 8 世纪的中国,彼时被称为复古运动。(康拉德曾因这一类比和立场而饱受严厉批评,但我们仍须查考他是如何论证的。)继中国之后,文艺复兴"旅行"至伊朗,然后才抵达欧洲。而另一个重要的审美形态——现实主义,则是以相反的方向旅行。它始发于欧洲——欧洲资本主义矛盾越来越尖锐,这在小说中得到充分体现和剖析——,然后行至中东,①迟至 20 世纪 20、30 年代,现实主义才抵达远东。② 康拉德论述世界文学演进时的卓越视野,显然也为莫雷蒂令人振奋的探索做出了铺垫,他追溯欧洲小说如何旅行至巴西沿海并走向世界其他地方,以及小说在其旅行过程中的变化发展。

第二个"异议方案"起始于波斯奈特(Hutcheson M. Posnett, 1855—1927)的著作《比较文学》(伦敦,1886),这也是英语世界首次以"比较文学"作为书的标题。波斯奈特采取了历史社会学的做法,试图将文学发展的不同阶段与社会政治组织的演化阶段对应起来。由此,他区分了氏族文学、城邦文学、世界文学(通连着作为政治建制形式的帝国以及全球发展而非地域现象的宗教)和国族文学。可见,世界文学在这里被赋予的历史地位是文学发展过程中的早期阶段,随后则是民族国家文学。然而,时间的先后顺序并不表明评价立场:波斯奈特对于他所描述的文学类型保持同等距离,以一个自信的社会学家的目光记录文学的演进,其中也呈现出政治体自身的建制形式。

与此不同的是 1930 年代中期亦即二次大战早期发生在中欧的一场关于世界文学的论争,引人入胜却迄今鲜为人知。巴比契(Mihály Babits,1883—1941)影响了这场论争的进程。他是匈牙利知识者之最优秀的代表,是诗人、小说家和文学批评家,同时也是《西方》杂志(匈牙利语:Nyugat)的核心人物。《西方》这一自由主义刊物抵制如下观点:匈牙利文学是一个庇护所,保护了自然演进的本土独特性并安全地隔离于西方。③ 1930 年代中期,巴比契发表了匈牙利文著作《欧洲文学史》(二战后被译成德文和意大利文),④对世界文学做了怀旧式的反思。与波斯奈特相同之处是,巴比契把世界文学看做文学发展的一个阶段,与民族/国

---

① 但在那里,长篇小说未能确立自己的现实主义小说主流地位,而短篇小说做到了。
② 康拉德对于世界文学的探索,见之于他的论文集《西方与东方——论文集》,莫斯科:Glavnaia redaktsiia vostochnoĭ literatury,1966 年(Nikolai Konrad, *Zapad i Vostok, Stat'i*, Moskva: Glavnaia redaktsiia vostochnoĭ literatury, 1966);该书后来有一部译文不可靠的英译删节本《西方—东方:不可分割之双》,莫斯科:Nauka, Central Dept. of Oriental Literature,1967 年。(Nikolai Konrad, *West-East: Inseparable Twain*, Moscow: Nauka, Central Dept. of Oriental Literature, 1967)
③ 德里达曾在其著述中提及巴比契最著名的宗教诗《约拿书》。
④ 我的简单分析依托于德译本,巴比契:《欧洲文学史》,维也纳:Europa Verlag,1949 年。(Michael Babits, *Geschichte der europäischen Literatur*, Wien: Europa Verlag, 1949)

家形成以前的文化和政治形态密切相关。在他眼里,希腊与罗马很典型地呈现出世界文学的空间,正是希腊语和拉丁语这两种伟大的共通语言维系了欧洲文化。与波斯奈特的不同之处是,巴比契哀怨地痛惜世界文学的消逝。民族国家,尤其是其在19世纪欧洲的崛起,令世界文学渐行渐远;欧洲小国之间无休止的冲突与争吵,每个国家都捍卫自己的语言,最终导致世界文学变得不可能。巴比契的世界文学观,体现出一种不加掩饰的欧洲中心主义,也预示出后来(尤其以库齐乌斯〔Ernst R. Curtius,1886—1956〕为代表)重建欧洲文化一体化的努力:通过将世界文学重新定位为过去的现象来为未来的文化重建提供借镜。

塞尔布(Antal Szerb,1901—1945)是一位犹太裔匈牙利知识者,也是两次大战之间时期中欧随笔作家辉煌一代的杰出代表。他非常崇拜巴比契,从后者那里获益良多并延续了其思想路线,却又与其保持一定的距离。与巴比契一样,塞尔布的著述同样体现出不折不扣的欧洲中心主义。他强调指出,世界文学包括希腊语、拉丁语等文献和《圣经》,以及法语、西班牙语、意大利语、英语和德语等语体写作。①他在著作择选问题上也追随巴比契,特别强调"正典性"(canonicity);而对何为正典性这个问题,塞尔布的回答则是伽达默尔(Hans-Georg Gadamer,1900—2002)观点的先声:"正典"就是传统称之为典范的东西。世界文学的范畴由此而被严格限定:对欧洲具有重要意义的著作,②并已经成为真正的权威,其重要性超越一个时代或单一(国族)文化。与此同时,塞尔布没有像巴比契那样因民族国家和民族主义的到来而哀叹世界文学的崩塌。他也认识到共同文化遗产与共同语言的流失,却以一种平和的心态去看待民族文化的作用:他对俄国与斯堪的纳维亚文学的讨论,让人看到民族文学这一跨越之门,并将不受重视的文学纳入世界文学的轨道。

就方法论而言,塞尔布受惠于斯宾格勒(Oswald Spengler,1880—1936)的文化循环论,却非毫无保留的接受。斯氏理论认为,文明必然服从于此消彼长的规律;塞尔布在其早期著作中明确认可斯氏理论架构。在他看来,欧洲文学发展过程中明显交织着两条相互冲突的风格路线,通常也是意识形态路线。在当时来说,二元对立的原则是艺术史和文学研究方法之非常重要的组成部分,③这为塞尔布探讨浪漫主义提供了十分重要的策略。浪漫主义是继哥特式与巴洛克式而出现的风格,后来走向没落,并引发象征主义、各种现代主义和其他一系列后浪漫主义写作

---

① 这个部分的内容,参见塞尔布初版于1941年的德译本:《世界文学史》,巴塞尔:Schwabe,2016年。(Antal Szerb, *Geschichte der Weltliteratur*, Basel: Schwabe, 2016)

② 塞尔布简要讨论了美国文学和伊斯兰经典文学,但未涉及中国文学和日本文学,尽管它们也对晚近欧洲文学产生了影响。

③ 巴赫金(Mikhail M. Bakhtin,1895—1975)还将其运用于小说分析。

风格。另一方面,人们发现了现实主义,塞尔布视之为欧洲文学走向衰落的重要征兆。同浪漫主义一样,现实主义只是全部艺术形式进化的终结,反映出特定的世界观和价值系统,包括古典主义和启蒙运动及其所标榜和坚持的理性、均衡和高雅。不过在两次大战之间时期,塞尔布摆脱了斯宾格勒的影响,追随卢卡契(György Lukács,1885—1971)综合史诗和小说的新视角,考察现实主义复兴(通常以神话的新面貌)的杰出范例;托马斯·曼(Thomas Mann,1875—1955)的作品,当属现实主义之复兴的最好例证,这在当时尤其得到卢卡契和凯伦依(Karl Kerényi,1897—1973)的支持。

巴比契和塞尔布关于世界文学的著述,是文化和思想史上极富创见和促进作用的操演,同时也颇具警示意味:我们试图去思考现今世界文学的范畴及其历史概念化程度时,注定要面临一系列困难。更为重要的是,当前铺天盖地的共识都把世界文学的兴起归因于全球化与跨国主义,而巴比契相对激进的观点和塞尔布相对成熟的观点,实为矫正之方。

二、空间

在另一方面来说,人们谈及空间时,当会有兴趣了解:"循环"(circulate)对于文本来说意味着什么,是否意味着一种特定的空间安排,一种特殊的关于文学的思考方式?——这种思考方式专注于传播的速度亦即文学的无阻碍推进,这隐含着消除可能会终止这一循环的障碍。如同资本总是无法避免地流向阻力最小的地方,对于"世界文学"而言,加速流动是由文本的多重"再语境化"来维系,而不只取决于"世界文学"话语的反对者及其"去语境化"。在这种情况下,"循环"是否就是一种交流的具体形象,与文学生产和消费之特定的(自由)体制紧密相关?①或者,是否应该更灵活地理解"循环"这一隐喻?作为一个形象,"循环"说的是文本走出其原来环境的旅行过程,同时伴随着一个隐含的承诺,即走进被其他文化阐释的丰富语境。然而,这种解释学上的循环,离不开还原起源,也就是彰显民族文学的重要性以及特定文化语境的基本形式,这会对当前流行的盎格鲁-撒克逊"世界文学"话语中的自由主义设想造成不利影响。

空间这一概念可以而且必须进一步复杂化和去同质化,这就需要考虑我所说的世界文学的地区性(zonality)。从历史角度来说,我们必须认识到,世界文学的延续有赖于特定区域之间的交流,而不是文本的全球

---

① 从生产与消费两个方面去思考世界文学的必要性,马克思和恩格斯早在其《共产党宣言》(1848)关于世界文学的经典论述里已有明确说明。

性循环。世界文学的参与者会随着时间的推移而改变。比如:在 1870 年以前,很少有人在谈论世界文学时会涉及中国与欧洲之间的交流。尽管欧洲人早在 16 世纪就开始挪用中国文学,但中国人 1878 年才开始提及歌德①(直至 20 世纪早期,莎士比亚才开始被正确翻译)。换言之,直到 19 世纪末 20 世纪初,中国与欧洲之间都没有严格意义上的文学交流,而只是从中国到欧洲的单向输入。但从另一方面来说,这将使得谈论世界文学变得很有意义,世界文学就是特定区域之间的文学互动过程,例如几个世纪以来,印度、波斯和阿拉伯世界之间都保持着非常密切的文化联系。"地区性"这一观念,需要追溯到斯洛伐克比较文学学者杜里申(Dionýz Ďurišin, 1929—1997);不过他仍相信——这很大原因是他所研究的主要是欧洲文献——"区域"与建立在语族基础上的文学家族直接相关(例如斯拉夫文学、斯堪的纳维亚文学,等等)。在我看来,我们需要把这一观念极端化,根究全球范围内并非由语言的相似性来决定区域互动的文学交流。关键在于,早在全球化之前构成世界文学的,不是似乎无所不在的参与者(即各自为阵、往往建筑于民族的文学),那些文学文本同时共存于不变的特定体制之中,通过翻译成一种全球性语言而易于获得;而是历史变迁中不同区域的参与者之间的相互合作,他们分别以不同的速度,积极地将各自的文学推广到其他区域。

三、语言

我们需要追问一个无法回避的问题:"世界文学"在语言问题上的定位是怎样的?这对我们阐释现代文学理论之耗散的遗产有着重要意义。乍一看,这个问题有些迂腐;然而,当我们谈及如何思考文学时,没有比语言问题更为重要的了。在此,我们需要直面翻译问题,并承认其合法性,这不仅关乎当前支持"翻译有益"和支持"不可译性"(untranslatability)②二者之间的论争,亦关乎探索现代文学理论的起源——俄国形式主义。我的主张是,我们需要理解当前论述世界文学的盎格鲁-撒克逊话语中的一种说法,即翻译并通过翻译去阅读和分析文学是极为重要的;而这只是一种回声和迟来的干预,且早已见之于早期经典文学理论。我这里所说的"经典文学理论",是一种思考文学的范

---

① 参见钱锺书:《朗费罗〈人生颂〉的早期汉译》,载《钱锺书英文文集》,北京:外语教学与研究出版社,2005 年,第 382 页(Qian Zhongshu, "An Early Chinese Version of Longfellow's *Psalm of Life*," in: *A Collection of Qian Zhongshu's English Essays*, Beijing: Foreign Language Teaching and Research Press, 2005)。另见钱锺书:《汉译第一首英语诗〈人生颂〉及有关二三事》。

② 关于"不可译性"问题的主要内容,参见阿普特:《反对世界文学——论不可译性的政治之维》,伦敦:Verso,2013 年。(Emily Apter, *Against World Literature: On the Politics of Untranslatability*, London: Verso, 2013)

式,依托于文学作为一种特定的、独特的话语之假设,这种话语特殊性又围绕一种抽象特质而变得具体,即"文学性"(literariness)。这种思考文学的方式,大约开始于第一次世界大战,而到了 1980 年代则大体已经过时。① 但是,它不会消失,它留下了耗散的遗产,仍然在以不同的方式演绎着语言之中心问题或其他问题,亦即如何透过语言来理解文学。我以为目前关于"世界文学"的论争是经典文学理论的一部分,再现了其基本讨论,即是否应该在语言视域下或者超出语言视域去思考文学。当前关于"世界文学"的盎格鲁-撒克逊话语,源自经典文学理论,是早期关于语言与文学性讨论的延伸。坚持这种说法非常重要,这不仅鉴于自由派的许多信念经常暗暗地忽略自己的理论之来源,从而不能充分进行理论反思,有时甚至以为这些理论就是自己的。

众所周知,俄国形式主义者认为,文学性构成文学的特殊性。但我们往往会忘记,在什么构成文学性的问题上,他们反对什么。雅各布森(Roman Jakobson,1896—1982)相信,文学性就是立足于语言之复杂而精细的工作(我曾因此在其他地方称他为语言的原教旨主义者)。对他而言,只有原初语言最为重要,其复杂性是不可译的。并非偶然,为何雅克布森整个学术生涯中的文学研究和诗歌文本分析,都倾注于原初语言。另一方面,什克洛夫斯基(Vitkor Shklovsky,1893—1984)、艾肯鲍姆(Boris Eichenbaum,1886—1959),在一定程度上也包括迪尼亚诺夫(Yury Tynyanov,1894—1943),他们认为文学性的影响(在某种意义上,主要地)产生于语言之上、超越了语言。② 他们与雅各布森的一个显著不同在于,他们通常分析小说、而非诗歌,③ 并且以翻译的方式去做。在解释文学性的影响时,他们注重的是作品层面,而不是语言的微观层面,例如情节(plot)与故事(story)这一非常著名的区分,即便在译作中也是有效的。我们无需原初语言去体会素材的换位和重组(通过回顾、延迟

---

① 参见提哈诺夫:《为何现代文学理论起源于中欧和东欧(现在又为何已经死了)?》,载《常识》第 10 卷第 1 辑(2004),第 61—81 页(Galin Tihanov, "Why Did Modern Literary Theory Originate in Central and Eastern Europe? (And Why Is It Now Dead?)", in: *Common Knowledge*, vol. 10, no. 1〔2001〕);波兰语译本:"Dlaczego nowoczesna teoria literatury narodzia się w Europie Środkowej i Wschodniej? (I dlaczego dziś jest martwa?)", in: *Teksty drugie*, 2007, No. 4, pp. 131—151 (trans. by Marcin Adamiak);匈牙利语译本:"Vajon a modern irodalomelmélet miért Közép- és Kelet-Európából ered? És ma miért halott?", in: 2000, vol. 24 (2012), Nos. 1—2, pp. 76—91 (trans. by Tamás Scheibner)。

② 详细内容参见提哈诺夫:《记忆的理论:俄国形式主义的遗产》,载甄京、苏米洛娃编《俄国的思想革命:1910—1930》,莫斯科:Новое литературное обозрение,2016 年,第 58—63 页。(Galin Tihanov, "Pamiat' teorii: o nasledii russkogo formalizma", in: *Russkaia intellektual'naia revoliutsiia 1910—1930-kh godov*, ed. by S. Zenkin and E. Shumilova, Moscow: Новое литературное обозрение, 2016)

③ 尤其是什克洛夫斯基,他宣称一个文学理论家需要对"小说理论"(这也是他 1925 年的一本书的标题)有着独特的关注。

等方式)。另外已被证明,即使在风格层面上,原初语言也不是文学性的唯一载体,比如《堂·吉诃德》中的戏仿内容,可被收集和掌握(这在译作中也一样),能给我们提供一些武侠文化与习俗的背景知识。因此,俄国形式主义者关于什么构成文学性的内部争论,产生了意想不到的结果,或许能为那些相信阅读和分析译作具有合法性的人——就如达姆罗什——提供论据和理由。

当前关于世界文学的自由主义话语,就是在重复经典文学理论的基本问题:我们是否应该在语言层面、或者超越语言层面去思考文学?这种特定的重复,重塑了这一问题,同时又保留了其理论动力。俄国形式主义者面对的是文学理论的基础性难题:在涉及个性语言与语言本身时,如何对文学性做出解释;如果形式主义者的回应具有理论开创性,就必然是这样一种回应:它同时解决了语言的单一性(原初语言)和语言的多重性(文学文本含有其潜在受众的多重语言)问题。在与原初语言不断疏隔的行为中,除非文学性能够被证明可以跨越语言,否则理论就不能合法存在。讨论世界文学的盎格鲁-撒克逊自由主义话语,主要见之于达姆罗什的著作:它强调翻译工作的合法性,从而推进了形式主义步伐;它面对语言单一性和语言多重性的内在张力,得出结论说:在语言和语言的社会化中研究文学,比在语言和语言作品中研究文学更加重要。这个新的优先权,限制和破坏了文学研究中的方法论民族主义(methodological nationalism)——而这在以前有着神圣不可侵犯的垄断地位。(语言的创新性和社会化可以同时发生,其影响也产生于此;尤其是这个重合之处,涉及全球性的语言,比如英语,我在其他地方会对此做详细阐释。)

四、自反性(Self-Reflexivity)

在寻求"世界文学"的定位时,需要意识到的第四个维度,就是自反性。我们必须在此强调的是,文学的自反性不应该被简化为互文性(intertextuality),这是需要加以区分的。在方法论上,互文性的课题开始于1960年代中期巴赫金的对话理论,后者又取自于他最终的艺术伦理理论。这个理论中的一些概念,如语音(voice)、对话(dialogue)、复调(polyphony),都有着公认的道德色彩。在克里斯蒂娃(Julia Kristeva)的著作中,这些概念被一些更为中性的术语所取代,并试图通过对前一文本的暗指、引用、重复等手段来命名文学文本现象。然而,在当前关于世界文学的盎格鲁-撒克逊话语中,这种中立性通常被悬置了,其目的在于宣扬文学能够穿越时空,编织属于自己的密集的互文性网络,从而证明自己作为"世界文学"的增殖能力。另一方面,自我反思性的向量(vector),有助于我们把握一组不同的现象:文学仍然连缀着从前的文本,但其目的是思考世界文学,不是对其再生能力的必胜信念,而是低调地进行怀疑主义的反思。

我现在要提供的案例研究,涉及中国文化及其在西方的被挪用,这直接关系到世界文学的定位问题,也就是将"世界文学"定位于单个文学文本,它们可以很好的拿来考察世界文学观念,建构起世界文学的形象。在我将呈现的这一案例中,论述多少带着怀疑和冷静,对此我们须有清醒的认识。这是卡内蒂(Elias Canetti,1905—1994)写于 1930 年代的德语小说《迷惘》(*Die Blendung*〔1936〕,英译本书名为 *Auto da Fé*——《信仰审判》)。

卡内蒂的小说有一种深层次的文化内涵,这点却没有得到足够的注意或评价;可是在事实层面上,这部小说引起了广泛关注。《信仰审判》是对普世主义之人文理想的讽刺,是一部反启蒙小说,惩戒那种过于相信纯粹理性与无限人道的狂妄。卡内蒂对于世界文学观念之不露声色的嘲笑,迄今仍未被注意到。早在歌德以前半个世纪,世界文学这一观念就已被施勒策尔(August L. Schlözer,1735—1809)和维兰德(Christoph M. Wieland,1733—1813)创造出来,①尤其重要的是施勒策尔的用法。② 施勒策尔在圣彼得堡待了很长一段时间,后来回国于 1769 年任哥廷根大学教授,讲授俄罗斯文学。他在担任这一教职时的(从今天看来)极为广泛的学术兴趣,折射出那个年代的普遍标准。他发表了一部关于冰岛文学和历史的著作(1773)。他在该书中总结道,"对于整个世界文学来说",中世纪的冰岛文学有着与盎格鲁-撒克逊文学、爱尔兰文学、俄罗斯文学、拜占庭文学、希伯来文学和中国文学"同等的重要性"③。非常值得注意的是,"世界文学"这一概念,并非一个作家或者文学研究者的首创,而是出自一个历史学家之手。作为一个历史学家,施勒策尔想要了解特定文化的前世今生;他相信,冰岛的传奇故事可以让

---

① 参见提哈诺夫:《世界主义在现代性话语的话语景观:两个启蒙的关节点》,载亚当斯、提哈诺夫编《启蒙的世界主义》,伦敦:David Brown Book Company,2011 年,第 142—143 页。(Galin Tihanov, "Cosmopolitanism in the Discursive Landscape of Modernity: Two Enlightenment Articulations," in: *Enlightenment Cosmopolitanism*, ed. by David Adams and Galin Tihanov, London: David Brown Book Company, 2011, 133—152)

② 关于施勒策尔的生平事业,参见彼得斯:《古老帝国与欧洲:历史学家、统计学家与评论家奥古斯特·路德维希·封·施勒策尔(1735—1809)》,明斯特:LIT,2003 年。(Martin Peters, *Altes Reich und Europa. Der Historiker, Statistiker und Publizist August Ludwig (v.) Schlözer (1735—1809)*, Münster: LIT, 2003)

③ 转引自沙莫尼:《"世界文学":首先由奥古斯特·路德维希·施勒策尔于 1773 年提出》,载《阿卡迪亚》第 43 卷第 2 辑(2008),第 289 页(Wolfgang Schamoni, "'Weltliteratur'—zuerst 1773 bei August Ludwig Schlözer," in: *Arcadia* 43, no. 2〔2008〕, 288—298);伦皮基在其发表于 1920 年的专著《19 世纪以前的德意志文学研究史》中(第 418 页),最早指出这一事实。(Sigmund von Lempicki, *Geschichte der deutschen Literaturwissenschaft bis zum Ende des 18. Jahrhunderts*〔1920〕, Göttingen: Vandenhoeck & Ruprecht, 1968)

人了解中世纪家庭关系与财产继承的组织形式。在他这个历史学家眼里,文学有着明显的功利价值,是外来文化与过去时代的信息提供者。正是这种功利主义视角,使他能够很从容地面对"大"文学与"小"文学之间的区别(一种即使今天看来仍很激进的文学立场),将冰岛文学与七种"大"文学相提并论。施勒策尔的"世界文学"观念,折射出启蒙的探究驱动力,以及扩大现有文化地盘的野心。在这之前,"小"文学被看做次要的,或者根本不存在。对于欧洲中心主义文化模式的修正,虽不是立竿见影,但最终旨在加强我们关于"世界文学"的现代观念。在这一观念中,西方经典是一个较大的组成部分和五光十色的保留剧目。①

启蒙运动与浪漫主义构成一个连续的统一体,异国风情和陌生元素逐渐渗入文学与艺术之中;艺术家时常面对的问题是,如何把差异描绘得可以理解,同时又显示出西方文化规范之外的不可化约性(irreducibility)。稍晚于施勒策尔,赫尔德(Johann G. Herder,1744—1803)的《民歌》(*Volkslieder*)初版于1778—1779年间,包含秘鲁的口头诗歌;第二版即《民歌中各族人民的声音》(*Stimmen der Völker in Liedern*,1807),好奇心延伸至马达加斯加。重要的是,我们要看到施勒策尔观察文学发展的棱镜,也是考察世界上个别民族成长的视角:在他

---

① 目前围绕"世界文学"意义的论争,尤其见于达姆罗什:《什么是世界文学?》,普林斯顿:Princeton University Press,2003年(David Damrosch, *What Is World Literature?*, Princeton: Princeton University Press, 2003);皮泽:《世界文学的观念:历史和教学实践》,巴吞鲁日:Louisiana State University Press,2006年(John Pizer, *The Idea of World Literature: History and Pedagogical Practice*, Baton Rouge: Louisiana State University Press, 2006);兰平:《世界文学之思:歌德的设想及其腾达生涯》,斯图加特:Kröner,2010年(Dieter Lamping, *Die Idee der Weltliteratur: Ein Konzept Goethes und seine Karriere*, Stuttgart: Kröner, 2010)。另有莫雷蒂的有影响的文章,见之于其《远距离阅读》,伦敦:Verso,2013年(Franco Moretti, *Distant Reading*, London: Verso, 2013);施图尔姆-特里格纳基斯:《文学中的全球演绎:论新的世界文学》,维尔茨堡:Königshausen & Neumann,2007年(Elke Sturm-Trigonakis, *Global Playing in der Literatur: Ein Versuch über die neue Weltliteratur*, Würzburg: Königshausen & Neumann, 2007);克瑙特:《世界文学:从多种语言到混合语言》,载施密茨-艾曼斯编《文学与多语种》,海德堡:Synchron,2004年,第81—110页(Alfons K. Knauth, "Weltliteratur: Von der Mehrsprachigkeit zur Mischsprachigkeit", in: *Literatur und Vielsprachigkeit*, hrsg. von Monika Schmitz-Emans, Heidelberg: Synchron, 2004);艾特:《变动中的文学》,阿姆斯特丹:Rodopi,2003年(Ottmar Ette, *Literature on the Move*, trans. by Katharina Vester, Amsterdam: Rodopi, 2003)——该著2001年德文初版书名为《变动中的文学:欧美国家跨国写作的空间与动力》(*Literatur in Bewegung: Raum und Dynamik grenzüberschreitenden Schreibens in Europa und Amerika*)。一种颇为惹眼的说法,仍然残存着欧洲中心主义模式,见卡萨诺瓦:《文学的世界共和国》,德贝沃伊斯译,麻省剑桥与伦敦剑桥:Harvard University Press,2004年(Pascale Casanova, *The World Republic of Letters*, trans. by M. B. DeBevoise, Cambridge, Mass. and London: Harvard University Press, 2004[1999法语初版])。关于"世界文学"的新近评论,参见阿普特:《反对世界文学——论不可译性的政治之维》,伦敦:Verso,2013年(Emily Apter, *Against World Literature: On the Politics of Untranslatability*, London: Verso, 2013)。另有介入说,依托于达姆罗什、莫雷蒂、卡萨诺瓦等人的观点,但试图走得更远,参见比克罗夫特:《世界文学的生态:从古至今》,伦敦:Verso,2015年(Alexander Beecroft, *An Ecology of World Literature: From Antiquity to the Present Day*, London: Verso, 2015);亦见张隆溪:《从比较到世界文学》,纽约奥尔巴尼:State University of New York Press,2015年。(Zhang Longxi, *From Comparison to World Literature*, Albany, New York: State University of New York Press, 2015)

看来,"世界文学"是一种累积、聚合而成的实体,其整体是一个不断扩展的民族清单,代表各种文化财富的目录。对人民/国家之结合体中文化差异的弘扬,是在彰显带着确凿而广泛的人道精神的团结概念。不过,施勒策尔不关心推动各种文学之间的对话,从未将生动的文学互动作为自己的研究志向。

卡内蒂的《信仰审判》不能离开宽广的人道框架来把握,它是给那些目光敏锐和有欣赏力的欧洲人的文化馈赠。小说主人公彼得·基恩不是偶然的,他是一个汉学家,中国文学在施勒策尔和歌德那里是"世界文学"的组成部分,歌德曾把他阅读中国小说的愉悦感告诉爱克曼(Johann Eckermann,1792—1854)。我们知道,歌德阅读的是一本二流中国小说(抛开杰作与"普通"文学作品之间的优劣区分,当前"世界文学"的自由主义话语将会长久地显示其重要性);并且,歌德阅读的不是德语而是法语译本。(这是一种极为世界主义的经验,即摆脱民族语言——汉语或德语——所描绘和传导的世界图景,从而创造出一个自由空间,并将民族文化自我认同的诱惑力降到低点)。

"他对人类的文学无所不知。"①——这是小说开场时对基恩的介绍,另外还评说了他的知识面,例如通晓梵语(无疑是对研究古印度文化之浪漫情怀的挖苦)、日语和西欧语系等能力。换句话说,基恩是一位真正的语文学家,卓越的"世界文学"典范学者。他脑子里的"另一个"看不见的图书馆,足见其文化涵养。他没有随顺新近那种肤浅赞叹日本与中国艺术的潮流,那是19世纪末以降欧洲中产阶级风尚的一部分;相反,他这个名副其实的百科全书,自如地来往于中国和其他东方文化之间,而且秉持一种真正的理解与明智的克制。

然而,基恩揭穿了人文主义包容差异的谎言。他认为"文学"完全就是已死的手稿和古旧的碑文,而不是小说的生动话语。对于基恩来说,小说付出很大代价来给读者提供愉悦;通过小说人物来博得读者的同情,而其价值观却得不到读者的认同,这就"撕裂"了读者的完整个性。通过拉开和错位等手段,使读者从其原来的道德确定性进入一个陌生、晕眩的自信危境,这就把小说变成一个相当危险的类型和工具。出于这个原因,基恩相信现代社会的文学——若以小说为例,就像柏拉图《理想国》里所说的那样,当"被国家禁止"②。由是,卡内蒂毫不含糊地戏仿了世界主义文化的人文理念及其启蒙思想中不可或缺的表现形式:"世界文学"。

---

① 卡内蒂:《信仰审判》,韦奇伍德译,伦敦:Jonathan Cape,1946年,第15页。(Elias Canetti, *Auto Da Fé*, trans. by C. V. Wedgwood, London: Jonathan Cape,1946)
② 同上书,第37页。

为了体悟《信仰审判》的深度和精妙,我们有必要进入卡内蒂重建与挑战中欧犹太文学遗产(尤其是卡夫卡的著作)的语境来阅读。卡内蒂经常坦承自己对卡夫卡(Franz Kafka,1883—1924)的迷恋,① 但不像在其小说中表现得那样生动。不错,正与卡夫卡有关,这可以让我们更清楚地认识到,卡内蒂为何选择彼得·基恩扮演一个汉学家的角色。对作为世界主义工具的"世界文学"观念之嘲讽,实为一个重要提示,但卡内蒂的选择背后似乎包含更多内容。在中国哲学中(这是卡内蒂的终生迷恋),他发现了一个与卡夫卡"变形"艺术很贴切的类比,即一个"小东西",逃避进自己设置的卑微之境,或以低三下四来抵抗或避开权力(卡内蒂:《卡夫卡的另一审判:给菲利斯的信》)。在这个意义上,卡内蒂坚称卡夫卡是"西方世界唯一的、骨子里是中国人的作家"。他援引自己在伦敦与韦利(Arthur Waley,1888—1966)的谈话(后者是自学成才的东方学家,也是《西游记》、中国诗歌和儒家经典的译者)来证实这一观点。但重要证据似乎来自卡夫卡写给菲利斯的明信片,其中卡夫卡自认"我其实是一个中国人";选择卡夫卡简短文字中的这一表白,旨在赋予其不一般的意义,用卡内蒂的话说:"寂静与虚空,[……]对生机和死寂的一切感受——都让人联想起道教和中国山水。"②

卡内蒂小说中的中国哲学和文化,不应只局限于表面价值:卡内蒂故意曲解、误读和掌控文化资源,③ 最终结果却是对和谐文化的讽刺性象征,对"世界文学"与世界主义理念的有意贬损。这一切正如我们所见,清除了多样性与差异化的核心观念。这种戏仿"世界文学",是"书之战"(battle of the books)的重要成分,也是欧洲文学传统中的一个常见主旨,可追溯至塞万提斯(Miguel de Cervantes,1547—1616)和斯威夫特(Jonathan Swift,1667—1745)。④ 颇为独特的是,为了在新的"书之战"中能更有耐久性,基恩反着放他的书籍,书脊都朝墙倒放,以抹去

---

① 体现于卡内蒂的随笔以及出版于1969年的小书《另一审判》(Der andere Prozess),该书于1974年译成英语,名为《卡夫卡的另一审判:给菲利斯的信》(Kafka's Other Trial: The Letters to Felice)。

② 卡内蒂:《卡夫卡的另一审判:给菲利斯的信》,纽约:Schocken Books,1974年,第89、97、98页。(Elias Canetti, Kafka's Other Trial: The Letters to Felice, New York: Schocken Books, 1974)

③ 参见张纯洁:《社会崩溃与中国文化:〈迷惘〉中的中国接受》,载唐纳休、普里斯编《埃利亚斯·卡内蒂的世界——百年华诞纪念文集》,纽卡斯尔:Cambridge Scholars Publishing,2007年,第148-149页(Chunjie Zhang, "Social Disintegration and Chinese Culture: The Reception of China in Die Blendung," in: The Worlds of Elias Canetti: Centenary Essays, ed. by William Colling Donahue and Julian Preece, Newcastle: Cambridge Scholars Publishing, 2007)。关于卡内蒂小说中的中国论述,参见克瑟尼那:《一个汉学家的咬文嚼字:埃利亚斯·卡内蒂的儒林讽刺小说〈迷惘〉中的中国主题》,载 Orbis Litterarum 第53卷(1998),第231-251页。(Alexander Košenina, "'Buchstabenschnüffeleien' eines Sinologen: China-Motive in Elias Canettis Gelehrtensatire Die Blendung", in: Orbis Litterarum 53, 1998,该文附有详细的早期研究参考文献)

④ 参见霍尔特:《书之战:欧洲文学中的一个讽刺观念》,比勒菲尔德:Aisthesis,1995年。(Achim Hölter, Die Bücherschlacht: Ein satirisches Konzept in der europäischen Literatur, Bielefeld: Aisthesis, 1995)

差异之痕迹。如此看来,这部小说不是在弘扬不同文化的特殊性,也不是文化之间的所谓互动事实,而更多的是重新怀疑文化对话的可能性。

我简要分析了卡内蒂的小说,不仅旨在突出他的怀疑主义(在我看来,这是再正常不过的事情),也是为了提请注意从文学自身考虑世界文学观念,这一在我看来对世界文学极其重要的反思层面,总是出自一个特定的、从而也有局限的文化和意识形态视角。

世界文学的框架

[美]大卫·达姆罗什(David Damrosch),熊忻译

"世界文学"这一术语形成于18世纪晚期的德国,歌德(Johann Wolfgang von Goethe, 1749—1832)最早使用了这一概念,他的秘书爱克曼(Johann Eckermann, 1792—1854)所著回忆录(《歌德谈话录》)则使之普及和推广。对歌德来说,"世界文学"("Weltliteratur")是各种重要经典名著在国际市场的流通。他在1827年向爱克曼预言,世界文学将逐渐完全取代民族文学:

> "我越来越确信,"他继续说道,"诗是人类的共同财富,任何时候、任何地点,它都能向成百上千的人显现自身。只不过有的人写得比另一些人好一些,在水面上游得更长一些,就是这样而已。[……]因而我喜欢纵览域外民族,也劝每个人都这么做。民族文学现在已经算不了什么,轮到世界文学时代了;现在每个人都应出力,促成其尽快来临。"①

尽管歌德的兴趣点主要在欧洲,但他已经具备全球视野:他和爱克曼的这番交谈,是他正在阅读的一本中国小说引发的;他也一直在学习波斯语,以便更好地理解伟大的波斯诗人哈菲兹(Shamsoddin Mohammad Hāfez, 1320—1389)。

歌德对中国小说的召唤,引发出双重问题:评估远道而来之作品的可能性和危险性。歌德所阅读的,很可能是一部次要明代传奇小说(《好逑传》)的一个糟糕英译本,他却视之为中国古典文化优雅和秩序精神的集大成者。他完全不知道,白话小说在彼时中国的文学体裁序列中,位

---

① 爱克曼:《歌德在他生命末年的谈话》,柏林、魏玛:Aufbau,1982年(Johann Peter Eckermann, *Gespräche mit Goethe in den letzten Jahren seines Lebens*, Berlin/Weimar: Aufbau, 1982);《歌德与爱克曼谈话录》,奥克森福德译,伦敦:Da Capo,1991年,第165页。(*Johann Wolfgang von Goethe, Conversations with Eckermann*, trans. by John Oxenford, London: Da Capo, 1998)

置相当低；而且，即使仅从白话小说来看，《好逑传》也绝非受到高度认可的佳作。如今，世界文学研究面临的挑战之一，就是当一部作品在新的文学和文化语境中获得新生，具有完全不同的意义和影响后，如何在其本土语境中更好地理解它？本文旨在探寻理解世界文学的最佳方式，以审视对世界文学的关注，带给学术和教育的新机遇与新挑战。

最近几年，受高速发展的全球化刺激，世界各地的学者都对歌德的概念生发出新的兴趣。然而，没有一种世界文学定义获得普遍认同，甚至对全球化的世界文学是否如歌德所认为的那样，是一种受欢迎的进步，学界也莫衷一是。由于世界文学有很多面向，即使在单一文化里，也会在不同地方、不同用法中表现出形式差异，因此，对其界定存在异议是不足为奇的。世界文学在一个多维度空间运转，在不同国家或同一国家的不同时代，其标准可能会部分重叠，但并不相同。而且，我们的视野一旦超越单一文化、单一时代，"文学"一词的定义就会大不一样；我们——或某一特定文化、特定时代——对"世界文学"的定义，与我们对"文学"和"世界"的界定密切相关。

世界文学和翻译

大多数关于世界文学的定义，都视之为一个比"全世界文献总集"——原初的"文学"概念就已承载此意——更专门的概念。我们如果认为，世界文学应该包含的是那些在其发源地之外影响广泛的作品，那我们便已经给这一概念划定了明确界限。大多数文学作品都未能在其本土之外觅得知音，即使是在如今这样一个大开放时代，世界文学的标准也是很有偏向性的。有的国家对世界文学文库的贡献，远大于大多数国家，这更加剧了世界文学文库选录的偏向性，也引出了政治和经济力量等在讨论世界文学时必须考量的重大议题。直到最近，比较文学专业的学生，仍普遍视这样一种不平衡为理所当然。尽管一些早期比较文学学者，如梅尔茨尔（Hugo Meltzl，1846—1908），曾呼吁过全球视野，但极力专注西欧的视角还是更为常见。正因如此，丹麦历史学家勃兰兑斯（Georg Brandes，1842—1927）才会在《19世纪文学主流》中，将其文学研究限定在英、法、德等国，而毫不关心他的祖国丹麦。[①]

有的作品能够以其原语言流通于外。在欧洲，维吉尔（Vergil，公元前70—19年）曾长期以拉丁语传播；使用英语或西班牙语这种全球化语言的作家，也能在很多国家不经翻译就被阅读。然而，使用全球化语言

---

① 参见勃兰兑斯：《19世纪文学主流》，莱比锡：Veit，1882/91年。（Georg Brandes, *Die Litteratur des neunzehnten Jahrhunderts in ihren Hauptströmungen*, Leipzig: Veit, 1882/91）

的作家在本土外产生影响之后,也会被有规律地翻译为各种不同语言。美国小说家奥斯特(Paul Auster)已被译成三十种语言,其译本可能比英语原本销量更好。这在以小语种写作的作家那里,体现得更加明显。帕慕克(Orhan Pamuk)已被译为近六十种语言,他的书的国外销量远大于土耳其国内销量。这样看来,世界文学的决定性特征是:它由翻译领域的热门作品组成。

作品总会在翻译中遭受严重的风格损失,但也会从中得益,不仅在受众数量、而且在理解方面得到补偿。一部挑战本土价值观的作品,或许会在他乡寻得最佳读者。正统希伯来文化中的读者,只会以一种相对谨慎的态度来阅读《约伯记》;《一千零一夜》在阿拉伯世界,也长期被视为次等文学、不值得严肃对待。在本土具有经典地位的作品流传到外域后,也会获得新的维度。莎士比亚(William Shakespeare,1564—1616)在与索福克勒斯(Sophocles,公元前496—前405年)、迦梨陀娑(Kalidasa)、布莱希特(Bertolt Brecht,1898—1956)对比时,和与马洛(Christopher Marlowe,1564—1593)、琼生(Ben Jonson,1573—1637)等英国本土作家比较时,形象大为不同。不过,很多作品传播到国外后,不见得会获得新意义和新高度。这或许是由于翻译必然导致其语言严重受伤,或许是其内容过于地方化,难以在国外引起共鸣。这样的作品,可能在其本土传统中被视若珍宝并影响深远,但永远不能成为世界文学的有效部分。它们也会流传到国外,但只会为研究其原生文化和语言的专家所阅读。

如今,那些难以翻译的作品,激发起越来越多挑战的兴趣。"不可译性"通常会引发特殊的翻译冒险,戴从容最近对乔伊斯(James Joyce,1882—1941)公认的不可译之作《芬尼根守灵夜》的中文翻译即属此类;该译本上市仅一个月,便已售出惊人的8000册。[1] 这一翻译工作在很大程度上应被看做一次学术尝试,而非文学探索。虽然戴教授的翻译水平仍有提升空间,但她已在《詹姆斯·乔伊斯季刊》上发表了探讨这种挑战的文章。[2] 美国比较文学学者阿普特(Emily Apter)在她的新书《反对世界文学——论不可译性的政治之维》中指出,我们的确应该充分重视翻译的语言挑战,但也不应忽视跨文化翻译中政治地形的不平坦。[3] 新西

---

[1] 参见卡尔曼:《〈芬尼根守灵夜〉在中国热销》,载《卫报》2013年2月5日。(Jonathan Kaiman, "*Finnegans Wake* Becomes a Hit Book in China," in: *The Guardian*, 5 February 2013, online at http://www.theguardian.com/books/2013/feb/05,网页访问日期:2016年2月6日)

[2] 参见戴从容:《〈芬尼根守灵夜〉的中文译本——一项正在进行的工程》,载《詹姆斯·乔伊斯季刊》第47卷第4册(2010),第579—588页。(Dai Congrong, "A Chinese Translation of *Finnegans Wake*: The Work in Progress," in: *James Joyce Quarterly* 47:4〔2010〕)

[3] 参见阿普特:《反对世界文学——论不可译性的政治之维》,伦敦:Verso,2013年。(Emily Apter, *Against World Literature: On the Politics of Untranslatability*, London: Verso, 2013)

兰学者埃得蒙德(Jacob Edmond)在其著作《常见的陌生》中,也很好地讨论了这类挑战。他指出,当代中国、俄国和美国诗人,都在有意抵制商业化浪潮和各种肤浅的诗歌解读模式,并比较了这些诗人采取的策略。①

欧洲和更广阔的世界

整个20世纪,绝大部分欧洲和北美的比较文学研究,都只将目光集中在西欧和北美;也许偶尔会向东延伸至俄罗斯,但会忽略整个东欧。世界其他地区很少被论及,更不会与西方文学研究产生互动。日本比较文学学者平川佑弘(Sukehiro Hirakawa),曾谈及他1950年代在东京所受的教育:

> 库齐乌斯(Ernst R. Curtius)、奥尔巴赫(Erich Auerbach)和韦勒克(René Wellek)等学术大师,的确都撰写过致力于克服民族主义的不朽学术著作。但对我这样一个外来者来说,西方比较文学研究仿佛是一种全新的民族主义形式:西方民族主义,如果我能这样说的话。在我看来,这是一个排外的欧美俱乐部,有点像大西欧共荣圈。②

平川佑弘对战后比较文学与战前日本的经济帝国主义所做的讽刺性类比,标示出比较文学学科在1950/60年代存在普遍偏见,尽管当时很多比较文学学者都以为,自己是在营建一个没有分界、类似于文化联合国的文学世界。这种欧美世界文学观,虽然设想得很美好,平川佑弘及其东京同事却都深切感受到,它实际上仍被一个由极少数成员组成的文学安理会主宰着。并非巧合的是,这一安理会的成员名单,与真实的联合国安理会成员名单基本吻合。1960年,《比较文学与总体文学年鉴》的创立者弗里德里希(Werner Friederich, 1905—1993)注意到,所谓"世界文学",其实只包含很小一部分世界:

> 这一专横的术语会导致肤浅和派别偏见,这是任何一所好大学都不能容忍的;而且,使用这一术语会冒犯半数以上人类,导致恶劣的公共关系。[……]或许有点轻率,我有时觉得应称其为北大西洋公约文学。然而,这一称呼仍然名大于实;因为即使在北约十五国

---

① 参见埃得蒙德:《常见的陌生:当代诗歌,跨文化碰撞与比较文学》,纽约:Fordham University Press,2012年。(Jacob Edmond, *A Common Strangeness: Contemporary Poetry, Cross-Cultural Encounter, Comparative Literature*, New York: Fordham University Press, 2012)

② 平川佑弘:《日本文化:适应现代》,载《比较文学与总体文学年鉴》第28期(1979),第47页。(Sukehiro Hirakawa, "Japanese Culture: Accommodation to Modern Times," in: *Yearbook of Comparative and General Literature* 28〔1979〕)

内,我们通常涉及的,不会超过其中四分之一。①

不过,弗里德里希并未打算拓宽学科、超越欧洲视野;相反,他建议我们缩小整个"世界文学"概念。

20世纪50年代以后,大国中心视点仍有统治力。1971年,德国比较文学家吕迪格(Horst Rüdiger,1908—1984)通过与联合国做反向类比,极力为大国比较主义辩护。他写道,比较文学不应被视为"联合国大会,从而使大国与各行政区的地位没有差异。比较文学当为一部金书(*liber aureus*),汇编各种语言中最具审美价值、影响最为深远的作品。只有这样的定义[⋯⋯]才有可能从事有意义的比较文学研究"②。吕迪格的定义,理论上可以包含世界上任何地区的伟大文学作品,但很有暗示性的是,在关于联合国的反类比中,他甚至根本不承认弱小国家,仅称其为"行政区"。事实上,吕迪格所关注的,只是弗里德里希所说的"北约文学圈"的大国作家。在其文章中,吕迪格共提到二十五位作家:两位古代作家——荷马(Homer)和贺拉斯(Horace),九位德国作家,八位法国作家,以及英国、美国、现代意大利的各一位作家。他未提及任何亚非拉作家,对欧洲小国作家也未置一词。

世界文学在欧洲和北美以外,常被看作主要由西欧杰作组成,这一观念主宰了整个20世纪中国和日本的文选编纂。在中国,世界文学课程通常置于外国文学系名下,主要涉及俄罗斯和主流西欧国家的语言与文学。比较文学课程则在中国文学系开设,通常也只关注中国文学与上述(俄、欧、美、日)文学的关系,偶尔旁及韩国文学。但是,不论是在比较文学还是世界文学研究中,都很少有中国学者关注梵语、孟加拉语、越南语、印尼语、斯瓦希里语和阿拉伯语文学;译自这些语言的作品,也很少包含在课程内。

20世纪90年代中期开始,美国不再强调欧洲大国,转向全球视野;即使是入门教材,也开始提及越来越多的作家。1956年问世的第一版《诺顿世界名著选》,只包含七十三名作家,其中没有一位女作家,而且所有人都有相同文化渊源,那就是从古希腊到耶路撒冷、再到现代欧洲和北美这一"伟大"西方传统。这一名著选所涵盖的作家逐渐增多,到1976年第三版出版时,编辑们终于为一位女作家——萨福(Sappho,公元前约630—约592年)——觅得两页纸的空间。在诺顿丛书和其他"世界"文

---

① 弗里德里希:《论我们的计划之完整性》,载布洛克编《世界文学教学》,教堂山:University of North Carolina Press,1960年,第15页。(Werner Friederich, "On the Integrity of Our Planning," in: *The Teaching of World Literature*, ed. by Haskell Block, Chapel Hill: University of North Carolina Press, 1960)

② 吕迪格:《比较文学的界线和任务:引论》,载吕迪格编《比较文学理论》,柏林:de Gruyter,1971年,第4—5页。(Horst Rüdiger, "Grenzen und Aufgaben der Vergleichenden Literaturwissenschaft", in: *Zur Theorie der Vergleichenden Literaturwissenschaft*, hrsg. von H. Rüdiger, Berlin: de Gruyter, 1971)

学丛书以及使用这些书的课程中,对欧美的专注一直延续到1990年代早期。美籍华裔比较文学学者周蕾指出,拓宽世界文学谱系的早期尝试,并没能很好地拆解大国标准,只是靠接受新大国力量来扩大改革影响力的。正如她1995年时所说:

> 我们如果只是用印度、中国、日本去代替英国、法国、德国,问题就根本没有解决。[……]在这种情况中,文学概念完全从属于社会达尔文主义对国家的理解:"杰作"只会在"强国"和"主宰文化"中产生。当印度、中国、日本被公认为亚洲代表后,韩国、越南等在西方人眼中不那么显耀的文化,便很自然地被冷落,成为"伟大的"亚洲文明这一"他者"的被边缘化的"他者"。①

过去二十年,我们对世界文学认识的扩展,已使这种情况大为改善。如今,朗曼(Longman)、贝德福德(Bedford)、诺顿(Norton)等主流世界名著丛书,已经收录数十个国家的五百多位作家,包括阿卡德语、汉语、日语、基库尤语、韩语、纳瓦特语、盖丘亚语、斯瓦希里语、越南语、祖鲁语等语言的作品。仅在欧洲内部,《堂·吉诃德》也已经与中世纪安达卢西亚的阿拉伯语和希伯来语作品站在同一个舞台;威尔士挽歌、挪威萨迦和波兰诺贝尔文学奖获得者辛波丝卡(Wislawa Szymborska,1923—2012)的诗作,拓宽了欧洲世界文学的语言边界。

在中国,由于欧洲仍然在大部分世界文学课程中居于首要位置,因而在我与我的清华同事陈永国共同主编的十卷本世界名著选中,欧洲文学作品依然占有相当大比例;但相同的变化也已经在其中出现。②亚洲、美国和世界上其他地方,都已开始向世界文学的多样性张开怀抱。这正是一本韩国新刊物——《全球世界文学》——创刊文的主题。该刊于2012年发行,由韩国益山市圆光大学现代韩语与世界文学系金再勇教授主编。他在其纲领性文章《从欧洲中心主义世界文学到全球性世界文学》中提到,欧洲中心主义曾在亚洲内部的非东亚文学研究中占有支配地位。他强调指出,他主编的刊物旨在为世界各地文学提供一个平等的平台,这一点十分重要:

> 早在苏联解体之前,就已召开过讨论亚非文学的学术会议;但

---

① 周蕾:《以比较文学的名义》,载伯恩海默编《多远文化主义时代的比较文学》,巴尔的摩:Johns Hopkins University Press,1995年,第109页。(Rey Chow, "In the Name of Comparative Literature," in: *Comparative Literature in the Age of Multiculturalism*, ed. by Charles Bernheimer, Baltimore: Johns Hopkins University Press, 1995)

② 参见达姆罗什、陈永国编:《世界文学杰作》(全十卷),北京:北京大学出版社,2015年。(*Masterpieces of World Literature*(*in Chinese*), 10 vols, ed. by David Damrosch and Chen Yongguo, Beijing: Peking University Press, 2015)

苏联和中国的紧张关系，使得这类会议总是陷入内部冲突，最终导致双方分别在埃及和锡兰设立了各自的办事处。这些办事处其实名存实无，苏联解体后就迅速消失了。[……]为了建立一种全新的、能够共同探讨亚非拉文学的合作框架，我们在韩国举办了一次亚非拉文学论坛；会上，非西方的作家一致呼吁创办一份超越欧美中心主义的杂志。不过他们也意识到，只容纳非西方文学、将欧美文学排除在杂志之外，想要建立真正的全球性世界文学是相当困难的。于是他们决定，这份杂志应该包括西方和非西方文学。结果是，这一刊物最终囊括了亚洲、欧美、中东、非洲和拉美五大地域的文学。①

以上引文，出自金教授为《世界文学杂志》创刊号所准备的论文英译版。该杂志即将在阿姆斯特丹由博睿学术出版社（Brill）发行，试图超越此前比较文学和世界文学研究中的欧美中心主义。杂志的两位总编是在欧洲工作的伊朗人，四位主编分别来自比利时、中国、土耳其和美国，咨询委员会成员总共来自十八个国家。这两份杂志都具有全球视野，使用的语言却截然不同。韩国杂志的所有文章都由韩语写成，以凸显其介入韩国文化的宗旨。博睿的杂志则使用英语这一通用语言，以迎合世界各地的读者。合而观之，这两种方式显示出世界文学的双重属性：既是全球现象，也是本土现象，总是离不开不同读者的具体国族语境——教育体制，出版和翻译网路，文学标准，文化框架等。

经典，杰作，世界之窗

我们不论是从全球传播还是某一接受方位去思考世界文学，都存在一个问题：怎样的作品才有资格被称做"世界文学"？过去的较为严格的世界文学观念，认可或强调作品应有一定程度的文学史和文化内涵；而今随着世界文学关注点的扩散，辨识何为我们需要阅读的世界文学，变得日渐重要。自歌德时代起，世界文学的定义一直在三种基本范式间摇摆：经典，杰作，世界之窗。我曾在《什么是世界文学？》一书中，较为全面地讨论过这些定义，②在此只是略做概述。这些别样设想暗含于如下书目：《哈佛经典》(The Harvard Classics, 1910)，《诺顿世界杰作选》(The

---

① 金再勇：《从欧洲中心论的世界文学到全球性的世界文学》，即将载于《世界文学杂志》第1卷第1册（2016）。(Kim Jae-yong, "From Eurocentric World Literature to Global World Literature," forthcoming in: *Journal of World Literature*, 1:1[2016])

② 参见达姆罗什：《什么是世界文学？》，普林斯顿：Princeton University Press, 2003年（David Damrosch, *What Is World Literature?*, Princeton: Princeton University Press, 2003）；宋明炜等译，北京：北京大学出版社，2015年。

Norton Anthology of World Masterpieces，1956)、《哈珀柯林斯世界文学读本》(*The HarperCollins World Reader*，1994)。这些合集的重点在逐渐转移，但三个范畴并不相悖，经典和杰作观念仍存在于很多教程和合集，今天仍需把三种定义纳入考量。

在中国，文学经典观念有着漫长而特殊的历史，正如张隆溪即将发表在《世界文学杂志》上的论文所说：

> 早在公元前4世纪，"经"已被用以指称少量古书；这些书属于一个特殊类别，被看做最重要的教育文本。[……]在我看来，将自己了解的经典作品介绍和呈现给原生文化以外的世界，是每个文学学者的任务。我称之为经典，是因为它们是不同文学传统所定义的最好和最典范的作品。它们经受住了时间考验，证明了自己对不同社会和文化环境中的一代代读者都很有价值。①

柯默德(Frank Kermode，1919—2010)在其专著《经典》中认为，经典是其原生文化的奠基性作品，通常血统高贵而古老，且影响深远。②当经典用于学术而被供奉在古典文学系科时，这一术语仅指称希腊和拉丁文学。原则上，经典研究可以包含这些古代文化中所有作家的活动：既包括索福克勒斯(Sophocles，公元前496—497年)、维吉尔(Vergil，公元前70—19年)这样的名人，也包括罗马剧作家安德罗尼库斯(Livius Andronicus，约公元前280—204年)那种文学地位不高的作家，还包括今天只有专家才会感兴趣的诗人斯塔提乌斯(Statius，45—96)。

尽管《罗卜经典文库》(*Loeb Classical Library*)这种合集会毫不犹豫地给次要和主要作家都留出空间，但审美规范会让世界文学杰作文集的想法走到台前。对歌德那样从事写作的人来说，强调世界杰作本来就有好处：他的杰出作品在他在世时就可被供入万神殿，而不必到他去世后很久。与"经典"的纵向延伸、深入历史传统不同，"杰作"也可以横向顾及当代。作品一旦获得好评、开始翻译传播，立刻就能被称为世界杰作。杰作的作者完全不需要居住在西安、罗马这种文化古都，或现代化的北京、纽约；他可以来自一个小国(比如歌德在德国统一前的萨克森—魏玛—爱森纳赫公国)，而且出身寒微：歌德直到三十三岁，才被公爵授予尊贵的"封"姓：约翰·沃尔夫冈·封·歌德。

偏重杰作对教师和作家都更为有利，这一分类可选择性很强。教师可以只选择少量作品讲授，无需再翻阅那五方杂处的巨制。《哈佛经典》

---

① 张隆溪：《经典与世界文学》，将刊载于《世界文学杂志》第1卷第1册(2016)。(Zhang Longxi, "Canon and World Literature," forthcoming in: *Journal of World Literature*, 1:1〔2016〕)

② 参见柯默德：《经典：持久而变化的文学形象》，伦敦：Faber & Faber, 1975年。(Frank Kermode, *The Classic: Literary Images of Permanence and Change*, London: Faber & Faber, 1975)

五十卷的内容,《诺顿世界杰作选》可能只需要两卷,这更便于一个两学期概论课程使用。"中世纪意大利作家但丁(Dante Alighieri,1265—1321)"这门专题课,逻辑上必须指定数十位相关作家:从神学家阿奎纳(Thomas Aquinas,1225—1274)、圣伯尔纳(Saint Bernard de Clairvaux,1090—1153)到诗人拉蒂尼(Brunetto Latini,1220—1294)、波恩(Bertran de Born,1140—1215)——这些人都在《神曲》中出现过。而一门杰作课程,却可以从巅峰体验直接跳跃到巅峰体验:从《埃涅阿斯纪》直奔《神曲》,再到《失乐园》和《浮士德》。在中国也一样,一门研究新文化运动的课程,通常涉及一系列重要人物,而有些人可能并非主要作家。我在哈佛的世界文学杰作课程,可以把鲁迅和张爱玲作为本周研习中国现代文学的阅读材料,并把他们与帕慕克(Orhan Pamuk)、拉什迪(Salman Rushdie)和拉希莉(Jhumpa Lahiri)等人进行比较,而不是与其同时代、同处上海和北京的作家做对比。

这种世界文学杰作课程,可以突出经典传统的逐步发展,但也能表现为这样一种形式:作品在一个假想的共同时空,展开多极"伟大对话"。这些对话可以在体裁或主题相似的作品间进行,不用涉及历史影响或直接的文学关系;也可能已内嵌于文本,指向从前或同代作品。它还可能是教师个人意愿的结果,例如,某些课程也许会对比儒家《诗经》与《圣经》中的《雅歌》:张隆溪在其著作《讽寓解读:在东方与西方阅读经典文学》中,就深刻地比较了各自的注疏传统。①

从1990年代中期开始,经典和杰作之维日渐得到世界文学乃世界之窗这一视角的助力。先前的模式倾向于主要甚至全力关注少数西方国家的少数特权作家(通常是白人男性)。鉴于此,很多比较文学学者拓宽了视野,力求聚合来源各异的作品。不论这些作品能否称得上杰作——或至少是西方读者眼里的杰作,都可以用来讨论和传授。因此,1994年美国发行的《哈珀柯林斯世界文学读本》,收录了许多非洲和美洲原住民的口传作品;而从词源上说("文字写成"的作品),它们都算不上文学。该书总编柯斯(Mary Ann Caws)在"前言"中强调,这部文选立足于"全球视野",编选"取决于原本文化语境,而非西方或欧洲中心主义偏见"。入选作家体现的是不同文化语境和艺术标准,他们甚至不必是其本土文化的代表人物。这部选集展示出"边缘和主流的文学声音,尤其

---

① 参见张隆溪:《讽寓解读:在东方与西方阅读经典文学》,伊萨卡:Cornell University Press,2005年。(Zhang Longxi, *Allegoresis*: *Reading Canonical Literature East and West*, Ithaca, New York: Cornell University Press, 2005)

是女性的声音"①。

这三种"世界文学"定义,理论上尽管不同,其实经常糅合在一起。事实上,歌德便同时主张这三种观点:他既珍惜阅读过的古希腊和拉丁经典原作,也欣赏自己或他的朋友席勒(Friedrich Schiller,1759—1805)正在创作的杰作,同时以中国小说和波斯诗歌为窗口,享受不同的文化世界和审美表现。世界文学研究也长期混杂着这三种形式,哥伦比亚大学令人称道的名著课程"文学人文学"便是如此:秋季课程立足于经典,是了解古希腊、罗马文学文化的窗口;其后的春季学期则以欧洲杰作为内容。与此相反,新的全球性文选,既会包含西方传统课程中没有的文本,也会给那些在其本土文化中一直被视为杰作的作品留出很大空间。《源氏物语》和《西游记》,肯定不能采用阅读《堂·吉诃德》的方式,但它们都是杰作;紫式部(Murasaki)、吴承恩和塞万提斯(Cervantes,1547—1616),展示了各自的世界:日本平安时代、中国明代和近代早期的西班牙。

视世界文学为世界之窗,也能够延伸至民族传统内部,指称那些旨在向读者呈现异域世界的写作。荷马《奥德赛》的主人公环地中海冒险,《西游记》中三藏师徒赴印度取经——若把宗教文本看做广义的"文学",这个故事便处在世界文学传播史上的一个关键时刻——,都已使这类主题声名卓著。荷马和吴承恩的世界都是高度虚构的,但他们的确表现出一种突破边界、走向世界的早期努力。

世界,地区,国家

国家环境、地区环境、全球环境之间的相互作用,是与世界文学概念并生的。若说当代全球化赋予分配和接受以更重要的地位,那么,新近的全球迁徙运动必然与国家、地区的活跃文化和市场相伴。五千年来,文学作品基本只在地区"世界"而非全球流传。前现代和现代早期的文学,为研究几个世纪以来文学超越国界的不同形式提供了重要文献:或绕地中海世界环游,或在东亚汉语文化圈穿行。前文提及的张隆溪著作《讽寓解读》,就对两个文学文化——而非只是两个文本——做了开创性的跨文化比较。②最近,美国学者魏朴和(Wiebke Denecke)发表了一部颇有影响的比较文学研究专著,名为《经典世界文学:中国—日本与古希

---

① 柯斯·普兰德加斯特编:《哈珀柯林斯世界文学读本(全两卷)》,纽约:HarperCollins,1994 年,第 xl—xli 页。(The HarperCollins World Reader, 2 vols, ed. by Mary Ann Caws and Christopher Prendergast, New York: HarperCollins, 1994)

② 参见张隆溪:《讽寓解读:在东方与西方阅读经典文学》。

腊—罗马比较研究》。基于出色的汉语、日语以及古希腊语、拉丁语训练,魏朴和借助"无历史交集的文化之间的比较之不对称性","将不对称和不可比,转化为一种关键的启发工具"①,以此展开他的研究。因此,她旁置了"为何中国没有史诗传统"这个老问题,转而对律诗在中国文学系统内部的运转机制,与史诗在古希腊的作用进行比较。在整部书中,魏朴和探究了日本作家与中国"参照文化"的不同关系,既认定日本作家所受的惠泽,也看到他们的写作价值。她还用极具启发性的方式,将罗马作家与其希腊参照文化的复杂关系,与上述现象做了对比。

前现代和现代文学,都可以从地区语境研究中获益良多。把世界文学看做＝全球性现象,这种观念也得到越来越多的关注。斯皮瓦克(Gayatri Spivak)在《一门学科之死》中,呼吁一种"星球"视角,以彻底取代老式比较文学研究中的欧洲中心主义。②莫雷蒂(Franco Moretti)和卡萨诺瓦(Pascale Casanova)的研究,可以说明这种视角的实际意义。莫雷蒂在其名为《世界文学猜想》的一组文章里(收录于其专著《远距离阅读》),建议我们通过华勒斯坦(Immanuel M. Wallerstein)的世界系统理论,以及达尔文的进化论这样一副双向透镜来研究世界文学。③ 他认为文学在世界上形成了一个同一但不平等的系统,他提倡一种研究体裁在各地区与全球范围内的衰退和流变的模式。在他看来,欧洲小说是一种侵略性物种,伴随着殖民主义和新殖民主义的政治和经济发展而传遍全球,在没有广义小说传统的文化中扎根,经历了最初的迷茫和衍生创作阶段之后,以各种方式压制着当地传统体裁以及新的创意。

莫雷蒂的系统极具普遍意义,诸如电影这类新体裁、新媒介,几乎无意识地随着全球资本浪潮的崛起,席卷了整个世界。他如此超前,宣称文学史应该避免文本细读,主张"远距离阅读",以出版和销售数据来探测宏观结构和模式。其实,莫雷蒂的模式完全可以与典范文本的细读完美结合;任何人想要完全理解现实主义文学标准或黑白电影在新的文化语境中的调适和再发明,都必须将作品细读置于中心位置。

与莫雷蒂相对抽象的纯形式理论相比,卡萨诺瓦的《文学的世界共和国》要远为具体和个性化。作者认为,作家们为了关注度和声望,在一个日渐全球化的市场展开竞争。与莫雷蒂一样,卡萨诺瓦也强调,她的

---

① 魏朴和:《经典世界文学:中国—日本与古希腊—罗马比较研究》,牛津:Oxford University Press,2013 年,第 300 页。(Wiebke Denecke, *Classical World Literatures: Sino-Japanese and Greco-Roman Comparisons*, Oxford: Oxford University Press, 2013)

② 参见斯皮瓦克:《一门学科之死》,纽约:Columbia University Press,2003 年。(Gayatri Chakravorty Spivak, *Death of a Discipline*, New York: Columbia University Press, 2003)

③ 参见莫雷蒂:《世界文学猜想》《世界文学猜想(续篇)》,收于莫雷蒂:《远距离阅读》,伦敦:Verso,2013 年。(Franco Moretti, "Conjectures on World Literature" (2000) and "More Conjectures" (2004), repr. in: *Distant Reading*, London: Verso, 2013)

"文学的世界共和国"存在政治和文化不平等,有的国家是有利竞争者,巴黎则长期是传播和认可的关键节点。①这是法国人的说法,外人不太会同意,说巴黎曾经是文学共和国的唯一首都;伦敦、柏林、巴塞罗那、圣彼得堡、纽约、上海、北京等许多城市,都曾是重要的出版业都市,对作品在海外成功产生过重大影响。卡萨诺瓦的模式,当被视为区域性而非全球性的,它与巴黎——用本雅明(Walter Benjamin,1892—1940)的话说:"19世纪的首都"——这个西欧和法国(前)殖民地中心的地位相匹配。

一个法国著述者会从法国影响的视角来看世界文学,这并不奇怪。诚然,这个国度仍然是世界文学创造和传播以及讨论文学的人们接受训练的中心。世界文学和国族文化之间存在一种辩证关系,所有读者都身处其中:既提高人们认知本土传统的可能性,也使他们受本土传统深刻塑形。过去五十年,天平的确在向包含更大的世界倾斜,但世界文学在不同国家和地区仍有不同形态:这见之于教学大纲的具体形式,现有的各种译本,以及特定读者群体所懂的语言。

世界文学曾是建设国族文学的主要工具,或曰文学建国,正如著名的中国案例所示,这使它与国族传统有过异常亲密的联结。正如石静远在其文章《在中国获得世界文学观念》中所言,早在1898年,双语作家陈季同就已呼唤世界文学:他强调翻译外国作品的重要性,旨在为现代中国文学提供基底。陈季同写道:"我们要想加入世界文学,首先必须去除障碍,以预防误解。为此,必须大规模翻译。不仅要把他国杰作译成我国语言,也要大量翻译我们的优秀作品给他们。"②清季已有许多译作问世;在五四新文化运动时期,翻译世界文学更是意义重大。鲁迅和周作人等人,都是多产的译者,都试图通过选择性地吸收国外写作模式——以小说和自由体诗为代表,来革新中国文学。

今天,文学研究刚开始追赶世界上传播已久的文学和艺术。实际上,实现更加全球化的比较研究的方式之一,就是在各自的本土语境中,更全面地审视广阔的世界。民族文学传统中的民族主义,从未像民族主义文学史通常假想的那样滴水不漏。毕竟,我们的现代文学系就出现在民族主义全盛时期;时至今日,他们仍然坚持19世纪时的设想:国族的精髓由国语承载,并体现在其最高级形式——国族文学杰作中。在国族文化里,少数民族语言或异国语言的在场,通常受到忽略;若是真有研

---

① 参见卡萨诺瓦:《文学的世界共和国》,巴黎:Editions du Seuil,1999年(Pascale Casanova, *La République mondiale des lettres*, Paris: Seuil, 1999);德贝沃伊斯译:《文学的世界共和国》,剑桥、马萨诸塞、伦敦:Harvard University Press,2004年。(*The World Republic of Letters*, trans. by M. B. DeBevoise, Cambridge, Mass. and London: Harvard University Press, 2004)

② 石静远:《在中国获得世界文学观念》,载《比较文学研究》第47卷第3册(2010),第294页。(Jing Tsu, "Getting Ideas about World Literature in China," in: *Comparative Literature Studies*, 47:3〔2010〕)

究,也是少而又少。直到最近,用西班牙语或意第绪语写作的美国诗人,仍然很少出现在概论课程或美国文学选集中。在英国,爱尔兰语和威尔士语,也同样被排除在各种课程之外,在学校受到实际压制。即使是弥尔顿(John Milton,1608—1674)这样的重要经典作家,也只有英语作品才被广泛学习;我所知的英国文学概要选集,都没有收录他的拉丁语诗歌。弥尔顿的拉丁语很流利,他也很为自己能用拉丁语写诗而自豪,而我们却理所当然地认为,他的拉丁语诗歌不值得我们浪费时间。并且,大多数人在做出这一判断之前,从未读过他的拉丁语诗歌。同样,印度双语诗人迦利布(Mirza Ghalib,1797—1869),作为乌尔都语诗人受到爱戴,作为波斯语诗人却受到忽视,尽管他更喜欢自己的波斯语创作。

在认识"民族语言"之外其他语言之重要性的同时,我们也要更加重视翻译作品:这来自远方的"影响力",不仅可以帮助我们确定本民族作家的伟大程度,它在很大程度上已成为译入国文化的一部分。如果关注特定时空的出版与阅读情况,我们会发现,各种国族文学中翻译作品的比例,比课程和文学史通常所说的要高得多。例如,英语文学系为学生开设的概览课程,往往会从《贝奥武甫》到《坎特伯雷故事集》,再到包括笛福(Daniel Defoe,1660—1731)、理查逊(Samuel Richardson,1689—1761)、斯特恩(Laurence Sterne,1713—1768)、菲尔丁(Henry Fielding,1707—1754)的"小说兴起"。然而这一狭隘的进化历程,也许会让从未听说过《贝奥武甫》的菲尔丁大为震惊。《贝奥武甫》现存唯一手稿,是到英国寻找斯堪的纳维亚素材的冰岛学者索克林(Grímur J. Thorkelin,1752—1829),在1786年才发现的。当斯特恩那自以为是的主人公特里斯舛·项狄谈论他最钟爱的作家时,乔叟(Geoffrey Chaucer,1343—1400)和笛福都未能名列其中;他认为,自己的伟大灵感来源,是"亲爱的拉伯雷,和更加亲爱的塞万提斯"①。菲尔丁通过与其史诗主人维吉尔的滑稽对话写成《汤姆·琼斯》,而他是用拉丁语阅读了维吉尔;斯特恩则可能是通过杰维斯(Charles Jervis,1678—1739)刊行于1742年的流行译本,阅读了塞万提斯。

相比于《坎特伯雷故事集》,项狄会更喜欢《堂·吉诃德》,这一点也不奇怪。在18世纪的英国,塞万提斯远比乔叟流行,而且塞万提斯绝非当时唯一有影响力的外国作家。从16世纪到斯特恩的时代,在伦敦的书店里,西班牙、法国的剧本和传奇故事,经常会多于本土作品。它们的情节、主题、意象,与本土素材一齐融入英语写作中,被那些不会在某种精神文件夹中隔离区分翻译作品和原生英语写作的作家所吸收。这让

---

① 斯特恩:《项狄传》,纽约:Boni and Liverwright,1960年,第169页。(Laurence Sterne, *The Life and Opinions of Tristram Shandy, Gentleman*, New York: Boni and Liverwright, 1960)

我们想起莫尔(Thomas More,1478—1535)爵士的《乌托邦》:由拉丁语写成,却于 1516 年在荷兰出版;既领受柏拉图《理想国》的遗泽,也从半岛文学的旅游和冒险题材获益良多。莫尔的叙述采用了对话形式,地点在安特卫普,主人公是一名叫做拉斐尔·希斯洛德的水手。这名水手可能与韦斯普奇(Amerigo Vespucci,1454—1512)一起到过巴西,并独自探索了更广阔的天地。莫尔在世时,《乌托邦》从未在英国出版;直到 1551 年在伦敦以英文出版后,它才成为(狭义的)"英语"文学的一部分。

学者和批评家偶尔会论及翻译作品作为国族传统构成因子的活跃情况,尽管主流的民族文学史家几乎没有发展这种洞见。1894 年,墨西哥散文家纳杰拉(Manuel G. Nájera,1859—1895)就曾宣称,西班牙小说家是靠吸收翻译作品的财富而成为卓越作家的。他强调指出,民族文学首先是民族市场,并补充道:"也许文学学者们会为我使用如此老土的商业术语感到遗憾,但任何其他词汇都无法如此准确地表达我的想法。[……]西班牙小说的重生,是与——也必须与——翻译出版之兴盛一致的。今天,西班牙人大量阅读着左拉、都德、布尔热、龚古尔……换句话说:西班牙小说一直在四处漫游,并从中获益良多。"阿根廷裔美国学者西斯金德(Mariano Siskind),在其著作《世界性欲望》中援引这篇文章,认为纳杰拉极大地扭转了那种以外围作家为文化中心产品进口者的逻辑:"早在西班牙、墨西哥或拉美国家普遍与国际接轨之前,边缘处境便已经决定了这些国家的文化输入者身份。但是通过输入,它们改变了自身的边缘者形象,成为输入/输出型文化。"①

我们也可以这样评论鲁迅、周作人兄弟和他们的朋友。他们力图通过与世界文学对话来重塑中国文学;经过他们的努力,托尔斯泰(Leo N. Tolstoy,1817—1875)和果戈理(Gogol,1809—1852)成为中国文学的活跃参与者。就近而言,莫言如果没有读过福克纳(William Faulkner,1897—1962)和马尔克斯(Gabriel García Márquez,1927—2014)的中文译本,他的写作一定会大不一样;这些世界性作家与吴承恩、鲁迅一样,都是他形塑的文学景观的一部分。正如纳杰拉在 19 世纪 90 年代所说,民族文学文化经常会成为很多异国作品远在彼岸的家。从这个角度来看,世界文学不只存在于国界以外,它也一直深埋在国族文化之中。读者们主要是在自己的国族背景中,按照它被筛选、翻译、教授和新闻审查的方式,去感受世界文学。而且,这种文学国际主义,并非外围文学独有,它也是大都市文学和其霸权语言的重要特征。

---

① 西斯金德:《世界性欲望:全球现代性与世界文学在拉丁美洲》,埃文斯顿:Northwestern University Press,2014 年,第 138 页。(Mariano Siskind, *Cosmopolitan Desires*: *Global Modernity and World Literature in Latin America*, Evanston: Northwestern University Press, 2014)

除极少数特例(古埃及王国、苏美尔到巴比伦时期的文学)以外,单个文学从不是鬼使神差地自己形成的,而都是在一个更加广阔的国际框架中得到塑形。爱尔兰比较文学家波斯奈特(Hutcheson M. Posnett,1855—1927),已经在他 1886 年的开拓性研究《比较文学》中强调了这一点。①波斯奈特追溯了文学从氏族到部落,再到城邦,最后到国家的发展过程。他列有专章讨论世界文学,但没有将其放在最后,而是放在了讨论国族文学的章节之前。他坚决认为,歌德视世界文学为一种新兴现象是错误的,真正的世界文学,在罗马统治下的希腊世界便已出现,远远早于现代民族国家的诞生。这当然是正确的,但反过来说也并没有错:不同国族文化和国族市场在现代时期兴起后,世界文学越来越需要在它们之中才能得到维持,并根据不同文化领域的出版、销售和阅读情况,采取不同形态,满足不同需求。

读者

无论理论上怎样,从实践来看,世界文学就是不同读者在阅读非家乡传统的作品时所体验到的东西。对一部异国作品的非专家读者来说,阅读发生在一个由作品源生文化和读者自身文化共同框定的椭圆空间里。读者对异国作品的理解,会不可避免受先在经验决定:首要的是从本土传统发展而来的基本知识和期待,但也包括此前阅读其他外国作品时形成的期待。我们如果拾起一本村上春树(Murakami Haruki)的新小说,或一本以前没有读过的果戈理名著,肯定会带着对"一本日本小说"或"一本俄国小说"的期待来阅读——如果已经了解川端康成(Kawabata Yasunari, 1899—1972)和谷崎润一郎(Tanizaki Junichiro, 1886—1965)的作品,或托尔斯泰和陀思妥耶夫斯基(Fyodor Dostoevsky, 1821—1881)的作品。新作品会与这些期待相互作用,潜在地破坏其稳定性,并从这些关系中获得新的形象和意义。

在我们阅读一部翻译作品时尤其如此,它出现之前,已经被翻译者的选择和出版者针对新市场的文本框架充分塑形。一部同化性的译本,可以使原作适应东道国标准;而一个"异化"的翻译,则会突出作品的差异性,以及它与本土期待的背反。作家和读者,都经常向世界文学提供本土之外的资源和审美经验。尽管读者这样接触外界,但他也许意识不到,先在期待是多么深刻地影响了自己的阅读方式。熟悉外国作品语言与文化的人,经常为发现原作在这一过程中遭受的扭曲而苦恼:或因为

---

① 参见波斯奈特:《比较文学》,伦敦:Kegan Trench,1886 年。(Hutcheson Macaulay Posnett, *Comparative Literature*, London: Kegan Trench, 1886)

误译，或因为文化方面的愚蠢误读；或遭到同化，或呈现出异域风情。

　　保持读者对文化差异性的活力，以及启发式地分析不同作品的创造性结合，是世界文学学者和教师的职责。同时，认定一部作品流传国外只会丧失其精华，也是错误的。不妨认为，一部作品传播到国外后，会获得一种新形式，并在新环境中展现出崭新的面向和特征。世界文学的边界，形成和再造于全球层面和最为个人的层面之多变的相互关系之中——遍及全球的资本流动、国家出版工业、大学体系和不同读者的喜好（读者可能因为任何理由而被完全不同的作品吸引）。世界文学的终极范围，由读者脑海中不同作品的相互作用决定；一旦读者开始阅读一本新作品、无法抗拒地沉潜进入一个新世界，它便会重塑一新。

世界文学和与他者相遇:一种方法还是一种威胁?[①]

[美]威廉·弗兰克(William Franke),高文川译

从本雅明看世界文学问题

与其他文学传统一样,中国文学要想在当今世界产生影响,就应将其置于世界文学语境。"世界文学"观念源于18世纪的歌德;新近的一些著作,诸如达姆罗什的《什么是世界文学》与张隆溪的《强力的对峙:从两分法到差异性的中国比较研究》问世之后,[②]"世界文学"概念成为诸多讨论的主题。我将揭示体现于这场讨论的一些显著特征,它们关乎如下问题:与完全不同的他者或他者文化相遇如何可能?这一思考将表明,世界文学观念如何有助于彰显和保留差异性,而非在全球化的混合中将其抹杀。在呈现这一讨论之前,我首先要详细说明自己的方法,意在借鉴这两位迥然不同的世界文学倡导者之最重要的见解,并协调二者之间的张力。

我的方法始于各种文化传统中不可言说和不可表达之物——换句话说,始于不可通约和不可翻译之物。这也是超然于宗教的文化边界;世俗化和全球化的现代社会对它的排除和遗忘,只会置自身于险境。我之彰示不可通约之物,并非为了给人类相互翻译、彼此理解的事业设置无法逾越的障碍,而是出于恰恰相反的理由。吊诡的是,只有直面并承认不可通约性,才能找到我们的共通尺度。不可通约之物,不只见之于

[①] 本文最初是为2015年10月在北京师范大学举办的世界文学国际高端对话暨学术论坛("何谓世界文学?地方性与普世性之间的张力")而作,并部分发表于此次会议。

[②] 达姆罗什:《什么是世界文学?》,普林斯顿:Princeton University Press,2003年(David Damrosch, *What Is World Literature?*, Princeton: Princeton University Press, 2003);张隆溪:《强力的对峙:从两分法到差异性的中国比较研究》,斯坦福:Stanford University Press,1998年。(Longxi Zhang, *Mighty Opposites: From Dichotomies to Differences in the Comparative Study of China*, Stanford: Stanford University Press, 1998)

个别人,而是所有人都可能遇到的。它再少也会见之于所有人的生存,而我们的生存是互为条件的。我们面对面地相遇,脆弱地暴露着自我,无法迫使他人接受我们自己的尺度。

因此,为了给全球性的文化融合及其语言表达寻找某种通货,世界文学事业需要维护甚至强调对于不可表达、无法挪用之物的承认。中国儒家和道家传统,成功地调和了超出语言界限之物,《道德经》的第一行便是如此:"道可道,非常道。"我的论点也由此而来:文学中的那些常见的恒定和普遍之物,比如活生生的精神,正因为我们无法完全而充分地言说,所以需要被承认。

"道"是化生万物的原则,它显现于万物的关系之中,却从不显露自身。没有语言能充分表达"道"。在这方面,"道"类似本雅明(Walter Benjamin,1892—1940)所说的"纯语言"("die reine Sprache")。纯语言本身存在于所有语言,但无人能在某种特殊语言中捕获其真身。它显现于文学经典从一种语言向另外一种语言的翻译中,却不与任何给定的特定语言相一致。在某种程度上,它是对现实之完整而充分的表达——任何特定语言都以此为目标,但无法独立于其他语言而完全达到这一目标。翻译通过揭示不同语言之间的内在关系("Ausdruck des innersten Verhältnisses der Sprachen zueinander"),将其投射到更高的本体论层面,想象其融合为一种本真的语言("Integration der vielen Sprachen zur einen wahren"[①])。这种对理想的超验语言的想象,只能从否定的方面加以把握。

翻译所揭示的本质,并非其所传达的指称内容,而是适用于任何语言的"意指方式"("Art des Meinens"),这种"意指方式"只能通过语言间的比较而被推断出来;这种比较能够见出每种语言自身的不足,从而在总体上实现充分性。翻译所揭示的"意指方式"是:它使人注意到,任何给定的语言并不就是一切,蕴含多于所传达的内容;单在其传达和关联现实的语言方式中,就有难以把握的更多之物。本雅明借助"面包"这个词,即德国人的"Brot"和法国人的"pain"之间的不同,阐明了这个道理。两个单词用截然不同的方式,称谓同样的事物,但在指称同样事物的过程中唤起"面包"的不同价值和内涵,或是最基本的食物,或装饰美餐的

---

① 本雅明:《译者的任务》,《本雅明文集》卷四(1),法兰克福:Suhrkamp,1972年,第9—21页(Walter Benjamin, "Die Aufgabe des Übersetzers," in: W. Benjamin, *Gesammelte Schriften*, vol. IV/1, Frankfurt: Suhrkamp, 1972);本雅明:《译者的任务》,佐恩英译,载阿伦特编《启迪:文章与思考》,纽约:Schocken,1968年,第69—82页。(Walter Benjamin, "The Task of the Translator," trans. by Harry Zohn, in: *Illuminations: Essays and Reflections*, ed. by Hannah Arendt, New York: Schocken, 1968)

精致搭配。[①]可见，"面包"对于不同的人有着不同的意义。不同文化和各自的语言，从各异的角度通向可能的意义范围。

本雅明在另一个有趣的类比中指出，语言给内容穿上衣裳，就像带有宽大褶皱的长袍穿在国王的身上。这种松散的组合显得失当、恣意而陌生("unangemessen, gewaltig und fremd")。为了恰如地表达同样的内容，不同语言都在创造中施展想象，从而被剪裁成不同的样子。在符合所指内容时，每种语言都显得笨拙而支离("Gebrochenheit")；由此，每种语言都在暗指其他语言，一种超越自身的更高语言("eine höhere Sprache als sie ist")。尽管每种语言的命名法，如同果实和其外皮一样，生长于语言及其内容之间的有机联系；然而，唯其通过翻译而被置于比较之中，语言在其特有的生长过程中与现实关系之间的独特性和任意性才能鲜明地显现出来。正是这个纯语言的要素，才与真正的译者("wahrer Übersetzer")密切相关。翻译将对应的内容从语言中剔除之后，剩下的是不可企及("unberührbar")之物。

纯语言并非共同内容，而只是每种语言表达现实中普遍内容的独特方式。只有在不同语言从以不同方式传达的共同内容中解放出来时，纯语言才得以显现。现实中，安排同一事物的不同言说方式是译者的目标，却并非本雅明所理解的翻译的真正任务。在他看来，翻译的目标并非传递对等的意义，而是揭示语言间的差别，由此将文学作品置入一种更高、更纯粹的语言气圈("höherer und reinerer Luftkreis der Sprache"[②])。这个"气圈"("Luftkreis")在语言间的以太中漂浮，弥漫着来自世界文学观念的光芒。

一个文学文本一旦跻身于世界文学，也就超然于那些屈从于其他各种价值的功用性范畴；作品升入诗学自律的以太，进入一个超越特定文化及其语言的纯文学境界。当然，世界文学作品之所以为文学，永远离不开特定语言和文化中具体的意义基石，而是把意义挪出自身原初的语境，将其置于更普遍、无限的意义范畴。最重要的是，通过超出原初的文化和语言母体来重塑作品的生命，译者便理想地解放或"赎回"了被禁锢在作品中的纯语言。

与此类似，纯文学观念难以定义，也无法通过大量比较而被穷形尽相地描述。所有对某种具体文学或特定文学对象的描述，都无法抵达纯文学自身。通过选择和翻译特定文本，使其在世界文学中获得新的、更

[①] 参见德曼：《"结论"：本雅明〈译者的任务〉》，《抵制理论》，曼彻斯特：Manchester University Press，1986 年，第 87 页。(Paul de Man, "'Conclusions': Walter Benjamin's 'The Task of the Translator'," in de Man: *The Resistance to Theory*, Manchester: Manchester University Press, 1986)

[②] 本雅明：《译者的任务》，第 14 页。

宽广的生命，文学便被解放或释放出来。文学具有不被限制的价值和意义——既不被特定文化所限制，也不屈从于任何外在的（政治、社会或宗教的）价值和议程。文学使自身成为价值的原初来源。作为这样一种放射源，文学无法从社会、文化和个人语境中分离或抽象出来，但它具有创造的自由，在创造中保持自律。

这就是本雅明为何在《译者的任务》一文的开头便声称，任何考虑艺术作品接受者的做法都是严重的错误。把人类存在或受众看做艺术作品的先决条件是一个错误。更为真实的情形反倒是：艺术作品才让人类接受者能以一种完整而具体的方式存在。翻译并不服务于艺术作品之作者或接受者的意图。相反，它有自己的意图：揭示语言对作品及其接受者的利用。通过翻译，作品显现为对一种永恒来生的理想追求。

一旦成为世界文学，一件文学作品便超出地方性而具有普遍有效性。本雅明的"纯语言"，即"reine Sprache"，可以说打开了一个可被称为"纯文学"的维度。这件作品超越了其特定时代、语言和文化之起源，进入一个崭新的存在维度，以自己的方式成为拥有不朽来生的经典之作。每个文学翻译都属于特定的语言—历史语境，然而它也显现出翻译成其余各种语言的可能性。它移植原作，使之进入一个"更加终极的语言天地"("endgültigerer Sprachbereich")。翻译的最终目标是让纯语言的种子("Samen reiner Sprache")走向成熟[①]。

作品被提升为世界文学，进入更普遍的存在领域，获得更高层次的生命，我们对此不能直接言明，只能间接接受。它只存在于进一步翻译的无限可能性中。作品作为世界文学，其超验生命不能被表述为其所拥有的特性，而在于其（必要地）含蓄的或（严格说来）不可通约的表达方式所保留的纯粹交流的可能性。

对于不可言说之物，或对我所说的"否定之物"（the apophatic）的敏感，是这一过程中最重要的，也是今天的我们必须（重新）学习的。这里的"否定之物"，是指每个语言、文化和个人之不可言喻的独特精神。为了不使世界文学因翻译而将一切碾平为全球通用的英语，而是成为彼此自我发现的真正源头，成为尊重自我、尊重他者文化和个体差异的真正源头，否定意识（apophatic awareness）是必要的。

为发现共同人性而捍卫否定之物（the Apophatic）

在某种程度上，我所吁求的与其说是一个崭新的视域，倒不如说是

---

① 本雅明：《译者的任务》，第 17 页。

消除视域。我认为,为思考文化、文学而定义一个可见、确定的视域,是不可能的。至少,我主张,需要从一开始就面向那些无法知晓、无法定义之物。清醒的思考和洞见也承认自身被昏暗所笼罩。对于某些学者而言,我所勾勒的否定路径似乎是一条林中路,更确切地说,是一条行不通的林中路。否定思维之凭空推测、空中楼阁的理论倾向,引发了广泛的厌烦和拒斥,这明显表现于张隆溪开场对阿普特(Emily Apter)的批评当中,他批评后者的《反对世界文学——论不可译性的政治之维》(Against World Literature: On the Politics of Untranslatability)是一种不可言说或不可表达之物的哲学甚至神学。张隆溪反对道:"不可译性更多是一个想象出来的哲学悖论或宗教神秘主义,而非现实问题。"[1]其他一些说法也表明,他或许感到,我们对不可言说之物根本无话可说。

诚然,不可言说性能且经常被理解为是事倍功半、无关紧要的。但若由此判定"不可表达性的哲学或神学的神秘观念都是不可信的"(张隆溪)[2],对这些传统而言则是不公正的。这些传统根植于我们东西方智慧最深远的源头之中,尤其是在道家的源头,比如直接启迪了张隆溪的《庄子》之中。更重要的是,语言以种种方式阻碍当今全球各民族实现其共同愿景。这些民族摸索、奋斗,力求超越语言及其界限,实现一种彼此之间的共同理解。经常承认语言的不足所造成的僵局,能使他们确认什么是其共享之物。恰恰是这种承认能激发他们在语言和文化的阻隔之下努力理解彼此。

我希望在本文中表明,我的否定方法意味着与其他通向世界文学的路径协作,而非排斥它们,那些路径似乎更肯定地遵循着一些公认价值和既定准则。从历史上来看,运用否定法(apophasis)总是伴随同义反复。否定神学需要宗教的肯定形象来牵引,从而通过否定无可避免的人类局限而将信仰向无限之物和难以定义之物开放。它需要以非常实在、明确而具体的方式做到这一点。[3]例如,"否定美学"并不意味着以一种单调的"废弃美学"取代那些更肯定、更教条、更夸张的诗学类型,而是想冲

---

[1] 张隆溪的观点,引自 2015 年 10 月 16—17 日在北京师范大学召开的国际高端对话暨学术论坛"思想与方法·何谓世界文学?地方性与普世性之间的张力"会议手册。我也在回应下面还将引用的他的著作中的一些观点。
[2] 同上,第 5 页。
[3] 参见伯泽尔、凯勒编:《否定体:否定神学,道成肉身和关联性》,纽约:Fordham University Press,2010 年。(*Apophatic Bodies: Negative Theology, Incarnation, and Relationality*, ed. by Chris Boesel and Catherine Keller, New York: Fordham University Press, 2010)

破它们，使它们沟通无限之物并以不可预料、难以抑制的方式彼此沟通。①

张隆溪在简短的开场陈述中向不可言说性的意识形态发出挑战。正如他在某类后现代理论话语中所发现的那样，他认为这是一种改头换面的精英种族中心主义。奇怪的是，张隆溪似乎是依靠挑衅这些言论，来指责这种反复出现的、想要逃离的倾向（或许是诱惑）。当然，持这种态度的并不只有他一个。可是，既然长久以来，否定法或以否定方式寻求真理对许多人来说具有如此强劲的说服力，那么我们就需要理解它的理由。毕竟，文学的使命是为一些在大多数人眼中不合事实的事物赋予价值。正如布朗肖（Maurice Blanchot，1907—2003）提醒我们的，想象或非现实之物构成的特殊园地，文学语言栖息于此，以之为真。②我相信，张隆溪本人其实是一个否定之物的坚定拥护者——因为那启迪了他的源文本《庄子》就是如此。无论何时，否定法都要以恰当方式在特定语境中出现。事实上，否定之物无法以别的方式显现或被感知，因为它本身并不存在。作为一个抽象概念，它是空无，甚至还不如空无——它连空无的概念都不是。它只有在关系之中才能显现出来。③

深刻理解这一点，不可表达之物就不再是阻碍文化间翻译和沟通的死胡同，而是其得以实现的条件。在不可译性和翻译之间，我们需要避免截然二分——这里我们采用张隆溪的一个关键术语和对策。其中一方总已暗暗在另一方之中发挥作用。与此相同，吊诡的是，承认不可通约性能使我们找到共通尺度。它有必要作为唯一可行的替代方案，取代那种以某一方的尺度作为所有人标准的做法。和张隆溪一样，我反对将不可通约之物假定为无法逾越的界限，反对设立屏障或添加不可侵犯的帘幕和神秘的面纱，封锁住通往神圣之路。但是，如果我们不是始于某一方的既成方案，承认不可通约之物就是我们开创共同性的唯一方式。

为了避免简单地强迫无权选择之人，各方不可始于任何一方的框架或既定体系。事实上，各方需要开始于一个共同的方向，它指向完全无

---

① 参见韦拉：《艺术与神圣：审美否定之物的四个教导》，潘普洛纳：Universidad Pública de Navarra，2005 年（Amador Vega, *Arte y santidad. Cuatro lecciones de estética apofática*, Pamplona: Universidad Pública de Navarra, 2005）；另参见韦拉：《审美否定之物与神秘之阐释：批评可见之物的各种要素》，载《迪亚诺亚》第 54 期第 62 辑（2009），第 1—25 页（Amador Vega, "Estética apofática y hermenéutica del misterio: elementos para una crítica de la visibilidad," in: *Diánoia* 54, no. 62〔2009〕）。

② 布朗肖：《文学与死亡的权利》，《火的局部》，巴黎：Gallimard，1949 年（Maurice Blanchot, "La littérature et le droit à la mort," in: *Part du feu*, Paris: Gallimard, 1949）；英译《文学与死亡的权利》，载西特尼编《俄耳甫斯的目光和布朗肖其他文学论文》，巴里敦，纽约：Station Hill Press，1981 年。（Maurice Blanchot, "Literature and the Right to Death," in: *The Gaze of Orpheus and Other Literary Essays by Maurice Blanchot*, ed. by P. Adams Sitney, Barrytown, N. Y.: Station Hill Press, 1981）

③ "思想与方法"会议手册中弗莱泽《世界文学的四个角度》一文对世界文学的看法，与我此处的阐释相似。

名无分之物,却是所有存在之潜在的共同点。这一方向最好是不言而喻、实际存在的。它不能转化成共同的皈依。那会使它自拆台脚。然而,通过承认他者及其不可同化的差异,它能以各种可能的、可想象的样式得以实现。不可通约之物藉助承认他者的他者性而被承认。即便他者同意并参与其中,我们也无权滥用他者的他者性,无权决定或定义它。终究没有谁享有这一权利,即便是他者自己也没有。各方都受惠于他者性,它总是我们无法决定甚至不能自我决定的。

从字面上说,不可通约之物似乎只是一个抽象之物。然而它却代表着难以言喻的实在事物,它与我们的关系要比我们自己意识到的、清晰表达出来的更加密切。它就在我们面前,在每一个与我们相遇的他人当中,也在我们自己的未解之谜中。它存在于每个独一无二的场合,然而也是普遍的、最本真的、所有人共有的:事实上,它先于分离出自我的个体化。问题在于怎样才能接近它。不可通约之物对于所有人而言都同样地不可接近(所以也同样地可接近)。它对于所有不是它的事物来说,都是平等的。从历史上看,一神教的超验上帝是西方现代民主不可或缺的前提和催化剂。①

在《讽寓》一书的引言中,张隆溪宣示了一种平等的信念:"我认为,对共同知识和跨文化理解之可能性的信仰,来自对不同个体、民族、国家平等能力的真正理解,它作为一种概念工具,可用来解释跨越语言、地理、文化、时代界限的人类行为。"②这里所讨论的平等,并非简单地指向同等的静态资源,而是注重创造性接受和塑形的平等能力。如果仅仅自在自为的来看,所有的个体及其集体都同样短暂而缥缈。

这就是《庄子》的设想,它断定:"至言去言,至为去为。齐知之,所知则浅矣!"③需要注意的是,当平等被理解为一种语言观念时,庄子所设想的并不是一种将所有人带至我们自己水平的、均质化的平等。相反,他设想在一个不断流转变化的宇宙中,万物之间根本的平等。终究没有什么事物是自在自为的,它们只有进入与他物之间的关系才能成为某物,这一点是平等的。

很清楚的是,强调否定之物或不可译之物,并不排斥张隆溪所信奉的普遍主义立场。对他来说,阿普特所代表的某种后现代相对主义,似乎是用理论或神学的否定主义(apophaticism)服务于精英相对主义。但

---

① 戈谢:《世界之祛魅:宗教的政治史》,巴黎:Gallimard,1985年。(Marcel Gauchet, *Le désenchantement du monde : Une histoire politique de la religion*, Paris: Gallimard, 1985)

② 张隆溪:《讽喻:读东西方经典文学》,伊萨卡:Cornell University Press,2005年,第11页。(Longxi Zhang, *Allegoresis: Reading Canonical Literature East and West*, Ithaca: Cornell University Press, 2005)

③ 《庄子》第22章结尾,梅维恒译,纽约:Bantam,1994年,第222页。(*Zhuangzi*, trans. by Victor Mair, New York: Bantam, 1994)

是我希望展现否定主义的另一侧面——或不如说,事实上,它根本没有侧面。因为就像庄子的"道枢",它永不停息、自我批判地否定自身以各种可能方式表现出来的不可避免的片面性。①这一形象炫目地展现出否定之物无限普遍化的潜质和倾向。

  无可否认,庄子的悖论中有一种神秘主义。他甚至选择并推崇某种无为。各种宗教边缘的神秘主义——无论是苏菲派穆斯林、犹太卡巴拉派、基督教诺斯替派还是道教贤哲——总是强烈倾向于超越特殊宗教传统的教条限制而皈依普遍性,总是不顾教义而强调人类精神的统一。这些正统宗教边缘的神秘主义运动,典型地指向一种超越任何特殊文化界定的普遍性。我称其为"否定的普遍性"(apophatic universality)。

相对于糟糕的清晰,模糊有其长处

  给世界文学下一个清晰的、正式的定义是完全可能的。大卫·达姆罗什这样做了,并产生很大影响。他似乎避免将世界文学理解为某种模糊的、无从把握的事物:"我认为,世界文学不是一个无边无际、让人无从把握的经典系列,而是一种流通和阅读的模式,这个模式既适用于单独的作品,也适用于物质实体,可同样服务于经典名著与新发现作品的阅读。"②达姆罗什所设想的模式,存在于作品在其原文化和环境之外传播,在其他国家和文化中获得意义的过程。这个扩张了的共振带能且经常是翻译催化而成的。不论哪种情况,对达姆罗什来说,最根本的事情是流通本身:"我用世界文学来包容所有在其原文化之外流通的文学作品。它们或是凭借翻译,或是凭借原先的语言(很长时间里,维吉尔[Virgil,前70年—前19年]以拉丁文形式被欧洲人阅读)而进入流通。"③尽管并不模糊,但这个定义还是将世界文学与一种潜在的无限流通联系起来,其内容永远可以被重新定义。因此,达姆罗什承认封闭定义的功能局限。这种不完整性或许有更进一步、更深层的结构基础。

  达姆罗什图示性地思考某种类似于演进模式的东西,用以解释文学如何演进为世界文学。在这个定义中,"文学"本身是被预设的。这个术语中隐藏着大量剩余:充分考虑文学怎样成为"文学"是重要的。除去关于作品流通的功能性考虑,在文学自身之中或许就包含了关联整个世界的种子。文学通过人类的欲望——还有希望、恐惧等,呈现出一个被折

---

 ① 这个意象是《庄子》的关键,例如《庄子:重要篇章和传统评论选》第2章第16节,任博克译,印第安纳波利斯:Hackett,2009年。(*Zhuangzi: The Essential Writings with Selections from Traditional Commentaries*, trans. by Brook Ziporyn, Indianapolis: Hackett, 2009)
 ② 达姆罗什:《什么是世界文学?》(2003),第5页。
 ③ 同上书,第4页。

射的世界。正如亚里士多德在很久前指出的那样,这种诗学视角比任何历史学所能拥有的视角更具普遍性。在文学中,还未充分展开的整体已开始运作,存在于所有可能的关系之中。文学打开了一个词语的意义,使之超越其字面意义、通过各种关系向形形色色的隐喻意义开放。

通过拥有不被表达的原初情境所限制的意义,语言转变为文学;文学表达不被促使其产生的特定实际兴趣所制约。文学表达承担更广泛的兴趣和更普遍的审美价值。在这些方面,文学从一开始便已面向普遍性和潜在的全球意义。达姆罗什的定义展现出文学如何从地方性演进为全球性。然而,地方性只有从全球性中才能显现出来,后者在某种程度上先于前者。文学从由各种关系和动机组成的无限范围中显现出来,这一范围先于并超越任何可被框定和限制的作品、对象甚至整个文化圈。在(重新)想象世界的(文学)姿态中,我们一般会在某种程度上从给定的现实中退身而出。

达姆罗什精妙地展现出人们阅读一个世界文学的文本时所特有的构成性距离和分离。[①]一部属于世界文学的作品,是在与其他文化、语境的关联中被阅读的,而非仅仅沉浸于原文化和语境。这种折射的阅读方式是非常具有启发性的,它得出的"原创"见解未必比那些直截了当的、历史语境化的阅读要少。根据达姆罗什的看法,通过将作品作为世界文学来阅读,"我们不是在原文化的中心与作品相遇,而是在来自不同文化和时代的作品所构成的力场中与作品相遇。"[②]这里有一种迁离效果,它将作品向新的关联开放,从而产出新的意义。不同语境的彼此嫁接在文化间开辟了一个空间,这个空间虽然含混模糊,却或许比任何在给定文化框架中严格的客观规定更重要和有效。至关重要的是,这样一个没有固定视域的开放空间具有无限的创造潜质,而这恰好是文学的要素。

达姆罗什赞扬并信奉世界文学,是由于它有"投入而又超然"的优点,相比那种意欲占有外来文化的典型的帝国主义事业更少破坏性。1978年—1801年拿破仑在埃及不切实际的运动是后者的象征,它被证明对法国人和埃及人来说都是灾难性的。出于一种相似的批判精神,我建议将否定之物或不可想象之物作为无限视域,它不断扰乱我们的框架,分裂其可能的融合。我们发现自己不被既定视域所限制,处于一种开放的、机会均等的局面下,而非寻求支配和控制某一领域。我们全都

---

① 达姆罗什在此批评莫莱蒂在《世界文学猜想》一文中提出的挑衅建议。参见莫莱蒂:《世界文学猜想》,载《新左派评论》2000年第1期,第54—68页;莫莱蒂:《世界文学猜想(续篇)》,载《新左派评论》2003年第20期,再版于《远距离阅读》,伦敦:Verso, 2013年。(Franco Moretti, "Conjectures on World Literature," in: *New Left Review* 1 〔2000〕. Franco Moretti, "More Conjectures," in: *New Left Review* 20〔2003〕, reprinted in *Distant Reading*, London: Verso, 2013)

② 达姆罗什:《什么是世界文学?》(2003),第300页。

变得与自身疏离,能且被迫第一次通过彼此来发现自我。这就是共同的人性。比如李尔王,他只有丢失王位、赤身裸体时,才通过与他者的关系(包括一个小丑、一个乞丐和他自己的小女儿,他们原先都是他的下属)发现了这种共同人性。

取消和打乱我们的理解框架或视域,构成了通向世界文学过程中的一个否定性瞬间。达姆罗什认为,语境间的转换或许会走向阐释学思想家如弗里德里希·施莱尔马赫(Friedrich Schleiermacher,1768—1834)和(我必须加上)伽达默尔(Hans-Georg Gadamer,1900—2002)所设想的"'视域融合'的反面",这会广泛影响当今的批判思想。正如达姆罗什所认为的,视域的偏移使作品的外来性充分显现,从而产生疏离的效果。俄国形式主义认为,这一效果是文学语言的特征,这种语言不同于日常用法,从而变得奇异陌生。然而,或许"陌生化"不仅对认识外来作品的外来性非常重要,而且能使我们更多地意识到潜藏于我们自身语言、文化中的陌生之物,使我们成为自己的陌生者。

因此,我们所讨论的陌生性,不仅是一个无法逾越的屏障,而是全人类共有的状况。其效果便是(dis)orient(aliz)ation:迷失又不失去方向,既东方化又非东方化。这一效果不剥夺我们与他者之间的普遍联系。确实,张隆溪有力地反驳了一种将文化作为完全"他者"的异化叙述。[①]更多地承认自身所蕴含的他者性,使我们得以发现联结我们的共同人性。相应地,张隆溪将视域融合理解为一种超越自我和他者的方式。这种融合联结假想的陌生者,它蕴藏于中国古典的"阴阳"智慧中,用张隆溪的术语来说,就是打破"二分法"走向"差异性"。

他者性始于故土,始于我们自身之中。每个人和每种文化都是独特的、个别的,这种独特性本身无法言说,因为"个体是不可表述的"。我们的存在和现实之最深层内核是不可言说的。我们中心的这种虚无状况恰恰是普遍共有的。它是人类自由的前提。[②]否则,我们会发现自己总被给定的本性或固定的本质预先决定。自我批判地揭露我们最深层内核中的普遍虚无,对于发掘我们人性中最丰富的资源是至关重要的:它们只能通过与他者之间的往来受授而被分享,却不能被任何人所占有。

[①] 这也是毕来德在其著作《反对弗朗索瓦·朱利安》中指责朱利安异化中国的主要理由。参见毕来德:《反对弗朗索瓦·朱利安》,巴黎:Éditions Allia,2006 年。(Jean-François Billeter, *Contre François Jullien*, Paris: Éditions Allia, 2006)

[②] 一些经典著作,如米兰多拉的《论人的尊严》(1486 年)和谢林《论人类自由的本质》(1809 年)总结出的否定传统的线索中,自由被这样理解。(Pico de la Mirandola, *De dignitate homini oratio*, 1486; Friedrich Wilhelm Joseph Schelling, *Über das Wesen der menschlichen Freiheit*, 1809)

普遍概念 vs 共同人性

知道并承认我们内核中的虚无,是发现我们与他者之间共同点的关键——是与所有他者而不仅是想法相同的人。事实上,我们彼此无法逾越的差异也是我们共有的东西。所有事物尽管在名义上都是存在主义所说的"虚无",然而这个"虚无"作为一个无限分离的实存,在任何情况下都是个别的、不可通约的。① 只要承认不可表达的不可通约性,共同点就很容易被识别或造就。可人们常常反其道而行,甚至不惜采取强力。共同点被简单假定为清晰、普遍的,迫使各方承认。这类主张当今屡见不鲜,例如,倡导人权或认知的普遍性。

张隆溪重复了这一普遍主义路径。他遵从兰考夫(George Lakoff)和约翰逊(Mark Johnson)的认知语言学,用以证明某种普遍的、跨文化的概念常数。对认知语言学而言,不同文化中的隐喻或许千差万别,但其表达的概念结构却始终如一,并以身体和大脑的物种结构为基础。② 斯林格兰(Edward Slingerland)便是这种普遍性的拥护者,他大力倡导认知科学并试图使这种普遍性合乎人文学者的口味。③

这一认知路径意在将问题还原为基本的身体事实。斯林格兰认同并强调这一点。他认为我们就是身体,而身体即机器,即便我们倾向于或被生理设定否认这个事实。我认为,兰考夫、约翰逊、特纳(Mark Turner)等人的认知理论,在应用中有着两种不同的可能或两个歧异的方向:或是将知识归结为隐喻的、身体—情感的偶然(维科〔Giambattista Vico,1668—1744〕之说)④,或用机械论解释一切,而后者会消除一切他者性。这种消除不仅牵涉他者文化,也抹杀了每个个体自身的他者性。我们全都来自于自身的他者性。

中国和西方都会采用能征服世界(从自然界开始)的概念工具和技

---

① 萨特在《存在与虚无》(1943 年)中以精细的现象学方法得出了这一点,它对人类关联性的丰富经验至关重要并通过一种强烈的文学敏感而被获知。(Jean-Paul Sartre, *Being and Nothingness*〔*L'Être et le néant*〕,1943)

② 兰考夫、约翰逊:《我们赖以生存的隐喻》,芝加哥:University of Chicago Press,1980 年;兰考夫、约翰逊:《肉体的哲学:心灵的具体化及其对于西方思想的挑战》,纽约:Basic Books,1999 年。(George Lakoff and Mark Johnson, *Metaphors We Live By*, Chicago: University of Chicago Press, 1980; George Lakoff and Mark Johnson, *Philosophy in the Flesh: Embodied Mind and its Challenge to Western Thought*, New York: Basic Books, 1999)

③ 斯林格兰:《科学为人文学科提供什么:整合身体与文化》,纽约:Cambridge University Press,2008 年。(Edward Slingerland, *What Science Offers the Humanities: Integrating Body and Culture*, New York: Cambridge University Press, 2008)

④ 丹尼斯:《语言,隐喻,概念:维科与认知语言学》,巴里:Edizioni dal Sud,2011 年(Marcel Danesi, *Lingua, metafora, concetto. Vico e la linguistica cognitiva*, Bari: Edizioni dal Sud, 2001);英译参见丹尼斯:《维科、隐喻和语言的起源》,布卢明顿:Indian University Press,1993 年。(Marcel Danesi, *Vico, Metaphor, and the Origin of Language*, Bloomington: Indian University Press, 1993)

术。但是,当我们将概念作为实现普遍性的手段时,我们会抑制并遗失那些人类无法制造和用技术控制的事物。人类有另一个维度,一个难以理性分析和控制的幽暗面。它显现于神话意象、宗教仪式、甚至无意识中,也显现于不可胜数的日常经验,比如在爱、自由和焦虑之中。但无论何地,只要否定之物被遗忘或被有意无意地消除,这一别样现实就会面临危险。

  威胁超越维度的并非日常事物而是概念,更确切地说,是将日常事物还原为概念。这一事实无法尊重他者性,即便它就在我们自身之中。这就是为什么世界文学对于世界性事业如此重要,比如对比较宗教学或比较哲学的重要性。要想查检严格的概念思维所固有的专横倾向,文学的感受力和洞察力是必不可少的。隐喻语言和虚构叙述,催化了非还原的再现形式(non-reductive forms of representation)。它们不仅帮助我们将自己和世界看做物质团(blobs of matter)或有头脑的机器(brain machines)(在认知科学中自行其是的科学理性强烈倾向于这样做),它们也具有精神维度和神性。说到底,关于人类的问题,不仅是经验事实,它虽不能说关乎神学职责,但也关乎伦理和哲学。关键在于,不要用人为定义的概念来统摄,也不能如此对待我们自己。概念仅是我们铸就的工具,供我们将意愿作用于事物。

从文化普遍性到绝对差异

  本次"世界文学"高端论坛开场时,张隆溪便鲜明地反对诉诸不可表达之物,因为这可能成为一种廉价的逃避,或把人之常情简单地神秘化。不可否认,否定之物的代价之一就是其模糊性。尽管在许多语境中,模糊有很多长处,但这有着局限的做法并非总是够用,至少,它不足以被单独使用。它不可仅仅作为指责不同文化、从而彼此隔绝的无力借口。本次高端论坛为阐明一个清晰的世界文学概念及其实用准则提供了一个非同寻常的机会。但是,概念也不足以处理文化问题。文化关乎一些根本难以概念分析的事物。和语言一样,文化不能还原为概念。[①]

  张隆溪反对那种宣称文化不可通约、无法相互理解的相对主义哲

---

 ① 参见伽达默尔:《从词语到概念:哲学阐释学的任务》,载格隆丁编《伽达默尔读本》,图宾根:Mohr Siebeck,1997年,第100—110页(Gadamer, "Vom Wort zum Begriff: Die Aufgabe der Hermeneutik als Philosophie," in: *Gadamer Lesebuch*, hrsg. von Jean Grondin, Tübingen: Mohr Siebeck, 1997)。进一步参见阿斯曼:《翻译诸神:宗教作为一种文化上(不)可译性的要素》,第24—36页;布迪克:《他异性的危机:文化上的可译性和次级他者性的经验》,第1—24页,均载布迪克、伊瑟尔编《文化的可译性:间隔空间的轮廓》,斯坦福:Stanford University Press,1996年。(Jan Assmann, "Translating Gods: Religion as a Factor of Cultural [Un]Translatability" and Sanford Budick, "Crises of Alterity: Cultural Untranslatability and the Experience of Secondary Otherness," both in: *The Translatability of Cultures: Figurations of the Space Between*, eds. by Sanford Budick and Wolfgang Iser, Stanford: Stanford University Press, 1996)

学。他反对近来的批评和汉学中为了排除普遍性而"过分强调文化的差异性和他异性"①。我也批评朱利安(François Jullien)的这一倾向。② 然而我认为,根本的不可通约性与其说是在文化之间,不如说是在文化之中,甚至在我们每个人之中——与自身的非同一性是人类特有的本质要素。为了道德地或仅仅是准确地识别自己和他者,我们必须承认自己身上所蕴含的不可通约之物。

人类终究不是可通约的,其所有相对可通约的特点都需要透过不可通约之物才能显现,不可通约之物在我们拥有自我之前便栖居其中。从这个角度来说,尽管不可通约性确实为比较、连接不同文化提供了概念工具,但它们显然是虚构的。只有记住在不可通约的绝对状况中,人类对万物都负有道德义务,这些公分母才不会面临被绝对化的危险。正如列维纳斯(Emmanuel Levinas,1906—1995)有力论证的那样,反抗对于目的的盲目崇拜,是一种对他者负有责任的绝对伦理诉求。③它也显现于宗教信仰、关爱和各种社会奉献。

即便在相差很大的文化(如中西文化)之间,差异性和他异性也总是在某种共同可理解性中被界定。张隆溪(和朱利安一样)很有意义地指出了这一点。但是,也有一种他异性无法被足够或充分地识别和承认。这并非夸大其词,即使在相对化视角获得应有地位之后也依然如此。不仅要在我们自己(我们中的一些人)中间就共同标准达成一致,还有一个超越所有人各自的自我概念而尊重他者以至尊重自己的问题。完全超越我们想象力的事物,需要由世界文学这样普遍化的事业来捍卫和强调。这类事业不可避免要诉诸一些公分母;英语翻译便面临某种风险,会将普遍之物简化为其特殊表达形式;而实际上,那只是其中之一。并非英语自身应被拔擢为通用语言,是语言的普遍性本身(本雅明的"纯语言")旨在人类的总体交流而要求这一点。④这种普遍性被翻译传入一种全球语言,只是这一语言在我们这个历史时期恰好是英语。

---

① 张隆溪:《强力的对峙:从两分法到差异性的中国比较研究》,第8页。
② 参见弗兰克:《从欧洲到中国的否定路径:没有边界的地区》(书稿)。(William Franke, *Apophatic Paths from Europe to China: Regions Without Borders*〔manuscript〕)
③ 尤其参见列维纳斯的 *Autrement qu'être et au de-là de l'essence*(1974),英译《不同于存在并超越本质》。(Levinas, *Autrement qu'être et au de-là de l'essence*, 1974, trans. *Otherwise than Being and Beyond Essence*)
④ 本雅明《译者的任务》需要借助他的文章《就论语言,论人的语言》(1916年)来理解,参见本雅明:《就论语言,论人的语言》(1916),《本雅明文集》,法兰克福:Suhrkamp,1977年,卷二,第140—157页(Walter Benjamin, "Über die Sprache überhaupt und über die Sprache des Menschen"〔1916〕, *Gesammelte Schriften*, Frankfurt: Suhrkamp, 1977, vol. 2);本雅明:《论语言本身和人类语言》,杰夫科特译,载《思考:论文,格言,自传》,纽约:Harcourt Brace Jovanovich,1978年,第314—332页。(Walter Benjamin, "On Language as Such and on the Language of Man," trans. by Edmund Jephcott, in: *Reflections: Essays, Aphorisms, Autobiographical Writings*, New York: Harcourt Brace Jovanovich, 1978)

由自我批判通向超越之物和普遍之物

在几乎所有文化语境中,对超越的普遍之物的渴求,常被视为一种危险。达姆罗什以一种韦勒克(René Wellek,1903—1995)或格拉德(Albert Guérard,1880—1959)的方式,探讨比较文学自身的使命,以此与那些企图用国界限定文学的民族主义异端作斗争,从而激发了上文所说的危险之感。①超越的普遍主义得势之后,这种危险确实存在,比如对特殊之物的抽象,对具体性的模糊,还有业余主义。但是,我们不能忘记荷尔德林(Friedrich Hölderlin,1770—1843)的名言,"哪里有危险,拯救就会滋生。"("wo aber Gefahr ist, wächst das Rettende auch"②)

为什么打上"超验"印记的思维形态会被不可抑制地反复强调?它们一定符合人类及其文化诉求中的某些固有之物。我把这种冲动看做不同文化中的常数,它在中西方传统的文学和宗教原典中均能得到证实。它或许有一些潜在的危险,但人类对于普遍和超越之物的追求是如此执着而漫长,它不能被简单视为不适用的残余器官而从人类心灵中剔除。公元前一千年中叶的所谓"轴心时代",从希腊到以色列、波斯、印度和中国,跨越不同文化所产生的一系列重大发现,至少从那时起,它就已经成为文明的常数。③它需要被理解、控制和培育。

达姆罗什自己承认——更确切地说是坚称——"伟大的文学作品确实拥有一种超越的品格,故而能够跨越时空,直接对今天的我们说话。"④他敏锐地感受到我们应有的这种超越历史的要求。尽管如此,作为当今颇具批判意识的人,对他而言,这种强调有可能落入文化霸权的陷阱。宣称某种超验普遍性的思想意识,鼓励并支持这种文化霸权。这就是为什么我会感到,展现特定的否定超越性和否定普遍性所具有的必然、无限的自我批判是十分必要的。这也包含否定神学;按理说,它会削弱肯定神学,更确切地说,会使后者对自身的教条感到不满,从而回过头去为显现神灵这一不可能的目标而奋斗。对于否定神学来说,要想接近神,只有通过自我放逐,将自己的职责让予那不可想象者,完全仰赖其恩典来获取能量,而非依靠自己的力量。从这个意义上说,我认为应当汲取

---

① 达姆罗什:《什么是世界文学?》(2003),第5页。
② 本句出自荷尔德林的诗歌《拔摩岛》(Patmos)。
③ "轴心时代"本身由雅思贝尔斯命名(《历史的起源与目标》,1949)(Karl Jaspers, *Vom Ursprung und Ziel der Geschichte*, 1949)。现有对于"轴心时代"超越、普遍理想的历史显现的讨论,见贝拉、乔阿斯编《轴心时代及其后果》,剑桥:Belknap Press of Harvard University Press,2012年。(*The Axial Age and Its Consequences*, ed. by Robert N. Bellah and Hans Joas, Cambridge: Belknap Press of Harvard University Press, 2012)
④ 达姆罗什:《什么是世界文学?》(2003),第135页。

这种趋于超越性的驱力，尤其要带着自我批判精神，一种无限的、不受限制的自我批判。这种驱力要求我们随时准备超越既成体系和框架。否定之物放弃自己的全部断言，让事物自然显现自身的他者性及本来面目。

引入不可通约之物和超越之物（如同引入"纯语言"），不能解决特定的政治或语文学问题，但它是超越既定边界之"取代策略"的一部分。通过这种方式，它有助于为概念重建开创一个空间，这对于比较文学学者来说是至关紧要的。诚然，相反的一面也同样正确：通才有责任考虑专业知识，并以此展示最重要的发现。正如达姆罗什的明智评论："专家的知识是对抗通才企图控制文本的最好保障；否则，这些文本太容易沦为预制的历史论证或理论体系磨坊里的谷物了。"[1]他还指出："对于专门学问，通才应当有道德上的责任感，如同译者对于文本原文的语言：当在新的文化或理论语境中有效地理解作品，同时通过参照原文化，以保证最基本的正确理解。"[2]

我欣然接受这一点，但出于否定思维模式，我提出一种更广泛的普遍反体系的秩序，它无所不包、向一切开放。达姆罗什认为"一个无所不包的类别，本质上毫无价值"[3]。尽管如此，它对分类的目的来说毫无价值，但或许能帮助我们反思并超越范畴思维的界限。文学先知经常想象对立统一的神学比喻。这种看世界的方式出现在许多世界文学上乘作品中，如《道德经》《神曲》和《芬尼根守灵夜》（*Finnegans Wake*）。这也见之于更多不那么著名的作品，如西里西乌斯（Angelus Silesius，1624—1677）的《天使般的漫游者》（*Cherubinischer Wandersmann*，1657）和赖格斯费尔特（Daniel Czepko von Reigersfeld，1605—1660）的《六百箴言诗》（*Sexcenta Monodisticha Sapientum*，1655）。

这一开放无定的文学空间，只通过化身于特殊语言而存在：它们因此成为语言本身的隐喻。所以，超越性与特殊性并不对立。主张超越性是为了无限开放对特殊之物的阐释，从而在世界文学的无限语境中得到再阐释和再挪用。在这一事业中，通才和专家相得益彰。

作为否定法发源地的文学空间

人文学科中的比较研究，体现出不同文学阅读方法间的张力。一类以界定不同传统之情感和概念的具体差异为基础，另一类则凸显文学努

---

[1] 达姆罗什：《什么是世界文学？》(2003)，第287页。
[2] 同上书，第288页。
[3] 同上书，第110页。

力跨越不同文化之共同而普遍的渴求。否定之物是不可言说的背景,它使自身以外的事物具有意义,透过符号表意和区分而彻底显现。我在其中见出统一各种批判性思想资源的共同之物。这类方法强调,"文学空间"是一种永远有待定义的通用天地,是难以定义的。①否定路径或否定法始于无法定义之物,它将批评从标准的、概括性的特征和占统治地位的刻板印象中解放出来,使阐释充分专注于地方传统和个人作品的非凡之处。对于超然于概念界定的事物,不存在绝对正确的范式;它显现于变化无穷的现象中,通过现象的相互比较而被辩证地说明。

于是,世界文学观念抵制任何总体性概念界定。相反,它只有在不可想象之物的视域中才是可想象的。在这一开放视域中,批评能够吸纳自我批判和否定神学的否定性哲学方法,从而更好地完成其使命,即为不同国家、文化的民众、学者、学生之间的对话创造条件。我在之前的著作和一本关于跨文化哲学的新书计划中,力图说明这一方法论原则是必要且极具解放性的。②现在,我在本文中参与并延伸了这场拥护世界文学的一流比较文学学者之间的辩论,使之与跨文化哲学家所讨论的、关于进入他者文化的议题相连。

我和其他比较文化理论家、想法相同的比较文学学者力求识别的这个崭新的(非)概念视域(〈non〉conceptual horizon),尤其见之于概念思维的自我批判能力,令人意识到自身的局限,从而向自身之外的事物开放。这个反思过程从典型的哲学手段通向显著的文学思维方式。它是创造性和推测性的,不基于任何肯定的、被单独给予的客体。文学思考更多是从世界出发,通过自己的欲望展现世界。③但它也能够否定自己的欲望,自我批判地关联他者及其欲望。按前文论及的布朗肖所说,这也通向"文学空间"无限可能、难以抑制的维度。当今,我们在全球的文化—历史困局中呼吁世界文学,其实质是要让文学或文学思想肩负起捍卫文化间对话之普世维度的使命。

要想用文学指引我们摆脱一种严格技术化、分析性的方法,阐释文学及其文化基础便是必不可少的。在现代社会中,经济组织和行政控制

---

① 布朗肖:《文学空间》,巴黎:Gallimard,1955 年。(Maurice Blanchot, *L'espace littéraire*, Paris: Gallimard, 1955)

② 普尔:《论不可言说之物:哲学、宗教、文学和艺术中的否定话语》(2 卷),诺特丹:University of Notre Dame Press,2007 年(Jeff B. Pool, *On What Cannot Be Said: Apophatic Discourses in Philosophy, Religion, Literature, and the Arts*, 2 vols, Notre Dame: University of Notre Dame Press, 2007);弗兰克:《不可言说之物的哲学》,诺特丹:University of Notre Dame Press,2014 年(William Franke, *A Philosophy of the Unsayable*, Notre Dame: University of Notre Dame Press, 2014);弗兰克:《从欧洲到中国的否定路径:没有边界的地区》(书稿)。

③ 参见弗莱:《有教养的想象力》,布卢明顿:Indiana University Press,1964 年,论及通过欲望以一种文学方式思考的特殊性,尤其第一章《隐喻的动机》。(Northrop Frye, *The Educated Imagination*, Bloomington: Indiana University Press, 1964)

无处不支配着我们的生活,技术化、分析性方法已越来越紧地把控着文化的方方面面。当今的国际困局越发迫切地需要传统人文教养——包括东亚经典及其注释中的诗学思想。承继德里达(Jacques Derrida,1930—2004)的思路,斯皮瓦克(Gayatri Ch. Spivak)将修辞尊为比哲学逻辑更基础的事物。正如她所建议的,文学必须成为"我们的老师"。当我们努力使文化适应即将到来的星球世界时,诗性手法(poetic figure)之特有的不可判定性,连同其超越二分法逻辑的藩篱和自身形式分类的修辞能力,就成为不可或缺的资源。①

从世界文学空间召唤否定之物

此外,世界文学可以侵蚀并打破国族文学传统、挑战其自顾自的标准。在对张隆溪的回应中,柯马丁(Martin Kern)强调了这一点。他担心全球化会将所有文学变为消费品,不再贮藏人类深不可测的思想和丰富细微的感知。达姆罗什强调指出,随着文学文本和经典成为世界文学,它们通过语境重构而被置于不同的动态关系中。文学从地方性的阐释框架中解脱出来,这一框架将自身意义固定于特定国家和文化中。但从另一方面说,文学会面临被全球网络、体系所笼络的风险,其单一符码有可能成为压抑差异的引擎。不只是定性的文化差异,即一种传统和其他传统之间的地方差异,在此面临危机;更有甚者,我们与自身之间更深层的差异也面临危机。柯马丁援引阿多诺(Theodor Adorno,1903—1969)哲学中的"非同一性"("das nicht Identische")而触及这一问题。人类经验中的伦理和宗教,正是通过差异而成为可能。

可以想象,各种客观差异都能在一个总体系统或全面方案中被表示和系统化。尽管这份差异的清单包罗万象,可还是有所遗漏:还剩一种比较难定义的差异。它是卢曼(Niklas Luhman,1927—1998)的"未被标记之物"(the "unmarked")和阿甘本(Giorgio Agamben)(他追随波墨〔Jakob Böhme,1575—1624〕)的"签名"("segnatura")。它是造物主的签名,虽不在他者之中,却影响着他们全部的价位。它还是德里达一度使学界为之着迷的"延异"("difference")。但在上述情况中,这种差异无法被客观聚焦,终究会被固定或具体化。它或是被视为"宗教差异"("religious difference")或"本体论差异"("ontological difference"〔Heidegger〕),或是被视为上帝与世界、造物者与造物之间的"基督差

---

① 斯皮瓦克:《一个学科的死亡》,纽约:Columbia University Press,2003 年,第 23 页和第三章。(Gayatri Chakrovorty Spivak, *Death of a Discipline*, New York: Columbia University Press, 2003)

异"("the Christian difference")。①它渴求以神作为绝对差异或超越,如克尔凯郭尔(Søren Kierkegaard,1813—1855)的存在主义哲学就强烈反对黑格尔(Georg Hegel,1770—1831)无所不包的内在逻辑体系。

在这些千变万化的形式中,这种无法区分的差异与面对他者、他人和神性超越之物的经验有关。这一经验激发了一种神学思考,试图用隐喻和寓言的类比方式,通向对不可言说者和不可再现者的经验。②

随着我们铸就的越来越全球化的文学体系,我们也越来越陷入某种危险之中,认为这一体系无所不包,从而将他者统统忘记——忘记任何体系都不免遗漏的事物,忘记任何差异体系都无法包含的差异形式。世界文学似乎统一了所有文学。在这次高端论坛上,在这个领域公认的一流学者的指引下,我们看到世界文学必然处在与国族文学的辩证关系中,也必然处在与文学其他子领域的辩证关系之中,文学并不遵循政治边界。民间文学、口头文学、宗教文学、专科文学、各种多媒体"文学",大概都有某种对于普遍性的兴趣。然而,文学是不可归类的,它更像一条通向不可理解之物的通道。在此意义上说,无论上述何种情况,特定作品都将属于世界文学。作品是一种普遍性的来源,它给予和创造了自己无法想象的经验。

对康德(Immanuel Kant,1724—1804)来说,文学属于不可想象之物——或至少是不能用概念分析的事物。在他看来,这种超越纯客观理解的状态,大体适用于审美经验,后者基于对无法被概念充分统辖的经验的判断。这是一种准确的哲学感觉,说明文学生来关乎不可想象之物,着眼于不受概念限制的经验。这一点特别适用于审美,在更一般的意义上,它也适用于其他价值领域,包括伦理和宗教。凡对我们最重要的事物,不可避免会超越所有固定和可定义的范畴。③即便我们不是生活在无限之物的范围内,也至少是依靠它来生活。

一旦我们遗忘了这一不可想象的维度,就会陷入某种危险,把某种特殊之物看做普遍之物或世界文学,这会限制其普遍性。诚然,它被界定为文学,但也是一条通往无限之物的大道。世界文学提供了一个机会,使这条大道通往普遍性,并通过大学中的特定体制(即文学研究)关

---

① 参见伯勒尔:《著名的和扩展的基督区别》,载德拉蒙德和哈特编《真与善:罗伯特·索科罗斯基纪念文集》,多德雷赫特:Kluwer,1996 年,191—206 页。(David Burrell, "The Christian Distinction Celebrated and Expanded," in: *The Truthful and the Good: Essays in Honor of Robert Sokolowski*, ed. by John R. Drummond and James G. Hart, Dordrecht: Kluwer, 1996)

② 达尔福特在《超越和世俗世界》中迷人地阐述了不可通约性或"超越"的神学逻辑。参见达尔福特:《超越和世俗世界》,图宾根:Mohr Siebeck,2015 年。(Ingolf U. Dalferth, *Transzendenz und säkulare Welt*, Tübingen: Mohr Siebeck, 2015)

③ 这在维特根斯坦的《逻辑哲学论》(Wittgenstein, *Tractatus Logico-Philosophicus*, 1921)中得到了重申,其理论认为,诸如伦理、宗教这样的价值话语在实际上和概念上都是无意义的。

联社会、文化。

我主要想强调,与开放之物和无限之物的关联,生来是文学的本性。这彰显出它所具有的表意和传达诸如爱、自由等人类价值的能力,这些价值没有疆界。在此意义上,成为世界文学的使命或可能性,内在于文学自身。文学同本无关联的读者分享经验,这一姿态包含一种趋向无条件之物的驱力。它使人类意义和价值从其生成的特定环境中分离出来。世界文学不仅仅是从一个范畴转向另一个范畴,或从地方性转向全球性,它有力地象征着文学的内在使命,超越和反抗明确思考的限制。文学是人类精神的自由表达,它能设定界限,又通过想象力的自由舒展超越界限。①

成为世界文学是一种自我剥夺（Self-Disappropriation）的过程

这说明,为什么作为比较文学学者的我们都担心,随着各种文学被译成英语,世界文学会变成一台压路机,将之碾平为统一、可消费的形态。但世界文学也能通过剥夺被假定为我们自己的事物,使我们面对不可言说的极端差异——我称之为否定之物。这尤其发生在我们"自己"推崇的经典作为世界文学重返我们身边之时:经典不得不被重新发现和继承,其意义和从前大不相同。我们不得不面对世界的其他地域,面对他者,从而拓展自我和内质。

一个精彩的观点暗暗推动了世界文学的进程,即一切事物都是从他者,或至少是从他人那里,来到我们这里。最本人的事物,或被认为是我们自己的事物,并不真正是我们的,除非我们自己被彻底剥夺。我们只有与他者相遇,才能感到自己的事物。这种对现实的关系性视野,超越了依据客观本质或特性看世界的方式。只有进入流通,特性才能被占有,或者属于某处,且仅仅是借用和中转。这是所属物和特有物的本性。吊诡的是,它恰恰是在剥夺自我（disappropriation）之时才被意识到。阴和阳——一方总是不可避免生发另一方,好像对方已内在于自我内核之中。这一内核不是别的,而是（或者只能被实现为）与他者的关系。

这就是为何世界文学不仅仅是一个汇总、累计的概念,不是将国族文学叠加到一起。毋宁说,它将文学带到一个"新的地方"（柯马丁）,一个普世之所——文学空间。世界文学的使命是超越政治边界和自我封闭的文化领地而发声,从中发现并确认自身。然而,在世界文学观念中,

---

① 参见黑格尔《精神现象学》对限制的讨论。黑格尔:《精神现象学·导言》,法兰克福:Suhrkamp,1970 年,第70 页。（Hegel, *Phänomenologie des Geistes*, Frankfurt: Suhrkamp, 1970）

面临危机的远不仅是可编目、可分类差异的变体。在以往的经验中,我遇到有人将世界文学看做英语系中比较文学的替代品。他们认为,英语系已经或能够"涵盖"其他语种的文学,完全没必要将比较文学独立出来。这为管理者提供了一个合并单位、裁减人员以节省开支的黄金机会,也使竞争的同事和敌对的派系为了各自满意的结果而勾心斗角、争权夺利。

且不说这种机构政治中的人之常情,比较文学通过作品翻译而成为或连接世界文学。但翻译不仅仅关乎被翻译的语言和翻译所用的语言——分别是"源语言"和"目标语言"。其中至关紧要的——被利用的和被指向的——完全是别的东西。通过翻译,文学摆脱具体的限制和规定,成为一种超越特定语言和文化界限的流通媒介。它显现为一个变化无常的媒介或矩阵。这一过程将语言和文化投射到一个更高的本体论层面。文学不是一个客体或被人操纵的工具,而是一个独立的主体,创造或至少改变着世界。

纯语言/文学的否定神学概念

在《译者的任务》中启发了本雅明语言和文学理论的直觉,与此何其相似!我的思考正是从这里开始。实际上,这篇文章最初是为波德莱尔(Charles Baudelaire,1821—1867)《巴黎即景》的译本所写的导言,同时也是翻译产出世界文学的典型案例。通过翻译,世界文学打开了纯语言("die reine Sprache"[①])的维度;以此类推也可以说,世界文学打开了"纯文学"的维度。纯语言是一个否定的神学概念,它不赋予语言任何肯定的特征,仅仅是将各种有限、确定的内容作为"不纯粹的"加以否定。纯语言的观念更像是一种整体理想,以表达实在的共同意图来协调不同的语言。

每种语言自身只能有限而不稳定地通向其所设想的客体。不同语言通向同一现实的方式彼此排斥,分别以互不兼容的隐喻选定概念。不同语言表意的角度或"意指方式"千变万化,纯语言却隐而不显。翻译将这些差异置于历史演进的框架中,从而趋向于表达其共同意愿。这一历史的弥赛亚结局("messianische Ende")是所有语言的和解,是适用于个别语言的不同意指方式之间的和谐[②]。

翻译使人们得以窥见这种理想,展现出各种语言实际上距这一理想多么遥远。无论何时何地,当翻译被作品的长存("Fortleben")所激发,

---

[①] 本雅明:《译者的任务》,第13页。
[②] 同上,第14页。

纯语言就会被翻译之荣光、被生命或语言之复活所照亮。在本雅明对语言救赎的弥赛亚式和末世论的想象中,纯语言只能被理解为否定性的(apophatically),即对客观传达指称内容的否定。恰恰是不可翻译甚至不可充分言说的事物("ein Nicht-Mitteilbares"[①]),使救赎和世界文学作品的来生成为可能。吊诡的是,它既普遍又独特。这是否定神学或否定之物的困境,它迫使我们承认,无法翻译文学表达中最本质的东西,即"不可理解之物、神秘莫测之物,'诗意'之物"("das Unfaßbare, Geheimnisvoll,'Dichterische'"[②]),这使后者自身如纯语言一样不可接近。然而,这种局限令我们关注,是什么能让一种语言译入另一种语言、进入世界文学的更高层面,即各种语言共有的、尽可能充分传达实在的意图。

如本雅明设想的,纯语言尤其表现在各种语言共有的不言("schweigend")意图中,即完整无遗地传达本真和实在之物。正如在伊甸园中,这一意图要使符号和客体、能指和所指完美符合,以至言语完全满足意指之物。在这种情况下,纯语言必须包含某种熔融潜质,以适用于各种可能的言说和想象方式。只有当纯语言被"放逐"到与其异质的事物,进入信息和内容中,它才能在实际语言中被发现。纯语言就这样被禁锢在其他语言(一种陈述事实、给予信息的语言)的魔咒下,而译者的任务是将它译入的语言中释放出来。[③]尤其当译者使自己所用语言变得陌生以适应他国作品时,他做到了这一点。巴别塔之后,语言彼此疏远,这表明其远离了那独自调和它们的、唯一、本真、充分的语言。

这种想象中的语言完整性本身,存在于它对世间之物完美而充分的表达中。这种表达通过其感情声调和能被各种实际语言唤起的、区别细微的概念可能性来实现,但它只是作为缺乏而存在。翻译暴露出这种缺乏。恰恰通过暴露语言不可译之本质,翻译使我们想象一种意欲综合所有语言的总体性:它们如同花瓶的碎片。翻译通过呈现译作的陌生性,揭示出语言不可翻译的本质。"真正的翻译"读起来不能像完美无缺、完整自足的原作,那只会掩盖原作的光彩。相反,真正的翻译,要显现和强调译作与原作之间的差距,从而使纯语言的光彩更充分地降临于原作。[④]

当字面意义或交际意义上的全部约束被排除,意义从一个深渊跌入

---

① 本雅明:《译者的任务》,第19页。
② 同上,第9页。
③ 因此,本雅明(《译者的任务》,第19页)这样定义译者的任务:"译者的任务就是在自己的语言中把纯语言从另一种语言的魔咒中释放出来,是通过自己的再创造把囚禁在作品中的语言解放出来。"("Jene reine Sprache, die in fremde gebannt ist, in der eigenen zu erlösen, die im Werk gefangene in der Umdichtung zu befreien, ist die Aufgabe des Übersetzers.")
④ "Die wahre Übersetzung ist durchscheinend, sie verdeckt nicht das Original, steht ihm nicht im Licht, sondern läßt die reine Sprache, wie verstärkt durch ihr eigenes Medium, nur um so voller aufs Original fallen."(本雅明:《译者的任务》,第18页)

另一个深渊,语言无底的深度本身,有着将语言还原为沉默的危险。① 对于本雅明来说,这种翻译的典型是荷尔德林(Friedrich Hölderlin,1770—1843)对索福克勒斯(Sophocles,约前494—前406)的翻译。真正的翻译并非提供每种语言特有的、等值的表达形式,而是展现深不可测的非等值性,从而将语言与其无限、幽深的无根据性联系起来。纯语言像一条切线,只在一点上触及交际的内容,然后就沿着自己的轨道无限延伸。② 同样,作为拥有来生的文学,世界文学被从它的原文化中连根拔起,纯粹地摆脱了任何特定语境,在流光中沿着自己的轨道无限延伸。

回归世界文学自身

世界文学意味着翻译超越了地方界限而在全球范围延伸以建立一种文学经典的序列,向无论什么国家、种族或地区出身的任何人提供文学教养之最鲜美的果实和花朵。通过比较文学学者的这一讨论,我们认识到,世界文学要阻止文学经典被民族主义目的所盗用,或被特定、排他的文化政治之意识形态目标所盗用。它们拥有更广阔、更持久的意义,是所有人的财产。为了让伟大的作品成为世界文学,我们需要松手放开自己的文化。只有当我们从他者那里重新接受自己的文学,对于我们来说,它才会成为世界文学。重回我们身边,其根本意义已经发生彻底改变。一个非常有趣的例子是《一千零一夜》。它长期以来默默无闻,算不上备受推崇的作品,直到18世纪早期被加朗(Antoine Galland,1646—1715)译成法语,风行欧洲。此后,它才在阿拉伯世界声名鹊起,成为经典,不再像以前那样,被视为下层社会令人难堪的淫荡故事的集合。

翻译不可避免会碾平一些只可能存在于某种给定语言和文化中的特定的细微差别,但翻译也将作品解放出来,使之产生新的联系,并由此生发出之前未知的崭新意义。用卡尔维诺(Italo Calvino,1923—1985)《为何读经典》(*Why Read the Classics*)中的说法,这就是为什么经典从来说不完它要说的话。③ 事实上,在这一方面,翻译能提供抵抗的手段,防止文学作品被统一的符码所涵盖,或是被固定的历史(或思想)框架所限制。通过成为世界文学,作品从一种语言迁徙到另一种语言,进入更广

---

① 本雅明:《译者的任务》,第21页。
② 同上,第19—20页。
③ "一部经典是一本永远说不完它要向读者说的一切的书"是卡尔维诺《为什么读经典》这篇文章的第6个命题。参见卡尔维诺:《为什么读经典》,《为什么读经典》,米兰:Mondadori,1991年(Italo Calvino, "Perché leggere i classici," in: I. Calvino, *Perché leggere i classici*, Milan: Mondadori, 1991)。参见英译卡尔维诺:《为什么读经典》,《文学的用处》,纽约:Harcourt Brace Jovanovich,1986年。(Italo Calvino, "Why Read the Classics," in: I. Calvino, *The Uses of Literature*, New York: Harcourt Brace Jovanovich, 1986)

阔的文化、历史天地,它被翻译成一种始终保持开放和演变的普遍语言。

在我们这个时代,英语事实上已经成为世界通行的语言媒介。然而在实际中,世界文学却将它分裂成许多不同的语言。拉什迪(Salmon Rushdie)的印度英语和沃尔科特(Derek Walcott)的加勒比英语是对英语的崭新启示,包括朗叟哲(Layli Long Soldier)、霍根(Linda Hogan)、西尔科(Leslie Marmon Silko)、亨森(Lance Henson)、肯尼(Maurice Kenny,1929—2016)、特鲁戴尔(John Trudell,1946—2015)和莫马戴(Norman Scott Momaday)在内的美国本土作家的诗歌语言也是如此。这不仅发生在语言层面。通过成为世界文学,一些经典,比如库柏(James Fenimore Cooper,1789—1851)的《最后的莫希干人》(*The Last of the Mohikans*)和马克·吐温(Mark Twain,1835—1910)的《哈克贝利·芬历险记》(*Huckelberry Finn*),以完全不同于其在原初语境中的意义回到美国读者身边。哈克那表面上好脾气、任劳任怨的黑人伙伴吉姆,会突然揭露美国种族间的紧张关系。

最后,我希望藉助一个特例,关注一部文学作品通过成为世界文学而发生的变形。通过上升为世界名著,惠特曼(Walt Whitman,1819—1892)的诗集被改变,进入全新的意义维度,它不同于大多数美国读者的传统理解。惠特曼不再仅是那个激进的美国个人主义诗人,就像《自我之歌》(*Song of Myself*)典型地表现的那样,而是受到弥赛亚末世历史观影响的被放逐的先知。长期以来,他被视为书写身体("我歌唱身体的电流"/"I sing the body electric")、土地和内在性的诗人,而其预言和神学超越之维,却一直相对模糊,或者说被埋没,至少对美国世俗学院派批评来说如此。虽然,惠特曼的诗歌似乎预示了现代世俗的美国民主,一个由自力更生的男女组成的自力更生的国家,但如果更多从欧洲历史的角度读他的诗,可以清楚地发现,他的视角受到《圣经》启发并由此衍生而出。这里,《圣经》在美国的中心被发现,诗歌是真正的人民的声音,而《圣经》乃诗歌之典范,就像它对于赫尔德(Johann Gottlieb Herder,1744—1803)和其导师哈曼(Johann Georg Hamann,1730—1788)所意味的那样。①通过这样一种后世俗化的阅读,惠特曼被揭示为书写内在超越性的诗人,他将美国经验及其承诺投射进天启预言的乌托邦天地。

美国和整个世界都被纳入惠特曼不那么死板的民主范围。但人们很难料到,惠特曼说到底也是一个书写不可言说之物的诗人。他总以一

---

① 参见惠特曼的文章《作为诗歌的圣经》(1883年)和他的宣言《民主远景》(1871年),见哈曼:《美学简论》,载西蒙编《从文字到语言》,法兰克福:Suhrkamp,1967年,第105页。(Walt Whitman, "The Bible as Poetry," 1883; Walt Whitman, "Democratic Vistas," 1871, in: Johann Georg Hamann, "Aesthetica in nuce," in: *Schriften zur Sprache*, hrsg. von J. Simon, Frankfurt: Suhrkamp, 1967)

种民主平等的姿态歌咏事物,为所有事物找到词语,无论其多么普通。他的诗歌如此充满对事物的大量言说,充满对可见的有形宇宙中可被言说之物的清晰表达,以至于这一点并不特别引人注意:他也是一个非凡的书写不可言说之物的诗人。然而,当黑暗和寂静来临,这一点就被清晰表达出来,即使在《自我之歌》的内核中也是如此。在《一个万里无云的午夜》(*A Clear Midnight*)中,它鲜明地作为诗歌主题而出现:

> 这是你的时刻,啊,灵魂,你自由地飞去那不使用语言的世界,
> 离开书本,离开艺术,白天已经抹掉,功课已经结束,
> 你完完全全显现了,沉默,凝望着,思考着你最喜爱的题材,
> 黑夜,睡眠,死亡和那些星星。①

这是某种神秘主义的重任,它与其说是清晰表达事物的本质存在,不如说是唤起事物的未解之谜。通过欧洲,尤其是宗教文化的镜片,我们转换视角,重新聚焦于这部诗集,揭示它通常被忽视的意义。当然,这种先知式的强调在美国读物中并非史无前例;无论如何,美国文化和欧洲文化之间的混杂是相当普遍的。但是不同的角度,确实改变了我们对这个诗人的整体认识。

马林诺夫斯基(Bronislaw Malinowski,1884—1942)将惠特曼的诗歌解读为一种末世承诺的实现。诗人之述行性的使用语言,从而超越了文本的界限、直接拥抱读者,这是一种上演其所宣示之物的先知言语。像上帝的语言一样,它创造并实现那些它宣告并用诗歌描绘的事物。马林诺夫斯基也是这样来理解惠特曼致爱默生(Ralph W. Emerson,1803—1882)的一封信中(1856 年 8 月)"说出未来"("Wording the future")这个短语的意思。她展现出,预言诗的装置从古代经由但丁(Dante Alighieri,1265—1321)、克洛卜施托克(Friedrich G. Klopstock,1724—1803)传至布莱克(William Blake,1757—1827)、雪莱(Percy B. Shelley,1792—1822),又出现并活跃在惠特曼这个信仰粗犷个人主义和草根民主的现代美国诗人身上。②

---

① 选自惠特曼:《草叶集:"临终"版,1891—1892》,费城:David McKay,1892 年;亦见之于:http://www.poetryfoundation.org/poem/174745(网页访问日期:2016 年 5 月 3 日),第 383 首诗(Walt Whitman, *Leaves of Grass*, final "Death-Bed" edition, 1891—1892, Philadelphia: David McKay, 1892)。本诗译文采用赵萝蕤译《草叶集》,重庆:重庆出版社,2008 年。——译注

② 马林诺夫斯基:《"我的话语是神圣的":从克罗伯史托克到惠特曼的典范性预言诗》,维尔茨堡:Königshausen und Neumann,2002 年,第 401—403 页。(Bernadette Malinowski, "*Das Heilige sei mein Wort*": *Paradigmen prophetischer Dichtung von Klopstock bis Whitman*, Würzburg: Königshausen und Neumann, 2002)另一种阅读尽管努力进入美国批评框架,却依然发生了有趣的位移,见诸黄桂友的《美国的惠特曼主义、意象主义和现代主义》,赛林色格罗夫:Susquehanna University Press,1997 年。(Guiyou Huang, *Whitmanism, Imagism, and Modernism in America*, Selinsgrove: Susquehanna University Press, 1997)

惠特曼的书写,采用了一种艺术上的否定模式,以代表那些无法被简单言说的东西。不可表达性的传统主题作为这一阅读的关键,出现在《自我之歌》的结尾。事实上,这一结尾是在告诉他的读者:"我是完全不可译的。"(第 52 节)然而,遗弃自我、进入他者,是通过对于读者的调用来实现的。在惠特曼《草叶集》的结尾,即《再见》(So Long)中,诗人有意将自己的呼吸和脉动转移到读者身上。惠特曼完全跳出文学的框架,亲身拥抱他的读者:

> 我的歌停止了,我舍弃了它们。
> 从我躲着的屏风后面我走出来只向你一个人走去。
>
> 伙伴啊,这不是一本书,
> 谁接触它就是接触一个人,
> (是黑夜吗? 只有我们两人在一起吗?)
> 那你所拥抱又拥抱着你的是我,
> 我从一页一页的书中跳进你的怀里——死亡召唤我走出来。①
> (第 51—57 行)

只有与读者融合,诗人才能继续存在。在《自我之歌》结尾,诗人建议:

> 我把自己交付给秽土,让它在我心爱的草丛中成长,
> 如果你又需要我,请在你的靴子底下寻找我。②(第 52 节)。

对于我们来说,这是永恒的挑战:通过开放我们自身,进入与他人之间本质性的转化关系,我们不再是此刻所是之物。我的目的是为世界文学给出哲学阐释。然而,对这一概念的证明,最终是文学而非哲学的。因此,我不再以哲学命题,而是以这个解释性的例子来结束本文。由此,我回到了批评实践之中,它通过世界文学的(非)视域——或不如说破碎/开放的视域(broken-open horizon),而成为可能。

---

① 本诗译文采用赵萝蕤译《草叶集》,重庆:重庆出版社,2008 年,第 733—734 页。——译注
② 同上书,第 121 页。——译注

世界文学的终结与开端

[德/美] 柯马丁(Martin Kern),高文川译*

"人类若能经受住带来如此强劲、如此急剧、如此意外之聚合过程的震悚,那么人们将不得不习惯一种思维:在这个规范划一的地球上,仅有一种文学文化、即便在较短时间里还有个别文学语言能够幸免,而不久或许只有一种文学语言能够存活下来。这样的话,世界文学思想在实现之时即被毁灭。"

——奥尔巴赫:《世界文学的语文学》(1952)①

歌德的世界文学 vs 我们的全球文学

近来对"世界文学"②的研究,紧随后殖民批评,极力质疑人们早先对这一术语有失清白的使用,并揭示出那些使我们远离世界文学观念初始之义的历史和思想内涵。③ 客观来讲,当今不仅"世界文学包括什么"尚

---

* 我要感谢提哈诺夫(Galin Tihanov)对本文初稿极富见地的评论,我之后的修改从中受益颇丰。

① 奥尔巴赫:《世界文学的语文学》,载穆施格、施泰格编《世界文学:弗里茨·施特里希七十寿辰纪念文集》,伯尔尼:Francke,1952年,第39—50页(Erich Auerbach, "Philologie der Weltliteratur", in: Weltliteratur: Festgabe für Fritz Strich zum 70. Geburtstag, hrsg. von Walter Muschg und Emil Staiger, Bern: Francke, 1952)。该文英译为《语文学与"世界文学"》,迈尔·赛德、爱德华·赛德译,载《百年评述》第13卷第1册(1969),第1—17页。(Erich Auerbach, "Philology and Weltliteratur," trans. by Maire Said and Edward W. Said, in: Centennial Review 13.1[1969])

② 作为开篇,没有什么比卡萨诺瓦的《文学的世界共和国》更富影响和争议。参见卡萨诺瓦:《文学的世界共和国》,巴黎:Éditions du seuil,1999年(Pascale Casanova, *La république mondiale des lettres*, Paris: Éditions du seuil, 1999)。该书英译为:Pascale Casanova, *The World Republic of Letters*, trans. by M. B. DeBevoise, Cambridge, Mass.: Harvard University Press, 2004.

③ 对这一广泛争论的颇为有益的介绍,参见达姆罗什编:《世界文学理论》,奇切斯特、西萨塞克斯:Wiley-Blackwell,2014年(*World Literature in Theory*, ed. by David Damrosch, Chichester, West Sussex: Wiley-Blackwell, 2014);普兰德加斯特编:《世界文学论争》,伦敦:Verso,2004年(*Debating World Literature*, ed. by Christopher Prendergast, London: Verso, 2004);德汉·达姆罗什·卡迪尔编:《劳特里奇世界文学研究指南》,米尔顿帕克、阿宾顿、奥克森:Routledge,2012年(*The Routledge Companion to World Literature*, ed. by Theo D'haen, David Damrosch and Djelal Kadir, Milton Park, Abingdon, Oxon: Routledge, 2012)。现有论文屡屡提及经济与文化资本主义的全球力量,我们或许应该指出,由哈佛大学编辑、在英美同时出版的威利-布莱克维尔(Wiley-Blackwell)的书是在印度排版、在马来西亚印刷的——这是全球化时代两个特别复杂的文学地域,这一点可惜很少引起世界文学理论家的关注。

无定论,就连"世界文学实际是什么"也众说纷纭,用莫雷蒂(Franco Moretti)的话说,它"并非一个客体,而是一个难题"①。因此,对我这样的汉学家来说,参与这场争论如同步入一片雷区,几乎我们所能说的一切,其理论内涵都(至少)是有争议的。我自身对古今中国文学的阅读经验,则把我径直带回"世界文学"术语的成名之时,即1827年1月31日歌德(Johann Wolfgang von Goethe,1749—1832)与爱克曼(Johann Eckerman,1792—1854)的谈话。当时,歌德刚读完一部中国诗体小说的法文译本。正是在这里,我已然感受到歌德世界文学观念中的矛盾,这一矛盾在我们的时代愈发显著,我姑且将其概括为世界文学和全球文学的对立。听说歌德的阅读经历后,爱克曼喊道:"那一定显得很奇怪。"歌德回答:"并不像你想的那样奇怪……中国人的思想、行为和感受几乎和我们一样,这使我们很快就觉得他们是同类,只是他们的所作所为比我们更明朗、纯洁、得体……这和我的《赫尔曼与窦绿苔》(*Hermann und Dorothea*)以及英国理查逊(Samuel Richardson,1689—1761)的小说很类似。"他随即提出了关于世界文学的著名论断:"民族文学现在已经算不了什么,轮到世界文学时代了;现在每个人都应出力,促成其尽快来临。"尽管歌德并非世界文学(Weltliteratur)这一术语的发明者,②但这句话却因在此术语的演进中具有决定意义而常被引用,尤其与歌德"中国人的思想、行为和感受几乎和我们一样"的说法联系在一起。

但正如达姆罗什(David Damrosch)在对歌德原本长得多的谈话之敏锐讨论中指出的那样,③歌德的世界文学观远不止于对中欧文学间惊人共性的欣赏。相反,歌德小心翼翼地平衡他眼中的普遍人性和文化独特性,人类本性、人类社会通过独特性在世间显现。后来在对世界文学的讨论中,歌德不仅时刻注意文化差异的存在,也意识到其重要性;尤其在特定民族文学间的差异中,他发现了世界文学的意义和价值。作为文化交流和相互影响的系统,世界文学既提升了参与其中的单个作家和不同民族文学,也着实提升了文学语言自身。歌德从根本上意识到,世界

---

① 莫雷蒂:《远距离阅读》,伦敦:Verso,2013年,第46页。(Franco Moretti, *Distant Reading*, London: Verso, 2013)

② 最先使用这个术语的是维兰德(Christoph M. Wieland, 1733—1813)或施勒策尔(August L. Schlözer, 1735—1809),后者早在1772年便使用了这一术语。参见皮泽:《世界文学的观念:历史和教学实践》,巴吞鲁日:Louisiana State University Press,2006年,第153页,注释24。(John Pizer, *The Idea of World Literature: History and Pedagogical Practice*, Baton Rouge: Louisiana State University Press, 2006)

③ 参见达姆罗什:《什么是世界文学?》,普林斯顿:Princeton University Press,2003年,第10—14页。(David Damrosch, *What Is World Literature?*, Princeton: Princeton University Press, 2003)

文学并非成于同一而是成于差异。① 这种差异成为人们改变自己的文学创作的灵感和催化剂时，世界文学就应运而生。② 为此，歌德对欧洲快速发展的交流途径格外着迷，认为不同语言的作家——他们中的许多人也是彼此作品的译者——可以加入富有成效的互动。他屡次以"商贸"和市场为隐喻，揭示思想和文学作品在市场上被"交换"。③ 歌德对他能得到的所有文学作品，无论原作、译作，都如饥似渴。对他这种读者而言，世界文学从来不是一套经典杰作，尽管他仰慕过去的伟大作品——尤其是古希腊文学，还有莎士比亚等人的作品——惟其被现时作家吸纳、为他们提供灵感，才能成为世界文学的组成部分。

虽然歌德对交流和相互影响的可能性倾注热情，到了 20 世纪中叶，地方性和全球性的对立还是逐渐引人注目：在不断交流、相互影响和文化、语言四处弥漫的同质化压力之下，地方的独特性如何幸存？人们能从奥尔巴赫(Erich Auerbach，1892—1957)"世界文学思想在实现之时即被毁灭"这一悲观评论中感受到这种忧虑，奥尔巴赫并非个例：艾略特(T. S. Eliot，1888—1965)、列维-施特劳斯(Claude Levi-Strauss，1908—2009)和艾田蒲(René Etiemble，1909—2002)都表达了同样的担忧。④ 梅克伦堡(Norbert Mecklenburg)最近也评论说：

> 另一方面，歌德时代以来越来越快的全球化，也一直是西方、资本主义及其文化工业单方面主宰的同质化过程。从这一批判视角来看，文化间性不只与全球化合拍，也与之相悖：若不再有异样文化，"文化之间"也就无从说起。⑤

或非偶然，这些批评者大多数持法语、德语而非英语，这也许是对 20 世纪中叶以来英语全球霸权的回应。水村美苗的日语畅销书《英语时代

---

① 亦参见布比亚：《歌德的他异性理论与世界文学思想——论新近的文化论争》，载图姆编《作为文化遗产的当代：日耳曼语言文学视野中的德语国家之文化研究》慕尼黑：Iudicium，1985 年，第 269—301 页，尤见第 279—296 页。(Fawzi Boubia, "Goethes Theorie der Alterität und die Idee der Weltliteratur. Ein Beitrag zur neueren Kulturdebatte," in: *Gegenwart als kulturelles Erbe: Ein Beitrag der Germanistik zur Kulturwissenschaft deutschsprachiger Länder*, hrsg. von Bernd Thum, München: Iudicium, 1985)

② 对歌德世界文学观念深刻的再思考，亦参见梅克伦堡：《歌德：文化间与跨文化的诗性游戏》，慕尼黑：Iudicium，2014 年，第 431—454 页。(Norbert Mecklenburg, *Goethe: Inter- und transkulturelle poetische Spiele*, München: Iudicium, 2014)

③ 尤见比鲁斯：《歌德的世界文学思想——历史还原》(Hendrik Birus, "Goethes Idee der Weltliteratur: Eine historische Vergegenwärtigung")，见 http://www.goethezeitportal.de/db/wiss/goethe/birus_weltliteratur.pdf，网页访问日期：2016 年 6 月 2 日。

④ 参见比鲁斯：《歌德的世界文学概念和比较文学》，载《CLCWeb：比较文学与文化》，2000 年第 2 卷第 4 期 (Hendrik Birus, "The Goethean Concept of World Literature and Comparative Literature," in: *CLCWeb: Comparative Literature and Culture* 2.4〔2000〕)，转引自 http://dx.doi.org/10.7771/1481-4374.1090，网页访问日期：2016 年 6 月 2 日。

⑤ 梅克伦堡：《歌德：文化间与跨文化的诗性游戏》(2014)，第 431 页。

日语的没落》①(英译本出版时题为"The Fall of Language in the Age of English"②)有着相同的指向,尽管其论证存在缺陷:将一种同质化、因而问题重重的日语概念定为日本唯一的国族语言③——这是"国族"文学的特征;对其文本的解读要"透过民族国家的镜片,无论是将它们作为国家的化身、国家公共领域中被容忍的异见、国家合法的前驱,抑或国家未来的愿景"。④

然而,并非每个全球英语的批评者都是本质上的国族主义者。克里斯特尔(David Crystal)假想了如下糟糕境况:"如果英语是(五百年中)人们要学习的唯一语言,那将是这个星球有史以来最大的知识灾难。"⑤此观点仍有待深化:正如比克罗夫特(Alexander Beecroft)讨论过的那样,不存在源自单一中心、铁板一块的全球英语。相反,由于英语遍及全球,它也被那些接受和使用它的人以各自不同的方式改造。换句话说,英语不仅仅是一种被广泛接受的、离心的支配力量。一方面,它作为一种力量将自身植入其他文学语言的结构,⑥并造成"对文学写作的国际制约:这些限制是世界市场强加于想象力的"。⑦另一方面,它也转而受到向心力的影响,产生出不一而足、多种多样的英语,它们时时相互作用。⑧ 无论是"英语"还是其文学经典,都并非稳定、单一的事物。正如罗斯(Bruce C. Ross)注意到的那样,英语诗歌现在被公认为"由存在于一组变体中的语言创造的多元艺术。[……]其多样性反映出英语在全球传播,其生命力缘于它并非产自英语诗歌的中心,而是产自全球移易、影响

---

① 日本語が亡びるとき:英語の世紀の中で,直译为"When the Japanese Language Falls: In the Age of English"——"当日语没落:在英语时代"

② 水村美苗:《英语时代日语的没落》,卡彭特译,纽约:Columbia University Press,2015 年;日语原版出版于 2008 年。(Minae Mizumura, *The Fall of Language in the Age of English*, trans. by Juliet W. Carpenter, New York: Columbia University Press, 2015)这里有一个值得注意的扭曲,水村美苗著作的英语标题完全抹除了对日本和日语的强调;相反,书的护封还突出了来自多种亚欧语言的词语!

③ 水村美苗将等同质化过程等同于当今英语的全球力量,她忽视了现代日语(尤其是其书面形式)本身就是相同的同质化过程的产物,不但取代了众多日语方言,还取代了日本南部的琉球语和北部的阿伊努语。因此,她虽然批判英语的殖民力量,却无视日本现代民族国家中日语的专制霸权。她也错失了一个重要的机会:通过比照日本自己在中国台湾岛、朝鲜半岛及其他地方强制推行语言的殖民主义历史来思考"英语时代"。

④ 比克罗夫特:《世界文学生态:从古至今》,伦敦:Verso,2015 年,第 197—198 页。(Alexander Beecroft, *An Ecology of World Literature: From Antiquity to the Present Day*, London: Verso, 2015)比克罗夫特在对"国族文学"(第 195—241 页)的讨论中指出,"国族文学"以本土白话的形式产生,旨在超越之前的"世界主义文学"("cosmopolitan literature",就古代汉语文言文来说),这正符合日本的情况(也符合现代中国的情况)。

⑤ 克里斯特尔:《英语作为一种全球语言》,剑桥:Cambridge University Press,1997 年,第 140 页(David Crystal, *English as a Global Language*, Cambridge: Cambridge University Press, 1997);此处转引自达姆罗什:《什么是世界文学?》(2003),第 225 页。

⑥ 关于英语如何影响其他语言的表达方式等思考,参见帕克斯:《你的英语正在展现》,载《纽约书评》2011 年 6 月 15 日(Tim Parks, "Your English Is Showing," in *The New York Review of Books*, June 15, 2011);比克罗夫特:《世界文学生态:从古至今》(2015),第 279—283 页。

⑦ 莫雷蒂:《远距离阅读》(2013),第 128 页。

⑧ 比克罗夫特:《世界文学生态:从古至今》(2015),第 259—264 页及其余各处。

弥散的网络中。[……]从诗歌的角度来看,英语世界是多中心的。"①

然而,我们可以找到出版物和翻译的统计数据。从语言使用人数来看,英语只是世界第三大语言(远远落后于汉语,后者的母语人数是英语的四倍,同时英语还稍微落后于西班牙语),但从英语译成其他语言的数量却是汉语的一百倍,而从其他语言译成英语的数量约是汉语的三倍。②尽管英语文学自身是复调的、多中心的,但毫无疑问,市场的力量决定了文学的全球贸易。更重要的是,在互联网、全球资本和即时通讯跨越重洋的时代,对语言及文化多样性的主要威胁不只限于英语的直接支配;③而是从整体上关乎文学与文化。这里,奥尔巴赫、艾略特、列维-施特劳斯和艾田蒲几十年前提出的悲观看法,被证明极富远见:对歌德而言,世界文学作为文化实践保证了各种当代文学文化相互启发和影响,然而它在今天却面临变为全球文学的威胁。全球文学并不关心文学文化来自何处,而是屈从于全球化市场的压力。在其中,来自任何地方的任何文学都会(通常是通过翻译)被欧美文学的经验扭曲。正如莫雷蒂指出的那样,"我们一直瘫痪于一个术语下的两种不同的世界文学:一种产生于18世纪之前——另一种晚于前者。'第一种'世界文学由不同的'地方'文化交织而成,其特征是显著的内在多样性;歧异常会产生新的形式。[……]'第二种'世界文学(我倾向于称之为世界文学体系)被国际文学市场合为一体;它展现出一种日益扩张、有时数量惊人的同一性;它变化的主要机制是趋同[……]"④事实上,或许可以让莫雷蒂的观点变得更加尖锐:最终,我们时代的全球文学很可能是歌德世界文学的对立和终结:全球文学是翻译和传播的结果,相应地,它不仅期望而且促成翻译。这种文学极其适应跨国的期待视野,需要翻译来保证经济效益,⑤对其翻译也不再是传统意义上源语言和目标语言的调和,因为后者已经嵌入前者。

---

① 罗斯:《"节奏之结":英语诗歌世界》(Bruce Clunies Ross, " 'Rhythmical Knots': The World of English Poetry"),载普兰заска加斯特编《世界文学论争》(2004),第 293、297 页;另参见比克罗夫特:《世界文学生态:从古至今》(2015),第 262—264 页。

② 这些统计数据是几年前的,摘自比克罗夫特:《世界文学生态:从古至今》(2015),第 262—264 页;如果有什么区别的话,那就是最近的数字会倾斜得更严重。

③ 事实上,这里的趋势正好相反:在当今约十亿在线网站中,英语网站估计占百分之四十五,然而随着全球越来越多的国家发展自己的网上业务,它们的增长速度如今已被非英语网站远远超过。转引自 https://en.wikipedia.org/wiki/Languages_used_on_the_Internet,网页访问日期:2016 年 6 月 2 日。

④ 莫雷蒂:《远距离阅读》(2013),第 134—135 页。正如他在第 130 页所说:"决定性的历史转折仍是国际市场的建立,此前文学变化的主要途径是分歧,之后则变成了趋同。"

⑤ 比克罗夫特指出:"人们愈加关注出版,为了维系文学生涯需要销售越来越多的译本,这些都促成了一个日趋同质的文学世界,这个世界通过创造单一文化而实现普遍性。"参见比克罗夫特:《世界文学生态:从古至今》(2015),第 249 页。比克罗夫特尽管承认这一糟糕的境况很可能成为现实,可他还是试图更乐观地看待未来,政府的干预会支持地方文学、区域文学、少数民族文学,使之在世界文学中各得其所。这种支持能否实现,它是否足以对抗全球资本主义和国际出版集团的力量,我不想深入思考这个问题。

经济和电子全球化如今裹挟我们;差不多两个世纪以前,歌德就已经为他所谓被市场力量驱动的、琐屑的"半文化"("Halbkultur")而担忧。①歌德有助于我们的思考,并不是因为他的世界与我们相同,恰恰相反,认识他的世界是为了凸显我们的不同。我希望表明,他是有助益的,还因为他的世界和文学体现了那些我们不该遗忘却或已失落的理想。不同于我们时代兴起的反乌托邦,歌德——在他的思想和文学实践中——显得乐观而理想化,他的乌托邦尽管终究无法实现,却值得我们永久珍藏,即便这有悖于我们更理性的忧虑。因为在这个历史关头,世界文学和全球文学的二分,已变得十分紧迫;如果世界文学成于他异性、不可通约性和非同一性,那么全球文学确实是其对立面:它在单一的、市场导向的霸权下强求一律,抹除差异,出于某种同一性而非他者性将他者据为己有。达姆罗什将世界文学描述为"在原文化之外流通的文学作品",而全球文学使得这个问题复杂化。仅举一显例,无论村上春树自己怎么想,确定他的"原文化"实际是什么,以及哪种"原文化"在何种程度上吸纳了"西方"并因此而被同化,并不是一件容易的事情。② 村上春树是否视自己为日本作家变得无关紧要;相比于早先村上作品的译者伯恩鲍姆(Alfred Birnbaum)拘谨的文风,现在的首席译者鲁宾(Jay Rubin)优美、流畅的语言显然更吸引大多数美国读者。正如村上是日本作家一样,鲁宾为我们呈现了一位西方作家,这位作家在日本和北美都如此富有影响以至于——就像安倍オースタッド玲子暗示的那样——"日本性"或"美国化"的标签都失去了意义。③ 村上春树如今作为全球战车,被——且想被④——轻松、快捷的阅读,并因此而被翻译。通过译者和编辑去历史化、去语境化、编选、同化的行为,村上畅通无阻地进入了外国文学文化的框架。⑤他的小说在英语中同在日语中一样自如。

歌德的世界文学观并非如此。正如他在《箴言与反思》(*Maximen*

---

① 参见梅克伦堡:《歌德:文化间与跨文化的诗性游戏》(2014),第 444 页;达姆罗什:《什么是世界文学?》(2003),第 13—14 页。

② 村上春树经常被称为"最美国的""最西方的"或"第一个全球的"日本作家,但他拒绝这类描述,坚称自己只取材于日本都市生活的经验——当然,这完全是一种文化杂合的经验。参见他与雷伊(John Wray)的谈话《小说的艺术,第 182 号》,载《巴黎评论》第 170 期(2004),(Murakami, "The Art of Fiction" No. 182 in: *The Paris Review* 170 〔2004〕),转引自 http://www.theparisreview.org/interviews/2/the-art-of-fiction-no-182-haruki-murakami,网页访问日期:2016 年 6 月 2 日。关于村上春树的翻译,参见莱塞:《翻译之谜》,载《高等教育纪事》第 49 卷第 5 期(2002),B. 7 版。(Wendy Lesser, "The Mysteries of Translation," in: *The Chronicle of Higher Education* 49.5〔2002〕: B. 7)

③ 安倍オースタッド玲子:《全球化对日本现代文学接受的影响:村上春树》,载格特曼、贺麦晓、帕伊济斯编《全球文学领域》,纽卡斯尔:Cambridge Scholars Publishing,2006 年,第 23 页。(Reiko Abe Auestad, "Implications of Globalization for the Reception of Modern Japanese Literature: Murakami Haruki," in: *The Global Literary Field*, ed. by Anna Guttman, Michel Hockx, and George Paizis, Newcastle: Cambridge Scholars Publishing, 2006)

④ 参见村上春树与雷伊的谈话;又参见安倍オースタッド玲子:《全球化对日本现代文学接受的影响》,第 30—31 页。

⑤ 安倍オースタッド玲子:《全球化对日本现代文学接受的影响》,第 33 页。

und *Reflexionen*)的注释中所说,"艺术是不可言说之物的中介"。①他认为,象征使"思想在形象中无休止地发挥作用而无法被捕捉,即便用各种语言说出,也仍然不可表达。"②确实,在其漫长一生行将结束之时,在其晚期诗歌包括《中德四季晨昏杂咏》(*Chinesisch-Deutsche Jahres- und Tageszeiten*)中,歌德抗拒翻译而达到一种语言上的超越状态,这使得以德语为母语的饱学之士,如20世纪中叶的歌德研究权威施泰格(Emil Staiger, 1908—1987),绝望地叹息:"难道歌德丧失秩序感了吗?"③尽管施泰格竭力把握歌德日益增多的并列(parataxis)措辞之缥缈特质,可他还是搞不清,究竟是"这句话毫无意义",还是说这正是歌德晚期诗歌的"魅力"("Zauber")所在,施泰格在这片无人区中迷失了方向。④ 其他德国学者也有类似感受。⑤ 直到20世纪末,歌德晚期诗歌才开始被充分接受和认可。⑥

与歌德一样,阿多诺的《美学理论》也把艺术与语言的关系视为有待解决的问题。⑦阿多诺将荷尔德林(Friedrich Hölderlin, 1770—1843)晚期诗歌中的并列概括为"精湛的扰乱"("kunstvolle Störungen"),⑧使"语言转变为一系列不再依靠判断彼此衔接的要素"⑨,并"扰乱口语以及时

---

① "Die Kunst ist eine Vermittlerin des Unaussprechlichen"——歌德:《箴言与反思》,第729条,《歌德全集》(汉堡版),特伦茨编,慕尼黑:Deutscher Taschenbuch Verlag, 1988年,第12卷,第468页。(Johann Wolfgang von Goethe, *Maximen und Reflexionen*, no. 729, in: *Johann Wolfgang von Goethe: Werke*〔Hamburger Ausgabe〕, vol. 12, hrsg. von Erich Trunz, München: Deutscher Taschenbuch Verlag, 1988)

② "... die Idee im Bild immer unendlich wirksam und unerreichbar bleibt und, selbst in allen Sprachen ausgesprochen, doch unaussprechlich bliebe."——歌德:《格言与反思》,第749条,《歌德全集》(1988),第12卷,第470页。

③ "Ist Goethe der Ordnung nicht mehr mächtig?"——施泰格:《歌德》,苏黎世:Atlantis, 1959年,第3卷第236页。(Staiger, *Goethe*, vol. 3, Zürich: Atlantis, 1959)

④ 同上书,第234、236页。

⑤ 参见穆勒:《歌德晚期诗作〈中德四季晨昏杂咏〉》,载埃德、希默尔、克拉赫编《诗性世界花絮:罗伯特·米尔赫纪念文集》,柏林:Duncker und Humblot, 1971年,第53—87页,尤见第59—63页。(Joachim Müller, "Goethes Altersdichtung *Chinesisch-Deutsche Jahres- und Tageszeiten*", in: *Marginalien zur poetischen Welt* 〔*Festschrift Robert Mühlher*〕, hrsg. von Alois Eder, Hellmuth Himmel, Alfred Kracher, Berlin: Duncker und Humblot, 1971)

⑥ 参见克罗洛普:《歌德晚期诗作》,载《歌德年鉴》续集第97辑(1980),第38—63页,尤见第41、42页(Kurt Krolop, "Späte Gedichte Goethes", in: *Goethe-Jahrbuch* NF 97, 1980);穆勒-塞德尔:《德国经典的历史性:1800年前后的文学与思想形式》,斯图加特:Metzler, 1983年,第251—265页(Walter Müller-Seidel, *Die Geschichtlichkeit der deutschen Klassik: Literatur und Denkformen um 1800*, Stuttgart: Metzler, 1983);梅克伦堡:《自然诗与社会》,斯图加特:Klett-Cotta, 1977年,第74—87页(Norbert Mecklenburg, *Naturlyrik und Gesellschaft*, Stuttgart: Klett-Cotta, 1977)。

⑦ 阿多诺:《美学理论》,法兰克福:Suhrkamp, 1990年,例如第108、113、114、121、122、171页。(Theodor W. Adorno, *Ästhetische Theorie*, Frankfurt: Suhrkamp, 1990)

⑧ 阿多诺:《并列》,《文学笔记》,法兰克福:Suhrkamp, 1989年,第471页。(Adorno, "Parataxis", in: Adorno, *Noten zur Literatur*, Frankfurt: Suhrkamp, 1989)

⑨ "[...] die Verwandlung der Sprache in eine Reihung, deren Elemente anders sich verknüpfen als im Urteil."——同上。

常与日常用语为伴的德国古典文学(不包括歌德晚年作品的雄健笔锋)"①。阿多诺将并列理解为对"非同一客体"("das nichtidentische Objekt")的表达,②后者由于抵抗交际功能的同化,而将自身从"掌控自然的魔咒"("Bann der Naturbeherrschung")中解放出来。③ 并列是中国古典诗歌最普遍、最重要的手法之一,在荷尔德林和歌德晚期诗歌包括《中德四季晨昏杂咏》中随处可见。④《中德四季晨昏杂咏》是歌德的"老年组诗,其特殊之处不仅在于其观看方式,更在于其将这种观看方式提升为诗的主题"。⑤ 这种观看方式的特点是"悬浮不定"("Schwebe")和"短暂性"("Übergänglichkeit")。⑥ 该组诗并非静谧安宁,而是处于动态之流中。其在不同文化间的传输与接受,要求一种翻译语言,用歌德的话来说,这种翻译语言"与原作中的各种方言土语、节奏、韵律和叙述方式相符",并因此使得他者"再次凭自己的鲜明特色而使我们感到赏心悦目、如同本国作品一样"⑦。

如上对歌德、荷尔德林晚期诗作和阿多诺等人思想极简短的回顾,引导我们将略显单薄的世界文学概念复杂化。歌德在 1927 年谈论世界文学时,恰好正在写诗。他当时的诗作与彼时乃至嗣后一个世纪德国的文学文化判然有别,他的诗有悖本土读者的阅读期待,也就是说,对于歌德诗作的阅读期待还有待生发。最重要的是,他做诗的灵感来自他者经验,包括波斯和中国文学的译本。⑧在歌德眼里,自己此时的诗作,无疑是世界文学。他在晚年"不再喜欢阅读自己用德文写成的《浮士德》",而更乐见其在一部法文译本中的光彩,并见出自己的作品"再次变得清丽、新

---

① "Störungsaktionen... an der gesprochenen [Sprache] ebenso wie am hohen Stil des deutschen Klassizismus... der, bis auf die mächtigen Gebilde des alten Goethe, mit dem kommunikativen Wort Kameradschaft hielt."——阿多诺:《并列》,《文学笔记》,法兰克福:Suhrkamp,1989 年,第 479 页。

② 同上,第 488 页。

③ 同上。

④ 参见特龙茨:《歌德的晚期风格》,载《有效之言》第 5 期(1954/55),第 134—139 页(Erich Trunz, "Goethes Altersstil", in: *Wirkendes Wort* 5 (1954/55));亦可参见克罗洛普:《歌德晚期诗作》(1980),第 55—60 页。

⑤ "Alterslyrik, die nicht nur durch ihre Art des Sehens besonderen Charakter besitzt, sondern diese Sehweise zu ihrem Thema erhebt."——特龙茨:《歌德的晚期风格》,第 135,136 页。

⑥ 艾希霍恩:《歌德晚期作品中的思想和经验》,弗莱堡:Karl Alber,1971 年,第 137 页。(Peter Eichhorn, *Idee und Erfahrung im Spätwerk Goethes*, Freiburg: Karl Alber, 1971)

⑦ "[...] die den verschiedenen Dialekten, den rhythmischen, metrischen und prosaischen Sprachweisen des Originals entspräche."——歌德:《西东诗集》,载《歌德》第 2 卷,第 257 页(Goethe, "West-östlicher Divan: Noten und Abhandlungen", in: *Goethe*, vol. 2)。关于独特性与普遍性的结合,以及"它是自身"与"它会成为我们的"的批判性讨论,参见克里斯蒂娃:《自我的陌生者》,鲁迪耶译,纽约:Columbia University Press,1991 年,第 178—180 页。(Julia Kristeva, *Strangers to Ourselves*, trans. by Leon S. Roudiez, New York: Columbia University Press, 1991)

⑧ 参见皮泽:《"世界文学"的出现:歌德和浪漫派》(2006),载达姆罗什编《世界文学理论》,奇切斯特:Wiley Blackwell,2014 年,第 29—30 页。(John Pizer, "The Emergence of *Weltliteratur*: Goethe and the Romantic School," (2006), in: *World Literature in Theory*, ed. by David Damrosch, Chichester: Wiley Blackwell, 2014)

颖、激昂"。① 歌德在思考世界文学的时候，也在创作中实践他异性、自我疏离和有意异化的理念。他似乎经常强调自我和他者的稳定身份——例如他常概括不同文化的文学特征——但他也热切地允许他者进入自我，从而动摇了任何这类稳定性。歌德晚期诗歌无疑是德语文学的组成部分，然而也远离故土、超凡脱俗。那是双重意义上的世界文学：既是阅读外国作品而被激发的文学，也是超越地域、文化和语言、不被任何国内外市场同化的完美文学：它是自己世界的陌生者。

达姆罗什给世界文学下了一个著名的定义："世界文学不是一套经典文本，而是一种阅读模式：一种客观对待与我们自身时空不同的世界的形式。"②我想补充一点：世界文学不只是（作为读者的歌德凭敏锐直觉发现的理想的）阅读模式，即接受；也是一种创作模式。世界文学可以被书写。它被写入某种文化空间，成为当地语言（不必是国族）传统的组成部分，但同时异于并疏离这一传统；它超越了界定这一传统的"期待视野"，却未进入其他视野之中。它不会留驻于当地或当代，很难被本土读者驯化。世界文学之"文化间的亲合性"（intercultural affinity）恰恰产生于"文化内的差异"（intracultural difference）。③ 在我看来，这种文学似乎内在地异于并超越本土的词汇句式，正如达姆罗什注意到的，它很可能要求从翻译中获取阅读模式——即便因有意违反母语规则，抗拒"与日常用语为伴"，而使翻译的前景扑朔迷离，疑问重重。总之，依我之见，世界文学似乎不止是一个接受范畴，也是一个生产范畴，甚至本体论范畴。

不难想象这种文学及其极端情况，比如乔伊斯（James Joyce，1882—1941）的《芬尼根守灵夜》（*Finnegans Wake*）和施密特（Arno Schmidt，1914—1979）的《纸片的梦》（*Zettel's Traum*）。这类文学一经翻译必有所损益，与原作大不相同。这里，我们看到另一组有趣的对立：世界文学成于翻译，只有通过翻译，通过这种无处不在的转化行为，才能被概念化，然而这并不意味着，易于翻译的作品便是成功的世界文学。相反，抗拒翻译能够产生世界文学。这不是说，乔伊斯或施密特之所以是世界文学，是因为他们根本不可译，而在于其有别于自己原来的文学文化。他们在原作中展现了他异性，随后在翻译的转化重构中，对他异性的展现再次发生，同时也被扬弃。

有趣的是，这些作品也往往成为本国文学传统中的经典。这里，我们遇到了传统之悖论：被传统追尊为往昔"代表"的作品，往昔却往往超

---

① 达姆罗什：《什么是世界文学？》（2003），第 6—7 页。
② 同上书，第 281 页。
③ 梅克伦堡：《歌德：文化间与跨文化的诗性游戏》（2014），第 404 页。

出同代人的期待视野。经典文本不仅是被追尊的,而且因其在当时与众不同,也从不代表那一特定时代(无论歌德、荷尔德林还是晚年的杜甫,都与当时众多顺应时代期待的更成功的作者截然不同,因此被长久遗忘)。这些作品无疑有别于自身的文化环境,只要我们意识到其在文化内的他异性和超越性,它们就能保持自己原初的不同。我相信,这是设想"一套经典杰作"("canon of masterpieces")构成世界文学经典的唯一方式:这些作品从不被原初文化所限制,超出"原文化"(达姆罗什)而发声。卡夫卡(Franz Kafka,1883—1924)是世界文学——无论在德语区还是在译作中均是如此——他的风格完全是他自己的:无论对于德语读者还是其他语言的读者,他都同样非常、甚至陌生。如康戈尔德(Stanley Corngold)所说,"卡夫卡意识到自己特殊的天赋,常常因此而畏惧",这一天赋使他遭受更多痛苦,因为他感受到了自身的陌生性,换用克里斯蒂娃(Julia Kristeva)的话来说,他的存在成了他自己的陌生者。①他是世界文学,因为他抗拒被吸收、归化、整合进任何文化视域,包括自己原初的文化与文学世界。日本的诺贝尔奖得主大江健三郎的情况或许更加极端,他的语体如此明显地背离了日本语言、文学的常规,以至于教师们为了展示其小说的独特性,要求学生寻找他日语使用中的"错误"。另一个例子是同样来自日本的黑泽明(1910—1998),他的天才在国外远比在日本本土更知名。他1957年的电影《蜘蛛巢城》(直译为 *Spider Web Castle*,但被翻译成 *Throne of Blood*)是对莎士比亚(William Shakespeare,1564—1616)《麦克白》(Macbeth)彻底的再想象:将原剧变为一部电影和一个通过传统能乐审美形式讲述的中世纪日本故事,以电影形式翻新莎士比亚的戏剧,同时弃置莎氏语言和英国戏剧的审美形式。《蜘蛛巢城》既非《麦克白》亦非其翻译,既非英国的亦非日本的,既非电影亦非戏剧。然而,它"不可思议地成为《麦克白》最成功的电影版本,尽管它与莎剧的细节相差甚远。"②

---

① 康戈尔德:《卡夫卡和少数文学的方言》(Stanley Corngold, "Kafka and the Dialect of Minor Literature"),载普兰德加斯特编《世界文学论争》(2004),第289—290页。
② 布鲁姆:《莎士比亚:人的发明》,纽约:Riverhead Books,1999年,第519页(Harold Bloom, *Shakespeare: The Invention of the Human*, New York: Riverhead Books, 1999)。这里的《蜘蛛巢城》为莫雷蒂的观点提供了例证。莫雷蒂认为,当小说在不同文学间传播时,其"情节"(plot)不变而"语体"(style)会变:"情节在很大程度上独立于语言:因此它多少会保持一致,不仅从一种语言到另一种语言时是这样,甚至从一种符号系统转变为另一种时(从小说转变为插画、电影、芭蕾舞剧……)也是如此。而语体却只关乎语言,对小说的翻译几乎总是一桩背叛(traduttore, traditore;翻译者,即背叛者)。事实上,小说的语体越复杂,其特质在翻译的过程中就越可能丧失。"参见莫雷蒂:《远距离阅读》(2013),第133—134页。

北岛

歌德在谈及世界文学时,有一个霸权区域——欧洲,他想象中的世界文学(至少在一定程度上)要与这一区域相合,但在欧洲范围内,却没有某种单一的霸权语言或霸权文化;事实上,自古及今,欧洲文学一直被看做或不得不是客居的陌生人和流亡者的领地。① 对歌德而言,至少法语、英语和德语是不相上下的,是他揽取远方作品的起点。歌德唯一绝对的参照点在古代:古希腊文学。我们今天的境况与之不同:不能用英语(或诺贝尔奖委员会能读懂的其他语言)阅读的作品无法获得诺贝尔奖。② 虽然在更广阔的区域中——东亚③、欧洲等——文学流通并不必然仰赖英语,然而作者一旦从单个国家进入全球市场,英语就成为交流传播的基本媒介,作品通常要在英译本的基础上才能被译成其他语言。从文化资本和经济实力(而非母语人数)来看,其他所有语言目前均不及英语。

语言和文学同化的压力只会与日俱增,因为文化全球化和经济全球化运作的原则并不相同。经济全球化基于抹除差异、规模效益和产品服务的普遍一致。我们都想要同样的 iPhone。相反,在理想情况下,文化全球化成于持久的他异性和多样性的观念。在欧盟内部,这类观念受到特殊规则和免税条款的保护,以对抗规模效益,如法国奶酪、意大利面和德国啤酒均是受保护的。文学风格不受这类保护,我们必须要问,当代作家在全球取得的成功,在何种程度上——尽管取决于精确标准化的翻译和市场策略——反映出文化全球化的夙愿,又在何种程度上体现出经济全球化的逻辑?

1987 至 1989 年间,我作为留学生就读于北京大学,见证了近期中国历史中思想最激荡的时期的最后阶段和剧烈终结。1976 年后,尤其是 1978 年后,文学在中国变得事关重大。通宵创作的诗歌和短篇小说张贴在"民主墙"以及北京诸高校、其他各色场所的墙壁上,被视为社会、文化和政治上的真理力量。在 1980 年代晚期,在北京大学的校园里,几乎夜夜都能听到各种诗歌朗诵。我的不少中国朋友通过中译本受到西方现

---

① 从但丁到乔伊斯,很多人都是如此。参见莫雷蒂:《远距离阅读》(2013),第 35—40 页。

② 正如比克罗夫特指出的那样,"从 1900 年到 2013 年的 110 位诺贝尔文学奖得主中,只有 8 位[……]用非欧洲语言写作,其中除了莫言和两位日本作家,其余的或是在欧洲本土、周边写作,或是正处在欧洲人的统治之下。"比克罗夫特对于这一情况表达了某种理解:"毕竟,评审者只能评价那些他们能用原文阅读或已被翻译过来的作品,因此,翻译体系中的不公几乎一定会体现在评奖体系中。"(比克罗夫特:《世界文学生态:从古至今》[2015],第 257 页)

③ 参见索恩伯:《移动中的文本帝国:日本文学中的中国人、朝鲜人和"台湾人"的跨文化性》,坎布里奇:Harvard University Asia Center, 2009 年。(Karen Laura Thornber, *Empire of Texts in Motion: Chinese, Korean, and Taiwanese Transculturations of Japanese Literature*, Cambridge, Mass.: Harvard University Asia Center, 2009)

代文学和哲学的启发,将自己想象为深邃的存在主义者。这是一个发生变化的时刻。早先,在1970年代早期至1980年代早期,"伤痕文学""寻根文学"和"朦胧诗"的作者采用西方形式写作,却并不面向西方读者,他们明确地力求打破地方性的文学规范亦即政治规范,后者界定了什么表达是可接受的。他们自己的世界文学形式,是在外国文学的激发下重述中国自己的经验,既不是面向外国或为翻译而写,也不为经济收益或国际认可而写。尽管其灵感来自西方现代主义,但它无疑是地方性的:不仅是一般意义上中国的,而且明显是中国大陆的,为呼应在中华人民共和国成长起来的新一代人的经验而形成了一种都市风格。无论是在文化还是政治上,"伤痕文学""寻根文学"或"朦胧诗"的语言,表现的都是中华人民共和国的生活,就像鲁迅的作品表现的是他所处的时代和环境。虽然按照正式说法,朦胧诗集仅限于内部发行,然而第一年来到北京大学的外国交换生也能轻而易举地买到它们。但据我所知,没人通过出版这些诗集赚钱,它是被阅读、被记忆、被传抄、被朗诵的文学,而不是用来出售的。

在1980年代中晚期之前,在文革结束后的十年间,西方汉学家开始发现并翻译出版这类新的、飞速发展的文学,把崭新的中国声音——又一个(现在是后文革)"新中国"的声音——介绍给国际读者。新一代中国作家的作品以多种欧洲语言出版发行,他们对自己的写作越发自信,逐渐形成一种智性的优雅风格,并被当局所接纳。他们的国际出版商往往并非那些全球出版巨头,而是学术机构或较小的、偏重思想性的出版社。今天,这一切似乎都已是遥远的回忆。随着中国充分参与全球经济,中国文学涌现出一些更成功的作家。与此同时,在当代中国,无论从文化方面来看,还(尤其)是作为一种政治批判的声音,文学似乎在很大程度上丧失了思想上的紧迫性。只是一些国际知名作家的少量经典远销海外,并最终通过莫言获诺贝尔奖而得到认可,而莫言在中国政治体制中位居要职。①

这些经典是世界文学吗——如果它们只是依靠翻译而获诺贝尔奖?还有,村上能否如全球崇拜者多年所愿(如非奢望的话)成为下一位诺贝尔奖得主?也许吧。还有北岛,尽管他似乎不太可能——诺贝尔奖委员会需要在全球保持平衡,近期要优先承认其他的:不是其他作家甚至其他语言的文学,而是其他国家,仿佛莫言现在代表的与其说是"汉语文学",倒不如说是中华人民共和国的文学,就像中共中央宣称他获奖"既

---

① 关于莫言的政治地位,参见林培瑞:《这位作家配得诺贝尔奖吗?》,载《纽约书评》,2012年12月6日(Perry Link,"Does This Writer Deserve the Prize?," in: *New York Review of Books*,December 6, 2012),见http://www.nybooks.com/articles/archives/2012/dec/06/mo-yan-nobel-prize/,网页访问日期:2016年6月2日。

是中国文学繁荣进步的体现,也是我国综合国力和国际影响力不断提升的体现。"①相反,很多年前,中国政府曾严厉谴责将诺贝尔奖颁给住在巴黎的作家高行健,称呼生于中国的高行健为"法国作家",指控瑞典皇家科学院被"政治目的"所驱使。② 讽刺的是,政府斥高行健为"法国作家",类似观点也存在于中国先锋作家如欧阳江河等人的批评中:在欧阳江河看来,高行健的作品不配获诺贝尔奖,因为它们既无法代表后毛泽东时代的中国文学,也没有表现当代中国大陆的社会现实。③ 换句话说,中国文学仍被要求表现自身以外的事物;对国家政治环境的参与,界定和归纳了其文学特质。

1990年,宇文所安(Stephen Owen)的文章《什么是世界诗歌》引发了对北岛诗歌价值乃至性质的激烈争论。④那时,北岛在国内外的声望主要和两件事有关,一是他早期的政治诗,二是1978至1980年间,他勇敢地编辑"非官方"杂志《今天》,直到这份杂志后来被查封。时至今日,北岛自己的文学发展早已不再局限于起步阶段,流亡海外的经历使之愈加复杂。⑤ 然而,宇文所安关于"国际诗歌"的主要问题,在当今远比1990年更具紧迫性。国际诗歌"有自行翻译的本领","写来就是为了不会在国际旅行中变质",是面对"国际读者(换言之,西方读者)认同的后果和权力"而写的"极为适合翻译的"诗。宇文所安担心"一个奇特现象:一个诗人因其诗作被译得很好而成为本国最重要的诗人",还担心"国际读者赞赏这些诗,想象其未因翻译损失诗意时是什么样子",而"本土读者也赞赏这些诗,因为知道国际读者多么欣赏它们"。

英语世界对北岛的引介,确实提供了一个关于同化的典型案例,尤其是1988年出版的北岛早期诗歌的英译选集《八月的梦游者》,宇文所安两年后的评论正是以它为主要对象。宇文所安指责北岛的诗歌"有自

---

① 参见林培瑞:《这位作家配得诺贝尔奖吗?》。
② 参见洛弗尔:《全球经典中的中国文学:寻求承认》,载石静远、王德威编《全球中国文学——论文集》,莱顿:Brill,2010年,第200页(Julia Lovell, "Chinese Literature in the Global Canon: The Quest for Recognition," in: *Global Chinese Literature: Critical Essays*, ed. by Jing Tsu and David Der-wei Wang, Leiden: Brill, 2010);更全面的介绍,参见洛弗尔:《文化资本的政治:中国对诺贝尔文学奖的追求》,檀香山:University of Hawaii Press,2006年(Julia Lovell, *The Politics of Cultural Capital: China's Quest for the Nobel Prize in Literature*, Honolulu: University of Hawaii Press, 2006)。
③ 洛弗尔:《全球经典中的中国文学:寻求承认》,第213—215页。
④ 宇文所安:《什么是世界诗歌》,载《新共和》,1990年11月19日,第28—32页(Stephen Owen, "What is World Poetry," in: *The New Republic*, November 19, 1990)。一些对宇文所安颇为激烈的回应,参见埃德蒙:《一种共同的陌生性:当代诗歌,跨文化相遇和比较文学》,纽约:Fordham University Press,2012年,第219页,注释13(Jacob Edmond, *A Common Strangeness: Contemporary Poetry, Cross-Cultural Encounter, Comparative Literature*, New York: Fordham University Press, 2012);亦参见达姆罗什:《什么是世界文学?》(2003),第20页。
⑤ 对北岛和其他中国当代流亡作家作品的出色分析,参见柯雷:《精神、混乱和金钱时代的中国诗歌》,莱顿:Brill,2007年,第138—186页。(Maghiel van Crevel, *Chinese Poetry in Times of Mind, Mayhem and Money*, Leiden: Brill, 2007)

行翻译的本领",事实上,这在译者杜博妮(Bonnie S. McDougall)的《序言》中早有体现。她在《序言》中谈及"北岛诗歌的普遍本质",称其为"适合翻译的",因为其"意象大多取自自然界和都市的现象,西方读者对此和中国读者同样熟悉"。而且,"这些诗歌结构相仿,都是基于普遍的几何或逻辑模型。"总之,根据杜博妮的说法,"因此,这些诗歌的表层结构在翻译中并不会有显著损失"。①

同宇文所安一样,我很关注北岛早期诗歌的品质,而《八月的梦游者》中的诗歌已然成为人们重新审视的对象。不同于宇文所安,李点和埃德蒙(Jacob Edmond)等人的评论更多着眼于汉语原作而非英语译本。李点指出北岛的语言是如何从一场"同语言的搏斗"中幸存下来:北岛的语言"抗拒着词典用法","他神秘的风格、断裂的句法和破碎的意象,使哪怕专业读者也难以读懂";李点注意到,北岛诗歌"意象与意象,行与行、节与节之间的转换缺乏逻辑",其意象是"诸多悖论的集合",他"倾向于猛烈地重组旧的语言符号";李点强调,即便发生再断裂,北岛作品中依然有传统的中国元素。② 因此,人们对这类诗歌的拒斥与对歌德晚期诗歌的指责非同寻常地相似:中西评论家都宣称北岛的诗"整体看来毫无意义","我读的越多,懂的越少;[……]我越是想阐释,它就越显得杂乱无章。"③总之,李点的立场和宇文所安不同,他认为北岛诗歌体现的并不是缺少根基的全球主义,恰恰相反:"它体现的是对大行其道的全球主义的不满,是未被机械化和自动主义破坏的人性,是对无论何种形式的压抑与控制的挣脱,无论后者是单一的政治意识形态,还是肆虐的商业主义。"④

李点将北岛置于1970年代早期以来中国的政治气候和中国漫长的政治传统的语境中,而埃德蒙——他也发现了北岛诗中那些中国特有的意象和句法——则展现出北岛诗歌如何引发"中国诗歌"和"世界文学"的多重解读,这些解读最终又是如何密不可分。⑤ 1976年,北岛作为不久后被称为"朦胧诗"的诗歌流派之具影响力的早期领袖脱颖而出,他从根本上拒绝"与日常用语为伴"。他的诗不仅令当时主管政治和文学的官员感到"朦胧",而且还汲取了西方现代主义文学的养分,⑥从而打破了

---

① 北岛:《八月的梦游者》,杜博妮译,伦敦:Anvil Press Poetry,1988年,第14页(Bei Dao, *The August Sleepwalker*, trans. by Bonnie S. McDougall, London: Anvil Press Poetry, 1988)。一个简短的评论,参见李点:《北岛的汉语诗歌,1978年—2000年:抵抗与流亡》,刘易斯顿:Edward Mellen Press,2006年,第102—103页。(Dian Li, *The Chinese Poetry of Bei Dao, 1978—2000: Resistance and Exile*, Lewiston: Edward Mellen Press, 2006)
② 李点:《北岛的汉语诗歌,1978年—2000年:抵抗与流亡》(2006),第71、83、90、93、107页。
③ 转引自李点,同上书,第83页。
④ 同上书,第126页。
⑤ 埃德蒙:《一种共同的陌生性:当代诗歌,跨文化相遇和比较文学》(2012),第95—124页。
⑥ 同上书,第101页。

对中国诗歌的预期。他深植于中国诗歌传统的地方色彩和中国大陆的生活经历(文革开始时,他只有十七岁),也以多种方式颠覆了外国文学读者的预期。根据埃德蒙的分析,北岛的诗歌"既不局限于去历史化的世界诗歌语境,也不局限于历史性、自传性的解读",更准确地说,"对北岛的诗歌,既可以做历史的解读,也可以做逸出历史的世界诗歌的解读,这二者之间的张力正是其作品结构的关键之处"。①

1990年,宇文所安批评北岛诗歌公然迎合西方读者对于具有普遍性的"世界诗歌"的要求:既要容易阅读,又要保留适量的"地方色彩"和"惬意的种族划分"。在我个人看来,他所回应的与其说是北岛的汉语诗歌,倒不如说是外在于它的两个现象:一是全球文学文化的出现,最终将中国当代诗歌带入了(西方人设想的)世界文学之中;一是杜博妮的翻译,不仅将北岛"介绍"给欧美读者,也在此过程中使之变得易于理解和误解。与杜博妮自己的断言相反(也非如宇文所安所说,那些诗歌"有自行翻译的本领";从另一个角度来看,这恰恰是对杜博妮译诗的褒奖),北岛早期诗歌其实并不是"普遍的";只是英语翻译抹除了汉语诗歌内部原有的冲突和张力。

试看《八月的梦游者》中题为《你好,百花山》的第一首诗。②这首诗写于1972年,其时文革正值高潮,而杜博妮的译本并未提供这一关键信息。③ 这首诗的第一句是"琴声飘忽不定"(杜博妮译为"The sound of a guitar drifts through the air"),读者或许会好奇,这里的"guitar"对译的是哪个汉语单词?答案是惯指古筝的"琴",但也可指一般意义上的弦乐器。另一方面,"guitar"译成汉语当为"吉他",这个汉语单词是从英语音译过来的,而北岛在这里并未选用它。那么,是什么促使译者将"琴"译成"guitar"呢?

通过重新审视北岛的原诗,埃德蒙质疑杜博妮的翻译和宇文所安的结论;他指出,《你好,百花山》中这样的情况还有很多,宇文所安所谓"没有历史"、没有国族景观的"普遍诗歌"只是翻译创造出来的。④李点主张,翻译北岛作品时,应当添加适量注释,以便向西方读者揭示其在古今中国文化中的潜在含义。⑤ 以"百花山"这个地名为例,它指的是北京附近的一座山,但对每个中国读者(当然是1970年代每个读到这首诗的中国

---

① 埃德蒙:《一种共同的陌生性:当代诗歌,跨文化相遇和比较文学》(2012),第123页。
② 北岛:《八月的梦游者》(1988),第19页。
③ 杜博妮在其序言中仅仅指出,书中第一部分的诗"写于1970年至1978年之间";参见北岛:《八月的梦游者》(1988),第15页。显然,这并不是普通的八年,这一时期发生了一系列引人注目的政治变革,从文化大革命转入一个相对开放的时期。
④ 埃德蒙:《一种共同的陌生性:当代诗歌,跨文化相遇和比较文学》(2012),第110—123页。
⑤ 李点:《北岛的汉语诗歌,1978年—2000年:抵抗与流亡》(2006),第107页。

读者)而言,它却另有所指——毛泽东"百花齐放"的方针。通过"百花"这一词语的暗示,当正在经历1972年恐怖与动乱的中国读者读到关于"野花"的那行——"开放,那是死亡的时间"(杜博妮译为"Their flowering is their time of death"),一定会想到仅过去十五年的"百花齐放";也一定会注意到"开放"具有"开花"和"对外开放与(政治)改革"的双重意义。最后,1972年的中国读者绝不会将"这山中恐怖的谣传"(杜博妮译为"the mountain's tale of terror")简单误读为超然的、现代主义的国际诗歌。而且,当年北岛写下这首地下传抄的诗歌时,不可能想到要将其卖给对"世界文学"感兴趣的国际读者。换言之,宇文所安的批评不仅是基于高度同化的、普遍化的译本,而且这个译本是在诗歌写成十八年以后出版的,1972至1990年特殊的时间跨度使中国诗歌与政治的关系发生剧变,中国文学在全球市场中的境遇也迥然不同。

杜博妮对诗中所有这样的地方全都做了去语境化和去历史化的改写。最后几行"那是风中之风,使万物应和,骚动不安"("That was the wind within a wind, / causing the myriad things to resonate, yet restlessly and troubled"),杜博妮译为"It was a wind within a wind, drawing / An agitated response from the land",既省略了体现中国传统宇宙观的"万物应和",又省略了拟人地表现这一宇宙观如何被打乱的"骚动"和"不安",代之以用"drawing"引出一个机智的现代主义跨行,并凭空虚构出一个乏味的"the land"。简言之,这一普遍化的译本抹平并删除了汉语诗歌中一切体现传统和动荡不安的地方,其中,标题"百花山"特有的隐含意义被剥落殆尽,却刚好满足了西方读者对隐约可见的"地方色彩"的欲望。无论如何,去语境化和去历史化的改写,并非偶然或无意;对作者文本的强力介入有一个目的:用萨义德(Edward Said,1935—2003)的话说,它们创造出一种崭新的、全然不同的"世俗语境"("worldly context")。引人注目的是,同样的改写同时(1989年)发生在村上春树的小说译本《寻羊历险记》(*A Wild Sheep Chase*,日语原作出版于1982年)中,小说的时间设定——1970年,日本历史上政治动荡的一年——被去除,这使得这一文本转变"成为一部截然不同的小说",而其他语言的译本基于第一个英译本,进一步延续了这种做法。①

如果看到北岛后来的诗歌如何被英语翻译推向市场,②人们一定会

---

① 安倍オースタッド玲子:《全球化对日本现代文学接受的影响》(2006),第28—29页。正如她指出的那样,为了提高速度、图一时之便,村上春树的作品往往不是由日语原作,而是由英译本翻译成其他语言,这被一些人视为丑事,却获得了村上的认可。

② 参见柯雷:《精神、混乱和金钱时代的中国诗歌》(2007),第145页。其他诗人身上也有同样的情况;参见柯雷:《粉碎的语言:中国当代诗歌与多多》,莱顿:Research School CNWS,1996年,第99—101页。(Maghiel van Crevel, *Language Shattered: Contemporary Chinese Poetry and Duoduo*, Leiden: Research School CNWS, 1996)

赞同宇文所安的批评:国际读者阅读北岛的诗歌,常常只是为了其中的政治讯息,以满足其对于"政治美德的渴求",因为无论是2016年还是1990年,"为中国民主斗争正是时尚"。但如果我们讨论的是那些写于1972年的地下诗歌,这一批评就犯了历史错误;它真正的标靶并非北岛的原作,而是杜博妮1988年出版的英译本。尽管宇文所安所言大体不错:"描写为民主斗争和真正去为民主斗争并不是一回事",但北岛在1972年写下《你好,百花山》,本身就是一个值得敬畏的言语行为,它确实是民主斗争的组成部分;1978年,他以意味深长的《今天》为题创办杂志,亦是如此。那时,中国大陆的作家还远无法预见到全球文学市场的出现,他们写诗的确是一种政治行为;他们的政治立场还不像十年以后那样可以转变为诗歌的"卖点"(宇文所安)。[1]

但正如埃德蒙提醒我们的,北岛早期诗歌绝不仅仅是"民主斗争"的组成部分。1972年,西方现代主义(或后现代主义)尚未流行,并不像其后几十年里那样人尽皆知、易于仿效。北岛打破了中国诗歌语言的常规,但也同过往的文学保持冷静的对话;从这个意义上说,他既不是"国际的"也不是"普遍的"。就像歌德晚期的诗歌,尽管其灵感来自中国文学和波斯文学,但并非"国际的"和"普遍的"。从文化上看,北岛的诗歌是独特的,这不仅在于它回应了自身的政治境况,反抗当时的政治正统。更重要的是,它以如此特殊的方式,彻底拒绝了中国诗歌的结构正统,即诗人对其境况的回应。正因如此,《回答》是北岛最重要的诗歌。[2] 它彻底重构了两千多年前《诗大序》奠立的中国正统诗学,后者认为社会政治境况会引发诗人内在情感的回应,而诗歌则是这种回应的外在表现。[3] 北岛在援引传统诗学意象和经验的同时,又对其加以改造,因而他的诗歌完全是现代主义的,并不是全球的和普遍的。北岛在写诗的时候营造了一种与周围一切格格不入的他异性。它的价值既不在于其政治功能,也不在于符合某种普遍化的(从来都是西方的)对"好诗"的理解。它(过去和现在)是世界文学,并不是因为它能被英语翻译阉割、碾平,而是因为它能同时"巧妙的打乱"文学表达的地方符码和全球符码。换言之,恰恰是表面上"普遍化"的翻译,削损了北岛诗歌想要传达给世界的内容:如梅克伦堡所说,世界文学产生于"文化内的差异";我们在英语翻译中得到的

---

[1] 参见柯雷:《精神、混乱和金钱时代的中国诗歌》(2007),第145页及其参考文献。
[2] 这一讨论,参见埃德蒙:《一种共同的陌生性:当代诗歌,跨文化相遇和比较文学》(2012),第101—109页。
[3] 关于这一问题的敏锐讨论,参见宇文所安:《中国文学思想选读》,坎布里奇:Council on East Asian Studies, Harvard University,1992年,第37—56页(Stephen Owen, *Readings in Chinese Literary Thought*, Cambridge, Mass.: Council on East Asian Studies, Harvard University, 1992);范佐伦:《诗歌与人格:中国传统的读解、注疏和阐释学》,斯坦福:Stanford University Press,1991年,第52—115页。(Steven van Zoeren, *Poetry and Personality: Reading, Exegesis, and Hermeneutics in Traditional China*, Stanford: Stanford University Press, 1991)

并非世界文学,而是全球文学,那些诗歌可以由来自任何地方的任何人写出来,就好像它们产生于一个没有历史、可以随意使用语言的无人地带。

王维

如果让中国读者从"中国诗歌的黄金时代"——唐代(618—907)中选出五位最重要的诗人,你很可能会听到王维(699—759,或701—761)的名字。如果让西方读者选出三位最重要的唐代诗人,王维必居其一。为王维赢得全球读者推崇的是他的"自然诗":这类诗歌受到佛家哲学的启发,看似非常简单,却被誉为"中国自然诗"的典范,是中国诗歌最受国际欢迎的"体裁"。正如余宝琳(Pauline Yu)注意到的那样,"王维诗歌的译本[……]多于其他任何中国诗人。"[1]这绝非偶然:自然意象具有感知的普遍性和象征潜力,很容易跨越时间、语言和哲学的差异,使一首8世纪的中国诗歌融入我们自身的阅读经验。自然意象往往易于理解,具有普遍性和原型性。[2] 因此,西方读者自然而然地将"中国自然诗"纳入18/19世纪欧洲的诗歌观念:这种诗学理想形成于欧洲工业革命时期,这并非巧合;它将自然重构为一个"未受破坏"且"有治愈功能"的乌托邦式的庇护所,与人类控制和体验的那个飞速变化的世界相对立。毫不夸张地说,"中国自然诗"的观念完全是服务于欧美文学和文化思想的发明;比如它反映出,在德国,"自然诗"被界定为诗歌的主导范式。[3] 因此,在全部中国诗歌中,"风景诗"成为"其对世界文学最大的贡献"[4]。相应地,在对中国诗歌的翻译中,这类"风景诗"或"自然诗"长期占据主流。更准确地说,对作为世界文学的"中国自然诗"极具选择性的翻译实践,界定和左右了中国诗歌在全球读者心目中可能的样子。这一中国诗歌的范式,最初存在于中国之外,却在20世纪成功输入中国,成为更广泛的自我东方化趋势的一部分。"中国自然诗"与其说是一个翻译现象,倒不如说是一种重构:将中国诗歌再造为某种在欧洲18世纪以前根本不存在的事物。我们远未将其当成真正的世界文学,感受其中蕴藏的文化他者性;

---

[1] 余宝琳:《王维的诗:新译与注释》,布卢明顿:Indiana University Press,1980年,第 xi 页。(Pauline Yu, *The Poetry of Wang Wei: New Translations and Commentary*, Bloomington: Indiana University Press, 1980)

[2] 梅克伦堡:《自然诗与社会》(1977),第13页。

[3] 在对中国古典诗歌的阐释中,"自然诗"是"一个毫无批判价值的浅薄标签。"参见柯睿:《盛唐山水文学中的词汇和语篇》,载《通报》,1998年第84卷1—3期,第63页。(Paul W. Kroll, "Lexical Landscapes and Textual Mountains in the High T'ang," in: *T'oung Pao* 84.1—3〔1998〕)

[4] 德邦:《中国诗的形式和特征》,载德邦编《东亚文学》(封·泽主编"文学研究新百科辞典"书系第23卷),威斯巴登:Akademische Verlagsgesellschaft Athenaion,1984年,第19页。(Günther Debon, "Formen und Wesenszüge der chinesischen Lyrik", in: *Ostasiatische Literaturen*, hrsg. von G. Debon〔*Neues Handbuch der Literaturwissenschaft*, hrsg. von Klaus von See, vol. 23〕)

相反,我们发现自己仍然停驻于故土,置身于一片熟悉的世界。在这一过程中,我们选择性地遗忘了 17 世纪敏锐的中国批评家金圣叹(1610—1661)所说:"唐人妙诗,从无写景之句"。①

下面的讨论将会聚焦《鹿柴》这首诗,即便在王维本人的诗集中,它也堪称卓越。这里是原诗及其英语逐字对译,紧随其后的是两个颇受好评的译本:

空山不见人,　Empty / mountain / not / see / person, people
但闻人语响。　Only / hear / person, people / speech / echo
返景入深林,　Return, reflect / light (*or* shadow) / enter / deep / forest, wood
复照青苔上。　Again, resume / shine, luster / blue-green / moss / upon, rise

"Deer Fence"(宇文所安)　　　　"Deer Enclosure"(余宝琳)
No one is seen in deserted hills,　　Empty mountain, no man is seen.
only the echoes of speech are heard.　Only heard are echoes of men's talk.
Sunlight cast back comes deep in the woods,　Reflected light enters the deep wood
and shines once again upon the green moss.　And shines again on blue-green moss.

宇文所安和余宝琳贡献了两个非常不错的主流英译本。二者大同小异——都基于一些关键的选择,使汉语文本与我们的经验和期待相适应。仿佛这首诗中有某种模糊的"中国的"东西;对大多数读者而言,如果他们不了解中国绝句与日本俳句的区别,那也可以说成"日本的";不管怎样,至少,我们不会误以为这个文本最初是用英语写的。余宝琳的措辞相当接近古汉语,但仍和宇文所安一样,依靠某种介入而创造出一首用英语读来通俗易懂的诗歌。

让我们简要回顾一下这个汉语文本。在古汉语中,动词不体现时态和体,名词也不区分性和数,这些标记可以被添加,但不是非此不可,在一首二十字短诗的紧凑结构中往往被省略。汉语没有任何形式的变位和变格。句中明确的主语可有可无,在诗中通常隐而不现。虽然有词性,但词的语法应用很灵活,在王维这首诗中,将最后一个词作为介词(汉语中的后置词)还是动词是一个关键问题。

第一、二行显然没有主语——除非把山本身当成主语,这迫使两位译者采用被动句式。宇文所安进而将第一个词"空"("empty")过度翻译为"deserted",冗余地暗示出人的缺场,其实同一行中已明确提及这一点;他还将"山"("mountain")缩减为"hills"(但在这里选择了复数),并重新排列了语序。具体的"deserted hills"并不符合汉语原意,相反,王维用

---

① 转引自王靖宇:《金圣叹》,纽约:Twayne,1972 年,第 41 页。(John Ching-yu Wang, *Chin Sheng-t'an*, New York: Twayne, 1972)

的是原型,指的并非具体事物而是事物的范畴。① 最成问题的翻译是宇文所安的"no one"和余宝琳的"no man",因为无论何种选择都是用"no"否定"one"或"man",然而在汉语中"不"这个字并非否定主体,而是否定动词"见"("to see")。换言之,这行诗讲述的并非见到了(或未见到)什么,而是"见"的无能为力。这是一种重大的哲学差异,它关乎这首诗的主旨:在我读来,因为这个汉语文本用的是事物和词语的原型,所以它表述的主题其实是关乎人类感知和表达的可能性。

相形之下,两位译者都将这首诗当做一首风景诗,强调人的缺场(或仅间接的在场)。在汉语中,第一行只有两个原型名词"山"("mountain")和"人"("man/person/people"),对原型"见"("seeing")的否定和概念原型"空"("empty/emptiness")修饰它们。第二行始于另一个限定词"但"("only/merely"),紧跟着是原型"闻"("hearing")和重复出现的原型"人"("man/person/people"),最后则是被"响"("echo")修饰的"语"("speech/talk/language")。简言之,尽管两位译者都暗示人类主体的在场,宇文所安还为这一主体创造出一幅具体的风景,但原诗作为人类语言制品,其实是以自我否定的方式对人类最基本的两种感知形式"见"和"闻"的不可能性做了哲学表述。这个文本自身就是诗歌的主体,我们完全弄不清,它或许在(或没在)描绘一幅怎样的"景象"。事实上,这首诗没有描绘任何景象。相反,它是对人类感知及对人类在场(甚至存在)的感知明确的双重否定。这一双重否定于现象之外构建了一个纯哲学的世界。

诗的后半部分回应了这一境况。这里,主语"返景"("reflected light"或"sunlight cast back")很明确,动作没有被否定而是被强调:它"入"("enters"),而不是更具体且方向相反的"comes")"林"("forest/wood"),后者被修饰为"深"的(不是"deep in the woods"而是"deep woods"),意思或许是"浓密的"("dense")或"幽暗的"("dark")。有趣的是,这首诗的一些传统版本用的不是"景"("light")字而是"影"("shadow")字,注释者称二者可以通用,并将"返景"或"返影"一致解释为黄昏的斜晖。然而无论是"景"还是"影",都只是光的间接(返,"reflected"或"cast back")现象,光带来了长长的影子;它的中介性和前面的人语"响"相一致。最后一行始于"复"这个词,它既可作为副词"再次"("again")修饰"照"("to shine on"),也可作为实意动词"恢复"("to

---

① 王维诗歌常常使用原型,参见高友工、梅祖麟:《唐诗的语义、隐喻和典故》,载《哈佛大学亚洲研究》第38卷第2册(1978),第281、282页(Yu-Kung Kao and Tsu-Lin Mei, "Meaning, Metaphor, and Allusion in T'ang Poetry," in: *Harvard Journal of Asiatic Studies* 38.2〔1978〕)。值得注意的是,歌德晚期诗歌也有相似的特征,参见艾希霍恩:《歌德晚期作品中的思想和经验》(1971),第88页;菲托:《精神与形式:德国文学史论文集》,伯尔尼:Francke,1952年,第152—154、192页。(Karl Viëtor, *Geist und Form: Aufsätze zur deutschen Literaturgeschichte*, Bern: Francke, 1952) return, to resume")。从语义上看,它与上一句中的形容词"返"("reflected"或"cast back")恰好对仗。整首诗中唯一真正的描述性词组是"青苔"(〔blue-〕green moss),然而即便在这里,颜色词"青"("blue""green""blue-green""azure")也更多是原型的而非具体的。

这首诗中最关键的词或许是最后一个,因为它处于一个重要位置。两位译者都将"上"作为后置的(在英语中是前置的)"在……之上"("on, upon"),使其用英语读来非常流畅。但这种读法是成问题的,原因有二:首先最重要的是,动词"照"("to shine on")已经暗含了后置词"在……之上"("on, upon"),因此将"照……上"的组合理解为"照在……之上"("to shine upon")是不合语法的;其次(说服力稍弱),诗律通常要求"上"(与第二行结尾的"响"押韵)读上声而非去声。① 读上声时,这个词不是后置词"在……之上"("on, upon"),而很明确地是动词"上升"("to rise")。②

对这一行有多种不同解读。卜弼德(Peter A. Boodberg,1903—1972)认为,诗人"一定在描绘一幅落日奇景:太阳的光芒缓缓升上山顶,然后渐渐融入虚空之中",这首诗由此营造出一种"回环的效果",重新回到了开头的"空山"。③ 但也还有其他可能性:首先,"照"或许不是动词而是名词,这样"复照"的意思就变成了"回光"("resuming/returning/responding light"),和前一行的"返景/影"("reflected light/shadows")恰好对仗。这样一来,"青苔"("blue-green moss")便不再是被"照"("shine upon")的;相反,光是从青苔处显现("arise")的。

这一切缘何重要?最后一行是全诗的顶点,那些流畅的英语翻译不仅是平质化和琐屑化的,而且也是不准确的:以我对这一文本的理解,它

---

① 在"养"韵。

② 尽管在唐诗中可以大致看到"上"作韵脚字时声调的区别,但也不乏例外,包括在王维自己及其好友裴迪(大约生于714年)的诗中也是如此。另一方面,搜索《全唐诗》数据库,得出了2643个"照"字的用例。其中仅有一例看似是将"上"置于"照"之后,表示"在……之上"("upon")的意思——但即便是这一例,也有已知的异文取代"上"字。与之相对照,如果"照……上"是表示"照在……之上"("to shine upon")的常规语法结构,我们就该看到数不胜数的例子——但我们没有,而且我们在《全唐文》中也没发现这样的例子。因此,既然"照"毫无疑问地暗含"上",将"照……上"的结构理解为"照在……之上"("to shine upon")就显得冗余而不合语法。最后,不将"上"读作动词"上升"("to rise")的唯一方式是将"青苔上"重构为"青苔之上"的缩写(青苔上面〔的地方〕),"上"由此被理解为一个名词,成为"照"的直接对象。但这种读法似乎会被ני的证据("上"的声调、"返影"和"复照"的对仗)压倒。——我要感谢克罗尔(Paul W. Kroll)、马扎内茨(Thomas Mazanec)、李林芳在我重新考虑本诗最后一行的声调和语法问题时提供的意见与帮助。

③ 卜弼德:《伯克利亚洲哲学研讨班日程(附陈世骧后记)》,载科恩辑:《卜弼德选集》,伯克利:University of California Press,1979年,第175页(Peter A. Boodberg,"Schedules from a Berkeley Workshop in Asiatic Philology〔with Postscript by S. H. Chen〕," in *Selected Works of Peter A. Boodberg*, comp. Alvin P. Cohen, Berkeley: University of California Press, 1979)。沃森在分析这首诗时也指出了"上"的问题,参见沃森:《中国抒情风格——2世纪至12世纪的诗歌》,纽约:Columbia University Press,1971年,第10—12页(*Chinese Lyricism: Shih Poetry from the Second through the Twelfth Century*, New York: Columbia University Press, 1971)。沃森记下了自己对这首诗的翻译,"如果读者对原作有所了解,便会发现这个译本中充满了无奈的妥协":"Empty hills, no one in sight, /only the sound of someone talking:/late sunlight enters the deep wood, /shining over the green moss again."

们恰恰背离了本诗的主旨。最后一行蕴含的多种可能性并非并列（parataxis）引发的问题，而恰恰是其用意所在：如果这首诗从根本上关注的是感知与现象，那么这个多义的结尾就在语言层面上展现了人类认识的可能与局限。诗的前半部分刻画出"见"和"闻"的局限，后半部分则通过对光——不是直射光，而是"返景/影"（"reflected light/shadows"）和"复照"（"resuming/returning/responding luster"）——的动态描绘，揭示出世间万象是如何稍纵即逝，从而展开了一部存在的宇宙论戏剧。前一联对照"见"和"闻"，后一联则并置"景""人"和"照""上"。简言之，《鹿柴》并不是一幅静观山水的小品画，而是关于宇宙论、现象学和认识论的论述。

我在双重意义上将王维的诗歌解读为世界文学作品。首先，它的语言结构并不符合唐诗的常规。它以极其简洁的语言，动摇并打乱了表达的成法，比如诗人在最后一联要有感情地收束全诗。同时，这种简洁的语言也扬弃了王维最初赖以成名的工巧诗艺。最后一行看似明显的表面意义——不但再现于两个英译本中，也被我见过的所有现代汉语的解释所采纳——实则是欺骗性的，但读者只有在读完全诗之后，才能通过"上"字上声和去声（及其相应的语法功能）间的区别发现这一点。这个声调用声音模拟了诗中描写的光线向上（动词）——和向下（后置词）相反——运动的现象，只要读者根据唐诗的韵律规则读出这首诗（无论是出声还是默读），这个声调就会在他们那里创造出一种躯体经验。除了基本语法的问题（动词"照"〔"to shine upon"〕已经暗含"在……上"〔"on，upon"〕），这种躯体经验也会直接抵触现代的读法。

我将《鹿柴》当做世界文学，第二重意义在于，它深刻的意涵和结构或许有助于我们理解"诗歌可以是怎样的"。王维诗歌从形式和语义上质疑了其原文化中标准的世界观，在这一世界观下，自然宇宙均是按照帝国形象建构的。① 原作通过句法和语义的对仗，精心营造出并列和句法的多义性，想要在翻译中完整再现它们是不可能的——我们必须接受这一形式层面的损失。但这并未授权我们完全抛弃蕴含于诗歌形式中的深刻意义。在唐诗中，句法的不连续、歧义、错置和声调，绝非偶然而是有意的选择。② 同样，"歧义不仅拆散了狭义的词语，也建立起词语间

---

① 参见宇文所安：《传统中国诗歌与诗学：世界的征兆》，麦迪逊：University of Wisconsin Press，1985年，第31页及其余各处。(Stephen Owen, *Traditional Chinese Poetry and Poetics: Omen of the World*, Madison: University of Wisconsin Press, 1985)

② 高友工、梅祖麟：《唐诗的句法、用字与意象》，载《哈佛大学亚洲研究》第31期(1971)（Yu-Kung Kao and Tsu-Lin Mei, "Syntax, Diction, and Imagery in T'ang Poetry," in: *Harvard Journal of Asiatic Studies* 31〔1971〕），第64页："当一个名词或名词短语紧接另一个名词或名词短语时，这是不连续的情况；当一句诗中并存了两种或更多的语法结构时，这是歧义的情况。〔……〕两者都妨碍了诗中的前趋运动。第三类称之为错置——当一句诗中的词序被打乱，或者在本来应是自然流动的诗句中插入一个短语，这些都是错置。"（译注：本段译文采用李世耀译《唐诗的魅力》，上海：上海古籍出版社，1989年）

的另一种关系。通过打破句子中单一的线性意义,歧义揭示出过程的可逆性,揭示出主体和客体、此处和别处、已言和未言之间的相互转化。"①

如果弃置王维诗中这些最根本的方面,那就和完全丢弃整首诗没什么两样。相反,我们在翻译中应当力求再现原诗的宇宙论经验,由此构成一种显著的他异性——而不是将其简化为我们自己的"中国自然诗",这种做法看似温和,实则有害。这类"自然诗"在欧洲东方学家的翻译中仍占主流(大概没有哪里比德国更媚俗②),它毫无益处,且对中国古典文学在批判性比较研究中的全面边缘化负有很大责任。

若说《鹿柴》是一首不同寻常的诗,那该如何翻译呢? 显然,这首诗没有"自行翻译的本领"(尽管从表面上看,它很像一首为翻译而写、易于翻译的诗);任何译者都不得不在众多可能性中做出选择。但必不可少的,是这首诗的激进性,不是描述性的,而是动态的,是对读者的哲学挑战。或许可以这样翻译这首诗:

> The empty mountain: one does not see a person,
> Only hears echoes of human speech.
> Reflected light enters the deep woods,
> Responding luster from the green moss rises.

这种解读可能会面临种种挑战。但是,作为中国诗歌传统中最博学多才的诗人之一,当王维将自己的诗歌表达简化到极致,他其实是在以种种方式反抗当时流行的审美标准:这首诗中几乎没有任何描写,也没有历史参照,放弃了唐诗中非富多彩的意象、隐喻和词汇,且不加任何情感回应。王维完全是以否定来呈现这首诗,通过一再否认和折射("空""不""但""响""返""复"),展现其否定美学。如今,以源于 18/19 世纪欧洲"自然诗"的范式来阅读这首 8 世纪的中国诗,足以见出翻译的同化、抹除和重构作用。如此阅读和翻译,《鹿柴》对世界文学的贡献只能是微

---

① 程抱一:《对中国诗歌语言及其与中国宇宙论关系的思考》,载林顺夫、宇文所安编《抒情之音的生命力:汉末至唐代的诗歌》,普林斯顿:Princeton University Press,1986 年,第 40 页。(François Cheng, "Some Reflections on Chinese Poetic Language and Its Relation to Chinese Cosmology," in: *The Vitality of the Lyric Voice: Shih Poetry from the Late Han to the T'ang*, ed. by Shuen-fu Lin and Stephen Owen, Princeton: Princeton University Press, 1986)

② 近三十年出版或再版的中国古诗的德译本书名颇有代表性:《家宅迢迢人近物——中国诗歌三千年》(*Mein Haus liegt menschenfern doch nah den Dingen. Dreitausend Jahre chinesischer Poesie*);《玉楼春》(*Frühling im Jadehaus*);《镜中菊——中国古代诗歌》(*Chrysanthemen im Spiegel. Klassische chinesische Dichtung*);《王维:白云之上——终南智者的诗歌》(*Wang Wei. Jenseits der weißen Wolken. Die Gedichte des Weisen vom Südgebirge*);《晚岁唯欲静:中国古代诗歌》(*In den späten Jahren begehr' ich nur die Stille: Klassische chinesische Gedichte*);《寒山的诗:以禅誉人生》(*Gedichte vom Kalten Berg: Das Lob des Lebens im Geist des Zen*);《静听落花:中国唐代诗歌》(*Leise hör' ich die Blüten fallen: Gedichte aus der chinesischen Klassik—Tang-Dynastie*);《风中私语——关于人生无常的中国诗歌》(*Windgeflüster: Chinesische Gedichte über die Vergänglichkeit*)。

乎其微:既不能展现它在自身环境中有何特殊之处,也不能如歌德所说,在故地之外创造出一种"清丽、新颖、激昂"的他异性经验。事实上,我此处提供的译本或许只是一篇徒劳的练笔:因为我们如此习惯于在欧洲"自然诗"的范式下辨识特殊的文本,以至于此译本如果脱离了颠覆性的阐释,或许又刚好落入这一范式的窠臼。为了以一种不同的方式阅读这首诗,难道我们只得完全避免翻译?①关于这首诗,是否存在——或应该存在——某种可辨识的"中国的"东西? 如果不再向那些需要翻译的人提供翻译,我们又何以理解这首诗为何值得一读?

但或许,敏锐的读者并非只能忍受翻译的失败和抹除。前引描述歌德晚期诗歌的那句话,发现一首诗的"特殊之处不仅在于其观看方式,更在于其将这种观看方式提升为诗的主题",也同样适用于王维的诗。后者也是歌德所说的那类要求"与原作的节奏、韵律和叙述方式相符"的翻译语言的诗歌。如果以这种方式对待《鹿柴》,并如其所是地翻译和阅读它,②它或许会报之以世界文学的种种乐处,让我们开始体验其宇宙论戏剧和非同寻常的语言特质。我们无法复制最后一个音节的"上声",但肯定能翻译出这个声调意指的单词本身,并揭示出,这在 8 世纪的中国是一个多么非同寻常的选择。

最后,有必要迂回传统之悖论:王维、北岛和歌德之所以成为世界文学的组成部分,根本不在于他们代表了自己的时代或者他们的诗歌"有自行翻译的本领",而恰恰在于他们与众不同。《鹿柴》、歌德晚年诗歌和北岛的早期作品对读者提出了相同要求:它们都抗拒着自身时代、环境的通行标准。在各个案例中,这些世界文学作品的风格不仅中断,更打乱了自身所处的传统。我们唯有小心谨慎,不要将文化内的差异贬损为跨文化的一致性和阿多诺所说的全球范围内的"志同道合"("camaraderie")。我们面临的,究竟是世界文学的终结,还是(倘若如意的话)世界文学的另一个开端,这至关紧要。

---

① 我这里暗指阿普特挑衅性的著作《反对世界文学——论不可译性的政治之维》,伦敦:Verso,2013 年(Emily Apter, *Against World Literature*: *On the Politics of Untranslatability*, London: Verso, 2013),此书谈及本文提出的许多问题。

② 我和我的同事巴洛斯一样,对翻译的前景持乐观态度(参见巴洛斯:《那是你耳朵里的鱼吗? 翻译和万物的意义》,伦敦:Particular Books,2011 年(David Bellos, *Is That a Fish in Your Ear? Translation and the Meaning of Everything*, London: Particular Books, 2011),但仅将其作为一种乌托邦式的尝试:我们在翻译时,必须承认和尊重不可译之物,在此基础上竭尽所能。我们知道,翻译必须创造一个崭新的文本,而这一创造行为应该清晰地反映原作的特质。由此来看,一个"自行翻译的"文本,要么是错译,要么根本不值一译。

论 2000 年以来的世界文学概念

[斯洛伐克] 马利安·高利克(Marián Gálik), 颜小凡译

在 2000 年召开的"全球化时代的世界文学概念"学术会议上,我听了一个报告。题目与我的论文相差无几:"论 2000 年的世界文学概念"。[①]那篇文章涉及许多知名比较文学学者,而我选择弗克马(Douwe W. Fokkema)、尼兹(Armando Gnisci)和伊万尼科娃(Halina Janaszek-Ivaničková)。他们大多是中欧和前苏联比较文学研究的代表人物。

那篇文章在我的论文《从歌德到杜里申:论比较文学概念》之后问世,我的论文是在歌德 250 周年诞辰和杜里申 70 周年诞辰时提交的。[②]我试图简要分析西方学者的一些不同观点,也包括中欧、东欧地区从 1827 年到 1980 年代的比较文学构想。在该文中,我坚持了杜里申(Dionýz Ďurišin, 1929—1997)关于世界文学三项展望(trinomial vision)的概念,这也为多数学者所熟知:

第一,世界文学是整个世界的文学;因此,世界文学史同样是一个整体。

第二,世界文学从个别(或单个)国别文学的最优作品中遴选出来,因此也被称为经典文学。

第三,世界文学作为产品,某种程度上与所有文学个体密切相

---

① 该文英文版"Some Remarks on the Concept of World Literature in 2000",见寇思卡、科普达编《全球化时代的世界文学概念》会议论文集,布拉迪斯拉发:Institute of World Literature,2003 年,第 91—106 页。(The Proceeding of the conference *Koncepcie svetovej literatúry v epoche globalizácie*, ed. by Ján Koška and Pavol Koprda, Bratislava: Institute of World Literature, 2003)

② 该文英文版见《人类事务》第 11 卷第 1 册(2001),布拉迪斯拉发,2001 年,第 23—35 页(Marián Gálik, "Some Remarks on the Concept of World Literature from Goethe to Ďurišin," in: *Human Affairs*, vol. 11, no. 1, Bratislava, 2001);中文版:《世界文学与文学间性——从歌德到杜里申》("World Literature and Interliterariness. From Goethe to Ďurišin"),载《厦门大学学报》2008 年第 2 期,第 5—12 页。

关或相似。①

1992 年,杜里申在《何谓世界文学》(Čo je svetová literatúra?)一书中指出:世界文学的形成过程(processuality)是文学与历史的最终结合,它的出现是遗传—接触关系(genetic-contact relations)、类型的近似(typological affinities)和跨文学共同体(interliterary communities)或联合体的产物。作为实际存在的世界文学,依赖我们对文学和文学互动过程(interliterary process)的认知。它不是一个持久不变的现象,正相反,它"不得不经受永久的修正和内部重构"②,通常与文学本身和文学研究的发展有关。关于世界文学概念的定义,新的尝试是切题的,也是必要的。世界文学概念不可能做到详尽透彻、尽善尽美。它的存在前提就是关于文学事实和过程的知识,而文本本身是不断发展变化的产物。

杜里申的著作是比较文学史中的第一个好兆头。我写于 2000 年的文章,谈及 20 世纪 80、90 年代的一些研究,希望能引起读者的注意。其中探讨了斯泰因梅茨(Horst Steinmetz)写于 1988 年的《世界文学:文学史纲要概述》(Weltliteratur. Umriss eines literaturgeschichtlichen Konzepts),该文于 1995 年收入施梅林(Manfred Schmelling)主编的《今日比较文学:概念与展望》(Weltliteratur heute. Konzepte und Perspektiven);另外还简要涉及康斯坦丁诺维奇(Zoran Konstantinović,1920—2007)、克吕弗(Claus Clüver)、瓦日达(György M. Vajda)和雷马克(Henry H. Remak,1916—2009)的研究。我猜测斯洛伐克国家之外的学者很少知晓杜里申著作的存在,除了西班牙学者多明戈斯(César Domínguez)之外,③这本书几乎没被阅读过。就我所知,整个西方还有一位捷克裔加拿大比较文学学者格兰德(Eva le Grand)用法语写过一篇简短书评。④ 西方读者可能比较熟悉该书第 196—204 页的长篇摘要,但我认为他们并没有借此去深入了解这本书。

---

① 参见沃尔曼:《文学研究的比较法》,载《斯洛伐克研究 II》,布拉迪斯拉发:Vydavatel'stvo Slovenskej akadémie,1959 年,第 9—27 页(Frank Wollman, "Srovnávací metoda v literární vědě", in: *Slovanské štúdie II*, Bratislava: Vydavatel'stvo Slovenskej akadémie, 1959);杜里申:《文学比较理论》,布拉迪斯拉发:Veda,1984 年,第 81—82 页。(Dionýz Ďurišin, *Theory of Literary Comparatistics*, Bratislava: Veda/ The Publishing House of the Slovak Academy of Sciences, 1984)

② 杜里申:《何谓世界文学?》,布拉迪斯拉发:Vydavatel'stvo Obzor,1992 年,第 38 页。(Dionýz Ďurišin, *Čo je svetová literatúra?*, Bratislava: Vydavatel'stvo Obzor, 1992)

③ 多明戈斯:《杜里申与系统的文学理论》,见德海恩、达姆罗什、卡迪尔编《世界文学指南》,伦敦:Routledge,2012 年,第 99—107 页。(César Domínguez, "Ďurišin and a Systematic Theory of Literature," in: *The Routledge Companion to World Literature*, ed. by Theo d'Haen, David Damrosch, and Djelal Kadir, London: Routledge, 2012)

④ 见《文学研究》第 21 期(1993 年冬季刊),第 27—29 页。(*Literary Research/ Recherche Littéraire*, No. 21 〔Winter 1993〕)

一

　　第二部对世界文学有卓越贡献的著作是达姆罗什(David Damrosch)的《什么是世界文学?》①。该著与杜里申的著作同名,却是一本英文书,晚十年问世。在韩国首尔召开的国际比较文学协会(ICLA)第十九届会议(2010年8月15—21日)上,达姆罗什告诉我,他知道杜里申的比较文学理论;但我至今也没有在他的研究中发现任何相关迹象。达姆罗什的《什么是世界文学?》包括九项研究,前言以歌德开始,结论则是"世界很大,时间够多"。以下的部分相较其他部分理论性更强,且与杜里申的世界文学概念有相似之处。主要体现在"关于世界、文本、读者的三重定义"上:

　　一、世界文学是民族文学间的椭圆形折射。(elliptical refraction)。
　　二、世界文学是从翻译中获益的文学。
　　三、世界文学不是一套经典文本,而是一种阅读模式:一种客观对待与我们自身时空不同的世界的形式。②

　　椭圆形折射是一个准天文学术语,但它恰当地表达了重构来自各个特定文学传统的信息,使之成为特定文学结构的含义。达姆罗什的这个观点与杜里申三项展望中的第二点很相似。达姆罗什的第三个定义,也与杜里申关于世界文学是一种产物、所有特定文学互相联系或近似以及跨文学共同体的观点有相似之处。③与达姆罗什相反,杜里申并没有着重强调翻译对比较文学和世界文学的重要性,而是考虑它们在文学互动过程研究中的地位。④ 尽管20世纪90年代以前,有关世界文学的论述已

---

① 达姆罗什:《什么是世界文学?》,普林斯顿、牛津:Princeton University Press,2003年。(David Damrosch, *What Is World Literature*? Princeton and Oxford: Princeton University Press, 2003)
② 同上书,第281页。
③ 我认为杜里申关于文学间关系的深入阶段,即文学间性板块(interliterary centrism)在他的理论体系中并不十分必要。它主要针对的是比跨文学共同体更大的文学实体,如"中欧板块"(Central European centrism),见波斯比斯尔、泽兰卡编《文学中欧的文学间性板块》,布尔诺:Masarykova universita,1999年(*Centrisme interlittéraire des littératures de l'Europe centrale*, ed. by Ivo Pospíšil and Miloš Zelenka, Brno: Masarykova universita, 1999);杜里申、尼希编《地中海:文学互动网络》,罗马:Bulzoni Editore, 2000年(*Il Mediterraneo. Una rete interetteria*, ed. by Dionýz Ďurišin and A. Gnisci, Roma: Bulzoni Editore, 2000),则是探讨地中海区域文学。我认为杜里申和他的国际团队编写的六卷本《特定的跨文学共同体》(*Osobitné medziliterárne spoločenstvá / Communautés interlittéraires spécifiques*, Bratislava: Ústav svetovej literatúry SAV 1987—1993),已足够理解这方面的问题。其中也有关于所谓标准的跨文学共同体的讨论。很遗憾这些书都只在斯洛伐克出版,并附有很长的法语摘要。我曾建议杜里申至少出版一个英文摘要,但没有成功。(译注:该注中的"文学间性板块"之说,是指一个大的"共同体",如地中海周边国家或中欧,尽管语言不同,但其文学发展有许多共同之处。Centrism[板块]一词常见于捷克、斯洛伐克、意大利的比较文学学者,未受到广泛认可。)
④ 见杜里申:《何谓世界文学?》(1992),第185—190页;杜里申:《文学比较学理论》(1984),第178—192页。

经卷帙浩繁,世界文学本身却不是人们关注的重点。在伯恩海默(Charles Bernheimer)主编的《多元文化时代的比较文学》中,我们看到"文学文本化的方法已经延伸到话语、文化、意识形态、种族,与旧式文学研究针对作者、国族、时代和风格这些方面截然不同。'文学'一词本身已经不能恰当描述我们研究的对象。"①雷马克率先打开了潘多拉魔盒,他在定义比较文学时没能预见流于肤浅的文化研究会入侵这一领域。②布鲁姆(Harold Bloom)更认为,1985 年之后的十年起,文学研究中"一种叫做文化批评的垃圾"③泛滥成灾。1993 年,巴斯奈特(Susan Bassnett)宣称比较文学的"鼎盛时期已经结束","我们应该以翻译研究作为主导学科,把比较文学作为有益的补充。"④在之后的一些年,翻译研究的相关论著层出不穷;在中国同样如此。2008 年召开于北京的中国比较文学协会(CCLA)例会上,中国的翻译研究者谢天振宣读了他的论文,其中涉及巴斯奈特写于 2001 年的《文化研究的翻译转向》(The Translation Turn in Cultural Studies)。⑤

　　2000 年以后,世界文学存在的问题比上个世纪获得了更多的关注,世界文学的概念相对比较文学却更加模糊。在杜里申人生的最后几年,他宣称世界文学是一个历史概念,会不断变化:"世界文学会随不同时代、不同文学传统、不同读者而变化。"⑥比较文学概念的新定义不断涌现,正好证明了:"世界文学概念不可能做到详尽透彻、尽善尽美。如果这样的定义存在,它必然要建立在我们对文学进程的认知之上。然而能让我们获得这种认知的,只能是一个封闭的、失去生命力的系统。"⑦

　　苏源熙(Haun Saussy)主编的《全球时代的比较文学》(*Comparative*

---

① 伯恩海默编:《多元文化时代的比较文学》,巴尔的摩,Johns Hopkins University Press,1995 年,第 92 页。(*Comparative Literature in the Age of Multiculturalism*, ed. by Charles Bernheimer, Baltimore: Johns Hopkins University Press, 1995)

② 雷马克:《比较文学的定义和功能》,载施塔克内希特、弗兰茨编《比较文学的方法和观点》,卡本代尔: Southern Illinois University Press,1971 年,第 1 页。(Henry H. Remak, "Comparative Literature: Its Definition and Function," in: *Comparative Literature: Method and Perspective*, ed. by Newton P. Stallknecht and Horst Frenz, Carbondale: Southern Illinois University Press, 1971)

③ 布鲁姆:《我们已经输掉了战争:与舒尔曼的访谈》,载《新闻周刊》1994 年 11 月 7 日,第 82 页。(Harold Bloom, "We Have Lost the War. Interview with Ken Shulman," in: *Newsweek*, Nov. 7, 1994)

④ 巴斯奈特:《比较文学的批评性导论》,牛津、剑桥:Blackwell,1993 年,第 161 页。(Susan Bassnett, *Comparative Literature. A Critical Introduction*, Oxford UK & Cambridge USA: Blackwell, 1993)

⑤ 谢天振:《论比较文学的翻译转向》,载高旭东编《多元文化互动中的文学对话》第一卷,北京:北京大学出版社,2010 年,第 205—215 页。在召开于上海的中国比较文学协会下一届会议(2011 年 8 月 9—11 日)上,他对翻译中存在的问题涉及较少。

⑥ 杜里申:《何谓世界文学?》(1992),第 14 页。

⑦ 同上书,第 38 页。

Literature in an Age of Globalization)①,多次谈及比较文学的诸多用法,包括达姆罗什、阿普特(Emily Apter)、费里斯(David Ferris)、特鲁姆朋纳(Cathy Trumpener)、格林(Roland Greene)的研究,其中多次提及比较文学的诸多用法,如大写的世界文学(World Literature)、小写的世界文学(world literature)、可做定语的世界文学(world-literature)、复数的世界文学(world literatures)、歌德提出的世界文学(Weltliteratur)和全球比较主义(global comparatism)。苏源熙的《新鲜梦魇缝制的精美尸体:论模因、蜂房和自私基因》一文,引用了达姆罗什三点定义的第一点和第三点("民族文学间的椭圆形折射"和"世界文学不是一套经典文本,而是一种阅读方式"),可以推断他对此观点是认同的。但他并没有提到达姆罗什关于世界文学是"一种超越我们自身所处时空、自若对待世界的方式"的论断。② 斯洛伐克比较文学学者波克里夫萨科(Anton Pokrivčák)对达姆罗什的三点定义与之前三种不同的世界文学概念(类似上述杜里申的第二点)都做了论述。根据他对达姆罗什的理解,世界文学"不是一个稳定不变的作品群,也不是一系列经典、杰作和多重窗口,而是一个可以允许'这三方面并行不悖,持续存在'的动态概念"。③ 在罗列从《吉尔伽美什》(Gilgamesh)至今的世界文学经典方面,或许整个西方无人能与达姆罗什比肩。然而,杜里申的文学互动过程以及他对世界文学的研究却更具理论性和系统性,或更有文学和哲学意义。多明戈斯指出:"近来,诸如莫雷蒂(Franco Moretti)、米尔纳(Andrew Milner)、比克罗夫特(Alexander Beecroft)、阿普特这些世界文学'新'体系的倡导者在美国重现,而他们从没提过杜里申。"对此,他感到很惊

---

① 这是美国比较文学协会的学科状态报告,于 2006 年由约翰·霍普金斯大学出版社(巴尔的摩)出版。

② 达姆罗什:《什么是世界文学?》(2003)第 281 页;苏源熙:《新鲜梦魇缝制的精美尸体:有关模因、蜂房和自私基因》,载苏源熙编《全球时代的比较文学》,巴尔的摩:Johns Hopkins University Press,2006 年,第 11 页。(Haun Saussy, "Exquisite Cadavers Stitched from Fresh Nightmares: Of Memes, Hives, and Selfish Genes," in: Comparative Literature in an Age of Globalization, ed. by H. Saussy, Baltimore: Johns Hopkins University Press, 2006)

③ 波克里夫萨科:《世界文学的几个世界:针对杜里申、卡萨诺瓦和达姆罗什著述的评论》,比较文学与文化网站,2013 年 7 月 15 日,第 4 页(Anton Pokrivčák, "On Some Worlds of World Literature (s): A Book Review Article on Ďurišin's, Casanova's, and Damrosch's Work," in: CLCWEB: Comparative Literature and Culture, 15. 7. 2013);另参见博鲁斯则科、托托西编《有关世界文学的纽约》特刊。(Special Issue: New Work about World Literatures, ed. by Graciela Boruszko and Steven Tötösy de Zepetnek: http://docs.lib.purdue.edu/vol15/iss6/21,网页访问日期:2015 年 3 月 6 日)最初,达姆罗什称:"这三点概念彼此并不排斥,尽管有时人们因特定的品味和偏好,将他们所喜爱的类型看做最值得关注的类别。[……]我们没有理由拒绝这三个类别持续存在的价值,尤其是某个特定作品可以在其中两个、甚至三个标题下被归类。"——达姆罗什:《什么是世界文学?》(2003),第 15 页。

奇。① 不止他们,甚至其他美国学者在杜里申著作的德译本《比较文学研究:方法—理论概要》(1972)②和英译本《比较文学体系》(1974)③出版之后,就不再关注他了。

第一个发现杜里申的是韦勒克(René Wellek,1903—1995)。杜里申的第一部理论著作在1967年出版后不久,韦勒克在当年10月24日的信中说:"[……]我很喜欢你《比较文学诸问题》(*Problems of Comparative Literature*)这本书的构思和主要观点。"弗克马是第二个注意到杜里申的人,他尤其关注杜里申有关"文学间性"(*interlittéraire*)的文学观和批评观。而文学间性概念在1960年代末和1970年代初还没有被使用。弗克马肯定没听过杜里申在国际比较文学协会第六届会议(1970年8月31日至9月5日,波尔多)上的发言。这是因为,他们虽然同时宣读了论文,但这个新术语却刚刚引起弗克马的兴趣。而此时跨文化(trans-cultural)一词还没被正式使用。④弗克马曾告诉我,杜里申对他影响很大。在罗马尼亚宣读的论文《比较文学的方法和规划》中,弗克马认为杜里申的上述两本书,其重要性与韦勒克的著名论文"比较文学的危机"(The Crisis of Comparative Literature)不相上下。⑤ 后来被威斯坦因(Ulrich Weisstein,1925—2014)评为对弗克马影响深远的"巨著"⑥,很可能是《比较文学的来源和分类》(*Sources and Systematics of*

---

① 多明戈斯:《杜里申与系统的文学理论》(2012),第104页。多明戈斯文章中涉及的四者论文如下:莫雷蒂:《世界文学猜想》,载普兰德加斯特编《世界文学论争》,伦敦:Verso,2004年,第148—162页(Franco Moretti, "Conjectures on World Literature," in *Debating World Literature*, ed. by Christopher Prendergast, London: Verso, 2004);该文最初发表于《新左派评论》2000年第1期(1/2月),第54—68页(*New Left Review* 1, January-February 2000)。米尔纳:《世界的碰撞:比较文学,世界体系理论和科幻小说》,载《南方评论:传播,政治,文化》第37卷第2册(2004),第54—68页(Andrew Milner, "When Worlds Collide: Comparative Literature, World-Systems-Theory and Science Fiction," in *Southern Review: Communication, Politics & Culture*, vol. 37, no. 2[2004])。比克罗夫特:《没有连字符的世界文学:文学体系的类型学》,载《新左派评论》第54卷(2008),第87—100页。(Alexander Beecroft, "World Literature without a Hyphen: Towards Typology of Literary Systems," in *New Left Review*, vol. 54[2008])阿普特:《文学的世界体系》,载达姆罗什编《世界文学教学》,纽约:美国现代语言协会,2009年,第44—60页。(Emily Apter, "Literary world-Systems," in *Teaching World Literature*, ed. by David Damrosch, New York: The Modern Language Association of America, 2009)

② 杜里申:《比较文学研究:方法—理论概要》,柏林:Akademie-Verlag,1972年。(Dionýz Ďurišin, *Vergleichende Literaturforschung. Versuch eines methodisch-theoretischen Grundrisses*, übers. von Ludwig Richter, Berlin: Akademie-Verlag, 1972)

③ 杜里申:《比较文学体系》,特卡奇译,布拉迪斯拉发:Comenius University,1974年。(Dionýz Ďurišin, *Systematics of Comparative Literature*, trans. Peter Tkác, Bratislava: Comenius University, 1974)

④ 杜里申:《形成文学间交流的历史条件》(La conditionalité historique des formes de la communication interlittéraire),该文后来发表于国际比较文学协会第八届大会(波尔多)会议论文集,第497—501页。

⑤ 弗克马:《比较文学的方法和规划》,载《综合》(布加勒斯特),1979年第1期,第1页。(Douwe Fokkema, "Method and Programme of Comparative Literature," in *Synthesis* (Bucharest), 1/1974)

⑥ 威斯坦因:《评估评估员:剖析比较文学》,载里斯等编《共通感:比较文学的当代趋势》,图宾根:Günther,1986年,第101页。(Ulrich Weisstein, "Assessing the Assessors. An Anatomy of Comparative Literature," in *Sensus Communis. Contemporary Trends in Comparative Literature*, ed. by János Riesz et al., Tübingen: Günther, 1986)

Comparative Literature),因为他提到杜里申体系有三个理论来源:维谢洛夫斯基(Alexander N. Veselovsky,1838—1906)的历史诗学、俄国形式主义和捷克结构主义。华裔美国学者郑树森(William Tay)的《文学理论与比较文学》(*Literary Theory and Comparative Literature*)深受《比较文学的来源和分类》一书的影响。他看了我寄给他的资料以后,对杜里申赞誉有加,并认为后者与弗克马和纪延(Claudio Guillén,1924—2007)一样是最杰出的比较文学理论家。多明戈斯引用纪延《比较文学的挑战》(1993)一书中对杜里申代表作的高度评价,称这本书是"我们学科的最佳研究范例"①。郑树森对杜里申的称赞,在美国学者那里很难见到。除此之外,就我所知,至少还有雷马克和迈纳(Earl R. Miner,1927—2004)注意过杜里申。雷马克至少两次对杜里申的贡献表示过称赞:先是1974年于布拉迪斯拉发举办的斯洛伐克科学院文学研究所研讨会上,后在国际比较文学协会理事会会议(1975年4月1日至2日)上。他说:"杜里申对'世界文学'一词的分类,兼顾理论的差异和平衡问题,"他"十分推崇杜里申新近著作对比较文学学科规范的论述,尤其是其《比较文学的来源和分类》"②一书。迈纳在国际比较文学协会第九届会议(1979年8月20—24日,因斯布鲁克)上发表的论文让人看到,他或许是最后一个惋惜西方比较文学界没有注重杜里申著作英译本的美国学者。在《在文学传播和移用过程中可能产生的经典》一文中,他尤其提到杜里申关于特定文学系统中文学传播和移用、文本接受和影响的问题。③ 迈纳认为可能是"僵硬的译文"造成杜里申未受重视,但这肯定不是唯一原因。总之,杜里申对比较文学学科规范的贡献被美国学界"不公正地拒斥"了。④

多明戈斯确信加拿大学者对杜里申的态度有所不同,这是正确的。他提到狄米克(Milan V. Dimić,1933—2007)、库什讷(Eva Kushner)和托托西(Steven Tötösy de Zepetnek),可是没有确切证据。⑤他的观点也

---

① 纪延:《比较文学的挑战》,弗朗岑译,剑桥(马塞诸塞):Harvard University Press,1993年,第82页。(Claudio Guillén, *The Challenge of Comparative Literature*, trans. by Cola Franzen, Cambridge, Mass.: Harvard University Press, 1993)

② 雷马克:《斯洛伐克比较文学研究状态报告》,载《新赫利孔——世界比较文学评论》第3卷第3—4期(1975),第114、115页。(Henry H. Remak, "Present State and Perspectives of Slovak Comparative Literary Studies," in: *Neohelicon*, vol. 3, no. 3—4 (1975))

③ 迈纳:《在文学传播和移用过程中可能产生的经典》,载《比较文学与总体文学年鉴》(布卢明顿),第37卷(1988),第109页。(Earl R. Miner, "Possible Canons of Literary Transmittal and Appropriation," in: *Yearbook of Comparative and General Literature* (Bloomington), vol. 37, 1988)

④ 同上。

⑤ 此处或许应当提及库什讷的文章《走向比较文学研究的类型学》,载国际比较文学协会第八届会议《视野的力量(3):文学理论》,东京:东京大学出版社,1995年,第508—509页。(Eva Kushner, "Towards a Typology of Comparative Literary Studies?", in: *ICLA'91 Tokyo. The Force of Vision 3. Literary Theory. Proceedings of the XIIIth Congress of the International Comparative Literature Association*, Tokyo: University of Tokyo Press, 1995)

许是可信的,可能出于其他原因他没有提及过多。这三位学者都与中南欧颇有渊源,或在那里生活过。他们能够理解杜里申既要让自己的观点为当时的政治体制所接受,又能在国际会议中宣讲,比如国际比较文学协会。威斯坦因确定杜里申被"不公正地拒斥"的原因是其"马克思主义"倾向,这会导致其研究不具备自由而广泛的跨学科性。① 事实上,以我对杜里申的了解,我不得不澄清的是:首先,他接受马克思主义也是逼上梁山的无奈之举,他本人对此其实是持批判态度的;其次,他并不反对文学研究采纳其他社会思想。他反对的是1980年代以后比较文学与文化研究的"胡乱嫁接"。德语学界不乏同情杜里申的声音,包括凯泽(Gerhard R. Kaiser)1980年发表的《比较文学导论:现状,批评,任务》(*Einführung in die Vergleichende Literaturwissenschaft: Forschungsstand, Kritik, Aufgaben*);齐马(Peter V. Zima)发表于1992年的《比较文学》("Komparatistik")一文,指出"小微文学"(small literatures)亦即弱势文学对杜里申跨文学共同体理论的影响。② 这当然不是对这一问题最好的解答。巴西南里奥格兰德联邦大学的学者卡瓦哈尔(Tania F. Carvalhal, 1943—2006)在1988年阅读杜里申的著作《文学互动过程理论》(*Theory of Interliterary Process*)之后,写信给我说这是一部"了不起的著作"。③

在中国,上海外国语大学有两位学者的研究涉及杜里申:谢天振以夏景为笔名发表了《东欧比较文学研究述评》;④廖鸿钧则将杜里申第一部比较文学著作的俄语版翻译成中文,却不知什么原因而未发表。谢天振还在《中西比较文学手册》中写了一段杜里申简介。⑤ 此外,印度比较文学学者辛格(Gubhagarat Singh)则着重强调了杜里申对法国比较文学学派缺陷的克服。⑥

---

① 参见威斯坦因:《比较文学,第一份报告:1968—1977》,伯尔尼、法兰克福:Peter Lang,1981年,第48—51页。(Ulrich Weisstein, *Vergleichende Literaturwissenschaft. Erster Bericht: 1968—1977*, Bern/Frankfurt: Peter Lang, 1981)

② 齐马:《比较文学》,载《新赫利孔——世界比较文学评论》(*Neohelicon*)第11卷第1期(1984),第211—221页。(Peter V. Zima, "Komparatistik," in: *Neohelicon*, vol. 11, no. 1, 1984)

③ 这封信的日期是1992年6月17日。

④ 夏景:《东欧比较文学研究述评》,载《中国比较文学》1990年第2期,第86—87页。

⑤ 《中西比较文学手册》,廖鸿钧编,成都:四川人民出版社,1987年,第81—82页。谢天振于1988年4月15日致信杜里申,说他和廖鸿钧一样阅读了杜里申第一部著作的俄语版,他们都认为该书是最优秀的十部比较文学理论著作之一。

⑥ 辛格:《比较文学的未来主义方向》,载国际比较文学协会第八届会议《视野的力量(3):文学理论》,东京:东京大学出版社,1995年,第309—317页。(Gurbhagat Singh, "Futuristic Directions for Comparative Literature," in: *ICLA'91 Tokyo. Proceedings of the XIIIth Congress of the International Comparative Literature Association*, Tokyo: University of Tokyo Press, 1995)

二

或许正如多明戈斯所说,杜里申1990年之后被美国学者"不公正地拒斥",在于他表面上的马克思主义倾向以及与前苏联和中欧社会主义国家学者密切合作带来的负面影响。或许,我们可以赞同鲁菲尔(Lionel Ruffel)和埃珀尔博恩(Annie Epelborn)在帕德(Christophe Pradeau)、萨莫瓦约(Tiphaine Samoyault)主编的《世界文学在哪里?》(*Où est la literature mondiale?*, 2005)一书的观点:对于那些不是在真正的自由中写成的学术著作,我们有必要去寻找言外之意。

对杜里申影响很大的是他的同事、斯洛伐克科学院哲学所菲尔考恩(Vojtech Filkorn)的两部论著,分别是1956年出版的《科学的方法》(*Metóda vedy*)和1971年出版的《科学与方法》(*Veda a jej metóda*)。他之所以能够较为系统地建构比较文学和世界文学理论,正是得益于这两部著作。杜里申认为,可以把"世界文学概念设想为一个系统,其中包含以特定方式互相联系的文学现象(我所说的"遗传—接触""类型学"现象)。它们是一个整体,[……]相对自然系统而言,^①它不依赖我们的认知而存在,具有一定程度的完整性和确定性,能让我们辨别出来。世界文学与作为思想体系的世界文学概念之间的关系是可变的,它所体现的辩证张力是努力认识事实并尽可能接近事实。[……]在此意义上,迄今的各种世界文学概念彼此相关,遵循对于绝对真理和相对真理之最基本的认知原则。^② 世界文学不是永恒不变的现象,它会在历史进程中随着对文学事实的新认知而被不断调整和重构。^③

再来看美国和其他国家理论家的世界文学概念。莫雷蒂的第一篇论文《世界文学猜想》^④发表于2000年初,这篇文章基于诸多著名理论家的系统研究,如韦伯(Max Weber,1864—1920)、布洛赫(Marc Bloch,1886—1944)、沃勒斯坦(Immanuel M. Wallerstein)^⑤、布罗代尔(Fernand Braudel,1902—1985),^⑥或许影响最深的当为埃文-佐哈尔

---

① 参见菲尔考恩:《科学及其方法》,载《哲学杂志》1971年第6期,第607页。(Vojtech Filkorn, "Science and its Method," in: *Filozofia*, No. 6, 1971)

② 同上,第606页。

③ 参见杜里申:《文学比较理论》(1984),第89页。

④ 莫雷蒂:《世界文学猜想》,载《新左派评论》2000年第1期(1/2月),第54—68页。(Franco Moretti, "Conjectures on World Literature," in: *New Left Review* 1, January-February 2000)

⑤ 尤见沃勒斯坦:《世界体系分析导论》,杜伦:Duke University Press,2004年。(Immanuel M. Wallerstein, *World-System analysis: An Introduction*, Durham: Duke University Press, 2004)

⑥ 尤见布罗代尔:《菲利普二世时代的地中海世界》,伯克利:University of California Press,1996年。(Fernand Braudel, *Mediterranean World in the Age of Philip II*, Berkeley: University of California Press, 1996)

(Itamar Even-Zohar)的论文《文学介入法则》①。尽管美国十分热衷于文本细读,莫雷蒂却强调远距离阅读(distant reading),甚至说出无需直接阅读文本这样的话。在他看来,远距离阅读是一种认知状态。这种阅读方式让我们注重一些比文本更大或更小的单元:架构,主题,比喻,或者文类、系统等。莫雷蒂无意告知读者他如何定义作为单数和复数的世界文学。他只是表达一些"假想":从比文本更大或更小的范围,包括手法、主题、比喻或风格和体系,我们如何与文本保持距离以考察文学(以及世界文学)。他主要关注那些"边缘"小说,如拉美、阿拉伯半岛、土耳其、中国、日本和西非。莫雷蒂的第二篇文章《进化论,世界体系,世界文学》②专注《世界文学猜想》中涉及的小说。文章开始便声称,尽管世界文学术语"几乎已有二百年之久,但我们却没有一个真正的理论,甚至一个宽泛的界定都没有。我们没有一套概念、没有任何假设把形成世界文学的大量资料组织起来。我们不知道世界文学是什么。"③通过运用达尔文(Charles R. Darwin,1809—1882)及其后继者的进化论与现代世界分析理论,莫雷蒂试图"从比较文学的境遇中勾勒出新的世界文学图景。"④在他眼里存在两种世界文学:第一种是 18 世纪以前"彼此独立的'地方'文化的拼接体",进化论可以解释这一现象;第二种是由国际文学市场组成的世界文学体系,可用世界体系理论来理解。世界文学、最好称之为世界各种文学(world literatures),是一个"值得研究的大课题"⑤,但对这一问题没有答案。

比克罗夫特没有提出任何假想,他试图证明世界文学的意义;不像"世界体系"(world-system)或"世界各种体系"(world-systems)那样在中间加一个连字符,只为"变名词为形容词,以示区别。"⑥他的文章是对莫雷蒂的回应,同时也在回应卡萨诺瓦的类似著作《文学的世界共和国》(Pascale Casanova, *La République mondiale des lettres*,1999)。与莫雷蒂和卡萨诺瓦不同,比克罗夫特的权威依据是布罗代尔、沃勒斯坦的"世界—经济"(*économie-monde*)或"世界—体系"(world-system)。他认

---

① 埃文-佐哈尔:《文学介入法则》,载《今日诗学:多元系统研究》第 11 卷第 1 期(1990 年春),第 53—72 页,尤见第 54—62 页。(Itamar Even-Zohar, "Laws of Literary Interference," in: *Poetics Today. Polysystem Studies*, vol. 11, no. 1〔Spring 1990〕)

② 莫雷蒂:《进化论,世界体系,世界文学》,载林伯格-瓦达编《跨文化文学史研究》,柏林:de Gruyter,2006 年,第 113—121 页。(Franco Moretti, "Evolution, World-Systems, *Weltliteratur*," in: *Studying Transcultural Literary History*, ed. by Gunilla Lindberg-Wada, Berlin: de Gruyter, 2006)

③ 同上,第 113 页。

④ 同上。

⑤ 同上,第 121 页。

⑥ 比克罗夫特:《没有连字符的世界文学:文学体系的类型学》,载《新左派评论》第 54 期(2008 年 9 月—12 月),第 88 页。(Alexander Beecroft, "World Literature without a Hyphen. Towards a Typology of Literary Systems," in: *New Left Review* 54〔Nov.-Dec. 2008〕)

为:"世界—文学[……]不是全世界文学生产的总和,而是文学创作和流通中的世界—体系。"①我不赞同此说,我们不应该用世界—体系分析(沃勒斯坦)和政治—经济实力(卡萨诺瓦)来定义我们时代的世界文学。文学本身自成体系,世界文学在其中自有其地位。比克罗夫特认为,莫雷蒂太过依赖自己的小说研究,而小说只是文学体系的一部分;卡萨诺瓦的《文学的世界共和国》也有历时和空间上的局限。比克罗夫特提出六种文学生产模式:"地方文学"(epichoric literature)是指局限于特定地区的地方文学,他提及《诗经》中的国风;"区域文学"(panchoric literature)则指荷马史诗或梵语史诗那些流传范围更广的作品;诸如东南亚的梵语诗歌,东地中海的希腊、阿卡德文学,远东古典中国文学和中世纪欧洲的拉丁文学,则是"世界主义文学"(cosmopolitan literature);"国语文学"(vernacular literature)与"区域文学"的范畴相似,但运用同样的语言、覆盖的疆域更广,如但丁时代的意大利语文学或中国的五四文学。比克罗夫特不喜欢"国别文学"(national literature)概念,这是可以理解的,该文毕竟写作于欧盟扩张疆土和全球资本主义兴盛之际(此处采用"族群文学"〔ethnic literature〕似乎更为合适,指称国族文学的最小单元,例如中国这种多民族国家的文学);"全球文学"(global literature)是在全球资本主义背景下产生的,但比克罗夫特并没有明确指出这一概念的确立时间(terminus a quo),只说它倾向于超越国家、大陆的疆界,却没有厘定界线,尽管他认为全球文学涵容所有语言艺术,包括电影。尽管不甚明确,比克罗夫特还建议波斯文学与汉学方面的专家要加强合作,这会是十分有益的。只是我不太明白,为何如此就能将我们引向带有连字符的世界—文学(world-literature)。但我同意他的观点,界定世界文学的时候,当视之为文学体系的一部分,即"文学是全世界的语言艺术品"②。

三

本世纪过去十五年的诸多世界文学研究中,我只简要评价一部分与布罗代尔和沃勒斯坦全然无关的理论。达姆罗什的《比较世界文学》就是其中之一;他在该文"摘要"中声称"世界文学是世界各个时代产生的文学作品的总和"③。这与他对世界文学三点定义中的第一条("世界文

---

① 比克罗夫特:《没有连字符的世界文学:文学体系的类型学》,第 88 页。
② 同上,第 100 页。
③ 达姆罗什:《比较世界文学》,载帕帕迪马、达姆罗什、德汉编《当今的经典之争:跨越学科和文化界限》,阿姆斯特丹、纽约:Rodopi,2011 年,第 169 页。(David Damrosch, "Comparative World Literature," in: *The Canonical Debate Today. Crossing Disciplinary and Cultural Boundaries*, ed. by Liviu Papadima, David Damrosch and Theo D'haen, Amsterdam/New York: Rodopi, 2011)

学是民族文学间的椭圆形折射")和杜里申三项展望的第一点("世界文学是整个世界的文学")类似。若说达姆罗什相信他的第一点,杜里申肯定不然,他只是转述别人的看法。达姆罗什值得称道之处在于,他反对早先欧裔美国比较文学学者的向心追求,主张进行离心研究,鼓励美国同行至少应该扩展视野以"接纳全世界的比较文学研究实践。"①。他在前揭文章中的例证涉及印度和中国,如果不是篇幅问题,也许还会涉及更多国家;不过他似乎对印度和中国文学情有独钟。我很感谢他提及我的一篇关于里尔克(Rainer Maria Rilke,1875—1926)的文章在中国的接受情况,尽管没提我的名字。

罗马尼亚学者弗塔克(Oana Fotache)的《"全球文学"定义考》一文,分析了过去二十年的"全球文学"(global literature)定义。她指出,以往文学研究领域并不包括"文学全球化"或"全球文学",人们感兴趣的是"世界文学"或"比较文学"。②她对全球文学的看法,类似达姆罗什过去十年中对比较文学的定义。另一位年轻罗马尼亚学者德里安(Andrei Terian)的《阅读世界文学:椭圆形还是双曲线?——以第二世界的国族文学为例》一文,首先是对达姆罗什的世界文学观点的批评,对其忽略二战后受苏联影响的第二世界中东欧国族文学表示不满。他认为达姆罗什的三点定义"未必就是区分世界文学与特别具有地方或国族价值之作品的方法论指南,只不过是他对自己阅读习惯的辩护"。③ 这是很严厉的批评。

表述上略有不同的三点定义,最晚自 1950 年代就已为人所知,若非更早的话。达姆罗什与杜里申的区别在于,前者注重三种定义的所有解释,后者则与捷克比较文学学者沃尔曼(Frank Wollman,1888—1969)一样,仅强调第三个定义的解释。④我们会同意德里安的观点,即椭圆形折射可被解读为"双曲线"(类似于中心为空的几何形式),但对他的另一个观点不敢苟同,即后社会主义时期的作品不能被纳入西方文学的伟大作品,或不属于后殖民主义文学经典。事实上,西方学者对中东欧国家的一些优秀作家不甚了解,而其中一些完全称得上世界级文学作品。就我个人观点,帕斯捷尔纳克(Boris Pasternak,1890—1960)的《日瓦戈医生》、索尔仁尼琴(Aleksandr Solzhenitsyn,1918—2008)的《古拉格群

---

① 达姆罗什:《比较世界文学》,载帕帕迪马、达姆罗什、德汉编《当今的经典之争:跨越学科和文化界限》,阿姆斯特丹、纽约:Rodopi,2011 年,第 174 页。
② 弗塔克:《"全球文学"定义考》(Oana Fotache," 'Global Literature' — In Search of Definition"),载帕帕迪马、达姆罗什、德汉编《当今的经典之争:跨越学科和文化界限》,第 194 页。
③ 德里安:《阅读世界文学:椭圆形还是双曲线?——以第二世界的国族文学为例》(Andrei Terian, "Reading World Literature: Elliptical or Hyperbolic? The Case of Second-World National Literature"),载帕帕迪马、达姆罗什、德汉编《当今的经典之争:跨越学科和文化界限》,第 22 页。
④ 参见沃尔曼:《文学研究的比较法》(1959)。

岛》、赫拉巴尔(Bohumil Hrabal，1914—1997)的《严密监视的列车》、昆德拉(Milan Kundera)的《生命中不能承受之轻》等。很难说罗马尼亚文学"仅是一种次要文学"①。这里的症结在于，这些作品的语言不属于所谓"世界语言"，从而未引起足够重视，也缺乏比较文学视角下的研究。

四

北京师范大学举办的这次"思想与方法：何谓世界文学？地方性与普世性之间的张力"国际高端对话暨学术论坛的请邀函中写道："在急剧膨胀的全球化语境中，这种学术范式转换，固然是文学研究自身发展的一种趋势，以及学院体制教学之需，也意味着以人文研究来回应当代世界日益加剧的种族、阶级和文化冲突。"这是传达给来自中国和国外十五位知名学者，包括达姆罗什教授、张隆溪教授及几位未能与会学者的第一则讯息。第二则讯息是："就此而言，如何理解和界定'世界文学'，便成为寻求新的世界秩序和文明格局所不可或缺的观念视野。"如果我们认可前一段内容，那么，第二段话便很成问题。文学同艺术一样，本不是一种能够改变世界或文明的手段。比较文学中的世界文学研究只能深化我们的相关知识，帮助我们更多地理解漫长的历史中，至少从《吉尔伽美什》《荷马史诗》和《圣经》的时代至今，有多少世界不同地区的人类社会意识创造出了杰出、值得钦佩的作品。

中国文学的关切是什么？这可能是这次会议的最重要议题之一。在2001年在南京举办的第七届中国比较文学协会暨国际学术研讨会上，王宁教授不无道理地说："较长一段时期内，在中西比较文学研究领域，我们国内学者都在探讨中国文学，特别是现代中国文学如何受到国外文化趋势和文学理论的影响。而中国文学在国外的译介状况以及为西方汉学家、一般读者的接受情况，中国学者却很少甚至不能找到相关资料。"②就我所知，乐黛云教授的著作《国外鲁迅研究论集》③或许是最早的此类研究，后来有曾小逸主编的《走向世界文学：中国现代作家与外国文学》。④ 二十多年以后情况有了改观，中国经济的发展和对外开放的深入，也带来文学领域的变化。中国开始逐步寻找加入现代国家的方式，也在说服欧美同行们，中国文学，无论是古代还是现代作品，至少那些最杰出的作品是可以被纳入世界文学宝库的。

---

① 德里安：《阅读世界文学：椭圆形还是双曲线？——以第二世界的国族文学为例》，第23页。
② 王宁：《全球语境中的比较文学：中国的视角》，载程爱民、杨莉馨编《跨文化语境中的比较文学》，南京：译林出版社，2003年，第64页。
③ 乐黛云：《国外鲁迅研究论集》，北京：北京大学出版社，1981年。
④ 曾小逸编：《走向世界文学：中国现代作家与外国文学》，长沙：湖南人民出版社，1985年。

王宁教授正是这方面的发起人,也是中国比较文学协会第九届(2008年,北京)和第十届大会(2011年,上海)的负责人之一。在这两次会议上,比较文学国际期刊和汉语期刊的编辑们也欢聚一堂,讨论了这一学科的相关问题。出席那次会议的有《比较文学研究》(Comparative Literary Studies)的主编毕比(Thomas Beebee),该刊在2012年出版了专刊《现代中国和世界:文学学科构建》(Modern China and the World: Literary Constructions),刘康和王宁应邀作为客座编辑;另外还有匈牙利期刊《世界比较文学评论》(Neohelicon)的执行编辑哈伊杜(Peter Hajdu),王宁在该刊上先后发表了《全球化语境中的现代中国小说》(2010年总37卷第2期)和《比较文学:朝向世界文学的构建或重构》(2011年总38卷第2期)。还有一些关于世界文学的文章,包括达姆罗什的《比较世界文学:中国和美国》(Comparative World Literature: China and U.S.),该文收录于第九届中国比较文学协会会议论文集《多元文化互动中的文学对话》。他的这篇文章题目容易引起误会,因为文中不仅提及中国,还有印度。[1]这两届中国比较文学协会会议上还有一些关于世界文学的文章,在此我只列举他们的名字:方汉文(两篇文章)、岳峰、查明建、高旭东和王宏图;在另一部重要著作《跨文化研究:什么是比较文学》[2]中,严绍璗和王宏图;新出期刊 Cowrie 中有孙景尧(2014年11期)和王宁(2014年12期)的另一篇文章。

在2014年延边举办的第十一届中国比较文学协会会议上,王宁教授作了题为《世界文学与中国当代文学》的演讲。在大会关于"中国比较文学的历史:现状与未来"的讨论中,汪介之的发言题为《中国比较文学的未来:走向世界文学》,他的主张与1985年曾小逸的见解一致。[3]三十年来的这种呼吁,令我想起身处不同历史环境的鲁迅,他那篇吹响战斗号角的《呐喊》。在他第一部短篇小说集的序言中,鲁迅写到有一间铁屋子"是绝无窗户而万难破毁的,里面有许多熟睡的人们,不久都要闷死了"。自1919年起,中国已发生翻天覆地的变化。中国学者已经积聚了足够的力量,向世界最发达国家——美国的人文研究领域发起挑战。2010年在上海举办的第五届中美比较文学双边研讨会、[4]2011年至2015年先在北京、最后在里斯本结束的世界文学协会与世界文学研究所的五次夏季研讨会,便是证明。[5] 中美比较文学界的密切合作,始于1983年

---

[1] 高旭东编:《多元文化互动中的文学对话》,北京:北京大学出版社,2010年,第51—57页。达姆罗什关于越南文学的最后一部分被省略掉了。
[2] 严绍璗、陈思和编:《跨文化研究:什么是比较文学》,北京:北京大学出版社,2007年。
[3] 就我所知,王宁和汪介之的文章还没有发表。
[4] 此次研讨会的会议论文集发表于《新赫利孔——世界比较文学评论》(Neohelicon)第39卷第2期,2011年。
[5] 参见 http://iwl.fas.harvard.edu/pages/past-sessions,网页访问日期:2015年5月25日。

8月在北京举办的第一届中美比较文学研讨会,当时最知名的与会者是迈纳和钱钟书。迈纳是第二届中美比较文学研讨会会议论文集前言的作者。在这部由杨周翰和乐黛云主编、题为《文学、历史与文学史》的论文集中,还没有出现世界文学字眼。①

当前,随着比较文学的衰退以及翻译转向之"热",世界文学的时代似已来临。然而,问题在于世界文学能持续多久,其意义又是什么?王宏图的《世界文学的是是非非》一文,可谓切中要害。或许,他谨记荀子的格言:"是是非非谓之知。"我们很难评判谁对谁错,以及世界文学的哪些方面是对的,哪些又是错的。尤其是2000年以降,世界文学方兴未艾。许多人对杜里申和达姆罗什提出的六点定义持保留态度,对其观点的理解也不尽相同。

苏源熙在《比较、世界文学,公分母》(Comparisons, World Literature, and the Common Denominator)中提出一个很好的观点,即我们试图定义世界文学或其作者、作品时,要寻找一个"公分母"。我们都在高中数学中学过这个概念,其中一个定义是这样的:"一组分数可以通用的分母。"②他举了亚里士多德"战神之杯"的例子,指出:"世界文学是一个发现公分母的过程。所谓公分母,就是总能有效分析世界文学的方法,通过带给我们新知识来转移我们的注意力。这当然是值得坚持的事业,因为我们的注意力总会被转移。真理的反面并不是谬误,而是目光短浅或注意力分散。"③的确,应当探寻"公分母"。

杜里申的专著《文学比较理论》写于1973年,两年后出版,④ 1984年被译成英语。⑤ 他在该书中也强调"公分母"的重要性,并非不太理想的英译本所使用的"共同因素"(common factor)。他指出,比较文学研究的"出发点应该是最基础的学术分类。[……]这些分类能够在本质上相呼应,属于同一类型,彼此关联成为一个整体。"⑥根据德弗(Amiya Dev)和库玛尔(Sisir Kumar)的判断,杜里申的公分母概念以"文学间性"

---

① 杨周翰、乐黛云编:《文学、历史与文学史》,沈阳:辽宁大学出版社,1989年。
② 见《简明韦氏英语大辞典》,纽约:Portland House,1989年,第297页。(*Webster's Encyclopedic Unabridged Dictionary of the English Language*, New York: Portland House, 1989)
③ 苏源熙:《比较、世界文学,公分母》,载拜戴德、托马斯编《比较文学指南》,纽约:Blackwell,2011年,第61—62页。(Haun Saussy, "Comparisons, World Literature, and the Common Denominator," in: *A Companion to Comparative Literature*, ed. by Ali Behdad and Dominic Thomas, New York: Blackwell, 2011)
④ 杜里申:《文学比较理论》,布拉迪斯拉发:Slovenský spisovateľ,1975年。(Dionýz Ďurišin, *Teória literárnej komparatistiky*, Bratislava: Slovenský spisovateľ, 1975)
⑤ 杜里申:《文学比较理论》,布拉迪斯拉发:Veda/ Publishing House of the Slovak Academy of Sciences,1984年。(Dionýz Ďurišin, *Theory of Literary Comparatistics*, Bratislava: Veda/ Publishing House of the Slovak Academy of Sciences, 1984)
⑥ 杜里申:《文学比较理论》(1975),第239—240页。

(interliterariness)为首要理论依据。① 据我所知,杜里申虽从未明言,但他在专著和文章中无数次提过这一点。他也曾以寥寥数语谈及比较文学最基本的分类:"文学间性表达的是一种文学间'超国界'(supranational)过程的本体属性,包括文学的运动、发展和事件所形成的内容和形式。"②

我大约在1964年开始接触杜里申的作品,并在第六届世界比较文学协会会议(1970年,波尔多)上与他相识,从而有机会阅读他的很多讨论世界文学的文章和论著。在1990年代初,大概是他的《何谓世界文学?》发表之后,我曾问他为什么多次提到"公分母"概念。他的回答简单明了:"在比较文学中,对国族文学的任何逾越都是文学间性的表现。"在1966年到1992年的几十年间,他有超过25本专著被译成外语。杜里申于1997年1月去世,在此之前他因身体状况不佳而不得不放弃对这一问题的继续探索。他去世的前几年,我开始关注比较文学研究中有关"公分母"及其最高类型世界文学的问题,并发表了《东西方的文学间性:理论概况与历史回顾》(East-West Interliterariness: A Theoretical Sketch and a Historical Overview)。这篇文章从《吉尔伽美什》《伊利亚特》和《奥德赛》《摩诃婆罗多》和《罗摩衍那》,一直讨论到泰戈尔(Rabindranath Tagore,1861—1941)、托马斯·曼(Thomas Mann,1875—1955)、马尔克斯(Gabriel G. Márquez,1927—2014)、索因卡(Wole Soyinka)和鲁迅;而最后一位正是中国最希望能列入世界文学的作家。③我的第二篇论文发表于格拉辛(Jean-Marie Grassin)主编的《国际文学术语词典》(Dictionaire International des Termes Littéraires),题为《文学间性》(Interlitterarité)。此后有另外两篇论文发表在中国知名的比较文学网站《比较文学与文化》上。④

---

① 参见德弗、库玛尔编:《比较文学:理论与实践》(著作简介),新德里:Indian Institute of Advanced Study Shimla,1989年。(Comparative Literature. Theory and Practice, ed. by Amiya Dev and Sisir Kumar, New Delhi: Indian Institute of Advanced Study Shimla, 1989)

② 杜里申:《特殊的文学互动体(6):概念与原理》,布拉迪斯拉发:Ústav svetovej literatúry SAV,1993年,第14页。(Dionýz Ďurišin, Osobitné medziliterárne spoločenstvá 6. Pojmy a princípy, Bratislava: Ústav svetovej literatúry SAV, 1993)

③ 参见德弗、库玛尔编:《比较文学:理论与实践》(1989)。

④ 高利克:《作为比较文学概念的文学间性》,比较文学与文化网站,2000年4月2日(Marián Gálik, "Interliterariness as a Concept in Comparative Literature," in: CLCWeb: Comparative Literature and Culture);高利克:《对比较文学、世界文学概念的设想》,比较文学与文化网站,2000年4月2日(Marián Gálik, "Concepts of World Literature, Comparative Literature, and a Proposal," in: CLCWeb: Comparative Literature and Culture);http://dx.doi.org/10.7771/1481-4374.1091,网页访问时间:2016年3月2日。第一篇《比较文学中的文学间性概念》后来收入托托西编《比较文学与比较文化研究》(Comparative Literature and Comparative Cultural Studies, West-Lafayette: Purdue University Press, 2003, pp. 34—44)。另外,我的论文《作为文学间性与文学互动过程概念的比较文学》收入1994年国际比较文学协会第十四届会议(埃德蒙顿)论文集,托托西、狄米奇、席文编《今日比较文学:理论与实践》,巴黎:Honoré Champion,1999年,第95—104页。(Marián Gálik, "Comparative Literature as a Concept of Interliterariness and Interliterary Process," in: Comparative Literature Now. Theories and Practice, ed. by Steven Tötösy de Zepetnek, Milan V. Dimić and Irene Sywenky, Paris: Honoré Champion, 1999)

据我不很全面的了解,在中国比较文学研究中,有两处提到杜里申的概念,即"文际性"(interliterariness)[①]或"文际过程"(interliterary process)[②]。在这两处引述中,世界文学都被认为是杜里申理论体系中的文学"终极共同体"[③],这种判断当然是不正确的。在中国学界,杜里申并没有遭到不公正对待,但也没有引起足够注意。我最近关于"文学间性"[④]或不同形式"文化共同体"[⑤]的论文和讲座,试图向中国读者传达杜里申的原意以及我的理解,但没有获得任何积极的回应或批评。我最近一篇论文《文学间性和跨文学共同体》的英文版收入第五届中国比较文学协会大会的会议论文集《当代比较文学与方法论建构》。[⑥]

结语

再回到文学间性这一比较文学公分母问题,它逾越所有语言之文学作品的界线,不包括原作、文学互动体和世界文学。我们可以用杜里申以文学间性为"首要原理"的比较文学体系这个很好的工具来研究所有脱离原生地的各类文学以及世界文学。苏美尔史诗《吉尔伽美什》被翻译(或许稍有改动)成古巴比伦语、亚述语、希泰语和胡里语,并影响了希伯来、希腊文学,流传至今。这就逾越了种族、民族或少数族裔的边界,融入译入语的文学结构,同时构成文学间性密不可分的组成部分。比较文学中的文学间性研究,应涉及文学的所有表达形式。首先是译本,但也包括专著、文章、评论以及所有文学类型对外国作家、作品的接受情况:"回忆、创作冲动、文学巧合、相似、戏仿、曲解和某些怪诞风格等。"由此,我们也要把"借鉴、模仿、改编、仿写"等内容包含进来。[⑦]

在比较文学之最高范畴的世界文学中,终究是文本及其作者的文学

[①] 参见陆肇明:《"世界文学"与久里申的"文际共同体"》,载《中国比较文学》1997 年第 3 期,148—153 页。该文援引的是杜里申与他人合著的《特殊的跨文学共同体》(*Osobyje mežliteraturyje občnost*,Tashkent:Izdatel'stvo,1993)

[②] 参见曹顺庆编:《比较文学学》,成都:四川大学出版社,2005 年,第 116 页。

[③] 陆肇明:《"世界文学"与久里申的"文际共同体"》(1997),第 152 页;曹顺庆编:《比较文学学》(2005),第 116 页。

[④] 在上海举办的中国比较文学协会第五届会议上的开幕演讲《回到文学性?——何谓文学间性?》,载《东方研究集刊》第 10 卷第 2 册,第 427—430 页。(Marián Gálik,"Back to Literariness? —And What About Interliterariness," in: *Studia orientalia slovaca*,vol. 10,no. 2)

[⑤] 高利克:《作为跨文学共同体的汉语新文学》,载《文学研究前沿》第五卷第 2 册(2011),第 139—158 页。(Marián Gálik,"On the New Chinese Literature as an Interliterary Community," in: *Frontiers of Literary Studies*,vol. 5,no. 2[2011]);中文版:《作为跨文学共同体的汉语新文学》,载《南国人文月刊》2011 年第 1 期,第 14—30 页。

[⑥] 高利克:《文学间性和跨文学共同体》(Interliterariness and the Interliterary Communities),载杨乃乔等编《当代比较文学与方法论建构》(卷一),上海:复旦大学出版社,2014 年,第 87—98 页。

[⑦] 杜里申:《文学比较问题》,布拉迪斯拉发:Vydavatel'stvo Slovenskej akadémie,1967 年,第 73、84 页。(Dionýz Ďurišin,*Problémy literárnej komparatistiky*,Bratislava:Vydavatel'stvo Slovenskej akadémie,1967)

价值决定其长久或短暂的地位。在瑞士知名学者施特里希(Fritz Strich,1882—1963)看来,只有超越单一文学边界并在海外备受推崇的作品,才能列入世界文学并最终深刻影响目标语文学结构。他在专著《歌德与世界文学》中指出:"只有超越国族边界的文学作品"[1]才能进入世界文学行列。当然,并非所有被译成外语、为外国读者阅读的作品都属于世界文学,如庸俗文学、电子文学、哗众取宠的文学等流行作品,自然不在此列。有些作品或作者会成功、甚至获得"不朽"称号,其流传时间也非常重要。

从《吉尔伽美什》到《希伯来圣经》,世界文学和文学间性的内涵是完全不同的;时至近两千年后的今天,全球化时代的世界文学和文学间性更是截然不同。我们这个时代的文学间性是一种全球文学间性,涵盖超出来源地的所有文学版本,全球文学间性指向"全世界"(*mundum universum*)。在某些情况下,世界文学并非一直包括最好的文学,即符合某些标准的经典。一些作品或作者在他们那个时代闻名遐迩,后来却被遗忘。只有那些比青铜纪念碑更持久的作品(贺拉斯语)才能列入世界文学。

在此意义上,研究和理解世界文学需要全世界比较文学专家的合作。至少在特定范围内,志趣相投的学者能够达成最初共识。美国和中国的比较文学专家或许可以率先做出努力,与其他地方的学者合作,部分解开这个不可能完全解开的世界文学之谜。

---

[1] 施特里希:《歌德与世界文学》,伯尔尼:Francke,1946 年,第 14 页。(Fritz Strich, *Goethe und die Weltliteratur*, Bern: Francke, 1946)

世界文学去殖民化①

[埃及]马戈蒂·尤赛夫(Magdi Youssef),柏奕旻译

文学与世界市场

现代西方关于世界文学标准的保守观念,至今未遭遇真正的挑战;它们经由大众传媒、教科书乃至文学研究,在世界人民的意识中传播。对此,我们只需稍加留意无处不在的(铁板一块的!)"欧洲文学"理论就够了:第二次世界大战以来,"欧洲文学"同时面向西方与非西方高校的学生;或者,奥尔巴赫(Erich Auerbach,1892—1957)的《摹仿论》②与库齐乌斯(Ernst R. Curtius,1886—1956)的《欧洲文学与拉丁中世纪》③广为流传。我曾为文,力图去掉其神秘光环。④ 毋庸置疑,西方阐释系统所确认的世界文学标准,正与不断强调的所谓权威的、普遍认可的欧美文

---

① 本文英文版已收入荷兰本雅明出版公司于2015年出版的《重要对次要?全球化世界的语言与文学》一书。我们感谢该出版社给予本文的中文翻译权。(Magdi Youssef, "Decolonizing World Literature," in: *Major versus Minor?—Languages and Literatures in a Globalized World*, ed. by Theo D'haen et al., published by John Benjamins Publishing Company, 2015, pp. 125—140)

② 奥尔巴赫:《摹仿论:西方文学中现实的再现》,伯尔尼:Francke,1946年。(Erich Auerbach, *Mimesis: Dargestellte Wirklichkeit in der abendländischen Literatur*, Bern: Francke, 1946)

③ 库齐乌斯:《欧洲文学与拉丁中世纪》,伯尔尼:Francke,1948年。(Ernst Robert Curtius, *Europäische Literatur und Lateinisches Mittelalter*, Bern: Francke, 1948)

④ 参见尤赛夫:《面向多元中心的文学经典:今日阿拉伯对语言与文学的贡献(摘要)》,载《第十九届现代语言与文学国际联合三年会会议记录》,1996年,第496—498页(Magdi Youssef, "Towards a Multi-Centric Literary Canon: The Arab Contribution in Language and Literature Today," in: *Proceedings of the 19th Triennial Congress of the International Federation for Modern Languages and Literatures* [1996], 496—498 [Abstract]);尤赛夫:《欧洲文学的神话》,亚琛-鹿特丹:专题研讨会出版物,1998年(Magdi Youssef, *The Myth of European Literature*, Aachen and Rotterdam: Symposium, 1998);尤赛夫:《当代戏剧中的模型问题》,载《社会中的艺术》,2000年(Magdi Youssef, "The Problem of the Model in Contemporary Theatre," in: *Art in Society* [2000], http://www.art-in-society.de/AS0/MythLit.html [网页访问日期:2015年1月2日]);尤赛夫:《欧洲文学的神话》,载辛波里编《欧洲文学外的视角》,罗马:Meltemi Editore,2003年,第65—105页(Magdi Youssef, "Il mito della letteratura europea," in: *letteratura europea vista dagli altri*, ed. by Franca Sinopoli, Rome: Meltemi Editore, 2003)

学经典相对应。我将证明,相同的标准同样适用于诺贝尔文学奖。

据说世界文学概念源于歌德,鲁普雷希特(Hans-George Ruprecht)对此表示质疑,他证明该观念已见于1826年的墨西哥评论《埃尔-伊里斯》(*El-Iris*),[①]即公认歌德创造此概念的前一年。尽管如此,世界上的大部分学者还是将世界文学观念首先与这位德国文豪联系在一起。更确切地说,媒体、教科书和读本都如此追溯现代"世界文学"(Weltliteratur)观念的起源。歌德本人对"世界文学"的感受与彼时矛盾重重的欧洲民族主义密切相关;艾田蒲(René Étiemble,1909—2002)早就指出,仍有学者视歌德的观点为"德意志中心主义"[②]的表现。

1821年,也就是墨西哥成功挣脱西班牙统治不久,世界文学观念已经问世;一旦将此背景纳入思考,孰先孰后的问题也就不那么重要了。诚如鲁普雷希特所说,当时的墨西哥批评家和作家将世界文学观念视为文学实践去殖民化的工具,转向同墨西哥殖民地传统无关的英、法、德文学作品,摆脱了西班牙榜样。提及"世界文学",新独立的墨西哥知识者即已划定了文学范式,纵使仍是"欧洲的",至少是非西班牙的。[③]与此相似,突尼斯20世纪50年代从法国获得政治独立,1970/80年代再次独立;紧随这些时期,突尼斯的文学批评家与舞台导演都表现出对布莱希特(Bertolt Brecht,1898—1956)叙事剧的强烈兴趣。对他们而言,以往占据主导地位的是法国文化与文学标准,求诸布莱希特是自我去殖民化的一种方法。尽管墨西哥与突尼斯的状况有别,而欧洲文学时常被误解为铁板一块、而非多元复合的存在,但二者的新定位仍主要倾向于欧洲文学。拒斥晚近历史及其特定的殖民地传统至为紧迫。尤其在20世纪90年代,一些突尼斯戏剧导演为逃离"西方"倾向,甚至在远东的歌舞伎(Kabuki)中寻求表演法,并将之运用于演出。

我自己对20世纪60年代与70年代早期布莱希特戏剧在埃及的接

[①] 参见鲁普雷希特:《世界文学视野中的1926年墨西哥》,载《西班牙公报》第73期(1971),第307—318页(Hans-George Ruprecht, "Weltliteratur vue du Mexique en 1826," in: *Bulletin hispanique* 73 〔1971〕);亦参见雷塔马尔:《为美国文学理论而作》,《为美国文学理论与其他方法而作》,哈瓦那:Casa de las Américas,1975年,第44页(Roberto Fernandez Retamar, "Para una theoría de la literatura hispanoamericana," in: R. F. Retamar, *Para una teoría de la literatura hispanoamericana e otras aproximaciones*, Havana: Casa de las Américas, 1975)。(译注:《埃尔-伊里斯》是刊行于独立不久的墨西哥发行的短命期刊〔1826年2月创刊,同年8月停刊〕;该刊一周发行两次,内容以插图版文学、诗歌、戏剧、时尚评论及独立战争英雄人物传记为主。)

[②] 参见艾田蒲:《论真正的总体文学》,巴黎:Gallimard,1974年,第15页。(René Étiemble, *Essais de littérature 〔vraiment〕 générale*, Paris: Gallimard, 1974)

[③] 参见鲁普雷希特:《世界文学视野中的1926年墨西哥》,第318页。另有学者对"欧洲文学"与世界文学的融合问题及其意识形态意涵持保留态度,参见雷塔马尔:《为美国文学理论而作》;尤赛夫:《当代戏剧中的模型问题》。

受研究,①采用的是充分去殖民化的方法。我的专著《布莱希特在埃及》(Brecht in Ägypten),仅在末章讨论布氏戏剧;在这之前,我从当代埃及戏剧生活中颇受重视的众多世界级戏剧家中选出埃斯库罗斯(Aeschylus,前525—前456)、索福克勒斯(Sophocles,前496—前406)、阿里斯托芬(Aristophanes,前446—前385)、莎士比亚(Shakespeare,1564—1616)、尤涅斯库(Ionesco,1912—1994)及皮兰德娄(Luigi Pirandello,1867—1936),统计比较了他们与布莱希特在埃及的接受状况。基于同样的思考,全书的参考文献首先列出反映布莱希特戏剧接受与埃及社会文化不同发展时段相关的资料。② 在第一章中,为了有助于埃及人摆脱其"模糊不清"却又流行的写作与文化生活,我提及费尔曼(Herbert W. Fairman)主编的《荷鲁斯的胜利》③,一部出版于1974年的革命性新作。对自我身份的模糊不清与他们接受亚里士多德的戏剧本性观有关。20世纪70年代,相当多的埃及人仍相信戏剧是西方——事实上是欧洲、更确切说是古希腊这一源头所独有,而在埃及文化遗产中根基全无。现代埃及关注戏剧的知识者深受泽特(Kurt Heinrich Sethe,1869—1934)④和德里约东(Étienne Drioton,1889—1961)⑤等著名埃及古物学家引导,为相当超俗、源自古埃及神庙的神秘观念分散了注意力。⑥

我研究布莱希特在埃及的接受情况时,对传播后殖民话语的学派毫

---

① 参见尤赛夫:《布莱希特在埃及:文学社会学解读的尝试》,波鸿:Brockmeyer Univeritätsverlag,1976年。(Magdi Youssef, *Brecht in Ägypten: Versuch einer literatursoziologischen Deutung*, Bochum: Brockmeyer Universitätsverlag, 1976)

② 作为布莱希特戏剧在埃及接受情况突出而有代表性的案例,我在书中提到埃及剧作家艾尔-金蒂(Yusri El-Gindi)对布莱希特《潘狄拉老爷和他的男仆马迪》(*Herr Puntila und sein Knecht Matti*)所做的彻头彻尾的转化——艾尔-金蒂:《郡议会的骡子》,手稿,私人所有(Yusri El-Gindi, *Baghl el-Baladiyya*, Manuscript, in private ownership, 1971)。通过剧作《达米埃塔》(*Damiette*)的上演,他表现了尼罗河三角洲北部、靠近地中海的一座小城中的工匠,批判性地揭露了当时"社会主义联盟"的伪善。艾尔-金蒂的新剧本辩证地受布莱希特剧作启发,首先展现了当时达米埃塔特定的社会文化环境。剧本名为《郡议会的骡子》(暗指埃及传统俗语:"被迫离开政府部门之人(如倔驴般)归于尘土。"亦参见尤赛夫:《布莱希特戏剧与埃及社会变革(1954—1971)》,载《艺术学科期刊》第63期(1994),开罗:Cairo University Press,第59—73页。(Magdi Youssef, "Brecht's Theatre and Social Change in Egypt [1954—1971]," in: *Bulletin of the Faculty of Arts* 63 [1994], Cairo: Cairo University Press)

③ 费尔曼编:《荷鲁斯的胜利:古埃及的神圣戏剧》,伯克利:University of California Press,1974年。(*The Triumph of Horus: An Ancient Egyptian Sacred Drama*, ed. by H. W. Fairman, Berkeley: University of California Press, 1974)

④ 泽特:《古埃及神话剧文本》,莱比锡:Hinrichs,1928年。(*Dramatische Texte zu altägyptischen Mysterienspielen*, hrsg. von Kurt Heinrich Sethe, Leipzig: Hinrichs, 1928)

⑤ 德里约东:《埃及戏剧》,巴黎:Editions de la Revue du Caire,1942年。(Étienne Drioton, *Le théâtre egyptien*, Paris: Editions de la Revue du Caire, 1942)

⑥ 晚近的埃及作家阿瓦德(Lewis 'Awad,1915—1990)是这种观念的主要提倡者之一,参见阿瓦德:《(古)埃及戏剧中艺术与宗教间的人之悲剧》,载《现代阿拉伯文学研究》(1961),开罗:Dar al-Maarifa,第11—71页。(Lewis 'Awad, "Almasrah almisri: Ma'sat al-Insan bayna al-Fan wa'l-Din," in: *Dirasat fi adabina al-Hadith* [1961], Cairo: Dar al-Maarifa)

无兴趣。①西方英语学术团体对《布莱希特在埃及》之批判性、以去殖民化为方法论径路的忽视简直令人震惊,更不要说该著比萨义德(Edward W. Said,1905—2003)《东方学》②的出版还早两年。诚然,《东方学》比我的布莱希特研究具有更"全面"的主题。但事关重要的并非主题,而是方法。如有更多思考者留意我的著作,他们将会看到,这部著作是萨义德批判东方主义的方法论先驱,而它本身又是对后殖民话语的公开抨击。

我针对欧洲/西方文学与文化理论、专注去殖民化的批判径路,尽管被英语编辑和出版商所忽视,却在他处颇受关注。它强有力地鼓舞了意大利的去殖民化(Decolonizazzione)研究,过去几十年间在意大利比较文学学者尼兹(Armando Gnisci)那里得以繁盛。③这是不是意大利语这一小众欧洲语言的命运,因其言说者对非全球性语言所做的相关研究更为敏感?还是毋宁说,英语等世界语的言说者面对其他小语种时总怀有高高在上、过于自恃的立场,因后者有着迥异的接受模式?还是上述二说相去不远?

其他问题也在此显现。为什么世界文学这一概念不仅出现在墨西哥讨论中,而且作为歌德对之萌发兴趣的结果,出现在19世纪20年代的欧洲语境中?后一情况中,世界文学是不是对欧洲不同国家与君主之间的争论之富有诗性、"升华性"的回应?拿破仑战败后,梅特涅(Klemens W. von Metternich,1773—1859)于1814/15年策划的维也纳"舞蹈会议"(Dancing Congress)未取得共识,君主们对其国界争个不休。世界文学不也是歌德反对态度的一种反应吗?他以(不纯然是)文学的方式,反对人类所展现之于自然的野蛮统治,这一现象就是笛卡尔早就宣告的那句臭名昭著的"征服自然"。若说笛卡尔预示了将发生何事,培根则在某种意义上可被视为这一英国新兴生产模式的理论家。恰在此现象自以为达到世界规模时,歌德的色彩学(Farbenlehre)是不是挑

---

① 例如,在《后殖民研究读本》中,编者阐明其"对后殖民理论尽可能全方位收录"。然而,他们显然未考虑英语之外其他语种的理论作品,或可视之为英美种族中心主义的另一例证,这是事关后殖民主义的一个巧妙巩固殖民性的例子。参见阿什克罗夫特、比尔、格里菲斯、蒂芬:《后殖民主义读本》,伦敦、纽约:Routledge,1995年。(*The Post-Colonial Studies Reader*, ed. by. Bill Ashcroft, Gareth Griffiths, and Helen Tiffin, London and New York: Routledge, 1995)

② 萨义德:《东方学》,纽约:Pantheon Books,1978年(E. W. Said, *Orientalism*, New York: Pantheon Books, 1978);亦参见萨义德:《叶芝与去殖民化》,载伊格尔顿、杰姆逊、萨义德编《民族主义、殖民主义与文学》,明尼阿波利斯、伦敦:University of Minnesota Press,1988年,第69—98页。(E. W. Said, "Yeats and Decolonization," in: *Nationalism, Colonialism And Literature*, ed. by Terry Eagleton, Fredric Jameson, and Edward Said, Minneapolis and London: University of Minnesota Press, 1988)

③ 参见尼兹:《不同的故事》,罗马:Meltemi Editore,2001年,第18页(Armando Gnisci, *Una Storia Diversa*, Rome: Meltemi Editore, 2001);辛波里:《欧洲文学的神话》,罗马:Meltemi Editore,1999年(Franca Sinopoli [ed.], *Il mito della letteratura europea*, Rome: Meltemi Editore, 1999);辛波里编:《欧洲文学外的视角》,罗马:Meltemi Editore,2003年。(Franca Sinopoli [ed.], *La letteratura europea vista dagli altri*, Rome: Meltemi Editore, 2003)

战了培根哲学的逻辑?

  我认为,世界文学与那种逐渐发展的生产模式紧密相关。尽管不同欧洲国家走的是截然不同的路,但 15 世纪以降,商业资本主义发展到工业资本主义,并在我们这个时代达到金融资本主义生产阶段。① 世界文学观念继续传播于世界,相伴的生产模式也被其主要动力所激励,即通常以军事侵略、殖民及大面积毁坏非欧洲和欧洲社会、文化为手段的利益最大化。② 这种发展始终向着真正的世界市场这一方向前进,该世界市场已经并将继续为同一主导生产模式的永存而助威,如今所有社会文化效应都与当代金融资本主义相连。

  尽管金融资本主义在普遍化,世界文学的轮廓与其边界并未全然相同。在 1981 年那份不光彩且粗暴的欧洲中心主义、实为西方中心主义的声明中,德国比较文学领军人物之一的吕迪格(Horst Rüdiger,1908—1984)明确将非西方的文学排除在世界文学之外:

> 一个原先的殖民地新近获得独立,它自身既缺智性资源,又乏经济财富,还会在联合国与那些超级大国、或以千年文化遗产为荣的国家平起平坐。世界文学可不是联合国大会。③

  对于当前看待世界文学标准与经典的观点,我试图在本文传达一种替代性选择。面对所有那些至今依然被边缘化的世界各地的文学与文化,我将特别提出一个更科学理性的、不那么神秘的方法论立场。英语已经具有世界范围的支配性,而我的目的不仅要阐明被英语圈忽视的文学与文化,我也要将至今一边倒的欧洲和西方中心主义的文学和文化标准从其停留于殖民时代之冷酷不公的自我形象中解救出来。④

---

① 参见希法亭对金融资本的定义:"工业资本是从圣父—圣子中分离出来的圣父,鉴于圣灵是货币资本,表现在商业与银行资本中,上述三者合而为一,即金融资本。"参见希法亭:《金融资本:对资本主义新近演变的研究》,维也纳:Wiener Volksbuchhandlung,1910 年,第 277 页。(Rudolf Hilferding, *Das Finanzkapital*: *Eine Studie über die jüngste Entwicklung des Kapitalismus*, Wien: Wiener Volksbuchhandlung, 1910)

② 举(英格兰对)爱尔兰和(二战期间德国对)波兰的殖民为例,来命名仅欧洲就有的两个证据。

③ 吕迪格:《欧洲的世界文学:歌德的观念与我们时代的要求》,载林讷、策林沙克编《比较文学:理论思考与东南欧的相互作用》,海德堡:Carl Winter,1981 年,第 39 页。(Horst Rüdiger, "Europäische Literatur-Weltliteratur: Goethes Konzeption und die Forderungen unserer Epoche," in: *Komparatistik*: *Theoretische Überlegungen und südosteuropäische Wechselseitigkeit*, hrsg. von Fridrun Rinner und Klaus Zerinschek, Heidelberg: Carl Winter, 1981)

④ 参见尤赛夫:《社会文化介入与知识独立》(阿拉伯语),开罗,1993 年(Magdi Youssef, *al-Tadakhul al-Hadari wa'l Istiqlal al-Fikri*, Cairo, 1993);尤赛夫:《面向多元中心的文学经典:今日阿拉伯对语言与文学的贡献(摘要)》,第 496—498 页;尤赛夫:《面向真正的文学经典去中心化:阿拉伯的贡献》,载霍瓦特、亨德里克森、瓦蒂维索、索尔编《人文主义与美好生活:第十五届世界人文主义者联合会议记录》,纽约:Peter Lang,1998 年,第 381—389 页(Magdi Youssef, "Towards a Real Decentralization of the Literary Canon: The Arab Contribution," in: *Humanism and the Good Life*: *Proceedings of the Fifteenth Congress of the World Federation of Humanists*, ed. by Peter Horwath, William L. Hendrickson, L. Teresa Valdivieso, and Eric P. Thor, New York: Peter Lang, 1998);尤赛夫:《当代戏剧中的模型问题》;尤赛夫:《从社会文化介入到跨文化交流》。

诺贝尔文学奖与保守主义伪善的长存

首先我要说,价值系统与机制究竟是保守主义欧洲的、还是当代西方的?另一方面,欧美城市中向华尔街示威抗议者究竟是欧洲的普通民众、还是包括西方世界在内的其他世界地区民众?如何分辨至关重要。从某种程度上说,正是希腊、西班牙和别处的抗议民众才代表广大西方人民的真正利益,对此我们不会意外。他们从最初发生在2011年1月25日开罗特赫里尔广场的埃及革命榜样中汲取灵感,为抵抗政府的经济政策而不懈战斗。那些埃及抗议者赢得了身处西方的同胞们的同情,没有招致批评(更不要说作为西方偏见和文化刻板印象的显眼靶子,竟未遭到谴责)。无疑,这主要因为最近的世界经济衰退使西方民众与他们在特赫里尔广场和平使用武力的中东同伴们共享了一种强有力的社会心理感受,就算不是团结感,至少也是亲近感。2011年的革命迄今仍在抵御着倾向于模糊社会分工基本事实的所谓伊斯兰化趋势。一定程度上,全世界普通民众都乐于懂得,他们享有人权通向安全、有尊严的未来。由此,对于从剥削与边缘处境获得解放的人,如今的边缘化更多是指被驱逐出劳动力市场。

我想重申,这些真正的平等主义理想是"每个人"都能明白并享有的东西。但颁发诺贝尔文学奖的瑞典皇家学院明白这一点吗?此事上,埃斯普马克(Kjell Espmark)的《诺贝尔文学奖:选择背后的原则与价值》①相当说明问题。他过去是(现在仍是)该学院的成员,研究是他受学院委托所作。该研究本身就是一份说明,呈现了值得获诺奖的作家与文学作品的挑选标准。根据诺贝尔(Alfred Nobel,1833—1896)声明的愿望,奖项只能颁给作品灌注着"高贵无瑕的理想主义"的作者。② 至于对此愿望的理解,院士们须将两个不同背景牢记于心,即诺贝尔的愿望与他们对愿望的具体实施。埃斯普马克问:"'高贵无瑕的理想主义'意味着什么?"③他接着给出答案:

> 对现实的本质,尤其是基督教观念中现实的本质持理想主义观点是重中之首。[……]时间与空间是有限生命的形式,但真正的现实是精神的、超拔于时空的。[……]任何经验主义、现实主义都无法企及这一存在的基础。

---

① 参见埃斯普马克:《诺贝尔文学奖:选择背后的原则与价值》,斯德哥尔摩:Norstedt,1986年(Kjell Espmark, *Det litterära Nobelpriset*:*Principer och värderingar bakom besluten*,Stockholm:Norstedt,1986);英语版:《诺贝尔文学奖:选择背后的标准研究》,波士顿:G. K. Hall,1991年。(Kjell Espmark, *The Nobel Prize in Literature*:*A Study of the Criteria behind the Choices*,Boston:G. K. Hall,1991)
② 参见埃斯普马克:《诺贝尔文学奖:选择背后的标准研究》,第9页。
③ 同上书,第12页。

接着,他相当直白地说:

> 对基督教精神持批判或否定态度的候选者,当被剥夺资格。[……]不可知论的观点,也会招来麻烦。从 1902 年评价赫伯特·斯宾塞(Herbert Spencer)起,一切就再清楚不过。他被不公地称为唯物主义者,光这点就足以丧失其资格。[……]对比那些伟大的理想主义者,不管是黑格尔(Georg W. F. Hegel)那样的泛神论者也好,博斯特罗姆(Nick Bostroem)那样的有神论者也罢,其哲学都比斯宾塞的不可知论更契合人类精神最深沉的需求。

最后,他高屋建瓴地提出真正的标准:"学院对现实之本质的观点在康德(Immanuel Kant)的理想主义那里获得其哲学根基。"

现在,让我们从 1895 年诺奖设立以来的获奖者中随机挑些来看:

1. 1901 年,普吕多姆(Sully Prudhomme, 1839—1907),"以特别表扬他的诗作,因其揭示了崇高的理想主义、完美的艺术造诣及心与智两种品质的珍贵结合。"

2. 1907 年,吉卜林(Rudyard Kipling, 1865—1941),"认可其作品观察入微、想象独特、气概雄浑、叙述卓越。"

3. 1913 年,泰戈尔(Rabindranath Tagore, 1861—1941),"他至为敏锐、清新和优美的诗,采用高超的技巧,他用英文表达其诗意,并融为西方文学的一部分。"

4. 1921 年,法朗士(Anatole France, 1844—1924),"认定他辉煌的文学成就,在于其高尚的文体风格,宽悯的人道同情,迷人魅力及真正的法国性情。"

5. 1923 年,叶芝(William Butler Yeats, 1865—1939),"他那永远灵感满溢的诗,透过高超艺术形式而展现了整个民族的精神。"

6. 1929 年,托马斯·曼(Thomas Mann, 1875—1955),"主要因其伟大小说《布登勃洛克家族》,其当代文学经典作品的地位日益巩固。"①

7. 1934 年,皮兰德娄(Luigi Pirandello, 1867—1936),"他无畏而智巧地振奋了戏剧与舞台艺术。"

8. 1946 年,黑塞(Hermann Hesse, 1877—1962),"他灵思盎然的作品,具有高度无畏与洞见,象征了古典人道理想与高尚风格。"

---

① 参见我将《布登勃洛克家族》与现代阿拉伯文学黄金一代小说——纳吉布·马哈福兹的《开罗三部曲》相关联的评论。尤赛夫:《文学与社会变迁:现代欧洲与阿拉伯文学的案例》,载巴拉坎、威廉、福克马等编《国际比较文学协会第十届大会会议记录》,纽约:Garland, 1985 年,第 51—57 页。(Magdi Youssef, "Literary and Social Transformations: The Case of Modern European and Arabic Literatures", in: *Proceedings of the Xth Congress of the International Comparative Literature Association* 〔1985〕, ed. by Anna Balakian, James J. Wilhelm, and Douwe W. Fokkema, et al, New York: Garland)

9. 1958年,帕斯捷尔纳克(Boris L. Pasternak,1890—1960),"在当代抒情诗与俄国史诗的伟大传统两方面,他都获得了重大成就。"

10. 1969年,贝克特(Samuel Beckett,1906—1989),"他的作品以新的小说与戏剧形式,在表现现代人的困乏上树立其高度。"

11. 1985年,西蒙(Claude Simon,1913—2005),"他的小说兼采诗人与画家的创造力,对人类处境的描画饱含深刻的时间意识。"

12. 1988年,马哈福兹(Naguib Mahfourz,1911—2006),"他的精心之作富于细节——高瞻远瞩的现实性,引人遐想的含混性,由此形成的阿拉伯叙事艺术享之于全人类。"

13. 1995年,希尼(Seamus Heaney,1939—2013),"他的作品以抒情的优美与伦理的深度,赞颂了日常的奇迹与鲜活的过去。"

14. 2011年,特兰斯特罗姆(Tomas Tranströmer,1931—2015),"他以凝练通透的形象、全新的视角引领我们接触现实。"

院士们关注作家"内在心灵的方向",或在一些情况中关心马尔克斯(Gabriel García Márquez,1927—2014)和聂鲁达(Pablo Neruda,1904—1973)对客观世界的反叛与谴责,如此总结是否过于牵强？只举一位重要人物,即布莱希特那样的创作者,说出"改变世界吧！世界需要改变"的人,绝不可能获奖；纵使获了奖,他也绝不乐意接受。布莱希特客观的、社会科学的、真实的、始终非精神性的取向,与诺奖的全部精神背道而驰。后者实与"大赦国际"(Amnesty International)的主观理想主义相去不远；大赦国际是银行资助的组织,而正是那些银行,一旦房客失业、无力偿贷,就将他们赶出美国的家。

尽管诺贝尔文学奖总有高度精神性的声明,它却无疑适于满足世界市场霸权需要的文化全球化,该市场全力侵犯世界大部分国家中大部分人的人权。正是通过强调内在的、理想主义的人类价值,诺奖很成功表现这种伪善。划分"第一"与"第三"世界的保守观念,封闭于经济与文学的冲突之中。如今,阿拉伯之春与反抗金融资本的全球抗议,一起彻底撕掉了上述保守观念的神秘面纱。这些事件令破坏社会的现实最终获得关注,但诺奖决不会支持任何对于这类现实的集体认同。①

---

① 参见里茨:《"第一"与"第三"世界之间的世界文学:今日比较文学的责任》,载《文化交流期刊》第33期(1983),第140—148页(Janos Riesz, "Weltliteratur' zwischen 'Erster' und 'Dritter' Welt: Die Verantwortung der vergleichenden Literaturwissenschaft (Komparatistik) heute", in: *Zeitschrift für Kulturaustausch* 33〔1983〕);施梅林:《今日世界文学:观念与视角》,乌兹堡:Königshausen und Neumann,1995年,第155页(Manfred Schmeling, *Weltliteratur heute: Konzepte und Perspektiven*, Würzburg: Königshausen und Neumann, 1995);尤赛夫《比较文学研究:从语言学方法到社会科学方法》,载科蒂纽、柯可编《超越二元对立:抉择与浸染》,里约热内卢:Aeroplano,2009年,第14—19页。(Magdi Youssef, "From a Philological to a Social Scientific Approach with Regard to Comparative Literary Research," in: *Beyond Binarisms: Crossings and Contaminations*, ed. by Eduardo F. Coutinho and Pina Coco, Rio de Janeiro: Aeroplano, 2009)

古登堡与世界文学

传统上把活字的发明归功于古登堡（Johannes Gutenberg，1397—1468）。他于1450年开始使用这一技术，这无疑使各种知识与文学在世界范围内的广泛传播成为可能。但我们一定要指出，德国人声称这项发明的所有权，仍是看似无孔不入的欧洲中心主义的另一例证。这与他们将歌德认作思考世界文学第一人相差无几。其实远在古登堡之前，即1230年前后的高丽，已经发明了几乎一模一样的金属印刷字。

我们如要理解印刷术的出现与作用、世界文学术语的创造等发展，那我们就必须寻求一些处理"孰为先？"问题的办法。在我看来，无论发明物多么令人印象深刻，重要的都不是其本身。我认为远为紧要的是，新观念会在特定环境与时期关联、满足于特定的社会需求，这些需求通常服膺于一些特定社会阶级的利益，并将对其具体应用、成为现实起决定作用。

13世纪早期的高丽需要发明活字的原因是，统治王朝定佛教为国教后，《三藏经》需标准化复制以在全境传播。近似的是，古登堡最初在1540年的美因兹使用金属活字，是为大量生产天主教堂售卖的赎罪品，购买者以此兑付生时罪孽而应受的惩罚。我们须指出，赎罪品这一产品面向的是那些买得起的人。古登堡稍后通过印刷圣经证实了活字的功用，它的生产过程当然比用二十年抄写、制成手抄本圣经更省时间，但印刷本价格却高达牧师年薪的三倍。再晚些时候，借助初起于意大利、应用于欧洲多处的商业资本主义生产模式，古登堡的发明巩固了冉冉上升的中产阶级地位。的确，法国统治者与东亚莫卧儿人（Moghuls）甚至在古登堡发明前已有外交；两个王朝在对今天所知的中东苏丹（Mamluk Sultans）作战方面有共同兴趣。换言之，此处有将高丽印刷术传到德国古登堡处的通道。但即便如此，就德国与欧洲普遍登上历史舞台的商业阶级而言，德国发明及其一度广泛传播背后的主要动力仍是客观需要。自从印刷圣经，活字继续在文学的国际传播、在巩固商业中产阶级的商业、文化利益中扮演主要角色。这意味深远地加速了特定欧洲国家中作为早期现代社会力量的资产阶级（bourgeoisie）的兴起。

10世纪中叶，在加泰罗尼亚将大量阿拉伯和伊斯兰哲学、科学及文学的手稿译为拉丁文的启蒙工作，蕴含相似动力。城市商业阶级推动欧洲走出停滞不前的中世纪，为支持这一革命性转换，翻译是不可或缺的。无需赘言，这一过程的发生也与社会阶级的特定需求一致，该阶级改弦易辙以合乎新的发展走向，成为主要受益者。

再举一个响应社会需求的创造性案例。20 世纪早期十多年间,涂尔干(Émile Durkheim,1858—1917)提出他的"社会学方法的规则"。有评论者争辩说,涂尔干不知怎的从赫勒敦(Ibn Khaldun,1332—1406)的《历史绪论》中得到灵感,该著是刊行于 1377 年的跨学科与多学科理论著作。① 然而,正是工业资本主义、亦即世纪之交组成法国社会统治阶级的工业资产阶级的纯粹需求,才是涂尔干推进研究的真正原因。这一强大群体欢迎和剥削的不只涂尔干提出的这类社会学工具。从学科内看,涂尔干的方法论进步使得社会学从哲学中独立、解放出来。进而,这也使对工人阶级的社会控制合法化,又协助统治阶级的社会意识形态发展。在帝国海外扩张方面,该阶级关心作为现代西方社会存在必要性(raison d'être)的先进统治。

最后做个比较,安凡丹("安凡丹老爹"②)与法国圣西门弟子的"使命"在 19 世纪早期埃及的遭遇基本也是如此。使命的初衷是监管沟通地中海与红海的运河开凿。穆罕默德·阿里(Mohamed Ali,1769—1849)却要求引进现代工业技术、提高尼罗河水力灌溉的管理水平,这导致双方决裂。③ 埃及对技术的应用与阿里统治下国家的社会政策与工程同步,改革者阿里最终对欧洲工业资本家力量构成巨大利益威胁,以至后者不得不与伊斯坦布尔的高门联手,④ 逐渐削弱埃及国及其在亚非的扩张,并于 1840 年最终阻止了埃及这一中东强敌的上升计划。⑤

所有例证都说明了文化接受过程的动力机制,这不仅适用于文学、哲学与社会科学,也相当普遍地适用于最广泛(物质)意义上的社会文化交换与社会文化革新。进一步说,接受过程的客观条件是通常被统治力量、有时被寻求自身巩固或解放的新兴社会力量所感知的历史需求,而需求决定着接受什么、如何接受、如何应用。因此,接受者的社会经济与文化环境,继而是社会及其特定的社会力量分布,才在接受(进而适应或再发明)外国技术或自己发明解法的过程中起关键作用。

我研究文学、文化现象及其转变的方法,可称为社会历史和政治经

---

① 赫勒敦,北非阿拉伯穆斯林学者、历史学家,其著作《历史绪论》(*Muqaddimah*)对 17 世纪奥斯曼土耳其历史研究影响巨大,19 世纪欧洲学者也充分肯定该著的历史意义。——译注

② 安凡丹(Barthélemy P, Enfantin, 1796—1864),法国社会改革家、空想社会主义者、圣西门学派的创始人之一,人称"安凡丹老爹"(Père Enfantin)。——译注

③ 穆罕默德·阿里,阿尔巴尼亚人,曾任奥斯曼帝国的埃及总督,近代埃及的创建者。执政期间(1805—1848),他在埃及推行了一系列以富国强兵、励精图治为目标,涉及政治、经济、文化、军事等各领域的社会改革。——译注

④ 高门(the Sublime Porte)是对奥斯曼帝国中心政府的一个转喻,指通向伊斯坦布尔主要国家部门建筑群时通道前方的大门,在西方外交语境中指派任该处的外交官。——译注

⑤ 参见格兰:《资本主义的伊斯兰之根:1760—1841 年间的埃及》,奥斯丁、德克萨斯、伦敦:University of Texas Press, 1979 年。(Peter Gran, *Islamic Roots of Capitalism*: *Egypt*: 1760—1841, Austen, TX and London: University of Texas Press, 1979)

济学的方法。它与其他方法有着明显差异。我的方法不应同姚斯(Hans-Robert Jauß，1921—1997)和伊瑟尔(Wolfgang Iser，1926—2007)创立的康斯坦茨接受美学的方法混淆。譬如，康斯坦茨的方法发源于强调抽象读者功能的理想化解释学理论，因此，读者的接受过程在某种程度上全然是非历史的。基于相同原因，我的认识论也同新康德学派晚期人物韦勒克(René Wellek，1903—1995)所鼓吹的美国新批评截然不同，新批评为追求文艺审美的圣杯而逃避历史与社会的缘由。显而易见的是，我强调要将发明或引进背后的接受需求纳入语境，而传统法国比较文学学派注重文学与文化传播的来源，考察导致诸多分歧的社会经济文化背景的共同变化。此外，人类学如有对文学的研究方法，就会更为非历史化，即便它不致力于保存，至少尽显无遗：主题与动机恒常而普遍地存在于任一形式的人类创造力中。①

我对文学与社会密切关系的评论或显任意和肤浅。兴许我会因为将文学现象简化为社会政治和经济因素、忽略文学本质而招来谴责。然而，这种指控并不恰当。利用助我们体察社会政治与经济因素的各学科，唯一目的是祛除文学现象的神秘性。清楚的事实是，特定文学类别的确与特定背景相关，而首先是文学作品的艺术立场回应了特定遗产中的技术与发明的解法；反之，必须从能否满足特定社会中的重要客观需求来理解后者。

以20世纪早期法国超现实主义的兴起为例。超现实主义是一场文学与审美运动，是作为占统治地位的资产阶级进行积极的社会批判而发挥作用。恩斯特(Max Ernst，1891—1976)革命性的社会艺术工作，甚或是达利(Salvador Dalí，1904—1989)更少原创、较为显眼的程式，都扭曲了那个回应阶级的和谐美学价值观。而当超现实主义的话语最终席卷全球，它接纳各种各样的形式，孕育多样的发展，契合每个接受者社会文化语境提出的不同要求。

莎士比亚的例子也一样。世界各地对其戏剧的接受，总是与接受者多样的社会文化相适应。所有这些国际传播过程都确确实实地丰富了世界文化。但我们要想恰当地研究它们，就需要相当敏锐的研究工具。我们尤其要有能力分辨：一方面，接受者在接受过程中或多或少下意

---

① 这一趋势尤其被二战前的德国波恩大学"哲学圈"所拥戴。这个圈子中最突出的成员是后来的罗曼语言文学教授库齐乌斯(Ernst R. Curtius，1886—1956)和人类学哲学教授罗特哈克(Erich Rothacker，1888—1965)。库齐乌斯的主题学(Topos)理论尤其受荣格(C. G. Jung，1875—1961)影响，他将之运用于他称为(铁板一块的)"欧洲文学"的研究(参见库齐乌斯：《欧洲文学与拉丁中世纪》；亦参见尤赛夫：《欧洲文学的神话》〔1998〕和《当代戏剧中的模型问题》〔2000〕)。学术界残存着库齐乌斯文学理论的痕迹，特别见之于一些德国和使用德语的学者著作中，如若斯特(François Jost)，他二战后移民美国，在北美大学中教授题材史(Stoffgeschichte)理论(参见若斯特：《比较文学导论》，印第安纳波利斯、纽约：Pegasus/Bobbs-Merril，1974年〔François Jost, *Introduction to Comparative Literature*, Indianapolis and New York: Pegasus/Bobbs-Merril, 1974〕)。

地被他者(the Other)影响、甚或朦胧地着迷,另一方面,接受者也在此过程中充分意识到自身社会位置与特定需求之间的客观差异。①后一种情况中,接受者或能发明方法、理性重塑得自外来语境的内容,以此满足定位自身的独特社会文化要求。结果是避免一种文化对其他文化的宰制。与之相对,文化多样性将得到积极的增强。

显然,尽管当今国际公认的颁奖体系、尤其是诺贝尔文学奖仍巩固着世界文学经典的支配地位,经典却相当公开地配合所谓自由主义、实际是保守主义视野在北美与欧洲为主的西方世界中存续与传播。每当诺贝尔奖颁发,新获奖人的文学作品就被译为多种语言,在全世界传播。某种意义上,借助主导的西方文化制度发展的文学,不过是今日的世界文学。与之相反的是大量其他文学,它们在西方眼中枯燥乏味,眼光狭窄得关注普通民众的现实,对特定社会文化的有意再现甚至具有破坏性。这在更真切意味上是世界文学、真实世界文化被忘却的另一半!②它通常不为西方出版商所提倡,用诺贝尔文学奖得主萨拉马戈(José Saramago,1922—2010)的话说,它也无法吸引"公众舆论全球工厂"(global factory of public opinion)的关注,然而,翻译西方世界文学文本的热情与纺织工业标定全球时尚性质完全相同。这就是为何我们必须同时细察文学奖项的获奖标准与无论世界闻名与否的文学出版商的实际产出。

总结方法论命题

针对欧洲中心主义,针对特定中心主义或集中关注并屈服于西方主导社会力量的价值观,即我所命名的欧洲/西方中心主义,我的批判当然不是孤立的干预。过去几十年中许多其他言论出现,尤其是萨义德《东方学》及其续篇《文化与帝国主义》③掀起的后殖民浪潮。然而,萨义德对欧洲中心主义的批判被他采用欧洲中心的理论方法、尤其是二战以来力图确认库齐乌斯与奥尔巴赫铁板一块的"欧洲文学"观念的方法所破坏。不止萨义德的话语蕴含这种基本的自相矛盾,他影响深远的两部著作及

---

① 参见尤赛夫:《布莱希特在埃及:文学社会学解读的尝试》,第7—9页。
② 当然,被忘却的那一半偶尔也会获得关注,迈特舍尔的作品就是一例(参见迈特舍尔:《当代世界文学与黑非洲的声音》,埃森:Neue Impulse,2001年〔Thomas Metscher, *Moderne Weltliteratur und die Stimme Schwarzafrikas*, Essen: Neue Impulse, 2001〕)。即使迈特舍尔依据"黑肤色"作家来命名非洲文学生产的一些案例,如加勒比黑人作家沙塞尔(Aimé Césaire, 1913—2008)、尼日利亚人索因卡(Wole Soyinka)、肯尼亚人提安哥(Ngũgĩ wa Thiong'o),他仍让所谓"欧洲文学"观念存续下去,并拿来作为重要的观点依托!
③ 萨义德:《文化与帝国主义》,纽约:Knopf,1993年。(E. W. Said, *Culture and Imperialism*, New York: Knopf, 1993)

其掀起的后殖民研究运动,都未觉察到文学与文化理论中的欧洲/西方中心主义肇始于客观的政治经济过程,该过程生发出世界市场的机制与法则。

不在现代社会经济发展中追根溯源,怎么可能批判性地对待欧洲/西方中心主义现象?①这意味着对文化(即意识形态)现象的政治经济学研究,不能止步于对积极义务性的语言学方法的有趣补充。不能牢牢把握世界市场的法则与机制,我们就无法理解世界文学。如今,书籍、报纸和新近的电子传媒首先都是市场商品,这表明其与人类此前历史阶段的状况有着显著区别。发表之言不再主要适用于观念领域、承担文化与文学的使命,而是被主流市场法则、尤其是价值规律所支配。② 作为阐明这一发展的方式,社会学对文学生产、流通、消费和埃斯卡皮(Robert Escarpit,1918—2000)首倡的赞助机构感兴趣,③这些兴趣迈出了宝贵的第一步。埃斯卡皮对文学理想主义的批判深深地扎根于法国文化土壤,早就该如此了。但我们还须走得更远。

我的观点是,我们如今需要一种批判的、政治经济学的方法,一种受过社会科学训练而提出的合理方法来研究世界文学。这种方法不会将社会文化过程简化为社会经济过程。恰恰相反,不仅在机制上,而且在对彼此的反馈、交流速度上,它们都是两个不同的过程。但是,无论文化过程的特定机制本身显得多么精密复杂,一旦忽视这种重大且因果相关的相互作用,文学作品就会被神秘化。此外,我提倡的方法不仅适于研究文学或文化模式、趋势出现与发展的总体框架,对时常经由特定表达模式、在一些特定社会文化语境中描写人与人现实关系的文学作品,研究其内在结构与机制,我的方法也有可操作性。

研究这些文学现象时保持一种独立话语,这与我坚持调查其社会经济根源决无冲突。在此方面,从自然科学到艺术,文学研究与所有其他学科分享了一个共同基础。政治经济学研究本可以为阐明医学、药理学、建筑学、当然还有文学在历史中与市场相关的社会文化特征贡献良多。极为不幸的是,这种研究在世界大部分学校与高校的方法论导论课程中仍无一席之地。这种教育缺陷只能导致种种学科专门化的故作高深。政治经济学的见解却可通过解释其在社会历史中出现及同步发展

---

① 这同样是艾田蒲矛盾的一点,因为他建议将严格的非历史化审美标准充分运用于文学,但他同时与文学理论及实践中的欧洲中心主义争论,将之视为对特定历史阶段西方霸权的巩固。参见艾田蒲:《革新？欧洲中心主义之火,抑或欧洲中心主义着了火？》,巴黎:Gallimard,1979 年。(René Étiemble, *Innovation? Feu l'eurocentrisme; ou feu sur l'eurocentrisme?*, Paris: Gallimard, 1979)

② 参见尤赛夫:《比较文学研究:从语言学方法到社会科学方法》,第 19 页。

③ 参见埃斯卡皮:《文学社会学》,巴黎:PUF,1958 年。(Roger Escarpit, *Sociologie de la littérature*, Paris: PUF, 1958)

的客观条件和背景而清醒地看破它们。将学术研究植根于政治经济语境,同时将每一领域研究全部所需的特性纳入考量,惟其如此,我们才能避免自身沉溺于纯学科话语和自欺欺人的实践。

　　从我提议的观点看,世界文学并非以整齐划一的、保守的西方经典为基础,而是关涉无穷无尽的文学与文化作品,并全部来源于每一社会文化之间相互开放的客观差异。除非对自我(但不是自我形象!)与他者的客观差异有清楚认知,否则从他者那里借用模型的创造性比不上在自身社会文化中寻找创新解法。这既不是对他者的身份认同,也不是排斥。如能自信、开放地面对他者,独特感将有助于世界中真正完美有益的文化相遇,这比当下给文学装扮特定意识形态外衣、使之为国际接受的方法更胜一筹。普通民众自力更生的创造,手写也好、口头也罢,今天都能轻松地通过现代大众媒介传向世界。这从知识精英对世界市场的义务中解放出来,代之以一种远为健康的世界文学与文化的无穷创造力。

世界文学,经典,文学批评

张隆溪,颜小凡译

毫无疑问,当今世界的文学研究,世界文学方兴未艾。不仅在欧美国家,中国、韩国、印度、土耳其、巴西等其他国家也同样如此。一些书籍的出版和各种研究协会的出现,都可以看做世界文学勃兴的迹象,尽管此处提及的书籍和报刊不一而足。诸如诺顿(Norton)、朗曼(Longman)、贝德福德(Bedford)这样的出版商都已经发行了世界文学选集;而劳特利奇(Routledge)则出版了世界文学指南,包括读者小册子和世界文学简史;博睿(Brill)和布莱克威尔(Wiley Blackwell)以及一些高校出版社也对出版此类书籍兴趣不减。①这些出版项目大多源于对读者兴趣和需要进行的市场调查结果,以及对潜在学术研究新趋势的期待。

---

① 一部分有关世界文学的出版物见达姆罗什:《什么是世界文学?》,普林斯顿: Princeton University Press, 2003 年(David Damrosch, *What Is World Literature?*, Princeton: Princeton University Press, 2003);达姆罗什:《世界文学教学》,纽约: The Modern Language Association of America, 2009 年(*Teaching World Literature*, ed. by David Damrosch, New York: The Modern Language Association of America, 2009);卡萨诺瓦:《文学的世界共和国》,德贝沃伊斯译,剑桥(马塞诸塞): Harvard University Press, 2004 年(Pascale Casanova, *The World Republic of Letters*, trans. M. B. DeBevoise, Cambridge, Mass.: Harvard University Press, 2004);汤姆森:《世界文学地图:国际的经典化与跨国族文学》,纽约: Contiuum, 2008 年(Mads Rosendahl Thomsen, *Mapping World Literature: International Canonization and Transnational Literatures*, New York: Contiuum, 2008);达姆罗什:《朗曼世界文学选》第二版,纽约: Longman, 2008 年(*The Longman Anthology of World Literature*, ed. by David Damrosch et al., 2nd ed., New York: Longman, 2008);戴维斯等编:《贝德福德世界文学选》,纽约:贝德福德/圣马丁,2010 年(*The Bedford Anthology of World Literature*, ed. by Paul Davis et al., New York: Bedford/St. Martin's, 2010);普赫纳等编:《诺顿世界文学选》第三版,纽约: Norton, 2013 年(*The Norton Anthology of World Literature*, ed. by Martin Puchner et al., 3rd ed., New York: Norton, 2013);德汉:《劳特利奇简明世界文学史》,伦敦: Routledge, 2012 年(Theo D'haen, *The Routledge Concise History of World Literature*, London: Routledge, 2011);德汉、达姆罗什、卡迪尔编:《劳特利奇世界文学指南》,伦敦: Routledge, 2013 年(*The Routledge Companion to World Literature*, ed. by Theo D'haen, David Damrosch and Djelal Kadir, London: Routledge, 2012);莫雷蒂:《远距离阅读》,伦敦: Verso, 2013 年(Franco Moretti, *Distant Reading*, London: Verso, 2013);达姆罗什编:《世界文学理论》,牛津: Wiley Blackwell, 2014 年(*World Literature in Theory*, ed. by David Damrosch, Oxford: Wiley Blackwell, 2014);比科洛福特:《世界文学的生态学:从古典时期到今天》,伦敦: Verso, 2015 年。(Alexander Beecroft, *An Ecology of World Literature: From Antiquity to the Present Day*, London: Verso, 2015)

基本都是英文书刊,但也有其他语言:例如 2012 年问世的韩国《全球世界文学》(*Chigujŏk segye munhak*)和自 1953 年在北京创刊就向中国读者译介了大量外国文学作品的《世界文学》(*World Literature*)。美国现代语言协会(The Modern Language Association of America,MLA)有一套世界文学教学丛书,由达姆罗什(David Damrosch)主编。他本人的著作《什么是世界文学?》(*What Is World Literature?*)于 2003 年由普林斯顿大学出版社首次出版,已经被译成多种语言。或已成为世界文学研究最具影响力的著述。博睿学术出版社于 2016 年 4 月发行的《世界文学月刊》(*Journal of World Literature*),是第一部以真正的全球视野和远大目标为世界文学研究提供国际交流平台的重要刊物。还有由本人主编、麦克米兰公司出版的主题为"经典与世界文学"("Canon and World Literature")系列丛书。这些书刊已经或即将作为许多高校的世界文学课程教材。由达姆罗什建立的哈佛世界文学协会(Harvard's Institute for World Literature,IWL)分别于北京(2011 年)、伊斯坦布尔(2012 年)、哈佛(2013 年)、香港(2014 年)、里斯本(2015 年)、哈佛(2016 年)举行例会。该协会作为世界文学理论研究和教学实践方面的国际性交流平台,具有深远影响。每年夏天,哈佛世界文学协会吸引了来自许多国家数以百计的研究生和科研人员。毋庸置疑,大部分书籍和文章都在欧美地区出版,多数是英语文献。而像达姆罗什这样的学者正是使世界文学研究长盛不衰的背后推动力。任何指责世界文学之勃兴不过是另一个美国影响浪潮的人,都无视现在的全球趋势,以及来自不同国家和地区的学者做出广泛国际合作和努力的结果。这正是此时在北京师范大学召开的世界文学对话和国际论坛具有重大意义的原因,同时也是世界文学在当今世界蓄势待发的又一明显标志。

语境中的世界文学概念

任何事物的发展都离不开其背后的动机,世界文学的兴起同样如此。首先是其内部原因和直接推动力。20 世纪 70 年代开始,在俄国形式主义、结构语言学、人类学、符号学、精神分析、社会学、哲学的冲击下,产生了新的理论框架和研究方法。结构主义和后结构主义对文学研究,尤其是对叙事文学的影响十分深远。后现代主义、后殖民理论、马克思主义、女性主义、性别研究、同志研究(gay and lesbian studies)和许多其他理论为文学研究提供了社会学的立场和关切。20 世纪 70、80 年代,文学理论让文学研究成为振奋人心又颇有成效的事业,尽管有些理论难免过犹不及。然而 1990 年代以后,很多文学研究明显为理论所挟制,以至于文学批评变成了充斥着许多理论却缺乏文本参与的自说自话。文学阅读成为疑难,而文学研究也逐渐被文化研究取代。十年前美国比较文学协会(American Comparative Literature Association,ACLA)的研究现状报告显示:"如今,你不用懂很多种语言就可以做一位语言学家",苏源熙(Haun Saussy)写到,"在过去的几十年里,学者们即使不参考文学作品也能从事文学研究。"①在这种情况下,文学研究已经不能认同自身。也难怪许多学者都开始谈论文学研究甚至整个人文学科已经产生普遍危机。

这一问题并不局限于美国高校,美国的地区性问题都会因其巨大影响力成为全球趋势。例如,伊格尔顿(Terry Eagleton)就不无讽刺地指出:"在今天,最能体现美国本土性的东西就是他者性",因为尊重他者是"美国最棘手的种族问题"的解决方案。公平地说,不只是美国,英国和欧洲同样存在这些问题。"这些发源于本国的问题",伊格尔顿说,"就如同一个文化上的核武器基地向全世界发射导弹一样,后殖民的他者发现他们不得不屈从根据大部分美国血统出身者对他者的固有观念来制定的政治议题。"这是因为美国"是一个以本国事务的发展变化来调整其学术进程的国家。"②著名印度学者特里维迪(Harish Trivedi)也有着类似观点。他以同样的讽刺语气谈及印度的英语文学研究时说:"仅仅从昨天起,我们才开始追问关于经典、文本、相关性、接受、回应、他者、替代性(alternative)或改变本土性(alter-native)、新旧历史主义、东方主义、女性主义、嘲讽一切(all-Derriding Theory)。而在此之前,这些关于英美英语文学的问题同样有被追问的必要性。"③也就是说,具有讽刺意味的是,后殖民语境下的他者只能跟在英美国家建立的学术机构后面亦步亦趋,甚至从未被殖民、严格来说并不在后殖民语境中的中国也存在相同问题,而这一切大多发生在现代文学研究而非古典文学研究中。我时常听闻在研究特定文学作品时,学生必须十分明确他们使用何种理论。而这些理论无一例外来自西方。机械地使用西方文论研究中国文学,只会产出一篇充斥着大量时髦术语的无聊文章,并且与中国文学本身无甚

---

① 苏源熙:《新鲜梦魇缝制的精美尸体:模因,蜂房和自私基因》,载苏源熙编《全球化时代的比较文学》,巴尔的摩:Johns Hopkins University Press,2006 年,第 12 页。(Haun Saussy, "Exquisite Cadavers Stitched from Fresh Nightmares: Of Memes, Hives, and Selfish Genes," in: *Comparative Literature in an Age of Globalization*, ed. by H. Saussy, Baltimore: Johns Hopkins University Press, 2006)

② 伊格尔顿:《后现代的野蛮人》,《异端人物:费舍,斯皮瓦克,齐泽克及其他》,伦敦:Verso,2005 年,第 3 页。(Terry Eagleton, "Postmodern Savages," in T. Eagleton, *Figures of Dissent: Critical Essays on Fish, Spivak, Žižek and Others*, London: Verso, 2005)

③ 特里维迪:《金银铜铁锌:印度文学语境下的英国文学教学》,《殖民事务:英国文学与印度》,加尔各答:Papyrus,1993 年,第 229 页。(Harish Trivedi, "*Panchadhatu*: Teaching English Literature in Indian Literary Context," in: H. Trivedi, *Colonial Transactions: English Literature and India*, Calcutta: Papyrus, 1993)

关系。

　　世界文学的肇兴，为以上问题提供了一种解决方案。我们在以前所未有的规模回归文学阅读本身，这的确是一个令人愉快的机遇。世界文学虽然不乏批评和挑战，却受到研究生和高等院校的热烈欢迎，这显示出大多数人对文学的热爱。而阅读、鉴赏和阐释伟大的文学作品，对我们的文化传统有着根本作用。世界文学满足了文学阅读和文学批评的需要，提醒文学研究者牢记他们最重要的工作是且应该是运用全球视野，超越狭隘的语言和国界的制约，解释来自不同文化传统的文学作品。

　　我们生活在日益全球化的世界，这为世界文学的勃兴提供了更广阔的背景。全球化为信息流通和交往行为提供了保障。与此同时，尽管存在坚持本土/国家认同的力量，并且影响力巨大，但这在今天是十分有价值的。地方性与全球性之间的张力，是今日世界局势使然，兼具建设性与破坏性。然而，不管是积极还是消极作用，全球性联系已是既成事实。其影响不再局限于经济和政治，对研究文化和传统产生的影响也日趋明朗。在全球化时代，对欧洲中心主义的批评肇始于欧美国家。伴随着社会、政治、知识的进步，学者们获得了一种全球视野，进而超越了欧洲中心主义的门户之见（parochialism）。若没有对欧洲中心主义的批判和对文化多样性的认知，真正全球化的世界文学就不会产生。同时，对欧洲中心主义的批判绝不能让种族中心主义（ethnocentrism）取而代之。在全球化和批判欧洲中心主义的背景下，世界文学的兴起不再是一种产生于文学研究内部的新趋势，也不是为了满足高等教育机构的教学需要，而是通过增进跨文化理解来达到当今世界不同国家之间和平共处的人文主义努力的成果。只有在一个开放和文化多样的世界，世界文学才有兴旺发达的可能。同时，世界文学让我们对各种文学和文化的丰富遗产保持更加开放和欣赏的态度。

世界文学与世界主义视野

　　任何关于世界文学的讨论，总会追溯到一个关键性的初始时刻，即19世纪20年代歌德（Johann Wolfgang von Goethe，1749—1832）提出"世界文学"（Weltliteratur）的时代即将到来。此时此刻，我们在北京忆起这段往事则颇合时宜。因为歌德对爱克曼（Johann Eckermann，1792—1854）的谈话，正是关于前者对中国小说的阅读体会。对此，他的知名论断称："诗是人类的共同财富，[……]民族文学现在已经算不了什么,轮到世界文学时代了;现在每个人都应出力,促成其尽快来临。"①赫尔德(Johann G. Herder,1744—1803)认为不同民族使用不同的语言和文学来表达自己,这种观念使德国"文学研究"(Literaturwissenschaft)的兴趣遍及全球,包括非欧洲地区的文学。对歌德而言,中国小说与他熟悉的欧洲文学,如贝朗热(Pierre-Jean de Béranger,1780—1857)的诗歌,有着鲜明的对比。尤其是感情的节制和人物的道德性,这些都是他欣赏中国文学的地方。他对中国小说感到十分投契,尽管存在异国文本带来的陌生感,歌德依然能够感觉到其中呈现出的普遍人性,并发现正是这一根本联系让不同国家的文学作品形成了世界文学。

歌德普世性诗歌的概念,使他不仅属于欧洲文学传统,更让他成为属于世界的伟大诗人。歌德固然认同自己属于希腊—罗马古典传统,但他的目光并不局限于此。的确,相比同时代人,歌德的文学趣味早已超出了欧洲。他不仅阅读中国小说,也很赞赏印度诗人迦梨陀娑(Kalidasa,约生活于4至5世纪)的《沙恭达罗》(*Shakuntala*)和波斯诗人哈菲兹(Shamsoddin Mohammad Hāfez,1320—1389);后者的加宰里诗体(ghazals)为他的《西东合集》(*West-östlicher Divan*)提供了创作灵感。歌德的"世界文学"概念使国际精神具体化,它包容了世界范围内的文学表达,是真正的全球视野。什么才是世界主义(cosmopolitanism)?这个词源于希腊语"世界公民"(kosmopolitês);作为一个哲学概念,不同时代的思想家对此见仁见智。然而不管怎样,世界主义是地方观念的反面,是对种族中心论和狭隘国家主义的否定。我采用哲学家阿皮亚(Kwame A. Appiah)对世界主义的界定,它有两种互相交织的含义:

> 其一是我们要为彼此负责,其范围超越了那些与我们有血缘和种族联系的人,甚至超越了与我们共享公民身份的人;其二是我们要重视人类的生存状态,尤其是那些能够为人类生存增添意义的实践和信念。②

在某种意义上,这两方面的含义正好对应了世界主义的普世性和特殊性,全球性和地方性,普世性原则和特殊性应用。世界主义的核心价值是将道德观扩展到我们的家庭、朋友、族群和国家之外的范围。换言之,世界主义意味着与陌生人、外国人、我们社群之外的人共享属于全人

---

① 歌德:《与爱克曼关于"比较文学"的谈话》(1827),奥克森福德译,载达姆罗什编《世界文学理论》,奇切斯特(西威塞克斯):Wiley Blackwell,2014年,第19—20页。(Johann Wolfgang von Goethe, "Conversations with Eckermann on *Weltliteratur* 〔1827〕," trans. by John Oxenford, in: *World Literature in Theory*, ed. by David Damrosch, Chichester, West Sussex: Wiley Blackwell, 2014)

② 阿皮亚:《世界主义:陌生人世界中的伦理》,纽约:Norton,2006年,第 xv 页。(Kwame Anthony Appiah, *Cosmopolitanism: Ethics in a World of Strangers*, New York: Norton, 2006)

类的普遍人性。每个人都有他对本土的归属感和忠诚度,但世界公民所分享的是对本土的忠诚也不能背离的正当义务;那就是我们每一个人都必须对彼此负责。①歌德的"世界文学"是世界主义的,它并没有局限于他自己所属的欧洲文学传统,而是涵盖了中国、波斯,甚至可能所有非欧洲文学传统的作品。

进一步而言,在谈论将道德责任推及陌生人和局外人的世界主义原则时,阿皮亚用"谋杀中国官员"作为一种概念性隐喻来佐证他道德抉择的观点。他引用了巴尔扎克(Honoré de Balzac,1799—1850)小说《高老头》中的主人公拉斯蒂涅询问他的朋友是否记得卢梭(Jean-Jacques Rousseau,1712—1778)的一段话:"究竟在哪里,他质问他的读者:如果仅凭意念且不必离开巴黎就能谋杀中国老官僚并使自己暴富,你是否愿意这样做?"②阿皮亚的意思是巴尔扎克的观点可能不是来自卢梭,而是亚当·斯密(Adam Smith,1723—1790),因为"卢梭似乎不曾提过这样的问题。"③在大仲马(Alexandre Dumas,1802—1870)的著名小说《基督山伯爵》中,也提到了"卢梭的悖论——在500里格之外轻抬手指就被杀掉了的官员。"④在一篇学术文章中,金斯伯格(Carlo Ginsburg)将这个隐喻追溯到狄德罗(Denis Diderot,1713—1784),尤其是夏多布里昂(François-René de Chateaubriand,1768—1848)广受好评的作品《基督教的真谛》。其中写道:"我扪心自问,如果可以仅凭意念就杀掉一个中国同类,并在欧洲继承他的遗产,且凭借某种超自然的力量而让你永远不会被发现,你真的愿意这样做吗?"这个问题与拉斯蒂涅在巴尔扎克小说中的境况相同,但夏多布里昂使用这个假设是为了证明自我意识的普遍存在。他坚信任何一个有道德感的人绝不会想要通过意念杀害中国官员并取得其财产,就算不会被发现和惩罚。无论人们如何让身处欧洲就能谋杀中国人更加合情合理,夏多布里昂说:"抛开我不切实际的诡计不谈,我还能听见灵魂深处的声音,正在对这种一时兴起的假设大声抗议。我在任何一刻都不能质疑自我意识的存在。"⑤事实上,"杀死中国

---

① 阿皮亚:《世界主义:陌生人世界中的伦理》,纽约:Norton,2006年,第 xvi 页。
② 巴尔扎克:《高老头》,巴黎:Éditions Garniers Frères,1961年,第154页;转引自阿皮亚《世界主义》(Appiah, *Cosmopolitanism*),第155页。(Honoré de Balzac, *Le Père Goriot*, Paris: Éditions Garniers Frères, 1961)
③ 阿皮亚:《世界主义》,第156页。
④ 大仲马:《基督山伯爵》,科沃德译,第53章:毒理学,牛津:Oxford University Press,2008年,第52页。(Alexandre Dumas, *The Count of Monte Cristo*, trans. by David Coward, chapter 53, Toxicology, Oxford: Oxford University Press, 2008)
⑤ 夏多布里昂:《基督教的真谛》(《基督教的精髓与美》),怀特译,巴尔的摩:John Murphy and Co., 1856年,第188页(Viscount de Chateaubriand, *The Genius of Christianity; or the Spirit and Beauty of the Christian Religion*, trans. by Charles I. White, Baltimore: John Murphy and Co., 1856);转引自金斯伯格:《杀死中国官:距离的道德意涵》,载《批判调查》,第21卷第1册,1994年秋,第53—54页。(Carlo Ginsburg, "Killing a Chinese Mandarin: The Moral Implications of Distance," in: *Critical Inquiry* 21:1〔Autumn 1994〕)

官"("tuer le mandarin")在 19 世纪是欧洲文学的流行主题,并成为意指贪图不义之财的法国谚语。① 对 19 世纪的欧洲人来说,中国是一个遥远的国度。"杀死中国人"提出了一个假设性命题,也就是"卢梭悖论"(Rousseau's paradox):一个欧洲人是否愿意接受远程谋杀中国人,已经成为具有哲学意涵的道德抉择。

阿皮亚用来证明世界主义道德原则的另一个有趣的例子叫做"辛格原则"(Singer principle)。"如果我经过一个水池发现有小孩溺水,我应该立刻救人,"阿皮亚引用哲学家辛格(Peter Singer)的话。"或许会弄脏衣服,但这并不重要。重要的是如果孩子死了这会是很糟糕的结果。"② 有趣的是,辛格的话正好与两千多年前的中国思想家孟子在性善论中关于良知的看法遥相呼应。"今人乍见孺子将入于井,皆有怵惕恻隐之心;非所以内交于孺子之父母也,非所以要誉于乡党朋友也,非恶其声而然也。由是观之,无恻隐之心,非人也。"③ 其所持观点与假想情境的相似度是十分惊人的。辛格看过《孟子》的译文吗?看到一位中国古代先贤与现代澳裔美国思想家之间的联系,无疑是很吸引人的。他们都用了孩子溺水这样一个情境来论证道德至上的观点。此二者之间未必真的有关联,我们也并不是在建构旧式比较文学中的"事实联系"(rapports de fait)概念;然而东西方的世界主义同样呼吁最根本的人本主义原则和道德敏感性。只有这样,才能超脱虽是天性使然却具有潜在危害的利己主义、地方观念和种族中心主义,才能解放我们的观念,成为真正道德和政治意义上的世界公民。除了我们的家人、朋友、邻里之外,也将陌生人、外国人、局外人视为我们的同胞。真正意义上的世界文学应该是世界主义视野的一部分。当我们像对待本国文学文化那样去热爱并欣赏别国文化和文学,我们就能够与那些国家的人一同成为世界公民。世界文学需要全球视野,我们必须走出眼前的文化圈,跨越地方观念的藩篱。

最初,比较文学就意味着开放和自由;在语言、文化上超越单一的国别文学传统。当它在 19 世纪被确立为一种学术规范时,其范围却只局限于欧洲。梅尔茨尔(Hugo Meltzl,1846—1908)提出欧洲学者一般要

---

① 除上述法国作家之外,葡萄牙作家卡内拉斯(Eça de Queirós,1845—1900)和英国作家班奈特(Arnold Bennett,1867—1931)也提到过"杀死中国官"的隐喻。详见张隆溪,《十字路口,远距离谋杀和翻译:比较的伦理与政治》,《从比较文学到世界文学》,纽约:SUNY Press,2015 年,第 18—24 页。(Zhang Longxi, "Crossroads, Distant Killing, and Translation: On the Ethics and Politics of Comparison," in Zhang Longxi, *From Comparison to World Literature*, New York: SUNY Press, 2015)

② 辛格:《饥荒,富裕,道德》,载《哲学与公共事务》(卷一),1972 年春第 3 期,第 231 页(Peter Singer, "Famine, Affluence, and Morality," in: *Philosophy and Public Affairs*, vol. 1, no. 3, Spring 1972);转引自阿皮亚:《世界主义》(Appiah, *Cosmopolitanism*),第 158 页。

③ 焦循:《孟子正义》,载《诸子集成》第 1 卷,北京:中华书局,1954 年,第 138 页。

掌握"十种语言"(Dekaglottismus)。虽然这种说法本身具有开创性,但其中并不包含任何非欧洲语言。20世纪70年代,法国比较文学学者艾田蒲(René Étiemble,1909—2002)对比较文学只专注于西欧提出了质疑,并主张将其涵盖的范围扩展到梵语、泰米尔语、日语、孟加拉语、伊朗语、阿拉伯语或马拉塔语等语种的文学。这些民族的文学几乎在欧洲"十种语言"文学不存在或还在孕育期之时就已经诞生了伟大的作品。①最近,莫雷蒂(Franco Moretti)同样批评了比较文学没能符合歌德和马克思意义上"世界文学"概念的要求,即世界主义标准,却"基本局限在西欧,尤其是莱茵河地区(德国语文学家对法国文学的研究)"②。仅此而已。世界文学研究必须改弦更张,让比较文学真正做到世界化和全球化。

鉴于西方国家与非西方国家和地区在政治、经济上实力悬殊,摆脱强势的欧洲中心主义将会是一项艰巨的任务。尤其是那些以卓越的文学传统对世界产生深远影响的国度,例如法国;这些国家的学者很难改变他们的成见。卡萨诺瓦的《文学的世界共和国》(Pascale Casanova La République mondiale des lettres)所流露出的欧洲中心主义就颇受指摘。在她看来,世界文学肇始于文艺复兴时期的意大利和法国。伴随着19世纪欧洲的崛起和扩张以及20世纪对亚洲、非洲的殖民活动才逐渐转移到其他国家。她尤其强调巴黎是文学的世界共和国之首都,并宣称以巴黎为中心的文学空间自有其历史依据:"强调巴黎是文学的首都并非法国中心主义(Gallocentrism),而是审慎的史学研究的结果。在过去的几百年里,文学资源十分罕见地集中在巴黎,并导致其文学的世界中心这一设定逐渐得到认可。"③然而世界历史显然远远长于文艺复兴起始的现代历史。作为整体的世界也必然会有多个中心,这也远远大于巴黎和法国。这不禁让人怀疑卡萨诺瓦是否知晓欧洲之外文学渊源的存在。例如波斯和土耳其帝国,以及古代中国。后者在远早于欧洲文艺复兴之时就已经是东亚的中心。所谓"审慎的历史研究"如何能够忽略这些事实,无视法国之外的文学世界呢?这实在让人懊丧。但也确实从反面证实了世界文学要具有世界主义视野的必要性。我们必须严肃对待世界文学中的"世界"二字,世界文学研究才能包含来自不同大陆的尽可能多的地区。绘制世界文化地图意义重大,我们必须意识到我们在谈

---

① 艾田蒲:《我们是否应该反思世界文学观念》(1974年),载达姆罗什编《世界文学理论》,第88页。(René Étiemble, "Should We Rethink the Notion of World Literature?"〔1974〕, in: Damrosch〔ed.〕, *World Literature in Theory*)

② 莫雷蒂:《世界文学猜想》("Conjectures on World Literature", 2000)和《世界文学猜想(续篇)》("More Conjectures", 2003),载达姆罗什编《世界文学理论》,第160页。

③ 卡萨诺瓦:《文学的世界共和国》,第46—47页。

论世界文学,不是地区传统,或某一地区的文学,而是整个世界的文学。

经典,文学性,文学批评

什么是世界文学？当然,达姆罗什已经在书中非常精彩地论述了这一问题。如前所述,该书已经在很大程度上影响了人们对世界文学的认知。首先,世界文学不是、也不可能是世界上全部文学作品的简单并列。要读的书太多了,不管多快的阅读速度也没办法在数量上穷尽世界文学。莫雷蒂说:"读更多书并不是解决问题的方式,应该读不同类别的书。"①他提出"远距离阅读"(distant reading)作为世界文学的研究方法,尤其针对小说。其目的是在大量文学作品中发现范式的共通性。当然,还有其他可以概念化或重新概念化世界文学的方法。如果不是所有的文学作品都可以被归为世界文学,那么被归为世界文学的作品定有其原因,反之亦然。这些作品必然要被区别对待,而如何区分则是一个关键的方法论问题。就我个人理解,达姆罗什在书中提出的区分范畴(differentiating category)是流传(circulation)。他所理解的世界文学包含"所有能超越其文化血统而流传的文学作品,无论是通过翻译还是使用其原初语言(维吉尔在欧洲拉丁语言圈被广泛阅读)。"②根据这一定义,我们可以看到此概念中的两个关键要素:其一是文学作品在原初文本形式之外的流传情况;其二是文学作品以何种语言流传。鉴于所有文学作品都产生于特定国家和文化传统的某种语言,如英语、法语、德语、汉语、梵语、乌尔都语、印度语、波斯语、阿拉伯语、斯瓦希里语、豪撒语等等。它们最初都只能在特定的语言、文化圈中流传,为当地读者阅读。此时,这类作品只能是地区性文学,而非全球性文学。然而,一旦它超越原初语境在更广的范围流传、接触更广泛的读者,它就成为世界文学的作品。在此意义上,全球性流传变成世界文学得以形成的先决条件。但是,文学作品总是首先为一种语言所阅读。在其文化发源地之外流传时,它使用的语言必然是在特定地区、特定时期之内使用范围极广的通用语(lingua franca)。这就是达姆罗什以维吉尔(Vergil,公元前70—19年)为例的用意;那是一部广为流传的经典作品,用拉丁语写成;而后者是中世纪晚期到近代早期的欧洲通用语。在世界的这一边,前现代的东亚;除中国之外,作为文学语言的汉语也是朝鲜半岛、日本和越南的通用语。某些重要的汉语文学作品已经跨越国界,在东亚地区广泛流传。

---

① 莫雷蒂:《世界文学猜想》(2000)和《世界文学猜想(续篇)》(2003),载达姆罗什编《世界文学理论》,第160页。
② 达姆罗什:《什么是世界文学?》(2003),第4页。

在 17 世纪,法国人出于声望和影响的考虑,向拉丁语发起了挑战。法语因此成为 17 世纪艺术家、作家和上层社会的通用语。在今天,毫无疑问,英语是使用最广泛的语言。甚至非英语母语者比英语母语者使用得更加频繁。因此,英语文学作品能够更好地以其原初语言形式在全世界流传。而其他语言的作品只能以译为英语的方式走出其原初文化圈并获得知名度。一些学者对英语持有的霸权很抵触;而一些相对主义者以世界文学的原初目标为评判标准,强调翻译是必要的过程。我认为,英语作为一种语言,本质上并不存在所谓"霸权"。人们可以根据自己的需求,用英语表达和交流心中所想。我仍然记得在 20 世纪 60 年代的中国,我还是一名高中生,学习美帝国主义的语言是有其合法性的。这正是马克思提出的:"外语是艰苦奋斗的武器。"[①]我依然认为这是学习外语的绝佳理由,尽管学外语不是非得用来战斗。外语可以扩展你的眼界,扩宽你的思路。通过学习其他民族的文化、历史和传统,我们可以逐步获得、培养一种国际视野。作为通用语,英语赋予其使用者权力。因此,对非英语母语的人来说,驾驭好英语显得尤为重要。只有这样他们才能在国际领域拥有话语权。这正是中国和许多其他国家都在做的事情。在我看来,世界文学研究当用文学作品的译本并无过错。没有人可以读遍各种文学作品的原文,尤其是那些少数、缺少研究的语种的作品;而世界文学恰恰已经扩展到这些语言和文化区域。世界文学强调翻译的重要性,这需要更多的语言知识。要超越主流的欧洲语言,即比较文学对欧洲语言、尤其是法语和德语的传统要求。

众所周知,世界现存的文学作品数量过于庞大,我们必须建立可供区别和遴选的机制。达姆罗什选择的是流传,他指出"世界文学不是一大堆难以穷尽、让人无从下手的经典作品,而应该是一种因阅读和流传产生的模式。这种模式对单个作品和大量材料、既成经典和新发现作品的研究同样有效。"[②]这是一个开放、灵活且包容的概念。它可以容纳特定作品和各种文学类型、既成经典与后起之秀。流传的过程超越了地区背景,是进入世界文学的最低门槛。然而,流传本身却并不具备选拔各种文学传统最优作品的鉴别能力。作品的流传情况仅表现在印刷和销售的数量上,而作品的品质则应该基于严格的价值判断和考量。我认为此二者不应等同起来。许多畅销书经不起时间的考验,且大部分大众小说不是最具文学价值的作品。尽管质量与数量很多时候并不互相排斥,

---

[①] 这句话在 20 世纪 50、60 年代的中国使用得很广泛,其来源是马克思的女婿拉法格(Paul Lafargue)写的一篇纪念文章,最初题为《卡尔·马克思:个人记忆》("Karl Marx. Persönliche Erinnerungen"),1890 年 9 月发表于《新时代》(*Die Neue Zeit*)。亦见之于马克思的网站档案:https://www.marxists.org/deutsch/archiv/lafargue/1890/09/marx.htm,网页访问日期:2015 年 8 月 28 日。

[②] 达姆罗什:《什么是世界文学?》(2003),第 5 页。

一些广为流传的作品也很可能非常优秀；但这应该由文学批评来决定，而非流传情况。价值判断总是很困难，需要讨论且容易引起争议。当代学者对价值判断感到有些反感是可以理解的。毕竟在当下，文学研究常常被政治化，总是引起各种争议、冲突。然而，文学研究是区分、遴选文学作品以及经典化的必经过程。世界文学在各个国家和地区呈现的状态会存在差异：局部或有重合，而被确立的经典却未必相同。这一点达姆罗什是正确的。世界文学是一个全球概念，然而其实现的过程却必然会体现出每个地方不同的本土特征。世界文学永远立足于本土性和全球性、普世性的世界主义理想和文学文化活动决定的国族根基之间。正是有差异、本土化的世界文学让这一观念变得更加令人惊奇、难以预料并让人兴奋，且极大地丰富了世界文学本身。

根据纳吉（Gregory Nagy）的观点，"批评"一词来源于古希腊"亚历山大时期的'批评'（krisis），意思是'区分''鉴别'和'评判'哪些作家和作品应该被保存而哪些不需要。"它"在古典世界对'经典'概念至关重要。"[1]本质上，文学批评首先是对文学作品做出价值判断。大概只要有文学，就会有批评观。对作品进行价值判断，鉴别出最有价值的那些作品。因此，在某一特定传统中能够作为杰作或经典流传下来的作品实属凤毛麟角。在中国，据说孔子曾做过这样的遴选工作。他用自己的批评观念从三千首诗歌中选出一百首，这就是《诗经》的由来。《诗品》是中国早期的批评著作之一，其作者钟嵘（459—518）根据他的标准将一百位诗人划分为三个等级。梁昭明太子萧统（501—531）编订的《文选》，是中国最早的诗文总集。该书保存了从上古到他所处时代（公元6世纪）最优秀的文学作品。在序言中，萧统明确表示要排除孔子及其他诸子的文章，以及史传文学，而是专录他认为语言优雅、富有美感，能够让人产生情感共鸣的作品。与具有功利目的或道德教化作用的文本区别开来。他的目的就是"略其芜秽，集其清英"[2]。这显示在公元6世纪的中国，文学创作概念出现了审美化趋势；同时伴随着明确的区分观念，以及在文学总集中保存经典、忽略文学价值较低作品的需要。在某种特定的文学传统中，文学批评有助于经典的建构。人生苦短，不能够穷尽世上所有书卷。我们只能挑选那些不同文学背景中最优秀的作品阅读。于我而言，世界文学不只是文学作品在其原初文化背景之外的流传过程；尽管这确是其先决条件。更是各种文学传统产生的经典作品之汇聚与融合；

---

[1] 纳吉：《早期古希腊诗人和诗歌的观念》，见肯尼迪编《剑桥文学批评史》第一卷：《古典文学批评》，剑桥：Cambridge University Press，1989年，第1页。（Gregory Nagy, "Early Greek Views of Poets and Poetry," in: *The Cambridge History of Literary Criticism*, vol. 1, *Classical Criticism*, ed. by George A. Kennedy, Cambridge: Cambridge University Press, 1989）

[2] 萧统：《文选序》，见郭绍虞、王文生编《中国历代文论选》，上海：上海古籍出版社，1980年，第330页。

这些经典作品已经被文学批评家和学者评判为该文学传统最杰出的那一部分。我们依然对世界文学知之甚少，尤其是非西方和边缘的文学传统。文学批评做出的审美判断是我认可的区分范畴。它可以取其精华、擢其经典，排除那些普通、大众和时髦的作品。如达姆罗什所言，世界文学可以被理解为经典、杰作、世界之窗。我所谓的文学经典正是此三者合一。经典必然是文学传统中的典范、杰作和通向世界另一方的窗口。因此，我们需要文学批评家和来自各种语言、文化传统的学者告诉我们，他们的文学经典是什么；同时揭示这些作品都有哪些丰富和美妙之处，阐释他们的文学价值观，让我们明白为何这些作品是值得阅读的。否则，我们将无从知晓。我坚持认为，我们对大部分世界文学依然不够了解。我们需要发现、评判、探索并使它们成为经典。

判定文学作品的价值，可以采用不同的方式，不同的批评家也会出于千差万别的原因判定作品的价值。就文学作品而言，精神分析批评家把它看做被压抑性欲的升华，马克思主义批评家会认为是不同阶级意识掩盖下的意识形态，女性主义者则会专注于其中呈现的性别政治。这些阐释策略都能产生深刻见解，然而他们所揭示的都是文学作品对精神分析、马克思主义和社会政治理论富有价值的方面。或许，他们都不经意地偏离了文学本身。我认为，文学首先是语言的艺术，阅读产生的审美经验。鉴别伟大文学作品的美妙和深刻，应该是所有文学批评的基准。文学之所以为文学，正是俄国形式主义者所谓的"文学性"。这才应该是文学批评需要专注的对象。就此方面而言，我们或许会从印度语或梵语诗学中关于文学语言的确定性得到启发："印度人以诗歌作为思考的方式，语言在很大程度上就是中心"，帕塔科（R. S. Pathak, 1924—2007）说，"诗歌首先是一种语言结构。"① 米勒（Barbara Miller, 1940—1993）也提到大部分传统印度文学"体现了专注于语言本质的特点"②。波洛克（Sheldon Pollock）认为，梵语一词本身的意思就是由"音系、词法的转换组合"提炼而出的语言。③ 我相信这适用于所有文学传统。评判文学作品，不仅要看它表达的观念和情感，更要看它如何使用特定的一组词汇、

---

① 帕塔科：《比较诗学》，新德里：Creative Books，1998 年，第 99 页。(R. S. Pathak, *Comparative Poetics*, New Delhi: Creative Books, 1998)

② 米勒：《印度文学的想象宇宙》，见米勒编《比较文学视野中的亚洲文学杰作：教学指南》，阿蒙克（纽约）：Sharpe，1994 年，第 5 页。(Barbara Stoler Miller, "The Imaginative Universe of Indian Literature," in: *Masterworks of Asian Literature in Comparative Perspective: A Guide for Teaching*, ed. by Barbara S. Miller, Armonk, New York: Sharpe, 1994)

③ 参见波洛克：《自内而出的梵语文学文化》，载波洛克编《历史中的文学文化：从南亚重新建构》，伯克利：University of California Press，2003 年，第 62 页。(Sheldon Pollock, "Sanskrit Literary Culture from the Inside Out," in: *Literary Cultures in History: Reconstructions from South Asia*, ed. by Sheldon Pollock, Berkeley: University of California Press, 2003)

短语和意象构造出富有美感、意味深长的表达方式。这一切带给读者巨大的审美愉悦。文学批评应该专注于文学文本,重点阐释特定文本是如何使用语言艺术来达到文学表现的目的。

然而,注重文学语言并不是说只采用纯粹的语言或文本分析方法,而不关注与文学有其他联系的方面。真正伟大的文学总能表达超出其文本意义之外的内容,它通常与当时最重要的社会、历史、宗教或哲学问题密切相关。文学关乎人类生活,能够让我们更充分、更深刻地理解自我与他者。一个有趣的例证是语言与认知密切关系的相关研究。自莱考夫(George Lakoff)和约翰逊(Mark Johnson)极具开创意义的标志性著作《我们赖以生存的隐喻》(*Metaphors We Live By*)问世,再加上紧随其后的其他几部相关著作,我们已经能够更好地理解认知和文学语言在互相阐释(mutual illumination)中产生的丰富成果。我们能看到人类思考方式嵌于概念性隐喻之中,文学语言中的许多主题及其变体会引导我们更充分地理解人类如何凭借语言使外在世界概念化,尤其是文学语言。斯托克韦尔(Peter Stockwell)将其命名为"认知诗学"(cognitive poetics),这是关于文学阅读的研究。①最好的文学批评不应该止于文本分析,而应该在更丰富的背景下让我们更全面、深刻地理解文学作品的价值。这个背景应该与复杂的社会、政治、历史和知识问题有关。文学批评让我们更深层地理解文学作品及其生成语境,后者包含广阔的文化、社会和历史背景。

在此,我想再回到世界文学的世界主义视野问题。如果世界主义意味着与自己所处社群之外的人分享普遍人性的观念,那我们就可以把彼此看成拥有相似的需要、欲求、行为标准、情感反应等方面的人类,尽管我们在语言、历史、文化和信仰上有着根深蒂固的差异。事实上,在我们眼中差异随处可见。每个人看起来与其他人不同,是因为我们都有独一无二的指纹和DNA,在同一社群中也是如此。当来自不同国家和文化背景的人在一起时,语言和文化上的差异呼之欲出。然而,世界主义试图彰显的是求同存异的精神。世界文学研究是对不同文学作品的深入理解,尤其是那些能够表征不同文化传统及其价值的经典作品。这样就能让看似域外、有差异的文化汇合在一起,从而有助于形成国际视野。歌德在19世纪伊始就看到了这种可能性。在全球化的今天,开启歌德所说的"世界文学"时代,时机已经成熟。

达姆罗什通过大量例证告诉我们,民族文学传统中的民族主义,并不像本国文学史所呈现出的那般无懈可击、毋庸置疑。国族文学倾向于

---

① 斯托克韦尔:《认知诗学导论》,伦敦:Routledge,2002年,第165页。(Peter Stockwell, *Cognitive Poetics: An Introduction*, London: Routledge, 2002)

只包括本国语言、传统中的作家和作品,排除外国文学及其译本,即使这些外国作品对该国传统中的某些作者影响极大,甚至远大于与他们同时代、使用相同语言的其他作家。以英国小说家斯特恩(Laurence Sterne, 1713—1768)为例,拉伯雷(Francois Rabelais, 1493—1553)和塞万提斯(Cervantes, 1547—1616)对他的影响就大于英国早先的经典作品《贝奥武甫》和《坎特伯雷故事集》。在中国,我们大多只关注 20 世纪外国文学的翻译情况及其产生的影响。然而,早在此之前中国文学与外国文学就存在着惊人的联系。例如公元 9 世纪唐代段成式(803?—863)的奇异故事总集《酉阳杂俎》,其中有一个与《灰姑娘》极其相似的故事:一个年轻漂亮的女孩饱受继母虐待。她穿着一双"其轻如毛,履石无声"的"金履"参加聚会,却在回家途中因太过匆忙丢失了其中一只。国王却一直没能找到适合这只"金履"的女孩。最后,当她被国王发现时,她"蹑履而进,色若天人。"① 杰出翻译家杨宪益认为"这个故事很明显就是西方《灰姑娘》的翻版"。这个女孩的中文名字叫叶限。据他所言,这恰恰是盎格鲁-撒克逊语的"Aescen"和梵语的"Asan"之音译。《灰姑娘》的英国版本大部分来自法国,在英国版中灰姑娘穿的是玻璃鞋。据他所言,这是误译:"因为法国版本灰姑娘的鞋子是用羽毛制成的,而英国人却误认为是玻璃。"尽管中国版的灰姑娘穿的是"金履",但却被形容为"其轻如毛,履石无声"。很显然这双鞋最初应该是由羽毛制成的。② 《灰姑娘》的故事如何出现在公元 9 世纪的中国小说里面?这个故事如何被传到中国?为什么我们对这个故事神奇的变化和曲折的旅程所知甚少?我们真正感兴趣的,并不是中国灰姑娘的故事比法国的佩罗(Charles Perrault, 1628—1703,1697 年发表《灰姑娘》)或德国的格林兄弟(Jacob Grimm, 1785—1863;Wilhelm Grimm, 1786—1859)早出现整整一千年,而是这个中国版本同样产生于异域、最终流传到西方;其发源地也许是古印度或今天的中东地区。真正让人感到惊奇的是,不同的民族和文化在全球时代还未来临之前就有着如此难以预料的全球性联系。跨文化交流的发生比我们所想象的更早,规模也更大。在世界文学的观念出现以前,这个世界早已在文化上有了密切的关联。

但我们的时代无疑是世界文学勃兴的最佳时机。我们生活在一个快速发展的世界,文学、文化和经济等世界事务关系紧密。正如我在上文提到,对欧洲中心主义的批评为非西方世界提供了有利的背景,也促进了歌德"世界文学"概念的复兴。与此同时,亚洲经济的繁荣和第三世界国家兴起;尤其中国在世界经济和政治中地位上升。而世界文学需要

---

① 段成式:《酉阳杂俎》,方南生编,北京:中华书局,1981 年,第 200—201 页。
② 杨宪益:《中国的扫灰娘故事》,《译余偶拾》,济南:山东画报出版社,2006 年,第 66 页。

真正的全球观,要打破欧洲中心主义的偏见;同时要对非西方国家狭隘的民族主义保持警惕。例如中国,尤其是中国的经济和政治力量逐渐增强,并在国际事务中影响力日益凸显的今天。超越欧洲中心主义,并不是让中国中心主义或其他种族中心主义取而代之。在此意义上我们或许要再次强调世界主义视野的重要性。只有这样,我们才能睁开双眼、敞开心灵,去拥抱整个世界,而不只是我们自己的文学和文化。这是今天我们所有人必须努力完成的任务。

世界文学的四个角度
——读者,作者,文本,系统

[德]马蒂亚斯·弗莱泽(Matthias Freise),张帆译

在北京召开的这次世界文学高端对话,其核心问题是普适性与地方性的关系。这一论题提示我们,可以用关系取代本质主义视角来观察作为现象的世界文学。我认为,世界文学必须作为一种网状关系,而非一组客观对象,比如一组文学文本来理解。这些关系的中心问题之一,就是普世性与地方性之间的张力。我们把客观对象和诸关系按照不同系统鉴别分类,世界文学的不同理解首先就从这种差异中产生。理解作为关系的世界文学,提醒我们关注其过程性。世界文学并不存在,而是在发生。

我将尝试由关系入手切近世界文学,重点强调普世性与地方性之间的张力。世界文学在诸关系中发生,有鉴于此,厘清不同关系的视角很有必要。我讨论的四个角度,将以契诃夫的碎片,贡布罗维奇的对决,萨特的自学者和达姆罗什读帕维奇《哈扎尔字典》为例。首先也是最明显的是读者视角(reader's perspective),大多数关于世界文学的论争都仅限于此。不过,歌德很可能还不知道读者这一角度,而是从生产者的角度提出世界文学这一术语的。我将生产者角度(producer's focus)作为考察世界文学第二个可能的视角。生产世界文学,或曰为(整个?)世界生产文学是什么意思?一个生产者如何对待世界文学?又怎样与世界文学关联起来?

另外两个角度不是各自孤立的,单部作品和作为整体的文学系统,二者也是相互关联的系统。根据蒂尼亚诺夫(Yury Tynjanov, 1894—

1943)的"文学进化论"①,一件文学作品同时具有自体作用(auto-function)和统合作用(syn-function)。从自体作用来看,一件艺术品自成一个语义系统,从合力作用来看就是大系统——整个文学系统——中的一个部分。世界文学由此可以生出两种理解视角。自体作用意味着,世界文学作为文本的性质,要在特定的文本中体现;而合力作用则意味着世界文学只是整个文学系统的特性之一。为了理解作为关系的世界文学,两种视角都是必要的。自体作用的视角是本质的,因为文学只能见诸文本,世界文学亦然。当文学研究的注意力终于从批评理论返回文学自身的时候,世界文学显然首先取决于文本品质。而当我们将世界文学理解为地方性与普世性之间的张力表现时,合力作用的视角就很必要,因为这种张力与作为整体的文学系统有关。

一、读者角度的世界文学

首先从最通常的读者角度切入世界文学。但事实上,读者角度的"世界文学"这一表述的含义根本就是模棱两可的,许多争议也由此而生。它一方面是定量的术语,囊括所有文献甚或全世界的文学作品;另一方面又是定性的,用来标明那些具备世界文学特性的文本。世界文学好比现代版的"帕纳萨斯山";显而易见的是,这座山盛不下所有国家所有时代的全部作品,可见对世界文学的定量和定性解读,至少无法全部相容。

反对这个结论的人,可以援引黑格尔(G. W. F. Hegel, 1770—1831)的观点,指出量变积累到一定程度可引起质变。在文学领域,质量之争会利用某些参数,比如发售量或译为多国语言,但这并非黑格尔的原意。大量阅读可以使阅读产生质变,正如大众旅游改变了旅游,以及汽车的大规模使用改变了交通质量一样。然而,读者数量或译文数量不能改变一本书,阅读数量与书籍本身之间唯一的有效连接是书的功能。对读者来说,世界文学有其功能。在社会史上,阅读世界文学能够显示文雅,具有表明精英身份的社会功能,比如18/19世纪之交的英国,阅读古希腊语和拉丁语作品可以炫示读者的精英地位。

这种功能近来已经失效,我们也不再凭阅读来评估一个人是否知识人。或许这就是"世界文学"复又引发讨论的原因:它失去了其功能基础。随之而来的是,"世界文学"的含义发生了变化,就同流行的"世界音

---

① 参见马捷卡、帕莫什卡编:《俄语诗歌阅读:形式主义与结构主义视角》,布伦斯导言,剑桥:MIT Press,1962年,第66—78页。(*Readings in Russian Poetics: Formalist and Structuralist Views*, ed. by Ladislav Matejka and Krystyna Pomorska, intro. by Gerald L. Bruns, Cambridge, Mass.: MIT Press, 1962)

乐"一样，从阅读西方帝国主义文学转向阅读非西方文学。相应的，世界文学的社会功能也改变了，读者希望被带到遥远的社会和文化语境中去，从内部观察——换句话说，他们希望做到文化移情。新功能意味着新的阅读策略，因此，谈论世界文学时，明确我们在谈论旧义还是新义很重要。不过，决定只阅读最陌生文化的作品之前，有一个重要前提是移情，而这又建立在对本文化和社会的高度认同上，否则在面对完全不同的社会或文化语境时，态度会倾向于认同。严格来讲，认同不是一种关系，因为你已经被新语境所同化。所以，倘若读过艾特玛托夫（Chyngyz Aitmatov, 1928—2008）的《白轮船》以后，开始认同吉尔吉斯文化，那你一定错过了这部作品的世界文学品质。只有熟谙自我文化，阅读本土文学，才能体会《白轮船》的品质；藉助该作搭建起的与吉尔吉斯文化的联系，才会是厚重而持久的。

世界文学新的社会功能所带来的后果之一是：如果你是一个只读艾特玛托夫的吉尔吉斯人，或只读马克·吐温（Mark Twain, 1835—1910）的美国人，或只读莎士比亚（William Shakespeare, 1564—1616）的英国人，你就无法理解世界文学的新含义。不论阅读何等巨著，都只需文化认同而非移情；本文化的经典，呈现的是本民族的和本土的经验，只读这些就无法想象吉尔吉斯人对莎士比亚有何看法，也就是缺乏移情所必需的双重视野。包括德国在内的许多国家，学校的文学教育仅限于讲授本民族语言的文学遗产。即使德语学校已不再仅仅关注歌德作品中的日耳曼性，但歌德导读课程仍然缺乏一种真诚的世界文学视野。注重其作品中似乎是"普世性"主题的价值，却无法从根本上解释其何以成为世界文学，原因是无法重构一个国际文学网络并将歌德作为其中一环。

一旦进入至少一种异国文学文化之中，文本的经典地位就不像在本族视角中那样不证自明了。波兰作家贡布罗维奇（Witold Gombrowicz, 1904—1969）的小说《费尔迪杜凯》中，有一段情节嘲讽了战前波兰的文学课。"为什么要热爱诗人斯沃瓦茨基（Juliusz Slowacki, 1809—1849）？"正确答案是"因为他是一个预言家"[①]——这种评语无非出于认同感。讽刺的是，贡布罗维奇的作品后来也成为波兰文学课的必修读物，于是作家本人不得不远走他乡，遁入异质文化，才避免了成为另一个"预言家"的命运。

另一个从读者视角理解世界文学的先决条件是针对性阅读。在萨特的《恶心》中，第一人称的叙述者同按字母表阅读文学的自学者聊天，后者试图回忆起看过的某本书：

[①] 贡布罗维奇：《费尔迪杜凯》，波查特译，纽黑文：Yale University Press, 2000 年，第 42 页。（Witold Gombrowicz, *Ferdydurke*, trans. by Danuta Borchardt, New Haven: Yale University Press, 2000）

"我记不起作者是谁了,先生,我有时爱忘。是讷……诺……诺德。""不可能,"我立刻说,"您刚刚读到拉韦尔尼。"[……]他的脸垮了下来,撅起嘴唇好像要哭。①

这段话告诉我们两点:一,积累知识算不上阅读世界文学的好理由,实际需要的知识总在没来得及看的书里;二,阅读是一项网络式的探索实践,读完一本书再读另一本时,必须遵循这些节点之间的关系,这样才能有效积累知识,节点之间的通路能够帮助你在脑海中构筑一个等效的节点群,这是记忆阅读内容和建立语义网络所必需的。这个语义网络也就是你头脑中的世界文学之再现。

萨特从一个定性读者的角度告诉我们,世界文学不是各国文本集锦,而是一个多极语义空间、读者穿行其间的语义力场。这一论点可由以下事实证明:我们并非凑巧采用了世界文学的单数形式——世界文学没有复数形式,它是一个场域,一切在其中彼此联通。

此外,理解世界文学的内涵,就要在语义而不是功能的层面上体验文本。什么意思呢?在功能层面,文本中的一切关系都是现实关系的反映。甲爱乙,甲恨丙;一把枪挂在墙上,一定会被取下来射向某人或某物。这一被称为"契诃夫之枪"的规则,出自契诃夫(Anton Chekhov, 1860—1904)给朋友拉扎列夫(Aleksandr S. Lazarev)信中的一个建议,②但它实际上是一个陷阱。契诃夫的哥哥亚历山大(Alexander Chekhov, 1855—1913)听取这个建议,试图写作一个符合逻辑的故事,却永远没有创作出弟弟那样的世界文学作品。安东的故事中有很多没有用到的枪,它们的关联性体现于语义而非功能。文学依赖于语义关系,语义关系独立于功能关系而存在。

关于性质的讨论,并不由读者左右;从定量阅读的角度,读者仅算是有所参与,而定性阅读可以使读者融入其中,无关数量。要让世界文学的重力波穿过你的头脑,只看到冰山一角是不够的。文学形式的画布和文学语义场就像电一样,必须有至少两点之间相互联通才能让能量通过。

---

① 萨特:《恶心》,哈蒙兹沃思(企鹅新经典),1965 年,第 55—56 页。(Jean Paul Sartre, *Nausea*, Harmondsworth [Penguin modern classics],1965)

② 契诃夫:《致亚历山大·塞密诺维奇·拉扎列夫》(1889 年 11 月 1 日),《契诃夫全部作品及书信集(30 卷本)》第三卷,莫斯科,1976 年,第 273 页。(Anton Chekhov, "Letter to Aleksandr Semenovich Lazarev[pseudonym of A. S. Gruzinsky], 1 November 1889", in: A. Chekhov, *Polnoe Sobranie Sochinenii Pisem v tridsatitomakh*, *Pis'ma*, vol. 3, Moscow, 1976)

二、生产者视角的世界文学

与读者一样,"世界文学"对于生产者也有数量和质量两方面。数量依赖于文学市场;对生产者而言,文学的数量就是产品。毫无疑问,英语主宰着文学的世界市场,但我们要克服某些定见,即只有作品被翻译为英语,或作者改用英语写作,才能博得世界文学之名。语言是文学的原材料,改变语言不亚于责令一位作家成为作曲家。事实上,如果作品的叙事性盖过语言,翻译就能够成功。另外,几乎没有流亡作家改变写作语言,而常被提及的纳博科夫(Vladimir Nabokov,1899—1977),童年有个说英语的保姆。大部分移民作家都为丢失了母语的鲜活生气而绝望。

没有就此沉寂的作家对质量而非数量造成了影响。他们没有抛弃母语和祖国文化,而不同文化区的语义重力波带来了干扰。比如,贡布罗维奇1939年从波兰移民到阿根廷,在全然陌生的环境里用波兰方言和"错置的话题"写作,产生了最受欢迎的怪诞效果。在小说《横渡大西洋》中,贡布罗维奇这位"最受尊敬波兰作家"与"最受尊敬的阿根廷作家"博尔赫斯(Jorge L. Borges,1899—1986)那充满奇思妙想的对决,堪称20世纪后半叶世界文学最有趣的场景之一。讽刺的是,跨族杂合(trans-national hybridization)既造就了贡布罗维奇,也造就了博尔赫斯这位后现代主义的先驱。对生产者来说,杂合是理解世界文学的炼金术。作者不必用另一种语言写作,但应尽可能阅读多种语言,使不同文化之间的互动在阅读中发生。这是作者的任务,不是读者的。困难的文化工作由作者为我们完成。假使里尔克(Rainer Maria Rilke,1875—1926)不精通俄语和法语,他就无法拓展德语诗歌的可能性。

或许作家的这种越界能力也有局限?是时候谈论帕维奇(Milorad Pavić,1929—2009)的《哈扎尔辞典》(1984)了。① 达姆罗什(David Damrosch)指责这部辞典小说是伪文化跨界包装下的塞尔维亚民族主义,② 但他的论证含混不清,且对这部小说的世界文学属性既支持又否认。他套用了作品本身在其元小说层面使用的隐喻,声称《哈扎尔辞典》是有毒的。无论如何,达姆罗什认为这本书不只在小说情节中被设定为

---

① 根据帕维奇《哈扎尔辞典》(*Dictionary of the Khazars*)卷首语,这本书复原了一部失传已久的百科全书,记录了哈扎尔这个直至10世纪生活在黑海周边的部族突然从世界上消失的谜。1691年由波兰印刷商达乌勃马奴斯在普鲁士主持出版的《科斯里辞典》,仅发行了一年就受到天主教法庭的审判,被下令销毁。只有两册私藏的版本逃过此劫。其中一册带着金锁,由毒性油墨印制;与它相伴的另一册带着银锁,没有毒性。——译注

② 达姆罗什:《什么是世界文学?》,普林斯顿:Princeton University Press,2003年,第260—279页;第九章"带毒之书"。(David Damrosch, *What Is World Literature?*, Princeton: Princeton University Press, 2003, pp. 260—279; Chapter "The poisoned book")

有毒,实际上也传达了有毒的思想:它多视角和跨文化的伪装下面潜伏着塞尔维亚民族主义宣传,目的是摧毁铁托时代的南斯拉夫这个多民族杂居的乐园;那些称赞其文化多元主义的外国读者,实际上在"地方性"这个维度上存在盲点。

对达姆罗什和我来说,介入巴尔干半岛的争端问题是很危险的。但他已经抛出话题,而我作为一个斯拉夫文学研究者,也就无法回避这个问题。所以,让我们深入分析一下达姆罗什的论点。

1. 帕维奇的随笔中和他的个人主页上都有民族主义言论。没错,帕维奇是一名公开的塞尔维亚民族主义者——顺便说一句,陀思妥耶夫斯基也是公开的俄罗斯民族主义者,他笔下的许多次要人物都带着作者对波兰人和德国人的刻板成见。尽管如此,波兰和德国的读者对作为作家的陀思妥耶夫斯基仍然抱有极大的热情。波兰移民作家米沃什(Czesław Miłosz, 1911—2004)在伯克利大学教授斯拉夫文学时,课上只介绍波兰文学,唯一的例外就是陀思妥耶夫斯基。是他和我们都忽略了陀氏作品中的民族主义毒素吗?是毒性被形而上的糖衣掩盖了吗?绝不是。相反,俄罗斯的新民族主义者以陀氏作品作为宣传工具,此举激怒了全世界的书迷。

2. 达姆罗什引用了帕维奇的诗《无名诗人纪念碑》的第一行"我眼含泪与酒,如阿陀斯山墙上的灰泥",以及倒数第二行"但我心已尝到你故乡山岩的滋味,从壁炉前阶的石砖里"①。达姆罗什从中得出结论:帕维奇是"崇尚血与土的前纳粹传统"的拥趸,"这种传统是被煽动起来反对犹太人和其他新移民的民族根性的缩影。[……]"②首先,这段文字并非出自《哈扎尔辞典》,因而不能论证小说的政治性;其次,他对所引诗歌的解读并不令我信服。"血"在前纳粹和纳粹意识形态中隐喻种族或血统,然而诗中将血与酒与阿陀斯山巨墙上的灰泥相比,暗指基督的牺牲,还使人想起古老的塞尔维亚史诗《乌鸫地的少女》,那首诗中描写了塞尔维亚士兵败于奥斯曼军队的场景,象征着一次圣餐。

3. 达姆罗什承认,《哈扎尔辞典》对犹太教的描写富于同情和洞察力,但他认为小说是在"含蓄地将塞尔维亚人等同于犹太人",可见这样描写仅仅是要掠夺犹太人的受害者地位为己用。

4. 他在阅读《哈扎尔辞典》的时候,有点把这当做一本使用化名的纪

---

① 诗句引自《无名诗人纪念碑》("Spomenik Neznanom Pjesniku")发表于1967年的初版,见《米洛拉德·帕维奇文集》第七卷,贝尔格莱德:Prosveta,1990年,第27—28页(*Sabrana dela Milorada Pavića*, vol. 7, Beograd: Prosveta, 1990)——"ykyc orђa"直译是"火的滋味","Hearth"是英译本强译而来,严重影响了达姆罗什的解读。此外,引文只有结合诗中重复了五次的"但是我心……""我眼……""我耳……""我舌……""我腿……"然后再一次"我舌……",才能更好地理解。孤立地摘出一句是在误导读者。

② 达姆罗什:《什么是世界文学》(2003),第270页。

实小说(Roman à clef),其中暗含许多政治主张,比如塞尔维亚(非南斯拉夫联盟!)①周边国家的民族认同纯属人为产物,以及塞尔维亚人承受着南联盟的次要成员国的剥削压榨。这没有错,但以解读背后真实情节为目的的阅读,会把一个多维的虚构文本简化为一对一反映现实的、语义层面上的单维文本。传闻韦斯皮扬斯基(Stanisław Wyspiański,1869—1907)的剧本《婚礼》(The Wedding,1901)描写的是他一位朋友的婚宴场景,不幸这位朋友很不喜欢他的描述,于是首演沦为一场轰动的丑闻。如今丑闻已被遗忘,而《婚礼》凭借超出情节的丰富语义潜能而成为韦斯皮扬斯基的经典之作。

达姆罗什对《哈扎尔辞典》的批评是,不成熟的外国读者无法觉察其"地方性的"民族主义暗流,于是在无知无觉中被塞尔维亚民族主义所毒害,而这种民族主义恰是南联盟解体的罪魁祸首。对于这种观点,首先铁托(Josip B. Tito,1892—1980)本人就是克罗地亚人。更重要的是,南联盟是实现大塞尔维亚共荣梦想的结果。这就是解体为何首先在非塞尔维亚的周边地区、而不是塞尔维亚核心区发生的原因。

塞尔维亚人不会希望南联盟解体;相反,他们会为不解体而战斗。在巴尔干西部建立平等联盟的梦想从未实现。1918 年南斯拉夫王国成立时,克罗地亚诗人、后来成为铁托的朋友的克列沙(Miroslav Krleža,1893—1981)评论道:

> 整个克罗地亚悄无声息地消失了。刚拒绝了奥地利,转身就投向了塞尔维亚的怀抱。②

帕维奇在小说中用未沾毒墨的银版《辞典》对抗沾毒的金版。小说虚构的世界中,你必须作出决定,选择打开哪个版本。鉴于它坚持不懈地展示自身的元小说性,我们可以在这一层面领悟到,所有小说可以用有毒或无毒的方式来理解。有毒的金版包含着作者私人的信念、意识形态、刻板印象以及陈词滥调。

无毒的银版承载着语义空间。帕维奇描述了分别阅读两个版本的情景,稍加分析就可以证明双版本这一设定是有其元小说意义的。为什么拿到金版的人,会在读到"verbum caro factum est(词句已成血肉/道成肉身)"这句话时死去?因为阅读金版就是逐字阅读,只能领会其"肉

---

① 达姆罗什用一种譬喻式的陈述,嫁祸于南斯拉夫的塞尔维亚族和其他民族之间的关系。"北方民族"属于"哈扎尔帝国最大的一部分"(指代南斯拉夫联盟中的塞尔维亚),"只居住着哈扎尔人"(即塞族人),但是只有一个区叫做哈扎利亚(即塞尔维亚),"其他区域"(即自治省伏伊伏丁那和科索沃)"有别的名字"(引自帕维奇:《哈扎尔辞典》(1985),第 141—142 页)。因此,这段话描述的是塞尔维亚国家内部的民族关系。有人会反驳道,科索沃自治省内既有塞族人也有阿拉伯人。但无论如何,那里的斯拉夫族是塞族。

② 克列沙:《1918 年 11 月,醉酒之夜》,参见米洛斯拉夫·克列沙:《往日》,萨格勒布,1956 年。(Miroslav Krleža, "Pijana Novembarska Noć 1918", in: M. K. Davni dani, Zagreb 1956)

身"含义,即中世纪释经学的所谓"sensus literalis"(字面义)。这种阅读提供事实、观点和社会现实。《神曲》里包含但丁(Dante Alighieri, 1265—1321)的诅咒,他愉快地将仇敌投入地狱遭受折磨。但丁认为他的《神曲》像《圣经》一样,包含四重解读方式。帕维奇的《哈扎尔辞典》为什么不行呢?① 外行读者会被"肉身"版的民族主义意识形态毒害。而书中那句拉丁文的意思是:留神,你的阅读被下毒了。另一方面,阅读银版可使人"知晓死亡何时降临"。"倘若你已苏醒却未觉痛苦,须知你已不在活人世界。"发生了什么?毫无痛苦的"死后苏醒"指向复活,而其语义空间就是令我们复活的空间。海德格尔(Martin Heidegger, 1889—1976)在《存在与时间》里提到,打破现实空间(Seiendes),语义空间(Sein)才会敞开。在进入意义世界,即语义世界之前,先要经历一场象征性的死亡。倘若读者不拘泥于书中涉及南斯拉夫争端的实际内容,就不会受帕维奇个人观点的毒害。与之相对应,银版似乎包含圣经诠释学②的灵义解读,打开了语义空间,使《哈扎尔辞典》在品质上成为世界文学的一部分。

达姆罗什翻开的是哪个版本呢?他揭示出民族主义的弦外之音而没有受其荼毒,故而认为自己读的是银版。③ 无论如何,在元小说逻辑的作用下,达姆罗什所读的仍当为金版,因为他从《哈扎尔辞典》的字里行间建构出南斯拉夫问题这个现实"肉身"。他没有意识到,中毒的不是书,而是停留于字面意义的阅读方式。第四重亦即预言层面而外,这是被下毒了的一重。自然,达姆罗什如此读法与俄罗斯民族主义者重读陀思妥耶夫斯基小说的出发点是不同的。二者都在搜索其中的意识形态——前者要揭露,后者则想重置为己用。达姆罗什摘出"词语已成血肉/道成肉身"时,应当觉察到了其中的警告意味,转而阅读非肉身的银版。

与读者视角一样,生产者视角中的"世界文学"需要在文学的实际编码和语义编码之间做出选择。实际编码产出有毒的金版,语义编码生成给人启迪的银版。帕维奇尤为注重语义性和实用性之间的差别,这在如下小说情节中可见一斑:来自不同文化的三个人,梦着辞典中的不同部分,也梦见彼此;一旦在现实生活中相遇,马上就得死去。实际接触导致

---

① 这部小说本身就蕴含中世纪圣书的四重解读模式,《辞典》条目(Al Bekri, Spanjard)的排序是:1. 词义(avam);2. 暗示(kavas);3. 玄义(hof);4. 预言(anbija)——参见《哈扎尔辞典》(1985),第 101—102 页。

② 根据《哈扎尔辞典》的解释,乃是"最恰当或最真实的含义,是书之精神(或圣灵? spirit)"哈扎尔人自己"首先就假设书都能达到这最高的水平"。引自《哈扎尔辞典》(This is, according to "The Dictionary of the Khazars", "the most appropriate or actual meaning, the spirit of the book". The Khazars themselves "foremost assume this highest level of a book". Cf. Note 10, ibid.)

③ 他在北京论坛上对我的文章做口头回应时如是说。

语义短路,语义空间发生内爆。语义必须透过梦来显现,而不应扭曲为现实之肉身。

三、文本角度的世界文学

为何单个文学文本也有其世界文学角度?毕竟,不论何谓世界文学,都须基于文本。故而,文学研究首先当能从单个文本的微观世界中找到世界文学。文本这一微观世界能够生成关系,也就是将世界呈现为关系空间。语义阅读能够提供一种聚光透镜,使世界明晰可见,就像谜语里说的透过小窗观看全世界一样。契诃夫1886年5月10日写给哥哥亚历山大的一封信,可以帮助我们领会单个文本对理解世界文学的作用。以下是信中的著名段落:

> 描绘出一个酒瓶散落满地的碎片,微光闪烁仿佛群星的样子,也就捕捉到了月夜的真相。①

这一建议似乎与另一强调细节对情节的作用(契诃夫之枪)的建议相悖。在剧作《海鸥》中,契诃夫自己起用了一个碎掉的酒瓶,没有任何实际作用:没人喝过瓶子里的酒,也没人会踩到碎片受伤。无论如何,我们可以从信中学到一点:只有深入细枝末节,才有可能创造整个想象世界。整体藏身于碎片,全球性体现于地方性。不要试图描写一个场景的全部,不要泛泛而论,真理从来就在质地而不在数量。真理?对我的目的而言,我干脆将真理定义为涉及某物的全部语义关系之交汇。文学能够在很大程度上认识这些关系,文学生成真理。

这对我们理解单个文本的世界文学品质有何意义呢?若把世界文学比做星空,语义就是繁星之光,用光线编织成真理之文本,这就属于世界文学。何谓世界文学的答案是:不要试图将世界文学概括为一个整体,不要泛泛而论,否则你会看不到真理,即互联性是世界文学之最重要的前提——不是以数量而计的文本,而是一个整体,文本之实实在在的语义体。

这就是月光闪烁在酒瓶碎片上的图景,并体现在元小说层面,碎片充当月光的聚焦反光镜。其秘密在于,不仅描写整体景观,而是在细节中见出"真";没有聚焦反射,就根本看不见它。碎片的图景形成一面凸镜,实现了这一功能。整个星空都装进了破碎的瓶子,被浓缩为一道光,

---

① 契诃夫:《致尼克莱·契诃夫》(1886年5月1日),《契诃夫作品全集及书信集》(30卷),莫斯科:Nauka,1976年,第1卷,第242页。(A. Chekhov, *Polnoe Sobranie Sochinenii i Pisem v tridsatitomakh*, *Pis'ma*, ed. by N. F. Belchikov et al., vol. 1, Moscow: Nauka, 1976)

这不仅是高超文学技巧的实例,也实现了元小说之象征。正如没人能够探索寰宇群星,没人能尽读世界文学;哪怕只是穷尽我们略有耳闻的文学世界的一部分,也是无法做到的。一块碎片收拢起繁星的光芒,正如莎士比亚一首著名的十四行诗所咏叹的那样,整个夏日的芬芳气息凝成一滴琼浆。① 破碎的瓶子存留了整个人生,如同存留整个人类志;这个破碎的瓶子,给我们留下了契诃夫充满幻灭的一生,也是人类那遥远历史的碎片。

这也是契诃夫之枪背后的秘密。细节在语义上毋需开枪,相反,还要咽下所有冲动,不要在某种情况下让子弹射出枪膛。同样,一件文学艺术作品终究要咽下世界文学的整个语义。就品质而言,一部文学作品就是世界文学的聚焦反射镜,聚焦图像、神话、悖论、幻梦、修辞与风格。正是这样的反射,造就精良的世界文学。马克思主义的设定是,文学应当"反射"现实,这种反映论隐喻只是平面镜,而契诃夫的是凸面镜,二者截然不同。契诃夫之镜聚拢光线,转化为语义能量的激光束,可以洞悉人心。藉此,一件艺术品就可以将读者引入世界文学的殿堂,读者被激光传送至世界文学的语义赛博空间。

提出普世性与地方性之间的张力问题之后又是什么呢?一般来说,所谓普世性,只要不仅是抽象,只能存在于地方性之中。情节和语义关系需要一个地点,导入普世性并使其显现出来。在《哈扎尔辞典》的例子中,作为伊斯兰教、东正教和罗马天主教交界地的巴尔干就是这样一个特殊地点。哈扎尔人代表了三种身份合一的失败乌托邦,小说因而必须带有塞尔维亚人的自我意识,这种自我意识就是一面凸镜,汇聚了全球化进程中的所有层面——融合与分隔,民族主义和国际主义。巴尔干半岛就是一个实验室,验证着超国族身份的成与败。

四、系统视角的世界文学

文学系统与社会系统有机地关联为一个整体,将外部冲突压缩进自成一体的虚构世界语义空间的内部冲突。文学是一个系统,它转化外部冲突,将之纳入自己的语义空间,以此调和外部世界。从系统的角度讲,文学是一种解决冲突的策略。这一过程在心理学上叫做内化,即由内化冲突而实现外部和谐。世界文学就是通过内化差异,将之植入文本的语义空间,从而推动各民族的和谐。冲突隐藏于文学,文学文本成为解决冲突的文化象征。《伊利亚特》蕴含古代欧洲和小亚细亚之间的冲突,因

---

① 莎士比亚十四行诗之五。——译注

此而成为冲突中诞生的大希腊地区的象征。

让我们再用达姆罗什所举的《哈扎尔辞典》例子,从文学之系统功能的角度来检验一下这一定理。前南斯拉夫是一个多语言、多民族、多信仰地区,缺乏有助于将冲突转化为语义张力的共同文化历史或文化象征,只是凭借铁托这位强硬领导人的力量和意志结为一体。我同意达姆罗什的观点,帕维奇在铁托逝世和南联盟解体之间短短的时间内写出了这本书,绝非偶然。达姆罗什认为这是帕维奇推动、甚至煽动南联盟解体的线索,但我们也要考虑到另一种解读可能性。这本书的主线情节就是哈扎尔人皈依犹太教,这一事件在文化史上的独特之处在于,哈扎尔可汗没有选择最先进的宗教,而选了最古老的。

从系统的角度看,远古宗教更具综合性,人们认为它更有能力化解外部冲突。将这一点置换到20世纪的南斯拉夫,或许帕维奇考虑的是,南联盟这个聚合物的宗教和传统,没能凝聚出一个象征,释放、进而封存巨大的冲突潜流——甚至连抵抗纳粹的游击战都没能成为认同南斯拉夫的象征。帕维奇也许想让这本书成为一次迟到的尝试,或至少呼唤这样一个象征。众声喧哗的南斯拉夫始终没有机会团结一体。安德里奇(Ivo Andrić,1892—1975)做过尝试;然而,他的《德里纳河上的桥》尽管获得诺贝尔奖,却没能成为一座持久的文化桥梁,沟通克罗地亚、波斯尼亚和塞尔维亚。在缺少一个容纳所有南斯拉夫身份的情节时,似乎只有帕维奇的《哈扎尔辞典》,可被想象为整合这个国家的某种形式,尽管这种想象也很快消失了。

当然,上述观点还需要对帕维奇的作品做更深入的分析,但这不属于本文的任务。无论如何,我想强调一点,文学将冲突转化为象征,从而在社会和政治领域发挥整合作用。从系统角度理解世界文学时,需要将这一点考虑在内——这就是文化全球化。全球化迄今只发生在经济领域。我们缺少真正的世界性作家,帮助我们将现实冲突象征化,封存在语义张力之内。惟其如此,真正的文化全球化才有可能实现。关于殖民主义的论争,只要讨论双方还带着侵略者与受害者的身份,似乎无助于推进全球化发展。比如《伊利亚特》并不是一个罪人与受害者的传说,世界文学也不界定罪人与受害者。如若不然,它就无法消弭争端。全球化的《伊利亚特》会讲什么故事呢?谁将创造它的神话?它的形式会怎样?也许就是某种辞典,作者据传是某个智人部落的先知,这个部落决心离开阿比西尼亚高原,走向世界各地。杰克·伦敦(Jack London,1876—1916)的《亚当之前》并非神话,库布里克(Stanley Kubrick,1928—1999)的《太空奥德赛》也不是,这两个故事都根植于我们人类身份的致命的侵略性。这些故事是20世纪的神话,也是关于人类自毁的神话。

　　文化理论已经提到,文化及其文学总是在社会的边界而非中心地带繁荣发展。从世界文学的观点来说,边界不是文化之间发生冲突的界线,而是一个区域,未经雕琢的语义材料从中产生,就像岩浆从深海的海沟中涌现一样。如果这种图景能够保持,我相信从寰球语义圈的文化海沟中喷涌而出的原料能够帮助我们消弭冲突,而移民就是这流动的岩浆。最初的智人为何要离开阿比西尼亚而向他乡迁徙,我们已无从知晓,但他现在仍然在路上。

一个翻译的世界

［法］菲利普·拉特（Philippe Ratte），韩潇怡译

　　世界文学是不存在的，因为没有这样的世界。与此相反，世界又是一个文学的网络。如果没有文学拓展视野，人类短浅的目光便无法知晓眼前所见以外之物。文学把想象力延伸到我们的感知范围之外，并显示出一个重要思想：在我们个人经验的藩篱之外，还有许多东西。就这个方面来说，电影亦当属于文学的概念，电影也可以创造故事和呈现图像，极大提升人们幻想世界的能力。然而，以文字写成的小说可以把我们带得更远，它们点燃想象力，而非满足想象力，更加深刻地刺激人类，让我们从岌岌可危的状况走向一个远大广阔的境地。

　　文学试图描绘的"世界"本身，也是不存在的。文学打开数不清的窗户，我们从中看到个人经验以外的更多东西。世界就是由这些"更多东西"构成的，好比宇宙由黑色物质构成，只散布着稀少的闪烁光芒。文学的每一分子都是世界文学之体现，就像"未知彼岸"的一砖一瓦，这是我们能从世界中获得的唯一恰当的观念。

　　这是理解和提高对人之本性的认识之关键。很大程度上，我们的确由那些"更多东西"构成，而非我们所认为的"自我"。这个世界创造了我们，我们却没有意识到；好比天空中群星闪烁，而阳光阻止我们在白天看到它们。文学遮蔽闪闪发亮的自我，使得密布天空的群星能够被看见和赞美。当然，一个人不可能看到所有的星星；可是，即使只看到一两颗，也会让我们意识到，一个人"自我"的阳光，不过是天空中无数亮光中的一粒微尘。文学就是这样创造了世界观念。

　　让我们把这个观点说得更透彻一些。

　　相对于书写物来说，"文学"在我们眼里究竟是什么？

　　没有人对此分不清楚。各人的划分标准虽会有些许不同，但没有人会忽视一段信息文字和一个文学文本之间分明的界线。还有一种观点

认为,在单纯阅读(或观看电影)和切身使用文本的两个过程中,人们感觉到上述二者发生了转换。这的确是一个模糊和变动的区域,就像站在海滨交界面,你永远不知道自己在海滩上,还是已经下海了,但可以感觉到双脚的干湿。那么,当我们谈到文学,为何这种区别如此分明?

一、一篇文学作品首先是一个注入内容的空洞

文学不仅以风格讲故事。事实上,文学生成于四个要素的有机结合,它们可被视为四面体的四个角(或顶点)。

这四个要素是:空间、时间、情节和作者。

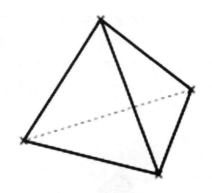

四面体蕴含"创制一个形体"的观念。文学就是这个形体所捕获的东西。每一个由四要素中任意三个构成的三角形,都能够很好表现出一种作品类型。例如,一个记者可在给定的时间和地点,出色完成他(她)的任务;一个作家在给定的时间和地点,创作出诗歌,甚至俳句;如果给定情节和时间、或情节和地点,作家便会结合地点或时间写出一个剧本。若是没有上述四个角结合成一个形体,使得灵感之气息在其中低吟,也就不会有文学。这种四面体的形状可以变化很大,向构成其轮廓的四个方向的任意一个方向延伸。但是,即使它被沿着一个主要方向,拉长到近似线型的细长状,它也必须保留一定的形体,才能属于文学的范围。

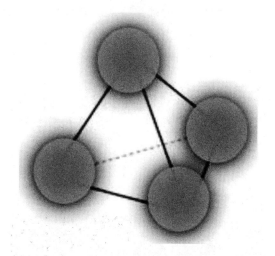

此外,四个顶点中的每一个,自身都是模糊的:究竟什么是一个地点、一个时间、一个情节,还有一个作者?它们都是开放的概念,四面体因此也是虚拟的,至少不是一个几何体,而只是一种思维体验。

基于以上观点,我们把文学定义为一个形体,它没有严格的边界,但的确是一个通过四要素结合而切割出(或打开)的"形体"。

二、一旦伸展为一个形体,文本会塑造自己的边界

这意味着文学不是上述四要素以特定方式结合的产物,相反,文学赋予它们相互的关系。一旦一本书被写成,这种关系就不再能改变了,文学就从这里开始。尽管四面体是搭建一部杰作的起点,但并非四面体创造了形体,作品最终决定四要素所处的相互位置和它们形成的整体轮廓。形体创造自身的边界。

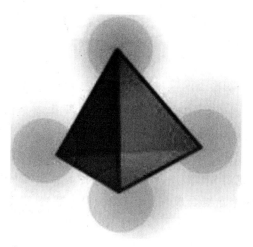

这些边界线相交而成的顶点都不是明确的。即使那些对自己细致入微的刻画引以为傲的作家，比如巴尔扎克（Honoré de Balzac，1799—1850）、左拉（Émile Zola，1840—1902），还有克劳德·西蒙（Claude Simon，1913—2005）等，也无法确切描述一个"地点"。"时间"在回忆往事时复现，但它仅能通过一系列图像和相关文献被提及，本质上依旧悬而未定。"情节"更可能是清晰的，但没有一个机关能被完全破解；任何一篇短小的故事都始终存在空白点，致使情节也充满不确定性。至于"作者"，他（她）的生活经历、作品和兴趣，远远超出一本书所反映的；并且，他（她）在小说中的介入，绝不是一种自我阐释。

因此，文学是四要素的混合物，其中任何一个都无法完全界定，甚至无法准确描述；但它们搭建了一个"形体"，构成一个模型，四要素在其中拟定其位置。波尔多南部沼泽和森林的意义，来自莫里亚克（François C. Mauriac，1885—1970）的小说。没有司各特（Sir Walter Scott，1771—1832）著作中的色调，我们就无法想象中世纪的模样。同理，谋杀的印迹永远留在诸如陀思妥耶夫斯基（Fyodor M. Dostoyevsky，1821—1881）和卡波特（Truman G. Capote，1923—1984）的著作中。

尽管文学作品是空间、时间、情节和作者的结合，但这四个顶点被去掉了，仅留下曾经把它们连接起来的轨迹，构成一个向读者打开的空间。四顶点属于一个确切的位置和语境，但它们挖成的空洞是世界必不可少的一部分，即"别样性"（Elseness）。

三、风格撑开了文学作品的形体

四面体的四顶点极不稳定，而边缘线有助于修正文学这个难以捉摸的概念。显然，情节、地点和时间构成一个紧密交织的三角形，一个给定的情节只能发生在特定的时间和特定的地点，例如古罗马不会有印度的袭击火车，我们可以称这一面为"故事"。作者、地点和时间构成另一个三角形，由语言和文化编织而成，我们把这一面叫做"思想"。靠近作者的顶点包含更多的语言，而地点和时间则需要更多的文化背景知识来匹配和弥合。但是，语言和文化难解难分，没有哪种文化不需要语言来表达，也没有哪种语言不为文化所吸收。

这两个三角形就像牡蛎壳的两部分，或多或少彼此相合，这取决于故事和思想是否大致涵盖相似的领域。一个拙劣的作者会讲一个没有言外之意的故事，好比警官报告一个事件，它只是一个简单的故事，对文学的贡献微乎其微。相反，一个技艺精湛的作者，会用上百页篇幅塑造和勾勒某件假想之事，使作品的思想层次远超故事本身，比如布托尔

（Michel Butor）的小说《变》，或者克劳德·西蒙的小说。造成上述差别，使得四面体像三角钢琴顶部一样张开的，就是风格，即作者和情节之间的那条边。风格的"音域"可以从几乎没有，延伸到技艺精湛。

从四要素构成的形体，我们把问题简化为三个概念之间的关系，即"故事""思想"和"风格"，它们又归结为"作者"和"情节"二者之间的关系，最终是"风格"问题。这种从四到一的逐步简化，对于记住形体这个观念必不可少。形体是开启世界文学这个概念的钥匙，后者一直隐藏于风格背后。风格赋予故事叙述以形体。任何一篇文学作品的品质和普世价值，都严格取决于这个形体的充足程度。

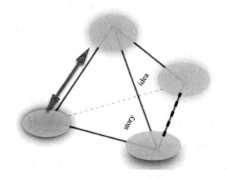

这是否意味着，存在某些创作许多完美的世界文学作品的配方？远非如此，每一个四面体的形状和体积，都会被读者的阅读方式所延伸、扭曲或压缩。此外，读者进入一本书的一般状况，会深刻影响作品的意义和价值；历史背景、现实指向、一般社会环境以及个人文化修养，会使文本的性质和效果在不同读者那里大相径庭。作品本身只部分地创造文本的文学价值，四面体的形状和体积可以很好的在内部被塑造；同时，文学价值在很大程度上取决于它所面对的外部力量，后者既可以压扁它，也可以填充它。

四、作品制造的内部空洞，根本上是人之本质的一个分子

饶有趣味的是，这个论断来自一种可悲的说法：文学既不是任何作家天赋的产物，也非某个特定故事的象征价值，或某个突破性思想之影响。文学只存在于如下事实：通过创作一本书所必需的四顶点之间的相互作用，文学呈现为一个形体、一种延伸、一种侧跳。除非这个"形体"或被胡言乱语破坏，或被外界贬斥所压扁，或完全没有风格，否则，任何一个文本、电影、卡通、连环画或小说，都由一个形体构成；不管它多么"微不足道"，都有资格列于世界文学，那是捕获了"别样性"的空洞，是世界之实质。世界本质上是"别的东西"，这防止我们在知识领域中停滞不

前;世界只由"其他东西"构成,永远无法算出一个总数。世界来自无限,而非总体,其本质不在于成堆的观点,而在向未知领域敞开的过程中。

为何如此?文学为全世界所有人的心灵提供庇护。世界文学不会把世界之本质等同于一个整体和几千年时间,这是一种荒谬的意图。无数人妄想通过一系列视角各异的作品,捕捉世界的所有方面。博尔赫斯(Jorge Luis Borges, 1899—1986)构想了一篇关于一个年轻牧羊人的小说,主人公被自己能够记住每样东西的每个细节的天分所折磨:何时何地哪只狗怎样冲着哪头牛叫,哪片云在一天的每个时刻有怎样的形状,等等。这篇小说让我们迅速意识到,忘掉我们觉察到的大多数、忽略我们记住的大多数,留下更多未知,这是防止我们崩溃发疯的先决条件。世界如此广大、如此多样、如此日新月异,任何人都无法窥见它那假想的全貌。

文学恰恰与上述荒唐想法相对立。在那个永远超出我们认知的迷宫世界中,文学塑造了呈四面体形态的空洞;人类从生到死的过程好似在溪流中游泳,一个人寄居于空洞中,直至到达溪流中的漩涡。从一个空洞转移到另一个,给濒临溺死的人类带来生机。每一个空洞都是别样世界的重要成分,人的心胸在其中舒展;同理,每一部文学作品也是别样世界的细胞,好比一个气泡是泡沫的一部分,而不是一个胶囊体或自我封闭的节点。

在这个方面,文学就是世界。它不能替代或反射真实世界,而是给人提供人类必需的归属感和共存感。通过阅读、欣赏、思考、感觉等,我们可以用自己的感受力,为自我之外的文学形体安上不同的框架。既然我们可以无穷无尽地填充这些形体,而且它们永远都是空的,后人还能不停地填充,那么这些形体就是一个坚实而普遍的基础,全人类藉此成为一个整体,而不是一群正在消亡、毫无意义的乌合之众。《伊利亚特》既不为21世纪的希腊读者而写,更不为中国或斯堪的纳维亚的读者所写。它讲述过去的故事、志向和利害关系,为人类提供了一种退却的巨大渴望,被视为人类泡沫的重要成分。①

在这个意义上,文学确保了世界是一个人类世界的可能性。可是,已成为主流的全球化进程,持续而深刻地改变着人类境况,人类好像一股血浆,绕着地球快速流动。在大量孤立的事物中,人类正在迅速变成一个液态整体,每一滴都是相同的。数字革命已经使这个景象成为现实,图像、文本、声音甚至物品都可以在任何时间、任何地方被转化成一串数字。在不远的未来,我们将属于这样的"真实"世界:在无所不包的

---

① "泡沫"概念借自斯劳特戴克的著作《球面学 III:泡沫》(Peter Sloterdijk, *Spheren III*: *Schäume*, Frankfurt: Suhrkamp, 2003),这是一个理解人类现存处境的重大突破性见解。

全球数字化观点下,人类在洪流般的商品面前,日益变成另一种商品。这种主流思想导致人性越来越快地流失,生命沦为只有商品的状态,并将迅速消解在全球的洪流中。

在这个把"每一个"混同成"任何一个"的世界中,文学充当了唯一的解药,它不停地生产气泡。这些微小的气泡为人类提供了脱离乌合之众、寄身高处的空间;这些气泡存在于全球化时代人类的血液中,形成一条长长的轨迹,使人类成为"别样性"的一种可能,而"别样性"是那个远离了人类的世界之真实本质。

如果我们承认,文学是由"情节""地点""时间"和"作者"四顶点勾勒而成的形体,那么任何形式的文学作品,本身都是一个微小而独立的全球性形体;男女老幼所有人都占据着它,因为每个人都是"人类"的一分子。每篇文学作品在各方面都是独立的,然而,通过打开我们所谓的"形体",它也成为人类全体、世界空洞的一个重要成分;后者是人类这种具有语言天赋的物种之家园,它贮存全球化漩涡之外的人之本性,贮存全体化趋向之外的无限性,贮存神圣性,抗拒本时代制造一个相似、统一、单调的世界的邪恶企图。

的确是某种家园!一个漂浮的家园,它没有位置、没有特征、没有柱子和任何边界,它是数字云的代理,是一个对立的世界。在"数字云"中,你只会看到数据,它是一个"保护地",你随着数据漂流,被迫接受"保护"。数据是精确而稳定的,它们之间的任何互换,都可被准确测量。而在一个由文学之微小气泡组成的鲜活泡沫中,其中的丝毫变化都会影响到其他每一个气泡,改变那不断变动的、易碎的泡沫结构。阅读或写作一个文本,会对构成"整体"的文学网络带来变化,对此你无法测量、无法预知、也无法修复。斯托(Harriet Beecher Stowe,1811—1896)所作、出版于1852年的《汤姆叔叔的小屋》,产生了巨大的历史影响,使大西洋两岸达成废除奴隶制的共识。由于社会活动家和政治家的阻挠,这个重大转变没能渡过难关。可是,它扭转了人们内心深处那种放任政治家实现其目标的想法,这个转变就发生在共享的文学之"整体"/(W)hole。

改变设想

世界文学不应被视为一个由各式四面体组成的巨大四面体(1),更应被理解为一个所有四面体之空洞有机结合而成的结构(2),最终成为一种泡沫结构(3),构建出世界之整体(4),其中任何一点风吹草动,就会改变四面体的一条边,并重塑整个轮廓,因为其中的气泡不得不重新调整各自的形状和位置。这恰好证明它们不是构成世界之泡沫的一连串空洞,而是一个由无数内部空洞组成的

> 世界之"整体"/(W)Hole。这是一幅人类世界的图像,与我们所生活的这个不断前进的主流世界相反,而后者将越来越呈现为大量数字的形态。

   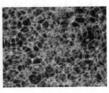

让我们来进一步阐明这个观点。虽然不易理解,但"整体"/(W)Hole 不是贮存一切文学作品的空间,而是一个由许多空洞组成的世界之空洞。读者探索四要素构成的四面体时,创造了数量庞大的微小空洞,它们好像在提供庇护的帐篷。这个设想很难理解,除非我们明白,文学不过是同一种非物质的形态,那就是翻译。

写作和阅读都属于翻译的范畴,要求作者具备把一个事件改写为兼具"故事"和"思想"之作品的能力;反过来,读者也要具备复原作品之隐秘的能力。二者都证明,人类具有一种独一无二的特质,能够描述他(她)的经历、知识、回忆,等等。这个特征就是"翻译",它是文学(写作、译介、阅读)的共同本质,也是人类根深蒂固的本质。

无论多么短小的文学作品,都是世界文学,因为它给人类之核心本质提供了一个开放的空洞——翻译。无需为"世界文学"发明一个专架,与什么相对应呢?地方文学、国族文学还是种族文学?任何一篇文学作品都适用于世界文学这个大概念,不在于它会成为构建世界文学的一块砖(接下来,按照计划,哪里是终结?),而是它给持续不断的翻译之非物质整体增加了另一个非物质的气泡。在这个意义上,如果作品确实根植于一种特定的文化、一个深厚的传统、一种个人的风格,那么作品之空洞中的微小空间将会大大膨胀。托尔斯泰(Leo Tolstoy,1828—1910)属于世界文学,他牢牢抓住彼时俄国文化的精髓,所有伟大作家都是如此。每一种根基深厚的文学都崇尚世界文学,它给予独特的"别样性"以充足的空间,并以巨大的吸引力,让我们强烈渴望去追寻人类在世界上留下的脚印。

唯一没有资格成为世界文学作家的,大概是那些试图直接写作世界文学的人。不过,他们也不能成为作家,漂浮在云端的作品无法出版。

绘本小说中的世界文学与作为世界文学的绘本小说

［德］莫妮卡·施密茨-艾曼斯
（Monika Schmitz-Emans），柏奕旻译

1 论图像话本（Graphic Story-telling）

作为叙事体裁的"绘本小说"①，直到 20 世纪下半叶才被视为小说的新类型。然而，无论是通常的视觉话本还是大部分绘本小说之特定的"漫画风格"特征，都有一部史前史。

关于漫画在何时及何种环境下"诞生"，研究漫画的历史学家尚未完全达成一致。最早的报纸漫画在 1900 年前后问世，一种新的改编类型出现了，它欢迎艺术家援用、戏仿和改写不同种类和功能的文本及图像——文学艺术作品以及视觉和文本形式，均从属于日常文化。形成后的早期报纸漫画最终得以从其他文化内容中借鉴人物类型、情节和结构性要素；不仅从平面艺术、尤其是讽刺画艺术，而且从更广泛的图像话本传统及文学作品中汲取养料，它们提供了大量可转化为报纸漫画的故事情节和人物形象。举例说，有人会拿迈凯（Winsor McCay，1867—1934）从 1905 年起出版多年的《小尼莫梦乡历险记》的情节插曲和卡罗尔（Lewis Carroll，1832—1898）的著名小说《爱丽丝梦游仙境》(1865)的框架叙事（frame story）②做比较：一场梦游引导故事的主人公去往竟与日常世界相仿的地下世界，故事最终戛然而止。

在漫画的前十年历史中，图像话本这门新艺术受限于小版面，通常是报纸狭长中缝的漫画。1920 和 1930 年代，漫画家逐渐寻求更大版面，

---

① 中国大陆学界一般将本文论述的核心对象"Graphic Novel"译为"绘本小说"。此外，对这个概念的译法还有"图像小说""漫画小说""画像小说"等，其中，中国台湾学者倾向于"图像小说"。此处依照大陆学界通行用法。——译注

② 框架叙事（Frame Story），又称"Narrative Story"，指"故事中的故事"，即在一个故事中附着或嵌入另一个故事，或在一个故事中包含多个故事。——译注

即独立成书出版,而这种新形式当然为形成更拓展、有时也更复杂的图像话本提供了新的可能性。①讲故事的新类型被发明出来,漫画书也被证明为重述世界文学作品情节的媒介。

1940年代起,尤其是世界文学中的经典作品经常(有时是以相当别出心裁的方式)被改编为图像话本的特定再现方式与结构。长篇小说、短篇故事、诗歌和戏剧都可被转换为图像故事——有时以明显而透彻的方式,使读者立刻认出前文本(hypotext);有时却以彻底质变的风格,令读者困惑不解,挑战着他们的想象与智力。无论明确或含蓄,这种转换总是与对漫画艺术家特定艺术手法的诠释和反思相联系。

这种漫画艺术被视为重复的艺术,也有人说是援引的艺术。据漫画理论家弗拉姆(Ole Frahm)之说,②阅读漫画意味着重识人物和情境,尽管它们需服从图像叙事过程中连续不断的变化。一幅幅图像(panel)③按顺序构成漫画故事,人物以酷肖自身的方式有规律地出现,每次都与先前稍许不同,其"身份"却都是"某某人物"。读者不得不将这些不同的画作视为"同一个"人物的改头换面,以此了解他们在一个"故事"中的行为举止。与之类似,描绘他们的单幅图像情境各个不同,读者却要将逻辑观念与时间顺序相联系,将它们解释为"先后"关系——若不如此,图像序列无法组织为故事,而只是单一图画的连缀。

但这并非漫画故事采用重复原则的唯一结构性原因。漫画最初定期连载、发表在报纸上,因而,经由援引先前情节中已知的人物和设定,每次连载必然牵涉之前的情节。读者乐于定期见到心仪的人物,读到前情内容外的新情节。由此,就单个故事和连载系列的结构而言,自我引用(self-quotation)都可看做连环漫画的支配性原则。

早期漫画生产者中,艺术家具有自反(self-reflexivity)的强烈意愿。正是他们,通过故事安排令重复、引用、"创造酷肖品"为代表的原则显而易见,强调了自身艺术的基本原则。

赫里曼(George Herriman,1880—1944)著名的《疯狂猫》系列(1913—1944)呈现了一组被自我重复倾向塑造的主人公形象(疯狂猫、奥菲萨·普普、老鼠伊格纳兹):④每段情节的单一核心一次次重复(疯狂

---

① 参见斯坦、索恩编:《从长条漫画到绘本小说:对图像叙事理论与历史的贡献》,柏林、波士顿:de Gruyter,2013年。(*From Comic Strips to Graphic Novels. Contributions to the Theory and History of Graphic Narrative*, ed. by Daniel Stein and Jan-Noël Thon, Berlin/Boston: de Gruyter, 2013)
② 参见弗拉姆:《漫画的表达形式》,汉堡:Philo Fine Arts,2010年。(Ole Frahm, *Die Sprache des Comics*, Hamburg: Philo Fine Arts, 2010)
③ 在漫画艺术中,"Panel"指单幅图像,一幅幅单幅图像依顺序组织形成完整的漫画书或连环画。——译注
④ 参见麦克唐纳、奥康奈尔、德海维侬:《疯狂猫:乔治·赫里曼的漫画艺术》,纽约:Harry N Abrams,1986年。(Patrick McDonell, Karen O'Connell and Georgia Riley de Havenon, *Krazy Kat: The Comic Art of George Herriman*, New York: Harry N Abrams, 1986)

猫爱着伊格纳兹,伊格纳兹厌恶疯狂猫并朝他掷砖块,普普逮捕了伊格纳兹并将他投入监狱),所有情节都不可避免彼此相像。赫里曼的故事以夸张且自我指涉的方式关乎于重复,不仅在内容层面,亦在于漫画艺术的结构性原则。重复自身与自省最紧密地联系在一起,赫里曼自反的水准为追随者设定了标准。

另一位早期漫画家迈凯,在上文提到的《小尼莫梦乡历险记》系列(1905—1914,1924—1926)中,同样依赖重复的效果。他笔下英雄的全部历险彼此相像,如旅行到奇异非常的幻境中,情节的结尾尤其大同小异:尼莫醒了过来,证明一切都是梦,梦的内容被尼莫睡眠状况中的特定处境所形塑。迈凯反复强调梦的世界与日常世界之间遥远却明显的相似性,他因此而创造种种情形,奇异的现实"引用"日常世界并有力地转换它们,但仍能为读者所辨认。

赫里曼和迈凯二人的艺术,可与影响其基本情节和设定的文学模型比较,而后者必使视觉艺术家对重复这一艺术原则的感官更为敏锐。迈凯笔下小尼莫的历险,不但在结构上、也在内容层面令人想起卡罗尔经结构情节写成的《爱丽丝》,它将女主人公送入一系列反映日常处境的梦幻历险。赫里曼笔下的基本情节(尤其关于疯狂猫,关于他"现实"感的缺乏及他暴力受害者的角色)援引了堂·吉诃德的原型,而《堂·吉诃德》本身已然是被"重复"这一高度自反的兴趣所形塑的小说。由此,疯狂猫栖居的沙漠般世界中有位名叫堂·高诃德(Don Koyote)的角色,对此人们不会感到惊讶。通过设计此角色,赫里曼向塞万提斯致敬,同时表达他自己的文学传承意识。

阅读作为狭义改编作品的漫画与绘本小说时,牢记漫画中引用和重复的紧密关系,或许不无裨益。将漫画视为一门"引用艺术"的观念,开启了一种理论方法;反思"重复"的漫画,被视为具有自反性。某种程度上,漫画和绘本小说大体植根于文学文本——字面意义上的文学文本漫画改编,不仅"引用"其文学资源,而且以相当明显的方式引用:它们表现为对已述故事的重新讲述,在改编文本已经写就时组织既有人物的新策略;它们显露自己重复的基本原则,成为由不同层面构成的漫画。所以,每部"改编的"漫画至少本质上都是自反的。

据我的研究,自反的绘画艺术家们经常改编文学前文本,以期用他们自己的方式探索和展示再现的基本面向。本文的示例将说明大范围策略在此背景中是如何被运用的。

2 改编：漫画与绘本小说中的世界文学

2.1 "经典名著插画版"的观念及其修正

1941年《三个火枪手》后的持续几十年中，吉尔伯顿出版公司(Gilberton Company)基于文学作品的情节出产图像故事。诚如其著名的系列标题《经典名著漫画》所显示，1947年以来出版的《经典名著插画版》致力于改编文学"经典名著"，如对众所周知的"世界文学"的改编。移民美国的俄国人坎特(Albert Kanter, 1897—1973)在文学经典基础上发展了漫画系列的观念。偏爱英国文学自是意料之中，但其他国家文学的"经典名著"也同样得以充分表现。该系列发行了160部作品，许多被译成他国语言。如同超级英雄漫画、西部与科幻漫画，该系列促进了对漫画自主出版形式的广泛接受。根据超文本(paratextual)的注解，其目的是要将年轻读者引入伟大文学的世界，即便"漫画"称谓在此显得很勉强。如其所说，"'经典名著插画版'的名称才更适合你们最爱的期刊。它真的不是漫画，[……]它是你们最爱的经典名著的插画或'图像'版本"；超文本还强调，这些卷册并非意在作为原初作品的替代物被阅读，而是作为替将来课程做准备的有益工具。坎特显然对他的教育计划深信不疑，为加强插画版的"严肃性"，坎特谢绝插入广告。事实上，尽管许多教师和其他批评家主要出于对漫画的普遍不满，对这种"阅读助手"的信息价值和教学价值持怀疑态度，许多读者却借助《插画版》了解了"高雅文化"。尽管吉尔伯顿公司雇用了赞斯基(Louis Zansky)和科比(Jack Kirby, 1917—1994；原名 Jacob Kurtzberg)等著名漫画艺术家，但插画版的绘者通常并无探索个人绘画风格的抱负。所以，插画版大多采用相当传统的图像语言，被一种"现实主义"风格塑造，阻碍了其形式更自主的发展，这点在稍后被其他文学作品的改编实现。不过，从制作删节本开始，这些改编作品仍被若干层面的理解与改写所塑造。吉尔伯顿时代后，其他出版公司都采用了插画版的理念。1976年，"神奇经典名著漫画"系列启动，它从已发行卷册的新版本入手，随后对经典文本进行新的改编。该系列出产了36部作品，对新的绘画风格部分地进行适度实验，但总体上风格又相当统一。

1982、1983和1984年，椭圆项目出版公司(Oval Projects Ltd)以插画版的形式制作了三部莎士比亚漫画(《麦克白》《奥赛罗》《李尔王》)，其中包括未删节本。1990年，伯克利第一出版公司(Berkley/First Publishing)启动了一个新的插画版系列，出版了29部作品。其风格与过去相当同质的插画版风格迥乎不同,这主要是因为 1980 年代出现了绘本小说这一类型。显科维奇(Bill Sienkiewicz)和库珀(Peter Kuper)等著名艺术家参与制作;尽管仍是明确地"改编"世界文学,他们却创造了自主的艺术作品。如今,平面艺术家的个人风格被看做益于绘本小说审美品质的因素。这源于对下述二者的比较:其一,人们很可能提及的传统漫画风格,即百隆(Alex A. Blum,1889—1967)改编的"过时的"《爱丽丝梦游仙境》(1948);其二,贝克(Kyle Baker)对《爱丽丝镜中奇遇记》(1990—2008)更原汁原味、更具抱负的生动改编。

2.2　绘本小说与文学漫画改编的历史

作为更大且更自主的图像话本形式,"绘本小说"概念在不止一个方面对文学漫画改编的形成发挥影响。尽管此表述早被使用过,这种绘本小说也并不只是艾斯纳(Will Eisner,1917—2005)的发明,但正是这位漫画先锋使"绘本小说"概念及其类型本身发扬光大。绘本小说提供了更复杂、通常又相当精炼地重述已有故事的机会,开辟了结构与风格探索的广阔领域。某种程度上,"绘本小说"概念体现了漫画不仅在过去、且仍将被主要地视为叙事类型的事实;它们欢迎"旧"小说与"新"小说之间的比较,这也意味着这二者的关系既是手足、又是对手。

在最富创造力的绘本小说家中,有一些已热切地投入对文学经典名著的改编中。法国漫画家海威特(Stéphane Heuet)最初并不是漫画家,却因其唯一的绘本小说项目,即对普鲁斯特(Marcel Proust,1871—1922)作品的改编而享誉。意大利漫画家巴塔利亚(Dino Battaglia,1923—1983)在他漫长的职业生涯中改编了许多经典名著,这些作品表现出对特定文本类型的偏好:哥特小说,黑色浪漫故事及神话在内的其他各类奇幻文学。

心怀抱负的绘本小说家改编文学文本的例子比比皆是。除开已提到的例子,有人或许还会提及科利莫维斯基(Andrzej Klimowski)和沙伊鲍尔(Danusia Scheijbal)最近对史蒂文森(Robert L. Stevenson,1850—1894)小说《化身博士》的改编(作品封面由科利莫维斯基〔Dominik Klimowski〕和威利斯〔Jeff Willis〕设计,伦敦,2009)。与许多其他改编作品一样,这部作品中,原作被大刀阔斧地转换成科利莫维斯基创作的简练对话场景。海威特也为其读者提供了一部普鲁斯特作品的删节本,他还喜用原先文本中的文学引语,以尽可能与小说保持密切联系。然而,科利莫维斯基借由史蒂文森的语句写出新的对话与故事段落,因而至少是部分地创制出一个新文本。缩减和转换一个文本,意味着"诠释"文本,但此处"诠释"部分主要是平面艺术家的工作:他必须将故事视觉化,甚至包括将史蒂文森小说中人物形象难以辨认的海德先生视觉化。艺术家选择黑(或深棕)白的绘画风格来加强人物面貌的表现力。封面插画呈现了海德模糊的形象和含混的轮廓,由此显示出他变形的过程。

2.3 多样的改编策略

对文学前文本的改编,手笔各不相同:既有极少数图像序列,也有大量绘本小说,甚至有几大卷本的小说。海威特对普鲁斯特多卷本小说《追忆似水年华》的连环画改编,从1998年起就在逐步推进;至眼下,其完结仍然遥遥无期(卷一至卷六:1998年,2000年,2002年,2004年,2006年,2013年)。①如果海威特真能竣工,这将很可能是现存最长的文学漫画改编作品。他以多种方式强调绘本小说不同卷本的连贯性,以体现普鲁斯特原作的连贯性。虽然各卷本封面依该卷内容而变化,封底却历来展现同一画面:正在撰写小说的普鲁斯特。

根据文学文本创作的单页漫画,可与此雄心勃勃的计划匹敌。尽管单页漫画主要为读者留出了重建图像与其文本来源相关联的空间,但某种意义上,它们仍只是"改编作品"。凡德麦乌伦(David Vandermeulen)改编法国文学的一组漫画中,②普鲁斯特《追忆》的单页"课文"(lesson),展现了四幅图像:普氏看上去要"记"些东西的肖像;七大卷本小说的相貌;当为小说中最著名情节的画面(即小说围绕一杯茶和一块玛德琳蛋糕展开,它们引发叙述者童年的回忆);空白图像(暗示事到如今所有的回忆都已褪去)。(这组图像序列属于"艾德琳·维克曼斯小姐")。可见,普氏《追忆》的浓缩漫画版,说明漫画艺术家能将一部巨著缩减为一页薄纸。③

总的来说,文学漫画改编呈现为一种多面向的类型:不仅是改编程度和各自的绘画风格,还有对杰作经典化与戏仿、解构的诸多具体策略。

(2.4) 戏仿之作(parodies)

仅重述一个文学故事,让读者得知情节或唤起其回忆,这类改编与

---

① 海威特:《马塞尔·普鲁斯特:追忆似水年华》,康布雷:French and European Publications Inc,1998年(Stéphane Heuet, *Marcel Proust/A la recherche du temps perdu*, Combray: French and European Publications Inc, 1998);《在少女们身旁》(第一部),巴黎:Delcourt,2000年(*À l'ombre des jeunes filles en fleurs*-première partie, Paris: Delcourt, 2000);《在少女们身旁》(第二部),巴黎:Delcourt,2002年(*À l'ombre des jeunes filles en fleurs*-seconde partie, Paris: Delcourt, 2002);《斯万之恋》(第一部),巴黎:Delcourt,2006年(*Un amour de Swann*-première partie, Paris: Delcourt, 2006);《斯万之恋》(第二部),巴黎:Delcourt,2008年(*Un amour de Swann*-seconde partie, Paris: Delcourt, 2008);《地名:那个姓氏》,巴黎:Delcourt,2013年。(*Noms de pays: Le nom*, Paris: Delcourt, 2013)
② 凡德麦乌伦:《大家的文学》,蒙彼利埃:Six Pieds Sous Terre,2002年,2004年。(David Vandermeulen, *Littérature pour tous*, Montpellier: Six Pieds Sous Terre, 2002, 2004)
③ 凡德麦乌伦:《普鲁斯特:第七课》,《大家的文学》。

戏仿之作带有幽默或讽刺倾向的重述之间尚无清晰界分。更普遍意味上，所有平面艺术家的文学作品改编都可说成"仿作"。但有些改编迎合读者的幽默，表现出特别的"嘲弄"，以激发或揶揄一部经典"名著"及广义的"高雅文化"等观念。许多平面艺术家通过创造旧情节的"现代"版本，把玩经典名著的不同要素。

西蒙德斯（Posy Simmonds）多年前出版的《新包法利夫人》（1999），是一部重述福楼拜（Gustave Flaubert，1821—1880）小说《包法利夫人》各要素的戏仿之作。西蒙德斯将故事置于当下，女主人公和其他一些人物反映了福楼拜笔下的人物、更确切说是这些人物扮演的角色，他们经历着相似的处境。这一戏仿作品的品质，主要取决于两点：一，与福楼拜小说相比，西蒙德斯笔下主角们的命运既有类似之处，又有显著区别；吉玛·包法利并非自杀，而是一场极其琐碎事件的牺牲者。二，绘本小说中的人物也意识到自己与福楼拜笔下人物的相似性。其中有位福楼拜的热心读者，他观察着其他人物，提醒他们这种有趣的相似，并警告吉玛·包法利不要重蹈爱玛命运的覆辙。而当卷入自己的生命轨迹，他终究不情愿地促成了吉玛之死。

(2.5) 漫画风格改编："经典名著"的汇编与选集

对文学文本的漫画和绘本小说改编，与经典化过程紧密相连。"经典名著插画版"系列显然为文学"经典名著"做出了贡献，而"介绍"系列和"初学者"系列，则在描画经典作家背景方面做了部分改编。独立的漫画与绘本小说，无疑也讲究以经典作品为材料或基础。某种程度上，漫画改编确认经典作品的文本地位，同时还巩固了这一地位。

有种主要把玩文学经典观念的漫画书形式：一批超短漫画常仅填进一页薄纸，是采择经典"名著"、当然也是极度压缩和浓缩的产物。通常情况下，除标题选用文学作品外，这些口袋大小的漫画名著几乎少言寡语，不替文本要素留出空间，图像也尽可能言简意赅。因为小尺寸的形式，口袋漫画名著（有人可能会这样称呼它们）均为仿作；然而它们幽默或戏谑的力量，主要不是注重文本本身，而是意在经典化过程。这一过程能够巩固"高雅文化"的价值，对经典及其外在作用深信不疑。

要理解口袋书"名著"，读者应该已经知晓文本涉及的内容或至少心中有数。选集有着"指引"的额外优势，能很快被翻阅，无需耗费过多时间就能获得具有社会价值的知识。作为"经典名著插画版"的接任者，这些"世界文学名著"选集呈现为自我指涉的图像故事。它们戏仿的不仅是文学文本及其人物，也看到了漫画的信息与"教育"媒介的功能。

> **选集中的漫画改编（案例）**
>
> - 摩登男女系列："100 部世界文学名著"，柏林，2001；
> - 马勒尔–施蒂希（Irene Mahrer-Stich）编："爱丽丝漫游漫画世界"（世界文学漫画版作品），苏黎世，1993— ；
> - 阿尔贝（Wolfgang Alber）、沃尔夫（Heinz Wolf）编："话本文学"，福尔特，2003（卷一）/ 2008（卷二）；
> - 凡德麦乌伦（David Vandermeulen）编："大众版文学大全：伟大小说的连环画推广与改编"（法国当代青年读物），蒙彼利埃，2002，2004；
> - 朗格（Henrik Lange）："世界文学速读：结局是他们都死了"，慕尼黑（2009），瑞典原版（2008），英文版（2008）；
> - 吉克（Russ Kick）编："图像经典：漫画和视觉中的世界伟大文学"，卷一：从《吉尔伽美什史诗》、莎士比亚到《危险关系》（2012）；卷二：从《忽必烈汗》、勃朗特三姐妹到《道连·格雷的画像》（2012）；卷三：从《黑暗的心》、海明威到《无尽的玩笑》（2013）。

2.6 案例分析：霍夫曼和卡夫卡的作品改编

为使读者至少对不同种类的改编风格形成大致印象，下面我从霍夫曼和卡夫卡的文本改编入手，呈现三个简明系列。

2.6.1 霍夫曼的作品改编

一位自称莱奥瓦德（Leowald）的艺术家创作了霍夫曼（E. T. A. Hoffmann, 1776—1822）多卷本小说《魔鬼的迷魂汤》简缩的"摩登男女"①（柏林，2001）版本，将它压缩到一页纸的篇幅。读者必须了解这部小说才能看懂画作及其特定含义，否则图像不会告诉他任何故事。霍夫曼的小说并不幽默，图像改编却将基本情节转换成相当怪诞而幽默的场景。在此，改编将自身展现为刻板转换的艺术。尽管悲剧人物形象被转换成含糊不清的漫画形象，但应该重视对小说的一个重要结构性要素的"改编"，即框架性叙事和与此叙事相关的故事之间有个相同差异。"莱奥瓦德"不像传统图像那样组织笔下的图像，而是类似于：一叠被窗户与树的轮廓遮盖的纸张，如同被放置在写字桌上。纸上甚或有玻璃杯或茶杯的印渍……由此，画作呈现了与霍夫曼小说相同的场景。通过改编一部文学作品，"莱奥瓦德"创造了一种自主指涉（autoreferential）的漫画

---

① 摩登男女（Moga Mobo），"Moga"和"Mobo"分别是英语"modern boy"和"modern girl"的缩写。此外，《摩登男女》也是德国一个艺术工作室的名称。——译注

(对隐蔽处窗户结构的描绘甚至令人想起传统的图像结构,其他"摩登男女"漫画多半采用这种结构)。

卡迪奈尔(Alexandra Kardinar)和施勒希特(Volker Schlecht)最近出版了霍夫曼侦探小说《丝寇黛莉小姐》的改编作品,①该作遵循了全然不同的原则:它运用原文本中的对话和其他文本要素,相当谨慎而细致地重述了霍夫曼的文本(虽比《魔鬼的迷魂汤》短些,却也是一个相当长的故事)。这一故事除外,作品还蕴含这个 17 世纪故事的文化、历史背景的信息要素。通过图像结构和不同类型文本要素的结合,这部绘本小说呈现为人为安排的故事,与其说它被"讲述",毋宁说是被"排演",并再现为演出中的一系列画面。卡迪奈尔和施勒希特的改编也是自主指涉的,他们在许多情况下如此方式开场:以信件和对话框呈现作者(霍夫曼)的姓名,以"纸条"上的图画写绘本小说的标题。为突出漫画人物特质,作品故意将人物描绘为举止重复的人;艺术家在"解释性"段落中以各种类型的标识(并通过许多其他方式)强调这些绘画风格间的区别。

意大利漫画家巴塔利亚(Dino Battaglia,1923—1983)对霍夫曼故事《睡魔》和《荒凉的家园》的改编,缩短甚至改写了原故事。②他极力使叙述事件戏剧化,并受益于画家自身的表现力,例如,通过采用强烈的黑白对比和浓重阴影,他"排演"了事件。通过将霍夫曼的故事表现为可视过程的文本,巴塔利亚也创造了自我指涉的图像序列。

2.6.2 卡夫卡的作品改编

作为补充,仅对卡夫卡(Franz Kafka,1883—1924)作品之若干风格各异的改编作品做一简要考察:卡夫卡小说《审判》的"摩登男女"版,再次表现为对小说故事极为精缩的改编,它不仅再次唤起读者的记忆(这些记忆必须重构图像未展示的内容),并以直白的方式展现出来,这样的图像话本是一门浓缩的艺术。③

"介绍[某某]"丛书("某某"在此指代完全不同的名字)向重要的科学家及其理论、哲学家及其哲学以及艺术家致敬。文学家克鲁姆(Robert Crumb)与编剧迈罗维茨(David Z. Mairovitz)共同以卡夫卡肖像助力该系列。绘本小说专注于卡夫卡的生命历程和作品,将漫画改编

---

① 霍夫曼原著,卡迪奈尔、施勒希特著绘本小说:《丝寇黛莉小姐》,法兰克福:Edition Bücherglide,2011 年。(E. T. A. Hoffmann, *Das Fräulein von Scuderi*, Eine Graphic Novel von Alexandra Kardinar und Volker Schlecht, Frankfurt: Edition Büchergilde, 2011)

② 霍夫曼原著,巴塔利亚绘:《睡魔》《荒凉的家园》,载《阿尔塔米拉漫画系列》,拉纳姆:AltaMira,1990 年(E. T. A. Hoffmann, *Der Sandmann*, *Das öde Haus*, gezeichnet von Dino Battaglia, in: *Altamira Literarcomic* (1990), Lanham: AltaMira;亦参见:俊士、科佐、拉多尔、佩里、普瑞特、托皮《巴塔利亚:一部专著》,圣格雷夫:Mosquito,2006 年。(Michel Jans, Mariadelaide Cuozzo, Pierre-Yves Lador, Pierre Péju, Hugo Pratt, Sergio Toppi, *Battaglia. Une Monographie*, St. Egrève: Mosquito, 2006)

③ 漫画家沃兹齐克:《摩登男女》第 103 期。(comic artist: L. Wawszczyk, *Moga Mobo* 103)

融入框架性的自传故事。总的说来,迈罗维茨和克鲁姆通过创造卡夫卡与其笔下人物间的镜像效应来诠释改编的作品。①

卡萨纳维(Daniel Casanave)和卡拉(Robert Cara)以体量颇大的三卷绘本小说改编了卡夫卡的第一部小说《亚美利加》(即《失踪者》)。②尽管他们的改编在情节上接近小说,却理所当然要毫不留情地缩减原文本。卡萨纳维笔下的形象似是早期默剧中的形象,闹剧风格的改编融合了对卡夫卡小说的清晰阐释,这被不少批评家拿去与早期电影故事及其视觉调度做比较。

迈罗维茨已作为编剧参与了"介绍卡夫卡"的制作,他还为蒙特利尔(Chantal Montellier)2008年对卡夫卡小说《审判》的改编尽了一份力。③该书副标题为"一本绘本小说",由此发出了将小说转换成他种艺术的声明。这本《审判》不仅援引了卡夫卡,还借鉴了改编卡夫卡的其他图像作品,即上文提到的卡拉的改编作品。因此,蒙特利尔创造了一种双重改编,她模范地展现了其艺术实践的转换策略。

3 作为世界文学的绘本小说

如今,作为视觉文学中固定形式的图像话本作品,绘本小说已被公认为相对晚近却重要的小说类型代表。对绘本小说经典作品的总结,最能显示其兼享文学样本与艺术形式的证据。

以坎嫩伯格(Gene Kannenberg)的参考书《终极导引:500部重要绘本小说》(纽约,2008)为例,该书为建立或确证经典,精选了绘本文学中成功且富于审美追求的作品。诚然,美国、法国(包括比利时)和日本的绘本文学在数量上明显领先,但绘本文学有足够的理由被视为"世界文学"。毫无疑问,许多其他国家与语种的艺术家都已、并仍将继续为成功创作图像话本故事做出贡献。其次,视觉叙事、尤其是绘本小说常被译入其他语言。有时,艺术家声名鹊起,粉丝社区应运而生,这都会间接促进图像故事在外语国家的接受。斯皮格曼(Art Spiegelman)的《鼠族》(1980—1991),大概是最成功的绘本小说,可被看做全球接受效应的例

---

① 《介绍卡夫卡》,迈罗维茨文,克鲁姆图,剑桥:Totem Books,1993年。(*Introducing Kafka*, A Kafka comic by David Zane Mairowitz〔text〕and Robert Crumb〔drawings〕, Cambridge: Totem Books, 1993)

② 卡夫卡:《亚美利加》,法国福隆蒂尼昂:Six Pieds Sous Terre;《卷一:纽约附近的别墅》,2006年;《卷二:通向拉美西斯之路》,2007年;《卷三:俄克拉荷马的自然剧场》,2008年。(Franz Kafka, *L'Amérique*, Frontignan/France: Six Pieds Sous Terre; Vol. 1: *Une villa aux environs de New-York*〔2006〕, Vol. 2: *Sur la route de Ramsès*〔2007〕, Vol. 3: *Le théâtre de la nature de'Oklahoma*〔2008〕)

③ 卡夫卡:《审判:一本绘本小说》,蒙特利尔插图,迈罗维茨编译,伦敦:Sterling,2008年。(Franz Kafka, *The Trial. A Graphic Novel*, illustrated by Chantal Montellier, adapted and translated by David Zane Mairovitz, London: Sterling, 2008)

证,这不仅指该作译本,亦包括其英文原版。

绘本小说有若干种子类型,如历史小说,传记和自传小说,游记,奇幻小说,乌托邦和反乌托邦小说,取材于神话的小说,侦探小说等,或许都可拿来与传统小说的子类型比较、甚至相提并论。在我看来,在图像故事类型的广阔范畴中,绘本小说对世界文学作品一贯以来的兴趣,已发挥了可见影响:它有效促进了图像话本作为新的小说文学类型的发展与成功。因此,我想着重强调"拓展"改编范围的若干形式和策略,揭示作为自主艺术形式的图像故事如何以(传统文学意义上的)世界文学作品为起点被创造出来。

3.1 模仿之作(Pastiches)

自由漫画家不只对原作中的人物与情节进行转换实验,他们还融合不同来源的引语和要素。有时,一个故事借助多个文本、甚至援引不同作者创造的人物形象才得以架构。摩尔(Alan Moore)和奥尼尔(Kevin O'Neill)创作的绘本小说系列《天降奇兵》就是一例。它初版于1999年,随后相继出版了几个卷本。这部作品参考了若干部小说作品的情节,讲述了相当奇幻的历险故事。参考的小说主人公有斯托克(Bram Stoker, 1847—1912)笔下的米娜·哈克,史蒂文森笔下的杰基尔和海德,凡尔纳(Jules G. Verne, 1828—1905)笔下的尼摩船长,威尔斯(Herbert G. Wells, 1866—1946)笔下的莫洛博士和与他齐名的隐身人:他们相遇、交流。这些小说人物被转换进入其他故事,"举手投足"只是部分地与原作内容相像,但各种形象毕竟与原作背景有关,想理解绘本小说中的要素和情节,必须顾及援引的小说。

法国绘本小说家马修(Marc-Antoine Mathieu)以更迥乎不同的风格架构故事。通过间接提及文学家及其作品,他创造了自己笔下的主人公,构造出漫画书的空间。整个绘本小说系列《梦中的囚犯朱利叶斯·科朗坦·卡夫卡》中,主人公卡夫卡(Acquefacques)的名字念作"AKFAK",显然是对作家卡夫卡的隐秘回文。①并不令人惊讶的是,这位英雄的历险使人反复想起卡夫卡的一部小说,或想起博尔赫斯(Jorge L. Borges, 1899—1986)和他笔下对时空秩序富于幻想的表现,这与传统观念截然不同。

---

① 《卷一:起源》,1990年;《卷二:Qu...》,1991年;《卷三:过程》,1993年;《卷四:结束之始》,1995年;《卷五:2333e维》,2004年;《卷六:差距》,2013年 (Vol. 1: L'Origine〔1990〕, Vol. 2: La Qu...〔1991〕, Vol. 3: Le Processus〔1993〕, Vol. 4: Le Début de la fin〔1995〕, Vol. 5: La 2,333e Dimension〔2004〕, Vol. 6: Le Décalage〔2013〕)。(译注:回文〔palindrome〕,指顺读与倒读发音、语义等相同的词汇,或是一个句子顺念与倒念各词汇间的排列关系,句意是相同的。在英语中,如 deed, eye, tenet 等单词,或"Madam, I'm Adam"等句子,就是典型的回文。)

(3.2) 副产品(Spin-offs)

流行的文学文本和电影常衍生出副产品：作品人物出现在新故事中，声称接着讲述已有故事，或展示一个原有的片段，甚或别样的情节——讲述故事人物在不同情况和时机中可能遭遇的事情。为了拿出新的故事或版本，漫画家和绘本小说家也会采纳不是源自原文本的文学人物形象。著名情节的"续集"在文学改编中相当流行，有时讲的是"别样的"故事。

仅举一例，即斯托克(Bram Stoker，1847—1912)《德库拉》(《吸血鬼》)的若干副产品。(a)一部作品以通俗传说为基础，着力讲述德库拉的祖先弗拉德·特佩莎的故事；(b)另一部作品则将乔纳森·哈克造访德库拉城堡的基本元素调换到当下；(c)第三部作品借由斯托克的肖像，在其自传经历中发现了德库拉故事的元素；(d)另有人不怕情节的挑战，创造出关键的奇幻形象。下表内容便是所谓"副产品"的具体体现：

根据斯托克《德库拉》人物和情节创作的漫画
(a) 赫尔曼、伊芙 H.：《寻找德库拉踪迹：弗拉德·菲勒》(德文版)，伍珀塔尔：Kult editionen，2006；
(b) 达尼、伊芙 H.：《寻找德库拉踪迹：特兰西瓦尼亚》(德文版；Castermann 版，2006)，伍珀塔尔：Kult editionen，2007；
(c) 赛拉、伊芙 H.：《寻找德库拉踪迹：布莱姆·斯托克》(德文版；法文版：*Sur les traces de Dracula*，Castermann，2006)；伍珀塔尔：Kult editionen，2007；
(d) 希波吕忒：《德库拉》第 1 辑，根据斯托克作品改编，格勒诺布尔：édition Glénat，2003。

3.3 文学家的肖像与关涉作者的小说

创作漫画和绘本小说，不仅是为重述文学作品的情节、"借用"文学人物形象。图像故事对文学的参考，也是对作家的致敬。流行的"为初学者而作的某某"系列书册与"介绍某某"系列相似，就是向重要科学家、哲学家、作家致敬。创作漫画和绘本小说所刻画的文学家中，既有早期、也有 20 世纪文学的代表人物。这些书册通常观照传记与作家主要作品的评论文字，有时暗示作家传记与其小说之间的紧密联系，有时干脆简编作家的主要作品或从中引语。(有时，画作依托于同传记相关的图片或其他历史文献，根据图像和文本的性质来摘引原文。)以作家生平架构文本改编，这是援引作品的自传性手法。然而，这种传记事实与小说之间的联系也可能是戏仿。总的来说,尽管有戏仿和其他戏谑因素,"介绍"和"为初学者"系列还是被设想为可供读者查阅以获取"确实"和有用信息的书籍。

讲述诗人、作家故事的绘本小说,并不必然能提供信息。有些绘本小说将主人公转换为新故事中的人物,这些故事并未完全脱离传记,又与最广义的"纪实"相去甚远。这一时尚中,提欧(Noël Tuot)和卡萨纳维(Daniel Casanave)的《波德莱尔》(2008),隐约提示波德莱尔(Charles P. Baudelaire, 1821—1867)的全部作品,尤其以《地狱的季节》唤起主题,将主人公夏尔·波德莱尔送入去往极地的梦幻之旅。提欧和卡萨纳维笔下的波德莱尔,不仅在天堂和地狱求索,还同萨特(Jean-Paul Sartre, 1905—1980)会面,并要参加雨果(Victor Hugo, 1802—1885)的葬礼。

盖曼(Neil Gaiman)在漫画《睡魔》中讲述了莎士比亚的故事。作为一个从事巡回演员的破败公司的导演,莎士比亚受其戏剧《仲夏夜之梦》中的人物之聘排演该剧(睡魔系列"梦幻国度",1991)。《仲夏夜之梦》的剧中人物提泰妮娅和奥伯伦亲自观看了演出,演出中,莎士比亚所在公司中的"真人"与奇幻仙境中的人物有计划地互动:为顺利演出,前者支持着后者。

在自主指涉方面,叙说文学家的两类小说都以跨越自传事实与想象世界的边界为其思考基础。绘本小说不仅是戏剧性或叙事性的追随者,并注重跨越能力;它也使通常不可见的内容视觉化,并在某种程度上比文学文本走得更远。

3.4 反思风格

格诺(Raymond Queneau, 1903—1976)的《风格的练习》(1947)是一部高度自反的著述,聚焦于作为叙事构成的风格维度。同一个简单的日常生活故事(甚或称不上故事)被讲述 99 次:一个男人搭乘巴黎公交,在公交上观察其他乘客。格诺采用 99 种不同的修辞风格塑造这一细小情节,以显示变化的叙事风格所具有的转换力量。漫画家麦登(Matt Madden)也在绘本小说《讲故事的 99 种方法》(2005)中接受了这一挑战。他发明了一种类似的简单情节:一个显然是画家的男人离开工作台走向冰箱,冰箱中空无一物;接着,他向另一房间中的女人询问时间。麦登运用 99 种不同的图像叙事风格讲述这个故事,不仅从不同视角出发、根据不同结构性模式加以呈现,而且也在绘画风格上展示出著名画家的个人风格。他的漫画是对格诺的致敬,格诺为艺术家麦登提供了以多种风格的变化来重述同一简单情节的想法;另一方面,这也是麦登改编绘画风格的一次尝试。改编在这两个方面表现为创造性的核心理念。

3.5 以夸张的改编自省:手冢治虫在世界文学登场

上述案例仅是改编实验这一宽广、多面向领域中的极小部分。尽管长度、风格、目标、内容不尽相同,其共同之处却是自我指涉的维度,其基本性质都是对先前作品、情节和风格有意而夸张的回应。文学文本的漫画改编,将自身表现为已知的"可认之物",但"在另一种形式上",又是在"相同"之时与原初文本的"不同"。深刻的含混性造就了其"复制品"与"幽灵"的身份:文学文本的漫画改编,确认遗产的重要性,又将这份遗产的价值视若玩物;向文学经典致敬,又将经典交付于平凡、戏仿和解构;坚持文化记忆的重要性,又模糊并干扰读者的已知记忆;改写了文学传统的热情拥趸和仆人角色,又改写了对这一传统的不敬态度、甚至亵渎反叛。

作为最自觉改编世界文学经典的平面艺术家之一,日本漫画家和动画制作人手冢治虫(1928—1989)以七色鹦哥系列创造了第二自我:[①]演员的面目特征不同寻常,演出各类角色,表演不同时代和文化的各类戏剧——对世界文学伟大戏剧作品,手冢既尊敬又不恭。漫画系列"七色鹦哥"致力于改编文学经典的艺术,表现它们,进而以不同方式、在颇为不同的场合中诠释、转换它们。作为基于文学情节,创作一系列故事的特点,该系列有时甚至有意按文学情节安排,在排演文学的艺术中表现自身及通常意义上图像话本艺术的特点:两种艺术都是创造性重复的艺术、回应的艺术、改编的艺术。因此,"七色鹦哥"应被视为一部超越改编的漫画。

基于文学文本创作的漫画,将自己表现成复制品和变形人,如同手冢漫画中的彩虹鹦哥。援引文学经典,并使经典经得住历史检验,必须对之加以创造性诠释。手冢在"七色鹦哥"系列中改编世界文学,同时操演并展示出改编过程——更明确说,主要通过将戏剧视为改编的另一种艺术来实现。

4 结语:世界文学的改编与改编作为世界文学

将文学文本改编为图像话本,其可能的原因和动机是什么?为什么这种实践在漫画、动漫和绘本小说的世界中具有如此突出的影响?

[①] 手冢治虫原著,法国译本:《七色鹦哥:最好的手冢治虫》(新版 1—5 卷),巴黎:Clélia Delaplace,2004 年。(Osamu Tezuka, *L'Ara aux sept couleurs / Nanairo Inko. Le meilleur d'Osamu Tezuka*, French version, Tome 1/2/3/4/5, Paris: Clélia Delaplace, 2004)

第一,好的故事、情节和人物形象这些要害当然被看得很重。我们或可将文学本身的历史诠释为一次次经由引用、改编、转化重讲老故事的复杂过程。(因此,互文性和改编的议题一直以来、以后也仍将是文学研究者热衷的话题。)通过改编文学情节与人物,重讲文学文本中已讲过的故事,图像话本不仅汲取了令人印象深刻、取之不尽的故事与人物资源(如哈姆雷特、堂·吉诃德、爱丽丝等),并通过讲述那些故事来表现、反映文学传统中的主题与题材,图像话本以丰富的来源滋养了自身。

第二,改编被读者看做文学资源组成要素的故事、题材与人物,通常促进了不同再现层次的融合,换言之是讲述与评论的融合,讲述与(知识传播意义上)信息的融合。《丝寇黛莉小姐》或迈罗维茨、克鲁姆介绍卡夫卡的例子,典型地显示出许多文学文本的漫画改编都将娱乐性与信息性糅合在一起,或也可能有人说这是审美与教学的结合。"经典名著插画版"这一形式自身已被许多追随者以相当无理的方式改编、转换,经常也是为了把玩(同时也是为了质疑)艺术与知识调停之间的界线。被贴上"知识诗学"("poetics of knowledge")标签的科学典范,尤其激发了图像与口语话本;这一方面展示出典范性知识的创造、建构(或审美)之维,另一方面也说明艺术与文学本身建基于知识话语的事实。

第三,图像话本改编世界文学经典,为弥平高雅文化与大众文化之间的差异(更确切说是优劣之分)做出了有效贡献。这些作品跨越边界、闭合鸿沟(美国文学批评家菲德勒〔Leslie Fiedler,1917—2003〕将这一异常成功的工程发扬光大,此处援引的是他的说法)。通过将经典世界文学作品改编成漫画、动漫、绘本小说,流行的艺术形式"攻克了"高雅文化的领地,并清楚表明对这一领地的占领。闯入高雅文化领域的动机各不相同:一方面,许多绘本小说重申自己是精炼而复杂的艺术作品,它们可成功地与传统深厚的文学类型较量。另一方面,高雅艺术与文学经典概念常被充分地戏仿和解构(与经典概念相随的还有经典赖以建立的意识形态)。当高雅文化让步于戏仿,这证明图像话本的技巧非常有效,主要因为它们历史地、系统地与图像形式相关联,并为后者所形塑。以讽刺画和荒诞画,以形式和内容之幽默的陌生化手法——图像形式以幽默而嘲弄的方式传达其批评。

文化联结的一些尝试
——20世纪早期德裔犹太思想适逢《道德经》

[美]彼得·芬沃思(Peter Fenves),李莎译

引言

卡夫卡(Franz Kafka,1883—1924)在一战结束时写了一篇名为《当中国长城建造时》("Beim Bau der chinesischen Mauer")的故事,在一段话中描述了一项中国以外的建筑工程:"你必须承认",叙述者把自己当作建造长城的小人物,他这样写道,"那时取得的许多成就,仅逊色于建造巴别塔;虽然从虔敬上帝的角度来看,至少依照人类的想法,二者是相反的。我之所以说起这个故事,是因为一位学者在长城动工之初出版了一部书,对这二者做了详细而精准的比较。"[①]故事的叙述者没有解释这位学者比较两个浩大工程的根据,只说这个学者声称自己到过巴别塔的废墟;但是没有迹象表明他读过希伯来《圣经》开头对(巴别塔)倒塌的描述。不过,他的比较分析体现出了《圣经》的叙事,就像上面引文暗示的那样,他似乎明白圣经故事推断出来的教训,确切地说,他明白这个教训的价值在于"至少依照人类的想法"。卡夫卡的这个未写完的故事在比较中国长城和巴别塔时完全漏掉了一些信息,那就是圣经故事中巴别塔自身的作用,是用来解释语言的多样和文化的差异。可以马上认定,他之所以没有提及语言差异和文化多样的一个原因在于:这个故事在演进中,似乎赦免了施加于人类的惩罚;依据圣经故事,这是企图修建通天之塔的后果。从这一点来看,完全可以说,中国"士大夫"应该能够领悟《圣经》。中国和犹太两种文化本应有一些语言文化上的联系方式,虽然至今尚未确定。卡夫卡的这个生前未曾发表的故事,可被视为一种文化联

---

① 参见《卡夫卡文集》(全十二卷)卷六,科赫编,法兰克福:Fischer,1994年,第69页。(Franz Kafka, *Gesammelte Werke in zwölf Bänden*, hrsg. von Hans-Gerd Koch, Frankfurt: Fischer, 1994)

结的尝试。

20世纪初数十年里,在那些讲德语的犹太人中,并非唯独卡夫卡把中国看做"恰切的对照"(再次运用卡夫卡的措辞)。通过这种比较,他们能够远距离地验证一种自身会经历的处境。这个远方的名字叫"中国"。不过,中国不仅仅是远方的象征,也被当成一种具体的情境,也被当成一种具体的情境,相关德国学人得以从某种距离来反思自身的文化。卡夫卡创造出一个中国学者,他在希伯来《圣经》中寻找建造长城的理据;与此同时,卡夫卡还塑造了一个同时代的讲德语的犹太人形象,来审视一些中国文化现象,来理解自身(文化)的设想和尝试。本文将简要讨论卡夫卡同时代的一部分人;尽管有些局限,但我只比较研究一个问题。要探讨的这部分人,包括马丁·布伯、朔勒姆、罗森茨威格、本雅明,最后再返回到卡夫卡。要比较研究的问题就是他们和德译《道德经》的契会。本文更多篇幅和主要目的,是呈现一系列如卡夫卡所做的那种文化联结的尝试。那不是基于实际"接触",而是一种不能被忽略的那个时代的文化之自我形象,它从对远方的想象而来。德裔犹太作家和思想家对比了中国的两种境况,一是中国紧接着帝国时代结束之后的过渡转型,一是中国古代辉煌的学问传统;他们在二者之间见出自身的危难之境。这个引人注意之处,可以用一种更为普遍的方式来说明。犹太文化和中国文化或许迥然有别,却有着相似的经历,即一种失序的分裂——从自身既非现代亦非欧式的口语/书面传统,到急遽且全盘同化于现代欧洲文化规范。下面,我就来考察一些文化联结的尝试,以捕捉这一失序的历程。

从卡夫卡到布伯

再次回到这篇论文的开头,这次将留意《道德经》在1910年到1920年间德裔犹太作家和思想家中的吸引力,我想简要指出卡夫卡的长城故事和德译老子文本之间交融的程度。故事的讲述者在比较完巴别塔和长城之后,马上把注意力转向神秘莫测的"领导阶层",这些人指挥修筑长城:"在上司的办公室里(它在何处,谁在那里,我问过的人中,过去和现在都没人知道),一切人类思想和欲望都在这里兜圈子地运转,而一切人类的目标和实现也都在这里反向地运转。"① 因此,两种循环操纵着那些指挥建造长城这一伟大工程的人:一个是欲望,另一个是实现。不过,关键是两种循环运行的方向相反。因此,实现欲求的唯一方法是去除欲望;与此相对,任何营求都会竹篮打水一场空。照这样,比方说,要想修

---

① 参见《卡夫卡文集》(全十二卷)卷六,第70页。——译文参考《卡夫卡全集》第一卷,叶廷芳编,洪天富、叶廷芳译,石家庄:河北教育出版社,1996年,第379页。译文有改动。——译注

筑好防御工事(倘若长城是用来抵御"游牧民族"),或者营建成侵犯之塔(如果巴别塔确实是要搅乱天庭),只有在无人(这里代表那些无名的"领导阶层")执意营求的情况下才能完成。比较一下"领导阶层"在"办公室"的情况与德译《道德经》第四十章的一些片段,这是1903年版的乌拉的德译文字:"Der ewige Kreislauf ist die Bahn der Bahn;/ Das Lassen ist das Tun der Bahn. / Die Einzelnen Wesen wallen zum Leben,/ im Leben wallen zum Nichts.(永恒循环是道之轨迹;/ 无为是道之行为。/ 各种个体波动生气,/ 生命流转于无。)"① 乌拉喜用循环运动("Kreislauf")来解读《道德经》,而卡夫卡选用反向循环的形象来描述"领导阶层"的境遇:那些执意去实现欲求的人注定会失败;只有遵循事物自身规律的人——用乌拉的译文,"Das Lassen ist das Tun der Bahn"(无为是道之行为)——才能实现他们想达到的"无"。

马丁·布伯(Martin Buber,1878—1965)曾向卡夫卡索稿多年,要发表于他主编的一个广为阅读的刊物;刊名为《犹太人》(Der Jude),颇有挑衅意味。卡夫卡起初回绝了;不过缘于某些理由(不清楚他为何改变主意),1917年春,正当他写作《当中国长城建造时》,他寄给布伯十二篇故事,让择其二发表。在这十二篇中,有一则篇名为《一道圣旨》("Eine kaiserliche Botschaft"),直接选自《当中国长城建造时》。布伯当时没有把这篇编入《犹太人》杂志,很难确切地解释他为何这样做。也许他认为这一篇不适合此刊特定的犹太主题;并且,他或许担心这会违背他从庄子节选中构想的中国形象,那是由他编辑并出版于1910年的著作,其中包括后来定名为《道之学说》("Die Lehre vom Tao")②的编后记。此处详说布伯为庄子节选所写的编后记,可能超出了本文的范围。可是,任何理解分析都不仅包含对所讨论著述的审视,也涉及布伯20世纪初期发展起来的大量哲学宗教思想。③ 要理解他力图在《道之学说》中阐明的思想,就需要了解一些宽泛的议题。首先,布伯敏锐地把宗教(religion)和宗教虔信(religiosity)区分开来,以至于后者是一种神人交感创造而出的,而前者则是这种相遇的沉积之物,后来延续在风俗习惯、指定的信念和一些章法规则之中。(显而易见,布伯置换了青年尼采的对立观念,把酒神精神和日神形态化入他自己的宗教哲学范畴。)第二,

---

① 参见老子:《老子之道和尽善之途》,乌拉译,莱比锡:Insel,1903年,第30页。(Lao-Tzi, *Die Bahn und der recht Weg des Lao-Tzi*, übersetzt von Alexander Ular, Leipzig: Insel, 1903)

② 参见布伯编:《庄子语录和寓言》,莱比锡:Insel,1910年,第82—122页。(*Reden und Gleichnisse des Tsuang-Tse*, hrsg. von Martin Buber, Leipzig: Insel, 1910)此文再版的标题是《道之学说》,载《语录、学说和令曲:三种案例》,莱比锡:Insel,1917年,第35—94页。("Die Lehre vom Tao" in *Die Rede, die Lehre und das Lied: Drei Beispiele*, hrsg. von Martin Buber, Leipzig: Insel, 1917)本文所有引用都来自1917年包括题目的版本。

③ 参见布伯:《拉比纳赫曼的事迹》,法兰克福:Rütten & Loening,1906年。(Martin Buber, *Die Geschichten des Rabbi Nachmann*, Frankfurt: Rütten & Loening, 1906)

神话是神人交感的无意识表达,而且正是基于此——其非理性来源——它无法被神学体系或哲学建构的形式所捕获。第三,这一时期(一战结束前)布伯熟稔地运用某些西方和东方的范畴,毫不犹疑地用族种术语来探讨东方人和西方人(特别是犹太人)之间的差异。他的这一思考让人推想到西方可能没有什么"教义",更别提"道的教义"了,正像道这个词暗示的意味,"教义"应当仅属于东方。对布伯而言,特别需要强调的是,一切"教义"是一,这唯一的教义只关乎它在生命中实现自身内在固有的一:"教义并不包涵驳杂的对象",布伯在文章的开头这样写道,"它只有一个对象,就是它自身:它照其必然行所当行。它处于实际和价值之外……它深谙言说唯独一事:在实际生命中实现必然之理。"① 不过,除了"东方"特征的教义之外,布伯还有一个对应佛陀和老子的"西方"圣人。这可以在"犹太教/早期基督教关于神之国的教义"② 中觅得踪迹。这样看来,布伯似乎呈现了两种"西方"教义的版本,一是犹太教,另一个是基督教;但这个感觉错了。这儿确实需要谈到布伯思想的第四点、也是最后一点的原理,以阐明他在《道之学说》中的反思:从布伯这一时期的著作来看,他明确否认了犹太教和早期基督教的虔诚信仰之间有任何根本差别。毫无疑问,两种不同的"宗教"都从这种虔诚信仰状态而来;但是名目的差别和他们的创造之源无关,可以把这一来源概括地描述为西方的虔诚信仰。

可以说这就是布伯自己的"正统"教义:西方早期基督教和正统犹太教证实了他们有着极其一致的信仰爆发(religious eruption)和神之国的教义——"神之国在你们心里",据传基督如是说(《路加福音第17章第21节》)——对应着佛法和道学。不过,布伯在《道之学说》后文叙述中指向了另一个方向,意义不太明确因而不太"正统"。我感觉这个路向可被理解为一种文化联结,老子在现代"西方"(德语地域)犹太人中得到反思。和前文一样,此处只做概述,论证分以下几步展开。第一步:布伯一方面区分了佛陀和耶稣,另一方面区分了这二者与老子。在他看来,佛陀和耶稣是教义(教导)生命的"可见"化身。这种生命,不是尊奉教条的生命,而是他们讲述的教义或教导(Lehre 同时意指"教义"和"教导")的生命。相反,从老子的角度来说,教义保持隐匿(德语是"Verborgen"),因而老子是并且确实是隐居的,甚至隐遁于自身。与此相似的是庄子的情况。用布伯的话说,庄子作为老子的"信徒",但是并非一位追随者,像圣保罗那样宣传他的先师;而是以寓言的方式展现他从《道德经》中所学。据布伯所言,庄子劝说学徒不要设想能够亲睹圣人。这样看来,老

---

① 参见布伯:《道之学说》,第40页。
② 同上,第53页。

子的"道"不同于另外两个相对同一的教义——佛教和早期基督教。不过,另一条路径由此开启,不管怎么隐晦曲折,它预示出犹太教和早期基督教的相似之处,这与"道之教义"交汇在一起。

联结犹太教义和道之教义的关键之处在于,那些符合教义之人的生命是隐匿的。从这一点我们可以继续走向我论证的第二步。布伯声称圣人或宗师关于道的启示,并不处于一切变易之外;毋宁说,道是谐和,它统一那些相互转化的极端:"那些因循不变之法的人,不能揭示完善的道;倒是那些把最强烈变易和混沦(unity)统一起来的人,才抵达至道。"① 正像布伯《犹太教三讲》(*Drei Reden über das Judentum*)的读者会立即意识到的那样,对道之宗师的描述刚好符合"西方"犹太人需要回应的召唤:他们必须把自身西方—东方这种外部最极致的分裂化为一种内在的融合。② 在《犹太教三讲》中,布伯呼吁他的德语读者改变自身的生命,那就是从当前自我分裂的激奋状态,转化为新的坚定的态度,这是联结现代和古代、西方和东方,主动化为被动的模式,这常常被他描述为"准备就绪"(readiness)或"伺机"(waiting)。具体说来,他们不该把精力浪费在消遣和商业活动中,而应定下心来果断做事;不应该只作为现代大都市居民疲于奔命,而应通过新近的犹太信仰方式与古代犹太教保持一致;不应该从游手好闲滋生出的狂热行为和懈怠懒惰中轮回度日,而应时刻准备主动地走向被动,进入从未体验过的未来。因而,阅读布伯《道之学说》思想的读者,可以从欧亚大陆的另一端对照出他们自身的境况。布伯文末特别呼应了他同时期阐述的那种境况,"西方的"犹太教在其中觉察到自身。布伯注意到无为的观念,他以一种悖论式的描述作为道之学说的结论,那就是反政治的政治秩序。这可以在《老子》中辨识出来:"真正的统治者顺应'无为'而非权力来施政,把民众从政治权威的暴力中解放出来。"③ 随着布伯描述这种无法辨识救世主(Messiah)的救世信念(Messianism),他含蓄地修正了此前关于三种教义的看法:佛教和早期基督教尊崇可见化身;与此相反,老子学说和犹太教教义会同于一处,都强调圣人无法避免地隐匿。照这样说,"西方的"犹太教之"西方特征"(Westernness)可以重新阐释为一种隐匿的形式,这使得"西方的"犹太人从外在分裂转向内在浑融。这正是布伯在 20 世纪初呼求"西方"犹太读者群的转变之处——恰如其分地隐匿于"道之学说"。

---

① 参见布伯:《道之学说》,第 75 页。
② 参见布伯:《犹太教三讲》,法兰克福:Rütten & Loening,1911 年。(Martin Buber, *Drei Reden über das Judentum*, Frankfurt: Rütten & Loening, 1911)——《道之学说》一文,亦基于布伯彼时所做的讲座手稿。
③ 参见布伯:《道之学说》,第 93 页。

从布伯到本雅明

　　20世纪初期，布伯的著作对德裔犹太学生们产生了巨大影响，这可以从朔勒姆（Gershom Scholem, 1897—1982）日记的如下片段估量出来。这则日记写于1914年11月，也就是他十七周岁生日的前几个星期："我从[希伯来]《圣经》所得，比任何正统犹太人都多。这毫无疑问，用布伯的话说，我没有把它当成客观对象，而是当作宗教虔信的主体。当成对象物！那会很糟糕。但是，允许个性、允许民众从丰硕的神圣信仰中感染自身，这是真正的乐趣和美好。哪儿还有这样令人渴盼的书呢？我希望在《道德经》中找到这种感觉，即使以一种完全不同的方式，但依然在那儿。"[①]从朔勒姆的日记线索来看，读者并不清楚他是否找到了一本像希伯来《圣经》那样"令人渴盼"的书；不过，当他1915年7月遇到本雅明（Walter Benjamin, 1892—1940），他同时提到两个话题，这立即将他们引向深入的讨论："谈到了布伯，还有老子。"[②]大约三年后，朔勒姆欣喜地发现，在本雅明审慎布置的藏书中，卫礼贤（Richard Wilhelm, 1873—1930）翻译的《道德经》和《圣经》并排摆放着。朔勒姆没有记录自己和本雅明关于老子的更为深入的探讨；但是在1918年，他发现了这个朋友生命中的重要特征："瓦尔特·本雅明的生命和老子深刻地类同。"[③]

　　至于本雅明对自身和老子关系的设想，无疑更细心周详，但也同样富于暗示。这一时期本雅明全部写作中只有一次确实引用了《道德经》。这出现在他写（并且私下传阅）于1914年或1915年的一篇行文绵密的随笔中，题目叫《青年人的形而上学》（"Metaphysik der Jugend"）。他引用了卫礼贤译本第80章的最后几行当作《日志》（"Das Tagebuch"）[④]那个片段的题记。本雅明很少直接涉及《道德经》，这并不说明他对老子学说不感兴趣。其实，这或许预示出反面，因为本雅明倾向于避免任何"正

[①] 参见朔勒姆：《1923年之前的日记，包含论文和提纲》，格林德尔等译，法兰克福：Jüdischer Verlag, 1995—2000年，第1卷，第51页。(Gershom Scholem, *Tagebücher, nebst Aufsätzen und Entwürfen bis 1923*, hrsg. von Karlfried Gründer, Herbert Kopp-Oberstebrink und Friedrich Niewöhner unter Mitwirkung von Karl E. Grözinger, Frankurt: Jüdischer Verlag, 1995/2000)

[②] 参见朔勒姆：《日记》，第1卷，第133页。朔勒姆后来在他的日记中暗示道，本雅明这一时期拥有《道德经》的重要译本，即 *Taoteking: Das Buch des Alten vom Sinn und Leben*，卫礼贤译，耶拿：Diederich, 1911年；另参见朔勒姆：《日记》，第1卷，第133页。

[③] 参见朔勒姆：《日记》，第2卷，第146页。

[④] 参见《本雅明文集》，蒂德曼、施韦本豪伊泽尔编，法兰克福：Suhrkamp, 1972至1991年版，第2卷，第96页。(Walter Benjamin, *Gesammelte Schriften*, hrsg. von Rolf Tiedemann und Hermann Schweppenhäuser, Frankfurt: Suhrkamp, 1972/91)

面进攻"(他自己的意象)特别精微的主题、作家和思想家。①他援引的《道德经》片段,不仅可以联系"日记"主题来解读,这个主题从字面来说,或可称为"旦册"(和"夕册"相反);而且这也是对《青年人的形而上学》的一个总述。在这里,论述再次从简,虽然详论或许更为妥帖。下面的论述中,我概述完本雅明的青年概念之后,将探讨他如何在一本同时代的著作中把中国的境遇当作同时代欧洲青年的境遇,然后回到《青年人的形而上学》一文中老子片段的用意,最后转向他对相应的"西方"讲德语的犹太人群的分析。

　　本雅明曾于1912年到1916年期间积极投身一个左翼式的学生运动;对年轻的他来说,"青年运动"不是简单地源自男人和女人在特定年纪短暂的不满情绪。青年是《青年人的形而上学》一文起始的要点,其定义来自变动不居的特征。要言之,青年人总是仅仅生存于过渡变易(transition)之中。不过,要是把青年这个特征当成从童年到成年的演变,那就大错特错了。毋宁说,青年仅仅是纯粹的过渡变易。过渡变易是起决定作用的特征,无所从来,亦无所终。职是之故,青年人现身于所有过渡变易(特别是革命乌托邦变动)的发生之处。1910年左右,中国无疑在世界诸多变故中有着一席之地。本雅明受学生运动领导者的推荐,读了辜鸿铭的论文集《为中国反对欧洲观念而辩护》(*Chinas Verteidigung gegen europäische Ideen*),此书由卫礼贤翻译于1911年面世。②1912年,本雅明写给友人施特劳斯(Ludwig Strauss)信中表示,他意外地发现辜鸿铭对当时中国文化境况的反思,非常类似自己的"理想和规划";但是对本雅明而言,《为中国反对欧洲观念而辩护》一书对威胁的认识放大了它的价值,因为这威胁也同样侵扰同时代的欧洲青年:"[辜鸿铭]惊骇地看出当代中国所处的危险境地,也就是被欧洲玩世不恭的工业精神侵犯的危险。"③在谈论《为中国反对欧洲观念而辩护》的字里行间,本雅明似乎已经有了卫礼贤的《道德经》译本。也是在这个语境里,本雅明再次致施特劳斯的信中构想了相应的处境,同时代德裔犹太人在其中觉悟。④所有这些处境都明显在过渡变易中,每一种都遭遇着本雅明回应辜鸿铭的论文集时明确提到的危险:处于转变的过渡处境,走向同化于"欧洲玩世不恭的工业精神"。每一种境遇都因此而与其他

---

　①　本雅明在致霍夫曼施塔尔(Hugo von Hofmannstahl)的一封信中用了"正面进攻"一词,参见《本雅明书信集》,格特·洛内茨编,法兰克福:Suhrkamp,1995年至今出版,第2卷,第410页。(Walter Benjamin, *Gesammelte Briefe*, hrsg. von Christoph Gödde und Henri Lonitz, Frankfurt: Suhrkamp, 1995—)
　②　参见辜鸿铭:《为中国反对欧洲观念而辩护》,卫礼贤译,帕克耶编并撰写"导言",耶拿:Diederich,1911年。(Ku Hung-Ming, *Chinas Verteitigung gegen europäische Ideen*, übersetzt von Richard Wilhelm, hrsg. mit einem Vorwort von Alfons Pacquet, Jena: Diederich, 1911)
　③　参见《本雅明书信集》,第1卷,第77页。
　④　同上书。

两种联系在一起。

从本雅明到卡夫卡以及学生们

本雅明写作《青年人的形而上学》时隔二十年之后，再次引用了卫礼贤《道德经》译本第 80 章的最后几句。他的著作中没再援引过《道德经》的其他段落，尽管他显然很熟悉卫礼贤和诸多译者的老子译本。本雅明重复引用一样的章句，是出于别的原因。他虽对"学说"（教义）感兴趣，但不像布伯那样阐释"道之学说"。他只是引用这个意象，好像它整体就包含着言说出来的教义。尤其值得注意的是本雅明关注的意象内容，它以完全肯定的话语取消了任何运动（movement）。不过，运动的缺席并不意味着静止，也不意味着没有发生过渡变易。像本雅明在 1914 年和 1934 年的著作中都曾暗示的那样，下面意象中的非运动状态，传达出了纯粹的过渡变易理念。这一意象更加富于暗示，它与个体脱离运动状态的联系不那么多，而是一种群落状态，在那里一切向外奔逐的意图都取消了："领国处于相望的视域/能听到鸡犬之声此起彼伏/不过人至高寿而终/不会往来游历。"①在向外奔逐、咄咄逼人的支配力量终结的情况下，这一祥和的村落可以视为一种隐匿的意象，它实现了弥赛亚。

本雅明的这段《道德经》引文，位于《弗朗茨·卡夫卡逝世十周年祭》一文的结尾部分。此文发表于 1934 年，纳粹在德国上台后不久。这篇关于卡夫卡的文章最初刊登于《犹太评论》（*Jüdische Rundschau*），文中反复注意到中国——当然不是直接关注中国，而是通过罗森茨威格（Franz Rosenzweig，1886—1929）这个中介。罗森茨威格在他大部头著作《救赎之星》（*Der Stern der Erlösung*）的开篇画了一些中国宗教信仰的肖像画。在这儿，我再最后致歉，因为我将简化这里的探讨，只对《救赎之星》评论一句。像布伯一样，罗森茨威格关于老子的论述强烈地暗示出，无为观念类似于主动地化为被动状态，这是犹太救世信仰的特征。但是罗森茨威格的杰作有意建立成体系，这实际上妨碍了任何关于道之传统与犹太弥赛亚传统之间密切关系的识断。罗森茨威格对于无为的论述出现在他神学体系的开端，而对犹太弥赛亚不作为（non-action）的阐释却只出现在书末。从本雅明这边来说，他对《救赎之星》的哲学神学体系毫无兴趣，确乎如此，他没有提到过此书关于犹太教的分析。他引

---

① 参见《本雅明书信集》，第 2 卷，第 96 页。参见《道德经》译本，第 85 页。刘殿爵的英译是："虽然国土毗邻可相望/狗吠鸡鸣之声可相闻/然而一国之民到老也不与别国相往来。"（"Though adjoining states are within sight of one another,/ And the sound of dogs barking and cocks crowing in one state can be heard in another,/ yet the people of one state will grow old and die without having had any dealings with those of another"）参见《道德经》，刘殿爵译，纽约：Penguin，1963 年，第 80 页。（*Tao Te Ching*, trans. by Din Cheuk Lau, New York: Penguin, 1963）

用罗森茨威格,仅仅是因为中国宗教信仰画更能代表卡夫卡的人生和老子之间的联系。回到上文所述,朔勒姆在 1914 年的日记中说到本雅明的人生和老子类同。二十年后,本雅明提出卡夫卡是老子的学生。本雅明在一次私人交谈中明确地称卡夫卡是"老子的学生";在这篇发表的文章结论处,他提出了相同的论断。①很明显,卡夫卡向老子学习之处,在于以不作为呈现出来的过渡变易学说。在卡夫卡的作品中,完成这一过渡变易的人物形象是学生。这可以说是"学生运动"的完善,学生在这里只是为了学习本身而学,而不是为了受教育或者谋职。若要进一步追问这种学生的特征,他们看起来学成了傻子,那么只有一种否定的描述或许贴切:卡夫卡作品中的学生(包括老子的学生卡夫卡,卡夫卡的学生本雅明)对抗着"欧洲玩世不恭的工业精神"。

结论

这篇论文已经简要地解释了各种各样难以意料的文化联结尝试。这里所考虑的作家的特征,从卡夫卡到本雅明可以概括为某种"东方主义"传统自觉或不自觉的参与者。其中关于中国的观念,或许来自一些不甚可靠的资料,充当了论证参考的假想要点,只是为了建立一种积极的自我形象。在某种程度上,上述特征是有效的,尤其是没有哪种情况是以既有的观念"从内部"来理解中国历史、文学或者文化的诸多面向。我在这儿想到罗森茨威格的中国画像,至少在这种情况下,运用"东方主义"这个术语不仅有效而且似乎准确。但是这对本雅明来说毫无意义。因为本雅明背离了罗森茨威格的意图,把他的中国画像从其神学体系中抽离出来,因而实际上去掉了这里的东方主义倾向。相同的情况见之于本文讨论的其他作家。卡夫卡、布伯和本雅明都以他们独特的方式迂回曲折地暗示出,自身的处境和中国当时的处境相关联,而联系的中介就是《道德经》。他们关注中国的联系,不是通过贬抑别的文化来建立一种积极的自我形象,毋宁说在每种情况下,这一联系迷一样呈现出来。这值得注意,原因是这样的联系或许客观而有效,即使没有确凿的因果联系来证明二者之间的沟通交往,具体说来,就是一种情境(过渡中的德裔犹太人)影响另一种(过渡中的中国),反之亦然。

就这一点而言,我再返回这篇论文的开头。卡夫卡描述了一位中国"学者",他没有任何预备和解释就比较了中国的长城和巴别塔。从卡夫卡故事的叙述者来看,这个学者没有令人信服地论证出两项宏伟工程事

---

① 参见《本雅明文集》,第 2 卷,第 1254 页。"老子的学生"之说,似乎源自布莱希特,但也可能是布莱希特接受了本雅明的建议。

实上关联在一起;但是,当叙述者避开这个话题转入另一个时,如上文所述,卡夫卡正是在这一点上似乎贴近了《道德经》的意象。他暗示那位中国学者的错误或许不在于寻求两项工程的关联,而在于试图寻找一个因果原理,把长城和巴别塔联系起来。要言之,这位学者的比较之意,错在论证长城应该是新巴别塔的基础。如是,一项建造工程(我们也可说成"文化"或"文明")看起来比另一项要么更加高级要么更加基础。不过,如果两项建筑工程的联系没有从因果推理而来,如果没有哪项建筑工程被视作更加高级或更加基础,那么这种比较或许才能成立。如此一来,这两个建造群体的比较结果毫无疑问并不牢固;但正是去掉因果原理的支撑,才使得联系成为活泼泼的存在。

八方风雨会"文学"

李奭学

1932年3月,周作人(1885—1967)应沈兼士(1887—1947)之邀,赴北平辅仁大学演讲,几个月后《中国新文学的源流》书成。周作人向来佩服晚明公安、竟陵诸士,于袁宏道(1568—1610)尤为倾倒。观诸上述周著,重点不外乎袁氏为文"独抒性灵",主张文学有其进化。周氏之论,近人有风从者,以任访秋(1909—2003)的《中国新文学渊源》最著。任氏开书首标李贽(1527—1602),谓之不但冲破孔孟一尊的罗网,而令人尤其为之侧目的,是李氏由焦竑(1540—1620)序《西厢记》摘出"童心"的重要;由此出发,李氏又在自撰《童心说》中一反当时的复古思想,标举说部如"传奇、院本、杂剧",以及"《西厢曲》《水浒传》"等时人以为难登大雅之作,许之为"古今至文"。李贽晚年出家,尤恶程朱理学,主张思想与个人解放,任访秋无一又不为之折服……他由李贽再走到袁宏道,举《觞政》之说,推许中郎重,宗"董解元、王实甫、马东篱、高则诚",而在"传奇"上,则以"《水浒传》《金瓶梅》等为逸典",再外加一点五四期间外国文学的影响,遂认为这就是周作人——当然也包括他自己——所以为的"中国新文学的源流"。[①]

周作人与任访秋在各自的专著中之所见,谈的最少的乃我们今天公认五四文学与文化运动之所以为"现代性"的多重"外国文学的影响",盖其余者在中国文化中,实称不上系史上第一遭。我们倘不健忘,公安迄张岱(1597—1679)的"性灵"说,甚至是循此而互为因果的"个人解放"等观念,余英时早已指出汉末迄魏晋时期早有结合玄学而形成的"士之个体自觉"。何况此际竹林七贤也因崇尚老庄而至于"越名教而任自然",

---

① 本文写作期间,无论资料搜集或解读,我承上海东华大学日文系张厚泉教授及台湾"中研院"文哲所博士后学者林熙强博士帮助甚多,谨此致谢。

生活"真"而又不拘礼法。①如就"个人解放"以及随之而来的"性灵观"寻觅新文学的源流,阮籍(210—263)与嵇康(223—263)等人恐怕也已得风气之先。至于文学进化之论,刘勰(约465—约540)《文心雕龙·时序》开篇"时运交移,质文代变"二句,不早亦指出其大意所在?② 反观李贽尚佛老,其实颇违五四时期举国称许的"赛先生",哪里是想冲破中国传统樊笼的新青年所乐见?如果我们谈的是明清文人对于说部的重视,则其真正的实践者也应从徐渭(1521—1593)、凌蒙初(1580—1644)、冯梦龙(1574—1646)与金圣叹(1608—1661)等"文化人"谈起。入清以后,李渔(1610—1680)说曲并行,最后干脆自营戏班,走马天下,比起李贽或袁中郎,他才像莎士比亚(William Shakespeare, 1564—1616)一样"身体力行"!

依我浅见,周作人与任访秋等以晚明为新文学的源起论者,讲得最切中肯綮的乃李贽与袁宏道等都强调"说部",都将其多数的地位提升到金圣叹所谓"才子书"的高度。③尽管如此,李贽与袁宏道仍然有周、任二公未及指出的一大特点:他们都不用中国古已有之的"文学"形容他们的"才子书",而"文学"与"才子书"或其他文学文类要得联系,我们另得将问题上推,推到与李贽及公安、竟陵,乃至于张岱都曾直、间接接触过的晚明耶稣会士。④

罗马天主教大举入华,耶稣会是先遣部队。从罗明坚(Michele Ruggieri, 1543—1607)到贺清泰(Louis de Poirot, 1735—1841)为止的这一大群天主教传教士,在宗教活动以外,对中国文学文化最大的贡献之一,确实就在重新定义"文学"一词。此事说来话长,而且我们还得将基督信仰中的新旧两教整并为一,由明代走到清代,方能开显其中幽微。杨廷筠(1562—1627)是晚明最重要的基督徒之一,截至去世,他亲炙天主教近三十载。身后八年才刊刻的《代疑续篇》,是一本介绍西学的小册子。其中有这么几句话:"西教[之学]""有次第,[……]最初有文学,次

---

① 余英时:《中国知识阶层史论·古代篇》,台北:联经出版公司,1980年,第231—274页。"越名教而任自然"乃(三国)嵇康《释私论》中的名言,见戴明扬校注:《嵇康集校注》,台北:河洛图书出版社,1978年,第234页。

② (梁)刘勰著,周振甫注:《文心雕龙注释》,台北:里仁书局,1994年,第813页。

③ "才子书"一词的内涵,近乎我们今天所称"文学"的多数文类。就我所知,此说首见于金圣叹:《读第五才子书法》,《金圣叹全集》(4册),台北:长安出版社,1986年,第1册,第17页。但金氏此一概念的端倪,可见于其全集《序一》,第1册,第1—6页。

④ 这些人与耶稣会士——尤其是利玛窦——的关系,见(明)李贽:《续焚书》(与《焚书》合刊),北京:中华书局,1975年,第35页;有关袁宏道,见钟鸣旦、孙尚扬:《一八四〇年前的中国基督教》,北京:学苑出版社,2004年,第118页;竟陵派人士中,(明)刘侗在《帝京景物略》中也有关于利玛窦的记载,见张智编《风土志丛刊》第15册,扬州:广陵诗社,2003年,第415—417页;入清以后,张岱则撰有专文《利玛窦列传》,见(清)张岱:《石匮书》第204卷,载续修四库全书编集委员会编《续修四库全书》,上海:上海古籍出版社,2002年,史部别史类,第320卷,第205—207页。

有穷理之学,[……]其书不知几千百种也。"①杨廷筠这里所称的"文学"是什么意思,下文会再详。不过众所周知,"文学"最早出自《论语·先进篇》,乃孔门四科之一,②意思偏向文字与行为的结合,因此《韩非子》才会有"学道"者乃"文学之士"的说法。自此以下,"文学"遂多向"通经籍者"而指,甚至也有"学校教育"的内涵。③ 1583年,罗明坚和利玛窦进入中国,他们所编的《葡汉辞典》中不见"文学"一条,唯见古人翰墨所谓"文词"与"文章"而已;字典中率皆以"高雅的虚构"(elegante fabula)解之。隶属于今义"文学家"这个大家族的词目,则只有和"诗人"相关的词,罗明坚和利玛窦统称之为"波伊搭士"(poetas)④。

在华耶稣会的传统中,论及"波伊搭士"所出最富的文献,当推艾儒略所著之《西学凡》(1623)。其中我们已可见"文艺之学"一词,十分接近中国古人所称的"诗赋词章"或今人所了解的"文学"。"文艺"二字渊源所自,应该是《文心雕龙》,指"文学创作"而言。⑤但艾儒略从欧人角度设想,归之于四种书写:一、"古贤名训";二、"各国史书";三、"各种诗文";四、"自撰文章议论"。1623同年稍后,艾儒略另又刊行了《职方外纪》,将上述"文艺之学"易名为"文科",而十二年后,杨廷筠《代疑续篇》上的"文学"二字,其内容正是《职方外纪》所指的"文科",更是《西学凡》中的"文艺之学"。⑥ 二百余年后的基督新教教士,尝在不经意间又以具体而细致的方式呼应了上述耶稣会纲举目张的概念,虽然这仍属后话。

从艾儒略到杨廷筠所谈的耶稣会的"文艺之学""文科"或"文学"(litera),其真正的内涵实则为舶来品,翻译或改写自1599年欧洲耶稣会学校的《研究纲领》(Ratio studiorum),但中国士人足足看了近两百年,

---

① (明)杨廷筠:《代疑续篇》,见钟鸣旦(Nicolas Standaert)、杜鼎克(Adrian Dudink)、蒙曦(Nathalie Monnet)编《法国国家图书馆明清天主教文献》(26册),台北:利氏学社,2009年,第6册,第419—420页。

② (宋)朱熹集注:《四书集注》,台北:世界书局,1997年,第129页。

③ (宋)朱熹编:《四书集注》,台北:世界书局,1997年,第129页;(战国)韩非著、邵增桦注译:《韩非子今注今译》(2册),修订本,台北:台湾商务印书馆,1992年,第1册,第81—82页。另见铃木修次:《文学の訳语の誕生と日·中文学》,见吉田敦一:《中国文学の比较文学的研究》,第338—344页;李奭学:《译述:明末耶稣会翻译文学论》,香港:香港中文大学出版社,2012年,第414—417页。(此书以下简称《译述》)。

④ 罗明坚、利玛窦:《葡汉辞典》,维特克编,里斯本、旧金山:Biblioteca Nacional Portugal, Instituto Português do Oriente, Ricci Institute for Chinese-Western Cultural History, University of San Francisco, 2001年,第131页。(Michele Ruggieri and Matteo Ricci, *Dicionário Português-Chinês* (mss part), ed. by John W. Witek, S. J., Lisbon and San Francisco: Biblioteca Nacional Portugal, Instituto Português do Oriente, Ricci Institute for Chinese-Western Cultural History, University of San Francisco, 2001)

⑤ 刘勰著、周振甫注:《文心雕龙》,第378页。此外,(汉)《大戴礼记》(2册),北京:中华书局,1985年,第10卷《文王官人》,第2册,第163页:"有隐于知理者,有隐于文艺者。"(晋)葛洪:《抱朴子》(2册),台北:三民书局,1996年,外篇,第50卷《自序》,第2册,第576页亦云:"洪祖父学无不涉,充测精微,文艺之高,一时莫伦。"这些人所谓"文艺",均指"写作的技巧",和刘勰的"文艺"有差距。刘勰与葛洪的灵感或可溯自《汉书·艺文志》,参较李奭学:《译述:明末耶稣会翻译文学论》,第416页。

⑥ 参见(明)艾儒略:《西学凡》,见(明)李之藻辑:《天学初函》(6册),1629年;台北:台湾学生书局,1965年,第1册,第28页。《天学初函》以下简称"李辑"。另见艾儒略:《职方外纪》,见李辑,第3册,第1860页。

才因马礼逊(Robert Morrison,1782—1834)在1822年编成《华英字典》(*A Dictionary of the Chinese Language*)而有新说。马礼逊用来中译英语"立特拉丘"(literature)的中文词,是一个看来怪异的"学文"①,和杨廷筠"文学"的字序恰好相反。不过历史演变至此,我们倒是可以肯定言之了:至少到了明末,杨廷筠已率先发难,喊出了我们今天所了解的"文学",而"中国文学现代性的起源语境",因此就不应由清末谈起,明末耶稣会及相关的中国士人圈内,才是我们正本清源的所在。

20世纪以前,杨廷筠的《代疑续篇》称不上重要的历史文献,是否担任得了"文学"今义传播的要角,不无疑问。清代中叶,首用"文学"略指我们今天所谓"文学创作"的第一人是魏源(1794—1857)。道光年间,林则徐有感于列强日乖,而中国日蹙,为开阔世界观,乃倩人口述西文报刊,译《四洲志》(1839)。鸦片战败,林则徐流放伊犁前,把此书转交魏源,嘱其扩大而续编之。魏源遂综理古今各书,完成《海国图志》(1843—1852)。其中《大西洋各国总沿革》一章中,魏源尝道罗马本无"文学",待降服了希腊之后,才接受各国"文艺精华"而"爱修文学,常取高才,置诸高位,文章诗赋,著作撰述,不乏出类拔萃之人"②。撰写《海国图志》时,魏源虽未明言他参考过《职方外纪》与《西学凡》,但这些书都是当世盛行的西学著译,不可能逃得过他的法眼。他此地所称的"文学",已近艾儒略摘出来的内容,和杨廷筠的"文学"差别甚小。《海国图志》是清代中国人认识世界最重要的书籍之一,若谓《大西洋各国总沿革》一章让某些中国人改变了"文学"的用法,缩小为我们今天的定义,我以为是。

《海国图志》以后,"文学"的今义或已独立使用,或令其广、狭二义并举,要之已非传统文教等定义所能完全局限。③从出洋使东的清廷官吏或在野名士如马相伯(1840—1939)等人开始,④中国知识分子便常如此使用"文学",而在朝为官或为国政而奔走于海内外的各方大员,亦复如此:光绪年间维新派的大将康有为(1858—1927)和梁启超(1873—1929),在某种意义上遂改用了新义。"文学"自此变成他们和当局或国人讨论国家兴亡的关目之一。1904年,梁氏在《饮冰室诗话》卷首道:"我生爱朋

---

① 马礼逊:《华英字典(全六卷)》,伦敦:Black, Parbury, and Allen, 1822年,第6卷,第258页(Robert Morrison, *A Dictionary of the Chinese Language*, 6 vols, London: Black, Parbury, and Allen, 1822, 6)。"学文"一词,尔后有中、日字典列为辞条,但恐怕都是受到马礼逊影响而收录之,而马氏之词应是误用下文我会提到的《论语·学而篇》中"行有余力则以学文"一句而来。参见(宋)朱熹集注:《四书集注》,第63页。
② (清)魏源:《海国图志》,郑州:中州古籍出版社,1999年,第283—284页。
③ 以魏源同代人余继畬(1795—1873)为例,他的《瀛寰志略》(1848?)所用"文学"即两义兼用,见(清)余继畬著、宋大川校注:《瀛寰志略校注》,北京:文物出版社,2007年,第194页。
④ (清)马相伯:《震旦学院章程》(1902),载朱维铮编《马相伯集》,上海:复旦大学出版社,1996年,第41—43页。马相伯这里所称"文学",指英文的"literature",除附课中的"舆地"与"政治"外,大致符合下面会谈到的艾约瑟定义。

友,又爱文学;每于师友之诗之辞,芳馨菲恻,辄讽诵之,以印于脑。"所谓"芳馨菲恻",指的当是诗辞的美感与撼人心弦的能力,以故"文学"在《饮冰室诗话》中已和"诗词"统合为一,变成杨廷筠与魏源以来,"文学"此一新义在华最坚固的表呈。① 非特此也,梁启超还效亚里士多德(Aristotle,前384—前322年)的《诗学》(*Poetics*),在所创刊物《新小说》中为文学文类定高低,从而随耶稣会与新教传教士而有"小说为'文学'之最上乘者"之说。十余年后,终于引发了五四新文学的思潮。

梁启超创办《新小说》之际,他有专文《论小说与群治之关系》,而前此五年的1898年,他——据夏志清所见——另受明治小说的影响,尝在所办《清议报》上发表了著名的〈译印政治小说序〉,和前一年严复(1854—1921)偕夏曾佑(1863—1924)在天津《国闻报》上合撰的《本馆附印说部缘起》互相呼应,提倡小说有其社会与政治功能,可为救亡图强用。② 经此对照,《饮冰室诗话》所倡导的文学与美学的联系,似乎也另有意涵,形成梁启超对文学的另一看法,亦即文学有载道功能,而当时所载之道,自然是夏志清尔后所称的"感时忧国"(obsession with China)的精神,于五四小说及1930年代同类作品的影响甚大。③

晚清之际,相对于梁启超、严复与夏曾佑载道式的文学观者,自然另有其人,王国维可称代表。他和梁启超等人不同,1906年在《文学小言》中曾对"文学"下过近似我们今天的定义:"文学者,游戏的事业也。"④ 王国维的定义或文学起源说,改一句传统的话,其实就是"饱暖思文学",或稍转孔子的语意,即《论语·学而篇》所述之"行有余力,则以学文"。王国维的定义当然武断,因为"文穷而后工"也是创作上的常态。不过《文学小言》仍有洞见,王国维讲情景(《全集》第5册,第1842页),取之为"抒情的文学"的一大特色。又标举"叙事的文学",而且——就我所

---

① 梁启超:《饮冰室诗话》,《饮冰室文集》,台北:新兴书局,1967年,第4卷文苑类,第74页。
② 梁启超:《译印政治小说序》及(清)夏曾佑、严复:《〈国闻报〉附印说部缘起》二文,俱见阿英编《晚清文学丛钞·小说戏曲研究卷》第一卷,北京:中华书局,1960年,第1—19页。
③ 参见曹:《"新小说"的崛起》,载韦林格诺瓦编《世纪之交的中国小说》,多伦多:University of Toronto Press,1980年,第26—27页(Shu-ying Tsau, "The Rise of 'New Fiction,'" in: *The Chinese Novel at the Turn of the Century*, ed. by Milena Doleželová-Velingerová, Toronto: University of Toronto Press, 1980);夏志清:《作为新小说倡导者的严复和梁启超》,《夏志清论中国文学》,纽约:Columbia University Press,2004年,第223—246页(C. T. Hsia, "Yen Fu and Liang Ch'i-ch'ao as Advocates of New Fiction," in: *C. T. Hsia on Chinese Literature*, New York: Columbia University Press, 2004);夏志清:《感时忧国》,《夏志清论中国文学(第三版)》,布卢明顿:Indiana University Press,1999年,第533—554页(C. T. Hsia, "Obsession with China," in: *A History of Modern Chinese Fiction*, 3rd, Bloomington: Indiana University Press, 1999)。"感时忧国"为译词,可能是夏济安所译,中译稿见夏志清:《现代中国文学感时忧国的精神》,载夏著《爱情社会小说》,台北:纯文学出版社,1970年,第79—105页。
④ (清)王国维:《文学小言》,《王观堂先生全集》(16册),台北:文华出版社,1968年,第5册,第1840页。《王观堂先生全集》以下简称《全集》。

知——在中国也首用"史诗"一词以例示之(《全集》第 5 册,第 1846 页)①。凡此种种,说明王国维文学知识丰富,确实是清末学人中最了解文学的分类及其审美形式的本质者。

本文所关怀的,当然是王国维使用"文学"的时间。在《文学小言》撰述前二年的 1904 年,就在梁启超开始连载《饮冰室诗话》后不久,王国维非但已接受今义下的"文学"一词,也略如上述而使之对应于西方重要的文类。是时罗振玉(1866—1940)假上海办《教育世界》,王国维在其中发表了不少文章,包括《教育偶感四则》。这四则中的《文学与教育》又称"鄂谟尔"(荷马)、"唐旦"(但丁)、"狭斯丕尔"(莎士比亚)及"格代"(歌德)诸人俱当时中国文人难与比肩的"大文学家"(《全集》第 5 册,第 1760-1761 页)。我们仔细寻绎,王国维此一评语实意含多端。首先,从这些作家及其隐而未宣的代表作观之,所谓"大文学家"里的"文学"已经超越了中国古来的"词章之学",涵盖了传统所无的"民间史诗""寓言性宗教史诗""戏剧诗"或西方意义下的"悲喜剧"等新文类。所涉及的《伊里亚德》《奥德赛》《神曲》《浮士德》与莎士比亚的各类戏剧,当然像《红楼梦评论》《人间词话》所论,也深具美学内涵。1906 年,王国维另刊《屈子文学之精神》或《译本〈琵琶记〉序》等文(《全集》第 5 册,第 1848-1857 页),显示王国维颇似袁宏道与李贽,乃近人中首揭"纯文学"的概念者。尽管如此,我仍然要强调如其文题所示,上举王国维《文学与教育》一文也有王氏所关心者不仅止于"文学"的美感经验之意。《伊里亚德》等世之重要的文学伟构另含超越审美的教化功能,说来并无异于梁启超和严复对小说的要求。

总之,到了梁启超、王国维等人,"文学"已如今义而让前述的马相伯等中国知识人物叫得震天价响,十分自然了。严复除了在《国闻报》上提出小说见解外,和此刻投身翻译事业的中国士子一样,在《天演论》(1897—1898)的案语里时而也用到了"文学"二字,使其新义益形巩固,俨然已是对译"立特拉丘"不假思索便可得之的名词。②凡此,哪是公安三袁或李贽、李渔等辈所能想象?

"文学"要走到此等定义新局,当然不是朝夕间事,更非单方面便可议得。道咸年间新教传教士的发扬光大,和魏源等政治洋务派的努力实

---

① 我前此未曾注意到"史诗"一词首见于中国的时间,虽然王国维有关"epic"之中译,可能取自日文。参见李奭学:《中外文学关系论稿》,台北:联经出版公司,2014 年,第 181-207 页。

② 参见(清)康有为:《进呈〈日本明治变政考〉序》,载石峻编《中国近代思想史参考数据简编》,北京:生活·读书·新知三联书店,1957 年,第 281 页;另见梁启超:《论小说与群治之关系》,《饮冰室文集》第 3 卷学术第 2 类,第 13 页;饮冰(梁启超):《小说丛话》,载阿英编《晚清文学丛钞·小说戏曲研究卷》第 4 卷,第 308、312 页。亦见(清)严复:《天演论》,台北:台湾商务印书馆,1987 年,第 7、33 页。相关材料,详见张厚泉:《「文学」の揺れ——LiteratureとRhetoricの间で——西周の「百学连环」を中心に》,载张厚泉、钱晓波编《日语教学与研究论丛》,上海:复旦大学出版社,2009 年,第 57 页。

在并进中。就在《海国图志》开笔前十年,西方传教士在华的英文刊物《中国丛报》(Chinese Repository)上,业已有文章开始检讨中国的传统文学,指出中国文字、文学缺乏外来质素,提出中国需要一种"新的文学",其"思想要丰富,感情要正确",而形式要"典雅";最重要的是"语言"不得拘泥固有,也要能表现上述思想与感情方可。①《中国丛报》上这篇文章未署名,当然有些偏颇,佛教由外而来,影响中国文学至大,可垺百乘,就是一例。1904年,苏格兰教士窦安乐(John Darroah,1865—1941)赓续《中国丛报》之说,在《教务杂志》(The Chinese Recorder and Missionary Journal)上发表《中国的新文学》("The New Literature China"),断定外国思想已经渗透进中国的"新文学"。窦安乐所指虽为语言等表达形式,但《六合丛谈》等中文刊物确实早也在努力中,把西方文学文类引介入华。

1857年,《六合丛谈》出刊,②继耶稣会之后,由上海出发为"文学"的现代意义在中国打下最坚固的基桩,因为接下来近两年的岁月里,这份杂志几乎每期都由艾约瑟(Joseph Edkins,1823—1905)主笔,蒋复敦(1808—1867)副之,推出《西学说》专栏,以近十五篇的系列专文介绍"西洋文学"。就当时推动西学入华的文化界言之,声势不但浩大,而且称得上惊人。就文类言之,《六合丛谈》点出来的西洋文学的独特处,不仅在其中包括了史学撰述(historiography),甚至连"修辞学"(rhetorica)都属之。中西文学观念的异同,艾约瑟也不放过,呼应了明清间耶稣会士的努力。艾约瑟尤有宏大的历史观,几乎都由史入手讨论西洋文学。1857年1月出刊的《六合丛谈·西学说》,首篇就是希腊"文学"的整体介绍,题为《希腊为西国文学之祖》。题目本身当然展示了"文学"在中国的新身份,而就我在本文里的关怀而言,艾约瑟这篇文章最大的贡献当在介绍史诗,一面由历史的角度谓之创自荷马(Homer,约前900—前800年)与贺西德(Hesiod,约前750—前650年,又译赫西俄德),一面则取明人杨慎(1488—1559)的《二十一史弹词》以较诸《伊里亚德》与《奥德赛》。艾约瑟称"史诗诗人"为"诗史",并且补充说明道:"唐杜甫作诗关系国事,谓之'诗史',西国则真有'诗史'也。"当诗史肇创之际,正值"姬周中叶",而且"传写无多,均由口授,每临胜会,歌以动人"。罗马人也好为史诗,以魏吉尔(Vergil,前70—前19年,又译维吉尔)所谱的《罗马建

---

① 佚名:《中国语言》,载《中国丛报》1834年5月第三卷,第6—8页("The Chinese Language," in: Chinese Repository, vol. 3, May 1834);达罗:《中国新文学》,载《教务杂志》1904年11月,第559—566页(John Darroah, "The New Literature of China," in: The Chinese Recorder and Missionary Journal, Nov 1904)。另见狄霞晨:《试论近代来华新教传教士的新文学观念》,复旦大学中文系主办"西方传教士与近代文学工作坊会议论文集"(2015年6月),第196页。

② 有关《六合丛谈》,参见吴潮:《传教士中文报刊史》,上海:复旦大学出版社,2011年,第133—157页。

国录》(The Aeneid)仿荷马最胜。希腊罗马史诗的情节大要,艾约瑟更是不吝笔墨,文中一一介绍。他甚至在《六合丛谈》第三期又写了一篇《希腊诗人略说》,指出荷马史诗中"虚构"不少,因其"纪实者参半,余出自匠心",而贺西德所歌咏者乃"农田及鬼神之事",虚构益富(李奭学《译述》,第 424—425 页)①。杜甫(712—770)的地位,当然用不着艾约瑟粉墨浓妆,但是"诗史"可容"国政"之说,几乎在向中国"诗言志"此一"抒情的传统"挑战,更在中国建立起一套全新的文学价值观!

　　熟悉早期基督教刊物的人都晓得,1832 年创刊的《东西洋考每月统记传》才是新教率先提到荷马的刊物,虽然晚明的高一志(Alfonso Vagnone,1568—1640)与清初的马若瑟(Joseph de Prémare,1666—1736)都已谈过荷马的史诗。② 1837 年正月号的《东西洋考每月统记传》上,郭实猎(Karl F. A. Gützlaff,1803—1851)为文谈"诗",称道李白(701—762)之外,极力着墨的欧洲诗魁有二:荷马与米尔顿(John Milton,1608—1674)。郭实猎综论荷马的史诗以外,也谈论希腊当世的背景,而上文接下来所用的"文学"一词,意义最近杨廷筠在《代疑续篇》里的用法:荷马"兴于周朝穆王年间,欧罗巴王等振厉文学,诏求遗书搜罗。自此以来,学士读之,且看其诗"③。郭实猎不仅再为"文学"贡献新义,他也以荷马的介绍,在建立西洋文学的知识系统上一马当先,拔得基督新教的头筹,比艾约瑟还早了二十年左右(李奭学《译述》,第 422 页)。

　　艾约瑟虽将荷马史诗方诸杨慎的弹词,并以杜诗和国事之联系比于《伊里亚德》诸诗,然而行家都知道,比较的两端实则不能并比,艾约瑟努力的意义乃在赓续一新的文学知识系统的建构。就希腊罗马这两个相互传承的文化与政权而言,这个系统还应扩及"悲剧"(tragedy)与喜剧(comedy)这两个"文学"的大领域,亦即已碰触到了元明传奇戏剧的某些范围。艾约瑟乃神学博士,然而如晚明某些耶稣会士一样,对欧洲上古文学的了解绝非泛泛。所以《希腊诗人略说》称周定王(?—前 586 年)之时,希腊人开演悲剧,"每装束登场,令人惊愕者多,怡悦者少",并提及伊斯奇勒士(Aeschylus,前 525—前 456 年,又译埃斯库罗斯)尚存的七种"传奇",而他之后另有索福克里士(Sophocles,约前 497—前 406 年,

---

① (清)艾约瑟:《希腊为西国文学之祖》,载沈国威编著:《六合丛谈·附解题·索引》,上海:上海辞书出版社,2006 年,第 524—525 页;以及艾约瑟《和马传》《希腊诗人略说》,载沈国威编著:《六合丛谈·附解题·索引》,第 698—699、556—557 页。

② 参见李奭学:《中国晚明与欧洲文学》,台北:"中央研究院"、联经出版公司,2005 年,第 238—242 页;李奭学:《阿哩原来是荷马!明清传教士笔下的荷马及其诗》,载《道风:汉语基督教文化评论》第 37 期(2012 年秋季号),第 241—275 页;综述。另见李奭学《中外文学关系论稿》,第 188—192 页。有关《东西洋考每月统记传》,参见吴潮:《传教士中文报刊史》,第 54—79 页。

③ (清)郭实猎:《诗》,载爱汉者(郭实猎)等编、黄时鉴整理:《东西洋考每月统记传》,北京:中华书局,1997 年,第 195 页。

又译索福克勒斯)与优里皮底士(Euripides,约前480—前406年,又译欧里庇得斯)二人。① 前者亦存传奇七种,出出感人肺腑。这三大悲剧诗人所作"长于言哀,览之辄生悲悼",唯亚里士多芬尼士(Aristophanes,约前446—前386年,又译阿里斯托芬)的十一种喜剧可与之抗撷。其诗文词彬彬,多"讥刺名流"之作。

艾约瑟继之回顾中国传统,不禁有感而发,讲出了一段足以和前引李贽、袁宏道前后辉映的"文学"新论,值得我们大书特书,全文照录:

> 考中国传奇曲本,盛于元代,然人皆以为无足重轻,硕学名儒,且摒而不谈,而毛氏所刊六才子书,词采斐然,可歌可泣,何莫非劝惩之一端?②

艾约瑟语极不平,一为中国戏曲请命,二则强调《水浒传》等书都有其"劝化"的功能,可与希腊悲剧或喜剧相提并论,至是在史诗之外又为中国建立起一套"文学"系统与概念,而且讲得比语焉不详的李贽、袁宏道清楚多了,时间上也比周作人、胡适等新文学运动的旗手提早了不少。

我们可以循此再谈者,更大的关目是欧人有史以来未尝须臾离的修辞学,以及由此衍生出来的所谓雄辩术或"文章辞令之学"。艾约瑟为中国人解释欧洲有一套中国所缺的议会制度,所以他继而一针见血,指出自古以来欧人修辞学才会蓬勃发展。《六合丛谈》有专文论及西泽(Julius Caesar,前100—前44年,又译恺撒)、西塞罗(Marcus Tullius Cicero,前106—前43年),甚至是柏拉图(Plato,前424—前348年)或修西底地斯(Thucydides,前460—前395年,又译修昔底德)。在西方上古,这些人多半是雄辩滔滔之士。所谓"辞令之学",高一志或艾儒略在明代即有专文介绍,或以"文科"笼统称之,或以"勒铎里加"(rhetorica)音译而精细说之。在《基改罗传》中,艾约瑟藉介绍西塞罗生平,首先用哲学结合辞令之学,从而颠覆了柏拉图以哲学驳斥修辞学之举,反为修辞学的正当性背书。③《六合丛谈》里,艾约瑟重弹了明末耶稣会已经弹过的老调,但和明末耶稣会士稍异的是:他也为中国开出了一帖现代化国家讲求"现代"必备的"良方",不仅关乎政体与国体,也关乎文学系统强调

---

① "优里皮底士"之名,(明)高一志的《达道纪言》早已提及,称之为"欧里彼得",见吴相湘编《天主教东传文献三编》(6册),台北:台湾学生书局,1984年,第2册,第713页。高氏此一说的史乘本源,可能是伊良《历史杂志》(Aelian, *Historical Miscellany*, 13.4),参见《伊良杂志》,威尔森译,剑桥:Harvard University Press,1997年,第234页。(Aelian: *Miscellany*, trans. by Nigel G. Wilson, Cambridge: Harvard University Press, 1997)

② 引文见艾约瑟:《希腊诗人略说》,载沈国威编著:《六合丛谈·附解题·索引》,第556—557页。另见李奭学:《译述:明末耶稣会翻译文学论》,第423页。

③ 参见艾约瑟:《基改罗传》,载沈国威编著:《六合丛谈·附解题·索引》,第638页。

之一的"文体"(genre)。

上文转介的艾约瑟所述的西方文学知识系统,奄有艾儒略在《西学凡》等书述"文艺之学"时所谓的"自撰文章议论""各种诗文"与古贤名训"等等。《六合丛谈》甚至连"各国史书"也一并论及了。所以谈到希罗多德(Herodotus,约前484—前425年)与前及修西底地斯两家,就是把《历史》(The History)和《波罗奔尼撒战争史》(The Peloponnesian War)都纳入了西方"文学"的范畴里。老蒲里尼(Pliny the Elder,23—79,又译老普林尼)脍炙人口的《博物志》(Natural History),在某个意义上既属"各国史书",又是宇宙万象的"自撰议论文章",视之为"文学",并非不合西方人的"文学"观,况且文艺复兴时代以前,历史本身实乃"文学"的一环。19世纪下半叶科学治史成风,但是就在此一时刻,艾约瑟于《西学说》栏中仍暗示修西底地斯的战史所载"卿士议政,将帅誓师之辞"皆非"耳闻目见",而是经想象写成。希罗多德作史虽"实事求是",却也文史不分,人神通括。至于老蒲里尼的《博物志》,那就"喝神骂鬼",多含"荒诞不经"的虚构言辞。①职是之故,《六合丛谈》介绍的"各国史书"确常让"想象"高出"经验",由"史"驯至为"文",颇有新历史主义(New Historicism)视历史为文学的况味。艾约瑟一旦祭起比较文学的大纛,我们在他的译介中看到的系中国传统文学走入幕后,新的文学观朝西方一步步走去,而这一切的嚆矢,说其实也,当然是明末耶稣会士及从其游的中国士子如杨廷筠等人(李奭学《译述》,第395—443页):历史的山雨,早已笼罩在满楼的文学风中。

拙文走笔至此,似可告一段落,不过文前既然提到梁启超和王国维,最后我们仍有一个问题有待回答:梁启超和王国维都曾旅日或留日,则他们令"文学"等同于"立特拉丘",是否曾经受到日本人的影响?就王国维而言,这个问题似乎不成其为问题。面对西方新知,他在《论新学语之输入》中倡议接收日译名词(《全集》第5册,第1744—1748页),"文学"当不例外。至于梁启超,他喜爱日译新词的倾向众议金同,早就表现在由日文吸取西学的主张之中,②"文学"亦居其一。时移世易后,即使到了1934年,鲁迅在《门外文谈》中都还持论如是,而所见且流传甚广:

> 用[……]艰难的文字写出来的古语摘要,我们先前也叫"文",现在新派一点的叫"文学",这不是从"文学子游子夏"上割下来的,是从日本输入,他们对于英文Literature的译名。会写

---

① 引文见艾约瑟:《土居提代传》《黑陆独都传》与《伯里尼传》,载沈国威编著:《六合丛谈·附解题·索引》,第699、751—752页。

② 参较梁启超:《东籍月旦》,《饮冰室文集》第4卷杂著类,第201—203页。

写这样"文"的,现在是写白话也可以了,就叫作"文学家",或者叫"作家"。①

既然鲁迅、王国维等人认为"文学"乃因日译而来,那么上述拙文似乎便有可议之处。话虽如此,实则不然。铃木贞美将"文学"的英语对等词分为"polite literature"(文字艺术)及"literature"(文献)两种,②但如此区分并不适合中国的历史情境,尤其不合晚明公安、竟陵及基督徒如艾儒略、杨廷筠至清代中晚期由郭实猎与艾约瑟等西方教士奠定的"文学大业"。我们也不要忘了对今天的西人而言,如此区分仅指文学生成的方法有异,亦即"立特拉丘"仍然是"立特拉丘"。所以梁启超和王国维等人恭维的日人译词,不会因艺术成分有别而有所不同。就文类而言,中国"文学"的现代性根本就是一个不断扩大的概念,虽然归根究底,我们仍然得为梁启超和王国维等人所接受的日本译词再赘一、二。

案铃木修次《文学の译语の诞生と日・中文学》一文所述,日人首用"文学"以对译英文者,乃"grammar"一词,出自 1862 年由堀达之助(1823—1894)等人编集的《英和对译袖珍辞书》之中。这本字典由江户幕府的洋书调所刊行,其中另有相关字词如"humanist",堀达等人解为"文学者"③,而"humanism"作"文学诗学及希腊罗马的语学之总称"观,再如"literary",则指"文学的"。在和英字典方面,铃木指出,1886 年美国平文(James Curtis Hepburn,1815—1911)所纂《和英语林集成》第三版刊行,其中首先将"literature"译为"文学"(铃木,第 329－330 页)④。堀达之助的翻译,多仍沿袭"文学"的中国古意,即使将"literary"解为"文学的",取义依旧为"literary"的第二义,亦即令之为"经籍"的形容词,而不是我们今日多指"文学创作"的同一词类。由是观之,日本社会将"literature"译为"文学"而广泛流传,便得俟诸美国平文所纂《和英语林集成》的第三版了。

就铃木贞美的《日本の「文学」概念》观之,此书有关辞书的部分,大致乃建立在铃木修次的考察之上。唯其篇幅较长,立论上扩大了铃木的

---

① 鲁迅:《门外文谈・不识字的作家》,《且介亭杂文》,《鲁迅全集》(15 册),北京:人民文学出版社,1987 年,第 6 册,第 93 页。另见铃木修次:《文学の译语の诞生と日・中文学》,第 327－328 页。
② 铃木贞美:《日本の「文學」概念》,東京:作品社,1998 年,第 50－57 页。
③ 另参见袁廣泉:《明治期における日中間文法學の交流》,載石川禎浩、狹間直樹編:《近代東アジアにおける翻譯概念の展開》,京都:京都大學人文科學研究所附屬現代中國研究センター,2013 年,第 119－1441 页。
④ 《和英语林集成》的第二版尚未作此定义,"文学"一仍旧贯,译为"learning to read, pursuing literary studies, especially the Chinese classics",反而是"学问"的定义中,有"literature"一义,见平文:《和英语林集成》,上海:American Presbyterian Mission Press,1872 年,第 41、85 页。(James Curtis Hepburn, *A Japanese-English and English-Japanese Dictionary*, Shanghai: American Presbyterian Mission Press, 1872)

研究不少。所以我们讨论近代留日中国知识分子使用的"文学"一词,简略说来,仅就铃木修次的文章为限即可。有趣的是,铃木修次之文另亦指出,《和英语林集成》的初版和二版都在上海印刷,然后再假横滨出版(铃木,第330页)。所谓"上海印刷",实指上海的美北长老会的"美华书馆"(American Presbyterian Mission Press)而言。美国平文何以不在日本印刷自己的字典?据称他虽曾和官方的堀达之助与大岛圭介(1833—1911)就在日出版商议,却因当时日本仅有木板刻字,不足以支应《和英语林集成》中密集的日、英文字而作罢,转往当时已有铜制字模的"美华书馆"排印。① 不过到了第三版开印之前,平文征得教育家岸田吟香(1833—1905)之助,由岸田亲笔书写平假名、片假名与万叶假名,然后将草稿刻在黄杨木片之上,再以铅块铸为活字,几经艰辛,终成在1867年(庆应3年)出版了第三版的《和英语林集成》。② 不过话说回来,平文这最后一版,恐怕仍和他抵日前曾在澳门及厦门传教有关(时名"合文"),而我们即使不就此而论,仅依文政与天宝年间的日文《圣书》曾参考《神天圣书》的中译再看,则《和英语林集成》西渡来华印刷,似乎也具有某种启示性,因为据蔡祝青的研究,在1866至1899年间,罗存德(Wilhelm Lobscheid,1822—1893)据1847年的修订版《韦氏字典》(Merriam-Webster's Dictionary)编纂的四卷本《英华辞典》已在上香港推出,③ 而其前二卷分别在1866及1867年年中即已刊行,时间上应早于平文之作。至于全书稿,当然成就得比出版更早,平文或曾与闻,亦未可知。《英华辞典》刊行后,中日人士都曾在罗存德的基础上再编字典,或修订内容,或扩充篇幅,如此则东京丸善商社梓行的第三版《和英语林集成》受到罗存德的影响,实则大有可能。④ 鲁迅乃至王国维、梁启超有关"文学"的来源之见,倒显可疑,而鲁迅之文确可能是"门外文谈"!

刘禾在《跨语际实践》中明陈暗示:日本人的西学译词部分系从中国古籍撷取而出,部分则沿袭在华基督宗教的传教士所用而来。⑤ 巧合的是,不论美国平文或罗存德,他们都是基督新教的传教士:罗存德出身德国中华传道会,交善于前及郭实猎;平文则为美国长老会的传教士。罗氏的《英华辞典》在中日基督教圈内影响颗大,平文不可能不予覆案,而

---

① 见ヘボン著,高谷道男编译:《ヘボンの手紙》,横浜:有隣堂,1978年,第176—177页;另见石井研堂著:《增訂明治事物起原》,東京:春陽堂,1940年,第277页。
② 杉山荣:《先駆者岸田吟香》,津山:岸田吟香显彰刊行会,1952年,第78—79页。
③ 蔡祝青:《文学观念流通的现代化进程:以近代英华/华英辞典编纂"literature"条为中心》,载《东亚观念史集刊》第3期(2012年12月),第309页。
④ 参见熊英:《罗存德及其〈英华字典〉研究》(北京外国语大学博士论文,2014),第46—61页。
⑤ 刘禾:《跨语际实践:文学、民族文化与被译介的现代性(中国:1900—1937)》,斯坦福:Stanford University Press,1995年,第58—60、265—283页。(Lydia H. Liu, *Translingual Practic*: *Literature, National Culture, and Translated Modernity-China*, 1900—1937, Stanford: Stanford University Press, 1995)

从杨廷筠迄郭实猎、艾约瑟等基督新、旧教信徒或传教士的"文学"论述，当为罗存德编纂字典取法的系谱泉源。由是再看，梁启超或王国维所用的"文学"纵使由日徂华，仍然应为神州大陆的基督信仰的传教士或其信徒合力促成，然后携至或东渡日本，再由梁氏等人回传中土。从艾儒略或杨廷筠算来，此间所历已近三百年而有余。"文学"一词，我们如今信手捻来，方便不过，然其递嬗形成的过程，却牵缠如上，称之八方风雨会合所致，我想应不为过。

欧美汉诗研究中的象形表意神话和想象误读

[美] 蔡宗齐

汉诗的艺术特征是什么？①汉语如何决定了汉诗的艺术特点？这些是处于自我独立封闭传统中的中国古代学者不会想到的问题。直到18世纪以降，汉诗逐渐进入国际视野，与截然不同的西方诗歌传统发生接触和碰撞，这些问题才开始引起西方汉学家与汉学爱好者的关注。20世纪初，美国意象派领袖庞德(Ezra Pound，1885—1972)发表了19世纪汉学家费诺罗萨(Ernest Fenollosa，1853—1908)的论文《作为诗媒的汉字》②，这就不仅为美国现代诗歌的发展指明了新方向，③更掀起了20世纪中期汉学家们以汉字为匙，破解汉诗艺术奥秘的高潮。其中值得一观的有卜弼德(Peter A. Boodberg，1903—1972)对中国政治与文学关键概念的"符号学"(semasiology)研究，④以及陈世骧、周策纵对汉诗创作中

---

① "汉诗"一词，本指中国域外用汉字撰写、符合中国古典诗歌规范的诗歌作品，但近来此词已开始被用来泛指中国古典诗歌。本文用"汉诗"取代"中国古典诗歌"之称，主要是取其简洁，求行文之便捷，同时也希冀能对窄义的域外"汉诗"研究有所贡献。

② 英文原文见费诺罗萨：《作为诗媒的汉字》，庞德编(1936)，旧金山：City Lights，1983(Ernest Fenollosa, *The Chinese Written Character as a Medium for Poetry*, ed. by Ezra Pound, 1936, Rpt. San Francisco: City Lights, 1983)。该书新近版本见欧内斯特・费诺罗萨、埃兹拉・庞德《作为诗媒的汉字：精审本》，石江山、柯夏智、苏源熙编，纽约：Fordham University Press，2008年。此书包括了费诺罗萨的初稿、终稿、庞德的笔记，以及最后出版的广为人知的定稿。(Ernest Fenollosa and Ezra Pound, *The Chinese Written Character as a Medium for Poetry: A Critical Edition*, ed. by Jonathan Stalling, Lucas Klein, and Haun Saussy, New York: Fordham University Press, 2008)

③ 威尔士称这篇文章是"现代诗论的顶点之一"(见威尔士：《抒情之根源：原始诗歌与现代诗论》，普林斯顿：Princeton University Press，1978年，第101页[Andrew Welsh, *Roots of Lyric: Primitive Poetry and Modern Poetics*, Princeton: Princeton University Press, 1978])，并在书中用较长一章专门讨论了费诺罗萨-庞德的汉字表意理论。威尔士的评价几乎囊括了西方文坛对该篇文章的所有赞誉。

④ 卜弼德：《儒家基本概念的符号学研究》，载《东西哲学》第2卷第4册〔1953〕，第317—332页(Peter A. Boodberg, "The Semasiology of Some Primary Confucian Concepts," in: *Philosophy East and West*, vol. 2, no. 4〔1953〕)。"Semasiology"一词在现代语言学中，指纯视觉的、与声音无关的符号系统，卜氏在论文中致力于分析"君子""政""德""礼""义"等术语的字形结构及其远古的词源，以求精准确定它们的哲学含义。

关键词汇的词源学研究。① 至今,汉学家与中国学者们已经广泛接受了从语言学角度研究汉诗的方法。

在西方从事汉诗研究的学者,在研究此课题时,似乎占有一种特别的优势,他们在用英语或其他西方语言讲授和研究汉诗时,往往拥有一种比较视角,会自觉不自觉地将汉语与西方语言作比较,就更能发现汉语作为诗歌载体时的独异之处,逐渐形成自己对汉诗艺术特征的独特见解。但其中一些学者也过分依赖西方由来已久的汉字是"象形表意神话"(ideographic myth)的观点,这种观点可上溯至16世纪,后被费诺罗萨-庞德的论文推至高峰,深深影响了好几代汉学家。这些追随者们往往过分强调汉字字形对汉诗的决定性作用,以至于忽略了汉字音韵在汉诗创作中的首要地位,我已在另一篇论文中单独讨论这个问题。②

汉字象形表意结构被误解的重要性

汉字的"象形表意神话"认为所有汉字都是象形表意的,这一说法源自16世纪的欧洲,之后便一直被学者用来以西方为参照系,赞誉或贬损中国语言和文化。直到费诺罗萨-庞德的论文《作为诗媒的汉字》横空出世,汉字才开始与汉诗联系起来,被视为诗歌创作的有效媒介。此文作者之一费诺罗萨,本是美国人,在日本时对东方文化产生浓厚兴趣,他师从日本汉学家森槐南学习中国诗歌时写下此文。但作为一篇未发表的演讲稿,当时鲜为人知。费诺罗萨逝世后,庞德由其夫人手中得到其手稿,如获至宝,以短书的形式整理出版,从而广为人知,引发巨大反响。

此文得到庞氏如此钟爱,是因为其观点正好符合庞德欲建立一种新的诗歌传统之需要。他和其他一些现代主义诗人都认为,西方语言中的种种形态标记,无不是束缚艺术想象的枷锁,而他们意欲展开的艺术实验,就是要砸破枷锁,超越概念化思维,用意象直观呈现主客观世界之实相。费诺罗萨在文中对汉语不求诸"形态标记"的表达方式的描述,正是意象派诗人谋求实现的艺术理想,为它提供了一个梦寐以求的实例,从

---

① 陈世骧试图从"兴"等字的结构和字源中寻找汉诗诞生于远古宗教仪式的终极源头,参见陈世骧:《〈诗经〉在中国文学史与诗学中的文类意义》,载《国立中央研究院》历史语言研究所集刊》第39本上册,1968年,第371-413页;再版时收录于伯奇编《中国文学体裁研究》,伯克利:University of California Press,1974年,第8-41页(Ch'en Shih-hsiang, "The Shih Ching: Its Generic Significance in Chinese Literary Theory and Poetics," in: *Bulletin of the Institute of History and Philology Academia Sinica* 39, no. 1, 1968; reprinted in: *Studies in Chinese Literary Genres*, ed. by Cyril Birch, Berkeley: University of California Press, 1974)。远在陈氏之前,阮元、闻一多等人已试图从"颂""诗""诗言志"等字形中重构远古诗歌创作的情景,陈世骧的汉字诗学研究无疑主要继承了中土汉字研究传统,但同时也多少难免受到当时汉学界风行的汉字研究的影响。

② 见蔡宗齐:《单音汉字与汉诗诗体之内联性》载《岭南学报》复刊第五期,上海古籍出版社,2016年,第276-326页。

而支持了他们的诗学主张。

但只要稍加仔细阅读，我们就会发现，汉字本身的象形性实际上并非费诺罗萨-庞德论文讨论的主题，作者只是对汉字的"半象形化效果"（"semi-pictorial effects"）稍加评论。该文本意在于强调汉语与西方语言不同，其文字不是抽象地以字母表达概念，而是本身就能象形表意，即呈现物象而寓有意义；而且，汉字不仅能直观反映自然界静止事物，还可以揭示自然界中事物之间的相互作用。费、庞二人声称，汉字是"基于大自然运行的生动速写"（based upon a vivid shorthand picture of the operations of nature）①，而且"汉字丰富的象形根源为其增添了动词才具有的动作性"（their ideographic roots carry in them a verbal idea of action）②。换言之，庞德和费诺罗萨都主要着迷于汉字用字形揭示出的自然界的丰富动力。实际上，早在1916年，当庞德邀请朋友去"瞻仰费诺罗萨讨论动词——主要是动词——的大作"时，他就被这一点吸引。费诺罗萨和庞德在分析汉字的句法联系时，力图展示汉语句子在传达"力从施事者（agent）到对象（object）的传递"③方面卓有成效。他们认为汉语句子不包含西方语言所谓的"形式主义缺陷"，④例如冠词、词语屈折、（动词）变位、（动词）不及物性等。因此，"句中各部分相继产生、凸显"⑤，这就生动再现了自然界中力的传递。为了强调自己的观点，他们还特地举出了一个简单的例子：

人 見 馬

［……］第一个字是一个用双腿站立的人。第二个字是人的视线在空间中移动：这个鲜活形象是用一个眼睛下面两条奔跑的双腿表现的，"眼睛"与"奔跑的双腿"进入汉字时都发生了变形，但一经看到便令人难以忘怀。第三个字是有四条腿的马。

这整个思维过程被文字与符号无比生动、具体地展现出来。三个字中都有腿，腿似乎是活的，三个字共同展现出持续运动的画面感。⑥

费氏接着以这句简单的话为例，详细讨论了汉语词类不带形态标记，汉字不随词类变化而变形的特点。他以"Man sees horse"一句为例指出，英文主谓句无不被形态标记所束缚，只能表达枯燥抽象概念，故此句与自然界真实的人见到马的动作毫无关系。与此相反，不受此束缚所

---

① 费诺罗萨、庞德：《作为诗媒的汉字》（1983），第8页。
② 同上书，第9页。
③ 同上书，第7页。
④ 同上书，第17页。
⑤ 同上书，第17页。
⑥ 同上书，第17页。

累的汉语则可把自然界万物之间、人与自然之间相互作用的势能呈现出来。这里,"人"一字生动地展示了两条腿的人,"見"则有表示眼睛的"目"结构,而"馬"一字中则可见"馬"飞扬的鬃毛。"人见马"这么一个主谓结构,唤起的不是施事者(agent or actor)—动作或形态(action or condition)—受事者(recipient)三者关系的抽象认识,而是三者互动的实际过程。①费氏若知道三字的篆书(𠂉 見 馬),对自己的观点一定更加笃信不疑。文中又举出了"日东升"三字,英文为"The sun rises (in the) East",这三字展示了汉字不仅有具体的物象,而且展示了自然物象的发展程序。费氏认为,"日"即旭日,"昇(升)"表示了太阳已从地平线上升起,"東"字即"日"升高后挂在"木"之上的情景。② 费诺罗萨和庞德通过几个类似的例子,意在证明汉字因其独特的象形表意性、形态变化及句法结构,拥有展现自然界中丰富动力的独特能力。

这篇文章一经发表,便在西方诗歌界及学界得到普遍认可;但在汉学界中,则招致了来自语言学、文学学者几乎一边倒的批评声音。不少汉学家认为,费文是16世纪以来在欧洲广为传播的"象形会意文字的神话"(an ideographic myth)之翻版,因为费氏只谈汉字"六书"中的象形和会意,而撇开不论其他四种造字法,对纯象形文字只占汉字百分之三四的事实了无所知,③描述亦有不少谬误。比如,已故的刘若愚(1926—1986)教授就认为,费氏的这篇论文延续并固化了"汉字是象形表意文字"的谬见,并在其著作《中国诗学》④的开篇就批评了费氏论文对汉字的错误认识。

然而,笔者认为,这些批评实则没有看到费文要旨,即他从汉字中看到艺术之美。费氏本人并不精通汉语,主要依靠其日本友人了解汉语和汉诗,然而他却能洞察到,汉字结构可为诗歌创作提供独特而丰富的艺术想象空间,这不得不令人折服。⑤此文就其见地与影响而论,堪称文学

---

① 参见费诺罗萨、庞德:《作为诗媒的汉字:精审本》,纽约:Fordham University Press,2008,第44—45页。(Ernest Fenollosa and Erza Pound, *The Chinese Written Character as a Medium for Poetry: A Critical Edition*, New York: Fordham University Press, 2008)
② 参见费诺罗萨、庞德:《作为诗媒的汉字:精审本》(2008),第60页。
③ 有关此"象形会意文字的神话"的起源和历史发展,参见德范克:《中国语文:事实与幻想》,火奴鲁鲁:University of Hawaii Press,1984年,第132—148页。此书集中批评了"象形会意文字的神话",但没有提到费诺罗萨和庞德。(John DeFrancis, *The Chinese Language: Fact and Fantasy*, Honolulu: University of Hawaii Press, 1984)
④ 刘若愚:《中国诗学》,芝加哥:University of Chicago Press,1962年,第3—7页。(James J. Y. Liu, *The Art of Chinese Poetry*, Chicago: University of Chicago Press, 1962)
⑤ 参见蔡宗齐:《比较诗学结构:中西文论研究的三种视角》,火奴鲁鲁:University of Hawaii Press,2002年,第七章《势的美学:费诺罗萨、庞德和中国批评家论汉字》。(Zong-qi Cai, *Configurations of Comparative Poetics: Three Perspectives on Western and Chinese Literary Criticism*, Honolulu: University of Hawaii Press, 2002, chapter 7 "Poetics of Dynamic Force")译文见蔡宗齐:《比较诗学结构——中西文论研究的三种视角》,刘青海译,北京:北京大学出版社,2012年。

批评史上一篇惊世奇文。

具有讽刺意味的是,对费、庞两人"象形会意文字的神话"大张挞伐,反而使汉字吸引了更多注意,并掀起了学者们企图以汉字的象形根源为匙,破解中国文学中"诗""兴"等关键概念,进而重建汉诗起源及早期发展历程的新浪潮。甚至还有一些学者,不仅未被费、庞著作引发的尖锐批评吓退,反而更大胆地向前一步,试图以这种"象形会意神话"阐明中国诗歌艺术的独特性,华裔法国学者程抱一(François Cheng)就是一个典型的例子。程抱一在他颇有影响力的著作《中国诗语言研究》①的导言部分,综论了中国诗歌、艺术的首要原则,其观点隐晦而确凿地体现出费-庞理论的影响。程氏指出,汉语之表意文字系统(以及支撑它的符号观念)在中国决定了包括诗歌、书法、绘画、神话、音乐在内的整套表意实践活动。② 他又写道:"在此,语言被设想为并非描述世界的指称系统,而是组织联系并激起表意行为的再现活动;这种语言观的影响具有决定性的意义。这不仅因为文字被用来作为所有这些实践的工具,而且它更是在这些实践形成体系过程中活跃的典范。这种种实践,形成了既错综复杂而又浑然统一的符号网络,它们服从于同一个象征化过程以及某些根本性的对比规则。"③显然,他在这里提到的"符号网络"和"象征化过程",正是序列化的表意符号,或者说是费、庞二人所谓的"持续运动的画面"或"大自然运行的生动速写"。

费、庞二人举了"人见马"的简单句子,证明汉字在表意方面的独特优势,程抱一则似乎有意胜出一筹,拿王维、刘长卿和杜甫的诗歌展开论证。④ 他举出王维"木末芙蓉花"一句分析说:

> 他[王维]没有用指称语言来解释这一体验,而只是在绝句的第一行诗中排列了五个字:
>
> 木末芙蓉花
>
> [……]按照顺序来读这几个字,人们会产生一种目睹一株树开花过程的印象(第一个字:一株光秃秃的树;第二个字:枝头上长出一些东西;第三个字:出现了一个花蕾,"艹"是用来表示草或者叶

---

① 此书原文为法文,出版于 1977 年,名为 *L'écriture poétique chinoise*,出版后反响颇大,数年后便被译成英文介绍到北美,对北美学者认识汉诗艺术有相当大的影响。2006 年,该书被译成中文,在江苏人民出版社出版。英译本可参见程抱一:《中国诗语言研究》,里格斯、西顿译,印第安纳伯明顿:Indiana University Press,1982 年(François Cheng, *Chinese Poetic Writing*, trans. from French by Donald A. Riggs and Jerome P. Seaton, Bloomington, Indiana: Indiana University Press, 1982)。中译本则可参见程抱一:《中国诗画语言研究》,涂卫群译,南京:江苏人民出版社,2006 年。此中译本是程抱一先生的《中国诗语言研究》(1977)和《虚与实:中国画语言研究》(1991)两书的合集。
② 参见程抱一:《中国诗画语言研究》(2006),第 10 页。
③ 同上书,第 10—11 页。
④ 同上书,第 9—11 页。

(葉)的部首;第四个字:花蕾绽放开来;第五个字:一朵盛开的花)。①

他认为:

> 一位读者,哪怕不懂汉语,也能够觉察到这些字的视觉特征,它们的接续与诗句的含义相吻合。实际上,按照顺序来读这几个字,人们会产生一种目睹一株树开花过程的印象。②

显然,程氏的解释比费-庞之作更富于想象力,也更复杂、精致。费诺罗萨与庞德二人本想阐明"我们在阅读汉字时,不会疲于应对不同汉字造成的精神冲突,而是在目睹[无生命]的文字努力活出自己的命运",但他们所举的"人见马"之例却无法有效论证这一观点,因为这句话仅描述了人的一个简单动作,而未体现自然之物努力活出自己的命运之过程。程抱一的例子则显然实现了这一目标。

按照程氏的解释,我们读"木末芙蓉花"这五个字的感受,犹如看到了一朵花从蓓蕾到徐徐开放的电影特写慢镜头,这正说明了汉字无可匹敌的启示性。他甚至进一步深挖"芙蓉花"三字字形构造所寓藏的更深的含义,以求说明王维试图借字形来揭示人与自然相通融合的内在关系:

> [……]但是穿过这些表意文字,在所展现的(视觉特征)和所表明的(通常含义)内容背后,一位懂汉语的读者不会不觉察到一个巧妙地隐藏着的意念,也即从精神上进入树中并参与了树的演化的人的意念。实际上,第三个字"芙"包含着"夫"(男子)的成分,而"夫"则包含着"人"的成分(从而,前两个字所呈现的树,由此开始寄居了人的身影)。第四个字"蓉"包含着"容"的成分(花蕾绽放为面容),在"容"字里面则包含着"口"的成分(口会说话)。最后,第五个字包含着"化"(转化)的成分(人正在参与宇宙转化)。诗人通过非常简练的手段,并未求助于外在评论,在我们眼前复活了一场神秘的体验,展现了它所经历的各个阶段。③

显然,费、庞二人对"人见马"的解读,遇上程抱一对王维诗句的解读,不免相形见绌。程抱一有意以王维这句诗为例,认为阅读这五个字会产生"一场神秘的体验":这五个字单单凭借自身强烈的表意性,就不仅能展示出花开背后无形的宇宙运行,还能体现出人对宇宙运行的参与!程抱一以此为据,声称正是汉语之表意文字系统,激发并决定了汉

---

① 参见程抱一:《中国诗画语言研究》(2006),第13页。
② 同上书,第13页。
③ 同上书,第13—14页。

诗的特征。而王维诗句所激发的"神秘体验"无疑是将"象形会意神话"运用于文学批评的完美范例。

程氏对王维诗句作了如此富于想象的发挥，但仍意犹未尽，故又引杜甫的一联诗"雷霆空霹雳，云雨竟虚无"，进而阐述自己的汉字诗性说：

> 诗人用了一系列都含有"雨"字头的字：雷霆、霹雳、云(雲)。然后，他让"雨"字本身最后出现，而它已包含在所有其他允诺它的字中。枉然的允诺。因为这个字刚一出现，后面便紧跟着"无(無)"字，它结束了诗句。可是，这最后一个字以火字为形旁："灬"。因此，落空的雨很快就被灼热的空气所吸收了。①

读完这些解释，我们不禁会惊叹程氏化平直明了为神奇的想象力，同时又有似曾相识之感觉。略加思索，不难发现，程氏的字形解诗法与费、庞二人对"人见马""日东升"两句的解读如出一辙，或说把费、庞氏汉字诗性说发挥得淋漓尽致。

但是古往今来任何一个汉诗读者，在阅读这句"木末芙蓉花"时，会理解地如此丰富而深刻吗？显然，不太可能——除非他与程抱一相同，热衷于汉字的"象形会意神话"。实际上，程氏字形解诗法非但与我们今日读汉诗的体验多相扞格，而且与古人诗歌创作中体现出的字形选择的意图，以及与古代批评家有关字形选择的论述完全是背道而驰的。因此，它恐怕难逃被视为不合用的"舶来品"，而无法为人接受。

我们姑且搁置这一事例，更宏观地思考其观点，程氏所选的两个例子都是使用同一偏旁字的诗句，显然是认为这类诗句最能凸显汉字字形在汉诗艺术中具有决定性作用。那么我们不禁要问，他所引用的诗句真的能够代表源远流长、广为传布的汉诗吗？答案仍然是——"不"。这样连续使用同偏旁字的诗句，在浩如烟海的汉诗中，少到几乎可以忽略不计。既然如此，把一些并不常见的诗歌当做整体汉诗艺术的一个缩影，并以此立论，显然站不住脚。

历史上的确一直有诗人有意创作连续使用同偏旁字的诗句，但他们的真实意图是想以此实现程氏所言之效果吗？为了回答这个问题，我们先来看晋代郭璞(276—324)《江赋》中的一个片段，其中水字边赋句甚多：

> 若乃巴东之峡，夏后疏凿。绝岸万丈，壁立赪駮。虎牙嵥竖以屹崒，荆门阙竦而盘礴。圆渊九回以悬腾，湓流雷响而电激。骇浪暴洒，惊波飞薄。迅澓增浇，涌湍叠跃。砯岩鼓作，漰湱㴸灂。李善注：皆大波相激之声也。潆溰瀄汨，溃濩㵦渹。皆水势相激汹涌之貌。澹湟滰决，濴泅瀾渝。皆水流漂疾之貌。㵲濩㶌澄，浪㵺渍瀑。

---

① 参见程抱一：《中国诗画语言研究》(2006)，第 15 页。

皆波浪回旋潏涌而起之貌也。浸减泜涓,龙鳞结络。碧沙濆洎而往来,巨石硨矴以前却。潜演之所汩漏,奔溜之所碌错。厓隒为之泈崿,崎岭为之岩崿。幽涧积岨,礨硞磱礃。

若乃曾潭之府,灵湖之渊。<u>澄澹汪洸</u>,潢混困泫。<u>泓汯泂澋</u>,涒邻圆潾。混瀚灝涣,流映扬焆。<u>溟潾渺沨</u>,<u>汗汗泪泪</u>。察之无象,寻之无边。气瀹渤以雾杳,时郁律其如烟。类胚浑之未凝,象太极之构天。

长波浃渫,峻湍崔嵬。盘涡谷转,凌涛山颓。阳侯砯硪以岸起,洪澜涴演而云回。沂沦滺滚,乍洇乍堆。嶶如地裂,豁若天开。触曲厓以萦绕,骇崩浪而相礧。鼓唅窟以溯渤,乃溢涌而驾隈。①

这三段赋共有 292 个字,其中带水字边的字有 104 个,占 35.62%之多。中国古诗史上几乎没有任何一部作品,会比这个选段有更多相同偏旁的字。带水字边的字如此密集出现大概有三个主要原因。其一,顾名思义,《江赋》集中描写水景,自然要用上大量带水字边的字。其二,郭璞有意使用一串又一串的同偏旁字,尤其是特别艰涩古奥的同偏旁字,旨在显耀自己知识之渊博,掌握的字词量之巨大,如此卖弄辞藻似乎是当时许多辞赋之士的癖好。其三,郭氏寻求创造出一系列由四个同偏旁字组成的连绵字群(引文带有下划线的部分),借其双声叠韵来传递大江惊涛拍岸之声,汹涌澎湃之貌。李善的笺注就明确指出了这点。但无论如何,这段文字都无法体现出郭璞如程氏所言,自认为见证并有意展现了奇妙的宇宙运行。

第二例是一首既无署名也无标题、完全用辶(走)字边字写成的五言绝句。此诗有两个稍有不同的版本,下表左边一栏是在长沙窑出土瓷器釉下所录的版本,②右边一栏是陈尚君先生在《敦煌遗书》中发现的版本,③与长沙窑版基本相同,只有四字有所变动。

辶字边诗	
长沙窑版本	《敦煌遗书》版本
远送还通达(遠送還通達),	送远还通达(送遠還通達),
逍遥近道边(逍遙近道邊)。	逍遥近道边(逍遙近道邊)。
遇逢逯迯过(遇逢逯迯過),	遇逢逯迯过(遇逢逯迯過),
进退隋遛连(進退隨遛連)。	进退速遊连(進退速遊連)。

---

① 萧统编、李善注:《文选》,北京:中华书局,1977 年影印本,第 184—185 页。
② 见周世荣《长沙窑唐诗录存》,载《中国诗学》第五辑,南京:南京大学出版社,1997 年,第 67—71 页。又可参见长沙窑课题组编《长沙窑》第三章第六节《文字》,北京:紫禁城出版社,1996 年,第 144 页。
③ "中研院"历史语言研究所傅斯年图书馆藏敦煌遗书一五号背三(简称傅一五),转引自陈尚君:《长沙窑唐诗书后》,载《中国诗学》第五辑,第 75—77 页。

长沙与敦煌之间相隔千山万水,在唐代两地交通来往之困难可想而知。然而,此诗在两地同时出现,又以不同的物质形式保存至今,确是令人惊讶、极为费解的事。若强作解释,不外有两种可能,一是此诗当时在民间广为流传,传遍大江南北、塞内塞外,而同时被长沙窑主和敦煌抄卷者选中。二是此诗当时并非那么出名,只是因长沙窑瓷器外销至塞外而被敦煌抄卷者抄录下来。第二种可能性似乎更大些。

该诗还迫使我们思考,诗句中大量出现同偏旁字是唐代的一种流行风尚吗?若唐代确有此风尚,那么程抱一先生所举的王维和杜甫的诗句与之有无关系?这一问题似乎超出本文研究范围,暂不做讨论,我们还是回到诗歌本身,探讨其艺术价值。从该诗的内容与形式看,它似乎出自一个诗歌才华、修养都极为有限的人之手,而非名家之作。与郭璞《江赋》中水字边字的连用不同,此诗的"辵"字边字并没有巧妙地与双声叠韵结合,从视觉和听觉两方面呈现物象情貌,故读来不觉得有多少文学价值,更像是一首较为俚俗的文字游戏诗。它虽然体现出作者有意根据汉字的象形偏旁遣词造句,但显然更像在追求纯粹的把玩文字之乐,"辵"字边字组成的大杂烩,没有呈现出任何视觉、听觉的吸引力。这样的诗作能被视为以象形部件之互动来揭示宇宙运行奥秘的伟大尝试吗?

接着我们来考察,古代批评家如何阐述字形与诗歌艺术的关系。显然,如果这种连续使用同偏旁字的诗句,真如程氏所言,有助于揭示宇宙运行的内在奥秘,那中国历代文学批评家肯定多有论述。但事实并非如此。中国文学批评史上,唯有一篇文章专意讨论了遣词造句时应当考虑字形因素,这就是刘勰(465?—520?)《文心雕龙》中《练字》一篇。刘氏在文中首先提出了选用字形的四大原则:

> 心既托声于言,言亦寄形于字,讽诵则绩在宫商,临文则能归字形矣。是以缀字属篇,必须拣择:一避诡异,二省联边,三权重出,四调单复。①

第一条原则"避诡异",即行文时最好避开看上去诡异的字。刘氏解释说:"诡异者,字体瑰怪者也。曹摅诗称:'岂不愿斯游,褊心恶呶。'两字诡异,大疵美篇,况乃过此,其可观乎!"②刘氏认为,"呶"二字诡异,从而大煞风景,降低了诗句的美感。

第二条原则"省联边":"联边者,半字同文者也。状貌山川,古今咸用,施于常文,则龃龉为瑕,如不获免,可至三接,三接之外,其《字林》

---

① 詹锳:《文心雕龙义证》,上海:上海古籍出版社,1989年,第1461—1463页。
② 同上书,第1463页。

乎!"①刘氏这段话的意思是,虽然联边字能有效描摹自然之景物形貌,但相同偏旁部首的字最好不要一起出现,如果实在无法避免,则最多出现三次,出现三次以上的文章则可以讥讽其为《字林》。显然,刘勰不可能像程氏大胆宣称的那样,认为使用象形字能够揭示宇宙之运行,他反而强调作诗时,应当小心规避这种情况。

第三条原则是"权重出":"重出者,同字相犯者也。《诗》《骚》适会,而近世忌同,若两字俱要,则宁在相犯。故善为文者,富于万篇,贫于一字,一字非少,相避为难也。"②

第四条原则是"调单复":"单复者,字形肥瘠者也。瘠字累句,则纤疏而行劣;肥字积文,则黯黕而篇闇。善酌字者,参伍单复,磊落如珠矣。"③这原则说的是,字形有肥有瘦,即最好不要连续几个全是笔画、多看起来肥胖的字,也不要连续几个全是笔画少看起来很瘦的字,行文时最好肥瘦相间,如此才能"参伍单复,磊落如珠矣"。

显然,所有这些事实都与程氏的象形理论相悖。首先,中国文论史上只有一篇专论此问题的文章,这表明中国诗人在创作时对此象形结构实在兴趣缺缺。如果汉字的象形结构真如程氏所言,是汉诗艺术的核心,那历史上该有大量的相关评论、讨论文章。

其次,即使是刘勰的这篇文章,主旨也在讨论挑选字词时应当规避的陷阱,四条原则都采用了否定性或告诫性的语言,而几乎未涉及汉字象形结构的益处。

第三,正如上文提到的,刘勰的第二条原则明确与程氏主张"联边句"相抵触。虽然魏晋六朝名流文人多有爱用"联边句"者,这类诗句在五言诗中数量毕竟是很有限的,在赋中的像郭璞《江赋》狂用"联边句"的例子是不多的。唐代的"联边诗"主要是无名氏之作,大概乃出自下层文人之手的文字游戏,无关宏旨。就艺术性而言,除了郭璞《江赋》中所见那种联边与双声叠韵结合而生的形声之美,似乎是乏善可陈。若非如此,刘勰怎么会对"联边"持一种批评或至少是保留的态度,告诫对之要"省"?

第四,《文心雕龙·练字》虽然是中国传统诗学中唯一专门讨论字形使用的文章,但其对字形的讨论是围绕汉字的视觉美感角度展开的,与感物抒情过程无关。他文中所说的"临文"是指将作品书写出来,而选字的四项原则旨在告诫选字组句须充分考虑字形的视觉美感,而非像某些学者所误解的那样更关心语义的表述。在某种意义上来看,刘勰《文心

---

① 詹锳:《文心雕龙义证》,第1465页。
② 同上书,第1467页。
③ 同上书,第1470页。

雕龙·练字》与书法审美的关系之密切甚至胜于文学。实际上，刘勰的第四条原则主张肥（笔画多的字）瘦（笔画少的字）相间平衡，这几乎是纯粹讨论书写效果了。

总之，无论是不同时期诗人刻意选择字形的实践，还是刘勰对这类实践所作的论述总结，无不反映出字形在汉诗艺术中的次要作用。程氏步费、庞二人后尘，将字形作为汉诗艺术决定因素，无疑是一种谬误，是其过于推崇"象形会意文字的神话"的结果。程氏引用"木末芙蓉花"与"雷霆空霹雳，云雨竟虚无"二例，认为它们最能证明字形与汉诗艺术之内在联系。然而，这两句则恰好可以归入刘勰所认为的不当的"联边"，即一句中用三个以上同样偏旁的字。程氏又接着大谈王维和杜甫联边句中字形的变化如何直接呈现诗人的感物和抒情过程，而古代诗人恐怕从未试图凭借字形来显示自己的感物和抒情过程。若是如此依赖字形，他们不会不像程氏那样谈论自己妙用字形抒情的体会，批评家也不可能不深入探究字形与写物抒情的关系。而这两种文章在古代文学批评史上恰是不存在的。

那么，我们不禁要问，身为著名学者、诗人、书法家，且对中国文化有着极为深刻理解的程抱一自己，是真的深信不疑汉字的象形结构在很大程度上决定了汉诗艺术吗？笔者猜测，他用汉字的"象形会意神话"解读汉诗，是因为他的言说对象多是对中国文化、中国诗歌毫无了解的外国读者，汉字独特的象形表意性对他们——尤其是深受德里达与后结构主义理论熏陶之人——而言，更有魅力，也更为熟悉。因此，程氏希冀以谈字形的魅力为开场白，将其引入奇妙的汉诗艺术世界。我们在批评程氏谬误的同时，也应当赞赏其为跨文化交流付出的艰辛努力。

作为世界文学一部分的中国文学

［德］卜松山（Karl-Heinz Pohl），张帆译

科学，通常被理解为一种普世性的学说。故而按规则，我们努力在特定文化现象的差异之上建构普遍有效的理论。但科学同时也是一项现代的欧洲发明，因而科学中的种种概念厘定和归类，都基于这一文化源头——欧美文化。在现代化进程中，欧美观点被未加质疑的视为普遍规范，这种原本属于特定文化的视角被不断强化。如下一则由非洲人士所写的评论，中国人看了，恐怕也心有同戚：

> 曾有哪个欧洲人能夸耀自己（或埋怨自己）下了同样的功夫，如众多第三世界知识人努力学习欧洲诸传统一样，去了解及研究其他社会"传统"？①

换句话说，"西方现代性"只是一种悠久的地方文化传统的延伸。

"比较文学"是这种欧洲中心主义之下的学术（或科学）活动，预设了一种对文学的现代解读，这种解读承袭其欧洲文化传统：文学肇始于荷马史诗和希腊戏剧，在小说和戏剧中达到顶点，倾向于将虚构性作为文学的首要特征。然而，文学作为人文学科的一部分，也具有历史的（和当代的）比较向度。这就意味着，只有在纵向的起源及与其他文化之文学观念相比较的基础上，对文学定义的讨论方能进行。故在世界文学语境下，任何关于国族文学的讨论，都应格外留意那些异于西方观念的文学概念。对中国文学的研究亦如此。如下文所示，透过对中国样式的研究可以见出，虚构性可能不足以成为通行的文学典范。

下文首先梳理中国人从前现代到现代如何理解文学的线索。毋庸赘言，我无意从两千多年的中国文学史中抽取一个无所不包的文学概

---

① 米斯基埃：《致第三世界精英的公开信》，巴黎：Minerve，1981 年，第 143 页。（Ahmed Baba Miské, *Lettre ouverte aux elites du Tiers-Monde*, Paris: Minerve, 1981）

念——这种做法既缺乏历史性,又过于笼统。反之,纵观历史可以把握某种趋势,从而有可能切近理解中国传统对文学的解读。在此基础上,我将通过六卷本《诺顿世界文学选集》(*The Norton Anthology of World Literature*)这部具有代表性的合集,探讨(西方的)世界文学概念与其框架内的中国文学的相关性。之后,我将转向歌德的世界文学构想,后者主要是在他与中国文学的邂逅中诞生的。

一、中国的写作以及书面语言

"文学"一词(belles lettres,即今日所谓小说)是18世纪欧洲的发明。从词源学上讲,文学乃"被写下来"之物(拉丁文 letterae,即字母)。所以,在前现代的欧洲概念中,文学较少倾向于"审美主义",而更接近"博学"或"学问"。也就是说,文学是综合知识,见诸文字传统。就这一概念史而言,汉语中有着类似说法。虽然中国不像同时代的欧洲,其文学并不是肇始于史诗和戏剧,而是由诗歌而来,不过汉语词汇"文"(书写之物)与前现代欧洲的"文学"意涵相当。

关于前现代中国对文学的理解,有两点特殊之处必须考虑:(1)语言及书写,(2)文人官员的角色,他们保卫着基于书写的文化传统。众所周知,汉语是一门孤立的、无屈折变化的、有声调的语言。每个最小的表意单位(语素)都由一个完整的音节和四种声调(现代标准汉语)之一构成。在书写中,可以运用的最小语言单位是单字。中国古典文言虽然与现代汉语有所差异,但直到20世纪初仍然是通行的文字表达方式。这种经典的书面语形成的文本,遵循一种非常精密的表达方式:一个单字通常就是一个无屈折变化的单音字(但会包含许多相近的含义)。没有冠词;代词和连词被大幅减省。同一个词的名词、形容词和动词用法之间,通常没有区别。因为这些特质,古代文本有时在语义上带有显著的开放性,为解读提供了蕴含审美效应和联想的潜能。

虽然中国的书面语言(即"文言")几个世纪以来吸收了不同时期的口语,但它始终被看做纯粹的书写语言。像所有语言一样,中文口语在历史中多有改动,字的读音也有不少改变。但是中国书面语言的独特之处是,读音的改变并未相应地影响对古代文本的理解(不像古代或中古高地德语,古法语或古英语那样)。人们可以用当代发音来阅读古代文献,尽管这会导致某些不便,比如在诗歌中,有时不能押韵,但对书面语的理解并不会产生歧义。这种以今音读古文的适用性使得古代经典经久不衰。并且,由于文本中已包含语法,仿照古文格式作文总是可以做到的。

有两点特征值得注意：就是对仗和用典。由于汉字一字一音的特点，编排句子或诗行时，很容易排出长度相当、字数相抵的两句话。一行当中的每一个字，无论作为一个音节或一个词，都可以在另一句中找到对应。这些两两对应的部分通常根据语义场被编排入句。这种语法结构对应，特别是对仗，是中国诗歌和散文最具特色的特征之一。当然，其他（比如西方）语言和文化，也都有诸如对偶的修辞技巧，但语言结构决定了，其工整程度绝难与中文相比。① 对仗结构被发挥到极致，以至于某些古典文本，因其语义学上的开放性与不确定性，只有将对仗考虑在内，才能被解读和翻译。② 对仗在很大程度上也能帮助中国文人记忆整篇文献。

文人熟知整个文学传统，因而乐于引用（偶尔稍加篡改）。由于人人熟读经史，所以不会担心行文晦涩难懂，反而为文章增添新的吸引力。某些诗歌流派甚至将技艺高超的援引奉为艺术。③ 这样的文本具备后现代颇受重视的特性，也就是高度的文本间性。

此外，汉语写作拥有一种视觉维度。虽然严格地讲中国字并非象形而构（大量的中国文字并不是根据象形，而是根据音形原则构成的），但是中国字自其起源就有着绘形、象义的部分。这在许多单字中有所体现，如象形字。在这方面，我们找到一种内嵌于文章的想象力，将文字化为一种见乎形构而达于诗意的文学表达。在诗歌中，这一点尤为明显。

二、中国"文人"

在中国，运用书面语的能力使人成为文化和政治精英，文学教育与政治权力总是密不可分。前现代熟读经典的儒家士大夫，既是作家也是官员。他们必须通过一套严格的考试系统的检验，首先成为写作传统的鉴赏者，以获取公职。从公元7世纪初就存在的考试，主题为儒家经典，应试文章须围绕这些文本铺展开来。从明朝，即公元14/15世纪开始，应试文章被严苛地限定于"八股文"④，考生需要将全部经典（超过四十万字）熟记于心。经典也包括公元前1000年间的诗歌总集《诗经》，可见文学在严格意义上已经属于考试的命题范围。8世纪（唐朝）时，诗歌写作

---

① 对于对偶的偏好也受到了盛行的阴-阳思维的影响，即万物都包含于阴阳这两股对立的宇宙力量中，只有阴阳调和才能达到普遍的和谐。
② 参见根茨：《论中国文学中的对偶》，载瓦格纳编《对仗》，哥廷根：Vandenhoeck & Ruprecht，2007年，第241—269页。(Joachim Gentz, "Zum Parallelismus in der chinesischen Literatur", in: *Parallelismus Membrorum*, hrsg. von Andreas Wagner, Göttingen: Vandenhoeck & Ruprecht, 2007)
③ 比如以黄庭坚为首的江西诗派。
④ 参见涂经诒：《中国八股文的文学性探讨》，载《华裔学志》卷三十一（1974/75），第404页。(Ching-I Tu, "The Chinese Examination Essay: Some Literary Considerations," in: *Monumenta Serica* 31〔1974/75〕)

被列入考试项目。为了应付这项考试,文人还要熟记所有伟大诗人的全部作品。这种为应考而生的惊人记忆力,很能说明前现代中国文人为何如此博闻广识。

三、写作和作为文化传统的文学("文")

士大夫始终是以识文断字为基础的文化传统的捍卫者。"文"字在现代用法中可组词为"文学"(关于写作的学识)和"文章"(文字作品),代指狭义的"文学"。①正因为此,我们首先需从文学的汉语概念入手,对指代读写能力的"文"做一考察。"文"原意为纹路(交错的线条)。在周代(公元前11—前3世纪),"文"的主要含义是"图案"或"修辞文饰"——比如服从于"主旨"或"内在本质"("质")的"优美的外观";后来泛指"正式撰写的文章",与"日常随笔"("笔")相对。②"文"的另外一个重要含义是"文明""开化"或"教养"(与"武"相对),这一含义迄今仍在日常用词"文化"中有所体现。因此,"文"既有形式优美,也有教化涵养的意涵。汉代晚期(公元1世纪—2世纪)起,"文"才开始被用来表达"文学",最初涉及主要经典著作,即传统中国文库中的"四部"或"四库":儒家经典("经"),周代晚期(公元前6世纪—前3世纪)各种哲学流派的著作("子"),自汉代早期(公元前2世纪)以降的史书("史"),以及诗歌合集("集")。

在早期中国思想中,可参考刘勰(约465—约522/539)的《文心雕龙》来理解"文"的重要性。这部著作广泛涉及文学的各个方面,在中国文学史中出类拔萃。在首章《原道》中,刘勰讨论了文学在宇宙中的起源,探讨了"文"的不同含义(如模式/形式,文化/文明和文学),并得出如下类比:"文"(作模式解)是天地万物中的一种形式;刘勰认为天体如日月星辰,地理如山川水流,都是"道"的形式,即"道之文"。另一方面,"文"是人的思想活动("心"),通过文字得以呈现。天地万物全依本性运行("自然"),以最佳的形式,比如天上流云或地上繁花,这来呈现自己。这些可以眼观的形式,刘勰称之为"章"。另有可以耳闻的形式,比如激越于岩石之上的溪流;刘勰称之为"文"。(这种措辞与汉语对文学的表述有关:合成词"文章"——既为眼观又可耳闻——曾经且仍然是中文表述文学作品的常用字眼。)刘勰发问,如果自然万物无意识且完美地呈现

---

① 关于"文章"一词的复杂历史,可参考柯马丁研究翔实的文章《礼仪、文本与经典的形成:古代中国的"文"的历史变迁》,载《通报》卷八十七〔2001〕,第4391页。(Martin Kern, "Ritual, Text, and the Formation of the Canon. Historical Transitions of Wen in Early China," in: *T'oung Pao* 87〔2001〕)

② 参见余宝琳:《中国文论形式辨》,载布什、默克编《中国艺术理论》,普林斯顿:Princeton University Press, 1985年,第27—56页。(Pauline Yu, "Formal Distinctions in Chinese Literary Theory," in: *Theories of the Arts in China*, ed. by Susan Bush and Christian Murck, Princeton: Princeton University Press, 1985)

自己,那么有精神意识的人,怎能没有自己的表达形式呢。因而,刘勰在第一章中提出如下观点,即文学("文")是人类精神可以把握的一种形式,通过语言来调节:"心生而言立,言立而文明。"然而,刘勰最终在更广阔的意义上理解"文",借其第三个含义——以古代圣人,尤其是孔夫子的学说来教化——形塑人类社会。所以他写道:"道沿圣以垂文,圣因文以明道。"

这样一来,我们获得了一个宏大的类比,借以调和宇宙、凡人和古代圣贤,也将"文"升华为人和宇宙的最高组织原则。文学,抑或是"文",在其所有含义之中,实为对宇宙组织原则所做的可见宣示。对刘勰而言,这项宣示在儒家经典中有所展现。因此,在这一章的开篇,刘勰写道:"文之为德大矣,与天地并生者何哉。"①

四、早期汉语诗歌

汉代以前,狭义上的文学指什么呢?古代中国没有像古希腊那样发展出史诗与悲剧,后世也没有。当时最重要的文学形式是一种韵诗,在公元前10世纪到公元前7—6世纪以"诗"为体裁出现,收录于《诗经》之中;《诗经》自汉代起被奉为经典。因此,中国对文学的早期看法(后来的看法几乎亦然),须在诗的参照下才可解读。

《诗经》中最早的诗已经拥有许多汉语诗歌的典型特质,在形式和体裁上相当成熟。其形式、风格和内容上的基本原则,特别是《诗经》第一部分、也是最重要的《国风》的特点,可归纳如下:

- ⊙ 诗歌形式有着清晰的结构:通常交替排韵,每行一般四字,每节由四或六行组成。
- ⊙ 通常包括一些语音技巧,诸如形容词叠词,头韵或拟声词。
- ⊙ 内容包括敬奉王公和祖先,家庭生活及义务,以及节日庆典和风俗等。
- ⊙ 这些诗歌的风格,已经确立了贯穿整个中国诗歌史的主要特点,即通过简洁并充满隐喻的方式使人产生联想,在言辞之外("言外")传达意涵。

汉代开始,纲领性的《诗大序》被放在这些经典诗歌之前。这篇序可

---

① 《文心雕龙》(双语版),施友忠(Vincent Yu-chung Shih)英译:*The Literary Mind and the Carving of Dragons. bilingual edition*,香港中文大学出版社,1983年,第13、19页。

被理解为中国文学理论的第一篇文献。① 序言认为:诗歌最初旨在以语言来表现道德观和政治观("志")。这种观点在公元 3 世纪到 4 世纪开始转变,诗歌转向表达感受("情")。这篇序言的另一个引人注目之处是提及文学和政治的紧密关系;人民用歌谣批评统治者,含沙射影的批评不会受到惩罚。

诗歌只是广义文学之"文"的一部分。如果我们追寻历史(同时排除经、子、史书等)就会发现,公元前 4 世纪到公元前 3 世纪的重大变化是一种新文体的诞生——"楚辞"。②与源自北方的"文"相比,这种来自南方的诗歌显得自由和飘逸:韵脚时常变换,结构上没有严格分节,通常篇幅较长。其代表作《离骚》,长达 370 余行,是中国文学史上最长的诗歌名篇。"楚辞"的基调优美而哀伤(在西文中,将楚辞合集定名为"楚之挽歌"的译法十分流行)。其象征世界中充满了令今人费解的花草、神话、仙人、精怪,由于其地方性的萨满教背景,楚辞不属于中国文化史的主流。归根究底,它不是人们社会生存的自我表达,而是呈现个体之复杂的情感世界。《楚辞》这部诗集中的部分作品是屈原所写(至少《离骚》如此),其余篇目也以他的命运为主题,描绘了一场充满萨满式景象的魔幻旅程,其核心是这位正直但遭到冤屈的官员的遭遇。由此,屈原也成为第一位因其诗作而为人所熟知的诗人。

接下来的汉代也涌现出一系列文学创新,其中最具历史意义的是"诗意的描写",即"韵文"或"赋"。一方面,汉代这些洋洒之诗继承了楚辞的传统;另一方面,汉赋在内容和形式上都有自己的特点。就其内容和目的而言,多数汉赋都带着强烈的教化或说教色彩。③风格上,汉赋多用对仗结构,在音节、句法和用词上都十分工整。此外,汉赋以其较大篇幅以及富于个性的精湛词艺而著称。

另一种新文体是"乐府"民歌。它们以民间寻常歌谣为体,其中一部分是帝国的音乐机关("乐府")搜集而得,另一部分则由乐府官员创作,如为祭祀仪式所作的新歌。这些诗歌体裁短小,富于表现力,而且作为歌谣,更适合抒发情感,因此与"赋"截然不同。乐府歌谣通常有副歌重

---

① 参见宇文所安:《中国文论:英译与评论》,剑桥:Harvard University Press,1992 年,第 49 页,载黄兆杰编《中国古代文学批评》,香港:联合出版公司,1983 年。(Stephen Owen, *Readings in Chinese Literary Thought*, Cambridge, Mass.: Harvard University Press, 1992.〔*Early Chinese Literary Criticism*, ed. by Siu-kit Wong, Hong Kong: Joint Publishing Company, 1983〕)

② 参见《楚辞》,霍克斯译,哈蒙兹沃斯:Penguin,1985 年。(*The Songs of the South*, trans. by David Hawkes, Harmondsworth: Penguin, 1985)

③ 参见康达维:《汉代狂想曲:扬雄赋研究》,剑桥:Cambridge University Press,1976 年(David Knechtges, *The Han Rhapsody. A Study of the Fu of Yang Hsiung*, Cambridge: Cambridge University Press, 1976);《中国韵文:汉及六朝的赋》,华兹生译,纽约:Columbia University Press,1971 年。(*Chinese Rhyme-Prose: Poems in the Fu Form from the Han and Six Dynasties Periods*, trans. by Burton Watson, New York: Columbia University Press, 1971)

句,在结构上——与诗相比——显得不规则。在后世作家那里,乐府诗成为一种流行文体。

五、唐宋近体诗词

诗歌的地位在唐代获得提高,尤其是形式严格的"律诗"流行开来。①律诗结构规律,富有乐感,在当时十分时髦,因此被称为"近体诗"。尽管有许多规则拘囿,唐代大诗人依然运用自如,仿佛格律要求并不存在。律诗首尊杜甫(712—770),李白(699—762,又号李太白)则偏爱自由的形式,比如流行的"古体诗"。两位诗人同时也是两种不同立场和世界观的代表:杜甫是儒学本位的诗人,忧心民生困窘和国运兴衰("忧国忧民"),他的作品成为后世提炼规则和学习创作的宝库;李白则是道家思想熏陶下无拘无束的天才艺术家,后世仅能仰慕,难以摹仿其自然天成的作品。诗歌被视为作者个性的反映,正是著名诗人富有魅力的、高雅的人格,使诗歌成为传播最广泛的文体。因此才有这样一句经久不变的格言:"诗如其人。"经由唐代诗人及其作品,诗歌成为新的审美范式。对中华文化来说,唐诗的作用甚至超过儒家经典文史,成为文学以及文化修养的经典。

从唐代开始,诗歌王国出现了新的体裁,首先就是"词",并在宋代繁荣。它源于中亚,起初是流行于歌女中间的一种娱乐;这样的源起使得词的内容一开始就被认为有失体面。在形式上,词与乐府歌谣相近,不像格律诗那样严格要求诗行长度均等,不同诗行长短不一。在宋代,词的原有曲调业已失传,流传后世的只是曲词架构,即句行长短和语调结构,这一架构被称为"词牌"。苏轼(1037—1101)是中国历史上最高产且最有影响的文人之一,不仅将词的内容从恋女弹唱推进到哲学思辨和宇宙存在之类的主题,而且诗文成就颇高;他除了当过高官,还是一位书法家和画家。其他词人有梅尧臣(1002—1060),辛弃疾(1140—1207),陆游(1125—1209),以及最著名的中国女性词人李清照(1084—1151)。

六、虚构文学与戏剧(戏曲)

毋庸赘言,文学财富绝不限于诗歌和哲理著述("文"),中国人也创作了大量小说(以文言文或白话文写就)、戏剧、佛教及道教文献等。下

---

① 参见卜松山:《中国的美学和文学理论——从传统到现代》,慕尼黑:Saur,2007 年,第 151—153 页(Karl-Heinz Pohl, *Ästhetik und Literaturtheorie in China: von der Tradition bis zur Moderne*, München: Saur, 2007);向开译中文本于 2010 年由华东师范大学出版社出版。

文将对小说和戏剧做一简述。早在汉唐时期,已有所谓以"记录不寻常"为体例的故事("志怪")。① 这种古文写成(通常较为短小)的早期叙事文学,深受彼时史纂的影响,大都是"非官方历史"("外史")的形式,结构上有许多史学档案的特点。我们可以发现,中国小说总的说来与史书密切相关,后者是古典中国文学的重要构成部分。古文小说在唐代蓬勃发展,即所谓"传奇"。

宋代开始,特别是在明代,随着城市文化的繁荣,文学领域亦即小说中出现不少创新,白话小说和短篇故事集("话本"和"平话")有所发展。后者的发展要归功于冯梦龙(1574—1645)在搜集与创作方面的贡献。明代有《西游记》《三国演义》《金瓶梅》《水浒传》四大小说,但作者不是未知就是有争议,而且文学价值也被边缘化,不在当时主流审美思想和探讨范围之列。② 需要注意的是,尽管这些小说(现在被称为"章回小说")被归为口语化小说一类,其措辞依旧是白话与文言杂糅(也是时常插入诗赞之故)。读者若不具备中国古文的基本知识,很难理解这些"口语化"的作品。在当时,由于其"低下的"地位和语言质量,小说并未受到重视(读者在其中可以找到讲故事的传统,诸如每章末尾的那句"欲知后事如何,且待下回分解")。但现在,它们被奉为本土叙述文学传统的里程碑。

在接下来的清代,中国前现代时期最有价值的一部小说,曹雪芹(1715—1763)的《红楼梦》出现了。这部作品之所以重要,不仅因为作者精湛地刻画出众多角色的心理群像,更由于它体现了受教育阶层的审美情趣。③ 此外,书中包含大量诗歌和丰富的双关隐喻,后者通常匿于姓名之内,只有反复阅读方能明白其中奥妙。在意识形态上,小说包含儒释道三家的人生观念,但是基调无疑倾向于佛教;通过对诸般色相("色")的丰富描绘,巧妙揭露人生本质的虚幻("空")。因充满玄幻色彩,《红楼梦》可看做对唐传奇的继承。总之,中国小说的一大特色是,超自然力量(以及离奇的巧合)的作用尤为突出(这与欧洲传统截然不同,后者趋向现实主义)。

同样的特色也体现于元代戏剧("杂剧")。④ "戏曲"之名更为合适,因

---

① 参见何谷理:《传统中国小说综览》,载《亚洲研究期刊》第 53 卷第 2 册(1994),第 394—426 页。(Robert E. Hegel, "Traditional Chinese Fiction: The State of the Field," in: *The Journal of Asian Studies* 53/2〔(1994〕)
② 参见陆大伟编:《如何读中国小说》,普林斯顿:Princeton University Press,1990 年。(*How to Read the Chinese Novel*, ed. by David L. Rolston, Princeton: Princeton University Press, 1990)
③ 《红楼梦》又名《石头记》,参见霍克斯、闵福德英译本,哈蒙兹沃斯:Penguin,1973—1987 年。(Cao Xueqin, *The Story of the Stone. A Chinese Novel*, 5 vols. trans. by David Hawkes and John Minford, Harmondsworth: Penguin, 1973—1987)
④ 参见奚如谷:《戏剧》,载倪豪士编《中国古代文学研究指南》,卷一,布卢明顿:Indiana University Press,1986 年,第 13—30 页。(Stephen H. West, "Drama," in: *The Indiana Companion to Traditional Chinese Literature*, vol. 1, ed. by William H. Nienhauser, Bloomington: Indiana University Press, 1986)

其中大部分均为唱段。戏曲大多取材于史书（如英雄故事等），而理解中国戏剧的关键，在于熟知其精巧的程式。在戏剧的全盛期元朝，戏剧如同律诗一样要遵守繁复的程式，并非人人都能享受个中乐趣。如今可以假设，庞杂的程式使元代戏剧的原貌未能完整保留下来。在接下来的明代，出现了简化的戏剧形式，主要流行于中国南方。不过，现代"京剧"仍保留了许多元杂剧传统元素。

需要注意的是，故事、小说和戏剧在现代之前都不算是高雅文学；仅有零星的尝试试图升格这种"低俗的"传统艺术，比如离经叛道的明末文人李贽（1527—1602），以及清初的金圣叹（1610—1661）。这些尝试遭到的挫败，显示出根深蒂固的审美传统，即青睐古典诗文。只有现代性才带来了变革，李贽这类反正统文人的声誉也随之上升。

七、现代化进程中的中国对文学的理解

文学范式在现代中国亦即新文化运动中发生转变。帝国主义欧洲列强的殖民冲击，给中国知识人敲响了警钟；传统的儒家社会被斥为罪魁祸首，传统文学的审美偏好也遭到株连。儒家思想及传统社会秩序被扔进历史的垃圾堆，取而代之的是各色欧洲学说风靡一时；尤其在俄国十月革命之后，马克思主义更是炙手可热。五四运动期间，文言文首先遭到批判，并为推广白话文而被废止。接着，传统文学被重估，传统秩序被彻底颠覆：白话和虚构文学成了高级文学。前现代的章回体小说因其结构之故，没能经得住新发现的（从欧洲各国翻译而来的）现实主义小说的检验（《红楼梦》除外）。从西方舶来的模式在时人眼里更优越，是社会改造的驱动力，因而成为文学的新标准。类似的创新还包括从欧洲引进话剧这种在中国前所未有的艺术形式。20世纪早期的范式转换，其特点可总结如下：诗歌导向的文学开始被小说和戏剧的导向所取代；其实，三者都是舶来品，中国有了西方的、异国（现代的？普适的？）标准下的文学。

现代中国解读文学的另一特征，承袭了传统中国对文学和儒学之间关系的处理方式，即文学和政治的紧密结合。自五四运动始，文学首先服务于批判政治与社会现状，以及推动社会改革。这一转变因殖民霸权在中国的行径、尤其是日本（效仿欧洲帝国主义）的扩张而被强化，另一个原因是蒋介石领导的国民党政府对共产党人的政治压迫。鲁迅领导的"左翼作家联盟"在20世纪30年代成立，尽管其成员遭到政府迫害，左联仍占据文坛。而在共产党控制区，毛泽东在1942年召开的延安文艺座谈会上，提出了比国民党政府更为苛刻的文学控制政策；他指出，按

照列宁的观点,文学此后应作为"革命机器"的"齿轮和螺钉"。1949年,中华人民共和国成立后,这一看法成为新的正统见解,文学自此降为政治的仆役。

一场针对《海瑞罢官》的批判运动,反映了文学与政治之间的关系,也揭开了现代中国最深重的灾难——文化大革命的序幕。在毛泽东去世和文革结束之后,严格意义上的文学重获新生:一方面关注文化大革命遗留的伤痕,另一方面则像先前的五四运动那样,让文学标准紧跟西方知识与西方文学的发展。同时,虽然从现代主义,经历魔幻现实主义(马尔克斯〔Gabriel G. Márquez,1927—2014〕),到后现代主义(包括后结构主义和后殖民主义等),几乎所有的西方思潮都被接纳,但是中国对文学的独到见解依然被保存下来,清晰可见。最近的趋势则呈现出一幅混合景象。一方面,追赶西方文学标准,并随之调试写作的努力依然盛行。故而青年(经常为女性)作家,如卫慧、棉棉等,在其小说中,一如既往地要求性爱、毒品和摇滚,将之视为同样适用于中国的普世成就。换句话说,文学作品在此处首先被视为同传统象征的决裂,并藉此有望获得畅销。同时,这些作者已众所周知的被西方出版商包装为"青年中国的呼声"。①

另外一些作家,如定居法国的高行健,试图探索消逝中的传统文化。如在作品《灵山》中,高行健糅合了传统的游记、西方的意识流和禅宗思想,同时保持去政治化的立场。作为前现代中国之核心文学形式的诗歌,也已恢复元气,出现了如北岛、杨炼等诗人(二者旅居国外)。尽管与西方现代诗有些许不同,但与传统诗歌相比,现代诗与西方诗之间的差异微乎其微,可见现代诗歌与其最初的形式渐行渐远,最终走向西方(或者说西方文化已渗透入中国)。不过,当下仍有许多知识人坚持着古典诗的创作实践。这种诗歌形式凝练,近似日本的俳句,严谨整饬的格式十分具有挑战性。即使鲁迅这位开创了现代散文诗(以及象征主义短篇小说)的一代文宗,也选择古典诗歌来表达最私密的思想和态度。毛泽东而外,没有谁一边写诗作词,一边斥之为封建残余(他只许他人写白话诗)。至于这种偏爱是否意味着某种跨越时代的中国文学概念,则是另一个问题,本文不做讨论。

八、世界文学语境下的中国文学

基于上述背景陈述,让我们简短检视一下当代西方文集是如何呈现

---

① 这让波恩大学中国文学系的顾彬教授作出了他那饱受争议的评语:"中国的当代文学都是垃圾!"对此考语的反应参见狄雨霏:《盲目的纽带》,载《南华早报》2007年1月21日,第5版;亦见之于 http://www.scmp.com/article/579045/ties-blind,网页访问日期:2016年5月30日。

复杂的中国文学史,及其是否符合中国对文学的理解。前文已经提及《诺顿世界文学选集》,这部著作在网站上的广告词是"当今最可靠的世界文学汇编",知名中国文学专家,哈佛大学的宇文所安(Stephen Owen)是该书编委会成员。

诺顿选集囊括了世界各地的宗教及哲学文献,A 卷(第三部分:中国早期文学及思想)收录了一些中国哲学名篇,如儒家的《论语》,以及道家经典中的《道德经》和《庄子》。此外,一些重要的史学著作,如司马迁的《史记》亦有摘录。就这一时期的诗歌而言,我们能找到《诗经》和《楚辞》中的一些篇章。"演说,著作,诗歌"专题中有《诗大序》,作为早期与诗歌相关的重要纲领性文献。这一选编包含重要的哲学和历史(非虚构!)文字及诗歌,全面而可信地体现出早期中国思想。

B 卷(第三部分:中古时期的中国文学)有"隐士、佛教徒和道教徒","唐诗"以及"文论"三个专题。这一部分涵盖了许多重要的中国作家,然而中国文学方面的专家仍会察觉到些许异常之处。在"隐士"条目下,有(按顺序)阮籍的三首诗,刘义庆《世说新语》中的小说,诗僧寒山的多篇诗作,以及陶渊明的几篇代表性诗文。选编中可以见出,当代西式偏好如何定义了世界文学。对中国人来说,唐朝和尚寒山的生平,知者寥寥无几,他也不算是很重要的诗人。寒山在日本禅宗传统中更受推崇,他也是由此而被 20 世纪中叶那些叛逆的美国诗人——也就是"垮掉的一代"——所发现,诗人斯奈德(Gary Synder)是寒山最早的英译者之一,凯鲁亚克(Jack Kerouac,1922—1969)则在斯奈德的提议下,将其小说《达摩流浪者》献给寒山。这样一来,我们便找到了决定这部书内容的西式(美式)偏好;我们在此研读的是一部美国的世界文学选集,这并不使人惊奇。

"唐诗"专题也同样有异常之处。选集收录了王维、李白、杜甫和白居易这四位大诗人的许多作品,这个伟大的诗歌时代得到很好的展现。然而,接下来是韩愈、柳宗元、元稹的短篇文章。最后是最著名女诗人李清照的几首词,但她生活与宋代而非唐代。根据现在的西方标准,这类文集当然必须有女性作家(从接受角度看,她们并不很重要——其实与前现代西方的女作家一样无足轻重)。令人不解的是,李清照成了丰富的宋代文学的唯一代表(无论是诗词大家苏东坡,还是辛弃疾、柳永或同时代其他诗人,皆未提及),而且还被归于"唐诗"条目之下。

另外,"文论"专题下有曹丕的《典论·论文》和陆机的《文赋》,还收录了王羲之的《兰亭集序》。该文在中国历史上确实以其内容和书法闻名,但不是因其论及文学。这一部分的错漏还有,未收录中国文学批评史上的跨时代杰作《文心雕龙》。

C卷中再次出现了中国(第三部分:东亚的戏剧):元杂剧一部未收,只有清代孔尚任的《桃花扇》节选。D卷(第二部分:中国现代早期的文学)有吴承恩的《西游记》节选,冯梦龙的短篇故事《杜十娘怒沉百宝箱》,以及曹雪芹《红楼梦》片段。E卷(第二部分:文化与帝国:越南、印度、中国)包含刘鹗《老残游记》里的几段。这部小说成书于19/20世纪之交,专家以外并未吸引多少人。最后,F卷的第一部分(现代性和现代主义,1940—1945)收录两篇鲁迅的作品,《狂人日记》和《药》,还有老舍(1899—1966)和张爱玲的作品各一篇。第二部分(战后文学与后殖民时代的文学:1945—1968),出现了陈独秀的《文学革命论》,而这篇文章发表于1917年!第三部分的最后一个条目(当代世界文学)中,有2012诺贝尔文学奖获得者莫言的《老枪·宝刀》。

那么问题来了:诺顿选集的选编范畴是否全面?中国标准下的名著是否被很好地展现出来?这部选集是否能代表中国人对文学的理解(或定义)?答案只能是明确的是或否。诚然,这样的选集不得不在取舍上做出艰难的选择。主要介绍古典诗文的头一卷,时间跨度从古代(《诗经》《楚辞》的时代),到后世的大诗人,阮籍、陶渊明和唐诗四大家;可以说,这部选集恰当地体现出中国古典文学在诗文两方面的伟大成就,但丰富且有独创性的宋诗(以及新的流派"词")则被边缘化,仅有李清照的几首诗,而忽视了苏东坡这样的巨擘,因而不能充分代表中国文学的成就,宛如综述德国文学时忽略了歌德。

之后,选集收录的中国文学,仅有小说、短篇故事和戏剧。这种处理方式显示出中国晚近时期的文学偏好,而新的偏好成型于20世纪早期五四运动前后,而那实际上是对西方标准的借用。

在这里,我们可能又要回到西方人认为文学即虚构,如小说和戏剧。虽然有所争议,但是这种观点显然仍是批评界和比较文学界的主要立场。毕竟,当歌德最初提出世界文学观点时,上述观点已然成形。歌德似乎对中国兴趣颇浓,1813年至1816年期间,他在魏玛图书馆阅读了凡能找到的所有关于中国的书籍。他借助汉学家柯恒儒(Julius von Klaproth,1873—1835)的介绍,甚至了解复杂的中国语言和书写体系;歌德对能在魏玛王公们面前证明自己的中文书写能力而感到骄傲。可惜他对中国文学知之甚少。[1]在这方面,他阅读的是杜赫德(Du Halde,

---

[1] 参见莫姆森:《歌德与中国的相互关系》,载德邦、夏瑞春编《歌德与中国——中国与歌德》,伯尔尼:Peter Lan,1985年,第15—36页(Katharina Mommsen, "Goethe und China in ihren Wechselbeziehungen", in: *Goethe und China-China und Goethe*, hrsg. von Günther Debon und Adrian Hsia, Bern: Peter Lang, 1985);达姆罗什:《什么是世界文学?》,普林斯顿:Princeton University Press, 2003年,第1—36页。(David Damrosch, *What Is World Literature?*, Princeton: Princeton University Press, 2003)

1674—1743)的《中华帝国全志》(Description...de la Chine, 1735)①,其中包含《诗经》里的一些诗歌,但最有影响的是对《赵氏孤儿》剧本的翻译。戏剧(悲剧和喜剧)主导当时的欧洲文坛,适逢中国热,这部剧本译作不出意外地为人熟知,并由伏尔泰(Voltaire, 1694—1778)重译。我们可以发现,《赵氏孤儿》的情节结构再现于歌德《埃尔佩诺》(Elpenor)里的一些片段。除了这部中国人自己认为不太入流的剧作外,歌德还阅读了一些同样不入流的小说和故事。他甚至错误地认为,中国人能写这些小说,超过了欧洲人。这些小说与故事的内容,为歌德开启了另一个世界;其中的儒家道德、谦逊和举止有礼,备受晚年歌德的推崇(他并不了解道家和佛家)。1824 年至 1827 年,歌德在其一生中最后一次痴迷于中国并阅读了中国的长篇小说;期间,他形成了自己关于"世界文学"的著名观点。

至于中国人最看重的,地位最高的文学形式——诗歌,歌德几乎不了解其实质。除少数《诗经》篇章外,他只读过一本描写中国古代美人的书(即《花笺记》),由英国人汤姆斯(Peter P. Thoms, 1814—1851)以诗体形式译为《中国式求爱》(Chinese Courtship, 1825);歌德七十五岁高龄时,很可能中英对照阅读了这部诗集,他还翻译了其中四首。这些对中国诗歌的有限接触,激发了歌德写作他的晚期诗集《中德四季晨昏杂咏》(Chinesisch-Deutsche Jahres- und Tageszeiten, 1829)。我们从中可以找到中国诗歌的一些精微之处,还可窥见歌德理解中国诗歌某些特质的端倪,诸如专注某一场景、表达简洁、情景相融等。

歌德从未读过杜甫、李白、王维或苏东坡等伟大诗人的作品。虽然他在 1814 年注意到了波斯诗歌,即诗人哈菲兹(Shamsoddin Mohammad Hāfez, 1320—1389),受启发而创作出了不起的《东西诗集》(West-östlicher Divan),但我们只能对歌德没能更好地接触中国诗歌感到遗憾。假如能读到杜甫或李白的作品,歌德会取得怎样的成就呢?但历史即是如此。我们只能设想,比如苏格拉底和孔子相遇相谈之后,会有怎样的发展?这种想象中的会面激发了费讷隆(François Fénelon, 1651—

---

① 四卷本《中华帝国全志》原版见:http://www.archive.org/stream/generalhistoryof01duha#page/n3/mode/2up,网页访问日期:2016 年 5 月 30 日;英文版(四卷本):《中华帝国及其所属鞑靼地区的地理、历史、编年纪、政治和博物》(第三版),伦敦:J. Watts,1741 年。(Jean Baptiste Du Halde, *The General History of China: containing a geographical, historical, chronological, political and physical description of the empire of China, Chinese-Tartary, Corea, and Thibet; including an exact and particular account of their customs, manners, ceremonies, religion, arts and sciences* [3rd ed.], London: J. Watts, 1741——网络版见:http://www.archive.org/stream/generalhistoryof01duha#page/n3/mode/2up,网页访问日期:2016 年 5 月 30 日)

1715)的灵感,写出了著名的《亡灵对话录》(1700)①中的一篇。

在世界文学范畴中,诗歌处于非常特殊的地位。诗歌不同于小说,无法藉由翻译让人真正鉴赏,其很大魅力取决于不同的形式,汉语诗歌尤为如此。中文诗歌不仅有着西语中无法比及的书面语言,而且有着其他国家诗歌所不具备的丰富的形式特征。因此,"诗歌失落在翻译中"②。中国人欣赏诗歌,并在写作上精益求精,以至将其他文学形式斥为低等。阅读中文诗歌的译文时,读者只能在转译中赏析,译文仅传达了诗的内容。虽如此,中文诗歌的译文一定对西方读者有着很大吸引力,正如歌德有过的感受一样(今日亦然)。这种吸引力,我们可以从马勒(Gustav Mahler,1860—1911)的交响诗《大地之歌》(*Das Lied von der Erde*)中窥见一二:马勒的创作灵感源于六首翻译糟糕的唐诗(李白、王维等)。虽然马勒所依托的德语译作只是对原作的粗略翻译,但这还是激发了他的灵感,创作出他最优美的作品。这般粗略不全的译文都能导致思想交汇,令人活力迸发,那我们确实可以为歌德哀叹,他无缘阅读李白或杜甫的作品。

---

① 费讷隆:《亡灵对话录,为勃艮地公爵之教育而作》,巴黎,1700年(François Fénelon, *Dialogues des Morts et Fables, écrits composés pour l'éducation du duc de Bourgogne*, Paris, 1700)。事实上,费讷隆的对话更倾向于希腊哲学家,是对当时的中国热的批评。

② 宇文所安:《何谓世界诗歌——全球化影响的焦虑》,载《新共和》(1990年11月12号),第28、30页。(Stephen Owen, "What Is World Poetry—The Anxiety of Global Influence," in: *The New Republic*, Nov. 12, 1990)

如何成为世界文学?
——中国文学走向世界的焦虑及因应之道

刘洪涛

一

歌德在1827—1830年间发表的世界文学论述有两个要点:[①]其一,他把世界文学看成一个合乎世界主义的理想,期许它能够助推各民族文学逐渐打破孤立割裂状态,影响融合而形成一个有机的统一体。其二,他把世界文学当成彰显民族文学价值的场所。也就是说,世界文学观念在创制之初,就蕴含了世界主义与民族主义这两种价值观。这两种价值观是矛盾的,又是统一的,既展示了世界胸怀,又表达了本土立场。而事实上,近两百年来,世界文学观念正是因为有这两种矛盾统一的价值观所形成的内在张力,才充满活力和魅力。

歌德的世界文学观念在20世纪初叶传入中国伊始,学术界就将其应用到中国文学全球发展的论述中。其时,中国正在经历从朝代国家向现代民族国家的转变,民族意识和世界意识日益觉醒,中国的"中国文学""世界文学"观念因此得以创生。郑振铎是中国最早系统论述世界文学的学者,他于1922年发表的《文学的统一观》一文,认为人类文学虽有地域、民族、时代、派别的差异,但基于普遍的人性,文学具有了世界统一性,这就是世界文学。[②]把普遍人性视为世界文学统一性的基础,虽非郑振铎独创,但在五四新文化运动的背景下,这样的世界文学观反映了中国新文学渴望与域外文学建立广泛联结,从"人类性"的高度思考民族文

[①] 歌德对世界文学的论述,见达姆罗什、刘洪涛、尹星编《世界文学理论读本》,北京大学出版社,2013年,第3—5页。

[②] 郑振铎:《文学的统一观》,载《小说月报》第13卷第8期(1922年8月),另见达姆罗什、刘洪涛、尹星编《世界文学理论读本》,第66—76页。

学发展方向的思想。在20世纪50、60年代,中国的世界文学观经历了二次重大转向,其一是接纳了前苏联的"先进世界文学"观念,其二是增加了世界文学的东方维度。[①]

20世纪80年代以来,随着中国的改革开放,中国文学开始复兴,而"走向世界文学"被看成是复兴的重要途径。在1985年,一部由曾小逸主编的文学研究著作《走向世界文学——中国现代作家与外国文学》由湖南文学出版社出版。从三十年后的今天来看,该书最重要的贡献,是在1980年代中国改革开放热潮中,将"走向世界"这一时代流行语加以创造性利用,提出了"走向世界文学"的命题。曾小逸在为此书撰写的长篇导言《论世界文学时代》中,依据文学的交流方式与总体结构的演变,将全球文学的发展划分为四个阶段:(1)各地方、各集团的文学在交流中融合为民族文学时代,特征是内部交流与分途发展。(2)各民族的近现代文学在交流与融合中诞生世界文学总体的时代——近现代文学时代,特征是东西方文学的交流与融会。(3)世界文学总体内的各民族文学在交流与融合中向一体化的世界文学发展的时代——总体文学时代,特征是交流意味着一切。(4)人类未来的一体化世界文学时代。[②]

这个"走向世界文学"的论述,表达了中国文学"走向世界文学"、进入世界文学空间的强烈冲动,在20世纪80、90年代的中国学术界产生过重大影响。但曾小逸主编《走向世界文学》一书的实际内容,是研究中国现代作家所受的外来影响,尤其是西方文学的影响,如鲁迅受到什么影响,茅盾受到什么影响,巴金受到什么影响,郭沫若受到什么影响等。这样的内容与曾小逸在导言中的表述构成了一种对应关系:所谓走向世界文学,就是接受外国文学的影响,用外来的先进文学革新落后的中国文学。1949年之后,中国文学先是经历了十七年单方面向苏联的"先进文学"学习,随后是十年文革时期的闭关锁国,饱受封闭之害。在1980年代改革开放之后,中国文学急迫地需要打破自身的孤立隔绝状态,汇入世界文学大潮,而学习、借鉴、挪用外国文学的先进经验,被描述成中国文学繁荣发展的必由之路。学者们谈的是中国现代文学的成功经验,关照的是当时中国文学甚至中国社会如何发展的现实问题。

进入21世纪,这种依靠单方面输入来建立与世界文学联结的模式在中国开始受到质疑。这一质疑,集中体现在陈思和等学者2000—2001年在《中国比较文学》杂志上发起的"20世纪中国文学的世界性因素"的

[①] 参见刘洪涛:《世界文学观念在20世纪50—60年代中国的两次实践》,载《中国比较文学》2010年第3期,第10—18页。

[②] 参见曾小逸编:《走向世界文学——中国现代作家与外国文学》,长沙:湖南人民出版社,1985年,第1—40页。

讨论中。这场讨论的初衷,是试图解决比较文学影响研究中出现的方法失效问题。陈思和指出:"在20世纪中国文学进入一种世界性的文化格局时,原有的封闭状态被打破,代之以八面来风的外来文化思潮冲击。在这样一种'泛影响'的场境中,原先在研究封闭形态的文化交流关系中应付裕如的影响研究方法,却反倒无从施展了。"他因此认为这种研究方法"需要解构和颠覆"。①

作为"解构和颠覆"的一种策略和思路,陈思和等人提出要确立"中国文学在文学交流关系中的主体地位",它具体表现为"中国文化在自身的社会运动(其中也包含了世界的影响)中,形成某些特有的审美意识,它们或许与世界文化的发展取得同步的姿态,并以自身的独特面貌,加入世界文学的行列,并丰富了世界文学的内容。因此,既有的'世界—中国'(即影响者—接受者)的二元对立结构不再重要,因为,中国是在与其他国家的文学在对等的地位上,共同构建起'世界'文学。"陈思和把这种共同性命名为"世界性因素"。他强调这种"将中国文学现代意识的发生作为线索"的角度,在认识"百年中国文学现代化进程"方面,将获得一种"全新的认识",这种观念还能刷新"我们潜意识中由西方制造的现代化概念"。②

以今天的眼光看,这场讨论的意义远远超出了比较文学方法论的范畴。它是在中国的国际影响力日益上升,民族越来越自信的背景下产生的。20世纪80年代"走向世界文学"的概念,是将中国文学当成自外于世界文学的"孤儿",其地位和性质是从属性的,依附性的。而讨论"20世纪中国文学的世界性因素",强调的是中国文学的主体性,是把中国文学看成世界文学的参与者,世界文学大家庭中的一员,其诸多世界性因素,具有本土生成性和原创性。由此,中国文学被放到与其他国家文学平等的地位上,成为世界文学的共同构建者。

2009年,北京师范大学文学院开始在国家汉办支持下,实施了"中国文学海外传播工程",其具体内容,是创办 *Chinese Literature Today* 英文杂志,出版"今日中国文学英译丛书",召开"中国文学海外传播国际学术研讨会"。这三项活动响应了"中国文化走出去"的国家战略,受到国内外学界的广泛关注。无论"中国文学海外传播",还是"中国文化走出去",这样的命题在二十年前,甚至十年前都是不可想象的,这标志着百年来中国文学与世界文学关系,在经历了一个"我拿"到"我有"的发展后,开始向"我给"转变;这也说明中国文学已经自信强大到拥有了足以影响他国的实力,并且试图"输出"这种影响,使世界文学具有更多的"中

---

① 《20世纪中国文学的世界性因素·编者的话》,载《中国比较文学》2000年第1期,第31页。
② 同上。

国性"。

二

纵观百年中国的世界文学观念史,可以发现,其中包含的中国文学与世界文学关系的论述,虽然经历了从理想到现实,从世界主义到民族主义,从吸纳到输出的转变,但"成为世界文学"始终是其不变的追求。如此强烈的"走向世界文学"的冲动,与国际学术界对世界文学的复杂论述形成有趣的对照。卡萨诺瓦在其《文学的世界共和国》(Pascale Casanova, *La République mondiale des lettres*)一书中,把近代以来的世界文学看成是欧洲文学力量(尤其是法国文学力量)不断扩张,逐渐征服、同化亚洲、非洲、美洲文学,使之一体化的过程。按照这样的论述,作为后发国家的中国现当代文学,处于这个世界文学体系的边缘地带,是"西方化"的产物。汉学家宇文所安(Stephan Owen)更早感应到世界文学发展的不平等性,在1990年11月19日《新共和》(*The New Republic*)上发表《全球影响的焦虑:什么是世界诗歌》一文,借讨论北岛诗歌的可译性,反思世界文学话语中的西方霸权及其危害。① 琼斯(Andrew Jones)在1994年发表《"世界"文学经济中的中国文学》一文,呼应宇文所安的观点。他直言歌德对世界文学的理解充满了东方主义修辞,是以帝国主义方式构造的一个概念。而要减少中国文学走向世界的阻力,应该推倒世界文学话语高墙。②

自歌德创制世界文学观念以来,"成为世界文学"一直被看成民族文学获得提升的通道,意味着至高的荣誉。在当今全球化加速发展的时代,国际上形形色色的奖励机制,如评奖、排行榜、文学节庆、会议、书展等活动,尤其是诺贝尔文学奖,把民族文学进入世界文学空间,变成了一种竞争活动。这种现象被国际学术界称为"肯认政治"(politics of recognition)③。评价体制永远受少数人控制,而获奖者少之又少,加之有高额的物质奖励以及随之而来的巨大荣誉,这一荣誉反过来又会刺激图书的出版和销售,给作家带来更大的利益,因此,争取肯认的竞争往往异常激烈。这就会给很多作家一种导向,让他们去费心猜测:这些奖项授予了什么类型的作品? 然后去投其所好。又因为有重要国际影响的评价体系都在西方,而最想进入世界文学空间的往往是非西方作家,因

---

① 见宇文所安:《前进与后退:"世界"诗歌的问题和可能》,载达姆罗什、刘洪涛、尹星编《世界文学理论读本》,第233—246页。
② 琼斯:《"世界"文学经济中的中国文学》,载达姆罗什、刘洪涛、尹星编《世界文学理论读本》,第215—232页。
③ 张英进:《世界与中国之间的文化翻译:有关诺贝尔奖得主高行健定位的问题》,载达姆罗什、刘洪涛、尹星编《世界文学理论读本》,第259页。

此,投西方所好就成为一个挥之不去的梦魇,给指责者以口实,给作家以巨大压力。1987年张艺谋执导的《红高粱》在柏林电影节获得金熊奖之后就受到过这种批评。这也是宇文所安、琼斯主张推倒世界文学话语所堆砌的城墙,抛弃这套游戏规则的原因。但如何能真正打破这种魔咒?其实宇文所安和琼斯提供的并不是有效的办法。他们不了解中国近现代文学在发展中所积累起来的"走向世界文学"的巨大惯性,也不能深刻体悟后发国家的文学在世界文学空间中展示自己的强烈愿望,这就像优秀的体育运动员都渴望参加奥运会一样。而在全球化时代,更不可能再关上国门,自产自销、自吹自擂。参与国际竞争是必然的,无从回避,也不能回避,国家如此,文学同样如此。

那么,如何成为世界文学?

翻译是民族文学成为世界文学的首要选项。达姆罗什把世界文学定义为"民族文学间的椭圆形折射(elliptical refraction)",以及"从翻译中获益的文学"。[①]第一个定义之所以重要,在于提出了一个"世界文学"的公共空间。民族文学不是天然就能成为世界文学,而必须像光线发生折射那样,穿过语言、文化、时间、空间等构成的介质,在椭圆形空间中反射出的第二个焦点,由此形成一种混杂、共生的作品。"椭圆形折射"理论预设了文本经过翻译被扭曲和变形的必然,但这是民族文学成为世界文学必须付出的代价,最终会使原文本获益。20世纪70年代之后兴起的各种翻译理论,是从不同角度和领域,对译本之于原本的独立性及其价值进行研究。而这些研究,都对世界文学理论以启发和鼓舞。达姆罗什的定义可说是受翻译理论启发而产生的当代世界文学理论最重要的成果。而莫言获奖,再一次证明了达姆罗什的论断。莫言小说的葛浩文英译本存在大量改写和变异的现象,已经被研究者所证实。如果我们取原作本质主义的态度,它们就是次级的衍生品,但如果从世界文学角度看,这些译本体现的就不止是文本的遗失和变形,更显示出两种文化的碰撞和对话,以及文本在另一种语言中的移植与重生,因而对中国文学是有益的。

但同时,我们也必须承认,通过翻译进入世界文学空间,它所发挥的作用是受限的。翻译受译者、市场等因素的制约,而最终取决于国际政治、经济、文化的复杂关系。中国是外国文学翻译大国,每年有海量的外国作品翻译到中国。比较之下,又有多少中国作品翻译到国外?又有多少优秀的译作产生?我对此并不乐观。如果我们都挤在翻译这座独木桥上,相信了达姆罗什的话,认为成为世界文学只有这华山一条路,那是

---

① 丹穆若什(达姆罗什):《什么是世界文学?》,北京:北京大学出版社,2014年,第309页。

目光狭隘的表现。

成为世界文学不止翻译一条路,至少还有另外四条途径,是以前中国学界所忽略的。其一是区域世界文学。哈佛大学比较文学副教授唐丽园(Karen Thornber)写于2010年的论文《反思世界文学中的世界》①,是一篇研究东亚区域世界文学的佳作。按照西方的世界文学话语,世界文学的形成从欧洲开始,然后逐渐地扩展到其他区域。因为占据了所谓"源头"的优势,西方文学于是被安稳地放置在世界文学的中心区域,而拉丁美洲、非洲、亚洲等地区的文学,则被置于边缘区域。唐丽园认为,这样的世界文学话语应该被打破,新的世界文学研究必须采纳对文学、文化和民族更多元的理解。该文考察了东亚地区中国、日本、韩国现当代文学中普遍存在的互文、改写、挪用、交流等现象,指出其创造出了一个相互平等、彼此混合、边缘模糊的文学接触"星云"(nebulae/nebulas),构成一个相对独立的文学共同体。唐丽园期许如此分析非西方文学作品在区域内的交互作用,有助于整合与重塑"地方的"和"全球的"概念,为世界文学找到一条摆脱欧洲中心主义并接近区域中立的途径。

其二是华语世界文学。这一概念主要指的是在非华语地区用华语写作的作家及其作品。它以中文及其文化为根,在世界各地开枝散叶,成为一道独特的风景,其中北美、欧洲地区的汉语世界文学更为活跃,产生了许多优秀的作家作品。传统上,国内学界将其称为"海外华文文学"或"世界华语文学";在论述性质和地位时,多认为它是中国大陆现当代文学的延伸和发展。而一批北美汉学家,如王德威、史书美等人,则用"华语语系文学"的概念来界定这些"中国之外和处在中国或中国性边缘的文化生产场域的网状系统"②中生产的文学,意在强调其独立于中国大陆文学的性质。"华语世界文学"的概念能够整合和超越上述两种认识的差异性,既不回避其驳杂性、异质性、在地性,同样重视其与大陆中国文学的血脉联系。这个概念犹如一根魔棒,有点石成金之妙,把原先被看做中国现当代文学外围或边缘的部分,变成了中国文学走向世界的先锋,同时也极大丰富了世界文学的中国性。不可否认,华语世界文学还远没有达到像英语世界文学、法语世界文学那样的世界化程度,但这的确是可以期待的。

其三是华裔世界文学。这是以血统作为联系纽带的世界文学,有犹太裔世界文学、非裔世界文学,当然应该有华裔世界文学。所谓华裔世

---

① 译文载达姆罗什、刘洪涛、尹星编《世界文学理论读本》,第262—279页。
② 史书美:《视觉与认同:跨太平洋华语系表述·呈现》,伯克利:University of California Press,2007年,第4页。(Shu-mei Shih, *Visuality and Identity: Sinophone Articulations across the Pacific*, Berkeley: University of California Press, 2007)

界文学的概念,是指来自中国或有中国血统的作家,用其所在国家语言进行创作的一个群体,如华裔英语文学、华裔法语文学等。目前北美华裔文学的影响尤其大,谭恩美、汤婷婷、赵建秀、裘小龙、哈金等,都有重要的影响。对于这些作家所在国来说,他们是本国文学的组成部分,但从族裔角度看,他们又是世界化了的中国文学的重要组成部分,就如同双重国籍一样。历史上,林语堂、张爱玲的英语作品,也是被当成美国文学的一部分的。在当今族裔多元、血统混杂越来越普遍、跨国迁移越来越频繁的时代,我们完全没有必要将这些作品拒之门外。

其四是中国文化影响下的世界文学。它是指在异文化空间中,中国文学和文化的碎片式存在。前四种形态的世界文学都体现为具体的文本,是一部部完整的作品,而这第四种中国贡献的世界文学并不以独立、完整的文本形态出现,而寄生在受中国文学与文化影响的域外作品之中,构成了这些文本的重要元素;这些作品也就成为中国文化的载体。中国文学文化对世界各国文学的影响是广泛存在的,在东亚各国如此,欧洲、美洲也是如此。诗人庞德(Ezra Pound,1885—1972)通过翻译创作的诗歌《神州集》《刘彻》,以及化用了许多中国文化文学元素的《诗章》,都属于这一类作品。现在美国有一批学者研究的"跨太平洋诗学"(Trans-Pacific Poetics),着力点就是美国文学中的东亚文化元素。费诺罗萨(Ernest Fenollosa,1853—1908)、庞德、斯蒂文斯(Wallace Stevens,1879—1955)、摩尔(Christopher Moore)、斯奈德(Gary Snyder)、叶维廉、车学敬、凯鲁亚克(Jack Kerouac,1922—1969)、金斯堡(Allen Ginsberg,1926—1997)、雷克斯罗思(Kenneth Rexroth,1905—1982)、布莱(Robert Bly)、哈斯(Robert Hass)等众多美国诗人和作家的创作中表现了这些元素,从而构成了"跨太平洋诗学"研究的主要对象。"跨太平洋诗学"不同于传统影响研究,它摆脱了仅重视文本影响和文化还原的狭隘思路,从民族志、翻译、互文旅行等多角度切入,对这类美国诗人和作家作品中蕴含的地域之间对话、想象、相交、混杂、统一特性进行深入系统的研究,目的是呈现西亚太平地区,尤其是中国的文化如何注入以欧洲文化为根基的美国文学,帮助其形成自身特性。这一类世界文学中,中国文化融入异文化最深,影响最持久,也最重要,它是中国文学海外传播追求的最终结果,理应受到重视。

总之,世界文学是一个复数,有多样形态的世界文学,任何一种世界文学都是重要的。我们需要做的,就是持续增强中国文学母体的强健,使之从多种途径不断扩大国际影响,让世界文学具有更多的中国性。

世界文学之于中国

[德]沃尔夫冈·顾彬(Wolfgang Kubin),黄雨伦译

"世界文学"一词,自 1790 年维兰德(Christoph M. Wieland,1733—1813)和 1827 年歌德(Johann Wolfgang von Goethe,1749—1832)使用以来,从不是一个清晰的概念。①这或许和其与比较文学(Comparative Literature)、普遍文学(littérature universelle, Universal Literature)亦即总体文学(General Literature)等相关概念在意思上的临近有关。

在实际生活中,人们通常将世界文学理解为凭借翻译在整个世界被阅读或可以被阅读的文学。从本质上来说,这意味着世界文学和翻译密不可分;另外一个事实是,翻译已成为判断作品经典地位的一项标准。因此,一个熟悉的词语不意外的凸显出来:译者——他们成就世界文学;另一个熟悉的词语是:现代——如果我们将歌德的时代(1770—1830)当做现代的开始——那么现代是翻译的现代。正如世界文学接替文学中的国族成分,一些观念也从只属于几个特定的国家,变为共同的精神财产——现代正应归功于这些观念。这里最鲜明的例子是马克思主义,如果没有被译成中文,它就永远不会带来"新中国"。就这点而言,歌德关于民族文学将被取代的看法是正确的:民族文学被世界文学接替,被共同义务接替。至关重要的是普遍人性。善、高贵、美,这些品质都将和一个不指涉任何具体国家的新的"祖国"相联系,写作和思想获得全球性意义。由此我们可以得出结论,高雅文学作品是国际性的,经翻译而成为

---

① 关于这一概念的复杂性,参见波姆、希尔舍编:《世界文学:从诺贝尔奖到漫画》,科隆:Könemann,2011(*Weltliteratur. Vom Nobelpreis bis zum Comic*, hrsg. von Thomas Böhm, Martin Hielscher, Köln: Könemann, 2001);勒夫勒:《新世界文学及其伟大叙事者》,慕尼黑:Beck,2014(Sigrid Löffler, *Die neue Weltliteratur und ihre großen Erzähler*, München: Beck, 2014)。两本书都拒绝给出一个定义!另外还有一本书可能不会给人多少裨益,即德汉、达姆罗什、卡迪尔编《劳特里奇世界文学研究指南》,伦敦、纽约:Routledge, 2011(*The Routledge Companion to World Literature*, ed. by Theo D'haen, David Damrosch and Djelal Kadir, London and New York: Routledge, 2011)。人们阅读后常会感觉,作者从没阅读过任何"世界文学"。

属于所有阅读者的共同财富。

然而这里我们遇到两个特殊问题:1. 中国从不是一个"开放社会"。或许20世纪初,"世界性"曾在马克思主义框架内占有一席之地,但最迟自1980年代起,原本应该国际化的社会主义,显示出其中国印记,不再试图在本国以外发挥影响。"中国特色的社会主义"这个短语因此诞生。2. 将欧洲语言译入中文是晚近之事,起始于清末的18世纪60年代。然而,直至今日,翻译都不被认为是高雅艺术,而被当做低级手艺,至多就是辅助学科,正如一句常见的口号所说的那样,谁都能翻译。

为了与现代或者"进步"为伍,本该无条件地接受世界主义,而中国迄今依然完全漠视这一点。除了上面提到的社会主义,文学也是一样。按歌德的理解,文学应该属于全世界。但从中国最出色的代表人物的意愿看来,文学却始终是国族的,应呈现出中国元素。

当我们讨论世界文学,特别是讨论中国的世界文学时,应该区别来自中国的世界文学和在中国的世界文学。这两种情况都只包含经典,并非所有流传的文学。经典化过程有各种各样的形式。在中国,人们很早之前就开始将各种文学文本汇编成集。基本上,中国文学的历史是由此开始的。就像孔子从三千首诗歌中甄选三百首编成《诗经》,自那以后流传的不仅是这个真伪难辨的故事,也是中国第一部文学经典。但这样的作品就是世界文学吗?吕克特(Friedrich Rückert,1788—1866)从拉丁语翻译了这部诗集,如果我们重视他的这一早期译作(1833),便可给"世界文学"这个问题一个肯定的回答。然而,即使后来陆续有几个德语《诗经》译本,也不论这些翻译多么优秀,《诗经》都没有给德语国家的读者留下持久的印象,未对德语文学产生影响。与此相反的是李白的诗歌,在翻译后成为马勒(Gustav Mahler,1860—1911)《大地之歌》(1907/08)的一部分,广为流传。

世界文学一词从严格意义上讲,始终和全世界市场与全球历史交织在一起。后二者发展于欧洲的海外历史。从全球史来看,直到18世纪末,欧洲学者才将他们的目光投向欧洲以外远至日本的地方。另一方面,我们提及全球市场时,并非指主要由电话、互联网等通讯技术带来的全球化现象,这种全球化观点严格说来过于狭隘。在16世纪,(墨西哥)银元就被作为国际货币引入中国,直到1935年才被废除,这意味着中国的港口城市早就参与进世界海上贸易。当然,人们还不能通过这种联系真正地、系统地获得中国的书籍。要到18/19世纪,人们开始在普鲁士宫廷建立第一个中国图书馆,这项工作才算取得成功。

货物销售自然需要运输系统,在这之前人们需要沟通。在通讯、报纸,更准确地说是诸如评论等出版物上,人们必须做出判断,什么样的书当被收入图书馆。答案是经典,但经典有不同的标准。中国的经典并不等同于西方汉学的经典,从北京到广东就有各种标准,西方汉学的翻译和对中国文学的研究从不只取决于这些标准。中国文人自己在标准问题上也有分歧。陶渊明(365—427)和杜甫(712—770)较晚才作为伟大诗人被发现,古典小说和传统戏曲经典化过程的相似情况也能证明这一点。经典在中国的别择,过去是、现在也依然时常要遵循道德和政治标准。这种情况在1949年后进一步加剧;21世纪年以来,经典变成不依赖"西方"、独立自足的经典。现下,中国正斥巨资翻译并出版自以为健全的作品,希望这些作品能在海外受到欢迎,其中包括1942年之后革命文学的招牌作品;即使在本国,除了文学研究者,也不会有任何人阅读这些作品。这一行为背后的政治纲领叫做"走出去"。这个新"术语"的大概意思是,不再依赖"西方"汉学,自己为海外读者做出决定,让什么样的作品代表中国文学。但成功却始终没有到来,这并不仅仅是内容或语言的原因,也缘于中国的图书产业几乎满足不了国外期待:这些书太厚,太重,装帧又太保守。中国的图书市场中,占大多数的国营出版社自改制(2003—2010)以来不再享有政府的财政支持;于是,旨在盈利的出版社热衷于畅销书,只愿为那些拥有百万量级读者群的作者提供支持,而在出版诸如诗人的诗集这样较有难度的作品时,则会要求一笔可观的出版费。

我们再一次问:谁决定了经典,决定了来自中国的世界文学和在中国的世界文学?或许可以把方方面面原因浓缩成下面四点:1. 中国政府,通过上面提及的对外项目,计划介绍一些没有争议的经典。2. 中国的图书市场,一方面被本土娱乐明星般的年轻作家占据,一方面只翻译那些在中国销路很好的外国作品,首选是热卖的美国小说。3. 国际汉学。汉学家熟悉本土的文学生产,依照本土标准进行翻译、分析和介绍。但是汉学家通常并不属于社会主流,因而影响较小。4. 英语世界的选集和系列图书,比如美国的《诺顿世界名著选》和《哥伦比亚伟大著作》系列,很少涉及中国文学。然而,人们必须公正地说,在类似的书单上,比如赖希-拉尼茨基(Marcel Reich-Ranicki,1920—2013)[①]曾经列出的那些书单,从未出现过一本中国文学作品。

我们现在又该如何理解世界文学呢?我只能以我自己在德国和中国的汉学背景为标准做出判断。我的评价的主要部分应该也与英语世界的中国学相符。此外,我要区分在我看来应被阅读、却不一定是那些越来越偏好中国消遣文学的读者知道的作品,和那些有很大接受度、却

---

① 赖希-拉尼茨基生前是德国最有影响的文学批评家,尤其是他充满传奇色彩的文学评论系列电视节目,使他享有"文学教皇"的美誉。——译注

没有太多文学价值、没有多大影响的作品。克吕格（Ruth Klüger）曾有类似说法，她将后者形容为一次性文学，也就是阅读之后应被清除的废料。让我重申一遍：和日本文学（特别是日本现当代文学）相反，中国文学在我们国家并没有一个固定而庞大的读者群，在其他欧美国家也是如此。中国文学只见之于学术领域，而且还是例外现象。以当今德语区为例，竟然没有一个大学教席是为从事 1911 年前的中国文学、也就是皇朝时代的文学而设立的。目前只有两个大学教席（波鸿和苏黎世）是为中国文学研究而设立的，但主要局限于 1949 后的当代文学研究，以及中国现代文学（1912—1949）研究。整个中国文学之所以仍可算做世界文学，因为最迟自歌德开始，它就对德国思想产生影响，尽管就不少情形而言，通常只有专家才对其有所了解，这些专家也多半只为专家而写。一个常见的错误认识由此产生：德语区对中国文学十分陌生。这显然不符合事实，德语汉学在文学史纂和翻译方面的成果颇为丰硕，仅次于中国、日本和韩国，这是其他地方的汉学难以望其项背的，英语世界的汉学在数量上完全无法与之相比！由于语言的障碍，人们几乎不了解这些情况。

中国有世界上最古老的文学，它延续至今，依然充满活力。自公元前 1000 年的《诗经》，严格意义上的文学、而不是文献意义上的文学就已经开始了。在欧洲接受这些作品之前，它们已在日本、朝鲜和越南等地广泛传播。由于 16 世纪末在亚洲开始的天主教传教，西方国家才出现第一批真正需要并注意到中国文献的人。哲学一马当先，文学踟蹰于其后进入西方。造成这一现象的原因是思想和宗教一体两面的紧密联系。直到 18 世纪，欧洲大陆上才出现中国诗歌、戏剧和小说的节选翻译。歌德阅读拉丁语、法语、英语的翻译，虽然不是中国文学最早的接受者，却是一位最重要的读者，他出色地接受、加工、评判了中国文学。可是，即使世界文学这一概念随歌德而遐迩闻名，中国文学要想在法国、英国和德国之外也被看做伟大文学，还有很长的路要走。

尽管最晚自 1834 年起，德语区的一所大学（维也纳大学）就已开设汉语专业，但还得过数十年之后，它才不只是一门语言课程，而是作为科学机构被建立起来。这里说的是柏林大学于 1886 年设立的东方语言专业（Seminar für Orientalische Sprachen，SOS）；1945 年后，波恩大学重设这一专业。在长逾百年的历史中，这个专业培养了最早一批杰出的翻译家，他们不仅做学术翻译，更为中国文学在德国的传播做出了关键贡献。其中有佛尔克（Alfred Forke，1867—1944，戏剧），库恩（Franz Kuhn，1884—1961，小说），霍福民（Alfred Hoffmann，1911—1997，诗歌），赖兴格尔（Florian Reissinger）和哈塞布拉特（Karin Hasselblat），后两位都是中国现当代文学的翻译者。在他们之中，至今只有库恩、赖兴格尔和哈塞布拉特在学术圈外获得成功。

在德语国家对不仅作为世界文学之中国文学的接受过程中，下列因素发挥了重要作用：汉学的发展；1980年代以来"文学之家"对中国文学的兴趣；相当投入的图书市场；对持异见者尤为关注的媒体。

汉学是一门年轻的学科。它在德国正式开始于1911年；是年，汉堡设立了第一个汉学教席。随着历史的变化，汉学长逾百年的发展轨迹有不同的着重点。19世纪末以降，中国文学持续不断地被译介到德语国家，却不是为了普通读者，而是为了全然专业的目的。举个例子，中国的两位大诗人李白和杜甫在1930/40年代先后有了全集翻译，但是译者查赫（Erwin Ritter von Zach, 1872—1942）并未努力将其翻译成文学性较强的语言，而是旨在给学习者的研习提供文本，其接受也就无从谈起。相比之下，依托于韦利（Arthur Waley, 1889—1966）的英语底本进行二次翻译的作品却成功得多，并影响了布莱希特（Bertolt Brecht, 1898—1956）那样的人物。

我们可以做出如下批评性总结：由于庞德（Ezra Pound, 1885—1972）的努力，从先秦到唐代的中国诗，先在英语世界、而后才在英语世界以外的地方被广泛接受。但是在英语世界和法语世界中，很少出版单个作者的全集，这就很难引起广泛关注。值得注意的是，这也见之于中国现代文学的传播：鲁迅，中国现代文学之父，至今在西方只有六卷本的德语翻译。①

目前在德语区，中国文学至少是可被接触到的，这缘于翻译和十来部中国文学史，其中有一部十卷本的文学史，至2012年已经出版的九卷已自成一体。②但我们依然可以观察到接受的失衡：古典文学并非一直好卖，现代文学卖得更少，只有当代文学拥有大量读者。要解释这一现象并不容易，甚至会出现自相矛盾的说法。

库恩翻译中国古典小说，他或许是第一个使中国文学成功变成世界文学的人。他的翻译不仅在德国取得成功，也作为底本被译入其他语言，在国际上产生影响。这竟然还神奇地出现在汉语区：因为色情文学的原作难求，库恩的德语译作曾被回译成汉语。③八十年来，图书市场上到处可见库恩翻译的中国小说。人们已能从另一个视角看问题，将他销量二十万的《红楼梦》译作（1932年初版）算做德国文学（史）的一部分。

就销售量、再版次数和转译成第二种语言而言，没有人能和库恩相

---

① 即顾彬本人于1990年代组织翻译并主编的德语六卷本《鲁迅选集》。——译注
② 此鸿篇巨制即顾彬主编的《中国文学史》（2002/12），中译本已由华东师范大学出版社出版，其中三卷半是他亲自撰写的。——译注
③ 库恩的大量中国文学译作，包括《红楼梦》《金瓶梅》《肉蒲团》等。——译注

比。但葛浩文(Howard Goldblatt)已经间接成为他的有力竞争者。作为中国现当代文学的美国翻译家，葛浩文已成为许多非美国出版社想要获得成功的标杆。他高超的翻译，既不是逐字逐句的硬译，也不是整体内容的复述，这让他创造了来自中国的世界文学，使之成为德国图书市场上的指南和样板。凡是葛浩文翻译的书，就理所应当地被译成德语：有时甚至根据葛浩文的英语译作而不是从汉语原文进行翻译，有时按照他的版本来润色，有时则盲目地选取他选的书目和他所偏爱的作家。最显著的例子就是2012年诺贝尔奖获得者莫言，葛浩文的译作减缩了莫言原作，并把作品形式更改为译者看来更好的形式。

新千年开始，中国力求在文学领域获得统治地位。它抱怨翻译和接受的不足，但这种抱怨只关注了英语世界，却忽略了法国和德国这样的国家。这两个国家的中国文学研究和开发具有典范意义，一直并还将致力于传播工作。中国正在雄心勃勃地培养翻译家，在本土翻译和出版作品，并操纵国际销售。这一计划十多年来仍未开花结果。原因有很多：不少译作都是已有英语译本的再加工，却做不到技高一筹。为了节省经费(版权)，从费解的英语译本转译到德语，这种现象很常见。其他还有我们说过的过时样式(封面，重量，纸张，气味)。

按中国习惯，我们很难清晰区分狭义的文学和广义的文献，这种"陋习"如今也已进入汉学。哲学著作和史学著作，只要它们属于古代范围，就被一并归入"文学"范畴，在文学史中进行探讨。如果把美文学与儒道思想和编年史严格区分开来，我们就会发现接受方面的失衡现象。尤其在德语区，《道德经》或《易经》之类的书籍的接受程度，胜过任何一部重要的中国纯文学作品。这不可能缘于翻译质量问题。海德堡大学汉学家德邦(Günther Debon，1921—2005)是中国古典诗歌世界范围内首屈一指的翻译家，他也出色地翻译了《道德经》。中国古典哲学似乎比中国文学更契合"德国"精神，这是一个很难解释的现象。

德国是翻译之国。德国图书市场上充满了译自各种语言的作品，这一点迥异于英美国家的书市。德邦而外，德国汉学界还有许多杰出的翻译家，如马海默(Marc Hermann)和高立希(Ulrich Kautz)等，但是他们的翻译却不能如葛浩文那样帮助一位中国作家获得世界声誉。相对于英语来说，德语是"小"语种，正是这阻碍了他们。

在德语区汉学的翻译和研究基础上，还有一些我们尚未提及的作品，堪称拥有世界文学品质的中国文学经典，试举几例如下：萨满般吟唱的《楚辞》，中国的"歌德"、全能天才苏东坡，戏曲家汤显祖及其颂扬"情"之力量的《牡丹亭》，李笠翁(李渔)及其"说彼平生"的小品文，不是从情色角度、更应当做社会批判小说来阅读的《金瓶梅》，萧红和张爱玲的女性小说世界,深受西班牙"密释主义"影响的北岛诗歌,林语堂的散文。

  上述作家都在国际图书市场上获得不同程度的成功,这要归功于"文学之家"和媒体对异见分子和女性主义者的特别关注。因此,北岛五次被提名诺贝尔文学奖,而苏尔坎普出版社(Suhrkamp)出版的萧红作品在短时间内销售一空。但值得担忧的是,这些重要的代表人物在汉学和传播界之外,仍将不能达到家喻户晓的地步。